近世易代之际的诗学观念与文化变迁

贺根民等 著

齊魯書社

广东省哲学社会科学“十三五”规划2016年度后期资助项目“近世易代之际的诗学观念与文化生态”（GD16HZW03）结题成果

广东技术师范学院新闻传播学科建设经费资助

目　录

绪　论

传统是过往时间的物化存在，诗言志和诗缘情标举了二水分流的诗学格局，它备经岁月的淘洗，并借以历代诗人的不懈咏叹和大力传承，建构成一座厚重精深的诗学大厦。一部诗学演进史，就是本土传统和外来资源不断对话和交流的过程。春秋时期发轫的传统诗学至西学东来的晚清，形成中国诗学的创造性转化，积累了独具民族文化意蕴的精神传统和艺术品格。赵宋以降的中国诗学逐步从古典和谐向近代崇高迈进，它承担着总结传统和开创未来的双重使命，鼎革之际的社会乱象和游移不居的文人定位深刻影响着诗学的书写风貌。绾合昔日以王朝更迭为阐述单元的梳理方式，聚焦于易代之际的诗学呈现，近世诗学凸显了民族文化自新的内在活力，它展示了乱世悲歌中未曾断裂的中国文化传统，彰显了不拘一格的诗学多色调特质。

第一节　近世文学概念界定

文学变革，代有所胜。“近世”一词多指历史断代，《汉语大词典》将其释之为“近代”，虽是一个历史分期的术语，但毕竟难掩其含混之色。作为一种时间断代，它至少在《荀子》中已经出现，《荀子·非相》云“凡说之难：以至高遇至卑，以至治接至乱。未可直至也,远举则病缪,近世则病佣”①,《韩非子·五蠹》亦有上古之世、中古之世、近古之世和当今之世的划分。“近世”在晚清民初再次进入学人的研究视野,1901年梁启超《中国史叙论》阐发中国历史分期,就直接使用近世概念。1915年陈独秀《法兰西人与近世文明》一文云:“近世文明,东西洋绝别为二。代表东洋文明者,曰印度,曰中国。此二种文明虽不无相异之点,而大体相同,其质量举未能脱古代文明之窠臼,名为‘近世’,其实犹古之遗也。可称曰‘近世文明’者,乃欧罗巴人之所独有,即西洋文明也。亦谓之欧罗巴文明,移植亚美利加,风靡亚细亚者,皆此物也。”②陈氏视近世文明为欧洲近代文明的替代,已具有历史分期的特征。以半部哲学史引领中国哲学史书写风范的胡适,其《中国哲学史大纲》有一宏伟擘画,将中国哲学演进厘定分三,即老子至韩非的古代哲学、汉代至北宋的中世哲学、北宋至晚清的近世哲学。相较而言,胡适的近世哲学认定,整体统摄了北宋至晚清的近千年哲学演变,展示了我国哲学固有传统与时代新质的融合。1933年夏曾佑《中国古代史》将自唐末至清末的一千余年统括为近古,稍后问世的吕思勉《白话本国史》则将自明代至清末的时段称为近世。2003年陈来《中国近世思想史研究》基于宋明理学脉络来梳理近世思想演变,2006年唐力行《商人与中国近世社会》则将16世纪至20世纪60年代视为论述时限。大致说来,中国史学界对近世的界定存有以西律中的印痕,然视其为一个整体的时间单元,亦是明确的事实。

照理说来,一个概念的提出并得到学界的广泛认可,必有其学理上的独到发明。尽管维系社会运行的宗法伦理传统远未坍塌,

---

① 〔战国〕荀况:《荀子》,上海古籍出版社2010年版,第46页。

② 陈独秀:《独秀文存》,安徽人民出版社1987年版,第10页。

而在社会模式、价值观念诸方面，它已有脱离传统社会旧有框架的新鲜气象，士人主体意识随着社会变革而逐渐强化，即为一般意义上的社会近代化。近世实现了从传统的农耕型社会向世俗的城市型社会的转变。日本学者内藤湖南对中国文化赋予“了解之同情”，盘点中国文化演进，秉持内外结合的考察视野来重新审视中国文化走向，标举了影响中国至深的文化中心移动说和唐宋变革说。他按照中国历史每一时代的文化创造力和时代特点来建构中国史研究体系，将中国史划分为上古、中古（中世）、近世三个时期，这已非简单的时间层面上的断论，显示对社会体制和文化生态的最大尊重。1920 年其《中国近世史》载：“中国的近世始于何时？过去都是以朝代更替来划分时代，这种方法倒是简单易行，但从史学的角度来讲，却未必正确。史学上所说的近世，并不只是以年代来划分的，必须看它是否具备近世的内涵。”①内藤湖南认为“近世的内涵”体现在贵族政治的衰微与君主独裁政治的代兴、君主地位的变化、君主权力的确立、人民地位的变化、官吏任用的变化、朋党性质的变化、经济上的变化、文化性质的变化等八个方面，凸显自宋以降中国社会的整体性变革。他断论唐宋之交是中国由中世向近世演变的时代关口，清末为中国近世结束与走向共和的开始。他视宋代中国为一早熟的文明，并从政治、经济、文化诸方面阐发唐代与宋代的社会剧变。尽管内藤湖南的宋代近世假说依照的是西方近代史学的设置，带有皈依西方现代性的色彩，但毕竟最大限度地体认了中国文化本位。而后在《概括的唐宋时代观》《近代中国的文化生活》这两篇宋代近世假说的基础性的作品中，他集中而概括地阐发唐宋变革说。20 世纪 50 年代以后，宫崎市定接续其师

① 〔日〕内藤湖南著，夏应元等译：《中国史通论》（上），社会科学文献出版社 2004 年版，第 323 页。

内藤湖南之说,进而鼓噪宋代的社会转折意义。职是之故,缘于内藤湖南师徒的大力鼓吹,唐宋变革说和自宋至清千年一脉说获得了日本国内外的广泛认同,影响深远。海外剑桥中国史系列研究亦采纳此说,钱穆《中国近三百年学术史》亦将近代(近世)学术源头追溯至宋,如此广泛的认可和接续,标举了宋代近世说的引领地位,也为爬梳近世文学思想铺设了厚实的学术背景。

晚清民初以来,中国文学界流行一个相对稳定的近世概念。在中国文学史书写领域,"近世文学"作为一个概念常被文学史家们采用,而对于"近世文学"的起讫界限,未形成定论。在中国文学史的研究领域,"近世文学"和"近古文学"是一对时限近似的概念。1917 年刘师培《中国中古文学史讲义》撷取自汉末至南朝陈代的文学史料,条分缕析,以明文轨。按照刘师培的中古取舍范围,隋唐文学理应成为中国近世文学的开端,以致 1918 年谢无量《中国大文学史》就将唐初文学作为近古文学的起点。1932 年郑振铎《插图本中国文学史》指出当时中国文学史的编撰误区:"然这二三十年间所刊布的不下数十部的中国文学史,几乎没有几部不是肢体残废,或患着贫血症的。"①他认为缺乏科学的体例和完备的内容,不足以展示中国文学演进的真相,究其原因,文学史的体系建构援引日人旧作或有不可推卸的责任,以致他认为:"他书大抵抄袭日人的旧著,将中国文学史分为上古、近古、中古及近代的四期,又每期皆以易代换姓的表面上的政变为划界。"②郑振铎将中国文学史划分为古代文学、中世文学和近代文学三期,在其看来,近代文学始

① 郑振铎:《插图本中国文学史》,中国社会科学出版社 2009 年版,"自序"第 1 页。

② 郑振铎:《插图本中国文学史》,中国社会科学出版社 2009 年版,"例言"第 1 页。

于明代嘉靖时期,是“活的文学”。郑氏关于中国文学史发展阶段的划分受到鲁迅的质疑,1932 年鲁迅《致台静农》就认定郑著只是一部资料长编,并无多少新人耳目的学术创见。

20 世纪初,钱基博《中国文学史》断论近古文学起讫时段为自唐至元,胡适认定近世文学的源头为桐城—湘乡派,周作人则认为它肇始于明末的公安、竟陵派。聚讼纷纭,近世的起讫划定一直未取得一致的意见。近世(近古)文学话题再度被学人关注,则缘于1996 年章培恒、骆玉明主编的《中国文学史》和 1999 年袁行霈主编的《中国文学史》问世,章、骆二先生主编的《中国文学史》将近世文学设置为金末元初至清末这一区间,袁行霈主编的《中国文学史》则将近古文学框定在明代中叶至清末这一时期。这两部文学史著作断论近世文学的开端虽然有异,但就二者划分标准而言,大多考虑到社会新变和文学书写的新动向,其判断路径则异曲而同工。“近世文学观的变迁,其实质是什么呢?用一句话来概括,便是走出传统,走向当代。”①从循环论向进化论演进,显示中国文学述古面今的文化症候,勾勒中国文学的近世镜像。梁启超《小说丛话》载:“自宋以后,实为祖国文学之大进化。何以故?俗语文学大发达故。”②宋代俗语文学和市民经济发展彰显了社会的近世特质,作为一定时代产物的文学,其演进不能脱离社会的发展状况,创作主体意识的强化,审美取向的日常化,如此根基于内省的宋型社会的近世风貌,以致自宋至清末的近世文学认定便获得了广阔的文化发展空间。

---

① 陈伯海:《文学史与文学史学》,北京大学出版社 2012 年版,第 210 页。

② 陈平原、夏晓虹主编:《二十世纪中国小说理论资料》(第 1 卷),北京大学出版社 1997 年版,第 82 页。

第二节　近世易代之际诗学观念研究述评

历史是岁月飘逝后人们文化心理的积淀,如同山川草木的生长依赖于自然的规约,中国诗学演变必得受制于具体的社会和时代。以王朝为叙述单元的中国文学史和中国文学批评史书写策略突出了作家或批评家的历史贡献,较好地勾勒出一个朝代文学或诗学的演变图像,却因其线性叙述掩盖了中国文学或诗学固有的丰富和多样。陈寅恪《元白诗笺证稿》云:“苟今世之编著文学史者,能尽取当时诸文人之作品,考定时间先后,空间离合,而总汇于一书,如史家长编之所为,则其间必有启发。”①在陈先生的文学史视野中,以“诸文人之作品”为主轴,兼顾“时间先后”与“空间离合”两个维度,方能达到“总汇”之形态。立体考察文学现象或诗学变迁,既可勾勒一代文学转变和文体盛衰之因,亦可把握朝代鼎革之际文人心态和审美取向的杂多风貌,挖掘因为历史断裂或承续而被遮蔽的复杂的文学生态,有效绘制易代之际文学演变的时空图像。检讨历史和开创未来,近世诗学是中国诗学由古典向现代转变的特定形态,中国的诗歌创作和诗学演变属意诗人个体人格的完满,中国诗学品格往往切近文学思想和艺术精神的取向。近世易代之际的诗学观念是文人性情的自然流露,它活态延续了中国诗学未曾断裂的传统,彰显中国诗学相对自足的演进脉络,凸显中华文脉千年一贯的自觉和自信。

---

① 陈寅恪:《元白诗笺证稿》,生活·读书·新知三联书店 2001 年版,第 9 页。

一、体认易代诗学的地位与价值

中国诗歌有一条绵延不断的文化脉络，千年的诗歌创作沉淀了独具特质的创作范式，唐诗、宋诗和清诗被誉为鼎足而三的中国诗歌范型。晚清陈衍以“诗人之诗”来指代唐诗，以“学人之诗”来定格宋诗，那么清诗则是两大高峰之后集合式创新的存在。钱穆认为“宋朝是中国的文艺复兴，宋朝是现代中国的开始”①。对传统的继承和反叛，开启近世诗学东方式的文艺复兴运动。宋代以降，中国诗学走上精细化的路子，诗歌创作逐渐地域化和私人化，诗歌表达的学问倾向加重，学问与性情常是近世诗人纠结的矛盾存在。源自魏晋六朝的精细化和自然化向度导引中国诗学的书写新路，衡以中国诗学的演进轨辙，近世易代诗学讲究法度与技巧，人工雕琢的痕迹越发明显，形成诗歌表达的世俗化趋向。叶燮《原诗》盘点中国诗歌演变脉络，形象地指出：“譬诸地之生木然：《三百篇》，则其根；苏、李诗，则其萌芽由蘖；建安诗，则生长至于拱把；六朝诗，则有枝叶；唐诗，则枝叶垂荫；宋诗则能开花，而木之能事方毕。自宋以后之诗，不过花开而谢，花谢而复开。”②综括中国诗歌演进，自宋以降的近世诗学除清代性灵派等四大派别外，理论上并无根本性的突破，或杂取多家之说而折中平议，或沿袭前人而稍有增益，近世易代诗人宗唐祢宋，既是他们汲取传统的需要，也关联着其拨乱反正、提振诗风的文化诉求。近世易代之际的诗学创新涵盖了精神取向和艺术传统两个维度，形成中国诗学聚合式的全面更新。

---

① 钱穆：《讲堂遗录》，九州出版社 2011 年版，第 583 页。

② 〔清〕叶燮等：《原诗　一瓢诗话　说诗晬语》，人民文学出版社 1979 年版，第 34 页。

诗文向为中国文坛主流，明清小说作为一代文学的代表，其实并未撼动诗歌的文坛地位，近代之前的诗歌地位和创作实绩远非其他文体可以媲美，直至梁启超的“小说界革命”，小说因为政治救世神话一跃而为文坛主流，中国文坛秩序才有根本的改变。近世易代之际诗学传承古今，调和夷夏，民族关系和地域文化成为制约近世易代诗学生态的重要因素，呈现复古与创变的多声调夹杂的文化形态。易代诗学处于社会动荡、王朝鼎革之际，中国诗学的南北分野和固有的华夷之辨影响着近世诗学的基本格局，王朝转折时期的诗学近取前朝诗法，而在实际创作中民族关系又左右着近世诗人的文学取向。较之其他时期，宋元之际、明清之际的文人跟后建的王朝自然疏远得多，文人进取精神和济世情怀的淡化，在一定程度上造成诗歌批评的贫弱乏力。刘飞《宋末元初诗学思想述略》既发掘改朝换代对诗人生活方式的影响，又客观勾勒易代诗人克绍艺术传统的复杂情形。其云：“宋末元初，尽管诗人们的创作分别表现出不同的流派或地域特色，但围绕着诗歌精神及怎样继承传统等都有着自己的思考，在诗歌的批评与创作中，宋末元初的诗坛正在建构出宗唐得古的诗学风尚，以致在有元一代乃至明代，宗唐得古已成为诗学思想的主流。”①近世易代之际盛行的复古主义潮流，折射出专制日亟境遇下诗人对诗学本位的坚守。近世易代诗学的宗唐得古，旨在恢复古典的审美理想，是社会动荡情势和提振诗风突围意识的反映，彰显仰慕雄视万代李唐气象的文化诉求。抒写性情之真，宋元之际的唐宋之辨再现了诗人各具其致的诗学图像和诗歌价值认定，有利于他们进一步准确把握诗歌审美特征和发展趋向。

朝代鼎革不仅仅意味着新旧王朝的改变，它更是历史演绎的

① 刘飞：《宋末元初诗学思想述略》，载《中国韵文学刊》2008年第2期。

必不可少的浪花，往往伴随着文人身份与文化认同的矛盾、政治立场与价值观念的冲突。吟咏情性抑或言志书写襟抱，诗歌作为人们心理变迁和情感寄托的物态显现，必然会产生因时际会的诗歌取向和创作模式的改变。温世亮《鼎革易代与明初江右诗歌生态》以易代之际诗人的身份变化来考察明初江右诗坛的创作形态，他断论："这种身份的变化或力量的分化，又使江右诗坛呈现出不同的创作形态。大致而言，明初江右的诗歌创作形态，又主要表现为雅正与自得两个方面。"①元明易代，易代文人绝少遗民情结，大多在期盼新王朝的呼唤声中重新设置定位。雅正与自得是元明转关之际诗坛最为突出的审美风尚，或守性情之正，大肆倡导雅正的旨趣；或萧然物外，追求艺术的人生。诗人各取所需，对接新王朝来重新编织人生。易代之际的文学变迁，呈现形态各异的观念趋向，有的朝代更迭过渡平稳，有的则不亚于经历一场天崩地裂的时代地震。"有的朝代的更迭，则不仅社会政治变动巨大，而且文学的观念、文学创作的内容和风格都发生了显著的变化，似乎楚河汉界一样泾渭分明，由明入清诗学思想的转向就为我们提供了一个极好的例证。"②较之近世其他的社会易代，明清易代的社会后遗症特别强烈，爆发了空前的社会危机和惨烈的文化灾难，诗人的精神趋向和诗学变革既深且广，影响久远。易代之初诸多针对明代诗坛的讨伐之声，不免夹杂些许批判和反省明代中后期以来国势不振的音符。正如一枚钱币的两面，诗学发展的另一情形亦不容忽视，中国诗学发展到明代，已达到前所未有的高度，明代是近世一个极重艺术的朝代，李贽对"童心"的呼唤、七子派对格调的讲究、公安

① 温世亮：《鼎革易代与明初江右诗歌生态》，载《江南大学学报（人文社会科学版）》2015年第5期。

② 李世英、陈水云：《清代诗学》，湖南人民出版社2000年版，第1页。

派“但抒性灵，不拘格套”的追逐，散发出明代诗学璀璨的光芒。毫无疑问，明代诗学的艺术特质增加了清代诗学的高度。

明清易代之后的清初诗学发展，仍无法抹掉明代诗学的影响，清初三先生对明代诗学的批判性继承就是一个有力注脚。异族问鼎并未割裂诗学的联系，对此，黄河的观点足可参考：“由此而论，时势的沧桑剧变，并没有真正打断古代诗歌思想在明清易代之际的传承。从这个意义上说，明清易代之际，正是已经发展到明代的中国古代诗歌思想在一个特殊的时代、社会背景中暗中悄悄地充实自己、修正自己的蓄势蛰伏期。”①改朝换代并不宣告诗学脉络的陡然中断，绵延不断的诗学发展彰显中华民族的文化自信。相对而言，一种诗学思潮的形成绝非孤立的现象，它往往植根于复杂的社会文化生态，有其庞大的文学家族和声。张兵考察清初宗宋诗潮的形成，清晰地指出明清易代改变了以往的宗唐得古轨辙，标举易代之际诗学的触媒地位。其云：“清初宗宋诗风的形成，原因甚多，但民族情感的转注当为主因，明清易代当为契机。明之亡于清，与宋之亡于元相类，历史情境的相似很容易使明遗民对宋朝产生好感。他们要表达故国之思，最好的方式就是依托遭际相同的宋亡史事，借前人之酒杯，浇自己胸中之块垒。”②2014 年，以左东岭为首席专家的国家社会科学基金重大项目“易代之际文学思想研究”获批，学界日益关注包括易代之际诗学观念在内的文学思想研究。近世易代文学作为一个新的学术生长点，其意义和价值已逐渐得到学界的认可。切合近世文化生态开掘近世易代诗学资源，展现近世文化生态下的诗歌取向变迁，具有研究范式重构的色

① 黄河：《明清易代之际的诗歌思想》，载《华侨大学学报（哲学与社会科学版）》2000 年第 1 期。

② 张兵：《明清易代与清初遗民诗》，载《江海学刊》2000 年第 2 期。

彩。近世易代诗学在中国古代文论史上应占一个独特的位置而被学界关注。近世易代诗学流派复杂,诗歌取向多元,它们呈现传承与创新的多样文化图景。勾勒近世易代之际诗学的传承流变,揭示中国诗学相对自足的演进脉络,其存在价值绝不亚于对某一主流文学现象或主流作家的研究。

二、变迁风貌与转变的关键人物

江山易主所造成的社会震荡、根深蒂固的华夷之辨加剧近世文人角色定位和文化认同之间的冲突,家国之痛、社会变革是近世易代诗歌书写的重要主题,山河破碎部分改变了文人颂圣酬唱的积习,他们书写战争火焰,反映民生凋敝的时代,从而形成新的诗歌创作高峰。蒙受亡国的悲痛,诗作成为动荡时代的实录。宋元之际的文天祥,身处战火纷飞的沧桑岁月,以慷慨激昂之声来显示文人的道义与担当;亦有如宋元之际的汪元量,痛感历史车轮碾压的悲苦,却回天乏术,便遁迹山林江河来谋求个体自适,“拒食周粟”,隐居不仕以全忠义。朝代鼎革所导致的创伤体验,促使文人从不同角度去反思和检讨前朝的制度和学术。易代之际的诗歌,缘于书写境遇的变更,往往批判性地继承前朝诗风和再估其文学价值,学术与诗歌书写的关联与互动,直接关乎近世易代诗歌书写的文化生态。在中国古代文论史上,近世的宋代、清代与汉代鼎足而三,是受学术思想影响最大的朝代,它们适逢儒学发展的转折关口。诗人和学者的双重身份裹挟着近世文人,对前朝诗学和学术的批评往往是其改弦更张的契机,而这一改变多预设于易代之际,清人诟难明人的“袖手谈心性”与晋人“清谈误国”即为明证。情理之辨、复古与革新,以及诗学的学问化倾向与表达方式的整体性俗化,往往是近世文人必须拿捏好的文化难题。

宋代是近世文化昌盛的时代,自赵宋发端的唐宋诗之辨几乎贯穿近世的始终,要么追步唐诗的风神情韵,要么礼赞思理筋骨的宋诗。近世易代之际因为唐宋诗之辨和时代境遇的变迁,自觉确立诗歌审美标准,势必走上选择诗歌书写范式的复古主义道路。元诗的宗唐得古、明诗的尊唐黜宋、清诗的名唐而实宋,这些诗歌审美取向多肇源于易代之际,且大多为前朝诗风的反动。宋元之际的方回斥逐宋季诗人功利化的倾向,担忧诗道沦丧,开出应时的拯救良方。"方回提出的'格高'论与'一祖三宗'说,有力回应了元初南方诗学的复古思潮,对于革除创作上的粗犷与卑俗之弊具有积极意义。他对诗歌修辞与音节的重视,以及为后学开出的一系列的师法对象,都是有迹可循的学诗路径。"①激于元代统治者对汉文化的极端蔑视,古典主义在明代全面复兴。明初崛兴的古典主义诗学旨在抗衡宋诗的理性化和俗化,标举古典审美理想的回归。明清之际是清代诗学观念的发生期,注重经世致用的诗学品格在很大程度上缘于对明代诗学空言误国的反拨。明清易代之际叶燮的《原诗》批驳七子派不读唐以后之诗的认知误区,高擎主变说,为清诗"祢宋"观呐喊鼓吹。宋诗重学问、以议论为诗、讲究格物致知,这一切恰与明人的束书不观现象背道而驰,于是清人骨子里更认可宋诗,必然地尊唐与应然地崇宋。"明清之际的诗论家主变,归根结底都意在反拨七子诗派对汉魏盛唐的固执胶着,直接间接为宋诗开脱张目,为'祢宋'诗学倾向提供理直气壮的依据。"②复古主义弥漫的近世,其唐宋诗之辨不仅关联诗歌创作范式的厘定,还牵扯着诗人主变、守成的文化取向。一代有一代之文学,其传承与创新的根底仍多基于易代之际的文学思想。

① 陈博涵:《方回诗学思想与晚年趣味》,载《北方论丛》2013年第5期。

② 萧华荣:《中国古典诗学理论史》,华东师范大学出版社2005年版,第295页。

近世文学变迁常受民族、时代和环境的影响。正如法国文艺批评家丹纳所言,伟大文学家都不是孤立的存在,在他周围总有一个文学家族的声音,或者有一个文学流派的合音。近世易代之际的诗学变迁不应忽视那些界碑性的关键人物,正是他们振臂一呼、应者云集的引领效应,躬身垂范的实践奠定了易代诗学的基本趋向。张晶《辽金元诗歌史论》载:“方回在宋末元初的诗坛上,是一位有影响、有特色的诗人和诗论家,我们在探讨元诗时,是不应该忽略他的。”①方回是江西诗派的殿军,标举“一祖三宗”之说,树立后世诗学批评的准的,他以“格高”“诗眼”开启后世的“格调说”。杨亮从文人心态切入宋末元初四明文士的诗文取向,突出社会政治生态视域下社会转折时期关键人物的重要作用:“宋末元初易代之际,士人心态较为复杂,特别是王应麟、舒岳祥、戴表元等人与当时的南宋内部政治详情密切相关,从当时政治详情出发可以更好地认识他们心态变化的原因。其中戴表元心态变化最为复杂,可以看出,易代之际士人的心态变化具有复杂性、多样性的特点,这关系到他们的诗文走向问题。”②有别于方回孜孜于对江西诗派的振衰起弊,戴表元倡导宗唐得古,力改宋诗纤秀之习。其诗作直面宋元易代的战乱动荡,同情民瘼,伤时悯乱,其清深雅洁的晚唐之风导引元初诗歌的创作风尚。元朝作为第一个入主中原统一的少数民族中央王朝,其铁蹄踏遍大江南北之时,也碾碎了传统文人的科举梦想,元朝的民族分化政策和长期不开科举的现实,致使相当一部分文人只能在诗学王国中寄居,借此彰显自我的文化情怀和

① 张晶:《辽金元诗歌史论》,吉林教育出版社1995年版,第271～272页。

② 杨亮:《宋末元初四明文士与诗文研究》,河南大学2007年古典文献学专业博士学位论文,第18页。

审美理想。

明代是中国历史演变中一个重要的转折关口，明代中叶以降的西学东来开启中国诗学拥抱世界的潮流，中国诗学的现代转换以及诸多具有先锋意识的诗学原理多伏脉于明代，明代理应成为中国诗学现代化进程中的前现代阶段。作为社会心态的具体反应，朱明替元，缘于强烈的认同意识，易代之际的文人大多抱持一份喜悦之情去迎接新王朝的诞生，那些处于易代之际的诗人如杨维桢、宋濂，其诗歌书写就绝少元朝灭亡的悲哀情绪，多为摆脱元朝的政治压迫而额手相庆。杨维桢无疑是元明易代诗风丕变的关键人物，其"铁崖体"诗风是一座矗立在元末明初诗坛群山中巍峨的主峰，他既不抵制新王朝，又不直接参与，显示其文化认同与士人气节的冲突。他呼唤诗歌的情性本位，以奇崛的意象和奇特的构思来叫板元代中期以来模拟盛唐、圆熟平缓的诗坛雅正之习，开启明代公安三袁的性灵之说。迥异于元明之际诗人迎合新朝的喜悦，朱明建朝后施行的一系列高压政策，又促使文人失望地去直面现实的坚冰。在元明易代之际，有异于诗坛盟主杨维桢，青年俊彦高启之死是近世诗坛一个大写的文学风向标："不重英才就是不重文章，不重文章当然预示诗人劫难的到来，一片树叶的陨落可以预知秋天的来临。一位诗坛领袖的陨落同样可以预测文学冬天的到来。这，就是高启之死的意义。"①高启历经元朝、张士诚政权和明朝，闲淡超脱的他追求林下风度，企求精神自由，不免会疏离社会政治，其在劫难逃的人生归宿成为元明之际诗学观念转折的标志。张晖《易代之悲——钱澄之及其诗》（人民文学出版社 2014 年版）撷取明清易代之际的钱澄之的情感与思想，以其诗歌为切入点，探

① 左东岭：《高启之死与元明之际文学思潮的转折》，载《文学评论》2006 年第 3 期。

索其情感与思想的变迁历程。他认定钱澄之是文人抵抗的典型，钱澄之精通诗学，剖析钱澄之的人生历程，就会解决一系列明清易代之际的诗学问题。晚清民初，中国诗学逐渐实现现代转化，“19世纪中后叶的文学革命已经开启了中国近现代之交的诗学转型，而深厚的中西学术素养，毕生以学术为己任的执着追求，使王国维当仁不让地成为中国近现代之交包括诗学在内的现代学术转型的开路先锋”①。传统诗学在中西汇流、文化对话之中逐渐变革，确立中国诗学的现代气派。提倡纯文学本位，注重诗学的中西会通，王国维成为近世诗学继往开来的关键人物，他以勤奋的诗学实践和不朽的诗学创作实绩开启了现代诗学的文化征程。

三、诗歌的审美取尚与诗人定位

如前所论，缘于“一代有一代之文学”的观念制约，近世文学研究一度偏重于词、戏剧和小说，而相对忽视了诗文作为传统文学的主流文体存在。研究者的选择性取舍，部分遮蔽了诗文之于近世的文学地位和价值，不利于彰显诗文的相对自足的演变脉络。对此，日本学者吉川幸次郎的观点足可玩味与反省：“文学史家们——无论是日本还是中国的，对于叙述元代以后的时期，都只对新兴的虚构文学——戏曲小说有兴趣，而对这时期的诗，以及非虚构的散文，则采取轻视甚至无视的态度。”②在文学史家们看来，传统诗文与戏曲小说，是古老传统与新兴文学样式、保守与生动活泼的差异，继而吉川幸次郎阐明立场：“我以为，所有这些，都是一时

① 范方俊：《近现代之交的中国诗学转型与王国维的学术使命》，载《人文杂志》2010 年第 1 期。

② 〔日〕吉川幸次郎著，李庆、骆玉明等译：《宋元明诗概说》，复旦大学出版社 2012 年版，第 138 页。

性的偏向，不是正确理解中国文学发展历史之道。”①还原与尊重近世文学生态，诗文应当是文坛中最先受重视的文体，尽管其他文体早已显示它们蓬勃发展的势头，但无论如何不应当遮蔽近世诗文发展的光辉，这理应是我们勾勒近世文学演变的基本认知。就此而论，吉川幸次郎之说对于扭转当下近世文学研究中的偏颇，意义重大。近世易代诗学演变是一个传承与革新的过程，易代之际的社会生态和文化场域，赋予诗歌创作以别样的风采，它往往是救赎前朝诗学积弊、探寻发展新路的契机。近世的诗歌范式之争，至晚自严羽《沧浪诗话》批判宋诗之时就已经起步，其后，近世易代之际的文人，或就唐诗的审美特征，或立足于宋诗的文化品格，阐发各自的诗学理想，绘制符合时代发展的诗学演变图景。易代之际的社会转型、文人心态定位成为左右诗学走向的重要因素。“宋末元初的唐宋之辨，也体现出批评家在诗风不振的局势下力求摆脱困局的突围意识。”②尽管自宋末永嘉四灵开始就倡导和呼唤唐音，但其毕竟很难从当下一片提倡教化、偏重议论的宋调中脱颖而出。宋诗的理性化和俗化倾向，以及江西诗派末流典故连篇、形象枯竭之弊，只有到了易代才有实质性的改变。从杂沓的宋调中重拾唐音，确是通过宋元易代才得以完成。朝代更替给予诗学原理以重新阐释的机遇，易代之际的诗学生态实现了文学思想的合理转型。

源远流长的中国诗学大厦，有其自然地理环境和精神气候的因素，担负传承文明和礼仪教化的历代文人，其心态变迁是时代精神的具象反映。在左东岭的文化视野里，民族关系、理学观念与地

① 〔日〕吉川幸次郎著，李庆、骆玉明等译：《宋元明诗概说》，复旦大学出版社2012年版，第139页。

② 刘飞、赵厚均：《宋末元初唐宋诗之辨论析》，载《南京师大学报（社会科学版）》2012年第4期。

域色彩是影响近世文学观念的三个基本因素:“朝代更替与民族关系构成近古政治变迁的鲜明特色,同时也对作家的文体选择与创作的审美风尚影响深远。”①伏脉于易代之际,继而左右一代文学的整体格局和基本走向,并最终影响到文人的文化抉择,易代之际的文化生态可谓牵一发而动全身。明清易代不亚于一场社会地震,强烈的文化认同差异促使诗人借以诗歌书写来记录活态的山河巨变,并以鲜明的批判精神来凸显文人的担当。痛心国事日非,明清易代之际的文人纷纷结社抗争,像以张溥、张采为盟主的复社,陈子龙、夏允彝组织的几社,他们大多在复古的旗帜下,奔走呐喊,创作了大量直面战斗烽火的诗篇,彰显士人气节和抒发炽热的情感。刘勇刚认为易代诗人陈子龙的诗歌是文化立场、时代精神和名士风度的多重反映:“他的古典主义审美理想,是对民族精神的召唤,积淀着深沉的民族文化心态。他崇儒复雅的诗学精神,既矫正了公安、竟陵的空虚肤廓,又在明清易代之际的残酷现实下,溶入了时代精神。他的诗合英雄柔厚之美于一体,既沉郁苍凉,又绮艳动人;既显现了一种英雄人格,又涌动着名士人格的潜流。”②长歌当哭的情怀、慷慨激越的诗风,陈子龙的英雄人格谱写明清之际诗人不屈抗争的集体意识,也滋养了清初的诗学品格和经世致用精神。

宋明理学是影响近世诗学的重要思想,这套近世形态的儒学系统深刻制约着诗人的立身处世、文化抉择。近世之前,良禽择木、良臣择主是很普泛的现象,绝少遗民群体或遗民意识。而自宋代以降,忠孝节义等观念已成为衡量文人道德底线的标尺,遗民与贰臣是拷问易代之际文人生存和文化抉择的重要命题。一旦出

① 左东岭:《影响中国近古文学观念的三大要素——兼论地域文学研究的理念与方法》,载《文艺研究》2015 年第 6 期。

② 刘勇刚:《论陈子龙诗歌》,载《中国韵文学刊》2011 年第 4 期。

仕,就得突破“忠臣不事二主”的理学观念障碍,迈过那道忠贞节义的道德底线;若是选择归隐,就得彻底放弃建功立业之心,割舍对社会功利的眷恋。近世历代遗民之所以受人称扬,就在于其立身行事获得道义上的成功。近世易代之际的方回、宋濂、刘基、钱谦益,出仕新朝,被冠上“贰臣”的恶谥,备受世人的指责,尽管他们费劲心力来洗刷污点,却收效甚微,个中原因多在于理学视野下的道德判断。王魁星考察元末明初的浙东文人群,洞悉易代之际矛盾的文人心态和诗歌功能变化:“一旦出仕新朝,不仅首先要突破自身心理上的理学禁锢,又要面临当时士子、新朝君臣的嘲弄和打击。而伴随着出仕后身份上的变化,诗文观念及风格也产生了一系列的转变:时人就曾以山林之文与台阁之文来区分他们前后的作品;出仕新朝后,他们更加强调诗歌的教化功能,强调文以载道、文道合一观念,也更提倡诗文对忠孝节义的宣扬,以此来适应明初政治、文化建设的需要。”①改朝换代不仅改变了文人既定的政治命运,而因为社会存在的巨大位移而波及其诗学观念和诗歌创作。饶龙隼《元末明初浙东文人择主心态之变衍及思想根源》借以考察元明易代之际浙东文人的政治地位、人生命运及心理状况,钩沉他们伺主为官的职责心理下的诗教观念。② 备经元明易代洗礼的宋濂,因为李善长的引荐,由隐逸之士一摇而为皇帝的侍臣。社会角色的转变促使其诗歌观念呈现别样的风貌,元季的针砭时弊等批判性锋芒钝化了,代之以“纪功耀德”的醇雅之作。类似的诗歌取向亦见于从元明易代走过来的刘基,入仕新朝后,其诗歌仍浸染浓

---

① 王魁星:《元末明初浙东文人群研究》,复旦大学 2011 年中国古代文学专业博士学位论文,第 27 页。

② 饶龙隼:《元末明初浙东文人择主心态之变衍及思想根源》,载《文学遗产》2008 年第 5 期。

郁的感伤,却前后风格异致。刘基“悲穷叹老,咨嗟幽忧”的后期诗歌风格,不无朱明王朝猜忌和迫害的影子。

若盘点近世失节之臣,钱谦益无疑是明清易代贰臣的典型代表。国变之际他进退失据,降清是其人生的重大转折,也是一生中最大的污点。“身为一位传统儒家士大夫文人,其内在人格结构中传统伦理道德不仅维系着个体精神与生命的统一,也支撑着自我生存的心理平衡。而降清的结果使他内心深处刚刚获得的暂时平衡被彻底地打破。由于钱谦益对自我灵魂的失落刻骨铭心的惭愧与内疚,使他始终无法原谅宽容自己,无法让自己苟且偷生,老死山林。”①其实,钱谦益兼有贰臣和文化遗民的双重色彩,入清之后,他采取借诗明志、以诗存史的方式,不惜生命反清复明,借此进行自我忏悔和洗刷罪责。在诗歌创作上,他尊经复古,拈出格调论来挞伐竟陵派,提倡真性情来批判七子派末流,由崇尚杜诗导入宋代诗风,其对世风世运的注重导引清初诗学的实践品格。事因难能,所以可贵,近世易代遗民自然是后世讴歌的对象。顾炎武以天下为己任,明知王朝大厦将倾而痴心不改,抱定民族气节抗清,明亡后至死不仕,矢志做一只衔木填海的精卫鸟。“念念不忘‘易姓改号’的政治变动,汲汲坚守‘君臣之分’的道德准则,使顾炎武成为一个政治遗民;而热情关怀‘仁义充塞’的文化危机,严格坚持‘华夷之防’的精神气节,又使顾炎武成为一个文化遗民。”②他痛斥明末学人空疏学风,倡导“博学于文,行己有耻”的学术道德,高举了经世致用的文化大旗。清初三先生的黄宗羲,拒仕新朝,认为故国死节并非遗民唯一存在,重释遗民气节。“黄宗羲既体味了‘亡国

① 许龙:《钱谦益降清之人格心态透视》,载《嘉应大学学报》1999 年第 2 期。

② 郭英德:《论顾炎武的遗民心态》,载《新国学》1999 年创刊号。

之戚'，又能痛定思痛，深刻反思'今日致乱之故'。对遗民身份的认同，砥砺了黄宗羲的民族气节，强化了他殉道持节的生死观，并最终促使他追求真儒与豪杰型君子理想人格。"①他极力推崇诗史之作，重视张扬自我情感，祧唐祢宋，竭力著述，借以文本来再现易代风云变幻和坚守文化立场。他眷念故国，敌视新朝，却通达权变，其不限制弟子万季野参与修史即为明证。有清近三百年的诗歌之所以超迈明代，能与唐诗、宋诗争辉斗艳，就在于明清易代之际有一批像顾炎武般的文化遗民或政治遗民，他们矢志传承文化命脉，改变定于一尊的模拟与守旧之习，博综众长，创新求变，续写中国诗学的不朽传奇。

第三节　复古主调下的创变倾向

历史记忆是延续诗学传统的活态存在，信而好古不仅关乎国人的治学取尚，也影响着诗歌创作范型的体认效应。赵宋以来，附丽于宗法伦理基础上的传统文化机制逐步理性化，迥异于唐前诗学的经典主义传统，近世诗学呈现一番盎然春意，开启东方式的文艺复兴运动。宋代以来，中国诗学走上精细化的路子，诗歌表达的学问倾向加重。《四库全书总目》集部类"诗文评"有一总评，简约地勾勒了中国诗学的发展脉络："文章莫盛于两汉，浑浑灏灏，文成法立，无格律之可拘。建安、黄初，体裁渐备，故论文之说出焉，《典论》其首也。其勒为一书传于今者，则断自刘勰、钟嵘。勰究文体之源流，而评其工拙。嵘第作者之甲乙，而溯厥师承。为例各殊。至皎然《诗式》，备陈法律，孟棨《本事诗》，旁采故实。刘攽《中山

① 黄敦兵：《黄宗羲与明清之际气节观的重建》，载《江汉大学学报（人文科学版）》2011 年第 1 期。

诗话》、欧阳修《六一诗话》,又体兼说部。后所论著,不出此五例中矣。宋、明两代,均好为议论,所撰尤繁。虽宋人务求深解,多穿凿之词;明人喜作高谈,多虚矫之论;然汰除糟粕,采撷菁英,每足以考证旧闻,触发新意。”①这则小序具体而微地概括古代诗文评的演进脉络,在其看来,诗文评大致以建安为界,在此之前,文章兴盛,但无法可求;建安之后,体裁法度渐备。唐代已经确立中国诗学的基本轨辙,奠定中国诗学规范。源自魏晋六朝的精细化和自然化向度导引中国诗学的书写理路,衡以中国诗学演进轨辙,近世诗学并无根本性的突破,但讲究法度与技巧,人工雕琢的痕迹越发明显,宋元明诗学的思辨和理趣以及清代诗学的集合式革新,并非只是“此五例”的修补或接续。

文化复古根基于尊经和重史的文化观念,它不仅显示对古老风尚的眷恋,还标举着高扬传统的文化态度和立场,亦为文人捍卫传统的武器。复古与创变不单是时间维度的新旧抗争,也展现士人对待过往事物继承与革新的艰难弥合,在传统的规约之中暂住,体现文化本位与价值构成,复古成了文人乐于拾掇的文化向度。中国文学有一条源远流长的复古观念脉络,闻一多《文学的历史动向》统括诗学演进,其勾勒足可参考:“然则从西周到宋,我们这大半部文学史,实质上只是一部诗史。但是诗的发展到北宋实际也就完了。南宋的词已经是强弩之末。就诗本身说,连尤杨范陆和稍后的元遗山似乎都是多余的,重复的,以后的更不必提了。我们只觉得明清两代关于诗的那许多运动和争论,都是无谓的挣扎。每一度挣扎的失败,无非重新证实那一遍那挣扎的徒劳无益而已。”②这条论断虽不无偏颇之处,但衡以中国文学的演变实际,确

① 〔清〕永瑢等:《四库全书总目》,中华书局1965年版,第1779页。

② 闻一多:《神话与诗》,上海人民出版社2006年版,第165页。

实也道出了文学复古的根深蒂固现状。检讨传统是蓄足力量、更好前行的基础,近世诗学具有复古的总体风貌,“《沧浪诗话》的产生,标志着我国的古典诗歌复古时期的开始,此后直至清亡,古典诗歌基本上是在复古中走完了自己的路程”①。以盛唐为法的严羽铺设了近世诗学取向的基本路径。尽管宋元之际的诗人并不太恪守严羽的理论倡导,转而追慕元、白等中晚唐诗人,以和雅为美,但毕竟他们难以企及风骨凛然的盛唐诗境。宋末元初诗坛弥漫着一股宗唐抑宋之风,宗唐和宗宋两种复古观念有着迥异的接受境遇,相对而言,宗唐是主流,宗宋是支流。唐诗是元初诗歌创作的典范,赵孟頫标举唐诗高境,正缘于他不满于江西诗派唯议论为尚、理学诗唯高谈性命的文化趋向。尽管宋末元初仍有方回编撰的《瀛奎律髓》、江湖诗派和理学诗风的遗留,但与宗唐观念相比,宗宋声音显得十分微弱。宋元之际的宗唐取尚能成为一时潮流,正基于对前朝诗风的反思和批判,展示救赎前朝诗学积弊的文学自觉。

元明易鼎,诗坛沉寂,宋濂、苏伯衡把持诗坛,沿袭旧习,斯时几为传统诗论的照搬和重提,并无多少创举。王世贞《艺苑卮言》总括元明之际的诗坛,断论:“胜国之季,业诗者,道园以典丽为贵,廉夫以奇崛见推。迨于明兴,虞氏多助,大约立赤帜者二家而已。才情之美,无过季迪;生气之雄,次及伯温。”②元明之际吴诗派、越诗派、闽中派、岭南诗派、江右诗派主导诗坛,他们心仪气象雄浑的盛唐诗风。特别是闽中派,以复古为号召,追步严羽标榜的盛唐格调,引领复古潮流。至晚明,缘于心学鼓荡,个体生命意识逐渐强化,李贽鼓吹童心说,掀起人性解放的文化新风潮。公安三袁祭起

---

① 霍松林主编:《中国诗论史》,黄山书社2007年版,第726页。

② 丁福保辑:《历代诗话续编》,中华书局1983年版,第1023页。

性灵的大旗，以清新活泼之风来打破复古观念一统江湖的局面。公安派和竟陵派正视个体的自然本性，抗衡天理的绝对制约，均属意发掘自我，崇尚和乐于释放性灵，展示勇于创新的诗歌气象。他们一改昔日诗坛陈陈相因的宗唐步宋格调，呈现出一种新鲜轻灵之貌。但竟陵末流专一经营幽冷僻静之境，气格逼仄，造成了明季诗坛的死气和沉闷。明清之际诗人汲取竟陵派求真而失正的教训，以醇雅纯正的诗学观念来部分改造诗学大厦，形成清代诗学的集大成姿态。清代是古典主义大畅其道的时期，鉴于明人治学的空疏之风，清初诗人重实学，以诗补史，远唐而近宋。明清易代和清末变局都是山崩地裂式的社会震荡，山河破碎的时代遭际促使古典诗学的回光返照，只是易代之际的遗民诗人往往会感于时代使命，对崇尚文化保守主义的诗歌传统提出种种质疑，部分遏制了复古主义的泛滥。顾炎武等清初三先生和清末的龚自珍、魏源均倡导诗歌变革，直面惨烈的社会现实，激活了经世实用的诗歌理念。晚清诗坛同光中兴，也就在这股复古思潮的影响下，展现诗人的担当与责任。照理说来，诗学传统均要面临着新的突破，梁启超检讨有清一代的文艺，确认在“以复古求解放”旗帜下的学术变迁：“直至末叶，始有金和、黄遵宪、康有为，元气淋漓，卓然称大家。”① 西学烛照下的传统诗学整体转型，从社会体制到诗学表达，都形成了变革的发展趋势，为后世诗学敞开了广阔的发展空间。扬弃传统、张扬自我固然是中国诗学演进永葆艺术生命的法宝，中国诗学具有互为表里的精神传统和艺术传统，“如果说唐宋以前，突破传统、锐意创新主要集中在审美趣味和艺术表达层面的话，那么，随着古代社会的向近代社会的转型，新的文化因素的出现，后代的创

① 梁启超：《清代学术概论》，上海古籍出版社 1998 年版，第 102 页。

新就必然地包含了上述二者，这是谁也无法违背的客观规律”①。在时彦看来，对传统的继承和反叛，都是中国诗学的自然规律，近世诗学的创新涵盖了精神和艺术传统两个维度，形成中国诗学聚合式的全面更新。

江山易主所造成的社会震荡，深刻左右着文人角色定位和文化认同。他们往往会激于乱世之秋的遗民身份认同，倾心时局，关注民生，抒发家国之痛、黍离之悲是诗歌书写的重要主题，促使他们进行形而上的思考。易代之际的诗歌，无论是基调，还是取向，均会不同程度地展示对前朝诗风的改塑色彩，特别还面临着元、清这两个少数民族所建立的统一王朝，近世诗人更增添了种族层面的“水土不适”。如前所论，中国诗歌的精神传统会适时激发士人的担当与责任，将个体生命和爱国激情投入时代熔炉中加以锻造，这是近世诗歌一以贯之的文化品格。“文艺之事，言派别不如言风会。”②当蒙古铁骑踏遍大江南北之际，以文天祥、谢枋得、谢翱为代表的江南士人勇赴国难，抒发济世扶危的满腔热情，留下了不少慷慨激昂的诗篇。宋元之际的刘克庄高擎“忧时元是诗人职”的旗帜，戴表元提倡“诗当缘于人情时务”，呼唤愤世嫉俗、经世致用的诗歌精神回归。关注乱世社会的诗歌意义和使命，越发成为诗人义不容辞的责任。方回编撰《瀛奎律髓》一书，不只推崇江西诗派，更要强调一种格高韵高的诗歌境界。社会危机和国家灾难促进文化正气高涨，明清之际的诗人亦受制于时代风雷的感召，突破诗歌寻声设色的个人经营，高扬经世致用的主旨。陈子龙“托辞触类，不能不及于当世之务”之论、顾炎武“君子之为学，以明道也，以救

① 王小舒：《中国诗歌通史·清代卷》，人民文学出版社 2012 年版，第 13 页。

② 刘永济：《词论》，中华书局 2010 年版，第 45 页。

世也。徒以诗文而已，所谓雕虫篆刻，亦何益哉”之言、钱谦益“夫诗文之道，萌折于灵心，蛰启于世运，而茁长于学问”之语，均展示了诗学的经世品格。关注衰微世运彰显了易代之际诗人心系社会、忧叹民艰的仁厚情怀。晚清陈三立“更弹地变天荒泪，成就穷边一卷诗”的咏叹、梁启超鼓吹的“诗界革命”，亦显示出诗人唤醒国人、抒写时代的用世情怀。大致说来，近世诗学是复古与创变多声调夹杂的交响曲，近世诗学之所以斤斤于宗唐学宋，不仅是近世诗人汲取传统的需要，也关联着易代诗人拨乱反正、提振诗风的文化诉求。

第四节 诗学哲理传统的赓续和发扬

儒释道三教合一思想影响着中国诗学的近世进程，基于唐宋变革说的近世文化观凸显了传统学术对诗学的影响效能。理学性情和道德理性高涨是近世诗学的一大特色，萧华荣《中国古典诗学理论史》以宋为界，将中国诗学演进划分为前后两期，并以情理冲突来统摄近世诗学：“诗、骚之辨与唐、宋之争是情礼冲突与情理冲突的具体化。诗、骚之辨主要贯穿于前期，唐、宋诗之争自然贯穿于后期。”①如其所论，唐宋之争聚焦于诗歌的艺术形式，关乎对诗学传统的体认。中国诗学乃至中国文学有两大并行不悖的传统，即抒情传统与叙事传统，它们同源共生，相互影响，随着社会历史的变迁而起伏消长，共同打造了富有民族特色的审美精神。中国诗学素以言志、缘情为主流，以文辞为末事，注重温柔敦厚的诗教观，属意诗贵含蓄的审美趋向。它讲究披文入情，注重对文本的优

---

① 萧华荣：《中国古典诗学理论史》，华东师范大学出版社 2005 年版，第 10 页。

游涵泳,借以咀嚼字句来领略文本所传达的意旨。古人治学讲究“德、才、学、识”,“学”是文人的一个必备条件,创作主体积累了学力,自会在创作之中有所表现。儒家的天人合一思想、老庄的心斋坐忘理论,致使历代文人从宇宙大化中去关切生命,在沧海桑田中去感叹人生,追求物我合一的理想境界。这就形成了一条源自崇尚得意忘言的魏晋六朝至尚故实重理趣的宋代而绵延不断的中国诗学的哲理传统。宋代是近世诗学哲理传统定型的一个重要时期,处于唐诗高峰之后的宋人,是臣服前朝理路,抑或另起炉灶,关乎宋诗的审美精神和文化品格。正如鲁迅所言,一切好诗至唐代已经做完,如何别开生面,成为考验宋人的重要命题。宋明理学重视日用伦理,践履道德使命,专制日亟的封建统治加重了近世文化的保守内敛品格,涵养佛老、借周孔之道来掌控社会,根基于宋型文化上的宋诗开创了中国诗歌的新路。凡事必究本源,总结诗歌创作技法、强化诗学思维的内在逻辑,真正视诗学为一门学问,至赵宋方才实现。鼎盛不衰的诗话创作与诗学的学问化现象,成为近世诗学哲理传统发扬的具体表现。

唐诗与宋诗标举了中国诗歌的两种基本审美范式,晚清陈衍将古代诗歌范型厘定为二,他视诗人之诗为唐诗范型,而将学人之诗归于宋诗范型。钱锺书《谈艺录》亦有诗分唐宋之说:“唐诗、宋诗,亦非仅朝代之别,乃体格性分之殊。天下有两种人,斯分两种诗。唐诗多以丰神情韵擅长,宋诗多以筋骨思理见胜。”①唐宋诗之争由来已久,近世诗人虽好尚不一、各自成家,然则大可划归于此两种范型之中。唐诗高峰之后,似乎没有留给宋人多少可以创新的空间。然则宋代诗人以意索理,冷静地观照万物并进行概念化思考,从而去探索宇宙与人生的奥妙。正是这种妙心体悟,绘制了

① 钱锺书:《谈艺录》,中华书局1984年版,第2页。

诗人思虑情微的内心世界。向来论诗者多尊唐卑宋，然放置于近世社会生态之中，宋诗的哲理倾向确有后来居上之势。对此，朱自清平心静气，以诗学演进之眼来观照宋诗，在《经典常谈·诗第十二》《论“以文为诗”》《什么是宋诗的精华》诸作中肯定宋诗“以文为诗”“作诗如说话”等取向是时代的进步，认为它树立了中国诗学的新传统。其《论“以文为诗”》在梳理中国诗歌“吟咏情性”和“温柔敦厚”的传统之后，褒扬宋诗的范式意义：“不过选体诗变为唐诗，到了宋代，一个新传统又建立起来了。这里发展了一类‘沉着痛快’之作，或抒情，或描写，或叙事，或议论，不尽合于那两句古话，可是事实上是有许多人爱作有许多人爱读的诗。旧传统压不倒新传统，只能和它并存着。”①在吟咏情性的唐诗范型之外，标举宋诗的存在价值，这是一种可贵的史识。抉刻入里，益加细密，宋诗具有独到的诗学品格，树立了中国诗歌的审美新范式，其后唐宋诗之争贯穿近世始终。齐治平对近世唐宋诗之争有一概括，兹录：“苏、黄以前，宋诗尚未自成面目；苏、黄以后，宋诗始别于唐诗而独树一格。论诗之士，好尚不同，各持所见，而唐、宋之争以起，自南宋以迄近代，历时八百年之久，实文学批评史上一大公案。”②唐诗、宋诗交相辉映，互渗互竞，形成近世诗坛的杂多风貌。明清之际的叶燮以正变逻辑来阐发宋调变革唐音之必然，在其看来，救正之衰、递衰递盛，自有宋调存在的必要。“至于宋人之心手日益以启，纵横钩致，发挥无余蕴，非故好为穿凿也；譬之石中有宝，不穿之凿之，则宝不出。且未穿未凿以前，人人皆作模棱皮相之语，何如穿之凿之之实有得也。如苏轼之诗，其境界皆开辟古今之所未有，天

① 朱自清：《朱自清古典文学论文集》，上海古籍出版社 2009 年版，第 95 页。

② 齐治平：《唐宋诗之争概述》，岳麓书社 1984 年版，第 3 页。

地万物,嬉笑怒骂,无不鼓舞于笔端,而适如其意之所欲出,此韩愈后之一大变也,而盛极矣。"①宋人好尚穿凿,自是宋代文化生态的折射,两宋昌盛的文化政策赋予好思学深的诗人以酝酿革新的契机,相对于唐诗的重情韵,宋人的穿凿之功恰是中国诗学哲理传统的发扬。

宋代是理性精神发达的时代,突破汉唐的注疏之学,宋人注重涵养人格,诗歌表达呈现向内转趋向,尚思致、重理趣、精工锻造的宋诗范型制约着近世诗学的演进。在一定程度上说,近世诗学的哲理传统是宋诗尚理趋向及其理学诗推动的结果,受宋明理学的影响,近世诗学凸显理性情的色彩。宋明理学影响下的近世诗学,以理胜情,主体精神形成超越外在世界之势,从而展示对传统诗学命题如"穷愁著书""隐而后工"的新理解。追求义理之正、性情之和,近世多见节制情感的种种主张。这在宋元之际表现为情性之争,在元明之际体现为情理之辨,在明清之际体现为性情与学问之争,最后结穴于晚清陈三立、郑孝胥引领的"宋诗运动",铸成一幅鼎革之际诗学哲理传统的发生图像。近世诗学取法唐代,以复古求革新是其最为普遍的现象。但在鼎革之际,激于前朝诗风的颓媚,往往会出现宋诗一度盛行的局面。元明之际的宋濂、王祎、方孝孺致力打破元末平滑妥溜的创作诗风,提出"诗以理性情"的主张,援引伦理之正来规范情性。王祎之子王绅进而鼓吹:"夫诗者,主乎理而发乎情性者也。天下之理无穷,而人之情性不一,为能不失于理而得乎情性之正,斯足以言诗矣。"②以理范情,得情性之正。明代学术空疏,明人论诗,总体上是尊唐卑宋,然而备经公安三袁

① 〔清〕叶燮等:《原诗　一瓢诗话　说诗晬语》,人民文学出版社 1979 年版,第 9 页。

② 吴文治:《明诗话全编》,江苏古籍出版社 1997 年版,第 400 页。

的性灵诗风吹拂，作为新传统的宋诗品读被渐次打开。宋诗被重新发现和肯定，直至崇祯末方才取得与唐诗分庭抗礼的地位，个中关键人物应是钱谦益。乔亿《剑溪说诗》载："自钱受之力诋弘、正诸公，始缵宋人余绪，诸诗老继之，皆名唐而实宋，此风气一大变也。"①钱谦益熔铸异质，叹赏苏轼、陆游的诗歌境界，导入宋代诗风，以沉潜深厚来改变和救赎明诗的浮薄肤浅。清初诗人王士禛沿袭钱谦益的宗宋路向，助推清代的宗宋诗歌波澜。

作为一种新传统被认同和接续，需要岁月的检验。毋庸置疑，清初遗民嗜好宋诗者毕竟不在多数。即便在清初诗坛，诗人对待唐宋诗之争亦抱持一种理性的态度，必然的尊唐与应然的宗宋相互夹杂。诗学追求以唐诗相标榜，实际创作却又主动亲近宋诗，这种看似悖论却又合理的诗学现象，确缘于时代风云际会。特别是清初不少遗民诗人，随着岁月的飘逝和阅历的丰富，往往会不自觉地沾染宋调，像宗杜的钱秉镫，晚年诗风就追慕陆游气象；诗法太白诗风的归庄，亦有不少步武苏舜钦、梅尧臣、范成大的和诗。《四库全书总目》之"《宋诗钞》"条载："盖明季诗派，最为芜杂。其初厌太仓、历下之剽袭，一变而趋清新；其继又厌公安、竟陵之纤佻，一变而趋真朴。故国初诸家，颇以出入宋诗，矫钩棘涂饰之弊。"②康熙初年，吕留良、吴之振编撰《宋诗钞》，标举宋诗、反思前朝，就此而论，清初的宋诗复兴不无针对明诗颓废而改弦更张的考量。除此之外，宋诗哲理传统之所以在清初大放异彩，还有一层浓厚文化情感的成分。明之亡于清类同宋之亡于元，类似的历史情境最易激发明遗民的异代同悲心理，借前朝之酒杯，浇当下之块垒，托

---

① 郭绍虞编选，富家荪校点：《清诗话续编》，上海古籍出版社 1983 年版，第 1104 页。

② 〔清〕永瑢等：《四库全书总目》，中华书局 1965 年版，第 1731 页。

宋写明就成了明代遗民诗人灌注情感的重要方式。这在南宋国都旧地的两浙尤为明显，清初黄宗羲称赞宋代遗民的种种言论即为注脚。其《陈苇庵年伯诗序》就载："宋之亡也，其诗又盛。无他，时为之也。"①充分肯定元气鼓荡的宋代遗民诗风，特殊的时代际遇促使黄宗羲褒扬宋元之际的遗民文学精神。毋庸置疑，近世诗学的哲理传统赓续伴随着理学世俗化思潮，理学在近世的兴衰嬗变也左右着宋调的接受效应。对于理学家而言，诗歌吟咏情性就得"玩心于六经，沉潜乎义理"，而过分强调以教化之功来替代诗歌表达，无限制地远离诗歌的抒情传统，这类同义理语录般的诗歌书写自然会削弱其美学意蕴，并最终导致宋调的衰竭。

第五节　诗歌表达及批评的世俗化

宋代是中国文学由雅趋俗的重要转折时期，自北宋开端的近世诗歌贴近日常生活，大量采纳日常生活用语，表现出富有近世意味的世俗化倾向。大凡诗歌观念、表达功能，以及诗歌取材和语言，近世诗歌表现出整体性的世俗化，"宋诗的日常生活化，可说是近世诗歌乃至近世文学的一个总体特征"②。贴近日常生活的诗歌书写，虽在《诗经》中已经发轫，陶渊明、白居易亦常引日常生活入诗，但细微而真实地刻画日常生活至宋代才成为一时之风。宋代生产力水平大幅度发展，市民经济繁荣，出现一个相对独立的市民阶层，它刷新了诗歌审美主体的角色，特别是活字印刷术的发明，

---

① 〔清〕黄宗羲：《黄宗羲全集》第10册，浙江古籍出版社2005年版，第48页。

② 张剑：《情境诗学：理解近世诗歌的另一种路径》，载《上海大学学报（社会科学版）》2005年第1期。

坊刻普及，致使近世诗歌传播更加快捷，预设了近世诗歌的世俗化前提。苏轼《李氏书房藏书记》载："余犹及见老儒先生，自言其少时，欲求《史记》《汉书》而不可得，幸而得之，皆手自书，日夜诵读，惟恐不及。近岁市人转相摹刻诸子百家之书，日传万纸。学者之于书，多且易致如此，其文词学术，当倍蓰于昔人。"①近世出版业发达，尤其是印刷术日趋家庭化，实现了诗歌传播的巨大革命，诗作编集和刊印都变得相当容易，昔日"养在深闺"的经典之作轻而易举地进入寻常百姓家，为他们提供更为广阔的阅读机会。近世教育发展迅速，一般在中央设有国子学、太学，地方有郡学、府学、县学，民间还有各种书院、家塾，教育的普及直接惠及许多出身贫寒而希冀入仕释褐的普通百姓，也客观上造成各种赋诗结社的文学团体，促成星罗棋布的地域诗派。对此，北宋与南宋易代之间的吴可，其《藏海诗话》的记载可为注脚："元祐间，荣天和先生客金陵，僦居清化市，为学馆，质库王四十郎、酒肆王念四郎、货角梳陈二叔皆在席下，余人不复能记。诸公多为平仄之学，似乎北方诗社。"②市民作诗的现象加速了近世诗歌创作的民间化趋向，深入民间的私人教育和文学结社打造近世城市文化的灿烂景观，它不单单提供相对充足的生活资料，还传达出市民舞文弄墨的精神需求。非仕则隐的传统生存方式被搁置起来，士人越发认同便利的市井生活，相对惬意的城市文化生态刷新士人的生活习惯，逐渐改变着他们的审美趣味。

近世诗歌繁荣根基于异常发达的哲学，成熟的中国哲学以重新诠释儒家经典的方式来对接现实和感叹人生。诞生于北宋的理

---

① 〔北宋〕苏轼著，孔凡礼点校：《苏轼文集》，中华书局 1986 年版，第 359 页。

② 丁福保辑：《历代诗话续编》，中华书局 1983 年版，第 341 页。

学在南宋中后期逐渐世俗化，实现对诗歌的全面渗透。潘德舆《养一斋诗话》载：“宋诗似策论，南宋人诗似语录。”①较于唐诗，宋诗更注重写实，贴近生活。宋人以文为诗，讲究技巧，理学思想常落实于日常生活之中，出现世俗化趋向。近世商业活动丰富了日常生活，商品泛滥撬动了传统的文学观念，近世创作主体性强化，对诗歌的价值期待日趋平凡，贴近琐细生活生态成为其咏叹的重要取向。“过去的诗人所忽视的日常生活的细微之处，或者事情本身不应被忽视，但因为是普遍的、日常的和人们太贴近的生活内容，因而没有作为诗的素材，这些宋人都大量地写成诗歌。所以宋诗比起过去的诗，与生活结合得远为紧密。”②昔日难登大雅之堂的生活物件，譬如劳动工具、生活用品纷纷进入他们的表现视野，而一些俚俗生新的对象和题材很难找到合适的雅语，这便顺理成章地导致诗歌情趣的生活化、语言的白话化。宋元之际的戴表元，作诗出入苏、黄之间，然而他有意挖掘生活题材，营造平淡闲适的诗境，如其《苕溪》载：“六月苕溪路，人言似若邪。渔罾挂棕树，酒舫出荷花。碧水千塍共，青山一道斜。人间无限事，不厌是桑麻。”拈出日常风物，以质朴而清新的口语，谱写盎然生机的农家生活。元末明初高启的《养蚕词》亦高度关注周边的日常生活：“东家西家罢来往，晴日深窗风雨响。二眠蚕起食叶多，陌头桑树空枝柯。新妇守箔女执筐，头发不梳一月忙。三姑祭后今年好，满簇如云茧成早。檐前缲车急作丝，又是夏税相催时。”择取农家生活片段，充满情趣的生活体验，真实而贴切地记述了农忙场景，淳朴气息扑面而来。

① 郭绍虞编选，富寿荪校点：《清诗话续编》，上海古籍出版社 1983 年版，第 2023 页。

② 〔日〕吉川幸次郎著，李庆、骆玉明等译：《宋元明诗概说》，复旦大学出版社 2012 年版，第 12～13 页。

出雅入俗的近世诗歌表达,带来诗歌表现形式的变革。新文化运动的开山宗师胡适,在《白话文学史》中推崇宋诗之妙:"宋诗的特别性质全在他的白话化。换句话说,宋人的诗的好处是用说话的口气来做诗;全在做诗如说话。"①抱持白话文学正宗论的先验认定,虽不无偏颇之处,倒也侧面道出宋诗的近世特质。宋人以熟悉的语言传达哲理巧思,遥开了白话诗的书写理路。葛兆光更从整个诗歌史角度来进一步生发:"一部诗歌史就简化为诗歌语言形式的变化史,而中国诗歌语言的演变过程中最具有'革命'意义的变化,除了古诗到齐梁体诗及唐诗的那一次之外,就要算从宋诗一直延续到本世纪(按:指 20 世纪)白话诗运动的诗歌语言演变了。"②在其看来,突破唐诗的烂熟套数,趋向散文和口语的以文为诗,展现宋诗之于齐梁体诗的革新意义,职是之故,宋诗与白话诗可谓一种共同诗歌观念导致的语言革命,宋型诗歌借以日常语序和文从字顺的意义呈现,传递近世诗歌清晰明确的主体意识。不避琐碎的日常生活事物,不求雕琢出新的语言表达,自然顺畅的诗歌语言实际上已经改变了诗歌艺术标准。"曾经在唐宋时代努力接近日常生活、表现日常生活的古典诗歌,为反抗经验的日常化带来的平庸和世俗,重新开始疏离日常生活而追求审美的超越。相反,诗歌批评却因为基于对诗歌的人生意义的新的理解,而变得更人性化和带有世俗色彩。"③搁置典雅的诗歌语言追求,创新意识与实证学风结合,显示近世诗歌评价尺度和理论阐释的世俗趋向,这亦是近世诗歌人性关怀的显现。

---

① 胡适:《白话文学史》,百花文艺出版社 2002 年版,第 300 页。

② 葛兆光:《从宋诗到白话诗》,载《文学评论》1990 年第 4 期。

③ 蒋寅:《论清代诗学的学术史特征》,载《南京师范大学文学院学报》2003 年第 4 期。

如前所论,诗歌追求的人性向度和平淡之美是近世诗歌批评的世俗化的重要体现。古代人文思想领域饱受封建礼法的制约,漠视平等和个性解放的思想诉求。而明中叶以降崛兴的人性复苏潮流,重新开启文学的人性关怀向度。明末清初,以清初三先生为代表的遗民诗人将批判触角延伸到文学存在和社会制度等方面,崇实致用,同情民瘼,构建一个近世的文学公共空间。近世诗歌的日常化与私人化倾向,各取所需的诗歌意义传达,以及易代之际游离的诗人身份定位,大都会在文学公共空间找到一个相对合适的位置。尽管有清一代考据之学流行,但阻挡不住诗话创作的兴盛。作为我国文学园地中的一朵奇葩,诗话熔理论、批评与欣赏于一炉,具有强盛的艺术生命。宋明理学的格物穷理思维致使诗话成为近世一时之体,赵宋以来的诗话话题涉及诗歌本体、风格和修辞诸多方面,而处于集大成的清代诗话一开始就浸染强烈的批判意识,它质疑明代空疏的学术,突破藏之名山的书写态度,视诗话创作为人生见解的表达,相对随意的书写带有私人订制的色彩。清初王士禛就撰有《渔洋诗话》《律诗定体》《古诗平仄论》《五代诗话》四种,晚清陈衍也留下《石遗室诗话》《辽诗纪事》《金诗纪事》《元诗纪事》四种,以资闲谈,展示近世文学主体意识的自觉。在诗学范式取法上,尊杜和宗陶是近世诗坛的两大支柱,近世的宗陶之风或出于超越困窘现实的需要,或出于角色期待的感召,它们直接导致诗歌书写的平淡之美。平淡自然的陶诗符合理学的主静思想,陶渊明在宋代获得广泛的接受,元初忽必烈时期,吴渭、方凤等宋代遗民所创建的月泉吟社以"春日田园杂兴"为题征诗,其后征集所得诗歌达 2735 首,这次活动直接标榜宗陶范式,左右着元代对陶渊明诗风的接受效应。明末清初的宗陶则以王夫之、归昌世、陈恭尹为代表,他们或欣赏其人,或取法其风格,立足动荡不安的社会现实,诗歌本位胶着忧患意识,迎合时代跳动的脉搏来抒写精神律动，成为易代之际诗人灵魂挣扎的活态实践。

近世易代之际的诗学演进是中国文学近代化进程中的一个特殊阶段，改朝换代并不意味着诗学演进的陡然中止，它是中国诗学感于时代变迁而修正和充实诗学内蕴的蓄势蛰伏期。近世易代之际的诗学不仅延续独具民族文化意蕴的千年诗脉，也打造了饱含近世内涵的诗学品格。介于两个朝代之间的鼎革时期，它往往是检讨前朝诗学、开启和孕育后代诗歌高峰的契机，显示出中国诗学演进的合理衔接。变幻不居的易代之际的社会政治，赋予近世诗人纷繁多色的人生面相，庶族阶层逐渐壮大，王朝易鼎改写着士人的生存方式和社会祈求，近世诗学在复古主义泛滥之际不乏创变的种种诉求，在浮世之中感悟人生，谋求思想上的解脱，借以理趣和尚理追求，它树立了中国诗学的哲理传统。聚讼千年的唐宋之争，相互发明，相互推演，构成彼此夹杂的诗学传统重铸运动。近世成为中国诗学哲理传统衍生的关键时期，整体更新了近世诗学的演进路径和批评指向。近世鼎革之际的诗歌创作水平尽管参差不齐，但大多紧贴动荡频仍的社会现实，深刻而全面地书写国家危机和人民抗争。近世诗歌的世俗趋向展示诗歌表达的蓬勃生机，回归民间社会，表现题材的日常化和语言运用的白话化预示诗歌书写正逐渐脱离古典主义的藩篱，积蓄改弦更张的诗学张力。

近世易代之际诗学是中国诗学由古典形态向现代嬗变的必然构成，是东方式文艺复兴文化转型的重要表征。诗歌作为“有意味的形式”，成为易代之际诗人人格意志呈现的方式，朝代鼎革的历史巨变暂时切断了前朝文学的发展进程，却为有识之士探寻文学发展新路和建构新的诗学观念提供契机。重新审视和检讨前朝诗学途辙，深挖中国诗学的内在规律，创作出具有鲜明时代特征的诗篇，从而铺垫和导引未来诗学的发展道路。易代强化文人的担当与责任感,直面山河变色的剧痛,易代之际文人孜孜以求整体自足的诗学图景,尽力试图弥合改朝换代所造成的诗学空隙,纾解遗民和贰臣定位的两难困境。他们或顺应时代要求,积极出仕,以手写心,讴歌他们的时代;或坚守士人气节,捍卫自由人格,传承文化命脉。无论是宗唐还是祢宋,无论是复古还是主变创新,近世易代诗学显示由激进活跃到理性回归的趋向,诗歌书写大体从世俗化、个性化向理性化转变,呈现中国诗学批判性继承的风貌。将错综复杂的近世易代诗学观念纳入近世社会的文化生态平台之中,展示近世易代诗学继往开来的文化特质,它可以逐层解开中国诗学或古代文化领域诸多纠缠日久的学术命题,深远探究近世易代诗学演变的基本规律,彰显文化自信。在共时性维度梳理近世易代诗学观念,由存在论到方法论,动态展示中国诗学未曾断裂的传统,钩沉其所传达的诗学建构策略,重视近世易代诗学继往开来的重要地位,彰显近世易代文人的理论自觉和学术自信,从而拓深相关问题研究,或许这就是钩沉和梳理近世易代诗学观念的意义之所在。

第一章　宋元易代之际诗学的唐宋之争

中国近世诗学史上的唐宋之争，关合时代风气和诗人好尚的变化，二者聚讼不休的核心问题，不在于朝代之异，实为风格之别。究其发端，唐宋之争鼓噪于北宋的欧阳修，欧阳修推崇诗歌的议论化，讲究押韵，促使诗歌散文化，“故就理论方面而言，唐宋诗之争端，实自欧阳氏启之”①。其后，苏轼、黄庭坚各开生面，是唐宋诗转变的关键人物。近世诗学发展至元时，这已是唐宋之争的第一个高峰期，几乎覆盖了整个元代文学史。元代作为第一个入主中原的少数民族政权，有其自身的特殊性，蒙古族豪放不羁、不拘小节的文化性格，不仅给长期生活在战乱之下的中原带来了稳定的政治局势，而且还给文人儒士们提供了一个相对自由的文化环境，这就为后期文化的繁荣奠定了良好的基础。

在经历了唐、宋两个诗学高潮之后，宋元易代的诗学走向问题确实值得深究，唐宋诗词孰优孰劣的话题几乎贯穿了整个中国文学史。这一时期，宋元易代诗学也在“学唐”抑或“学宋”的问题上陷入了僵局。有元一代，元杂剧、南戏、小说等通俗文学样式大肆兴起，人们纷纷开始致力于小说、戏曲的收集整理，诗歌创作和诗

---

①　齐治平：《唐宋诗之争概述》，岳麓书社 1984 年版，第 2 页。

学理论建构则略显薄弱,以致有时彦认为“元代无诗”①,学界的传统观点认为宋元易代甚至是整个元代诗学不过是在模仿古人,并未脱离唐宋诗学的窠臼。究其实,元代诗学虽强调复古,主张“宗唐得古”“祧宋归唐”,但始终无法摆脱宋代程朱理学思想一统天下的局面,最终仍旧在“宗唐”与“宗宋”的斗争之下合二为一,形成了新的诗学特色。

第一节　宋元易代诗学唐宋之争概述

宋元易代以剧烈的文化阵痛逐步完成文人认知的谱系重构和文化版图的再绘,在“亡天下”和延续文化道统的纠葛中设置各自定位。宋元战争自 1235 年全面爆发,至 1279 年崖山之战宋室覆亡,战火延续近半个世纪。元灭南宋,开启了少数民族入主中原的统一王朝时代,元代统治中原的时间不长,自 1234 年蒙古灭金之时起,到 1368 年明军攻下大都为止,共计 134 年历史,却部分改变了中国诗学演进图像与文人性情的抒写空间。以蒙古灭金为标志,元代的文学思想、文学风格以及文学创作也都开始步入一个新的阶段。

一、宋元易代诗学“唐宋之争”风貌

中国诗学的“唐宋之争”关涉诗歌范式、创作理路等核心问题,几乎自宋诗创作之日起,就客观存在与此相关的争议。研究唐诗也许可以绕开宋诗,但研究宋诗是怎么也绕不开唐诗,更何况是紧承唐宋诗高峰之后的宋元易代诗学。其实,早在宋人沿袭唐人诗

① 裴斐:《中国古代文学史》,中央民族大学出版社 1996 年版,第 555 页。

歌创作传统之际，就存在守成与创新的二难选择。南宋初年，当江西诗派将整个宋诗学推向顶峰之时，非议之音就暗潮涌动。他们以言志为本位，以风雅为正宗，来反对江西诗派过于注重形式之积弊。南宋末年，尤其是宋末元初，唐宋诗之争更甚，“学唐”抑或“学宋”就成为宋元之际诗家所关注的焦点。

宋元易代之际，北方文坛大多是由金入元的遗民诗人，金代就十分推崇唐诗，赵秉文主张师古，转益多诗，对于唐诗，他主张从王维、柳宗元、白居易、李白、李贺、贾岛、杜甫、韩愈等众多名家中吸取养分，创立自己的家法。王若虚“文以欧、苏为正脉，诗学白乐天，作虽不多，而颇能似之”①，其赋诗追步白居易，认为白氏诗歌之所以为后人称道，正是基于其“情致取尽”的结果。王若虚反对黄庭坚的“宗杜”之说，认为黄氏诗风奇崛，却无趣味可言。这种扬唐抑宋的主张成为鼎革之际北方诗坛的主流倾向。

金亡后，元好问并未出仕元朝，但其诗歌重壮美、尚豪迈之旨成为当时北方文坛的指导思想，与其有师承关系的王恽将宗唐思想说成是整个金末元初诗坛的风尚，主张写诗要“平淡而有涵蓄，雍容而不迫切”②，推崇平淡蕴藉的王、孟诗风。他认为元好问诗歌之妙就在于其宗唐途辙，师徒二人在元代早期宗唐诗风兴起的过程中起到了指引作用，其后的卢挚、刘因则沿袭元好问等开创的“以唐人为指归”③的路子继续前行。

同一时期的南方文坛较北方更为活跃，唐宋之争也较北方更

---

① 〔元〕元好问：《内翰王公墓表》，见李修生主编《全元文》第 1 册卷三〇，江苏古籍出版社 1998 年版，第 491 页。

② 〔元〕王恽：《遗安郭先生文集引》，见李修生主编《全元文》第 6 册卷一七六，江苏古籍出版社 1998 年版，第 207 页。

③ 〔元〕元好问：《杨叔能小亨集引》，见李修生主编《全元文》第 1 册卷一九，江苏古籍出版社 1998 年版，第 309 页。

为复杂。宗唐派以戴表元、袁桷等为代表,宗宋派以方回、刘将孙为代表。元初南方宗唐的风气可追溯到南宋末期以叶适、刘克庄为代表的四灵诗派、江湖诗派,他们主张诗学晚唐,以苦吟纤细之风来反对江西诗派善于用事、工于锻炼、以艰涩瘦硬为主的诗学倾向。

为了反对晚唐诗风所带来的诗歌气格卑弱、绮靡纤细之积弊,戴表元提出了“宗唐得古”论。所谓“宗唐”并不专宗盛唐,他主张诗宗百家,学习有唐以来一切有成就的名家,正如其所标举的“酿诗如酿蜜”之说,其精神实质在于广采百家、融会贯通。他说:“余自学诗来,见作诗人讳寒语,兼不喜用书,云二者能累诗,是矣。然古诗人作寒语,无如渊明最多;用书无如太白、子美。而三人诗传至今,不见其累之也。”①其主张可谓不主江西亦不废江西,不主晚唐亦不废晚唐。

其徒袁桷亦沿袭了戴氏之风气,针对晚唐积弊而发,如其《书郑潜庵李商隐诗选》载:“私以为近世诗学顿废,风云月露者,几于晚唐之悲切,言理析指者,邻于禅林之旷达。诗虽小道,若商隐者,未可以遽废而议也。”②指摘四灵、江湖之作耽于“风云月露”、诗道狭小之弊。他将眼光聚焦于魏晋、盛唐之诗,论诗多言法度,以风、雅、颂作为诗之法度,《题闵思齐诗卷》云:“唐诗有三变焉,至宋则变有不可胜言矣。诗以赋比兴为主,理固未尝不具。今一以理言,遗其音节,失其体制,其得谓之诗欤?”③袁桷认同“言为心声”,认

---

① 〔元〕戴表元:《汤子文诗序》,见李修生主编《全元文》第12册卷四一八,江苏古籍出版社1999年版,第121页。

② 〔元〕袁桷:《书郑潜庵李商隐诗选》,见李修生主编《全元文》第23册卷七二一,江苏古籍出版社1998年版,第324页。

③ 〔元〕袁桷:《题闵思齐诗卷》,见李修生主编《全元文》第23册卷七二三,江苏古籍出版社2001年版,第377页。

为作诗当本乎于性情,合于自然,不事雕饰,忌矫揉造作、无病呻吟,要求作品内容与形式两相结合,讲求自然朴质的同时,亦不忘与音节完美结合。这种讲究体制、注重音节文字之美的理论主张,为明代复古派“格调”之论起到了一定的开导作用。

元紧承宋而来,时代的变迁并不能截断文学之间的联系,一代有一代之文学,易代有易代之文学,易代之文学正是在众多个一代之文学的基础之上形成而来,元代忽必烈时期就已经定理学为官学,以汉法来治理天下,这也就意味着元与宋之间有着某种特定的联系。如果说“宗唐”是元初诗坛复古的主流,那么“宗宋”就是其支流,人数虽少,气势虽不如唐,但也绝不可忽视。

最有代表性的是戴表元之师方回,他推崇江西诗派,主张瘦硬苦涩的诗风,强调格调,对华丽奢靡的诗作极为反感。在创作原则上,方回强调赋诗应当“先看格高,而意又到,语又工,为上”①,提倡“一祖三宗”之说:“古今诗人当以老杜、山谷、后山、简斋四家为一祖三宗,余可预配飨者有数焉。”②他以杜甫为祖,标举黄庭坚、陈师道、陈与义三宗之说,同时要求诗作须字字有来历,提倡黄庭坚的“夺胎换骨,点铁成金”之法度,喜欢模仿前人而略改其意,而对江湖诗派和四灵诗派则极尽批评之能事,认为其体格卑弱,题材偏狭,并且过分地追求对偶,矫揉造作。

除此之外,元初大多数理学家多受到宋季理学思想的影响,诗作充满理趣,富含哲理,韵味无穷。以朱熹的继承者而自居的理学家吴澄,过分地注重自身人格的修养,主张“诗文以理为主,气为

---

① 〔元〕方回选评,李庆甲集评校点:《瀛奎律髓汇评》,上海古籍出版社2005年版,第894页。

② 〔元〕方回选评,李庆甲集评校点:《瀛奎律髓汇评》,上海古籍出版社2005年版,第1149页。

辅，是得其本矣”[①]，论诗以理为主，认为理为诗之本，并从持静、观物、适怀的理学观出发，提倡“夫诗以道情性之真，自然而然之为贵”[②]之说，即极力推崇平淡自然、潇洒冲淡的诗歌风格。郝经受实学影响而重视文章的功用，强调文章的质朴实用，反对工巧奢华，“夫学所以为道，非志于文而已也。德业积于内，行实加于人，而文章以为华尔，如景星庆云，日芒月采，瑞太平，光天下，黼黻一世者也”[③]，在他看来，赋诗应顺应天理，“不作不为，万理皆备。推而顺之，文在其中矣。故文作于人而穷于人，人亦作于文而穷于文”[④]，提倡自然之作，斥逐矫揉造作之习。

综上所述，唐、宋代表了两种不同的诗学风格：唐诗重“象”多于重“意”，宋诗重“意”多于重“象”；唐诗主性情，而宋诗尚理趣；唐诗重格律，而宋诗更多地重技法；唐诗主雄浑，而宋诗主纤丽。不同的历史时期，两种截然不同的诗歌风格，树立了诗歌史上的两座高峰。进入元朝以来，复古已成为其既定的路线，但终究是在“学唐”抑或“学宋”的问题上形成了彼此对立的两大阵营，二者并不是相互斗争的关系，而是相互融合，相互依存，在不断的消解与化合之下最终达成和谐统一。宋元易代诗学是在怎样的社会环境之下演绎唐宋之争的？这就成为我们欲要解决的核心问题。

---

① 〔元〕吴澄：《东麓集序》，见李修生主编《全元文》第14册卷四八二，江苏古籍出版社1999年版，第278页。

② 〔元〕吴澄：《陈景和诗序》，见李修生主编《全元文》第14册卷四八六，江苏古籍出版社1999年版，第383页。

③ 〔元〕郝经：《甲子集序》，见李修生主编《全元文》第4册卷一二五，江苏古籍出版社1998年版，第202页。

④ 〔元〕郝经：《文说送孟驾之》，李修生主编《全元文》第4册卷一二九，江苏古籍出版社1998年版，第299页。

二、宋元易代的文学接受特点

“唐宋之争”的话题几乎覆盖了整个中国文学史，“唐宋之争”几乎在赵宋王朝建立之初就存在着，它代表一种关合诗歌创作与批判范式的潮流，强调模仿古人，提倡复古，属于文学接受史的范畴。尚学锋等人的《中国古典文学接受史》载：“古典文学接受的历史可以大致分为四个发展阶段：先秦阶段是古典文学接受的前自觉时期……两汉至唐代是古典文学接受的成熟期……宋元明清时期是古典文学接受的转型期……本世纪以来，古典文学接受进入了一个新的阶段。”①处于近世之际的宋元易代诗学，社会转型赋予诗学观念的过渡特质。

从先秦时期开始，文学接受活动就随着文学的产生而出现，但由于此时，生产力水平低下，政治、经济条件有限，这一时期的文学接受活动也一直仅限于对文学作品进行基本的阐释，或者考察其社会实用价值层面。至汉、唐，造纸术的兴起使得文学作品除口头吟诵之外开始以书面的形式广为传播，日益壮大的阅读队伍成为文学接受的主体，接受对象多以诗歌形式出现的雅文学为主。宋元明清时期，随着经济的日趋繁荣，文学开始日益渗入底层，广大人民群众开始成为文学主体的一部分，印刷术的进步使文学作品的传播和接受有了更为便利的现实条件，同时由于少数民族入主中原，给文学注入了新的血液。这一时期，出现了戏曲、杂剧、小说等通俗文学样式，形成了雅俗共赏的新局面，更为引人注目的是这一时期诗话、评点的大量产生，人们开始关注除作品本身内容之外的文学形式、文学风格等更具文学价值的方面，这就为文学接受活

① 尚学锋、过常宝、郭英德：《中国古典文学接受史》，山东教育出版社2000年版，第2～3页。

动的逐步深入打下了良好的基础。元代的文学接受开始呈现出与以往不同的新的特点:

(一)学习古人,溯本求源

元以前是以“六经”作为其学习模仿的典范,自六朝时期起,业已形成系统的宗经思想,但发展至元,由于种族的繁杂,人们的宗教信仰很难统一,宗经也存在着一定的不可操作性,人们就只能以模仿古典传统文学入手,最高典范当属秦汉文、汉魏古诗、盛唐近体。职是之故,元人方回断论学诗要点在于:“古诗以汉魏晋为宗,而祖《三百五篇》《离骚》。律诗以唐人为宗,而祖老杜,沿其流止乾淳,溯其源止洙泗。”①尊古还是崇律,涉及对诗歌传统的选择,在唐诗与汉魏诗歌之中取舍。无论是古诗,还是律诗,以古为法,就树立了后世继承的标杆。

方回师承江西诗派,以杜甫为宗,同时元初学者中效法杜甫的学者依旧大有人在,程钜夫云:“继风、骚而诗者,莫昌于子美,秦、蜀纪行等篇,山川风景,一一如画,逮今犹可想见。他诗所咏亦无非一时事物之实,谓之‘诗史’,信然。”②他对杜甫诗能真实地描绘社会自然、风土人情给予了高度的肯定。同时,程钜夫对苏轼也丝毫不吝啬赞美之词:“后之才气笔力可以追踪子美,驰骋蹦藉而不困惫,在宋惟子瞻一人。其平生游览经行及海南诸诗,使读之者真能知当时土风之为何如。”③他认为苏轼之诗可与杜甫一较长短,两者皆以写实为本位。唐宋的名家都纷纷成为这一时期争相效仿的

① 〔元〕方回:《汪斗山识悔吟稿序》,见李修生主编《全元文》第7册卷二一二,江苏古籍出版社1999年版,第92页。

② 〔元〕程钜夫:《王寅夫诗序》,见李修生主编《全元文》第16册卷五二七,江苏古籍出版社2000年版,第111页。

③ 〔元〕程钜夫:《王寅夫诗序》,见李修生主编《全元文》第16册卷五二七,江苏古籍出版社2000年版,第111页。

对象，如李白、白居易、李贺、韩愈、李商隐等。

（二）师承百家，博采众长

广师博取成为这一时期接受理论的又一大特点。戴表元就是一个显例，他思想开放，兼取百家，在其思想构成中，有师承吕祖谦的深宁之学，有祖法叶适的水心之学，有方回之学，有程朱理学，有欧阳守道、刘辰翁之学，同时还有师承陆九渊的陆氏心学。[①] 对此，戴表元自我归结为"酿诗如酿蜜"的理论主张："酿诗如酿蜜，酿诗法如酿蜜法。山峰穷日之力，营营村墟薮泽间，杂采众草木之芳腴，若惟恐一失，然必使酸咸甘苦之味无可定名，而后成蜜。若偏主一卉，人得咀嚼其所从来，则不为蜜矣。诗体三四百年来，大抵并缘唐人数家：豁达者主乐天，精赡者主义山，刻苦者主阆仙，古淡者主子昂，整健者主许浑，惟豫章黄太史主子美。"[②]其旨在用蜜蜂酿蜜来比喻诗人作诗，其精神实质就在于广采百家、融会贯通。从方回早期专攻江西诗派到戴表元的酿蜜法，宋元之际诗学逐渐踏上从别立门户到转益多师的嬗变。吴澄也深受其"酿诗如酿蜜"之说的影响，接续其道："善诗者譬如酿花之蜂，必渣滓尽化，芳润融液，而后贮于脾者皆成蜜。"[③]至于如何操作，他认为："蜂之酿蜜，不采取于花，可乎？融液浑成而无滓，人见其为蜜，而不见其为花也。"[④]正是其师承百家的思想，才形成了其集江西诗派、晚唐诗派、

---

① 参见查洪德《理学背景下的元代文论与诗文》，中华书局 2005 年版，第 230 页。

② 〔元〕戴表元著，李军等校点：《戴表元集》，吉林文史出版社 2008 年版，第 329 ~ 330 页。

③ 〔元〕吴澄：《周栖筠诗集序》，见李修生主编《全元文》第 14 册卷四八六，江苏古籍出版社 1999 年版，第 366 页。

④ 〔元〕吴澄：《送郭以是序》，见李修生主编《全元文》第 14 册卷四七七，江苏古籍出版社 1999 年版，第 129 页。

理学思想三位一体的创作特色，奠定了其文学大家的地位。

（三）不拘古调，超然悟入

师从古人是元诗坛的主流倾向，吴莱云："自汉魏以下迄于陈隋，上下千有余年，正声微茫，雅韵废绝，未有慨然致力于古学者。"①程钜夫在《严元德诗序》中论及学习古人的重要性："夫学者必求之古，不求之古而徒胶胶戛戛，取合于一时，其去古人也益远矣。"②不过，他认为"学"并不意味着"袭"，学习古人主要有两条途径：一条是只知简单模仿，拘于古人之法，从而失去自我；另一条是能师从古人之意，模仿之外而有所得，"制礼作乐因时所宜"③，才是善学者。程钜夫言："求古之道，当何如？能如会孟之融会，斯可矣，而犹必以养性情，正德行为本。"④他认为学习古人就要学会融会贯通，一味地简单模仿，只会失其诗意，以"养性情，正德行为本"，才能体味诗之精髓。一般来说，时代和生活环境的差异往往会影响到国民性情的变化，若将之迁移至诗歌创作之中，就会反映出不同的诗学风格，一味地只求形似，诗歌就会失去其本身存在的价值与意义。刘诜在《与揭曼硕学士书》中指出："故学西施者，仅得其颦；学孙叔敖者，仅得其衣冠谈笑；非善学者也。故李杜、王韦，并世竞美，各有途辙；孟荀氏、韩柳氏、欧苏氏，千载相师，卒各立门户。曾出于欧门，而不用欧；苏氏虽父子，亦各务于己出。盖

① 〔元〕吴莱：《与黄明远第三书论乐府杂说》，见李修生主编《全元文》第44册卷一三七〇，江苏古籍出版社2004年版，第131页。

② 〔元〕程钜夫：《严元德诗序》，见李修生主编《全元文》第16册卷五二九，江苏古籍出版社2000年版，第151页。

③ 〔元〕吴澄：《孙静可诗序》，见李修生主编《全元文》第14册卷四八六，江苏古籍出版社1999年版，第376页。

④ 〔元〕程钜夫：《严元德诗序》，见李修生主编《全元文》第16册卷五二九，江苏古籍出版社2000年版，第151页。

士非学古，则不能以超于今，而今亦何必不如古。使吾自能为古，则吾又后日之古也。若同然而学为一体，不能变化，以自为古，恐学古而不离于今也。”①在他看来，学古之目的不只限于沿袭古人，学习的真正目的在于“己出”，要在博采众人的基础之上自成一家，才是真正的“善学者”。

元朝上承唐宋，下启明清，是唐宋诗学向明清诗学过渡的一个重要阶段。“唐宋之争”正基于易代之间文学的传承性考虑，立足于对元朝立国之初两种不同的诗学走向进行分析。大多数评论家认为元诗学只是一味地简单模仿，并未脱离唐宋诗学的窠臼。其实不然，元诗与前代相比，显然处于低谷时期，但我们依然无法全然否定地得出“元代无诗论”这一绝对性论断。元诗有很多自己独有的风格，以致后来的明清诗学也同样吸取了元诗的特色，即学术史上定义为文学接受活动中的研究性、创造性的接受。博取杂收，转益多师，在接受的基础上实现创新，其传承文化的过渡意义不容小觑。

第二节　宋元易代唐宋之争的文化生态

任何一种文学现象的产生都有其特定的历史文化环境，元初诗坛形成唐、宋两种诗风相互交叉对立的局面，有其自身的特殊性，个中自有时代风潮的推动。

一、社会基础：相对开明的文化政策

宋元鼎革，易代文人大多被动地适应新王朝的社会规约。元

① 〔元〕刘诜：《与揭曼硕学士书》，见李修生主编《全元文》第22册卷六八二，江苏古籍出版社2001年版，第23页。

朝作为第一个入主中原的少数民族政权,有其自身的特殊性,政治上“以汉制汉”,强化少数民族统治者与中原士子的文化认同,而那些向慕“文明”的少数民族文人,极力鼓噪,助推汉化运动,这些均为宋末元初的唐宋之争创设了良好的文化氛围。首先,长期游牧于北方偏远地带的蒙古族,由于物质条件的极度缺乏,养成他们重物质享受、轻精神传统的习性,元朝统治者对文化的轻视,对文人的轻视乃至对整个儒家传统的轻视引起了元初文人的强烈不满;其次,少数民族粗犷、豪迈、不受拘束的性格特点,自然与深受儒家传统影响的中原人士格格不入,种族矛盾时有发生。要想尽快维持国家的长治久安,元朝统治者开始接纳汉人入朝为官,实行“汉制”,推行儒家思想引导下的“汉法”。在这一方面,元朝开国名臣耶律楚材贡献尤为突出。

耶律楚材(1190—1244),契丹族人,一位由金入元的遗民诗人,为元朝的开国功臣之一,历史上著名的宰相。他从1218年被成吉思汗召见起,直至1244年逝世为止,共仕元26年。[①] 1227年成吉思汗逝世之后,窝阔台继位,他开始全面参与到对国家的治理当中。当时混乱的时势给予耶律楚材一展才能的机会,他颁布“大扎撒”法令,以整肃法纪、教化百姓;实施“便宜一十八事”,以限制地方权力,加强中央集权建立新的社会秩序[②];施行税收制,发展经济,增加国库收入;大量启用文人儒士,增设十路征收课税所[③]。这一系列举措的实施,其实都是沿用唐、宋以来一直实施的汉法。国库收入,日见丰裕,窝阔台更加支持耶律楚材推行汉法来治理汉地

① 杨镰:《元代文学编年史》,山西教育出版社2005年版,第8页。

② 参见〔明〕宋濂等《元史·耶律楚材传》,中华书局1976年版,第3455页。

③ 参见〔元〕耶律楚材《耶律楚材改课税制》,见李修生主编《全元文》第1册卷七,江苏古籍出版社1998年版,第150页。

的方针政策,也默认汉族儒生可以参与治理国家。文人的社会地位有了较大的提高,汉文化逐步进入元朝统治者的认知视野。

灿烂悠久的传统文化,铸就我国深厚的杂文化生态。儒、释、道三教合流,为唐、宋两种不同的诗学倾向在元初得以并存提供了较好的思想基础。元朝内部种类繁杂,人们所受的教育与所信奉的宗教信仰有很大的不同,这就使得人民内部矛盾丛生,很难统一。正基于此,元代的统治者想要维持长治久安就得强化对中原人的思想控制。元朝立国,朝廷设立官学,尊奉朱熹,以理学作为主流思想。元朝统治集团也由不同的民族组成,其中有契丹人、色目人、金人等,族群繁杂,他们尊崇各族固有的宗教信仰。因此,佛教、道教乃至伊斯兰教和基督教,在中原地区得以共存。信仰的多元化,为唐宋合流提供了思想基础。

耶律楚材是儒生却又兼宗佛教,师承万松老人,“以儒治国,以佛治心”①,且能对应时势做出一定的权变。其文学主张也深受儒、佛的影响,他追求平易自然,崇尚古雅简淡,一方面渴望有所作为,另一方面又希望能通过佛教获得内心的平静。儒士与生俱来的使命感和责任感让其始终无法超然物外,但遇难失意之时又可借助佛教获得心灵的慰藉,这是儒、佛的融合,更是元初大多数文人的心理写照。

道家思想在宋元之际的发展与完善以丘处机贡献尤多。丘处机(1148—1227),“全真七子”之一,他师承王重阳,是全真教发展史上的重要人物。全真教倡导“三教同源”“三教归一”,丘处机是“三教同源”说的积极倡导者。其诗风追求虚静、清淡、质朴,如《凤栖梧·述怀》载:“醉卧终南山色里。山色清高,夜色无云蔽。一鸟

① 〔元〕耶律楚材:《寄万松老人书》,见李修生主编《全元文》第1册卷一一,江苏古籍出版社1998年版,第217页。

不鸣风又细，月明如昼天如水。”①月明如昼，山色葱茏，好一幅山间夜色图，清幽而不落死寂，静中有动，动中有静，语言质朴，风格雅洁，颇有道家“致虚极，守静笃”的风范。

事实上，历史上任何一种社会风气的形成、一种文化思潮的产生，如果没有统治者的倡导和支持，都将失去其存活的土壤。宋末元初，如果没有相对开明的文化政策，就不会有其后的文化的繁荣，唐、宋两种诗学的命运又将何去何从，也同样值得我们深思。

二、文化环境：南北文化双向汇流

元朝一统江山后，“程学盛于南，苏学盛于北”之说恰为南北区域诗风具体而微的表征。北方以由金入元的遗民诗人为主，崇尚汉魏风骨，力主雄浑；而南方具有较为浓厚的理学背景，诗风大都走平淡自然的路线，崇尚细腻纤弱。时代创造机遇，两者相互交流，相互融合，元初时期主要有两次南北学术大融合的机遇。

一是赵复北上。赵复北上标志着理学思想在北方的迅速蔓延。1235 年，赵复为蒙古军队所俘，后于燕京被邀讲学，开始在北方传授程朱理学思想，很快获得北方众多儒士的认同，如杨惟中、姚枢。而后开设书院，进行大规模的传播，为理学在北方的繁荣提供了契机。究其实，北方文人大多是由金入元的遗民诗人，由于受金代科举制度的影响，大兴词章声律之学，如“金朝取士，止以词赋、经义学，士大夫往往局于此，不能多读书”②。入元以后的儒生们如刘因、许衡开始表现出强烈的不满，《元史·许衡传》中有云：“幼有异质，七岁入学，授章句，问其师曰：‘读书何为？’师曰：‘取科第耳！’曰：‘如斯而已乎？’师大奇之，每授书，又能问其旨义。久

① 〔元〕丘处机：《丘处机集》，齐鲁书社 2005 年版，第 78 页。
② 〔金〕刘祁：《归潜志》卷七，中华书局 1983 年版，第 72 页。

之，师谓其父母曰：'儿颖悟不凡。他日必有大过人者，吾非其师也。'遂辞去，父母强之不能止。如是者凡更三师。"①理学的出现满足了儒士们对于知识的欲望与渴求，从而获得了较强的生命力。赵复之所以能在北方传播南方理学思想，离不开姚枢的赏识和提携："枢既退隐苏门，乃即复传其学，由是许衡、郝经、刘因，皆得其书而尊信之。"②姚枢奉诏求贤，北方能有程朱之学，当自赵复发凡起例。而后许衡、姚枢、窦默、张文谦、郝经、杨奂、王粹、砚弥坚、刘因等一些颇有名望的文人儒士，或做官，或授徒，或隐居，后先相继，都为理学的传播添砖加瓦。

二是程钜夫江南求贤。赵复北上开启了宋元之际南北文化的大融合，程钜夫的江南求贤则推波助澜，甚至较前者更为壮大，影响更为深远。元世祖至元二十三年（1286），程钜夫受命前往"江南求贤"。据《元史·程钜夫传》所载，其江南求贤在元世祖至元二十四年（1287），随程钜夫北上的学者有吴澄、赵孟頫、张伯淳等20多人。③ 在其影响下，南方文士纷纷北上，因长期宋金对立所造成的南北两条文学潮流，出现了真正而全面意义上的碰撞、交融与整合，其中影响最大的当属南宋的皇室后裔赵孟頫。据《元史·赵孟頫传》载："至元二十三年，行台侍御史程钜夫，奉诏搜访遗逸于江南，得孟頫，以之入见。孟頫才气英迈，神采焕发，如神仙中人。世祖顾之喜，使坐右丞叶李上。"④由于其身份特殊，所以备受世人关注。此次的"江南求贤"影响颇大，南方文人的北上，促使以元好问为首的诗人趋向发生转变，从豪迈雄壮之风转向简重质实之气，讲

① 〔明〕宋濂等：《元史·许衡传》，中华书局1976年版，第3716页。
② 〔明〕宋濂等：《元史·赵复传》，中华书局1976年版，第4314页。
③ 〔明〕宋濂等：《元史·程钜夫传》，中华书局1976年版，第4015页。
④ 〔明〕宋濂等：《元史·赵孟頫传》，中华书局1976年版，第,4018页。

求文学的社会功用；而南方文坛自身也开始反思南宋以来的诗学积弊，取他山之石，攻己之玉，他们逐渐认识到程朱理学“重道轻文”之不足，开始向崇实厚、尚雅正的方向转变。程钜夫《送黄济川序》云：“数十年来，士大夫以标致自高，以文雅相尚，无意乎事功之实。文儒轻介胄，高科厌州县，清流耻钱谷。滔滔晋清谈之风，颓靡坏烂，至于宋之季极矣。穷则变，敝则新，固然之理也。国朝合众智群力壹宇内，自筦库达于宰辅，莫不以实才能立实事功，而清谈无所用乎时。”①使得这一时期宗唐之音高涨，为后期戴表元“宗唐得古”论的崛起做了铺垫。

如果说宋末元初北方学者兼取北方各家，南方学者兼取南方各家，那么这一历史事件的发生就从根本上打破了这一规则，在相互矛盾、相互杂糅之中互相吸收、互相融合。任何一种文学现象的产生都不可能凭空而来，当然也不可能凭空消失，只能是此消彼长的关系，走向合流是其必然趋势。

三、情感基础：怀旧情绪的滋生

从 1206 年成吉思汗建立蒙古汗国起，至 1234 年蒙古灭金止，这 28 年的南征北伐，蒙古军队所过之处只有战火与血腥，留下的只有废墟与白骨，经济破坏尤其严重，几乎成为五代十国动乱年代的延续。元初文人大都亲历过战争的洗礼，职是之故，无论是他们的生活还是思想感情，抑或他们的心理以及观念，都难以脱离这一社会环境的拘囿。生存的艰难造成了人心散乱，使得那些深受儒家思想影响、颇有责任感和使命感的文人的心灵备受煎熬，于是他们开始怀旧，怀旧情绪的一个直接后果，滋生他们对唐“开元盛世”

---

① 〔元〕程钜夫：《送黄济川序》，见李修生主编《全元文》第 16 册卷五二七，江苏古籍出版社 2000 年版，第 113 页。

的不切实际的幻想。①

元代建朝之后，有80年未开科举，知识分子地位大幅度下降，在元朝的蒙古、色目、汉人、南人四个种族之中，南人是最低下的种族，“九儒十丐”成为这一时期文人生存境遇的最真实写照，这对文人造成了很大的冲击。中国科举制度起源于隋朝，至唐朝而发展完备。宋朝是公认的科举盛世，元朝为科举制度的中落时期。元初科举制度长期废止，断送传统士子跻身仕途的途径，由于元初大部分文人都是由宋入元、由金入元的遗民诗人，他们很难接受宋元易代所造成的巨大落差，极度不满现实，借以打捞唐宋时期历史记忆来保存已经飘逝的美好时光，怀旧也就理所应当地成为这一时期的主题，主要表现为以下两个方面：

第一，对宋末元初社会现实的批判。如刘将孙记述宋朝科举之盛况，并对元朝轻视才学进行批评：“客之言曰：‘日吾党士之东下者，舟相望。所可知者，已百许人，何如其多也！毋亦使人厌且贱之邪？’余叹曰：‘异哉，子之以是为已多也！往年场屋终场，动万计，乡漕凡十八九等，临轩亲策，诸科南廊赐袍笏，浮千百。岂其太平一统，事事超古昔上，而独士之盛乃不及偏方时？’”②既有对宋朝空前盛况之回忆，也有对元朝尴尬境地之不满。又如刘壎写道：“丰之自邑升州也，奔竞成习，往往挟赀取名，迂视儒术。”③批判元代士人的轻儒学之道，重“奔竞”之恶气。回忆总是美好的，现实总是残酷的，回忆与现实总是存在着巨大的反差，这更加突显出士人对宋朝的怀念和对元朝制度的不满，从而促使怀旧情绪的滋长。

① 么书仪：《元代文人心态》，文化艺术出版社1993年版，第6页。

② 〔元〕刘将孙：《送倪龙骧序》，见李修生主编《全元文》第20册卷六二三，江苏古籍出版社2000年版，第188～189页。

③ 〔元〕刘壎：《皆山黄隐君墓志铭》，见李修生主编《全元文》第10册卷三四八，江苏古籍出版社1999年版，第435页。

第二,对唐宋名家的关注。宗法体制下中国传统文化演变具有浓郁的复古倾向,中国诗学呈现复古和创新兼有的风格。宋末元初诗坛上出现一些“宗太白”“用少陵法”“诗学退之”“诗效白乐天”“诗法江西”“以理入诗”等文学现象,这都表明宋元易代文人对前人名家的眷念,如安成文人奔清甫“见故家子弟羁孤沦落彷徨无所归,或馆之,或食之,或衣之,曰:‘此名家之子也。’人以横逆相加,未尝难焉”①。他们对南宋世家子弟的尊敬和照顾,多为打捞以往的文化记忆,实际上是在怀念南宋时期文人儒士的社会地位和荣耀,怀旧情绪即为其深层的原因。

第三节　唐宋之争的消解与化合

一、元初诗学的“宗唐”与复古

元代宗唐的风气,最早可追溯到南宋的严羽和金代的元好问。早在南宋末期,严羽就对江西诗派、四灵诗派、江湖诗派流露出强烈的不满,提出近体诗要以盛唐为法的主张。在诗风日益纤细衰退的形势下,南方的严羽与北方的元好问都反对江西诗派,反对晚唐诗派,主张学习盛唐气象,至元代,“宗唐得古”的风气更盛,金亡后的北方诗坛主要受元好问的影响,宋元之际的南方诗坛更多受严羽左右。只是元人宗唐但不专宗盛唐,形成宋元易代诗坛文化融合的新气象。

(一)北方诗坛与盛唐气象

金末元初,北方文学主要分成两派:一是以王若虚为首的“平

---

① 〔元〕揭傒斯:《揭傒斯全集 · 文集》卷七,上海古籍出版社 1985 年版,第 391 页。

和派”,他们推崇苏轼;二是以雷希颜为首的“奇崛派”,以韩愈为宗主。入元以后,北方诗人大多是由金入元的遗民诗人,多受北宋以及金末风气的沾溉。元好问为首的诗论家纷纷追步和师法苏轼,却又未毫不选择地接受,他们在崇尚清新雄健、刚劲有力的阳刚之美之时,又心仪盛唐之风。如此兼采唐宋之风,搭建了金元之际诗学史上的一座继往开来的桥梁。

1. 元好问:“师法盛唐”

所谓“盛唐”是指贞观之治到开元盛世这一段时间,田园诗和边塞诗交相争辉,辉耀盛唐诗坛。盛唐诗人大多满怀激情,抒写健康向上、积极乐观的时代风尚。在这样一个物质世界极度充足的鼎盛时期,知识分子张扬个人价值,注重精神自由和个性解放。狂放不羁的李白与沉郁顿挫的杜甫是盛唐气象的两面镜子。元好问《论诗三十首》中就对李白、杜甫极度赞扬,其第十首载:“少陵自有连城璧,争奈微之识碔砆。”①元好问批评元稹断论杜甫只注重形式之不当,认为杜甫是一块未经开凿的璞玉,诗风壮丽,海纳百川,其《杜诗学引》推戴杜甫:“今观其诗,如元气淋漓,随物附形,如三江五湖,合而为海,浩浩瀚瀚,无有涯涘,如祥光庆云,千变万化,不可名状,固学者之所以动心而骇目。”②其第十五首亦载:“笔底银河落九天,何曾憔悴饭山前。”③“笔底银河落九天”化用李白《望庐山瀑布》“飞流直下三千尺,疑是银河落九天”之句,以夸张的比喻描绘出瀑布景色之壮丽;而“何曾憔悴饭山前”则出自于李白《戏赠杜

① 〔元〕元好问:《论诗三十首》,见顾嗣立编《元诗选》初集《遗山集》,中华书局1987年版,第82页。

② 〔元〕元好问:《杜诗学引》,见李修生主编《全元文》第1册卷一九,江苏古籍出版社1998年版,第296页。

③ 〔元〕元好问:《论诗三十首》,见顾嗣立编《元诗选》初集《遗山集》,中华书局1987年版,第82页。

甫》"饭颗山头逢杜甫，头戴笠子日卓午。借问别来太瘦生，总为从前作诗苦"。元好问假诸杜甫注重格律、语言的锤炼之功，以致与李白的恣意潇洒、狂放不羁形成鲜明的对比。其"世间东抹西涂手，枉著书生待鲁连"之句假借"东涂西抹"论者之口，以此来讽刺世人失察，足显元好问对李白赞誉之高，亦折射元氏对晚唐苦吟诗风、锤字锻句之习的不满和否定。

除晚唐外，元好问对初唐、中唐的诗歌亦多有赞誉，如《论诗三十首》（其八）载："沈宋横驰翰墨场，风流初不废齐梁。"①纠正了齐梁以来诗歌追求浮艳奢靡之风气，他认为讲求格律、对仗等诗歌技巧为唐代近体诗的发展做出了重要贡献。再如其第二十四首："拈出退之山石句，始知渠是女郎诗。"②例以将韩愈的《山石》与秦观的柔美之风形成鲜明的对比，推崇气势雄浑的韩愈诗歌风格。其第三首载："邺下风流在晋多，壮怀犹见缺壶歌。风云若恨张华少，温李新声奈尔何。"③以温、李二人诗歌的绮靡风格来界定"新声"，凸显其对张华儿女情长、风格柔媚诗作的不满，也客观传递了对魏晋以来豪迈慷慨习气的认同心理。其实，元好问对唐诗的认同在于对唐诗抒写真性情的认同，他晚年论诗主张"以诚为本"，接续抒发真性情的诗歌传统，其《杨叔能小亨集引》一文载："唐诗所以绝出于三百篇之后者，知本焉尔矣。何谓本？诚是也。古圣贤道德言语，布在方册者多矣。……故由心而成，由诚而言，由言而诗也。三者相为一，情动于中而形于言，言发乎迩而见乎远……故曰不诚

① 〔元〕元好问：《论诗三十首》，见顾嗣立编《元诗选》初集《遗山集》，中华书局1987年版，第81页。

② 〔元〕元好问：《论诗三十首》，见顾嗣立编《元诗选》初集《遗山集》，中华书局1987年版，第83页。

③ 〔元〕元好问：《论诗三十首》，见顾嗣立编《元诗选》初集《遗山集》，中华书局1987年版，第81页。

无物。夫惟不诚,故言无所主,心口别为二物。物、我邈其千里,漠然而往,悠然而来。人之听之,若春风之过马耳。其欲动天地、感神鬼,难矣。其是之谓本。”①情动于中,发而为言,言而为诗,在他看来,唐人之诗,可谓知本之作。元好问论文主张真性情,有感于物才能有感于心,《庄子》载“真者,精诚之至也。不精不诚,不能动人”,但是元好问所论之“诚”并不是恣意放肆、无拘无束地表达自己的情感,而是要在人伦道德修养的范围之内,感化众人,教化百姓,足显其受理学思想影响的萌芽。其所论“心性之诚”与程颐“无妄之谓诚”②、朱熹“真实无妄之谓,天之道也”③等见解不谋而合,均指人的修养达到了至精至纯的最高境界。由此可见,元好问的诗论高扬盛唐精神之时,也不可避免地沾染上理学色彩。

2. 刘因:“以唐为典范”

世人皆知刘因是理学宗师,却忽视了其诗人本色。单就诗学创作一脉而言,刘因的诗论观跟元好问一脉相承,钱锺书《谈艺录》云:“七律词句格调,模仿遗山之迹显然。”④二人论诗皆以盛唐之诗作为最高典范,亦以豪放雄健为尚,无论是其早期意气风发之作《秋夕感怀》“哦吟惊鬼神,俯仰洪荒窄。耻为时辈群,追思古人迹”⑤,还是晚期隐居不仕之作《渡白沟》“一声霜雁界河秋,感慨孤

---

① 〔元〕元好问《杨叔能小亨集引》,见李修生主编《全元文》第1册卷一九,江苏古籍出版社1998年版,第309页。

② 〔北宋〕程颢、程颐著,王孝鱼注:《二程集》,中华书局2004年版,第92页。

③ 〔南宋〕朱熹撰,朱杰人等编:《朱子全书》第16册卷六四,上海古籍出版社2002年版,第2108页。

④ 钱锺书:《谈艺录》,中华书局1984年版,第159页。

⑤ 〔元〕刘因:《秋夕感怀》,见顾嗣立编《元诗选》初集《静修遗诗》,中华书局1987年版,第158页。

怀几千古。只知南北限长江，谁割鸿沟来此处"①，都是以豪放苍劲贯穿始末，只不过历经了人世沧桑的晚年之作，更多了几许沉重，几多无奈。

刘因极为推崇盛唐名家，如其《叙学》篇："魏晋而降，诗学日盛，曹、刘、陶、谢，其至者也。隋唐而降，诗学日变，变而得正，李、杜、韩，其至者也。周宋而降，诗学日弱，弱而后强，欧、苏、黄，其至者也。"②钩沉魏晋以降的诗学脉络，亮出其认同与推戴唐诗的立场。尽管其尊唐抑宋的态度极为明显，却常能辩证地看问题，亦较为平和。在唐宋名家中，刘因最为推崇李贺，职是之故，邓绍基称许其为元人学李贺的第一人，较以当时情势，允为确评。如其《山行见马耳峰》："双峰何年耸双耳？叱之不动烦风雷。今朝向我效神骏，翠色欲逐神鞭来。浮世浮名酒一杯，我欲驾此观蓬莱。只愁日暮三山上，黄尘回首令人哀。"③想象奇特，思维灵活，跳跃性大，深得李贺诗歌精髓。同元好问一样，刘因对晚唐诗亦颇多微词，其《叙学》载："效晚唐之萎荣，学温、李之尖新，拟卢仝之怪诞，非所以为诗也。"④温庭筠、李商隐的尖新之语，卢仝之怪诞之笔，都遭到了刘因的贬斥。由此可见，晚唐诗风在金元易代的北方诗坛并未获得认可，这可能与少数民族的民族性格有关，少数民族大多性格豪放，所以对盛唐豪迈之气的诗文容易接受，也正出于民族文化接受

---

① 〔元〕刘因：《渡白沟》，见顾嗣立编《元诗选》初集《静修遗诗》，中华书局 1987 年版，第 163 页。

② 〔元〕刘因：《叙学》，见李修生主编《全元文》第 13 册卷四六四，江苏古籍出版社 1999 年版，第 392 页。

③ 〔元〕刘因：《山行见马耳峰》，见顾嗣立编《元诗选》初集《静修遗诗》，中华书局 1987 年版，第 165 页。

④ 〔元〕刘因：《叙学》，见李修生主编《全元文》第 13 册卷四六四，江苏古籍出版社 1999 年版，第 392 页。

心理，晚唐诗风在北方诗坛才应者寥寥。

3. 王恽："诗以自得有用为主"

王恽师承较为复杂，对其影响较大的则有元好问与王磐。他认为元好问的诗歌成就在于其"宗唐"思想的体现。他提倡含蓄蕴藉、温醇典雅的王、孟之风，其《兑斋曹先生文集序》载："北渡后，斯文命脉，主盟而不绝者，赖遗老数公而已。……俾中和之气冲融粹盎，裕四体而适独坐，如大羹玄酒，寄至味于淡泊者。"①王恽所倡导的"中和之气"即为盛世之音的体现，除此之外，其《西岩赵君文集序》亦言："金自南渡后，诗学为盛，其格律精严，辞语清壮，度越前宋，直以唐人为指归。"②王恽以唐诗作为标准，讲求格律，推崇语言清壮之美，可谓元好问"豪迈"外之笔。虽然，此种"中和"之音在宋元易代之际并未成气候，却预设了后代诗学的崛兴，其中期"元诗四大家"的诗论观不谋而合，成为延祐以后诗学的主流倾向。

元世祖初期王恽就已经入仕元朝，历任翰林修撰、监察御史、河南北道提刑按察副使、燕南河北道提刑按察副使、山东东西道提刑按察副使、福建闽海道提刑按察使、翰林学士等职。③ 这就注定了其诗学思想有不可磨灭的政治色彩。其论诗主张"诗以自得有用为主"，其《遗安郭先生文集引》就云："文章虽推衍六经，宗述诸子，特言语之工而有理者尔。然必需道义培植其根本，问学贮蓄其穰茹，有渊源精尚其辞体，为之不辍，务至于圆熟，以自得有用为

① 〔元〕王恽：《兑斋曹先生文集序》，见李修生主编《全元文》第 6 册卷一七五，江苏古籍出版社 1999 年版，第 191 ~ 192 页。

② 〔元〕王恽：《西岩赵君文集序》，见李修生主编《全元文》第 6 册卷一七六，江苏古籍出版社 1999 年版，第 205 页。

③ 参见〔明〕宋濂等《元史・王恽传》，中华书局 1976 年版，第 3933 ~ 3934 页。

主,浮艳陈烂是去,方能造乎中和醇正之域,而无剽窃捞攘、灭裂荒唐之弊,故为之甚难,名家者亦不多见。"①王恽主张沿袭前人,主张复古,所谓"自得"是就作者本身而言,在模仿古人的基础上取其精华,去其糟粕,从而有所得;所谓"有用"是就受众而言,要有益于教化,重视诗歌的社会功用。王恽放大了王磐理学思想的影响,主张文章应有裨于世,强化了其政治色彩。

(二)南方诗坛与"宗唐得古"

南宋末期,江南以叶适、刘克庄为首的四灵诗派、江湖诗派所主张的晚唐诗风几乎覆盖了整个南方诗坛,为了纠正晚唐诗风纤丽清圆、气格卑弱的诗学积弊,同时,也为了反对江西诗派艰涩瘦硬的创作风格,以戴表元为首的诗论家们提出了"宗唐得古"的诗论观。

1. 戴表元:倡导"宗唐得古"

戴表元(1244—1310),字帅初,一字曾伯,号剡源,庆元奉化剡源榆林(今属浙江省奉化市班溪镇榆林村)人。其论诗主张宗唐得古,集中体现在其《洪潜甫诗序》一作中:"始时汴梁诸公言诗,绝无唐风。其博赡者谓之义山,豁达者谓之乐天而已矣。宣城梅圣俞出,一变而为冲淡。冲淡之至者,可唐,而天下之诗,于是非圣俞不为。然及其久也,人知为圣俞,而不知为唐。豫章黄鲁直出,又一变而为雄厚,雄厚之至者,尤可唐,而天下之诗,于是非鲁直不为,然及其久也,人又知为鲁直而不知为唐。非圣俞、鲁直之不使人为唐也,人安于圣俞、鲁直而不自暇为唐也。迩来百年间,圣俞、鲁直之学皆厌,永嘉叶正则,倡四灵之目,一变而为清圆,清圆之至者,亦可唐,而凡枵中捷口之徒,皆能托于四灵而益不暇为唐。唐且不

① 〔元〕王恽:《遗安郭先生文集引》,见李修生主编《全元文》第6册卷一七六,江苏古籍出版社1999年版,第207页。

暇为,尚安得古!"①于此,戴表元对有宋以来的诗风嬗变作了一个总体的概括:宋诗绝无唐风的冲淡、雄厚、清圆之貌,因为在其认知视域里,冲淡、雄厚、清圆三者已是唐风之极致也。由此我们也不难看出,戴表元所指的"宗唐得古"的"唐",并非专指盛唐,实际包括盛、中、晚三唐各异的诗风。他也追究了宋诗积贫积弱的形成原因,认为个中关键在于"不知变通,不暇为唐",即不知活学活用、兼取各家、博采众长,造成诗境狭窄、气格卑弱。这主要表现为二端。

第一,"诗本性情"说。

"诗本性情"是一个由来已久的论题,它形象勾勒了中国诗歌的抒情传统,每个朝代都赋予其新的内涵。中国诗学发展至宋元时期,由于深受"理学"以及"礼学"思想的影响,高唱"文以载道""诗言志"说,诗歌的功利意识得以增强,却相对打压了其文学色彩。在戴氏看来,宋诗之所以发展缓慢,正缘于太多世俗名利的牵累,科举取士、功名利禄造成薄诗重文之习,诗人并不能尽以情性而作。为了纠正理学给诗坛带来的积弊,唯有反其道而行之,为此他认定"以性情为诗"就是救弊的最主要的手段。戴表元夫子自道:"欢谐怨怼,舒适困促,一一共发之于诗。"②是"任心而成,遇手而得"③,意即遵从自己的真情实感,随心而发。他称扬张君信于科举废后"放意为诗,不复如前时却行顾忌"④,这其中所提到的"任

① 〔元〕戴表元:《洪潜甫诗序》,见李修生主编《全元文》第12册卷四一八,江苏古籍出版社1999年版,第123页。

② 〔元〕戴表元:《陈无逸诗序》,见李修生主编《全元文》第12册卷四一七,江苏古籍出版社1999年版,第114页。

③ 〔元〕戴表元:《陈无逸诗序》,见李修生主编《全元文》第12册卷四一七,江苏古籍出版社1999年版,第114页。

④ 〔元〕戴表元:《张君信诗序》,见李修生主编《全元文》第12册卷四一七,江苏古籍出版社1999年版,第117页。

心”“放意”“无所顾忌”诸语，意在凸显卸下“理”与“礼”的包袱，遵从自我、随心随意的赋诗心态。

戴表元在极力倡导真性情之外，同时也强烈反对矫揉造作、无病呻吟之声。其《胡天放诗序》载：“兵戈以来，游宦事息，乃始稍稍与之相接。而前时诸公，订谟典策之具，亦且倚阁无用，呻吟憔悴，无聊而诗生焉。”①他斥责这类好作无病呻吟、情感伪劣之诗的无聊习气，重申诗歌创作的生活基础，极力追寻陶渊明的足迹，追求艺术的真实。戴表元的田园类诗作大多真实地反映了农村生活的艰辛与贫困。如其《采藤行》：“明朝满意作晨炊，饱饭入山须晚归。南村种麦空早熟，逐日扃门忍饥哭。”②以采藤为生农民的艰难生活为题，绘制百姓含辛茹苦、养家糊口的图景，这些诗作描绘的都是一些愁云惨淡的悲苦画面，读来令人郁郁寡欢，相比于前人的田园诗歌，在内容和艺术造诣上都不及前人，却是个体情感的真实流露，彰显了“诗本性情”的诗学主张。

第二，“清言”说。

在语言技巧上，为了纠正南宋末期江西诗派、四灵诗派刻意雕琢、瘦硬艰涩之弊，戴表元主张发清新疏朗之声，用清新平淡之语来救赎刻意雕琢的积病。他叹赏魏晋时期的“清峙”之风，向往不为世俗所牵累的人生境界，怡然自得，超然物外。这表现于诗歌观念上，则推崇“无迹”，即情感的外泄不露痕迹，不刻意地装点门面，不过分雕饰。其云：“风云月露，虫鱼草木，以至人情世故之托于诸物，各不胜其为迹也：而善诗者用之，能使之无迹。是三者所为其

① 〔元〕戴表元：《胡天放诗序》，见李修生主编《全元文》第 12 册卷四一七，江苏古籍出版社 1999 年版，第 116 页。

② 〔元〕戴表元：《采藤行》，见顾嗣立编《元诗选》初集《剡源集》，中华书局 1987 年版，第 233 页。

事不同，而同于为之之妙，何者？无味之味食始珍，无性之性药始匀，无迹之迹诗始神也。”①他亲近自然，寄情于山水之间，颇得魏晋士人的清雅之趣。如其《宿福海寺》：“斫岩苍龙角，汲流紫云根。道人不绝俗，自然无耳喧。屋脊挂修岭，一日过千辕。此中但高卧，松风有清言。听之亦无有，风定松在门。炊成我欲去，独鹤鸣朝暾。”②本诗营造一幅脱离人事纷扰、回归大自然的乐趣图：寺中高卧，声声钟鸣，清风徐来，袅袅炊烟。作者极度热爱大自然，因而其作品大多情感充沛，具有很强的感染力。

综上所述，“诗本性情”说、“清言”说的提出，侧面表现出了戴表元诗学创作理论较少受理学思想支配，而更多关注诗人情感的表达。作为对当时时风弊病的一种反对与纠正，戴表元的“宗唐得古”诗歌观念为有元一代的诗歌创作埋下了很好的铺垫。

2. 赵孟頫：沿袭“唐人余风”

赵孟頫的诗论并不多，其宗唐思想主要体现在其创作之中。赵孟頫身份特殊，他是宋室的皇族后裔。他深刻体验过天上人间的巨大落差，尴尬的身份使他饱尝人世艰辛，以致他早期诗作多主张个性的表达，抒发生不逢时、英雄无用武之地的悲哀。他忧国忧民，希望实现自己的理想和抱负，他往往将深厚情感寄托于一草一木之上，如其《溪上》：“溪上东风吹柳花，溪头春水净无沙。白鸥自信无机事，玄鸟犹知有岁华。锦缆牙樯非昨梦，凤笙龙管是谁家？令人苦忆东陵子，拟问田园学种瓜。”③景在情中，情在景中，部分实

① 〔元〕戴表元：《许长卿诗序》，见李修生主编《全元文》第12册卷四一八，江苏古籍出版社1999年版，第124页。

② 〔元〕戴表元：《宿福海寺》，见顾嗣立编《元诗选》初集《剡源集》，中华书局1987年版，第230页。

③ 〔元〕赵孟頫：《溪上》，见顾嗣立编《元诗选》初集《松雪斋集》，中华书局1987年版，第566页。

现了其所标举的唐诗“吟咏性情”观。对此，戴表元《赵子昂诗文集序》中的评价颇为中肯：“余评子昂古赋凌厉顿迅，在楚、汉之间；古诗沉潜鲍、谢；自余诸作，犹傲睨高适、李翱云。”①这正体现了他近体宗唐、古体宗汉魏的诗学主张。其《闻捣衣》载：“露下碧梧秋满天，砧声不断思绵绵。北来风俗犹存古，南渡衣冠不及前。苜蓿总肥宛騕褭，琵琶曾泣汉婵娟。人间俯仰成今古，何待他年始惘然。”②托物言志，借秋天衰败颓唐之景来预示自己凄凉的心境，以“北来”与“南渡”对比，既流露出身逢坎坷的无奈和痛心，也抒发了对破家亡国的无限悲愤。赵氏重比兴寄托，他很善于将自己的情感寄托于景物之中，增强文本的含蓄蕴藉之色。赵孟頫乐于选择一些固定的意象，其中有凄风、苦雨、飘雪、蓬蒿、落花、败草、枯叶、愁云、断鸿、孤雁、寒蝉、流萤、烟波、霜露、酒以及香草美人等。赵氏往往借诸这些景物来传达自己黯淡凄凉的心境，客观上体现了其效法唐诗“重象”之法的成果。

除了创作之外，赵孟頫在诗学观念亦多以唐人为法。其《左丞郝公注唐诗鼓吹序》言：“唐人之于诗美矣，非遗山不能尽去取之工；遗山之意深矣，非公不能发比兴之蕴。世之学诗者，于是而紬之绎之、厌之饫之，则其为诗，将见隐如宫商，铿如金石，进而为诗中之《韶》《濩》矣。”③赵孟頫无限推崇唐诗高境，正是因为其身体力行，部分改变了金元易代诗歌创作的途辙。程钜夫南下求贤后，赵孟頫随之北上，从而为元初北方专主豪迈雄壮的宗唐思想带去

---

① 〔元〕戴表元：《赵子昂诗文集序》，见李修生主编《全元文》第12册卷四一七，江苏古籍出版社1999年版，第97页。

② 〔元〕赵孟頫：《闻捣衣》，见顾嗣立编《元诗选》初集《松雪斋集》，中华书局1987年版，第565页。

③ 〔元〕赵孟頫：《左丞郝公注唐诗鼓吹序》，见李修生主编《全元文》第19册卷五九三，江苏古籍出版社2000年版，第75页。

了一股清逸与婉丽之风，替北方诗学注入了新的血液。

3. 仇远：复救晚唐之音

与戴表元、赵孟頫一脉相承的仇远，同样以“近体宗唐，古体宗汉魏”作为诗学标准。《元诗选》有言：“其为诗尝曰：近体吾主于唐，古体吾主于《选》。往往于融畅圆美中，忽而凄楚蕴结，有《离骚》三致意之余韵。”①他主张在唐诗之雍容雅正之中渗入汉魏的古朴雅淡之笔。应当关注的是，仇远以“异世之音”来称许晚唐诗派。缘于时代际遇的类似，晚唐诗派在宋元易代之际未获得主流诗坛的认可，对其批评的大有人在，方回《瀛奎律髓》即为其中代表。方回评姚合之诗云：“予谓诗家有大判断，有小结裹。姚之诗专在小结裹，故‘四灵’学之，五言八句，皆得其趣，七言律及古体则衰落不振。又所用料，不过花、竹、鹤、僧、琴、药、茶、酒，于此几物，一步不可离，而气象小矣。”②方回认为姚合之诗的病根在于其专在小处下功夫，炼字锻句，而不从大处着眼。方回论许浑之诗，亦近乎挑刺：“其诗出于元、白之后，体格太卑，对偶太切。陈后山《次韵东坡》有云：‘后世无高学，举俗爱许浑。’以此之故，予心甚不喜丁卯诗。”③在方回看来，许氏之诗，太过于注重形式，气格卑弱。方回对江湖诗派的看法几为宋元之际诗坛的普遍观点。

事因难能，所以可贵。有别于宋元易代诗坛非议晚唐诗派的立场，仇远却称扬江湖诗派之风，取法晚唐，推崇孟郊。其《送田道

---

① 〔清〕顾嗣立编：《元诗选》二集《仇教授远》，中华书局 1987 年版，第 30 页。

② 〔元〕方回选评，李庆甲集评校点：《瀛奎律髓汇评》，上海古籍出版社 2005 年版，第 340 页。

③ 〔元〕方回选评，李庆甲集评校点：《瀛奎律髓汇评》，上海古籍出版社 2005 年版，第 509 页。

士归茅阜》就直接表达了对孟郊的喜爱："我爱孟东野，君师田子方。"①仇远突破门户之见，师法多家，不再定盛唐师法于一尊。甚至以自己的苦吟之状入诗，如其《和子野郊居见寄》："论心握手到忘形，性癖耽诗各瘦生。"②其《和岳国华》云："广文饭少甑生尘，老去衰颜酒借春。吟癖何曾医不得，古来清瘦是诗人。"③仇远学步孟郊，以苦吟入诗，显示他不同流俗、清高孤傲之态。仇远学习晚唐诗风，并非盲目依从，而是批判性接受，在学习之时也善于发掘晚唐诗的缺陷。他认为晚唐诗风字斟句酌，精于锤炼，过于注重形式，反而显得晦涩不堪。在中国诗学史上，仇远诗学成就几乎可以忽略，却为元、明两代取法唐、宋诗学树立了可堪效仿的范式。

其实，救赎晚唐之音，仇远并非孤军奋战，江西诗派后起之秀刘诜亦曾为晚唐诗风正言。刘诜《彭翔云诗序》云："锻炼精确，而不废真意。如幽林晓花，真寂不赏；如寒机夜织，神专而心苦；如深山遗老，语言近质，终有德人深致；如山醪溪蔌，或使富儿哂蹙，而知味者独有所领。"④连用四个比喻来表现其对苦吟诗风的肯定与认可。其实，对于晚唐诗风的态度，宋元易代的文人并未亮出明确的态度。即便方回在批评晚唐诗风之时，亦对其反映现实的写实立场许以赞同之意。如方回评论杜荀鹤的《山中寡妇》："荀鹤诗至此俗甚，而三、四格卑语率，最是'废来''荒后'。似此者不一，学晚唐者以为式，予心盖不然之。尾句语俗似诨，却切。"⑤又如评其

① 〔元〕仇远：《金渊集》卷三，中华书局 1985 年版，第 32 页。

② 〔元〕仇远：《金渊集》卷五，中华书局 1985 年版，第 67 页。

③ 〔元〕仇远：《金渊集》卷六，中华书局 1985 年版，第 85 页。

④ 〔元〕刘诜：《彭翔云诗序》，见李修生主编《全元文》第 22 册卷六八三，江苏古籍出版社 2001 年版，第 70 页。

⑤ 〔元〕方回选评，李庆甲集评校点：《瀛奎律髓汇评》，上海古籍出版社 2005 年版，第 1362 页。

《旅泊遇郡中叛乱示同志》："不经世乱，不知此诗之切，虽粗厉，亦可取。"①这两首诗虽语言俚俗、气格卑弱，但能揭露当时的社会现实，写实色彩显豁，这又是方回所极力推举的。不过，较以宋元易代之际的诗歌生态而言，此类诗作并未真正进入主流诗学的接受视野，文学影响力有限。

当然，宋元易代之际也有专门师法晚唐一脉的诗人，只是人数不多，未成气候。个中代表如杨公远。杨氏诗学观显现最充分的当属其组诗《咏诗人十事》，其《诗将》云："运筹决胜应无敌，郊岛从旁作鼓旗。"②认为孟郊、贾岛踩着时代的鼓点，彰显晚唐诗风继往开来的诗学意义。该组诗其六《诗癖》亦载："生来性癖耽佳句，吟得诗成似有神。险语岂惟惊鬼胆，直须字字要惊人。"③同样以自己的苦吟之状入诗，将炼字锻句称为"吟癖"。诗歌题材狭窄，却不随江西诗派后尘，以清圆流美为贵。其实，晚唐诗风的真正复兴是在元代后期，形成以杨维桢、萨都剌为首的"纤丽秾缛"诗风，但也并非全部。不过，较以易代之际的诗学生态，动荡频仍的元初接受晚唐的诗风一度沉寂。

二、理学背景下元初诗学的宗宋风气

元灭南宋以来，其文化制度大多沿袭前朝，元初文人亦多以宋诗为标准来作诗、论诗。蒋超《吴澄从礼奏疏》云："有元一代，以理学后先倡和，为海内师资者，南有吴澄，北有许衡。""南吴北许"的

---

① 〔元〕方回选评，李庆甲集评校点：《瀛奎律髓汇评》，上海古籍出版社2005年版，第1363页。

② 〔元〕杨公远：《诗将》，影印文渊阁《四库全书》本，第1193册，第753～754页。

③ 〔元〕杨公远：《诗癖》，影印文渊阁《四库全书》本，第1193册，第754页。

说法影响了整个元代。许衡在34岁之时，就借以姚枢间接受学于赵复的程朱理学，从此尽弃前学，专研程朱理学，这成为其人生中一个重要的转折点。《元史·许衡传》载："从柳城姚枢得伊洛程氏及新安朱氏书，益大有得，寻居苏门，与枢及窦默相讲习，凡经传、子史、礼乐、名物、星历、兵刑、食货、水利之类，无所不讲，而慨然以道为己任。"①许衡是北方理学之大宗，主张治学应"以《小学》为根基，重视伦理道德践履"，将义理实施于伦理纲常，从而有益于民生之道。《宋元学案·静修学案》载："陶宗仪《辍耕录》曰：初，许衡之应召也，道过真定，因谓曰：'公一聘而起，无乃速乎？'衡曰：'不如此则道不行。'及先生不受集贤之命，或问之，乃曰：'不如此则道不尊。'"②此为许衡与刘因关于理学命运的一段对话，代表元初士大夫两种迥异的选择。刘因以隐居不仕来维护其"道"，而许衡则以依附元统治者来赓续中原文化。许衡摒除传统的文化立场，以拯世救民为己任，较好体现了理学思想与儒家"修身、齐家、治国、平天下"观念的结合。中国文人往往在政统与道统之间选择合适的定位来彰显本阶层的理想和抱负，许衡其实并非一位地道的哲学家，其理学思想不可避免地带有鲜明的政治色彩。许衡论诗极重反映社会现实的趋向，强调诗歌的社会功用。

较以许衡引领北方理学的榜样效应，南方理学的宗师则非吴澄莫属。只是吴澄绝意仕途，与许衡所主张的"治世之道"背道而驰。吴澄以"朱熹后学"自居，兼宗朱、陆，标举了"心性说"。"心性说"是吴澄理学思想的核心，其"心"本之于陆九渊的"本心"之说，吴澄认为"心"即仁义之心，士人必须养心、正心、存心。所谓

---

① 〔明〕宋濂等：《元史·许衡传》，中华书局1976年版，第3717页。

② 〔清〕黄宗羲著，全祖望修补：《宋元学案·静修学案》，中华书局1986年版，第3022页。

“存心”是指时时刻刻要存有一颗善良之心、仁德之心，而“养心”“正心”则要注重自身道德修养。孟子曰：“人之于身也，兼所爱。兼所爱，则兼所养也。无尺寸之肤不爱焉，则无尺寸之肤不养也。所以考其善不善者，岂有他哉？于己取之而已矣，体有贵贱，有小大，无以小害大，无以贱害贵，养其小者为小人，养其大者为大人。”①“勿以恶小而之，勿以善小而不为”，所谓“养心”，即是要摒除一切杂念，保有人心固有的善与仁义，切勿为名利所累，沉溺于物欲。所谓“性”，即理也。吴澄认为：“自未有天地之前至既有天地之后，只是阴阳二气而已。……人得天地之气而成形，有此气，即有此理。所有之理谓之性，此理在天地，则元亨利贞是也；其在人而为性，则仁义礼智是也。”②人性是由上天所赋予的，称为“本然之性”，但由于各人的气质不同，性也会有善恶之分：“惟性所禀，湛然粹然；率其所性，无一不全。”③“心性合一”是“仁义之心”与“本然之性”的结合。吴澄论诗重性情之真，性情之正恰是其“心性说”自然影响的产物。

综上所论，元代理学思想虽未取得独尊的地位，但对文学创作产生了较大的影响，以方回为首的诗论家们，在反对江湖、四灵诗派纤丽清圆的诗学积弊之时，促使宋元易代诗学走上了宗宋之路。至于其宗宋的理路，大致有以下数端。

（一）论诗标准：取法江西诗派

江西诗派是宋代诗学的典范，方回是江西诗学的重要总结者之一。他推崇宋诗的立场毋庸置疑，单从其论诗之作《瀛奎律髓》

① 杨伯峻：《孟子译注》，中华书局2008年版，第207页。

② 〔元〕吴澄：《答人问性理》，见李修生主编《全元文》第15册卷四九九，江苏古籍出版社1999年版，第76页。

③ 〔元〕吴澄：《率性铭》，见李修生主编《全元文》第15册卷五〇九，江苏古籍出版社1999年版，第329页。

就可窥斑见豹。《瀛奎律髓》将选诗与评诗结合在一起，提出偏嗜“江西”的论诗主张。《瀛奎律髓》作为一篇重要的诗学选本，进入其遴选视野的诗人凡385位，诗篇3014首。其中宋人221位，诗作1765首；唐人166位，诗作1288首。无论是从诗人的数量上，还是选诗的数量上，宋人的比重都远远超越唐人。①

在诗歌取向上，他提出了“一祖三宗”的说法，充分肯定了江西诗派的诗学地位。“一祖三宗”即以杜甫为祖，以黄庭坚、陈师道、陈与义为三宗，这是方回诗学主张的核心思想。其《甘露寺》注云：“惟山谷法老杜，后山弃其旧而学焉，遂名黄、陈，号‘江西派’，非自为一家也，老杜实初祖也。”②他偏爱杜甫，认为诗歌史无人能跟杜甫媲美，其在《瀛奎律髓》之《渡荆门望楚》注中云：“孟浩然、李白、王维、贾至、高适、岑参与杜甫同时，而律诗不出则已，出则亦足与杜甫相上下。”③他推崇“江西”，贬低“西昆”“江湖”“四灵”等诗风，究其实，“江西诗派”确为其评诗的主要标准，他批评姚合、许浑等人之作，题材狭窄，气格卑弱，过分追求对偶，以致诗歌境界不高。他认为赋诗必学老杜，以杜甫为祖。正因为他偏好江西诗派，片面抬升了江西诗派的地位，这种有失公允的做法导致纪昀、冯班、冯舒诸人的强烈不满。冯班评《登岳阳楼》注云：“方公之议论，全是执己见以强缚古人。”④纪昀评《送崔著作东征》亦云：“虚谷欲

---

① 参见〔元〕方回选评，李庆甲集评校点《瀛奎律髓汇评》“前言”，上海古籍出版社2005年版，第2页。

② 〔元〕方回选评，李庆甲集评校点：《瀛奎律髓汇评》，上海古籍出版社2005年版，第18页。

③ 〔元〕方回选评，李庆甲集评校点：《瀛奎律髓汇评》，上海古籍出版社2005年版，第2页。

④ 〔元〕方回选评，李庆甲集评校点：《瀛奎律髓汇评》，上海古籍出版社2005年版，第6页。

引子美以重‘江西’，遂因子美而媚必简。门户之论，不足为凭。”①通观李庆甲集评的《瀛奎律髓汇评》，此类批评，所在多是，这也从反面表现出方回偏爱江西诗派的诗学观。

（二）论诗技法：“诗以格高为第一”

江西诗派兴起于北宋年间，以黄庭坚为首的江西诗人多言法度，强调模仿古人，主张“无一字无来处”与“夺胎换骨，点铁成金”，所谓“夺胎换骨，点铁成金”主要是指在创作之时要规摹古人之意，点化古人诗句，搬弄典故，使用古语，实际上以借鉴代创造，容易造成模拟剽窃之恶气。方回是江西诗派的殿军，他推崇江西诗派家法却不盲从，往往在反思之中来求得发展与创新。所谓“拗字”，是指在绝句、律诗的创作中改变某些字的平仄格律，使得作品骨格峻峭，语句浑成，造成读者出乎意料的审美效应。《瀛奎律髓》卷二五“拗字类”《序言》载：“拗字诗在老杜集七言律诗中谓之‘吴体’，老杜七言律一百五十九首，而此体凡十九出。不止句中拗一字，往往神出鬼没。虽拗字甚多，而骨格愈峻峭。”②方回认为拗字越多，则骨格愈峻峭。

所谓“变体”，是指在律诗创作之时能妥善处理情句和景句、实字和虚字，以及色彩的浓淡相宜、辞意的轻重缓和等问题，增添文章体制变化的一种方法。《瀛奎律髓》卷二六“变体类”《序言》云：“周伯弜《诗体》，分四实四虚、前后虚实之异。夫诗止此四体耶？然有大手笔焉，变化不同。用一句说景，用一句说情。或先后，或不测。此一联既然矣，则彼一联如何处置？今选于左，并取夫用字

① 〔元〕方回选评，李庆甲集评校点：《瀛奎律髓汇评》，上海古籍出版社2005年版，第1018页。

② 〔元〕方回选评，李庆甲集评校点：《瀛奎律髓汇评》，上海古籍出版社2005年版，第1107页。

虚实轻重，外若不等，而意脉体格实佳，与凡变例之一二书之。"①方回认为周弼"四实四虚，前后虚实"的说法过于死板，诗歌的创作样式应变化多端，不必过分拘泥。至于具体创作也不应循规蹈矩，死于句下。赋诗得讲究情景结合、寓情于景，至于先情抑或先景，大可灵活安排，按照语脉与贴近情境，一气呵成。

所谓"活法"，是指从形式入手，但又能打破传统，凸显创新，为读者营造足够的想象空间，从而达到"言有尽而意无穷"的审美效果，活法的好处在于增添诗歌的灵活性和跳跃性。如梅尧臣《送祖择之赴陕州》载："君从金马去，郡在铁牛旁。"方回评曰："'金马''铁牛'，人皆可对。必如此穿成句，则见活法。"②此处"金马"与"铁牛"皆语意双关，既可指地点，也可指具体的事物，如此安排，则可谓"活法"。又如许浑《姑苏怀古》："荒台麋鹿争新草，空苑凫鹥占浅莎。"方回评："学诗者若止如此赋诗，甚易而不难，得一句即撰一句对，而无活法，不可为训。"③方回认为许浑之诗是过分讲求对偶、毫无新意、毫无生气的"死语"。

除此之外，方回还主张使用虚字和用事，虚字由晚唐体"争微于一字之间"的陋习而来，是指那些与诗歌意旨关联不大，只关涉诗句的节奏、韵律、语气及语气的衔接，即对句意间的起承转合发生作用的字词。多用或善用虚词使诗歌避免节奏单一，增加趣味。他提倡"化死事为活事"的用事原则，《瀛奎律髓》卷三载："怀古者，见古迹，思古人，其事无他，兴亡贤愚而已。可以为法

① 〔元〕方回选评，李庆甲集评校点：《瀛奎律髓汇评》，上海古籍出版社2005年版，第1128页。按，"弢"应为"弜"。"伯弜"是"周弼"的字。

② 〔元〕方回选评，李庆甲集评校点：《瀛奎律髓汇评》，上海古籍出版社2005年版，第1055页。

③ 〔元〕方回选评，李庆甲集评校点：《瀛奎律髓汇评》，上海古籍出版社2005年版，第111页。

而不之法,可以为戒而不之戒。"①"善用事"是指诗人与时俱进、推陈出新,不要拘泥于典故本身,而要理解其含义,灵活地融入诗歌之中。这种方法在黄庭坚那里,应是"点铁成金"的具体表现。方回欲通过技法上的新变,谋求其"诗以格高为第一"的诗学宗旨。其《唐长孺艺圃小集序》载:"诗以格高为第一,《三百五篇》圣人所定,不敢以格目之……予于晋独推陶彭泽一人格高,足方嵇阮,唐惟陈子昂、杜子美、元次山、韩退之、柳子厚、刘梦得、韦应物,宋惟欧、梅、黄、陈、苏长翁、张文潜。而又于其中以四人为格之尤高者,鲁直、无己,上配渊明、子美为四也……近人之学许浑、姚合者,长孺扫之如秕糠,而以陶、杜、黄、陈为师者也。"②在这里,方回明确提出"诗以格高为第一"的论诗主张,自两汉、魏晋以降,每个朝代都不乏"格高"者,个中特别者有四人:陶渊明、杜甫、黄庭坚、陈师道。而所谓的"近人之学许浑、姚合者",在方回看来,他们属于"格卑"者一流。如此,以"格高"为准绳,实现了方回对宋型诗的有效传承。

（三）创作内容上:注重反映现实

"以格论诗"是宋代诗论的重要趋向,方回标举的"格高"之说是其追随宋人脚步的最好证明。而所谓"格"者,在人即为人格、人品,在诗体现为诗格、诗品,方回的"格高"之说实现了二者的结合。"人品高,胸次大,学问深,笔力健。……为诗如弈棋,如挽弓,高一着者,决定高一着臂力,弱者虽欲强进,分寸不可也。"③在他的文学

---

① 〔元〕方回选评,李庆甲集评校点:《瀛奎律髓汇评》,上海古籍出版社 2005 年版,第 78 页。

② 〔元〕方回:《唐长孺艺圃小集序》,见李修生主编《全元文》第 7 册卷二一四,江苏古籍出版社 1998 年版,第 134 ~ 135 页。

③ 〔元〕方回:《孙元京诗集序》,见李修生主编《全元文》第 7 册卷二一三,江苏古籍出版社 1998 年版,第 119 页。

视野里,只有人品高、胸次大、学问深之人,方可笔力雄健。这在形式上要求格律精严、炼字锻句,讲求句法;而在内容上,方回则一再强调诗歌与现实的关系,注重诗歌创作的当下性,贴近现实生活来勾勒战乱之苦,以表达其对民生的关注。如《瀛奎律髓》“忠愤类”就选录了不少反映唐、宋动乱时期史实的优秀诗篇,亦出于类似的意旨,方回对该书“升平类”那些粉饰现实之作,则颇多微词。盘点方回的诗歌与现实的定位,大致有以下几个方面:

1. 反映社会动乱和民生疾苦

中国诗学固有一种深厚的同情民瘼的淑世情怀,特别是战乱年代,无辜的老百姓始终是国家和社会动荡的直接承担者。元代文化冲突尖锐,文人的忧国忧民情怀再次被激化,成为易代之际的时代主题。方回虽为求自保,失节降元,但始终未失心系苍生之念。他创作了不少反映战乱的诗篇,其中就详细记述了当时百姓生活的惨况。如其《路傍草》:“高门先破碎,大屋例倾倒。间或遇茅舍,呻吟遗稚老。常恐马蹄响,无罪被擒讨。逃奔深谷中,又惧虎狼咬。一朝稍苏息,追胥复纷扰。微言告者谁,劝我宿须早。人生值艰难,不如路傍草。”①此诗是1284年方回目睹战乱之后的作品。所谓“路傍草”不过是路边的小草,它们无所依靠,随时都有被践踏的危险。方回最后发出“人生值艰难,不如路傍草”的感慨,寄寓对流离失所老百姓的无限同情。百姓们之所以生活得如此艰辛,方回将原因归结为当权者的无能。职是之故,借诗歌以讽刺当权者,为人民鸣不平,立足于百姓的立场,传达他们对清明政治的渴望,捎带希望世间无“稗人”的心声。

---

① 〔元〕方回:《路傍草》,见顾嗣立编《元诗选》初集《桐江集》,中华书局1987年版,第194页。

2. 述亡国之悲

方回折节降元，却对前朝念念不忘，且对自己的失节一事耿耿于怀，希望能得到世人的谅解。因此，赋诗明志成为其心灵救赎的重要文化侧面，他多次申明自己归顺元朝并非贪慕虚荣，而是为了“保全一方”，顾全大局。《南唐》就道出其隐衷：“失身亡国非无痛，保士全民尚可矜。复遇大梁爱文艺，余臣往往与瀛登。”①“失身亡国非无痛，保士全民尚可矜”是全文的主旨，表明其投降并未为了自保，而是为了人民、为了保全百姓，这种做法始终被世人误解，遭到世人的唾弃。因心事无人能懂，他倍感孤独，甚至以王昭君自况，表达他内心的委屈，其《八月十五夜对月》云：“此心除却嫦娥外，惟许崚嶒瘦影知。”②此诗一反江西诗派重形式而轻内容的趋向，力求创新，从形式上打破固有传统，追求格律、句法上灵活变通，令读者耳目一新。取材更是结合史实，立足当下，实现宋元易代“宗宋派”不拘囿“家法”的创变。

（四）创作风格：“以理入诗”

宋型诗歌好议论、讲究理趣，元初诗人部分继承了这一趋向。忽必烈时期，理学成为官方的主流意识形态，尤其是朱熹的学说，在元代思想界一直处于主导地位。理学的独尊地位，对元人的文学思想和诗文创作有着非常深刻的影响。郝经《寓兴》三十六首就明显受到朱熹《斋居感兴三十六》的影响，郝经云：“太极出面目，伊洛开渊泉。吾道本吾心，心在道即全。但使心不昧，吾道长昭然。”③道存乎心中，要时刻保持心灵澄澈方可悟道，可见郝经思想

---

① 〔元〕方回：《南唐》，见影印文渊阁《四库全书》本，第1193册，第245页。

② 〔元〕方回：《八月十五夜对月》，见影印文渊阁《四库全书》本，第1193册，第228页。

③ 〔元〕郝经：《郝文忠公陵川文集》，山西古籍出版社2006年版，第24页。

中尚有唐诗尚“性情”的因子。元初胡炳文是偏嗜江西诗派的理学家代表，他诗文成就不高，全然抵制诗歌的艺术价值，一味强调诗歌教化百姓的社会功用。其《明复斋记》云：“然古今之学有三，曰吾儒之学，曰训诂之学，曰词章之学。汉专门尚训诂，注尽圣贤千言万语，于身心无纤毫益。唐科举词章，则枝叶愈繁本根愈失，而去道愈远矣。”①胡氏论诗极为重“道”，所谓“道”即其所主张的“修身、齐家、治国、平天下”，他认为文章应有补于世，而非在工于词章的训诂之学上打转。“重平淡，法自然”是理学“淡则欲心平”的延伸，由宋入元的诗人大多接受了这一诗风，如王义山论诗以简淡为高，有如行云流水，一气呵成；陈栎把“文以理为主，以气为辅”之诗称为至上之诗，如其《江楚望淡生活说》载：“张籍学古淡，是故诗尤贵淡。然淡而非稿无余味之谓也。一毫牵强，不可谓淡，少不出于自然，不可谓淡。外臞而内腴，形枯而神泽，斯为淡矣。”②以平淡自然为准，追求造语平淡而余味无穷的艺术效果。

（五）创作取向：重视作家个性

文以气为主，中国诗学强调性情投放，凸显作家个性。理学自宋以降，发展迅速，由朱熹领衔的理学家致力于人格化育，注重修身养性。宋元易代之际，沿袭宋末程朱理学和陆九渊的心学合流趋势，重视本心的思想致使元人开始由外向内转变。在赵文看来，人人有情性，则人人有诗，“诗之为物，譬之大风之吹窍穴，唱于唱喁，各成一音；刁刁调调，各成一态，皆逍遥，皆天趣”③。诗是作家

① 〔元〕胡炳文：《明复斋记》，见李修生主编《全元文》第 17 册卷五五一，江苏古籍出版社 2000 年版，第 151 页。

② 〔元〕陈栎：《江楚望淡生活说》，见李修生主编《全元文》第 18 册卷五七三，江苏古籍出版社 2000 年版，第 163 ~ 164 页。按，“稿”应为“槁”。

③ 〔元〕赵文：《黄南卿齐州集序》，见李修生主编《全元文》第 10 册卷三三二，江苏古籍出版社 1998 年版，第 72 页。

本真之体现，自然不能排斥作家个性的传达。刘将孙论诗亦极重"性情"，其"性情"论亦为宋人反抒情论的反拨。宋人循规蹈矩，诗歌受制于各种程式家法，不能自由地、随心所欲地传情达意，他提倡"诗本性情"之说，意在促使诗人回归自然本心，无拘无束地表达真情实感。他说："诗本出于情性，哀乐俯仰，各尽其兴。后之为诗者，锻炼夺其天成，删改失其初意，欣悲远而变化非矣。人间好语，无非悠然自得于幽闲之表，而留意于兹事者，仅以为禽犊之资，此诗气之所以不昌也。"①

与此同时，刘将孙的"清气"说则将文学的道路导向了自然，他是继戴表元、吴澄之后的"气本论"的集大成者。他认为："天地间清气，为六月风，为腊前雪，于植物为梅，于人为仙，于千载为文章，于文章为诗。冰霜非不高洁，然刻厉不足玩；花柳岂不明媚，而终近妇儿。兹清气者，若不必有而必不可无。"②刘将孙以气论文，其最大贡献就在于将气本论之说导向自然。在其文学天空里，有风、有雪、有梅、有仙，自然界的一切事物都有各自的特色、习性，以此来观创作主体，则为"不知其所以然而然"的真性情的传达。刘将孙崇尚自然、推崇性情的诗论观是激于宋代理学约束诗歌抒情功能的反拨，在其看来，性情是诗人感情的自然流露，如同"天成""天趣"，欲得性情之真，就要鄙弃一切世俗杂念，摒除所有功利目的，归于自然，归于本心，才能回归真性情，如果像宋人一样过分地循规蹈矩，因循守旧，会致使诗歌乏味，如同嚼蜡。刘将孙重自我，法自然，其张扬个性的"性情"论是戴表元"诗本性情"说的延续，对元

---

① 〔元〕刘将孙：《本此诗序》，见李修生主编《全元文》第20册卷六二〇，江苏古籍出版社2000年版，第151页。

② 〔元〕刘将孙：《彭宏济诗序》，见李修生主编《全元文》第20册卷六二二，江苏古籍出版社2000年版，第168页。

初诗论产生了较大影响。刘将孙的身体力行对元初诗歌反宋归唐具有积极意义。尽管其与吴澄的诗论观有所不同,对“诗是诗人一时自然之趣”的阐述却是殊途而同归。

三、“折衷唐宋派”的出现及其影响

一代有一代之文学,一代之文学也铺设了易代诗学演变的基础。在宋元之际,无论是宗宋派提倡江西诗学,抑或主唐派推崇盛唐之法,都在元初诗学中有所体现,两者甚至有相互称道之处。二者均以杜甫为标榜。方回云:“予选诗以老杜为主。老杜同时人皆盛唐之作,亦皆取之。中唐则大历以后,元和以前,亦多取之。晚唐诸人,贾岛开一别派,姚合继之。沿而下,亦非无作者,亦不容不取之。”①其认可盛唐、中唐的诗法,毫无吝啬赞美之词。吴澄也说:“杜子美,唐人也,非不知汉魏之为古。一变其体,自成一家,至今为诗人之宗,岂必似汉似魏哉?”②在他看来,学步杜甫,自有学习唐音之痕迹。宗宋派在反对四灵纤细风格之时,亦不忘对盛唐的雄浑之风投以艳羡之意。如方回评梅圣俞《送徐君章秘丞知梁山军》载:“宋人诗善学盛唐而或过之,当以梅圣俞第一。善学老杜而才格特高,则当属之山谷、后山、简斋。”③宗唐派既反对江西诗派善于用事、工于锻炼的做法,也适当接受其讲究技巧的观点。像戴表元就讲究篇章句法,善于炼字,其《送陈养晦谒阆风舒先生四首》(其二)论及:“大篇无法须自悟,小语有益最难寻。只今人嫌此老谑,

---

① 〔元〕方回选评,李庆甲集评校点:《瀛奎律髓汇评》,上海古籍出版社2005年版,第338页。

② 〔元〕吴澄:《孙静可诗序》,见李修生主编《全元文》第14册卷四八六,江苏古籍出版社1999年版,第376页。

③ 〔元〕方回选评,李庆甲集评校点:《瀛奎律髓汇评》,上海古籍出版社2005年版,第1060页。

后来追忆直千金。"[①]就记录了自己与舒岳祥等人探讨篇章句法的情形。宗宋派于提倡理学之时，也客观认识到理学的不足，转而提振唐音。如方回晚年之作《七十翁吟五言古体十首》载："晦庵感兴诗，本非得意作。近人辄效尤，以诗言理学。"[②]有感而发，反思与质疑近人学宋、以理为诗的创作弊端。

事实上，宋元易代的诗论家，无论是宗唐还是祧宋，他们在祭起本派旗帜之时并未泾渭分明地承唐或者承宋，必然的宗唐与应然的祧宋或许是他们难以拿捏的话题。诚然，唐、宋两种诗学之风在宋元之际都颇有影响，二者并非截然对立，有时呈现出相互融合的趋向。折衷唐宋派就是这种诗学趋向的典型；所谓"折衷唐宋"即兼有"学唐"与"学宋"色彩，该派以吴澄为首，王义山、刘壎紧随其后，亦成宋元之际诗学一道耀眼的风景。

（一）吴澄：兼取江西、晚唐、理学

宗宋派大理学家吴澄对平淡自然之诗风尤为推崇，他深受理学思想的影响，强调性情之真，强调自然，他说："诗以道性情之真。十五国风有田夫闺妇之辞，而后世文士不能及者，何也？发乎自然，而非造作也。"[③]吴澄论诗特别注重人之性情的自然表露，忌矫揉造作之声，其所论之"真"皆为真实的情致意趣，诗歌意趣一如盛唐，主张抒发性情之声，所不同的是其所论"自然"是指符合理学家所期待的、有一定境界的人文自然，而非无拘无束、肆意潇洒的"自然"，职是之故，其所论"诗道性情"带有强烈的理学色彩，有节制，

---

① 〔元〕戴表元著，李军等校点：《戴表元集》，吉林文史出版社 2008 年版，第 490 页。

② 〔元〕方回：《七十翁吟五言古体十首》，见影印文渊阁《四库全书》本，第 1193 册，第 496 页。

③ 〔元〕吴澄：《谭晋明诗序》，见李修生主编《全元文》第 14 册卷四八三，江苏古籍出版社 1999 年版，第 303 页。

有约束，而非随性而发。他主张诗为“人心自然之乐”：“夫言，心声也。故知言者，观言以知其心。世亦有巧伪之言。险也，而言易；躁也，而言澹；贪恋也，而言闲适。意其言之可以欺人也。然人观其易、澹、闲适之言，而洞照其险、躁、贪恋之心，则人不可欺也，而言岂可伪哉？……纯乎一真，心声自然，无雕琢之迹，盖非学词章者可到，必其中之有所见，有所养，而后能也。”①诗是诗人自我的写照，吴澄认为只有“我”与“师心”的相互重合，方可达到“物我俱化”的境界。吴澄推崇个性，他说：“诗之自然者，所到各随其所识，迹已然之迹，声同然之声，则意若辞不繇己出使然耳，非自然也。”②可以看出，吴澄所论的“自然”蕴含着一种以张扬自我为核心的人生价值取向。“制礼作乐因时所宜，文章亦然。品之高，其机在我，不在乎古之似也。”③“自我”被人为拔高，彰显重视“心性”发展的脉络。

(二)王义山：标举简淡，崇尚自然

王义山论诗受江西诗派的影响，主张简淡清峭，其《跋杨中斋诗词集》载：“句里带梅香，不涴半点尘。家本住孤山，和靖与卜邻。吾闻诗之天，不在巧与新。纤秾寄澹泊，清峭寓简淳。古律尤崛奇，可与子建亲。此诗实兼之，体具众美纯。”④既以“句里带梅香，不涴半点尘”的清峭之笔为尚，又以“纤秾寄澹泊，清峭寓简淳”的简淡之笔为高。另一方面，王义山对于江西诗派多言法度、过于注

---

① 〔元〕吴澄：《跋张蔡国题黄处士秋江钓月图诗》，见李修生主编《全元文》第14册卷四九二，江苏古籍出版社1999年版，第556页。

② 〔元〕吴澄：《皮达观诗序》，见李修生主编《全元文》第14册卷四八二，江苏古籍出版社1999年版，第281页。

③ 〔元〕吴澄：《孙静可诗序》，见李修生主编《全元文》第14册卷四八六，江苏古籍出版社1999年版，第376页。

④ 〔元〕王义山：《跋杨中斋诗词集》，见顾嗣立编《元诗选》二集《稼村类稿》，中华书局1987年版，第124页。

重形式的趋向给予了强烈的批评，转而提倡“自然”，其《西湖倡和诗序》云：“尝试登韶石之上，望苍梧之渺莽，九疑之联绵，览江山之吐吞，草木之俯仰，鸟兽鸣号，众族之呼吸，往来唱和，非有度数而均节自成者，无声之韶也。……天机自动，天籁自鸣。凡其手之舞之足之蹈之，皆诗也。”①在其看来，自然界的万事万物皆可为诗，而不必过多地拘泥于形式，刻意为之。

对于唐诗，王义山克绍前人学说，论诗专主性情，其《赵文溪诗序性情说》云：“《诗》总言之，则吟咏性情。析言之，则由性而情。《诗》三百，皆情也。情者，喜怒哀乐发而皆中节之谓也。”②吟咏情性、抒写心声，诗歌的抒情功用再次被提出，显示宋末元初诗学的情性论色彩。

（三）刘壎：诗之“四层次”

自钟嵘《诗品》以降，诗歌的品位和等级逐渐进入文人的论述视野，刘壎《雪崖吟稿序》提到：“忆尝与君登峰远眺，竹树晚凉，星河夜横，君索予说诗，予为言杜、黄音响，又为言陶、柳风味，又为溯江沱汝坟之旧，《生民》《瓜瓞》之遗，又为极论天地根原、生人性情，语未竟，君叹曰：‘旨哉！敢不勉。’”③这是他对诗歌“四层次”的集中论述，在他的诗学视域里，第一层次为“杜、黄音响”，“音响”即为节奏、韵律，杜甫是唐诗之首，黄庭坚为宋诗之极致，唐、宋诗歌皆以韵律为尚；第二层次为“陶、柳风味”，即以陶渊明、柳宗元为代表的意境之说，汉魏、唐皆追求此种境界，而赵宋缺失；第三层次为

---

① 〔元〕王义山：《西湖倡和诗序》，见李修生主编《全元文》第3册卷八〇，江苏古籍出版社1998年版，第104页。

② 〔元〕王义山：《赵文溪诗序性情说》，见李修生主编《全元文》第3册卷八四，江苏古籍出版社1998年版，第154～155页。

③ 〔元〕刘壎：《雪崖吟稿序》，见李修生主编《全元文》第10册卷三四四，江苏古籍出版社1998年版，第305页。

"天地根原",强调作品乃作家精神、气质的体现;第四层为"生人性情",即刘壎所论定的诗学之本心,受陆氏心学的影响,他认为作品是作家本心的真实反映,是天、地、人三位一体哲学思想的至高境界。此"四层次"说,体现了唐宋诗学的综合趋势。其实,刘壎盘点唐、宋诗歌,其心中自有一把裁定高下的尺子,其《隐居通议》引刘克庄《竹溪诗序》之语:"唐文人皆能诗,柳尤高,韩尚非本色。迨本朝则文人多,诗人少。"①这正是宋诗"以议论为诗,以才学为诗"诗学观的变相阐释。刘氏出入唐、宋型诗之间,折中调和,费心探寻"唐中之宋"与"宋中之唐"的诗学存在,以融通的态度挖掘唐、宋型诗的一致性。

事实上,吴澄、王义山、刘壎皆为理学宗师,但他们并未盲目地追从宋诗,相反,他们大都能辨证认识宋代理学的弊端,"至理学兴,而诗始废"应该是他们的共同看法,他们反对以议论入诗,主张将理学的"平淡自然"与盛唐"吟咏情性"结合,追求诗歌创作的清新自然,也适时注重情理相生、浑然天成。

1. 创作风格上,兼取江西、晚唐

江西诗派、晚唐诗风是宋元易代诗坛上两种主流思潮。南宋后期,江湖、四灵两派诗人曾试图以其清丽纤巧、空灵轻快的平淡诗风来纠正江西诗派讲究法度、刻意求新的生涩之笔,但由于其诗作大多缺乏对社会现实的关注,往往流于纤巧,境界不高。针对诗坛积弊,其后江湖诗人刘克庄、戴复古诸人挺身而出,号召他们一方面保持江湖、四灵派诗歌之作风,吸纳晚唐诗派的有效因子,另一方面又承继江西诗派反映社会现实的传统,以杜甫诗歌为法。如此,他们在江西诗派和江湖、四灵诗派之间不断游走,实现二者的调和。吴澄《豫章

① 〔南宋〕刘克庄:《竹溪诗序》,见曾枣庄、刘琳主编《全宋文》第329册卷七五六六,上海辞书出版社2006年版,第92页。

贡院即事奉和云林提举晚春闲居旧韵》载:“客里秋光好,归心不厌迟。墙低孤塔见,院静一帘垂。隔纸闻风怒,临阶看日移。宛然似三径,未负菊花期。”①本诗为效仿陈与义之作,雅淡自然,极具韵味。吴澄赋诗深受江西诗派、理学思想和江湖诗派、四灵诗派等晚唐习气的影响,重平淡,法自然。他称赞陈与义“宋履常去非杰出于半山、坡、谷之后,极深极巧,妙绝一世,不可及矣”②,情之至,亦诗之佳处,褒奖陈与义达到了平淡自然的极致。

对于晚唐诗风,吴澄基本持反对意见。他认为晚唐诗“若局局于体格、屑屑于字句以争新奇,则晚唐诗也,非吾诗也”③。但是他认可江湖诗派以及四灵诗派清妙秀远、自然新巧的诗学风格。其《叠叶梅》即为一形象的注脚:“罗浮梦断杳无踪,冰雪仙姿两两逢。缟袂怯单寒后袭,彩妆嫌薄晓来浓。迎风一笑知颜厚,临水相看见影重。道眼只将平等视,玉环飞燕总天容。”④两相对照,其纤巧之风确实同江湖、四灵派诗风一脉相承。

江西诗派与晚唐两种诗学风格也并非完全不相融,两者在不断斗争中亦相互吸收,不断创新,形成宋元易代之际诗学风格的化合色彩。这又主要有以下数端。

第一,变“敛约情性”为“张扬个性”。

所谓“敛约情性”,源自宋代程朱理学,自唐代始,历代诗人就

---

① 〔元〕吴澄:《豫章贡院即事奉和云林提举晚春闲居旧韵》,见顾嗣立编《元诗选》初集《草庐集》,中华书局 1987 年版,第 520 页。

② 〔元〕吴澄:《陈景和诗序》,见李修生主编《全元文》第 14 册卷四八六,江苏古籍出版社 1999 年版,第 384 页。

③ 〔元〕吴澄:《书秋山岁稿后》,见李修生主编《全元文》第 14 册卷四八九,江苏古籍出版社 1999 年版,第 464 页。

④ 〔元〕吴澄:《叠叶梅》,见顾嗣立编《元诗选》初集《草庐集》,中华书局 1987 年版,第 522 页。

已经将诗歌"吟咏情性"定格为个人情志的抒写、个人修养和风度的展示以及个人郁积情绪的宣导等,它绘制了诗人自然情感的真实流露景象。宋代受程朱理学的影响,"存天理,灭人欲",理学束缚局部限制了个人情感的抒发,强调"发乎情,止乎礼义",运用传统礼教来遏制人们的真实的情感,即便欲抒写心灵也应在"礼义"所允许的范围之内。

在"情性"与"义理"的矛盾斗争之中,中国诗学蹒跚地步入宋元易代之际。元初诗人主张以性情的自然流露来矫正宋诗的刻意追求,赵文是注重张扬个性的第一人,其《郭氏诗话序》云:"古之为诗者,率其情性之所欲言,惟先王之泽在人,斯人情性一出于正,是则古之诗已。"①不刻意雕琢,不刻意出奇制新,追求心灵的直观感受,方可感发人意。正因如此,他认为在吟咏情性上,"砍樵者"与"江湖者"并无根本差别,其《萧汉杰青原樵唱序》载:"或曰:'樵者亦能诗乎?'余曰:'人人有情性,则人人有诗,何独樵者?'彼樵者,山林草野之人,其形全,其神不伤,其歌而成声,不烦绳削而自合,宽闲之野、寂寞之滨,清风吹衣、夕阳满地,忽焉而过之,偶焉而闻之,往往能使人感发兴起而不能已,是所以为诗之至也。后之为诗者,率以江湖自名。江湖者,富贵利达之求,而饥寒之务去,役役而不休者也。其形不全,而神伤矣,而又拘拘于声韵,规规于体格,雕锼以为工,幻怪以为奇,诗未成而诗之天去矣。是以后世之诗人,不如中古之樵者,汉杰自抑其诗曰'樵唱',樵唱,诗之至也。"②他认为"樵者"之音至情至性,随心而发,而"江湖"之音多言名利,又

① 〔元〕赵文:《郭氏诗话序》,见李修生主编《全元文》第10册卷三三二,江苏古籍出版社1998年版,第63页。

② 〔元〕赵文:《萧汉杰青原樵唱序》,见李修生主编《全元文》第10册卷三三二,江苏古籍出版社1998年版,第64页。

拘泥于声韵、体格，处处精于雕琢，失去了诗歌的天然之趣，不若砍樵者之自然真实。注重情感的自然抒发，明显是对宋型诗以及江湖与四灵等晚唐诗派说不。在赵文看来，"江湖之音"尚苦吟，刻意追求技巧，气格卑弱，其关键在于情性抒发的缺位。

第二，变"纤巧清圆"为"平淡自然"。

江湖诗派、四灵诗派所推崇的"纤巧清圆"是激于救赎江西诗派瘦硬生涩之诗风，他们以许浑、贾岛为宗主，气格卑弱，无论是宗唐派，还是宗宋派，都反对学步晚唐之纤细诗风。宗宋派认为晚唐诗风"又所用料，不过花、竹、鹤、僧、琴、药、茶、酒，于此几物，一步不可离，而气象小矣"①，转而投入江西诗派的怀抱；主唐派认为其"极凄切于风云花月之摹写，力孱气消，规规晚唐之音调，而三宗泯然无余矣"②，力主将尊唐与复古相结合，以此来提高诗歌的气格，戴表元的"宗唐得古"论即为代表。主唐派主张以情意之真来取代江湖诗派、四灵诗派的"孱弱纤细"，而宗宋派亦主张以平淡自然来消解此种诗风，究其实，平淡自然乃理学思想的重要趋向，宗宋派顺手拈来，旨在消解晚唐诗风的工丽新巧之色，提倡"简淡""淡泊"，王义山论诗云："诗至于工，病矣。康节不求工于诗，而行云流水，诗之天也。"③即为显例。强调随物赋形，不求雕琢精工，在平淡自然中彰显诗歌魅力。

2. 创作功用上，明道与言情兼行

文学社会功用的最早论述应发轫于"诗言志"之说，其实早

---

① 〔元〕方回选评，李庆甲集评校点：《瀛奎律髓汇评》，上海古籍出版社2005年版，第340页。

② 〔元〕袁桷：《书汤西楼诗后》，见李修生主编《全元文》第23册卷七二二一，江苏古籍出版社2001年版，第321页。

③ 〔元〕王义山：《题胡静得编祖黄溪诗集序》，见李修生主编《全元文》第3册卷八〇，江苏古籍出版社1998年版，第106页。

自《诗经》开始,诗歌书写就本能地与“诗言志”扯上关联。《左传·襄公二十七年》正式提出“诗以言志”这一概念,意即“赋诗言志”,它指借用或者引用《诗经》中的某些篇章来表达自己的某种政治抱负,而《尚书·尧典》明确亮出“诗言志”之说,确定诗歌书写与诗人之志的关系,“志”的含义依然侧重于抱负与志向。自战国中期以后,“志”的外延逐渐扩大,孔子所论之“志”还在政治抱负上打转,庄子的“诗以道志”则偏向个人情感,迨至屈原《离骚》,其“屈心而抑志”与“抑志而弥节”之“志”,不仅夹杂了屈原的政治理想,亦涵盖了诗人因实现政治理想受阻而产生的愤激之情。到了汉代,《毛诗序》更有详尽的概括:“诗者,志之所之也,在心为志,发言为诗。情动于中而形于言。”①情与志相辅相成,互相联系。

诗歌发展至元代,动荡不安的时局,科举制度的废除,以及各民族之间的文化冲突,这一切都在由金入元和由宋入元的遗民诗人的心理上造成了极大的阴影,再加上宋朝士大夫在政治上和学术上都具有强烈的责任感和使命感,亡国之痛、黍离之悲不可避免地成为这一时期的主题。易代之际的文人如方回、郝经常借诗歌书写来浇自己之块垒,郝经《青城行》云:“坏山压城杀气黑,一夜京城忽流血。弓刀合沓满掖庭,妃主喧呼总狼藉。”②以描绘流血漂橹的战争场面来表达亡国之痛,青城本是金代祖先的发达之地,如今却成了自己的断头台,金朝内外,呼声震天,人人自危。并由此推及金人当年入侵北宋之时,金人的残忍和宋人的亡国之痛,确实是

---

① 郭绍虞主编:《中国历代文论选》(第1册),上海古籍出版社1979年版,第63页。

② 〔元〕郝经:《青城行》,见顾嗣立编《元诗选》初集《陵川集》,中华书局1987年版,第410页。

一个被复制的灾难。郝经虽为由金入元的遗民诗人，心理上却相当认可宋朝，所以字里行间流露出对宋亡的惋惜与对老百姓罹难的同情。

郝经前期之作以歌行体为主，重议论，忧国忧民，风格近似杜甫，尚沉郁顿挫；而后期之作大多以律诗为主，借景抒情，风格近似晚唐诗派。如其《晚步》："花落深庭步晚风，雨苔生绿上幽丛。黄鹂隔叶啼岩桂，翠碧攀枝啄海红。静里细吟诗有趣，闲中遐想事无穷。江云不定生愁思，白叠为鳞散远空。"①作诗学杜甫，但境界远不及杜甫，郝经的律诗过于追求技巧，从而带有浓郁的晚唐习气。这种习气又跟传统的诗歌吟咏情性背离，宋代"情性"一说被套上理性思想的枷锁，强调抒发情感要"发乎情，止乎礼义"，因此他们追求平淡的诗风，强调"敛约情性""轻愁浅笑"。宋元易代诗人论诗言必谈"情性"，以致后来形成集江西、晚唐与理学文派的诗文创作，达成明道与言情双赢的共识。

折衷唐宋派的出现，在一定程度上消解了两者之间的斗争，为唐、宋两种诗风的相容寻求到新的途径，即以理学为背景，以抒写情意为目标，追求情景交融、浑然天成的诗歌意旨。此种风气的形成对元中后期的诗歌走向影响颇大，中期以虞集为首的"元诗四大家"继承了吴澄、王义山一脉，追求"性情之正"，主推雅正，含蓄蕴藉，主张以诗歌来教化世人；后期则以杨维桢为首的元末以及明初诗人承继刘壎、赵文一脉而夸大"性情"，将"吟咏情性"作为诗歌的终极目标，将诗品与人品相互结合，为"性灵派"的产生奠定了坚实的基础。

---

① 〔元〕郝经：《郝文忠公陵川文集》，山西古籍出版社 2006 年版，第 198 页。

第四节　唐宋之争开明清诗学先声

如果说宋元易代之际唐、宋两种诗潮还势均力敌的话，那么“唐宋之争”发展至元代中后期，唐诗便以绝对性的优势压倒了宋诗，中期以“元诗四大家”为代表的诗人集团历经“延祐之治”，他们继承王恽一脉，以唐诗“雅正”之音为宗，推崇含蓄蕴藉、雍容雅正之旨，却少了盛唐豪迈雄壮之气。元代中叶，地域辽阔，经济繁荣，国势强盛，诗坛流行专主盛唐的典雅温厚之声，因为“盛唐之音”乃朝代兴盛的标志。元代中期诗坛首推“元诗四大家”，虞集为“四家”之首，虞集一生仕途显赫，谥号“文靖”。他赋诗维护儒家礼教，提倡治世之音，以笔写心，咏唱太平盛世。其《国朝风雅序》云：“天欲观于国家声文之盛，莫善于诗矣。……我国家奄有万方，三光五岳之气全，淳古醇厚之风立，异人间出，文物粲然，虽古昔何以加焉。”①字里行间，多有对古雅醇厚太平之音的推崇和吟唱。其《李仲渊诗稿序》亦载：“世道有升降，风气有盛衰，而文采随之。其辞平和，而意深长者，大抵皆盛世之音也。”②赋予盛世之音以平和而意味深长的特征，个中原因在于，盛世之音多由馆阁文臣、公卿贵族所作，亦常呈现曲终奏雅的创作趋向。李、杜是盛唐诗坛的两面镜子，虞集顶礼膜拜李、杜二人。虞集盛赞李白之潇洒灵动，其《赋茅山道士云松巢》载：“昔年李太白，庐山思结巢。褰云自天上，和

① 〔元〕虞集：《国朝风雅序》，见李修生主编《全元文》第26册卷八一九，江苏古籍出版社2004年版，第94～95页。

② 〔元〕虞集：《李仲渊诗稿序》，见李修生主编《全元文》第26册卷八二七，江苏古籍出版社2004年版，第223页。

鹤止松梢。"①其《曹士开汉泉漫稿序》断论杜甫的真性情："唐杜子美之诗，或谓之诗史者，盖可以观时政而论治道也。"标举李杜诗风，虞集接续了盛唐之音。

除虞集外，欧阳玄亦倡导"雅正"之音来沿袭唐音，强调诗歌的中和之美。欧阳玄《罗舜美诗序》云："我元延祐以来，弥文日盛，京师诸名公咸宗魏、晋、唐，一去金、宋季世之弊，而趋于雅正，诗丕变而近于古，江西士之京师者，其诗亦尽弃其旧习焉。"②但是，过于追求诗歌的"雅正"之色，会导致对性情的疏忽。欧阳玄《族兄南翁文集序》提出"廉则不刿，静则不躁，深则不肤，醇则不靡"③的诗歌标准，但过于平和亦会部分损伤诗歌的精髓。

元明易代之际，缘于杨维桢"铁崖体"为代表的主性情之音引领。杨维桢是元末诗坛最注重张扬个性的诗人，他将汉魏之骨格、李白之浪漫、李贺之雄奇融汇一体，建构其"宗唐得古"论。对此，张雨的评价可以参考："廉夫又纵横其间，上法汉、魏，而出入于少陵、二李之间，故其所作古乐府词，隐然有旷世金石声，人之望而畏者，又时出龙鬼蛇神，以眩荡一世之耳目，斯亦奇矣。"④集奇特的想象、瑰丽的色彩于一体，变幻莫测。"性情论"是杨维桢论诗的核心思想，其《李仲虞诗序》云："诗者，人之情性也。人各有情性，则人

---

① 〔元〕虞集：《赋茅山道士云松巢》，见顾嗣立编《元诗选》初集《道园学古录》，中华书局1987年版，第851页。

② 〔元〕欧阳玄：《罗舜美诗序》，见李修生主编《全元文》第34册卷一〇九二，江苏古籍出版社2004年版，第445页。

③ 〔元〕欧阳玄：《族兄南翁文集序》，见李修生主编《全元文》第34册卷一〇九二，江苏古籍出版社2004年版，第455页。

④ 〔元〕张雨：《铁崖先生古乐府序》，见李修生主编《全元文》第34册卷一〇八七，江苏古籍出版社2004年版，第351页。

各有诗也。得于师者,其得为吾自家之诗哉?"①后人常以"人人有性情,则人人有诗"作为杨维桢论诗的写照,诗既是诗人本身精神、品质的体现,更是诗人情感的真实表达,吴复《辑录铁崖先生古乐府序》的评价颇为中肯:"认诗如认人。人之认声认貌,易也;认性,难也;认神,又难也。习诗于古,而未认其性与神,罔为诗也。"②杨维桢宗唐之音的榜样效应,加重了元代后期诗学的宗唐底色,但其又有别于元代中叶的中和雅正的唐诗观,宗唐派主张抒写真性情,崇尚李贺诗歌一脉,色彩绚丽,想象奇特,注重个性的张扬。

如前所述,元代中、后期对唐音的极力推崇,使得明代鼎革之初,宗唐之音即成为明初诗学的主流倾向,这主要表现在"性情论"与"格调论"两个方面。

一、性情论

性情论的盛行并非突兀而显的存在,而是有迹可循的。从屈原"发愤抒情"说到陆机"诗缘情而绮靡"说,性情论就成为中国诗学一个至关重要的文化命题。唐、宋、元三代大都在"性情之真、性情之正"的旗帜下展开书写,并将其视为诗歌评定标准之一。明代更是推波助澜,究其原因,大概有二:一是对宋以来理学专制的反动。时代在变,程朱理学所倡导的"存天理,灭人欲"越发遭到人们的质疑,无论如何,理学毕竟尚不能完全遏制人的欲望和自然情感,情感奔泻最终会冲垮理学思想的禁锢;二是明中叶以后,陆氏心学渐入人心,人们期待实现自我价值,要求摆脱封建礼教的束

① 〔元〕杨维桢:《李仲虞诗序》,见李修生主编《全元文》第41册卷一三〇〇,江苏古籍出版社2004年版,第240页。

② 〔元〕吴复:《辑录铁崖先生古乐府序》,见李修生主编《全元文》第39册卷一二四七,江苏古籍出版社2004年版,第650页。

缚，解放思想，发展个性。抒写真性情有一条源远流长的文化脉络，近世具有代表性的主要有李梦阳的“情真说”、李贽的“童心说”、袁宏道的“性灵说”，冯梦龙的“情教说”，这些学说后先相继，形成蔚为大观的思想解放潮流。

李梦阳的“情真说”在明代性情论的发展史上具有承前启后的意义。其“情真说”重在弘扬个人之真性情。其《诗集自序》言：“真者，音之发而情之原也。”①其所谓“情真”就在于敢于说真话，敢于揭露事实，表达自己的真情实感。尤为可贵的是，李梦阳在“情真”的基础上提出“真诗乃在民间”的诗学观。其《诗集自序》载：“今真诗乃在民间，而文人学子顾往往为韵言谓之诗。”②李梦阳认为文人学子之诗大多脱离社会现实，它们只能在形式上胜出，在情感上反不若市井之诗来得实在，无病呻吟，终究很难体现出个性。

李贽“童心说”延续了李梦阳的“情真说”，绝假存真，要求作家不受任何外界的干扰而追求情感的真实流露，他认为赋诗者不能心存杂念，应当酣畅地表现作家之本心。其《读律肤说》载：“然则所谓自然者，非有意为自然而遂以为自然也。若有意为自然，则与矫强何异？”③强调自然当行，注重真情实感，反对矫揉造作之声。追逐纯真的情感表达，李贽的“童心说”在“情真”的基础上多了一层反封建礼教、追求个性解放的意味。其《答邓明府》载：“如好货，如好色，如勤学，如进取，如多积金宝，如多买田宅为子孙谋，博求风水为儿孙福荫，凡世间一切治生产业等事，皆其所共好而共习、

---

① 〔明〕李梦阳：《空同集》卷五〇，明万历刻本。

② 〔明〕李梦阳：《空同集》卷五〇，明万历刻本。

③ 〔明〕李贽：《焚书　续焚书》，岳麓书社1990年版，第132页。

共知而共言者,是真迩言也。”①好货、好色、求功名、买田宅等,都是世人物质欲望的具体表现,李贽张扬世人的自然本性,便与理学家的“禁欲主义”背道而驰,带有浓郁的反封建色彩,更是人们思想解放的表征。

袁宏道的“性灵说”是明代盛极一时情感论的滥觞,袁氏鼓噪突破封建礼教的限制,推崇个性自由。他尤其注重真性情,无论是土音俗语的乡间小调,抑或市井里弄的人间百态,都是诗人抒发真情的重要媒介。在其看来,情感的真实与否切近文化趋向的雅俗之别,如果真,则俗亦雅;如果假,则雅亦俗。并且,袁宏道还身体力行,大胆地与传统礼教作斗争。其《叙小修诗》“每每若哭若骂,不胜其哀生失路之感”②之见是对儒家传统“乐而不淫,哀而不伤”观点的一种反叛。儒家诗学强调中和之美,袁氏则反其道而行之,主张情感的率性而发:“其间有佳处,亦有疵处,佳处自不必言,即疵处亦多本色独造语。然予则极喜其疵处;而所谓佳者,尚不能不以粉饰蹈袭为恨,以为未能尽脱近代文人习气故也。”③无论是“佳处”,还是“疵处”,只要是真我的当行本色,即使偶有瑕疵,也无伤大雅。独抒性灵,不拘格套,袁宏道的“性灵说”将明代情感论推向了顶峰,而其过分注重情感的自然宣泄,不免带有滥情的倾向,从而备受后人质疑。冯梦龙“情教说”是明代情感论的终结,他最大的贡献就是将“情感论”扩展到一切文学样式之中。明代中后期以来,小说、戏曲等通俗文学崛兴,客观上强化了文学的尚情传统。

---

① 〔明〕李贽:《焚书　续焚书》,岳麓书社1990年版,第39页。

② 钱伯城笺校:《袁宏道集笺校》,上海古籍出版社2008年版,第188页。

③ 钱伯城笺校:《袁宏道集笺校》,上海古籍出版社2008年版,第187～188页。

二、格调论

高启是明初诗坛“格调论”的倡导者，其《独庵集序》旗帜鲜明地亮出“格调论”：“诗之要，有曰格、曰意、曰趣而已。格以辨其体，意以达其情，趣以臻其妙也。体不辨则入于邪陋，而师古之义乖；情不达则堕于浮虚，而感人之实浅；妙不臻则流于凡近，而超俗之风微。”①格、意、趣乃诗歌的三个必备要素，高启将“格”放在首位，足显其对格调论的处理和把捉。闽中文人高棅接续高启的格调之说，其在编选《唐诗品汇》之时，就将声律作为编选的依据。其《唐诗品汇·凡例》载：“然贞观尚习故陋，神龙渐变常调，开元、天宝间神秀声律粲然大备，故学者当以是为楷式。”②“声律粲然大备”的盛唐诗，标举了后世学步者的创作范式。除此之外，高棅亦将格调作为品评诗歌的标准，他褒扬陈子昂之诗“始变正雅”，认为其“音响冲和，词旨幽邃，浑浑然有平大之意……故能掩王、卢之靡韵，抑沈、宋之新声，继往开来，中流砥柱，上遏贞观之微波，下决开元之正派”③。在高棅眼中，盛唐之诗乃诗之至高境界，初、中、晚三唐很难望其项背。

李东阳是明代诗学格调论的集大成者，论诗常以格调为准绳。其《麓堂诗话》载：“诗必有具眼，亦必有具耳。眼主格，耳主声。闻琴断，知为第几弦，此具耳也；月下隔窗辨五色线，此具眼也。”④“具眼”强调诗歌的创作风格，“具耳”是指诗歌的声调。格调是准确判断诗人风格的一个重要维度，通过格调把握诗歌的创作风格

---

① 〔明〕高启：《高青丘集》，上海古籍出版社1985年版，第885页。

② 〔明〕高棅：《唐诗品汇》，上海古籍出版社1982年版，第14页。

③ 〔明〕高棅：《唐诗品汇》，上海古籍出版社1982年版，第47页。

④ 〔明〕李东阳：《麓堂诗话》，见丁福保辑《历代诗话续编》，中华书局1983年版，第1371页。

和声调，就能准确地分析诗歌作者及其创作时代。李东阳眼中的格调体现了诗品与人品的结合，在其看来，格调是时代的声音，时代不同，诗歌格调亦会发生变化。

明代前、后七子亦"师法盛唐"，进一步接过"格调论"的诗学大棒。以李梦阳为首的前七子继承了李东阳的诗论主张，其《潜虬山人记》云："夫诗有七难：格古、调逸、气舒、句浑、音圆、思冲、情以发之，七者备而后诗昌也，然非色弗神。宋人遗兹矣，故曰无诗。"①以"七难"作为品评诗的标准，从而推导出宋代无诗的结论。其以"格古"作为"七难"之首，就足显其对"格调"论的重视，其将"情以发之"作为"七难"之尾，意义很明显，即在说明前"六难"都是在为"情"服务，而"情感"才是诗歌的根本，是其论诗的文化归宿。其他"六子"大多沿袭李梦阳的论说路线，像何景明《明月篇序》所载"夫诗，本性情之发者也，其切而易见者，莫如夫妇之间"之说即为注脚。迨至嘉靖中叶，后七子越发注重"情性"的功用，以此来完善"格调论"的阐释，谢榛《诗家直说》卷三云："凡作诗，悲欢皆由乎兴，非兴则造语弗工。……熟读李、杜全集，方知无处无时而非兴也。"推崇李白、杜甫诗风，意在用唐诗之"情"来攻宋诗之"理"，他认为过重的尚理趋向束缚了人的情感，从而导致"宋无诗"的误读和片面解读。

宗唐之音几乎贯穿整个明代诗学史，但这并不意味着毫无宋诗的影响。事实上，在明朝开国之初，执政者就已经认识到理学对于维护统治的重要性，明太祖朱元璋大肆推行程朱理学，明初所开设的科举考试，大体沿袭元人"以孔孟之书为经典，以程朱注解为规矩"这一制度。永乐年间，《五经大全》《四书大全》《性理大全》编撰成功，理学在明初就取得一学独尊的地位。理学思想的兴盛

---

① 〔明〕李梦阳：《空同集》卷四八，明万历刻本。

加重了对百姓思想的禁锢,也给文学造成了负面影响。这一时期文学成了辅翼教化的工具。李东阳《沧洲诗集序》云:“诗所谓有异于文者,以其有声律讽咏,能使人反复讽咏,以畅达情思,感发志气,取类于鸟兽草木之微,而有益于名教政事之大。”①其《送伍广州诗序》亦云:“皆是以寓彝伦,系风化,为天下重,岂徒为耳目之快、情欲之乐而已哉!”②以文感人,以文动人,教化百姓,维护社会稳定。

思想的高压政策部分改变诗歌的表达趋向,明代部分文人迫于皇权的淫威,往往走歌功颂德、粉饰太平的路线,而相对忽视了文本的审美意蕴,这一类作品大多流于表面,成就不高,台阁体就是这一政策之下的产物。台阁体形成于永乐、成化年间,是一个具有浓郁官方意识形态色彩的文学流派,代表诗人是台阁大臣杨士奇、杨荣、杨溥。养尊处优的生活际遇,致使他们的诗歌书写跟粉饰太平扯上关联,多为应制赠答、歌功颂德。杨士奇《从游西苑》(其一)载:“宫城西畔接蓬莱,金饰飞楼玉饰台。辇路前瞻双凤引,銮舆中驾六龙来。时康道泰韶音奏,雪净天清瑞景开。何幸群臣皆侍从,山呼捧献万年杯。”一派富丽堂皇之貌,朝阁大臣齐呼万岁,对君主的颂扬成为台阁体不变的主题。又如杨士奇《古意答陆伯阳》:“河洲双鸳鸯,荡荡还相逐。皎皎白杨华,风吹不相续。”这是一首赠答诗,与此类似的还有《杂诗三首赠陆伯阳》《同陆伯阳作》《次韵陆伯阳林塘晚咏兼简雷道夫》《和陆伯阳池上梅花》《吴教授席上同伯阳汲井咏》《题陆伴读伯阳草书后》等。在这类赠答诗中,诗人常借物勉励,其《古意答陆伯阳》以吟咏“园中花”来与好友陆伯阳共勉。在他看来,作为身居要职的朝堂宰相,应恪尽职

---

① 〔明〕李东阳:《李东阳集》(第二卷),岳麓书社 1984 年版,第 72 页。
② 〔明〕李东阳:《李东阳集》(第二卷),岳麓书社 1984 年版,第 98 页。

守,辅助君王治理国家,使国家繁荣昌盛。再如其《早朝应制》:“天香初引玉炉熏,日照龙墀彩仗分。阊阖九重通御气,蓬莱五色护祥云。班联文武齐鹓鹭,庆合华夷致凤麟。圣主临轩万年寿,敬陈明德赞尧勋。”这是一首应制诗,所谓应制诗是指应皇帝之命所作,它往往以欢庆盛典、宫廷宴饮、君臣游乐为主要内容,以歌功颂德、粉饰太平为基调,高唱时代赞歌,引领升平祥和的主旋律。或是出于对权位的迷恋,或是生活环境所迫,朝中大臣、公卿贵族好作应制诗。它们成就不高,却为其后“性情论”的滥觞提供了必要条件。

于此,需要特别指出的是,理学发展到宋元易代之际,就逐步分化为两条路线,一是以程朱理学为代表的“持之以格物”,二是以陆九渊为首的“持之以本心”。“心性论”在吴澄那里就初见端倪,入明以后更是蓬勃发展,完成了理学思想由外向内的华丽转变。以王阳明为首的“心学”的兴起是我们不可忽视的一个重要方面,王阳明主张“诗性情论”“诗教合一论”。所谓“诗性情论”是指提倡诗歌书写的性情本色,他高举人性解放的大旗,肯定诗与性情之间的必然联系。其《稽山书院尊经阁记》载:“求之吾心之歌咏性情而时发焉,所以尊《诗》也;求之吾心之条理节文而时著焉,所以尊《礼》也。”①本乎王氏的“性情论”宗旨,言为心声,真实地表达自我,叫板封建礼教,强化了国人思想觉醒的力度。宗唐一脉“性情论”的倡导者如袁宏道、李贽,都在不同程度上沾溉这一哲学思想。如前所论,王阳明的“诗教合一论”推举诗歌的教化功用,强调用诗歌来感发人们的内心世界,从而教化世人,引领时代潮流。不过,王阳明多从“心学”的角度关注人的道德修养以及心灵世界的演化,而不单出于政治目的。用感化世人的方式来维护社会安定,这才是“心学”的真谛。明、清两代对元诗都很不以为然,至有清一

① 〔明〕王阳明:《王阳明全集》,线装书局2013年版,第349页。

代,“纤词”几乎成了元诗的代名词,唐型诗在这一集合式的清代诗学上却大放光芒,宋型诗在清末民初出现一抹回光返照,以陈三立、沈曾植为首的“同光体”的兴起,标志着“唐宋之争”另一高峰的到来。

唐型诗以性情为主,宋型诗以理趣为宗,它们标举了中国诗学双峰对峙的文化景观。处在两座巅峰之后的宋元易代诗学在“学唐”抑或“学宋”的问题上陷入旷日持久的争论之中。宗唐派以元好问“以唐人为旨归”、戴表元“宗唐得古”论为首,宗宋派学步方回“一祖三宗”论、吴澄“以理入诗”论。两者相互斗争,相互融合,以致发展到最后形成了“唐宋合流”的双赢局面。纵观整个元诗史,元诗想要弃绝唐宋,另辟蹊径,绝非易事,高举复古大旗是必然的,但是学唐也好,学宋也罢,终究没有陷入一味模仿的陷阱,推陈出新,张扬“有意义的模仿”特质。元代诗学是中国诗学史上一个继往开来的存在,其过渡地位和价值却未得到明清学者的绝对认可。李东阳《麓堂诗话》云:“宋诗深,却去唐远;元诗浅,去唐却近。顾元不可为法,所谓‘取法乎中,仅得其下’耳。”①胡应麟论五言古诗时亦说:“盖宋之失,过于创撰,创撰之内,又失之太深;元之失,过于临模,临模之中,又失之太浅。”②两者都认为元诗学唐而“浅”,若以唐诗作为评诗的绝对标准,于元诗却有失公允。到了清代,“纤词”几乎成了元诗的代名词,尽显贬斥之意。

一代有一代之文学,一种文学样式的发展总是文学家族声音

---

① 〔明〕李东阳:《麓堂诗话》,见丁福保辑《历代诗话续编》,中华书局1983年版,第1371页。

② 〔明〕胡应麟:《诗薮》外篇卷六,见《续修四库全书》第1696册,上海古籍出版社2002年版,第181页。

的反映，近世诗学演变很难割断它与社会生态的关联，朝代更迭亦不能截然割断诗学内在脉络，易代诗学是众多一代之文学的连接和发展。历代文人都有可能依据自我对诗学与历史的理解，重构其审美视域中的诗学阐释话语。也许研究唐诗可以绕开宋型诗，但是若要深挖宋型诗，却无法避开唐型诗的涵盖。钱穆论中西文学差异时指出："西方文学尚创新，而中国文学尚传统。……故西方文学之演进如放花炮，中国文学之演进如滚雪球。"[①]诗分唐、宋，客观确立了中国诗学两种并行不悖的创作传统。就诗学的"唐宋之争"而言，元代有"举世宗唐"之说，未有"举世宗唐"之实。唐、宋两股诗潮相互显胜，并立于世。自明至清，皆以宗唐为主，唐型诗成为明清诗人极力效法的对象，宋型诗则相对沉寂；至于清末民初，"同光体"崛起意味着宋型诗学又一高峰时期的来临。时至今日，旧体诗学"唐宋之辩"的论争仍在继续，远未成为一桩已有定论的公案，宋元易代之际的唐宋之争孕育了中国诗学创作范式，历代文人为其建构合适的话语阐释系统的同时，也客观沉淀了厚重的诗学经验和精神资源，其存在之门仍值得我们去不停地叩击。

---

① 钱穆：《中国文学论丛》，生活·读书·新知三联书店 2002 年版，第 17 页。

第二章　宋元之际 方回的唐代律诗演进观

伴随着唐王朝由盛而衰的历史嬗变，律诗在唐代经历了一个从形成、发展、繁盛到低落的演变过程，如同江河奔波之中由源至流的起伏消长，唐代律诗在演变过程中不断涌现出一座又一座高峰，让人高山仰止，叹为惊绝，引得后人不断对其进行回味咀嚼，以求其三昧。大而言之，文学史勾画了文学发生演进的生态图景。从小处看，在一代文学之内部，亦是经历了从源到流、由正至变的演变过程。诚如陈伯海在《中国诗学之现代观》中所指出的："我们这个民族有着源远流长的诗歌艺术传统，对诗歌历史进程的把握亦成为民族诗学传统的一个重要部分。"①在中国古代，针对特定时期某一诗体演变的研究亦是中国诗学研究不可或缺的重要内容。

中国诗学的不断演进，离不开文学家和评论家的共同努力。文学家留下的宝贵文化遗产，成为后世不断挖掘的对象；评论家的不断解读和阐释，也进一步彰显了文学作品的重要价值。生活在宋元易代之际的方回，是一位著名的诗评家，他的《瀛奎律髓》和《桐江集》《桐江续集》等著作中包含着他对唐宋律诗的深刻洞察。

---

① 陈伯海：《中国诗学之现代观》，上海古籍出版社 2006 年版，第 393 页。

方回的大型唐宋律诗选本《瀛奎律髓》，选诗归类，依诗立论，采用圈点、标举等形式，从摘句、诗格、诗话、评点等多个方面，架构了一个立体的多角度的品评诗歌的体系。他在评点律诗、臧否文字的同时，也勾勒了律诗在唐代的发展演变的轨迹。张伯伟指出："选本发展到宋代，从体制上看已经达到极致，成为一种包容性最强的文学批评形式。摘句、诗格、诗话、评点，几乎都可以在选本中得到包容……《瀛奎律髓》四十九卷，是方回编纂的一部分类唐宋五七言律诗选集。从选本的包容性角度来看，这是一部典型之作。"①《瀛奎律髓》中方回那些表面看似杂乱无章的诗评，却有着其独特的价值。朱东润《述方回诗评》一文中称许《瀛奎律髓》"议论明晰，条贯井然，在宋代一般诗话中，堪推上选，惟有待于后之论者为之辑理耳"②。由此，整理和编辑方回的诗论，有着重要的意义。

方回对唐宋律诗的点评，多是以只言片语的形式，针对具体诗歌的感悟式阐发。集腋成裘，积少成多，方回对于唐诗的分期、唐代律诗各个时期的作家风格特点的把握，以及唐代律诗的整体发展演变都有自己独特的看法，方回的诗学思想中包含着对诗歌历史进程的把握。"方回在评选唐代诗作时，具有史家的眼光，往往将诗人诗作放在历史的长河中加以评述，以见出诗歌发展的轨迹。我们可以从他大量的序文、题跋中，也可以从他的《瀛奎律髓》对众多诗人诗作的具体品评中，寻绎他对唐代诗歌发展史的看法。"③鉴于此，在阅读相关文献的过程中，产生了试图对方回的唐代律诗演进观研究的想法，力求在阅读方回著作的基础上，运用传统的诗学

---

① 张伯伟:《中国古代文学批评方法研究》，中华书局 2002 年版，第 296 页。

② 朱东润:《述方回诗评》，见《中国文学论集》，中华书局 1983 年版，第 42 ~ 43 页。

③ 詹杭伦:《方回的唐宋律诗学》，中华书局 2002 年版，第 43 页。

方法，分析方回论唐代各期诗歌的特点，把方回对唐代律诗发展、演变的整体情况进行观照，理清头绪，洞彻源流，以达到为其“辑理”的效果。

方回的《瀛奎律髓》通观唐、宋两代律诗，对近九百年间的诗歌进行了品评，选诗时间跨度大，选取作品多，分析也较为透彻。方回评诗，既力主江西，同时也较为公允地评价了其他诗人，方回并非只取一家，他站在唐宋律诗整体发展流变的高度，深刻地总结了律诗的演变规律。出于以上考虑，我们拟就方回的唐诗演进观进行研究。陈静在《唐宋律诗流变研究》一书中指出：“自初唐至盛唐，律诗的体式从产生到完全成型，以五律和七律为代表的诗体类型得到完善。律诗在盛唐，以杜甫为标志，达到了诗体发展的巅峰状态。”①有唐一代，律诗作为一种诗体，经历了一个自足的演变过程，方回于此也多有论述，勾勒律诗演进的轨迹，这有利于丰富律诗诗体的研究与拓宽唐诗学的研究。后人论宋诗，多门户之见，方回是江西诗派的殿军，在论及宋诗之时也颇多回护之言，若把时间局限于唐代，可以撇开江西诗派、晚唐体、西昆体、四灵体以及江湖派等诗歌团体的影响，抛开门户之见，这样更能显现出方回论诗的客观和公允，通过观照方回较为通达的论述，勾勒其对唐代律诗演变的阐述，可发掘唐代律诗隐而未彰的演变轨迹。选本批评是中国诗学的一种独特形式，律诗亦为中国诗歌特有的一种文学样式。朱光潜《诗论》指出“中国诗的体裁中最特别的是律体诗……它的兴起是中国诗的演化史上的一件重大事变，这是不能否认的”②，因此，我们结合方回的诗论，对唐代的律诗进行专题研究，向深处和细处拓展，足可窥斑见豹，准确把握宋元易代之际诗人的精神风貌

① 陈静：《唐宋律诗流变研究》，齐鲁书社 2009 年版，第 59 页。
② 朱光潜：《诗论》，生活·读书·新知三联书店 1998 年版，第 222 页。

与艺术追求。

第一节　方回的生平及律诗演变研究概述

中国是一个诗歌的国度。历史长河大浪淘沙，诗歌之流伴随着人类文明的进程而不断凸显，形成了光辉灿烂的诗歌文化。除了一代代才华卓著的诗人外，也产生了大量优秀的诗评家、诗论家，他们共同点缀了人类文化的灿烂星空，丰富了后人的精神世界。生活宋元易代之际的方回，是江西诗派的殿军，身负贰臣之名，仕途遇阻，前程无望，却以其博学富赡、才识通达，成为一位富有特色的诗评家。本着知人论世的方法，我们先简单叙述其人生经历、从学道路，从其所学所尚来分析。

一、方回的生平及著作情况简介

（一）方回的生平及从学情况略述

方回（1227—1307），字万里，一字囦甫，号虚谷，晚年号紫阳居士，徽州歙县（今安徽歙县）人，是生活在宋元易代之际著名的诗人、诗评家，论诗主江西诗派，为江西诗派的殿军。宋景定三年（1262）进士，后累官至严州府。宋亡后降元，任建德路总管兼府尹。后罢官不仕，往来于杭州、建德、歙县之间，过着饮酒赋诗、漫游山水、交友唱和的闲淡生活，直至终老。方回著作有《桐江集》《桐江续集》《瀛奎律髓》《文选颜鲍谢诗评》等。方回祖上世居徽州歙县，方家也属于读书门第，世代相传，屡屡有人担任各种官职。方回祖父名安仁，字伯寿，曾官至特授承务郎。方回父名琢，字元章，嘉定七年（1214）以太学上舍登第，曾任承直郎、广西经干、权融州通判等官职，后客死封州。

方回出生在广南东路封州封川（今广东封开），三岁失怙，四岁随生母胡氏和仆人返回歙县。方回父方琢有兄弟五人、姊妹三人。方回之长成全赖叔父等人抚养。方回六岁时,叔父方瑑开始教其读书识字。八岁入徽州州学读书,十六岁读史传,叔父方瑑亲自指导,文思日进。二十岁开始学习作诗,读家藏《苕溪渔隐丛话》,仔细研读,认真揣摩,多有所获。方回在《叔父八府君墓志铭》中记述了自己从叔父方瑑的从学经历:“府君,回叔父也,又回师也。自五六岁教回至十七岁。先是,回之诸兄皆师府君,久之,或便他师散去,然于时名师岂有出府君右者?府君念回可教,特留回一人,听朝往暮还,教不俱时,亦不如世俗为具文课业。风日稍佳,府君心无事,小楼面山临树,信手展几间书,且诵且说。回立而听,听竟,俾回自诵自说。或回所说有新意,大喜;或窒滞涩缩,立谯责不少恕;必至于融液贯通而后辍。异时诸兄或对偶、训诂、议论,诱不进辄遭诃叱捶挞,其去也,恐当为此,惟回不然。”[①]方回《先君事状》中也记载了八叔父方元珪对他的教诲,指引他走上诗学道路的情况:“先君时文、古文俱精,尤精诗律、太学义、论策,学者习传。先八叔父尝取所为东汉党锢及隐逸四皓等策,为回讲解。取诸史传,先令检勘出处,讲后令回覆衍其详,回于是文思涌进;又尝举先君所赋句,并取《渔隐丛话》及古人佳作,令回参考互证,回于是心嗜为诗。”[②]

方回二十四岁时谒见同乡程元凤,诗文受到程氏称许。冬遇大雪,作《喜雪》诗,诗中“平明万人喜,此雪几年无”一句受到左史竹坡先生吕午的称赞,其说方回“可教也”。[③] 程元凤和吕午都是

---

① 〔元〕方回:《叔父八府君墓志铭》,见《桐江集》(宛委别藏本)卷八,江苏古籍出版社 1988 年版,第 566 ~ 567 页。

② 〔元〕方回:《先君事状》,见《桐江集》(宛委别藏本)卷八,江苏古籍出版社 1988 年版,第 510 ~ 511 页。

③ 〔元〕方回:《二十三日大雪弥甚》,见影印文渊阁《四库全书》本,第 1193 册,第 510 页。

方回十分敬重的徽州同乡，这些鼓励和教诲无疑促进了方回在诗学道路上继续前进的信心和决心。此后，方回又拜访过郑亦山、洪后岘、冯深居等诗坛时彦，探求诗法，相交唱和。方回也受到洪勋、饶虎臣、魏克愚、张汝谐等人的赏识。至此，方回已有了一个较为固定的酬唱交际的圈子，诗歌的基本风格业已奠定。

景定三年（1262），对方回来说是有着特殊意义的一年。是年三十六岁的方回别院省试第一，廷试列于第一甲。初授随州州学教授，先后在临安、建康、平江等地任职。德祐元年（1275），贾似道在鲁港溃师，元兵大举南下，国土日丧，王室危亡，方回深味此情此景，伤痛不已，对造成这一现象的巨蠹元凶贾似道愤而直抒，历数贾似道有幸、诈、贪、淫、褊、骄、吝、专、忍、谬十大罪行①，陈词慷慨，请求赐死贾似道，以平民愤。

德祐二年（1276），临安被元军占领，执政的宋太皇太后诏谕天下州郡放弃抵抗，归附元朝。当时谣言四起，民心大乱，为稳定社会秩序，方回倡言与建德共存亡。二月，元军抵达建德，持太皇太后手诏要求降附。鉴于常州之难（德祐元年十一月，常州被元军攻克，元军大肆屠城，仅剩七人），为避免殃及百姓、遭受屠城，方回与官员、士绅商议，决定降附，以全城保民。降元后，建德改为建德府安抚司，方回任知建德府事兼管内安抚使。宋景炎二年（1277），元改建德府安抚司为建德路，授方回嘉议大夫、建德路总管兼府尹。方回率郡降元，身经宋元易代，先后出仕两朝，身为贰臣，自己的心灵受到了巨大的打击，方回在多年以后回忆起来仍不免有愧。此后一直到元至元十八年（1281），方回卸任。仕元五年时间，他一直在建德路任职。卸职后，方回往来于杭州、歙县等地，过着饮酒赋

---

① 〔元〕方回：《乙亥六月十九日上书》，见《桐江集》（宛委别藏本）卷六，江苏古籍出版社1988年版，第371～386页。

诗、漫游山水、交友唱和的闲淡生活,直至终老。方回的这些人生经历,对其文学创作和批评形成重要的影响。

（二）方回的治学情况及《瀛奎律髓》

根据方回自述,方回幼年即开始读经史等书籍,二十岁时开始学作诗。方回《桐江续集》卷三二《虚谷桐江续集序》载:“予之读书,五经一圣之言以为律令,九贤之言以为格式,申明天下之书无所不读,以为断案。”①方回读书范围较广,于经史都有所接触。从《桐江集》中所作序跋情况来看,方回对儒、释、道三家的典籍都做过较为深入的研究,他崇奉儒家,以朱子理学为学问议论的依据,同时在思想上也受到佛老之学的影响。

在《桐江集自跋》中,他讲到自己学诗的经历:“回二十学诗,今七十六矣。七言决不为许浑体,妄希黄陈老杜,力不逮则退为白乐天及张文潜体。”②方回二十岁开始作诗,以杜甫、黄庭坚、白居易、张耒等为学习对象,一生一直在不断地写诗评诗。晚年之后,更是肆意为诗。《桐江续集》卷三二《虚谷桐江续集序》载:“予自桐江休官闲居,万事废忘,独于读书作诗未之或辍也。客或过予庐,见予之无一时不读书,无一日不作诗也,则问之曰:‘读书作诗亦各有法乎?’予应之曰:‘读书有法,作诗无法。’客疑之,则先问予读书之法。予谓学也者,所以学为人而求见道也。”③方回的一生都在不断地读书、作诗,探求读书、作诗的方法,孜孜不倦,乐此不疲。洪焱祖《方总管传》也称方回“豁达轻财,喜接引后进。嗜学,至老不厌。

① 〔元〕方回:《虚谷桐江续集序》,见影印文渊阁《四库全书》本,第1193册,第664页。

② 〔元〕方回:《桐江集自跋》,见毛飞明编《方回年谱与诗选》,杭州大学出版社1993年版,第119页。

③ 〔元〕方回:《虚谷桐江续集序》,见影印文渊阁《四库全书》本,第1193册,第664页。

经史百氏，靡不研究。而议论平实，一宗朱文公"①。

方回一生嗜学不厌，著述甚丰。据詹杭伦考证，"计经部五种、史部五种、子部七种、集部七种"②。今存有《续古今考》《虚谷闲钞》《桐江集》《桐江续集》《瀛奎律髓》《文选颜鲍谢诗评》六种，佚失的有《读易释疑》《易说》《易中正考》《仪礼考》《尚书考》《理度德三帝纪》《咸德事略》《宋季杂传》《先觉年谱》《建德府节要图经》《皇极经世考》《历象考》《衣裳考》《玉考》《笔记》《虚谷集》《名僧诗话》《碧流集》(一作《璧流集》)等十八种。方回的著作涵盖多个方面，尤以诗集和诗歌创作方法探讨的为多。

方回在诗学方面有着较为深厚的积累。据詹杭伦分析：

> 为了全面继承宋人的诗学评论成果，方回对十部主要的宋人诗话作了精心考证，著有《诗话总龟考》《渔隐丛话考》《古今类总诗话考》《诗海遗珠考》《诗苑类格考》《瑶池集考》《张天觉律诗格考》《诗人玉屑考》《竹庄备全诗话考》《可言集考》等文，均见《桐江集》卷七。③

在方回所考订的这十部诗话中，既有讲诗格汇评、诗话汇编的著作，又有专讲诗格、诗评之类，包含了元以前论诗的各种体式。在考订过程中，方回从这些书籍中汲取了营养，这些吸收和借鉴，无疑对他的大型唐宋律诗选本《瀛奎律髓》的编选有较大的影响。"通过对宋诗话的全面考订，方回对有宋一代诗学理论及诗人行

---

① 〔元〕洪焱祖：《方总管传》，见詹杭伦《方回的唐宋律诗学》附录，中华书局 2002 年版，第 282 页。

② 詹杭伦：《方回的唐宋律诗学》，中华书局 2002 年版，第 216 页。

③ 詹杭伦：《方回的唐宋律诗学》，中华书局 2002 年版，第 172 页。

事、诗坛掌故作到了‘心中有数’；进而又独辟蹊径，探索诗选、诗注、诗评三者相结合的新型文学批评样式。这就导致了他最重要的诗学著作《瀛奎律髓》的诞生。”①钩沉和搜索文献，奠定了其评点诗学的基础。

方回对宋末诗坛的弊病有着深刻的认识。《桐江集·跋孙后近诗》卷四载：“近世之诗，莫盛于庆历、元祐，南渡犹有乾淳。永嘉水心叶氏忽取四灵晚唐体，五言以姚合为宗，七言以许浑为宗，江湖间无人能为古选体，而盛唐之风遂衰，聚奎之迹亦晚矣。”②在《送罗寿可诗序》中，方回也讲道：“今学诗者不于三千年间上溯下沿，穷探邃索，而徒追逐近世六七十年间之所偏，非区区所敢知也。”③这也许是方回激于现世诗坛的弊病，遂有立论著书以改变现实的愿望。

《瀛奎律髓》是第一部关于唐宋律诗的选本，可以称得上是唐、宋两代律诗发展演变的“通史”，其成书于元至元二十年（1283），是年方回已经五十七岁，在诗学道路上已经探寻多年，该书是方回品评诗歌的代表作。方回对以往的诗话、诗评书籍较为熟悉，在编选《瀛奎律髓》之前，他做足了功课，这就在一定程度上保证了《瀛奎律髓》的质量。《瀛奎律髓》共选诗 2992 首，其中唐代 1227 首，164 家；宋代 1765 首，221 家。按作品题材和艺术特点分为 49 类，每一类前有小序，诗以先五言后七言，先唐后宋为序，每首诗后有评点，并在诗中对“诗眼”进行圈点，采取依诗立论的方式，构建了一个“选、论、注、评、点”结合在一起的多维的立体结构，对诗歌进行了

① 詹杭伦：《方回的唐宋律诗学》，中华书局 2002 年版，第 180 页。

② 〔元〕方回：《跋孙后近诗》，见《桐江集》（宛委别藏本）卷四，江苏古籍出版社 1988 年版，第 288～289 页。

③ 〔元〕方回：《送罗寿可诗序》，见影印文渊阁《四库全书》本，第 1193 册，第 662 页。

多方面的探讨。方回在《瀛奎律髓·序》中指出:"文之精者为诗,诗之精者为律。所选,诗格也。所注,诗话也。学者求之,髓由是可得也。"①其认为律诗是诗歌的精华,在选诗评诗的过程中,将自己的诗歌主张融入其中,同时也示人以学诗的门径。方回论诗主江西诗派,"其(指方回)书则通过类选、圈点、评论,将诗选与诗话有机地合为一体,所选所评完整而又鲜明地体现了方回所特有的江西派的审美旨趣,因而成为选录与评点结合的典范之作"②。抛开方回所主的江西诗派不论,单就《瀛奎律髓》选诗和评诗的成就而言,它也是一个非常有价值的选本。

诗歌选本是编选者审美旨趣的具象反映,"《瀛奎律髓》的价值决不止于一种选本,编选者通过选本来阐扬一种诗学观念,在批评实践上获得了很大成功。因此,方回和他的《瀛奎律髓》在文学批评史上有着一定的地位"③。《瀛奎律髓》有着多方面的价值,我们拟从方回的诗歌评点中,对方回所论及唐代律诗演变的文字进行辑理,将零散的评论搜集归纳,转换为系统的理论阐述,从而探寻唐代律诗演进的隐而未彰的内在脉络。重在辑理,创获不多。詹杭伦对方回一生做了高度的概括,可作为盖棺定论之语:"纵观方回一生,从政二十年,作诗六十年。率郡降元,大节有亏;诗余万首,名垂海内;尤以评选《瀛奎律髓》,总结唐宋律诗学而饮誉诗坛。他不是一名高明的政治家,却是一位优秀的诗人。"④知人论世,断

① 〔元〕方回选评,李庆甲集评校点:《瀛奎律髓汇评》"序",上海古籍出版社2005年版,第1页。

② 刘明今:《中国古代文学理论体系·方法论》,复旦大学出版社2000年版,第325页。

③ 李笑野、张晶:《中国诗学》第1卷,东方出版中心1999年版,第321页。

④ 詹杭伦:《方回的唐宋律诗学》,中华书局2002年版,第21页。

论中肯。

二、律诗的演变情况概述

(一)律诗作为一种新体裁的出现

中国古代诗歌经历了漫长的演变过程。诗歌发展到唐代,进入了一个较为成熟的阶段。作家众多,作品丰富,体裁增多,风格流派也日益多样化。在反映社会生活方面,承继并发扬诗骚的优良传统,从思想上和艺术上都达到了前所未有的深度和广度,超越了以往的任何一个时代。唐代诗歌达到的成就,成为后世不可跨越的一座高峰;其所开拓的道路,为后世诗歌在形式和体制上的发展做了铺垫。

古代诗歌一向都很重视音律的和谐。早期的诗歌,大多是可以和乐的,《诗经》中的很多诗歌,即为民谣、民歌,音乐性较为明显。晋宋之时,沈约倡言声律,并提出了"四声八病"之说,对诗歌中字词问题进行了较为严格的要求和限制,强调诗歌的音调之美。这对律诗的出现具有较大的促进作用。但是这一现象发展到后来,重形式、轻内容的风气越来越重,就形成了六朝时期绮靡颓废的宫体诗。"六朝以来,在诗歌方面,重形式、轻内容,以绵章绘句为工的不良倾向在贵族文人创作中一天天地滋长着。到齐、梁宫体诗出现,诗风的衰落,可说到了极点。"①

文学的发展本身就是一部因和创、沿和革的历史。唐朝建立后,摆在初唐诗人面前的就是如何匡正诗坛的不正之风,但是晋宋以来诗歌在声律上的规范,已经取得了巨大的成绩,这一宝贵的艺术经验还应得到传承。所以初唐诗人,一方面是要清理齐梁以来诗歌发展形成的绮靡颓废的弊病,另一方面就是要将晋宋在诗歌

---

① 马茂元:《马茂元说唐诗》,上海古籍出版社 1999 年版,第 2 页。

声律上积累的经验进一步推进。诗坛需要转向，几乎已经成了初唐文人的共识，人们纷纷开始探讨诗歌的具体走向。《隋书·文学传·序》中说："江左宫商发越，贵于清绮，河朔词义贞刚，重乎气质。气质则理胜其词，清绮则文过其意，理深者便于时用，文华者宜于咏歌，此其南北词人得失之大较也。若能掇彼清音，简兹累句，各去所短，合其两长，则文质斌斌，尽善尽美矣。"①其实初唐的诗歌刚好也是按照南、北文学"各去所短，合其两长"的方向去发展的，这就使得诗歌有了刚健豪迈的品格。与诗歌的表现内容日益丰富、感情日益饱满的同时，唐初诗人也对诗歌的形式进行了探讨。"就诗的形式说，在永明体的基础上，唐人做了两个工作，一是把四声二元化，一是解决了黏式律的问题，从律句律联到构成律篇，摆脱永明诗人种种病犯说的束缚，创造了一种既有程式约束又留有广阔创造空间的新体诗——律诗。"②在多种因素的共同作用下，律诗作为一个新的诗歌体裁在初唐便出现了。

初唐四杰是较为自觉地创作五言律诗的诗人。他们讲究对偶的整齐和声律的协调，追求词采的工丽和韵调的流转，也初步符合了近体的黏式律，可谓律诗生成时期的先声。"在促成五言律的定型化方面，他与杜审言以及沈、宋等台阁体诗人所起的作用是相同的。"③方回在品评唐代律诗的时候，常常上溯到晋宋，以通达的诗学眼光，条分缕析地叙述律诗产生发展的轨迹。其评陈子昂五言律诗《白帝怀古》曰："律诗自徐陵、庾信以来，亹亹尚

① 〔唐〕魏徵、令狐德棻：《隋书·文学传》，中华书局1973年版，第1730页。

② 袁行霈主编：《中国文学史》第二卷，高等教育出版社2005年版，第175页。

③ 袁行霈主编：《中国文学史》第二卷，高等教育出版社2005年版，第187页。

工，然犹时拗平仄。唐太宗时，多见《初学记》中，渐成近体，亦未脱陈、隋间气习。至沈佺期、宋之问，而律诗整整矣。”①在评宋之问《早发始兴江口至虚氏村作》时，方回又再一次指出了律诗的发展过程：“唐史谓魏建安后迄江左，诗律屡变，至沈约、庾信以音韵相婉附，属对精密。及之问、佺期，又加靡丽，拘忌声病，约句准篇，如锦绣成文，学者宗之，号曰沈宋体。”②要言不烦，初步绘制了律诗的演进图像。

（二）五、七言律诗发展的不平衡现象

在律诗形成的过程中，五、七言律诗发展很不平衡。这种不平衡现象表现在两个方面，一方面是五言律诗要早于七言律诗定型，另一方面是五言律诗的创作数量要远远多于七言律诗。律诗在初步形成以后，首先定型的是五言律诗，是在初唐时期由沈佺期和宋之问来完成的。律诗在形成之前经历过了一个较长的酝酿时期，已经有不少诗人创作了很多律诗，取得了一定成绩。之所以将五言律诗的定型之功归于沈佺期和宋之问，“一是因为他们的写作实践成功地运用了律诗规则；一是因为公元702年沈佺期主持进士考试时将‘诗’纳入了应试内容之一，并规定了声律和修辞准则以及应试诗的字数和句数，同时将其命名为‘律诗’”③。这样，在中国诗歌史上最为特殊的一种诗体——律诗（其实这时的律诗仅仅是就五言律诗而言的）便产生了。朱光潜对律诗的独特地位曾有精到的阐述：“中国诗的体裁中最特别的是律体诗。它是外国诗体中所没有的，在中国也在魏晋以后才起来。起来以后，它的影响就

---

① 〔元〕方回选评，李庆甲集评校点：《瀛奎律髓汇评》，上海古籍出版社2005年版，第78页。

② 〔元〕方回选评，李庆甲集评校点：《瀛奎律髓汇评》，上海古籍出版社2005年版，第151页。

③ 陈静：《唐宋律诗流变研究》，齐鲁书社2009年版，第50页。

非常广大。在许多诗集中律诗要占一大部分。各朝‘试帖诗’都以律诗为正体。唐以后的词曲实在都是律诗的化身。……它的兴起是中国诗的演化史上的一件重大事变,这是不能否认的。”①正是因为贴近中国文化生态,律诗彰显了中国文化底蕴。

由于律诗的特殊地位、科举考试的巨大吸引力以及沈佺期和宋之问在诗坛的号召力,律诗在形成不久便成为人们广泛熟知的一种诗体,后学纷纷仿效,研习写作。在初唐,五言律诗是律诗创作的主流,写作七言律诗的人仍然很少。整个初唐时期,七言律诗也不过百余首。为了推动七言律诗的创作,在“五言律诗趋于定型以后,杜、李、沈、宋等人即成功地把这种律诗的黏对法则应用于七言体诗歌,于中宗景龙年间完成了七言律诗体式的定型”②。即使在七言律诗定型以后,创作七言律诗的数量仍然要比五言律诗少很多。据陈铁民统计:“沈佺期有五律 94 首,七律只有 16 首;宋之问有五律 135 首,七律只有 10 首;杜审言有五律 37 首,七律只有 3 首。”③各具其致的诗歌书写,折射诗人审美旨趣和艺术技巧的变迁,“从诗体发展角度看,律诗在初唐因为七律、排律的薄弱,在体制上尚不能称之为完善”④。

五、七言律诗发展的这种不平衡现象,从某种意义上来讲,应当将原因归结为创作的难易程度不同。五言与七言比较,一般都认为七言律诗创作较难。王世贞《艺苑卮言》云:“五言律差易得雄浑,加以二字,便觉费力。虽曼声可听,而古色渐稀。七字为句,字

---

① 朱光潜:《诗论》,生活·读书·新知三联书店 1998 年版,第 219 页。

② 袁行霈主编:《中国文学史》第二卷,高等教育出版社 2005 年版,第 189 页。

③ 陈铁民:《论律诗定型于初唐诸学士》,载《文学遗产》2000 年第 1 期。

④ 陈静:《唐宋律诗流变研究》,齐鲁书社 2009 年版,第 52 页。

皆调美；八句为篇，句皆稳畅；虽复盛唐，代不数人，人不数首。”①与王世贞持同样观点的，还有宋代的杨万里，他指出：“唐律七言八句，一篇之中，句句皆奇，一句之中，字字皆奇，古今作者皆难之。”②明代的谢肇淛也认为：“诗中诸体，惟七律最难，非当家不能合作。盛唐惟王维、李颀颇臻其妙，然颀仅存七首，王亦止二十余首，而折腰叠字之病，时时见之，终非射雕手也。”③清代的冒春荣以杜甫为例讲道：“每称唐人七律之多，无如子美，而七律于诸体，才十之一。子美既圣矣，犹严于法，则其难能也可知。”④七言律诗本身把握好平仄便已经很难，但同时又要写到内容和形式俱佳、文采与情感并重的境界，便是难上加难了。

杜甫的出现正是破解这种不平衡现象的。七言律诗，甚至可以说整个律诗，到了杜甫才真正走向成熟和完善。杜甫的七言律诗，写得神韵天然、纵横恣肆、浑融流转，全篇以情贯之，使律诗得到更大的开拓，“极尽变化之能事，合律而又看不出声律的束缚，对仗工整而又看不出对仗的痕迹”⑤，貌似不经意，却能一点也不逾越规矩，真正达到了“至法无法”的境地。“自初唐至盛唐，律诗的体式完全成型，以五律和七律为代表的诗体类型得到完善。律诗在

---

① 〔明〕王世贞：《艺苑卮言》，见丁福保辑《历代诗话续编》，中华书局1983年版，第961页。

② 〔南宋〕杨万里：《诚斋诗话》，见丁福保辑《历代诗话续编》，中华书局1983年版，第139页。

③ 〔明〕谢肇淛：《小草斋诗话》，见周维德集校《全明诗话》（四），齐鲁书社2005年版，第3506页。

④ 〔清〕冒春荣：《葚原诗说》卷二，见郭绍虞编选，富寿荪校点《清诗话续编》，上海古籍出版社1983年版，第1588页。

⑤ 袁行霈主编：《中国文学史》第二卷，高等教育出版社2005年版，第238页。

盛唐，以杜甫为标志，达到了诗体发展的巅峰状态。”①在杜甫大力创作的推动下，七言律诗真正达到了较高的水平，可与五言律诗相颉颃。

律诗真正走近文人的文化视野是在中唐以后，“中唐以后，古诗创作数量减少，律诗创作数量超过了古诗。加以应试用五律，应制用七律，律诗成了唐代文人苦心研炼的重要对象”②。中唐以后，由于科举考试的需要，律诗才真正成为诗歌创作的主流，五言和七言的创作量都大为增加，律诗迎来了大繁荣。从古体诗到近体诗，从五言律诗到七言律诗，文学演进愈变愈细。关于文学体裁发展演变的一般规律，马茂元有过一段较为精彩而翔实的论述：

> 文学体裁是不断推陈出新的，文学的形式也有它自身发展的规律：第一，任何一种新的文学体裁的出现，它必然包含有某种新的因素。虽然新旧之间并不一定就互为代谢；新的体裁出现以后，旧体裁也不一定就成为“余气游魂”；可是，新体裁的涌现，形式品种的增多，一般说来，总是文学史上演进的现象，它和社会生活内容的日益丰富、人们艺术实践和要求的日益提高是分不开的。第二，任何一种新的文体从萌生到成长，都必然经过不少作家不断尝试、反复实践的过程，然后才能相对的稳定下来。正因为它是新的东西，本身蕴藏着无穷丰富的生命力，等待人去垦发；也正因为它等待人去垦发，因而在运用这一新形式的时候，最能表现出某一作家的艺术力量和独创精神。古代许多文艺巨匠，往往在这上面显示其卓越的成绩。如屈原之于骚，司马相如之于赋，司马迁之于传

① 陈静：《唐宋律诗流变研究》，齐鲁书社2009年版，第59页。
② 余恕诚：《唐诗风貌》（修订本），中华书局2010年版，第175页。

记文，曹、刘之于五言诗，徐、庾之于骈体，这样的例子，是不胜枚举的。①

文学演变固有正变之说，“若无新变，则不能代雄”。突破新与旧的二元对立框架，真正从文化传统中发展处新的认知范式，立足于历史的新高度去反观过去，从点点滴滴的过往史料中就可能获得新的意义。

第二节　方回的唐代律诗源流论

源流论是中国古代文学批评常用的一种方法，在历时性的角度对所要研究的对象进行线性的梳理。具体有两种表现形态。一种是探本溯源，这是一种以某个时间为基点向上追溯的方法，寻找某种文学现象、文学流派、文学体裁等的源头，从而对确立这种文学流派、文学体裁的地位有着重要的作用，“以探本溯源的方法来界定新事物有其合理性，因为历史总是连续地发展，新事物的产生，其种因必在其未产生之前。新事物不会百分之百的新，对前事总要有所假借，这便是它的历史渊源”②。另一种是由源至流，这种梳理多见于某一作家、流派等在文学史上有集大成的成就，具有开宗立派、创造一种文学风气之先的功绩，研究时常以这一作家或流派为原点，追寻受他们影响的后学在文风、题材等方面的承继关系。

源流论在重视文统和道统的中国古代社会有着特殊的地位，

① 马茂元：《马茂元说唐诗》，上海古籍出版社 1999 年版，第 31 页。

② 刘明今：《中国古代文学理论体系·方法论》，复旦大学出版社 2000 年版，第 49 页。

有助于理清一些文学史问题因袭和传承的脉络。诗歌是中国古代居于“正宗”地位的文学样式,人们在对诗歌的探讨中更加注重源流论的分析。“‘推源溯流’法的运用,使人们看到文学的演变是立体的,而非平面的;是流动的,而非静止的。”①方回在对唐代的律诗进行品评之时,自觉地运用了源流论的方法,既有探本溯源的追寻,又有由源至流的梳理,从而让后学明了律诗中的一些相因相成的现象,揭示律诗形成、发展、演变的轨迹,并示以登堂入室的学习门径。

一、方回的“律诗之祖”说

(一)关于方回的“律诗之祖”说

“律诗之祖”及类似字眼在方回的《瀛奎律髓》中多有提及,是方回律诗评点的一个重要术语。归纳来看,被方回称为“律诗之祖”的有两种情况,一种是方回把律诗草创时期取得较为卓异成绩的沈佺期、宋之问、杜审言、陈子昂等称为“律诗之祖”,这是建立在时间维度上的,其开创之功与创作实绩自然是功不可没的,当之无愧;另一种情况是因为杜甫在律诗创作方面取得的超拔非凡的艺术成就,而把杜甫称为“律诗之祖”,当然也含有方回奉杜甫为江西诗派“一祖三宗”的“祖”的意思。

方回的“律诗之祖”说建立在对律诗发展源流清晰的、辩证的认识的基础上,无论是称沈佺期、宋之问、杜审言、陈子昂等为“律诗之祖”,还是尊杜甫为“律诗之祖”,都有着特定的取舍标准。本节专论沈佺期、宋之问、杜审言、陈子昂等称为“律诗之祖”这一情况,关于杜甫的“律诗之祖”在下文中再专门论述。

---

① 张伯伟:《中国古代文学批评方法研究》,中华书局2002年版,第167页。

(二)方回"律诗之祖"说的确立

方回对律诗的分析,注重在历史的纵向发展中,理清律诗发展的脉络,把握律诗演变的规律,从而找出律诗的源头,对具有开创功绩的人予以准确的评价,使人们对这种体裁的诗歌更加了解。方回在评陈子昂五言律诗《白帝怀古》时说道:

> 律诗自徐陵、庾信以来,亹亹尚工,然犹时拗平仄。唐太宗时,多见《初学记》中,渐成近体,亦未脱陈、隋间气习。至沈佺期、宋之问,而律诗整整矣。陈子昂《感遇》古诗三十八首,极为朱文公所称。天下皆知其能为古诗,一扫南、北绮靡,殊不知律诗极精。此一篇置之老杜集中,亦恐难别,乃唐人律诗之祖。如沈,如宋,如老杜之大父审言,并子昂四家观之可也,盖皆未有老杜以前律诗。①

在品评诗歌的过程中,方回指出律诗滥觞于徐陵、庾信之时,虽然工整,但有时不合平仄。到唐太宗的时候,律诗已经慢慢地形成了,但是唐太宗及群臣的作品在后期仍然摆脱不了宫廷化的倾向,虽对仗工整但过于雕琢,虽文采富丽但情感体现得不明显,尤以"上官体"为代表,过于追求诗歌的形式技巧和声辞之美,诗歌表现范围狭窄,情感也不丰满。这种宫廷化的倾向,就是陈、隋之时遗留下来的习气。直到沈佺期、宋之问之时,律诗的各项形式、体制才趋于完备。方回在宋之问《奉和圣制春日剪彩花胜应制》诗后评说:"律诗至宋之问,一变而精密无隙矣。此诗流丽,与太白应制

① 〔元〕方回选评,李庆甲集评校点:《瀛奎律髓汇评》,上海古籍出版社2005年版,第78~79页。

无以异也。"[①]两相对照,明了律诗的文化特质。在沈佺期《三月三日梨园亭侍宴》诗后评说:"沈佺期、宋之问,唐律诗之祖。"[②]这样就确定了沈佺期、宋之问律诗之祖的地位。

当齐、梁诗歌的余风还在统治着初唐诗坛的时候,陈子昂首先提出了复古的主张,明确地指出了初唐时期诗歌发展的方向,创作了大量充满建功立业的渴望和壮志豪情的作品,开拓了唐诗的表现范围,奠定了诗歌进一步发展的基石。结合当时诗坛的风气和对扭转诗风的贡献,方回对陈子昂的律诗的评价是很高的。方回首先肯定了陈子昂古体诗的巨大成就,除在《白帝怀古》的评价外,在陈子昂《度荆门望楚》诗后方回评曰"陈拾遗子昂,唐之诗祖也",并进一步指出"其律诗亦近体之祖也""陈子昂、杜审言、宋之问、沈佺期俱同时,而皆精于律诗"。[③] 方回在评宋之问《早发始兴江口至虚氏村作》时,又进一步指出:"子昂以《感遇》诗名世,其实尤工律诗,与审言、之问、佺期,皆唐律诗之祖。唐史谓魏建安后迄江左,诗律屡变,至沈约、庾信以音韵相婉附,属对精密。及之问、佺期,又加靡丽,拘忌声病,约句准篇,如锦绣成文,学者宗之,号曰沈宋体。语曰:'苏、李居前,沈、宋比肩。'然则学古诗必本苏武、李陵,学律诗必本子昂、审言辈,不可诬也。"[④]方回在评陈子昂《送崔著作东征》时曰:"陈子昂才高于沈佺期、宋之问,惟杜审言可相对。

① 〔元〕方回选评,李庆甲集评校点:《瀛奎律髓汇评》,上海古籍出版社2005年版,第318页。

② 〔元〕方回选评,李庆甲集评校点:《瀛奎律髓汇评》,上海古籍出版社2005年版,第593页。

③ 〔元〕方回选评,李庆甲集评校点:《瀛奎律髓汇评》,上海古籍出版社2005年版,第2页。

④ 〔元〕方回选评,李庆甲集评校点:《瀛奎律髓汇评》,上海古籍出版社2005年版,第151页。

此四人唐律，在老杜以前，所谓律体之祖也。”①通过对方回这些零散的言论的梳理，我们可以发现方回条分缕析，逐步确定了沈佺期、宋之问、杜审言、陈子昂四人“律诗之祖”的地位。

方回在沈佺期《塞北》诗下评论说：“八韵十六句，无一句一字不工，唐律诗之祖也。时称沈、宋。而佺期、之问皆不令终，无美善而有艳才，议者惜之。陈子昂、杜审言诗，亦绝出一时。于四人之中，而论其为人，则陈、杜之诗尤可敬云。”②就人品而论，方回认为陈子昂和杜审言更加可敬，可见其在品评诗人和作品时是道德、文章并重的，这样对诗人的评价更加全面，对后世学诗者的垂教功能也会更显著。但是方回也并没有因人而废诗，宋之问的人品为时人所不齿，然而方回在品读他的诗作之时，亦抱持较为公允的态度：

> 之问之为人不足道也，然唐律诗起于之问与沈佺期。此诗贬陇州参军时所作，坐媚张易之事而败。其《早发韶州》律诗有云：“珠崖天外郡，铜柱海南标。日夜晴明少，冬春雾雨饶。身经山火热，颜入瘴江销。触景含沙怒，逢人毒草摇。雾浓看袂湿，风飏觉船飘。”又如《发藤州》云：“云峰刻不似，苔壁画难成。雾裛千花气，泉和万籁声。恋结芝兰砌，悲缠梧槚茔。”如《发端州》云：“人意长怀北，江行日向西。破颜看鹊喜，拭泪听猿啼。”如“失意潜引蛊，猜颜辍报雠”，如“吴将水为国，楚用火耕田”，皆佳。此篇“北极”“南溟”一联，老杜“北阙心

① 〔元〕方回选评，李庆甲集评校点：《瀛奎律髓汇评》，上海古籍出版社2005年版，第1018页。

② 〔元〕方回选评，李庆甲集评校点：《瀛奎律髓汇评》，上海古籍出版社2005年版，第1304页。

长恋,西江首独回",亦何以异乎?①

方回对宋之问的律诗给予了高度的评价,甚至认为有些诗句可以和杜甫的相比肩。在评论宋之问《登越台》时,方回指出:"宋之问,唐律诗之祖。诗未尝不佳,论其为人,则初附张易之。事败,谪陇州参军,逃归洛阳。告王同皎事,附武三思,天下丑之。为鸿胪簿考功郎,又附太平、安乐。中宗时贬越州长史,亦大藩郡也。此诗怨望,谓如虞翻可乎?寻流钦州赐死。诗则未尝不佳,字字细密。"②虽然宋之问的人品难孚众望,但当评论的最终落脚点落在律诗上的时候,方回还是给予了应有的评价。在评宋之问《早发始兴江口至虚氏村作》时,方回认为:"其为人则不足道,媚附张易之至于奉溺器,其他倾险尤多,卒赐死。"但对诗歌,方回又说:"之问此篇'宿云''残月'一联,前无古人,他佳句尤多。"③道德、文章并重,不因人而废言的诗评精神是值得称赏的。不过,从道德、文章并重的角度,方回在四位"律诗之祖"中最为推崇的还是德才兼备的杜审言、陈子昂二人。

(三)齐梁诗风的遗响与盛唐之音的前奏

一种文体的产生和发展有一个自足的演进过程,甚至是从产生之时起就一直在不断更新、不断完善,从产生到定型再到完善的过程也是漫长的。在演进的某一个阶段,新文体和它脱胎而出的那个旧文体之间也会有一个循环往复的过程,旧文体中常常会闪

① 〔元〕方回选评,李庆甲集评校点:《瀛奎律髓汇评》,上海古籍出版社2005年版,第1537~1538页。

② 〔元〕方回选评,李庆甲集评校点:《瀛奎律髓汇评》,上海古籍出版社2005年版,第21页。

③ 〔元〕方回选评,李庆甲集评校点:《瀛奎律髓汇评》,上海古籍出版社2005年版,第151页。

耀出新文体的灿烂光芒，新文体中的部分作品仍会遗留旧文体的痕迹。律诗滥觞于晋宋之时，中间经历了齐、梁、陈、隋数代的酝酿，最终定型于唐初。在初唐的律诗中，必然有些会带有晋、宋以来的印痕，即便是在律诗定型以后，这种现象仍然不可避免。方回在品评律诗之时，敏感地捕捉到个中玄机。方回在评陈子昂《白帝怀古》诗时云："律诗自徐陵、庾信以来，亹亹尚工，然犹时拗平仄。唐太宗时，多见《初学记》中，渐成近体，亦未脱陈、隋间气习。"①在贞观年间，律诗还没有最终定型，还深受陈、隋的诗风影响。在评宋之问《称心寺》时，他也指出："此犹未尽脱齐、梁、陈、隋体也，庾信诗多如此。"②又如评其《登总持寺浮图》："此即自成唐律诗，摆脱陈、隋矣。"③即便在律诗定型以后，宋之问的一些诗作仍带有齐、梁、陈、隋间诗歌的影子，带有庾信诗歌的味道。方回以诗评家的敏感，察觉到律诗定型前后的这些差别，从而进行了细致入微的评点，指出了其中作品仍然受到齐梁文体的影响。

与齐梁诗风的遗响相比，"律诗之祖"的诗歌可视为盛唐之音的前奏。其在评沈佺期《游少林寺》时说："唐律诗初盛，少变梁、陈，而富丽之中稍加劲健，如此者是也。"④这一评论即从诗歌的风格方面，区分了唐代律诗和梁陈时期的一个显著差别——"劲健"，这是唐诗不同于以往任何一个时代的特点。其在评陈子昂《岘山

① 〔元〕方回选评，李庆甲集评校点：《瀛奎律髓汇评》，上海古籍出版社2005年版，第78页。

② 〔元〕方回选评，李庆甲集评校点：《瀛奎律髓汇评》，上海古籍出版社2005年版，第1622页。

③ 〔元〕方回选评，李庆甲集评校点：《瀛奎律髓汇评》，上海古籍出版社2005年版，第1623页。

④ 〔元〕方回选评，李庆甲集评校点：《瀛奎律髓汇评》，上海古籍出版社2005年版，第1625页。

怀古》时说:“此老杜以前律诗,悲壮感慨,即无纤巧砌甃。”①方回在批杜审言《和晋陵丞早春游望》诗云:“律诗初变,大率中四句言景,尾句乃以情缴之,起句为题目。审言于少陵为祖,至是始千变万化云。起句喝咄响亮。”②劲健、悲壮感慨、响亮,律诗定型时期的这些特点开启了盛唐之音,奠定了盛唐之声的基调。

“律诗之祖”是方回诗学的一个重要概念,方回将律诗开创时期推动律诗逐步定型的沈佺期、宋之问、杜审言、陈子昂四人尊为“律诗之祖”,并通过对他们诗文的评骘,确立了四人“律诗之祖”的地位。沈佺期和宋之问虽然人品有污点,但方回也不因人废诗,还给了二人以较为公允的评价。杜审言和陈子昂才识、学问、人品俱佳,方回对他们的评价自然就很高。沈佺期、宋之问的功绩在推动律诗在体制上的定型,而杜审言、陈子昂则是从律诗的风格上进行了开拓。“当文学史上处于重大的变革之际,艰巨而复杂的历史任务,往往要通过不同流派的作家群分途努力,才能逐渐完成。如果说,陈子昂的主要贡献是力崇汉、魏,鄙弃齐、梁,在诗歌发展方向上开辟了一条康庄大道的话,则‘四杰’以及稍后于‘四杰’的沈、宋的贡献,主要在于继承和发展了六朝的技巧,奠定了唐代‘今体诗’的形式。”③

初唐是律诗繁荣的一个准备阶段,经过沈佺期、宋之问、杜审言、陈子昂等人的开拓,律诗的体制和风格逐渐定型,奠定了后世诗歌发展的基石,敲响了盛唐诗歌繁荣的前奏。“诗体流变是时代

① 〔元〕方回选评,李庆甲集评校点:《瀛奎律髓汇评》,上海古籍出版社2005年版,第79页。

② 〔元〕方回选评,李庆甲集评校点:《瀛奎律髓汇评》,上海古籍出版社2005年版,第320页。

③ 马茂元:《马茂元说唐诗》,上海古籍出版社1999年版,第4页。

精神变迁的一个缩影"①,诚如陈伯海所言,初唐律诗的确立揭示了诗文代变的规律,同时也预示着"诗唐"时代的到来。

二、方回的"学杜门径"论

杜甫的诗歌,兼备众体而自铸伟词,有着多方面的开拓,后人学习者甚多。北宋前期的孙仅在《读杜工部诗集序》中指出:"公(杜甫)之诗,支而为六家:孟郊得其气焰,张籍得其简丽,姚合得其清雅,贾岛得其奇僻,杜牧、薛能得其豪健,陆龟蒙得其赡博,皆出公之奇偏尔。"②杜甫及其诗歌成为后世文人追步的高标。"中唐以后,白居易、元稹继承了杜甫缘事而发、写生民疾苦的一面,且受到杜甫五言排律夹叙夹议的影响;韩愈、孟郊、李贺则受到杜甫的奇崛、散文化和炼字的影响;炼字在晚唐更发展成苦吟一派;李商隐的七律得力于杜甫七律的组织严密而跳跃性极大的技法。他们都学杜甫的一枝一节,而开拓出新的诗派。"③宋代以后,杜甫的地位更高,杜诗的影响力也更大,学习杜诗的人更多。

方回对杜甫的诗歌推崇备至,每言及杜甫,都是怀着极其钦佩的感情。这种情感在字里行间皆可感受得到。方回把杜甫推到至高无上的地位,并不是说杜甫是高不可攀的。方回在推崇杜甫的同时,为了接引后学,还指出了切实的学杜门径,后世学诗者通过阶梯式的学习,亦能达到学杜的目的。学杜诗如果直截了当地去学,常常会仰之弥高,望之弥远,入不了法门,不知从何下手。方回

① 陈伯海:《中国诗学之现代观》,上海古籍出版社 2006 年版,第 394 页。

② 〔北宋〕孙仅:《读杜工部诗集序》,见〔清〕仇兆鳌注《杜诗详注》,中华书局 1979 年版,第 2238 页。

③ 袁行霈主编:《中国文学史》第二卷,高等教育出版社 2005 年版,第 294 页。

在长期对杜诗进行研究的基础上，总结出了学杜的有效方法。从《瀛奎律髓》中方回对唐代律诗的评点来看，他指出了两条学杜的门径：一是由贾岛入，一是由汉魏和盛唐诸人入。

由贾岛入，如何可以学杜？方回认为贾岛亦是杜派中人，承杜之一端。在《恢大山西山小稿序》中，方回指出："王维、岑参、贾至、高适、李泌、孟浩然、韦应物，以至韩柳、郊岛、杜牧之、张文昌，皆老杜之派也。"①既然贾岛是老杜的后学，那么他们之间必然存在着相似之处。在贾岛《病蝉》诗评中，方回讲道："贾浪仙诗得老杜之瘦而用意苦矣。蝉有何病？殆偶见之，托物寄情，喻寒士之不遇也。中四句极其奇涩，而'尘点误侵睛'，尤亘古诗人所未道，故曰浪仙用意苦矣。"②方回在贾岛和杜甫之间建立了承继关系，贾岛诗之"瘦"与杜诗有神似之处，"瘦硬枯劲"也是方回所喜爱的一种诗风。对晚唐诗人，方回大都持否定、怀疑的态度，在多处对姚合、许浑等人进行了批判，唯独对贾岛，方回却有着不同的评价："姚之诗小巧而近乎弱，不能如贾之瘦劲高古也。"③他认为贾岛得杜诗之精髓，瘦劲而高古。其评杜甫《春日江村》曰："老杜诗所以妙者，全在阖辟顿挫耳，平易之中有艰苦。若但学其平易，而不从艰苦求之，则轻率下笔，不过如元、白之宽耳。学者当思之。"④贾岛以苦吟而著称，诗句必经过推敲，方回认为杜甫的诗歌也多进行过一番琢磨，

① 〔元〕方回：《恢大山西山小稿序》，见影印文渊阁《四库全书》本，第1193册，第683页。

② 〔元〕方回选评，李庆甲集评校点：《瀛奎律髓汇评》，上海古籍出版社2005年版，第1157页。

③ 〔元〕方回选评，李庆甲集评校点：《瀛奎律髓汇评》，上海古籍出版社2005年版，第399页。

④ 〔元〕方回选评，李庆甲集评校点：《瀛奎律髓汇评》，上海古籍出版社2005年版，第324页。

是从不轻率下笔的，这也是贾岛与杜甫在作诗方法上的相似之处。因为杜诗兼备众体的巨大成就，后世学杜者得一端即有所成。在评《题李频新居》时，方回云："予谓学姚合诗，如此亦可到也。必进而至于贾岛，斯可矣；又进而至老杜，斯无可无不可矣。或曰：老杜如何可学？曰：自贾岛幽微入，而参以岑参之壮，王维之洁，沈佺期、宋之问之整。"①直接指出了学习贾岛的幽微，并辅之以岑参的壮丽、王维的干净、沈佺期与宋之问的工整，从这几个方面入手，方可学到杜甫的诗歌风格。这种由后学而上溯、由波及源、由枝及干的方法，显示了学诗的脉络和源流，由杜甫而下，可知其后学的支脉；从后学而溯源，可知其师门所承。方回在品评诗歌的过程中自觉地运用了这种方法，既指出了学杜门径，又道出了贾岛的诗学渊源。

由汉魏和盛唐诸人入，怎样学杜呢？方回在评岑参《送怀州吴别驾》时指出："学老杜诗而未有入处，当观老杜集之所称咏敬叹，及所交游倡酬者，而求其诗味之，亦有入处矣。其称咏敬叹者，苏武、李陵、陶潜、庾信、鲍照、阴铿、何逊、陈子昂、薛稷、孟浩然、元结之类。其所交游倡酬者，李白、高适、岑参、贾至、王维、韦迢之类是也。此岑参三送人诗，皆壮浪宏阔，非晚唐手可望。"②同时方回又指出："学古诗必本苏武、李陵，学律诗必本子昂、审言辈，不可诬也。此四人者，老杜之诗所自出也。"③方回的分析点明了杜诗的出处，也即杜甫崇拜、学习的对象。杜甫所称咏敬叹的诗人，由于崇

① 〔元〕方回选评，李庆甲集评校点：《瀛奎律髓汇评》，上海古籍出版社2005年版，第960页。

② 〔元〕方回选评，李庆甲集评校点：《瀛奎律髓汇评》，上海古籍出版社2005年版，第1033页。

③ 〔元〕方回选评，李庆甲集评校点：《瀛奎律髓汇评》，上海古籍出版社2005年版，第151页。

拜和敬佩，方回自然会效法和模仿；杜甫所交游倡酬的诗人，因为长期的相互唱和，都生活在同一种人文风气、社会氛围当中，在艺术风格、表现手法等方面相互之间也必然会产生潜移默化的影响。因此，从杜甫所崇拜的人和杜甫同时之人入手，也不失为学杜的一个好方法。

方回的“学杜门径”论，将人们推崇至极、高高在上的杜诗，从“神坛”上拉了下来。方回从杜甫后学和杜甫效仿之前贤，以及与杜甫交游唱和的同时代之人两个方面指出了学杜的门径，给出了切实的方法。如此分析，既有助于了解杜诗集大成的成就，爬梳杜诗的渊源，又是通往杜诗的一条曲径。这种递进式的学诗方法，对于学习杜诗、接引后学，有着重要的意义。

三、方回的“杜诗家法”说

中国古代很重视家学渊源，在家学中，父母兄弟同时又是师徒关系，这种亦师亦友的氛围，会对一个人的学识、气节、品行有重要的影响，学术之间会形成一种内在的传承。如果一个家族有人开一种风气之先，在当世有较大影响的话，后之继者也常常引以为荣。后继者超越开创者也成为家学日盛的表现。中国古代的司马谈、司马迁父子，班彪、班固、班超父子，曹操、曹丕、曹植父子等，不一而足。杜甫也是生活在一个颇有家学渊源的家庭。

杜甫出生在一个奉儒守官的家庭，他的远祖是晋代的名将杜预。祖父杜审言也是初唐时期著名的诗人，与李峤、崔融、苏味道并称为“文章四友”。杜甫出生之时，杜审言已经去世，杜甫并没有受到祖父的耳提面命。也许正是这种距离感，使得杜甫更加推崇自己的祖父，杜甫以生在这样一个家庭而自豪，他为儿子所作的《宗武生日》载“诗是吾家事，人传世上情”，在《赠蜀僧闾丘师兄》中写道“吾祖诗冠古”，这言语中间凝结着一种以诗书传家为豪的情结。杜甫在《〈进雕赋〉表》中写道:“亡祖故尚书膳部员外郎先臣审言,修文于中宗之朝,高视于藏书之府,故天下学士到于今而师之。臣幸赖先臣绪业,自七岁所缀诗笔,向四十载矣,约千有余篇。”①承续祖父的先业,坚持为文作诗。特别在诗歌的创作方面,杜甫明显受到其祖父杜审言的影响。这种影响被方回称为“杜诗家法”。

方回在评杜审言《登襄阳城》一诗时对“杜诗家法”作了缜密的分析:

此杜子美乃祖诗也。“楚山”“汉水”一联(楚山横地出,汉水接天回),子美家法。中四句似皆言景,然后联(冠盖非新里,章华即旧台)寓感慨,不但张大形势;举里、台二名,而错以“新”“旧”二字,无刻削痕。末句(习池风景异,归路满尘埃)又伤时俗不古,无习池山公之事,尤有味也。晚唐家多不肯如此作,必搜索细碎以求新。

然审言诗有工密处,如“淑景催黄鸟,晴光照绿苹”“风光新柳报,宴赏落花催”“下钓看鱼跃,探巢畏鸟飞叶疏荷已晚,枝亚果新肥”“鹿麛衔妓席,鹤子曳童衣园果尝难遍,池莲摘未稀”“日气含残雨,云阴送晚雷”,皆有味。

壮语如“雨雪关山暗,风雷草木稀”“据鞍雄剑动,插檄羽书飞”“不宰神功运,无为大化悬”“八荒平物土,四海接人烟”“文物驱三统,声名走百神”“禹食传中使,尧樽遍下人”,则晚唐所无。此等句若置之子美集,无大相远也。欲述杜诗源流,故详及之。②

---

① 〔清〕仇兆鳌:《杜诗详注》,中华书局1979年版,第2172页。

② 〔元〕方回选评,李庆甲集评校点:《瀛奎律髓汇评》,上海古籍出版社2005年版,第3页。

方回将杜审言诗分为“工密”和“壮语”两类。“工密”之诗，对仗工整而韵味饱满；“壮语”之类感慨深沉而形式张大，即所谓“格高语壮”。杜甫的诗歌延续其祖父的风格，较好地融合了这两个方面，并取得巨大的成绩。若就杜审言《登襄阳城》与杜甫《登兖州城楼》而论，就会发现二者的极其相似之处，纪昀有评：“如一板印出。”①方回评杜审言《和康五望月有怀》云：“起句（明月高秋迥，愁人独夜看）似与其孙子美一同，以终篇味之，乃少陵翁家法也。”②

杜甫对律诗这一体裁的喜爱，也与其祖父杜审言有着颇深的渊源。在初唐，杜审言是一位追求五言律诗工整的诗人，促进了五律的规范化。杜审言对律诗的独特贡献，对杜甫是有巨大影响的。杜甫承继其祖父，也着力于律诗。在杜甫近 1500 首诗歌中，律诗有 800 多首，约占到杜诗总数的百分之五十五。与杜审言同时的李峤、崔融等人，诗歌内容狭小，仅限于应制诗的范畴，杜审言却有大量的羁旅诗、边塞诗等，情感真实，意境开阔，广泛描写了唐初的社会现实和人民生活。杜审言的诗歌在实际上是开了杜甫“诗史”现实主义写法的源头。这是杜甫继承家法而奋力开拓的重要表现。方回在《桐江集》中指出“盖功名可以偶然致，而学问文章，须天性固有之，亦必濡染熏陶，得于父兄师友之教”③。杜甫得家学真传，受家风影响，在风格、体裁、写作方法上承继了其祖父开创的道路，致力于诗，创造了非凡的业绩。

---

① 〔元〕方回选评，李庆甲集评校点：《瀛奎律髓汇评》，上海古籍出版社 2005 年版，第 4 页。

② 〔元〕方回选评，李庆甲集评校点：《瀛奎律髓汇评》，上海古籍出版社 2005 年版，第 905 页。

③ 〔元〕方回：《跋冯抱瓮诗》，见《桐江集》（宛委别藏本）卷四，江苏古籍出版社 1988 年版，第 260 页。

除了探讨杜诗家法之外，方回还指出了诗坛的另外一种现象——兄弟能诗。在《桐江集·孙次皋诗集序》中，方回云："兄弟能诗书五子之歌，所关甚多，非为其诗足以名世也。丕、植煮豆燃萁，则争名矣。后世工诗而传世者，二谢，五窦，苏才翁、子美，坡、颍，王介甫、平甫，黄鲁直、知命，秦少游、章仪，俞秀老、清老，临江三孔，豫章四洪，昭德诸晁，余杭二赵皆是也。"①在列举了诸多例子之后，方回分析了这一现象出现的原因，指出了诗人"穷而后工"这一现象或是个中关键。《桐江集·孙次皋诗集序》载："然其间（闻）达而显者，名之传本不因诗。惟穷无可传者，其名赖诗而后传。盖达则兼有诗名者也，穷则专有诗名者也。惟兄弟俱穷，诗名俱穷。专有而非兼有，斯为优乎！"②他以孙次皋兄弟为例，断论："余同郡休、邑二孙君是已。长孙君嵩元京诗清劲苦淡，如其为人。小孙君岩次皋，予未之识，忽袖诗访予武林，亦清劲苦淡如其兄。惟貌则稍腴，与其兄之癯不同。次皋晚节岂终于穷者哉！虽然，士穷何害？前所举兄弟俱穷专有诗名，能吟好山猛虎奇句者，视半山丞相，不足多也。"③显达之人，为人们所盛传多非缘于他们的诗名，是因为他们的官威；而穷困之士，怀才不遇，才能不得施展，专而为诗，所以诗名日盛。方回援引身边的事迹，条分缕析，有效印证了诗歌"穷而后工"的道理。可见方回论诗，既立足现实，进行切中肯綮的分析，又博览群书，通彻古今而归纳事物发展的规律。

在重视家族传承的中国古代，家学渊源无疑是梳理大家作品

---

① 〔元〕方回：《孙次皋诗集序》，见《桐江集》（宛委别藏本）卷一，江苏古籍出版社1988年版，第49页。

② 〔元〕方回：《孙次皋诗集序》，见《桐江集》（宛委别藏本）卷一，江苏古籍出版社1988年版，第49页。

③ 〔元〕方回：《孙次皋诗集序》，见《桐江集》（宛委别藏本）卷一，江苏古籍出版社1988年版，第49～50页。

脉络的重要途径。方回“杜诗家法”之说，指出了杜甫诗歌与其祖父杜审言之间所存在的因承关系，理清了杜甫诗歌巨大成就的一个重要源头。家学是中国古代一种重要的文化景观，方回以杜诗为特例，同时也分析了“兄弟能诗”的现象，这对于研究文学大家风格的形成及潜在的艺术发展演变规律有重要的作用，不失为研究古代文学的一个较好的切入点。

四、方回的“昌黎门人”论

韩愈重视名节，好为人师，以儒道传人自居，追求圣贤人格，是唐代诗人中开宗立派意识较强的一位。聚集在韩愈周围的一些诗人，被人们称为“韩孟诗派”。他们不仅相互唱和，创作出了大量优秀的诗歌，而且还提出了具体的诗歌理论。韩愈在《送孟东野序》中提出了“不平则鸣”的思想，李贺在《高轩过》一诗中提出了“笔补造化”之说，这些都成了韩孟诗派赋诗的指导思想。同时，在创作上，韩孟诗派的诗人大都崇尚雄奇怪异之美。方回对韩愈的评价，在中晚唐诗人当中是最高的。方回在《唐三体诗序》中认为：“唐诗前以李杜，后以韩柳为最。姚合而下，君子不取焉。”①其《学诗吟并序》中载：“李杜与韩柳，一字直万金。”②方回将韩柳与李杜相颉颃，高抬韩、柳的诗学地位。

方回《瀛奎律髓》虽然只选了韩愈 14 首诗，但是其对他的每一首的评价都不低。方回评《雨中寄张博士籍、侯主簿喜》曰：“昌黎大手笔。仅有此晴雨诗二首。前诗三、四高古，后诗三、四有议论。

① 〔元〕方回：《唐三体诗序》，载〔明〕瞿佑《归田诗话》卷上，见周维德集校《全明诗话》（四），齐鲁书社 2005 年版，第 8 页。

② 〔元〕方回：《学诗吟十首并序》其二，见影印文渊阁《四库全书》本，第 1193 册，第 589 页。

雷失威尤奇。"①以"大手笔"称许,推崇之意豁然。在评《春雪间早梅》时指出:"汗血千里马,必能折旋蚁封。昌黎,大才也。文与六经相表里,《史》《汉》并肩而驱者。其为大篇诗,险韵长句,一笔百千字,而所赋一小着题诗,如雪,如笋,如牡丹、樱桃、榴花、葡萄,一句一字不轻下。此题必当时有同赋者。""学者作诗,谓不思而得,喝咄叫怒即可成章,吾不信也。""束大才于小诗之间,惟五言律为最难。昌黎此诗,赋至十韵,较元微之《春雪映早梅》多四韵,题既甚难,非少放春容不可也。"②其评韩愈《送郑尚书赴南海》说:"唐人诗六韵、八韵、十韵以上,春容之中寓以揪敛,如此者不一。近人学晚唐诗,止于八句中或四句工,或二句工,而尾句多无力。此诗中四联极言广府之盛,首句且教诸客听所言土风,尾句着力一结,而'殊异'二字乃一篇精神也。"③在评韩愈《广宣上人频见过》曰:"老杜诗无人敢议。'穿花蛱蝶深深见,点水蜻蜓款款飞',程夫子以为不然。自齐、梁、陈、隋以来,专于风、花、雪、月,草、木、禽、鱼,组织绘画,无一句雅淡,至唐犹未尽革。而晚唐诗料,于琴、棋、僧、鹤,茶、酒、竹、石等物,无一篇不犯。昌黎大手笔也,此诗中四句却只如此枯槁平易,不用事,不状景,不泥物,是可以非诗訾之乎?此体惟后山有之,惟赵昌父有之,学者不可不知也。"④通过一系列细致深入的分析和评论,方回对韩愈的才识学力给予了充分的肯定,

---

① 〔元〕方回选评,李庆甲集评校点:《瀛奎律髓汇评》,上海古籍出版社2005年版,第657页。

② 〔元〕方回选评,李庆甲集评校点:《瀛奎律髓汇评》,上海古籍出版社2005年版,第749页。

③ 〔元〕方回选评,李庆甲集评校点:《瀛奎律髓汇评》,上海古籍出版社2005年版,第157页。

④ 〔元〕方回选评,李庆甲集评校点:《瀛奎律髓汇评》,上海古籍出版社2005年版,第1738页。

不论是整体文学成就，还是专指律诗，都评价甚高。方回认为韩愈律诗工整高古，在长篇律诗中也能驾轻就熟，不用事，不状景，不泥物，而枯槁平易，在盛唐以后、晚唐之前，能够独树一帜，标举了律诗的新高度。

韩愈是中唐诗坛的巨擘。方回《寓宅十咏》载："九咏韩昌黎知虢州刺史，刘给事州宅三堂二十一咏，竹洞其一也。昌黎诗流行京师，文士争和之，而洞门无锁钥，俗客不曾来，惟昌黎之句传焉。"方回钦佩韩愈在中唐诗坛一呼百应、争相唱和的号召力。他还效法韩愈："予于竹下为书房，甃房之门为洞，将求能言之士和予诗，以予之心，庶或寓之昌黎云，是为竹洞十咏。"①心仪昌黎技法，追步效仿。

聚集在韩愈周围的一帮诗人，方回称之为"昌黎门人"。在评韩愈《送桂州严大夫》时，他指出："昌黎门人有孟郊、贾岛、张籍、卢仝、李贺之徒，诗体不一，昌黎能人人效之，此盖张籍体也。"②这些只是方回所谓"昌黎门人"中的骨干人物。其评朱庆余《早梅》时指出："张洎序项斯诗，谓'元和中，张水部律格不涉旧体。惟朱庆余一人，亲授其旨。沿而下，则有任藩、陈标、章孝标、司空图等及门。项斯，于宝历、开成之际，尤为水部所赏。'然则韩门诸人，诗派分异，此张籍之派也。姚合、李洞、方干而下，贾岛之派也。庆余此诗，亦有气脉、有字眼，不可忽。"③根据方回的分析，贾岛、张籍都是沿着韩孟诗派的风格发展下去的，张籍、贾岛又各开一派。张籍一

① 转引自毛飞明《方回年谱与诗选》，杭州大学出版社 1993 年版，第 245 页。

② 〔元〕方回选评，李庆甲集评校点：《瀛奎律髓汇评》，上海古籍出版社 2005 年版，第 156 页。

③ 〔元〕方回选评，李庆甲集评校点：《瀛奎律髓汇评》，上海古籍出版社 2005 年版，第 754 页。

派，有任藩、陈标、章孝标、司空图等人；贾岛一支，下面又延伸到姚合、李洞、方干等人。这就树立了受韩愈影响而形成的“昌黎门人”庞大的框架结构，“昌黎门人”的余波一直到晚唐，人数众多，诗作丰富，是不可小觑的一个派别。

方回褒扬昌黎律诗的巨大成就，同时在纵观韩孟诗派风格、交游的基础上，建立了昌黎门人的观点，理清了韩孟诗派的体系结构，对这个在中晚唐影响最大的诗派，几为盖棺定论。叶燮《原诗·内篇上》就指出：“韩愈为唐诗之一大变，其力大，其思雄，崛起特为鼻祖。宋之苏、梅、欧、苏、王、黄，皆愈为之发其端，可谓极盛。”①唐代以后，人们对韩愈及韩孟诗派的评价更高，效法者也数不胜数。方回对韩愈的推尊，颇有时代远见。

第三节　方回的唐代律诗正变论

以正变论评诗，源于汉儒。由于统治者的需要，汉儒治经而蔚然成风，对《诗经》也推崇备至。根据作品产生的时代，汉儒把创作于治世、盛世的诗歌称为正风、正雅，把衰世、乱世的诗歌称为变风、变雅。汉代以后，以“正变”论诗者逐渐增多，“正变”也开始具有了感情色彩，常常以“正”代表正宗、正体、正格，表达盛大、雄浑之意，以“变”代表别体、旁流、变格，寓意卑弱、衰退、变乱。后世以正变论诗，多是处于衰乱之世或文坛贤愚不分之时，论诗者追寻盛世的高歌，渴慕明君的出现，追慕一代文学之体来伸正黜变，从而以论诗明志，体现自己的倾向和观点。以正变论诗，更能显现出诗体演进的规律。陈伯海指出：“传统的诗史观对诗歌发展、演变的

① 〔清〕叶燮等：《原诗　一瓢诗话　说诗晬语》，人民文学出版社 1979 年版，第 8 页。

把握,集中在‘体’这个层面上,从诗体流变映射出外在的‘时’与内在的‘势’的交会与互动,更由诗体之间的正变关系勾画出诗歌运动的复杂而微妙的轨迹,其间凝聚着我们民族千年来的智慧与洞察。”①诗体的流变是通过正变关系而体现出来的。他还指出了正变论的实质:“‘正变’论诗的要义在于以‘正’为源,以‘变’为流;同时即是以‘正’为盛,以‘变’为衰。源流、盛衰、正变各各相当,是‘正变’说的宗旨所在。”②正变说勾勒了中国文学演进的源流脉络。

诗歌是古代文学中居于“正宗”地位的一种文体,方回的诸多评论多为诗歌而发,其序跋也大多是为诗集而写。方回生活在宋元易代之际,斯时戏剧作为市民文学的主流样式,已经悄然兴起,但在方回卷帙浩繁的文章和诗歌中,却鲜能看到关于戏剧的文字。方回坚守着诗歌的阵地,亦即维护中国文学的正宗形态。宋末元初的诗坛,学诗者各有所尚,诗法不一,贤愚不分,造成文衰诗落的现象。方回为改革时弊,以经过岁月沉淀的唐宋律诗为教材,以选诗、评诗而示人学诗的门径。他在论及唐代的律诗之时,带有强烈的个人倾向,伸正黜变,扬盛弃晚,追求盛唐意气风发、刚健有为的治世之风。“自汉儒提出风雅正变之说,扬正抑变的态度已十分明显。以治政论文,从功利出发,提倡雅正之声是必然的。而以格调论文者,一般也均推崇高古、浑厚、俊爽的诗风,实际上也都以治世之音为标榜。”③方回在论诗时,更是将以正变论诗这一方法发挥到

① 陈伯海:《中国诗学之现代观》,上海古籍出版社 2006 年版,第 398 ~ 399 页。

② 陈伯海:《中国诗学之现代观》,上海古籍出版社 2006 年版,第 385 页。

③ 刘明今:《中国古代文学理论体系 · 方法论》,复旦大学出版社 2000 年版,第 37 页。

了极致。

一、扬盛唐旗帜，贬黜晚唐

扬盛唐旗帜，贬黜晚唐，是方回以正变论评诗的一个典型。从唐王朝成立之初，至开元、天宝年间，都是方回所论的盛唐。每每提及盛唐诗人，方回均予以高调褒奖，除了对杜甫的推崇备至外，还将沈佺期、宋之问、杜审言、陈子昂定位为“律诗之祖”，他断论李白诗：“此诗比老杜，律虽宽而意不迫。”[①]评岑参诗时则说：“天宝年间诗皆如此饱满。”[②]而论及晚唐律诗，则是一套完全相反的言论，其界定姚合之诗为“有小结裹，无大涵容”[③]，认定许浑的诗“体格太卑，对偶太切”[④]。方回对比盛唐诗和晚唐诗，体会其中的异同，分辨出诗歌的高下，让后世学诗者自觉去选择应该学习和模仿的对象。

（一）劲健雄浑，饱满壮大———方回评盛唐诗

盛唐是封建社会发展的一个高峰，同时也是诗歌文化极其繁荣的一个时期。《瀛奎律髓》的“瀛”字，即暗用“十八学士登瀛洲”的典故，一时被认为是文人士子受到了封建帝王的最高礼遇。盛唐的文治武功，为后人所称颂、赞誉有加。生活在宋元易代之际、饱经战乱的方回，向往盛唐，对圣君饱含着渴慕之情。这种情感也影响着他的

---

① 〔元〕方回选评，李庆甲集评校点：《瀛奎律髓汇评》，上海古籍出版社2005年版，第1485页。

② 〔元〕方回选评，李庆甲集评校点：《瀛奎律髓汇评》，上海古籍出版社2005年版，第1491页。

③ 〔元〕方回选评，李庆甲集评校点：《瀛奎律髓汇评》，上海古籍出版社2005年版，第1053～1054页。

④ 〔元〕方回选评，李庆甲集评校点：《瀛奎律髓汇评》，上海古籍出版社2005年版，第509页。

诗评实践。他在评诗之时也不自觉地流露出对盛唐诗的推崇。

对于初、盛唐，方回的基本态度是，凡对所选诗歌进行评论，皆以褒奖。在《瀛奎律髓》开篇第一卷选陈子昂五言律诗《度荆门望楚》，即评之曰："陈拾遗子昂，唐之诗祖也。不但《感遇》诗三十八首为古体之祖，其律诗亦近体之祖也。《白帝》《岘山》二首极佳，已入'怀古类'，今揭此一诗为诸选之冠。陈子昂、杜审言、宋之问、沈佺期俱同时，而皆精于律诗。孟浩然、李白、王维、贾至、高适、岑参与杜甫同时，而律诗不出则已，出则亦足与杜甫相上下。唐诗一时之盛，有如此十一人，伟哉！"①方回连着用了三个"祖"字，称陈子昂是"唐之诗祖"，其诗是"古体之祖""近体之祖"，赞誉有加，究其实，确也是名实相副、合情合理。随后他一气呵成，道出了生活与其在同一时代的十一位大诗人的名字，赞叹不已，世盛、时盛、诗人盛、诗盛，方回对那一时代追慕不已，对那一时代的诗歌给予了较高的评价。盛唐诗写尽了胸中的豪气，对盛唐律诗，方回认为"唐之方盛，律诗皆务雄浑"②，"盛唐人诗，师直为壮者乎"③，大力赞扬盛唐雄浑壮丽的诗风。

盛唐诗歌高境确立了方回论诗的尺度，方回评沈佺期《游少林寺》："唐律诗初盛，少变梁、陈，而富丽之中稍加劲健，如此者是也。"④评岑参《敬酬李判官使院即事见呈》时则指出："天宝年间诗

① 〔元〕方回选评，李庆甲集评校点：《瀛奎律髓汇评》，上海古籍出版社2005年版，第1～2页。

② 〔元〕方回选评，李庆甲集评校点：《瀛奎律髓汇评》，上海古籍出版社2005年版，第1019页。

③ 〔元〕方回选评，李庆甲集评校点：《瀛奎律髓汇评》，上海古籍出版社2005年版，第1037页。

④ 〔元〕方回选评，李庆甲集评校点：《瀛奎律髓汇评》，上海古籍出版社2005年版，第1625页。

皆如此饱满。”①诗歌可以体现出一个时代的风貌和精神。盛唐之时，诗歌的劲健饱满，反映诗人奋发向上、刚健有为的精神状态。方回在评论盛唐诗歌时，常常将其跟晚唐作一对比。方回评杜甫《公安送韦二少府匡赞》认为：“老杜七言律诗一百五十余首。唐人粗能及之者仅数公，而皆欠悲壮。晚唐人工于五言律，于七言律甚弱。观此所选送行四诗，能并肩者几人哉？”②其评岑参《晚发五溪》亦说：“诗律往往健整平实，非晚唐纤碎可望。”③通过对比，方回细致地指出晚唐律诗存在的问题。

（二）有小结裹，无大涵容———方回评晚唐诗

方回在论晚唐诗时，有着淡淡的哀愁，没有评论盛唐诗歌时的那种豪迈的情怀。在诗论中，方回把律诗分为鲜明的两类，一种是有大判断、大涵容的，一种是有小结裹、小器局的。而晚唐诗多数就是有小结裹、无大涵容之类。方回评姚合《送喻凫校书归毗陵》说：“姚少监合诗选入《二妙》者百二十一首，比浪仙为多。此‘四灵’之所深嗜者。送人诗三十余首，以余再选，仅得三首。为武功尉时诗八首最佳。其余有左无右，有右无左。前联佳矣，后或不称。起句是矣，缴句或非。有小结裹，无大涵容。其才与学，殊不及浪仙也。”④其评姚合《赏春》时指出：“中四句（按：中四句为‘买酒恐迟令走马，看花嫌远自移床。娇莺语足方离树，戏蝶飞高始过

① 〔元〕方回选评，李庆甲集评校点：《瀛奎律髓汇评》，上海古籍出版社2005年版，第1491页。

② 〔元〕方回选评，李庆甲集评校点：《瀛奎律髓汇评》，上海古籍出版社2005年版，第1071页。

③ 〔元〕方回选评，李庆甲集评校点：《瀛奎律髓汇评》，上海古籍出版社2005年版，第1392页。

④ 〔元〕方回选评，李庆甲集评校点：《瀛奎律髓汇评》，上海古籍出版社2005年版，第1053～1054页。

墙’)皆工,起句皆散诞放旷。然只是器局小,无感慨隽永味。”①在方回看来,姚合这种器局小、没有什么大的思想内容的诗,无非是用工整的字词堆积起来,炫耀浅薄的才学,最终失去了诗歌应该有的味道。除此之外,方回还指出晚唐诗“卑”“俗”的一面。方回评姚合《送李侍御过夏州》说:“此诗以‘虏近少闲兵’一句能道边塞间难道之景,故取之。上联‘迢递河边路,苍茫塞上城’两句似泛,亦无深病也。大抵姚少监诗不及浪仙,有气格卑弱者,如:‘瘦马寒来死,羸童饿得痴’‘马为赊来贵,童因借得顽’,皆晚辈之所不当学。如王建‘脱下御衣偏得着,放来龙马每教骑’,不惟卑,而又俗矣。东坡谓元轻白俗,然白亦不如是之太俗也。又姚诗如:‘茅屋随年借,盘餐逐日炊。无竹栽芦看,思山叠石为’两句一般无造化。又如:‘檐燕酬莺语,邻花难絮飘。’妆砌太密,则反若浅拙。予以公论评之至此。其细润而甚工者,亦不可泯没,又当于他诗下备论而表出之。”②方回对晚唐诗的卑、俗、格局小、器识微等问题均做了较为公允的评价。比方回稍早的诗论家严羽,也同样高倡宗唐、痛批晚唐,其《沧浪诗话》开篇就论晚唐:“汉、魏、晋等作与盛唐之诗,则第一义也。大历以还之诗,则已落第二义矣。晚唐之诗,则声闻、辟支果也。”③可见在批评晚唐诗歌的战场上,并不是只有方回一个人在战斗。

杜荀鹤也是一位晚唐诗人,其诗亦遭到方回的诘难。方回评

---

① 〔元〕方回选评,李庆甲集评校点:《瀛奎律髓汇评》,上海古籍出版社2005年版,第364页。

② 〔元〕方回选评,李庆甲集评校点:《瀛奎律髓汇评》,上海古籍出版社2005年版,第1054~1055页。

③ 〔南宋〕严羽:《沧浪诗话·诗辨》,见郭绍虞主编《中国历代文论选》第二册,上海古籍出版社2001年版,第423页。

杜荀鹤《经废宅》:“荀鹤诗首首相似,定是颔联作一串,景联体物。”①评其《山中寡妇》之时则说:“荀鹤诗至此俗甚,而三、四格卑语率,最是‘废来’‘荒后’。似此者不一,学晚唐者以为式,予心盖不然之。尾句语俗似诨,却切。”②其评《冬末同友人泛潇湘》则曰:“‘买得’‘沽来’等语,晚唐诗卑之尤卑者,然意新则亦可喜。此联世所共称。荀鹤诗句法大率如此,皆不敢选。”③杜荀鹤诗中“格卑”“语俗”等诗歌表征,都是方回所指摘的晚唐诗歌之弊。

方回在批评晚唐诗的同时,也批评了学习晚唐诗的后世诗人,其批评锋芒所指,以“四灵”为主,特别是在诗歌的题材方面。其云:“近世诗学许浑、姚合,虽不读书之人皆能为。五七言无风云月露、冰雪烟霞、花柳松竹、莺燕鸥鹭、琴棋书画、鼓笛舟车、酒徒剑客、渔翁樵叟、僧寺道观、歌楼舞榭则不能成诗。”④方回在评姚合《游春》时又指出:“予谓诗家有大判断,有小结裹。姚之诗专在小结裹,故‘四灵’学之。五言八句,皆得其趣,七言律及古体则衰落不振。又所用料,不过花、竹、鹤、僧、琴、药、茶、酒,于此几物,一步不可离,而气象小矣。是故学诗者必以老杜为祖,乃无偏僻之病云。”⑤在其看来,晚唐诗人及其后学者均犯下了同样的错误,不用功读书,不勤于思考,却故作风雅,常用的题材固定,创作程式化,

---

① 〔元〕方回选评,李庆甲集评校点:《瀛奎律髓汇评》,上海古籍出版社2005年版,第88页。

② 〔元〕方回选评,李庆甲集评校点:《瀛奎律髓汇评》,上海古籍出版社2005年版,第1362页。

③ 〔元〕方回选评,李庆甲集评校点:《瀛奎律髓汇评》,上海古籍出版社2005年版,第1406页。

④ 〔元〕方回:《送胡植芸北行序》,见《桐江集》(宛委别藏本)卷一,江苏古籍出版社1988年版,第102页。

⑤ 〔元〕方回选评,李庆甲集评校点:《瀛奎律髓汇评》,上海古籍出版社2005年版,340~341页。

气象变化少,功力肤浅。"晚唐诗人喜爱方外及隐居者所喜好的题材,表达避世全身的隐逸情怀,这样就远离了厚重或激越的情感抒发、阔大豪迈的境界创造以及开合跌宕结构的建构。而这是同方回所尊崇的盛唐诗风大相径庭的。"①除了题材原因外,晚唐诗人即便读书功夫不到家,观察又不够仔细,下笔过于轻率,追求骈俪,因而失去诗歌应有的神韵。

方回整体贬低晚唐诗人成就,却对贾岛另眼相待。其云:"贾浪仙诗得老杜之瘦而用意苦矣。蝉有何病?殆偶见之,托物寄情,喻寒士之不遇也。中四句极其奇涩,而'尘点误侵睛',尤亘古诗人所未道,故曰浪仙用意苦矣。"②贾岛之诗善用兴寄,炼字用意不轻率下笔。方回对贾岛赞誉有加,认为"贾浪仙五言律高古。平生用力之至者,七言律诗不逮也"③。方回还将其与姚合的诗歌对比,其评姚合《闲居晚夏》就指出:"姚合学贾岛为诗。虽贾之终穷,不及姚之终达,然姚之诗小巧而近乎弱,不能如贾之瘦劲高古也。"④方回认可贾岛诗歌的奇涩、高古风格。在方回看来,凡是学杜甫诗歌之人,就是诗之正派,这也是方回肯定贾岛的一个重要原因。

方回评诗,最终的落脚点还是归结到诗歌创作上来,通过评诗,来给作诗者以指导。方回借以盛唐诗和初唐诗的比较,肯定盛唐诗歌的劲健雄浑、饱满壮大之貌,断论晚唐诗小结裹、无大涵容

---

① 王奎光:《"有小结裹,无大涵容"——方回的姚合批评论析》,载《兰州学刊》2006 年第 11 期。

② 〔元〕方回选评,李庆甲集评校点:《瀛奎律髓汇评》,上海古籍出版社 2005 年版,第 1157 页。

③ 〔元〕方回选评,李庆甲集评校点:《瀛奎律髓汇评》,上海古籍出版社 2005 年版,第 1742 页。

④ 〔元〕方回选评,李庆甲集评校点:《瀛奎律髓汇评》,上海古籍出版社 2005 年版,第 399 页。

的特质,他赞扬晚唐诗细润清新、功夫细腻的优长之处。方回认为如果二者兼取,将会创作出上乘的诗作。在评张祜《金山寺》时,方回指出:“大历十才子以前,诗格壮丽悲感。元和以后,渐尚细润,愈出愈新。而至晚唐。以老杜为祖,而又参此细润者,时出用之,则诗之法尽矣。”①杜甫诗歌创作技法客观树立了后世诗人可堪效仿的标本。在评李白《赠升州王使君忠臣》时,方回指出:“盛唐人诗气魄广大,晚唐人诗工夫纤细,善学者能两用之,一出一入,则不可及矣。”②将盛唐诗歌的雄浑壮健、壮丽悲感与晚唐的细润清新、功夫纤细结合起来,后学如能兼取两者善学活用,将会创造出诗歌一个不可及的高度。如此,方回示后学以学诗门径,实现了以论诗而指导后学的目的。

二、以杜甫为法,万古准则

杜甫是中国诗学的万世师表。元稹《唐故工部员外郎杜君墓系铭序》概括了杜甫的一生成就,亦对杜甫诗歌兼收众长、博采古今的特点进行了说明,他指出:“至于子美,盖所谓上薄风骚,下该沈、宋,古傍苏、李,气夺曹、刘,掩颜、谢之孤高,杂徐、庾之流丽,尽得古今之体势,而兼人人之所独专矣。”③闻一多指出杜甫是“四千年文化中最庄严、最瑰丽、最永久的一道光彩”④。莫砺锋结合评注本说道:“在中国文学史上,没有哪位文学家的作品拥有像杜诗那

---

① 〔元〕方回选评,李庆甲集评校点:《瀛奎律髓汇评》,上海古籍出版社2005年版,第14页。

② 〔元〕方回选评,李庆甲集评校点:《瀛奎律髓汇评》,上海古籍出版社2005年版,第1485页。

③ 周相录校注:《元稹集校注》,上海古籍出版社2011年版,第1361页。

④ 闻一多:《杜甫》,见《杜甫研究论文集》第一辑,中华书局1962年版,第23页。

样多的注本，千家注杜的壮观其实就是其成就的最好证明。”①衡以杜甫其人其作，古今这些对杜甫的评价，允为确评。

方回评点杜甫的律诗，不时感叹“此诗气盖宇宙，不待赘说”②，“诗至老杜，万古之准则哉”③，对杜甫可谓推崇备至。其在《瀛奎律髓》卷一〇批许浑《春日题韦曲野老村舍》时更直言不讳地表达出他的宗杜意旨：“予选诗以老杜为主。”④不单如此，方回还将此理念贯穿于选诗实践之中，其《瀛奎律髓》共选老杜诗221首，其中五言律诗154首，七言律诗67首，仅选诗数量就远远超过了其他诗人，这也侧面认定杜甫在律诗方面的巨大成就。方回多次疾呼：“学诗者而不熟老杜可乎？”⑤“学诗者必以老杜为祖。”⑥方回如此推崇老杜，个中关键还在于杜诗为后学开诸多法门，这主要在于以下数端。

（一）杜诗的风格——格高律熟、沉郁顿挫

杜诗的风格，总体上以“沉郁顿挫”为定评，关于这一说法前人论述颇多，不再赘述。到方回评老杜诗时，又以“格高律熟”冠之，加深人们对杜诗风格的全面认识。方回在评杜甫《江村》《南邻》《狂夫》时讲道：“老杜七言律诗一百五十余首，求其郊野闲适如此

① 莫砺锋：《古典诗学的文化观照》，中华书局2005年版，第124页。

② 〔元〕方回选评，李庆甲集评校点：《瀛奎律髓汇评》，上海古籍出版社2005年版，第1024页。

③ 〔元〕方回选评，李庆甲集评校点：《瀛奎律髓汇评》，上海古籍出版社2005年版，第624页。

④ 〔元〕方回选评，李庆甲集评校点：《瀛奎律髓汇评》，上海古籍出版社2005年版，第338页。

⑤ 〔元〕方回选评，李庆甲集评校点：《瀛奎律髓汇评》，上海古籍出版社2005年版，第1632页。

⑥ 〔元〕方回选评，李庆甲集评校点：《瀛奎律髓汇评》，上海古籍出版社2005年版，第340～341页。

者仅三篇。而此之第三篇后四句，亦未免叹贵交之绝，悯贫稚之饥。信矣和平之音难道，而喜起明良之音难值也。然格高律熟，意奇句妥，若造化生成。为此等诗者，非真积力久不能到也。”①他指出老杜的诗歌具有高尚的思想境界和纯熟的艺术技巧，如同天地造化而非人力所为，实是杜甫转益多师、长期努力的结果。在评老杜《野望》时，方回又云：“格律高耸，意气悲壮，唐人无能及之者。”②杜诗的境界标举了一代诗歌的巅峰，即使唐代的大诗人，也难望其项背。

后世诗人断论杜诗，向以“沉郁顿挫”许之。悲壮，是杜诗的一个重要标签，也是杜诗思想境界的一个标志。方回评《公安送韦二少府匡赞》曰：“老杜七言律诗一百五十余首。唐人粗能及之者仅数公，而皆欠悲壮。晚唐人工于五言律，于七言律甚弱。观此所选送行四诗，能并肩者几人哉？”③在评杜甫《小寒食舟中作》之时，他又说：“皆壮丽悲慨，诗至老杜，万古之准则哉！”④杜甫诗歌悲壮的风格，亦成为其诗歌后无来者的高标。

（二）杜诗的诗法——博采众长、诗备众体

杜甫的诗歌，如同半山腰上的湖泊，山上的溪水在这里汇集，这里是它们的终点；而对于从这里出发的河流而言，这里又是众流之源。杜甫包纳百川而又开启源流，正是这种品格，才成就了杜诗的伟

① 〔元〕方回选评，李庆甲集评校点：《瀛奎律髓汇评》，上海古籍出版社2005年版，第993页。

② 〔元〕方回选评，李庆甲集评校点：《瀛奎律髓汇评》，上海古籍出版社2005年版，第490页。

③ 〔元〕方回选评，李庆甲集评校点：《瀛奎律髓汇评》，上海古籍出版社2005年版，第1071页。

④ 〔元〕方回选评，李庆甲集评校点：《瀛奎律髓汇评》，上海古籍出版社2005年版，第624页。

大。“老杜所以独雄百世者,其意趣全古之六义,而其格律又备后世之众体”①,方回说出了杜诗承续与开创两方面的巨大功绩。“读老杜诗,首首不同,此又是一格”②,老杜之诗兼备众体,素为后人称道。

杜甫学习、交游广泛,博采众长以成其高。方回在评岑参《送怀州吴别驾》时指出:“学老杜诗而未有入处,当观老杜集之所称咏敬叹,及所交游倡酬者,而求其诗味之,亦有入处矣。其称咏敬叹者,苏武、李陵、陶潜、庾信、鲍照、阴铿、何逊、陈子昂、薛稷、孟浩然、元结之类。其所交游倡酬者,李白、高适、岑参、贾至、王维、韦迢之类是也。此岑参三送人诗,皆壮浪宏阔,非晚唐手可望。”③广泛的交游唱和,拓宽了杜甫的知识视域。方回亦指出:“学古诗必本苏武、李陵;学律诗必本子昂、审言辈,不可诬也。此四人者,老杜之诗所自出也。”④清晰地指出杜诗的渊源。“诗固是杜陵第一,然陈子昂、宋之问,初为律诗,杜之所宗;李太白、元次山,杜之所畏;韩、柳又岂全不足数乎……至开元而有李、杜,然杜陵不敢忽王、杨、卢、骆,李邕、苏源明、孟浩然、王维、岑参、高适,或敬畏之,或友爱之,未始自高。盖学问必取诸人以为善,杜陵集众美而大成,谓有一杜陵而天下皆无人可乎?”⑤转益多师成就了杜诗高境。由此可见,杜甫于前贤无所不学,于时彦亦师亦友,在学习和交游

---

① 〔元〕方回:《跋许万松诗》,见《桐江集》(宛委别藏本)卷四,江苏古籍出版社1988年版,第286页。

② 〔元〕方回选评,李庆甲集评校点:《瀛奎律髓汇评》,上海古籍出版社2005年版,第1636页。

③ 〔元〕方回选评,李庆甲集评校点:《瀛奎律髓汇评》,上海古籍出版社2005年版,第1033页。

④ 〔元〕方回选评,李庆甲集评校点:《瀛奎律髓汇评》,上海古籍出版社2005年版,第151页。

⑤ 〔元〕方回:《刘元辉诗评》,见《桐江集》(宛委别藏本)卷五,江苏古籍出版社1988年版,第322~324页。

中汲取养分，不断丰富杜诗的表现手法和表现内容。方回还特别指出，杜甫学其祖杜审言诗风，颇有“杜诗家法”之得。杜甫在《戏为六绝句》亦夫子自道“转益多师是汝师”，正是这种转益多师的勤奋和海纳百川的胸怀，铸就了杜诗的伟大。

杜诗诗备众体，取得了多方面的成就。方回屡次提及杜诗的成就，如：“以其为变体之祖”①，“老杜诗集大成，于‘着题诗’无不警策”②，“学诗者以此为准，为‘吴体’、拗字、变格，亦不可不知”③，“老杜七言律，晚唐人无之。凡学诗，五言律可晚唐；只如七言律，不可不老杜也”④。杜甫诗歌是对前人诗歌创作的辩证吸收，于诸体无所不精。对此，纪昀甚为赞同：“唐代诸公，多各是一家法度。惟杜无所不有，故曰大家。此论是。”⑤杜甫在变体、吴体、拗体等有所变化的诗体上，在五言律诗、七言律诗以及排律上，都取得了巨大的实绩，横绝古今。

诗备众体的杜诗为后世开启了无数创作途辙，“在文学史上，如果说李白诗集中体现了盛唐气象，那么杜甫诗便开启了中晚唐”⑥。方回细究杜诗源流，钩沉杜甫诗歌的影响因子：“杜子美、李太白兼五体（按：五体指古体、乐府、五言律诗、七言律诗、绝句），造其极。王

---

① 〔元〕方回选评，李庆甲集评校点：《瀛奎律髓汇评》，上海古籍出版社2005年版，第1138页。

② 〔元〕方回选评，李庆甲集评校点：《瀛奎律髓汇评》，上海古籍出版社2005年版，第1154页。

③ 〔元〕方回选评，李庆甲集评校点：《瀛奎律髓汇评》，上海古籍出版社2005年版，第993页。

④ 〔元〕方回选评，李庆甲集评校点：《瀛奎律髓汇评》，上海古籍出版社2005年版，第1735页。

⑤ 〔元〕方回选评，李庆甲集评校点：《瀛奎律髓汇评》，上海古籍出版社2005年版，第1635页。

⑥ 詹杭伦：《方回的唐宋律诗学》，中华书局2002年版，第55页。

维、岑参、贾至、高适、李泌、孟浩然、韦应物,以至韩、柳、郊、岛、杜牧之、张文昌,皆老杜之派也。宋苏、梅、欧、王介甫、黄、陈、晁、张、僧道潜、觉范,以至南渡吕居仁、陈去非,而乾淳诸人朱文公诗第一,尤、萧、杨、陆、范,亦老杜之派也。是派至韩南涧父子、赵章泉而止。”①推源而溯流,伟大的诗人和作品是人类文明的共同财富,影响深远。杜甫及其诗歌历千年而不衰,沾溉后学无穷。

(三)杜诗的情感表达——寓情于景、情景交融

关于律诗的情景关系的布置之法,在律诗产生之初就有人关注。而系统完备地论述律诗中的情景关系,还得从杜甫发凡起例。方回深知其中奥义,他认为杜诗“味之久矣,愈老而愈见其工,中四句用‘云天’‘夜月’‘落日’‘秋风’,皆景也,以情贯之,‘共远’‘同孤’‘犹壮’‘欲苏’八字绝妙,世之能诗者,不复有出其右矣”②。在字里行间贯之以情,通过景物描写而把情感传达得淋漓尽致,这种布置之法,确非杜甫莫属。其评老杜《旅夜书怀》载:“老杜夕、暝、晚、夜五言律近二十首。选此八首洁净精致者,多是中两句言景物,两句言情。若四句皆言景物,则必有情思贯其间。痛愤哀怨之意多,舒徐和易之调少。以老杜之为人,纯乎忠襟义气,而所遇之时,丧乱不已,宜其然也。”③纪昀对方回罕有赞语,看到这条评论却说:“此评的。”“通首神完气足,气象万千,可当雄浑之品。”④将感

① 〔元〕方回:《恢大山西山小稿序》,见影印文渊阁《四库全书》本,第1193册,第683页。

② 〔元〕方回选评,李庆甲集评校点:《瀛奎律髓汇评》,上海古籍出版社2005年版,第1259页。

③ 〔元〕方回选评,李庆甲集评校点:《瀛奎律髓汇评》,上海古籍出版社2005年版,第534页。

④ 〔元〕方回选评,李庆甲集评校点:《瀛奎律髓汇评》,上海古籍出版社2005年版,第534页。

情巧妙地镶嵌在景物描写之中，赋予景物描写以深情厚谊，若此，寓情于景，情景合一。只有谙熟律诗情景关系的布置之道，才会驾轻就熟。

在杜诗中，情景关系处理最好的，当属其情景合一、浑然不分之类的诗歌。方回在评《江亭》时说："老杜诗不可以色相声音求。……晚唐诗千锻万炼，此等句极多，但如老杜'水流心不竞，云在意俱迟'，即如'片云天共远，永夜月同孤'，景在情中，情在景中，未易道也。……殊不知老杜诗以世乱为客，故多感慨。其初长吟野望时闲适如此，久之即又触动羁情如彼，不可以律束缚拘羁也。"①杜甫把当下的境遇、感慨都融入诗中，情感深刻而厚重。在评《秋野》五首时，方回指出："读老杜此五诗，不见所谓景联，亦不见所谓颔联，何处是四虚？何处是四实？虚中有实，实中有虚，景可为颔，颔可为景，大手笔混混乎无穷也，却有一绝不可及处。五首诗五个结句，无不吃紧着力，未尝有轻易放过也。然则真积力久，亦在乎熟之而已。或问'吾老'系单字，'荣华'是双字，亦可对否？曰：在老杜则可，若我辈且当作'衰老甘贫病'，然不如'吾老'之语健意足也。"②笔力汪洋恣肆，情景描写雄浑有力，杜诗真正把情景关系描写推向了极致，这恰好是方回所称道之处。

三、尚格高律熟，反对格卑

"格高"是方回在诗歌评论中常用的一个术语，是他选诗的一个重要标准，也是他评诗时着力最多的一个范畴。方回在《瀛奎律

---

① 〔元〕方回选评，李庆甲集评校点：《瀛奎律髓汇评》，上海古籍出版社 2005 年版，第 938～939 页。

② 〔元〕方回选评，李庆甲集评校点：《瀛奎律髓汇评》，上海古籍出版社 2005 年版，第 425 页。

髓·序》中就明确指出:“所选诗格也,所注诗话也。”①诗格是其遴选诗歌的一个基本尺度。方回《唐长孺艺圃小集序》亦载:“诗以格高为第一。”②他以格高为准的,区分了诗歌的高下之别。其在《诗思十首之五》中又云:“格高为第一,意到自无双。”③方回十分重视诗歌的“格高”,作为诗歌评价的首要标准,实别有深意。张少康指出:“方回在文学理论批评上的新贡献主要有两点:一是论‘格高’,二是论情景合一。”④他认为“格高”理论乃方回的创见,后世诗人沿袭此说,丰富了中国诗学宝库。

方回在运用“格高”这一诗学观点时,常常与“律熟”联系起来。如其评杜甫《狂夫》时说:“格高律熟,意奇句妥,若造化生成。”⑤格高律熟成为诗歌艺术特质的突出表现。其评《野望》亦云:“此格律高耸,意气悲壮,唐人无能及之者。”⑥格高与律熟兼备,提升了诗歌的艺术地位。在评论张泽民《梅花二十首》时,方回还进一步对“律熟”的概念作了解释:“夫诗莫贵于格高。不以格高为贵,而专尚风韵,则必以熟为贵。熟也者,非腐烂陈故之熟,取之左右逢其源是

① 〔元〕方回选评,李庆甲集评校点:《瀛奎律髓汇评》,上海古籍出版社2005年版,第1页。

② 〔元〕方回:《唐长孺艺圃小集序》,见影印文渊阁《四库全书》本,第1193册,第682页。

③ 〔元〕方回:《诗思十首》之五,见影印文渊阁《四库全书》本,第1193册,第591页。

④ 张少康:《中国文学理论批评史教程》,北京大学出版社1999年版,第191页。

⑤ 〔元〕方回选评,李庆甲集评校点:《瀛奎律髓汇评》,上海古籍出版社2005年版,第993页。

⑥ 〔元〕方回选评,李庆甲集评校点:《瀛奎律髓汇评》,上海古籍出版社2005年版,第490页。

也。"[①]在方回看来，格高与否是判断律诗好坏的首要标准，但他并非单讲格高，而是将格高与圆熟并举，推许二者的相济相生之道。王运熙认为方回所说的"格高"涵盖三端："诗体浑大""剥落浮华""瘦硬枯劲"。[②] 洗净浮华，追求格高，其中就包含了"律熟"之旨。张少康则直接指出"格高"是"纯正的思想内容和老成的艺术境界之融合"[③]。如此，在与"律熟"的关联场域中阐释格高，其意义自然就清晰明白。

在格高的标准之下，方回对律诗水平的高低进行了分类。方回认为："诗先看格高，而意又到，语又工，为上。意到，语工，而格不高，次之。无格，无意，又无语，下矣。"[④]方回把律诗分为三等，其上等是格高意到语工之作，中等为意到语工格不高的诗歌，第三等是无格无意又无语的"三无"产品。方回评诗十分苛刻，别说下等，即使中等的诗歌，也常常受到方回严厉的批评。方回"格高"概念的提出，其实颇有针对性。其《唐长孺艺圃小集序》载：

> 予乃创为格高卑之论者何也？曰：此为近世之诗人言之也。予于晋独推陶彭泽一人，格高足方嵇、阮。唐惟陈子昂、杜子美、元次山、韩退之、柳子厚、刘梦得、韦应物，宋惟欧、梅、

---

① 〔元〕方回选评，李庆甲集评校点：《瀛奎律髓汇评》，上海古籍出版社2005年版，第850页。

② 王运熙、顾易生主编：《中国文学批评通史》卷四，上海古籍出版社1996年版，第934页。

③ 张少康：《中国文学理论批评史教程》，北京大学出版社1999年版，第191页。

④ 〔元〕方回选评，李庆甲集评校点：《瀛奎律髓汇评》，上海古籍出版社2005年版，第894页。

> 黄、陈、苏长翁、张文潜，而又于其中以四人为格之尤高者：鲁直、无已，上配渊明、子美为四也……唐长孺元自里中来访，出诗五十四篇，始年三十六岁，其所以可人意者，格高也。何以谓之格高？近人之学许浑、姚合者，长孺扫之如粃糠，而以陶、杜、黄、陈为师者也。①

方回的诗格理论由“格高”和“格卑”两个对立概念构成。方回将陶渊明、盛唐诸人及宋代的大家视为格高的典范。而晚唐的许浑、姚合等人，则是格卑的代表，是方回批判的对象。他在《孙元京诗集序》中说：“《离骚》而降，汉、晋、魏以至唐、宋，五、七殊，古、律异，六义之致一也。人品高，胸次大，学问深，笔力健，咸于此乎见之。”②方回把古往今来的优秀之作看成是承继诗骚传统的代表，人品高尚，学问深厚，有纯正的思想内容和老成的艺术境界，这些作品才得以不朽。而晚唐诸人的作品，与诗骚传统扞格不入，就成了方回攻击的矢的，其中尤以许浑和姚合为代表。

方回评论许浑诗：“其诗出于元、白之后，体格太卑，对偶太切。……而近世晚进，争由此入，所以卑之又卑也。”③其评许浑诗《凌歊台》亦载：“刘裕起于布衣，节俭之主，‘三千歌舞’之句，不近诬否？第四句最玄，上一句似牵强。至如‘有基’‘无主’一联，近乎熟套而格卑。许丁卯诗时俗所甚喜，予辄抑之以救俗。其集《怀

---

① 〔元〕方回：《唐长孺艺圃小集序》，见影印文渊阁《四库全书》本，第1193册，第682页。

② 〔元〕方回：《跋孙元京诗集序》，见影印文渊阁《四库全书》本，第1193册，第663页。

③ 〔元〕方回选评，李庆甲集评校点：《瀛奎律髓汇评》，上海古籍出版社2005年版，第509～510页。

古》数诗为最。”①“诗句句工，但太工则形胜于神耳。”②“丁卯诗格颇卑，句太偶。”③这些言论，集中在“格卑”上，都在极力批评许浑。即便被方回选入朝省类的《早发天台中岩寺度关岭次天姥岑》，方回也没有给予太高的评价：“爱而知其恶，憎而知其善。君子于待人宜然，予之评诗亦皆然也。予遍读唐人诗，早行、晨起之作绝少，如早朝、夜直已入‘朝省类’矣，于此外求平淡萧闲之趣咸无焉。此诗三、四于早行自工，但苦对偶太甚。所谓才得一句，便拿捉一句为联，而无自然真味。又且涉乎浅近，则老笔耻之。五、六尤为平平，惟尾句却佳。‘可知’者，不可知也。甚处可觅刘、阮？行尽山，又是山也。”④方回批评许浑诗“体格太卑，对偶太切”，这样的问题亦体现于姚合的诗歌之上。

方回认为姚合诗“格卑”“器局小”：“比贾岛斤两轻，一不逮；对偶切，二不逮；意思浅，三不逮。却有一可取，曰清新。”⑤“晚唐诗句法字面多一同，即太烂，‘行来’‘坐得’‘沽来’‘买得’，可厌也。”⑥“为武功尉时诗八首最佳。其余有左无右，有右无左，前联

---

① 〔元〕方回选评，李庆甲集评校点：《瀛奎律髓汇评》，上海古籍出版社2005年版，第108页。

② 〔元〕方回选评，李庆甲集评校点：《瀛奎律髓汇评》，上海古籍出版社2005年版，第1658页。

③ 〔元〕方回选评，李庆甲集评校点：《瀛奎律髓汇评》，上海古籍出版社2005年版，第1660页。

④ 〔元〕方回选评，李庆甲集评校点：《瀛奎律髓汇评》，上海古籍出版社2005年版，第520～521页。

⑤ 〔元〕方回选评，李庆甲集评校点：《瀛奎律髓汇评》，上海古籍出版社2005年版，第962页。

⑥ 〔元〕方回选评，李庆甲集评校点：《瀛奎律髓汇评》，上海古籍出版社2005年版，第1276页。

佳矣,后或不称,起句是矣,缴句或非。有小结裹,无大涵容。"①方回指出许浑、姚合的律诗诗格太卑,诗律又对偶太切,远不至格高律熟的境界,几无盛唐诗歌之风。方回《过李景安论诗为作长句》一诗对此提出尖锐的批评:"姚合许浑精俪偶,青必对红花对柳。儿童效之易不难,形则肖矣神何有?求之雕刻绘画间,鹄乃类鹜虎胜狗。"②格卑且无律熟之貌,势必影响其诗歌的后世接受和传承。

方回论诗,最终都会归结到诗歌的创作上来。方回认为律诗最忌对偶太过,特别反对格卑而太工、生硬堆砌而成的作品。在他看来,一首好诗往往是纯正的思想内容和老成的艺术境界的融合,他推崇细润圆熟之作。至于如何创作格高律熟的诗歌,方回认为作诗应该"以意为脉,以格为骨,以字为眼,则尽之"③,在炼字的基础上,既要遵守既定的规范,灵活驾驭体裁,又能表达出较高的思想境界和艺术风格,这样就可以创作出优秀的诗歌。方回论诗一向重视人品学识对于诗歌创作的重要影响。激于晚唐诗人不读书而作诗的现象,他援引陈师道"后世无高学,举世爱许浑"之语,有感而发。他在《孙元京诗集序》中指出:"人品高,胸次大,学问深,笔力健……诗如弈棋挽弓……臂力弱者,虽欲强进分寸不可也。"④人品、胸怀、学问、笔力都会对诗歌创作有影响,而这些恰是晚唐诗人所缺乏的。赋诗须要从这几个方面去努力,才不会落入俗套,只

① 〔元〕方回选评,李庆甲集评校点:《瀛奎律髓汇评》,上海古籍出版社2005年版,第1053~1054页。

② 〔元〕方回:《过李景安论诗为作长句》,见影印文渊阁《四库全书》本,第1193册,第389页。

③ 〔元〕方回选评,李庆甲集评校点:《瀛奎律髓汇评》,上海古籍出版社2005年版,第1512页。

④ 〔元〕方回:《孙元京诗集序》,见影印文渊阁《四库全书》本,第1193册,第663~664页。

有经过长时间的积累，并敢于创新，方可创作格高律熟的作品。

四、倡拗体变体，不拘成法

事物在自身的演变过程中，有常就会有变，变作为常的一个侧面，丰富了常的形式，开辟了新的道路，创造出了新的风格。律诗在各项规范确定以后，人们在既定的规范中进行创作，遣词造句有时难免会出现逾越规矩的地方，在律诗中偶尔会出现诗律不黏的现象。大诗人往往能超越规矩之外，改变一两个字或几个字的平仄关系，打破常见的韵律格式，创造出不拘一格而又韵味盎然的诗作，使诗的音节顿挫有力，别有一番味道。这种做法被称为“拗字”，以这种方法创作的诗歌则为“拗体诗”。

方回论诗，主“格高律熟”，推崇思想内容纯正、艺术境界老成、作诗方法灵活的诗歌。拗字、变体彰显了方回诗法圆熟的律诗创作观念。他在《瀛奎律髓》中专设了“拗字类”和“变体类”二类，并对这两类诗的诗法做了专门的探讨。在“拗字类”小序中，方回梳理了拗体的来龙去脉：

> 拗字诗在老杜集七言律诗中谓之“吴体”，老杜七言律一百五十九首，而此体凡十九出。不止句中拗一字，往往神出鬼没。虽拗字甚多，而骨格愈峻峭。今“江湖”学诗者，喜许浑诗“水声东去市朝变，山势北来宫殿高”“湘潭云尽暮山出，巴蜀雪消春水来”，以为丁卯句法。殊不知始于老杜，如“负盐出井此溪女，打鼓发船何郡郎”“宠光蕙叶与多碧，点注桃花舒小红”之类是也。如赵嘏“残星几点雁横塞，长笛一声人倚楼”，亦是也。唐诗多此类，独老杜“吴体”之所谓拗，则才小者不能为之矣。五言律亦有拗者，止为语句要浑成，气势要顿挫，则

换易一两字平仄,无害也,但不如七言“吴体”全拗尔。①

杜甫的吴体诗是律诗拗字的鼻祖,其运用拗字臻于化境。单拗、双拗以至吴体,杜甫都创作出了语句浑成、气势顿挫、骨格峻峭、诗韵盎然的作品。方回认为江湖诗人所尚的“丁卯句法”,即拗字之法,其实亦源于杜甫,并非许浑首创。方回认为拗字是诗法灵活的重要表现,“换易一两字平仄,无害也”,反而有助于提高诗格的韵味。

方回在评杜甫《题省中院壁》时,指出了杜甫在拗体诗上取得的巨大艺术成就:“此篇八句俱拗,而律吕铿锵。试以微吟,或以长歌,其实文从字顺也。以下‘吴体’皆然。‘落花游丝白日静,鸣鸠乳燕青春深。’此等句法惟老杜多,亦惟山谷、后山多,而简斋亦然。乃知‘江西诗派’非江西,实皆学老杜耳。”②方回概括了杜甫拗体诗的总体特征。杜甫的拗体诗,可以高歌,亦可低吟,使用律诗拗字增强诗歌的节奏感,铿锵有力,让人不会感到生硬拘泥。杜甫的这种诗风对后世影响很大,江西诗派继承了这种创作方法。

作诗应当灵活变化,方回对于只尚对偶而拘于声病的诗歌则大加挞伐。其云:“大抵工有余而味不足,即如人之为人,形有余而韵不足。诗岂在专对偶声病而已哉?近世学晚唐者,专师许浑七言,如‘水声东去市朝变,山势北来宫殿高’之类,以为摹楷。老杜诗中有此句法,而无‘东去’‘北来’之拘。”③方回指出诗歌不斤斤

① 〔元〕方回选评,李庆甲集评校点:《瀛奎律髓汇评》,上海古籍出版社2005年版,第1107页。

② 〔元〕方回选评,李庆甲集评校点:《瀛奎律髓汇评》,上海古籍出版社2005年版,第1114页。

③ 〔元〕方回选评,李庆甲集评校点:《瀛奎律髓汇评》,上海古籍出版社2005年版,第338页。

于追求对偶，片面的形式讲究会破坏诗歌韵味，反而得不偿失。在其看来，诗歌应该不拘声病，讲求韵味丰满、形神兼备，凸显诗歌本位。

方回所论"变体"，实激于周弼之论而发。周弼把律诗中四句分为四实、四虚、前实后虚、前虚后实等"四体"，他认为律诗应两句言情、两句言景，程式化处理虚实和情景关系。方回论诗主"律熟""活法"，认为律诗是有着灵活的创作技巧的，在句法、结构等方面，随着艺术境界的提高可以形成圆熟练达的创作方法，他极其厌恶周弼生搬硬套的做法。

方回将杜甫评为"变体之祖"①，首肯杜甫在律诗变体中引领作用。其评李群玉《登蒲涧寺后二岩》载："诗忌太工，工而无味，如近人四六及小学答对，则不可兼。必拘此式，又为'昆体'。善为诗者备众体，亦不可无此也。如老杜能变化，为善之善者。"②善于学诗的人，应该兼备众体，而能变化。其评杜甫《江涨又呈窦使君》亦云："日且暮，春亦且暮，景也。愁不醒，醉亦不醒，情也。以轻对重为变体。且交互四字，如秤分星云。"③方回大力褒扬杜诗情景交融、虚实相生的手法，这恰为方回论诗主"变体"的要义之所在。

相较而论，杜甫的变体多见于七言律诗，贾岛则独于五言律诗中创作变体，这也受到方回的关注。贾岛《病起》云："嵩丘归未得，空自责迟回。身事岂能遂，兰花又已开。病令新作少，雨阻故人来。灯下南华卷，祛愁当酒杯。"方回评论道："老杜此等体，多于七

---

① 〔元〕方回选评，李庆甲集评校点：《瀛奎律髓汇评》，上海古籍出版社2005年版，第1138页。

② 〔元〕方回选评，李庆甲集评校点：《瀛奎律髓汇评》，上海古籍出版社2005年版，第11页。

③ 〔元〕方回选评，李庆甲集评校点：《瀛奎律髓汇评》，上海古籍出版社2005年版，第1129页。

言律诗中变,独贾浪仙乃能于五言律中变,是可喜也。味者必谓'身事'不可对'兰花'二字,然细味之乃殊有味。……下联更用'雨'字对'病'字,甚为不切,而意极切。真是好诗变体之妙者也。"①方回通过对贾岛诗中的工与不工、切与不切进行分析,指出了贾岛诗中变体的妙处。

方回的拗体、变体之说,意在强调诗歌在句法、结构上的变化。他认为作律诗时应不拘泥情景、虚实对称的规则,而不是走周弼之说的路子。更不应忽视的是,方回的评论也是对晚唐诗的一种反动。律诗发展到中晚唐之时,诗律变得越来越细致,对仗也越来越工整,诗韵却越来越淡。方回在《过李景安论诗为作长句》一诗中非议晚唐诗:"姚合许浑精俪偶,青必对红花对柳。儿童效之易不难,形则肖矣神何有?"②句工而诗味全无,可视为晚唐诗的一个特点,也是后世诟病晚唐诗歌的一个症结。至南宋时期,四灵、江湖学步晚唐诗,蔚然成风,对偶工切,拘忌声病,这种风气一直延续到元初。为了救弊,方回论诗主"活法",倡导以拗体、变体来凸显律诗的变化无穷,通过平仄拗用而使诗歌骨格峭健、语句浑成、气势顿挫。他反对过于追求对偶、工密,希望诗人能在更高的层次上作诗,如此精细阐述,惠人不少。

第四节　方回的唐代律诗演变论

诗文代变,289年的唐王朝经历了由盛而衰的演变过程。当其

---

① 〔元〕方回选评,李庆甲集评校点:《瀛奎律髓汇评》,上海古籍出版社2005年版,第1132页。

② 〔元〕方回:《过李景安论诗为作长句》,见影印文渊阁《四库全书》本,第1193册,第388~389页。

盛时,文治武功盛极一时,文人争相立功建言,思君报国,以天下为己任,每诗一出,必是盛世的高歌;当其衰时,大厦将倾,国将不国,以科举进身已不大可能,士子抱负落空,热情消减,诗人多浪迹江湖,亦多沧桑身世之感,诗中也多抑郁悲凉之气。在唐初产生的律诗,伴随着唐王朝踽踽而行,记录了唐王朝政治的变化,其诗风受世风的影响颇为明显,也成为唐代社会政治变迁的缩影。梳理律诗在唐代的演变,勾勒律诗风格转换的轨迹,也成为后世学者不断研究的对象。

一、方回论唐代律诗的分期

关于唐代诗歌的分期,是历来唐诗学研究者着力较多的一个方面。在《瀛奎律髓》中,方回基于对律诗的评点,根据不同时期的诗歌风格,勾勒了唐诗发展演变的轨迹,对唐诗进行了分期,对唐诗的分期研究有一定的借鉴意义。

(一)方回对唐代诗歌的分期

据张红运《"四唐"说源流考论》一文的统计,在《瀛奎律髓》中,"唐初"出现 1 次,"盛唐"出现 17 次,"中唐"出现 5 次,"晚唐"出现 93 次。① 在方回的认识视域里,初唐的概念并不明显。总体来看,方回对唐诗的分期,实基于"盛唐、中唐、晚唐"三唐说而建构。在评许浑《春日题韦曲野老村舍》时,方回指出:

> 予选诗以老杜为主。老杜同时人皆盛唐之作,亦皆取之。中唐则大历以后,元和以前,亦多取之。晚唐诸人,贾岛开一别派,姚合继之。沿而下,亦非无作者,亦不容不取之。惟许浑《丁卯集》,予幼尝读之,喜焉,渐老渐不喜之。以后山《和东

---

① 张红运:《"四唐"说源流考论》,载《贵州社会科学》2006 年第 4 期。

坡浑字韵》有云:“谁云作许浑?”因是尤不心惬。①

这是方回唐诗分期说的总纲,总体把握唐代律诗风格,从而分期定界。他将杜甫及其同时代的诗人归于盛唐。中唐则是从大历以后,元和以前。元和以后,则谓之晚唐。方回于此标举的唐诗分期法,既有时代界限,又考虑到各期的代表人物和派别,脉络清晰,一目了然。

律诗虽产生于唐初,但其诞生之初就取得了巨大的实绩,有力推动了这一体裁的发展。鉴于此,方回把初唐诸人均纳入盛唐框架。方回在评陈子昂《度荆门望楚》时,就律诗之盛申论:“陈子昂、杜审言、宋之问、沈诠期,俱同时而皆精于律诗。孟浩然、李白、王维、贾至、高适、岑参与杜甫同时,而律诗不出则已,出则亦足与杜甫相上下。唐诗一时之盛,有如此十一人,伟哉!”②其评唐明皇《早渡蒲关》又云:“开元、天宝盛时,当陈、宋、杜、沈律诗,王、杨、卢、骆诸文人之后,有王摩诘、孟浩然、李太白、杜子美及岑参、高适之徒,并鸣于时。韦应物、刘长卿、严维、秦系亦并世,而不见与李、杜相倡和。诗人至此,可谓盛矣。”③方回每每论及盛唐,也都把陈、杜、沈、宋等人列进去,较以律诗的发展进程,亦合情合理。

在唐诗分期上,方回明确提出了唐诗的“中唐”概念,并界定了中唐的起止时间,他认为“中唐则大历以后,元和以前”。这是他对

---

① 〔元〕方回选评,李庆甲集评校点:《瀛奎律髓汇评》,上海古籍出版社2005年版,第338页。

② 〔元〕方回选评,李庆甲集评校点:《瀛奎律髓汇评》,上海古籍出版社2005年版,第2页。

③ 〔元〕方回选评,李庆甲集评校点:《瀛奎律髓汇评》,上海古籍出版社2005年版,第500~501页。

唐诗史研究的一大贡献。陈伯海《唐诗学引论》指出："(方回)这段话里提出了'盛唐''中唐'和'晚唐'，虽未出现'初唐'的字样，实际上隐含了这个阶段，可见'四唐'说在当时已略具雏形。"①清晰地做出时间断论，足显方回的学术识见。陈先生还认为："由'五体'(严羽的主张)向'四唐'的转变，关键在于'中唐'概念的确立。"②而确立"中唐"说，方回的功劳是当之无愧的。

(二)方回分期的标准——风格

在唐诗分期的研究上，方回不仅进行了具体的时间分期，还对不同时期诗歌的风格进行了品评，给它们打上了时代的标志。方回认为，"唐之方盛，律诗皆务雄浑"③，"天宝年间诗皆如此饱满"④，确定了盛唐诗歌的壮健雄浑风格。他还将盛唐与晚唐的诗歌进行对比，"盛唐诗，诗体浑大，格高语壮。晚唐下细工夫，作小结裹，所以异也，学者详之"⑤。两相对照，盛唐与晚唐之作判若云泥。"盛唐人诗气魄广大，晚唐人诗工夫纤细。善学者能两用之，一出一入，则不可及矣。"⑥后学诗人各取所需，在盛唐与晚唐之间徘徊，诚非易事。"大历十才子以前，诗格壮丽悲感。元和以后，渐尚细润，愈出愈新。而至晚唐，以老杜为祖，而又参此细润者，时出

---

① 陈伯海:《唐诗学引论》，东方出版中心 1988 年版，第 97 页。

② 陈伯海:《唐诗学引论》，东方出版中心 1988 年版，第 97 页。

③ 〔元〕方回选评，李庆甲集评校点:《瀛奎律髓汇评》，上海古籍出版社 2005 年版，第 1019 页。

④ 〔元〕方回选评，李庆甲集评校点:《瀛奎律髓汇评》，上海古籍出版社 2005 年版，第 1491 页。

⑤ 〔元〕方回选评，李庆甲集评校点:《瀛奎律髓汇评》，上海古籍出版社 2005 年版，第 529 页。

⑥ 〔元〕方回选评，李庆甲集评校点:《瀛奎律髓汇评》，上海古籍出版社 2005 年版，第 1485 页。

用之,则诗之法尽矣。”①方回的这些评论,从风格上详细区分了盛唐诗和晚唐诗,有利于诗人准确把握盛唐与晚唐诗歌的定位和追溯其形成原因。风格是方回界定唐诗分期一个重要的根据。在评《送景玄师东归》时,方回说:“刘梦得诗格高,在元、白之上,长庆以后诗人皆不能及。且是句句分晓,不吃气力,别无暗昧关锁。”②长庆以后的诗人,在方回看来已经是晚唐诗人了,诗格卑弱,工夫浅易,远不及盛唐诸人的诗歌。

二、律诗中风格体式的演变

时代的车轮滚滚前进,政治的变迁物换星移,在唐代作为诗歌主流样式的律诗也被裹挟着随波逐流,文学体裁中风格体式的变化常常是社会现实的具象反映,不同时期的文学镜像也成为后世追寻的人文坐标。律诗随着唐王朝的兴衰而形成风格体式的变化,盛唐之音劲健,晚唐之音萎靡,人们可以从“诗”的演变而见“史”的兴衰,也可以由风格的变化而追寻历史盛衰的足迹。

(一)唐代各期风格体式的演变

方回在评论唐代律诗之时,对不同时期律诗的风格体式进行了详尽的分析。盛唐、中唐、晚唐各期诗歌各具其致,方回也深有体会。方回苟且于乱世,心多哀叹,对明君充满憧憬,追慕治世的文治武功。他勾勒唐太宗的明君形象:“唐太宗既得天下,尽修诸史,《晋书》《南史》《北史》及八代史是也。尽注诸书,今注疏是也。其有功于后世者甚大,不止一时混合轨、文而已。作小小八句诗,

---

① 〔元〕方回选评,李庆甲集评校点:《瀛奎律髓汇评》,上海古籍出版社2005年版,第14页。

② 〔元〕方回选评,李庆甲集评校点:《瀛奎律髓汇评》,上海古籍出版社2005年版,第1740页。

压倒一时。文人、书生、瀛洲十八学士，及天下能言之人，焉不心服。”①方回由欣赏唐太宗其人转而夸奖其诗，在道德文章的路子中推许太宗的文治之功。方回评唐明皇《早渡蒲关》说：“半山《唐选》此第一首。玄宗大有好诗，而半山不及取，殆是未见其集。然则开元、天宝盛时，当陈、宋、杜、沈律诗，王、杨、卢、骆诸文人之后，有王摩诘、孟浩然、李太白、杜子美及岑参、高适之徒，并鸣于时。韦应物、刘长卿、严维、秦系亦并世，而不见与李、杜相倡和。诗人至此，可谓盛矣。为之君如明皇者，高才能诗，亦不下其臣，岂非盛之又盛哉！”②世盛，时盛，诗盛，诗人盛，方回对这样的时代十分向往，评诗时亦多褒奖之词。

一代有一代之文学，在这样的时代产生的诗歌，往往会被打上了时代的烙印。“唐之盛，瀛洲十八学士于诗文皆余事也”③，“天宝年间诗皆如此饱满”④，“盛唐诗浑成。‘晓风吹画角’，犹‘池塘生春草’，自然诗句，亦是别用一意”⑤。盛唐诗格高语壮，劲健雄浑，彰显了恢宏豪迈的盛唐气象。方回还对比盛唐与晚唐诗之作，进一步体现二者的风格体式之别：“盛唐人诗气魄广大，

---

① 〔元〕方回选评，李庆甲集评校点：《瀛奎律髓汇评》，上海古籍出版社2005年版，第421页。

② 〔元〕方回选评，李庆甲集评校点：《瀛奎律髓汇评》，上海古籍出版社2005年版，第500～501页。

③ 〔元〕方回选评，李庆甲集评校点：《瀛奎律髓汇评》，上海古籍出版社2005年版，第642页。

④ 〔元〕方回选评，李庆甲集评校点：《瀛奎律髓汇评》，上海古籍出版社2005年版，第1491页。

⑤ 〔元〕方回选评，李庆甲集评校点：《瀛奎律髓汇评》，上海古籍出版社2005年版，第1303页。

晚唐人诗工夫纤细”①,“诗律往往健整平实,非晚唐纤碎可望”②,“盛唐律,诗体浑大,格高语壮。晚唐下细工夫,作小结裹,所以异也。学者详之”③,“大历十才子以前,诗格壮丽悲感。元和以后,渐尚细润,愈出愈新”④。这些文学创作风格上的转向,与社会风气、政坛变革不无关系。律诗中风格体式的转变,预示着唐王朝衰败的迹象。

任何一个诗人都无法摆脱时代的影响。“柳柳州诗精绝工致,古体尤高。世言韦、柳,韦诗淡而缓,柳诗峭而劲。此五律诗比老杜则尤工矣。杜诗哀而壮烈,柳诗哀而酸楚,亦同而异也。”⑤杜甫虽颠沛流离,但矢志不改,故其诗悲壮。中唐时期,柳宗元陷入党争,后屡遭贬谪,最后病死于柳州任上,其诗如何能不酸楚?哀莫大于心死,中唐以后,面临着帝王昏庸、科举无望、前途渺茫的现实,诗人大展抱负、致君尧舜的理想,亦几成泡影。斯时诗人退而求其次,他们归隐山林,匿迹江湖,作诗“又所用料,不过花、竹、鹤、僧、琴、药、茶、酒,于此几物,一步不可离,而气象小矣”⑥,境界狭小,气象不足。至于唐末之时,“此诗八句俱有味。然不似人主之

① 〔元〕方回选评,李庆甲集评校点:《瀛奎律髓汇评》,上海古籍出版社2005年版,第1485页。

② 〔元〕方回选评,李庆甲集评校点:《瀛奎律髓汇评》,上海古籍出版社2005年版,第1392页。

③ 〔元〕方回选评,李庆甲集评校点:《瀛奎律髓汇评》,上海古籍出版社2005年版,第529页。

④ 〔元〕方回选评,李庆甲集评校点:《瀛奎律髓汇评》,上海古籍出版社2005年版,第14页。

⑤ 〔元〕方回选评,李庆甲集评校点:《瀛奎律髓汇评》,上海古籍出版社2005年版,第188页。

⑥ 〔元〕方回选评,李庆甲集评校点:《瀛奎律髓汇评》,上海古籍出版社2005年版,第340页。

作，只似贫士大夫诗也”①。方回论定李后主诗，断论其诗缺乏盛唐气象，甚至连唐王朝气息亦不复存在。

（二）杜诗风格的演变

杜甫律诗的风格，在其人生的不同时期，缘于身世地位、人生阅历和个人经验的差异，作诗的练达程度随着年龄的增长而与日俱增。方回在其著作中，屡屡提及杜甫诗歌风格的演变。方回认为杜诗风格演变，经历了安史之乱前后和成都、夔州三个阶段，诗风愈老愈剥落，作诗技巧至晚年而臻于化境，诸多不朽的诗篇创作于此时。方回评杜甫《陪郑广文游何将军山林》说：“天宝未乱之前，老杜在长安，犹是中年，其诗大概富丽，至晚年则尤高古奇瘦也。”②安史之乱发生后，战乱生活题材成为杜诗的重要内容。“天宝十四年乙未冬，安禄山反，老杜年四十四，自是流移转徙，一为拾遗，一为华州功曹，一为剑南参谋。至大历五年庚戌卒，年五十九。凡十六年间，无非盗贼干戈之日。忠臣故宜痛愤，而老杜一饭不忘君，多见于诗……皆哀痛恻怆，令人有无穷之悲。彼生世常逢太平者，乌足以语此。”③在流徙的途中，杜甫目睹了战乱带来的创伤，写了大量沉重哀痛的诗歌。方回评杜甫诗歌：“痛愤哀怨之意多，舒徐和易之调少，以老杜之为人，纯乎忠襟义气，而所遇之时，丧乱不已，宜其然也。”④方回评杜甫《春望》亦载：“此第一等好诗。想天

---

① 〔元〕方回选评，李庆甲集评校点：《瀛奎律髓汇评》，上海古籍出版社2005年版，第1591页。

② 〔元〕方回选评，李庆甲集评校点：《瀛奎律髓汇评》，上海古籍出版社2005年版，第393～394页。

③ 〔元〕方回选评，李庆甲集评校点：《瀛奎律髓汇评》，上海古籍出版社2005年版，第1349页。

④ 〔元〕方回选评，李庆甲集评校点：《瀛奎律髓汇评》，上海古籍出版社2005年版，第534页。

宝、至德以至大历之乱，不忍读也。”①杜甫这一时期的诗歌悲壮感慨，感人至深。心系天下，同情民瘼，忠君报国，这是贯穿杜诗中的基本情感基调和价值取向。

方回评杜甫诗歌《正月三日归溪上有作简院内诸公》载：“老杜平生虽流离多在郊野，而目击兵戈盗贼之变，与朝廷郡国不平之事，心常不忘君父，故哀愤之辞不一，不独为一身发也。”②杜甫在自身难保的情况下，仍然不忘国家朝廷，不忘黎民百姓，“方回看来，以杜甫为代表的盛唐诗人精神品格形成之原因，在于以天下为心之扩然大公的情怀，颠沛流离而心忧天下的心胸”③。经历了安史之乱的杜甫，晚年在成都度过了一段相对安定的时光，之后又迁居夔州。杜甫的心境也渐渐从安史之乱的创伤中趋于平静，这时也创作了大量的诗歌。“前辈论诗文，谓子美夔州后诗，东坡岭外文，老笔愈胜少作，而中年亦未若晚年也。”④随着人生阅历的丰富，个人经验的积累，在晚年达到创作的高峰，这也符合艺术创作“为学日益”的渐进规律。方回评《春远》指出：“大抵老杜集，成都时诗胜似关、辅时，夔州时诗胜似成都时，而湖南时诗又胜似夔州时，一节高一节，愈老愈剥落也。”⑤杜诗以深厚的学识修养为底蕴，晚年在经历了一场大乱过后而趋于平静，这样的心境使得杜甫不再如壮

① 〔元〕方回选评，李庆甲集评校点：《瀛奎律髓汇评》，上海古籍出版社2005年版，第1347页。

② 〔元〕方回选评，李庆甲集评校点：《瀛奎律髓汇评》，上海古籍出版社2005年版，第936页。

③ 查洪德、罗海燕：《从〈瀛奎律髓〉看方回的唐诗观》，载《江西财经大学学报》2010年第6期。

④ 〔元〕方回选评，李庆甲集评校点：《瀛奎律髓汇评》，上海古籍出版社2005年版，第615页。

⑤ 〔元〕方回选评，李庆甲集评校点：《瀛奎律髓汇评》，上海古籍出版社2005年版，第325页。

年时为了功利而作诗,此时完全是“为了艺术而艺术”。诗歌回归表达自我的本位,内容更加丰富,笔力更劲健老练,纵横恣肆,剥落浮华而更上一层。

杜诗一段高于一段,至晚年而集大成。“人到晚年,在性情上大抵落尽华采,归于苍劲;在艺术上往往脱离工巧,追求老道:最易写出严整而奇峭的作品。”①方回《程斗山吟稿序》指出:“老杜上元元年庚子年四十八至成都,大历元年丙午年五十四至夔州。山谷论老杜诗必断自夔州以后。试取其庚子至乙巳(按:760—765)六年之诗观之,秦陇剑门,行旅跋涉,浣花草堂,居处啸咏,所以然之,故如绣如画。又取其丙午至辛亥(按:766—771)六年诗观之,则绣与画之迹俱泯。赤甲、白盐之间,以至巴峡、洞庭、湘潭,莫不顿挫悲壮,剥落浮华。今之诗人未尝深考及此。”②方回将杜甫在不同地方的生活经历和杜诗风格的变化结合起来,绘制杜诗从“如绣如画”到“绣与画之迹俱泯”的演变图景。杜甫晚年笔力更为老辣,诗风也剥落浮华而趋于平淡。这种不显山不露水的平淡,是诗歌“至法无法”的标志,也是杜甫作诗技巧成熟的表现,铸就了杜甫晚年诗不可逾越的巅峰地位。

三、律诗中情景关系的演变

诗缘情说是中国诗学抒情传统的形象体现,诗歌从产生之时起,就肩负着一个重要的任务——表达人类的情感。在律诗中,表达情感和描写景物常常相生相伴,如何能够借助景物更好地传达

① 成复旺、黄保真、蔡锺翔:《中国文学理论史》(二),北京出版社 1987 年版,第 564 页。

② 〔元〕方回:《程斗山吟稿序》,见《桐江集》(宛委别藏本)卷一,江苏古籍出版社 1988 年版,第 53 页。

感情，诗歌中的情景关系如何处理，成为诗人和诗论家探讨的重要问题。时彦陈静注意到："有唐一代，律诗逐渐形成了以情景模式为核心的创作范式。我们可以认为，情景模式运用的成功与否完全可以视之为唐代律诗重要的审美标准。"①其实，早在方回研究律诗之时，就有过类似的探讨。在《瀛奎律髓》中，方回通过对唐代律诗的评点，将律诗的情景关系处理推向诗歌创作方法的高度，引领后世诗人的创作。纵观方回的诗论，我们发现他从三个方面分析了情景关系。

（一）初盛唐律诗的体制——先言景，末以情结尾

方回品评初盛唐诸人诗歌，概括律诗体制的生成结构。细细品味方回的相关评点，我们可以发现，方回深入梳理了初、盛唐律诗的情景关系结构。用前两句开题，中两联写景，最后以情收尾，这是初、盛唐诗歌的常用体例。方回评陈子昂《酬晖上人独坐山亭有赠》说："盛唐人诗，多以起句十字为题目，中二联写景咏物，结句十字撇开，却说别意。此一大机括也。"②其评陈子昂《晚次乐乡县》亦指出："起两句言题，中四句言景，末两句摆开言意。盛唐诗多如此。全篇浑雄齐整，有古味。"③方回认为："律诗初变，大率中四句言景，尾句乃以情缴之。起句为题目。审言于少陵为祖，至是始千变万化云。起句喝咄响亮。"④开题、写景、以情收尾，这是体例之一。方回要言不烦，有效展现了律诗的体制生成特质。

---

① 陈静：《唐宋律诗流变研究》，齐鲁书社 2009 年版，第 117 页。

② 〔元〕方回选评，李庆甲集评校点：《瀛奎律髓汇评》，上海古籍出版社 2005 年版，第 1620 页。

③ 〔元〕方回选评，李庆甲集评校点：《瀛奎律髓汇评》，上海古籍出版社 2005 年版，第 1256 页。

④ 〔元〕方回选评，李庆甲集评校点：《瀛奎律髓汇评》，上海古籍出版社 2005 年版，第 320 页。

初盛唐诗歌的另一种常用体例是前六句言景，最后以情思、议论结尾。其评皇甫冉《送康判官往新安得江路西南尹》时指出："唐人诗，多前六句说景物，末两句始以精思议论结裹。亦一体也。"① 勾勒律诗结构的基本图式。其评唐太宗《月晦》亦载："唐太宗三代而下英主也。武定祸乱，文致太平，余事犹能作诗。虽未脱徐、庾陈、隋之气，句句说景，末乃归之于情，然此诗亦佳。五、六巧。"②其评陈子昂《送魏大从军》时指出"唐之方盛，律诗皆务雄浑。尾句虽拘平仄，以前六句未用意立论，只说行色形势，末乃勉励之。此一体也"③。在时代风貌与律诗的关联立论，凸显了律诗的发生生态。其评王勃《游梵宇三觉寺》载："唐律诗之初，前六句叙景物，末后二句以情致缴之，周弼四实、四虚之说遂穷焉。"④方回探讨律诗的情景关系，实针对周弼四实、四虚之说而发，指出了周弼之说的理论局限。方回亲身实践，贴近诗歌创作的文化生态，点明了律诗中情景关系的布局方法，比之周弼"四实、四虚"的妄论更有现实的依据，也可作为律诗创作可资借鉴的经验。

（二）晚唐律诗的体制——先锻炼景联、颔联，成首尾以足之

中国诗学向来重道轻技，晚唐诗人在律诗创作上已经进入了专注细密工夫的怪圈，诗格卑弱而诗料窘窄，对偶工整而拘忌声病，这一切均为方回所不喜。方回在评贾岛《雪晴晚望》时指出：

---

① 〔元〕方回选评，李庆甲集评校点：《瀛奎律髓汇评》，上海古籍出版社 2005 年版，第 1036 页。

② 〔元〕方回选评，李庆甲集评校点：《瀛奎律髓汇评》，上海古籍出版社 2005 年版，第 586 页。

③ 〔元〕方回选评，李庆甲集评校点：《瀛奎律髓汇评》，上海古籍出版社 2005 年版，第 1019 页。

④ 〔元〕方回选评，李庆甲集评校点：《瀛奎律髓汇评》，上海古籍出版社 2005 年版，第 1626 页。

“晚唐诗多先锻景联、颔联,乃成首尾以足之。”①如此设置就使诗歌缺乏混成之美,形成“有左无右,有右无左;前联佳矣,后或不称。起句是矣,缴句或非”②的怪状,诗作多有拼凑、堆砌之嫌。方回还指出“晚唐人专泥景物而求工”③,景联虽然工整,但是情感不充实,诗韵全无。“所选每首必有一联工,又多在景联,晚唐之定例也。盛唐则不然,大手笔又皆不然。”④依照晚唐的定例,只有景联工整,整篇则有失偏颇,远不及方回所推崇的盛唐和杜诗之境。

贾岛是方回在评论时唯一一个手下留情的晚唐诗人,但是在情景关系处理上,方回仍指出了他的不足。其评贾岛诗:“此诗较前二首皆一体。中四句极其工,而皆不离乎景,情亦寓乎景中。但不善措置者,近乎冗。老杜则不拘,有四句皆景者,有两句情、两句景者。尤伶俐净洁也。”⑤方回认为贾岛受制于晚唐诗歌的整体氛围,处理情景关系非其所长。不过,方回评价贾岛诗歌,仍能客观公允,贾岛《病起》载:“身事岂能遂,兰花又已开。”方回认为这两句水平要高很多:“细味之,乃殊有味。以十字一串贯意,而一情一景自然明白。”⑥方回这才给了一个差强人意的评价。

---

① 〔元〕方回选评,李庆甲集评校点:《瀛奎律髓汇评》,上海古籍出版社2005年版,第476页。

② 〔元〕方回选评,李庆甲集评校点:《瀛奎律髓汇评》,上海古籍出版社2005年版,第1053页。

③ 〔元〕方回选评,李庆甲集评校点:《瀛奎律髓汇评》,上海古籍出版社2005年版,第1709页。

④ 〔元〕方回选评,李庆甲集评校点:《瀛奎律髓汇评》,上海古籍出版社2005年版,第1722页。

⑤ 〔元〕方回选评,李庆甲集评校点:《瀛奎律髓汇评》,上海古籍出版社2005年版,第943页。

⑥ 〔元〕方回选评,李庆甲集评校点:《瀛奎律髓汇评》,上海古籍出版社2005年版,第1132页。

(三)杜甫律诗的体制——情景合一

方回认为杜甫作诗常常能突破常格,神奇莫测,在描写景物的同时,感情也贯穿其中,表达得淋漓尽致,是律诗情景合一的典范。在方回的考察视域里,杜诗情景关系处理有两种,一种是情联和景联分开,而情致一;另一种是景中有情,情中有景,两者浑然不分。在评论杜甫《客亭》时,方回说此诗"然其佳处,乃在五、六有感慨。两句言景,两句言情。诗必如此,则净洁而顿挫也"①,情景交融,营造优美的诗歌意境。其评杜甫《暮登四安寺钟楼寄裴十迪》时说:"老杜七言律无全篇雪诗,此首……乃雪后景也。选置于此,以表诗体。前四句专言雪后晚景,后四句专言彼此情味,自然雅洁。必若着题诗八句黏带,即'为诗必此诗',而诗拙矣,所谓不可无开阖也。"②寓情于景,技法活脱。其评孟浩然《临洞庭湖》(一作《岳阳楼》)和杜甫《登岳阳楼》则云:"岳阳楼天下壮观,孟、杜二诗尽之矣。中两联,前言景,后言情,乃诗之一体也。"③直接将情境交融定为诗之一体,显示对该体制的充分尊重。其评杜甫《旅夜书怀》时说:"老杜夕、暝、晚、夜五言律近二十首。选此八首洁净精致者,多是中两句言景物,两句言情。若四句皆言景物,则必有情思贯其间。痛愤哀怨之意多,舒徐和易之调少。以老杜之为人,纯乎忠襟义气,而所遇之时,丧乱不

① 〔元〕方回选评,李庆甲集评校点:《瀛奎律髓汇评》,上海古籍出版社 2005 年版,第 503 页。

② 〔元〕方回选评,李庆甲集评校点:《瀛奎律髓汇评》,上海古籍出版社 2005 年版,第 877 页。

③ 〔元〕方回选评,李庆甲集评校点:《瀛奎律髓汇评》,上海古籍出版社 2005 年版,第 6 页。

已，宜其然也。”①纪昀对方回的评论少有赞语，这次却说：“通首神完气足，气象万千，可当雄浑之品。”②充分肯定了方回对杜诗的评价。一般说来，在律诗的创作之中，情联和景联虽然在形式上分开，而其神脉相互交错，情感一以贯之。

其实，方回真正称道并推崇备至的，应是杜甫那些景中有情、情中有景、浑然天成的诗歌。在评《秋野》五首时，方回毫不吝啬赞美之词：“读老杜此五诗，不见所谓景联，亦不见所谓颔联，何处是四虚？何处是四实？虚中有实，实中有虚，景可为颔，颔可为景，大手笔混混乎无穷也，却有一绝不可及处。五首诗五个结句，无不吃紧着力，未尝有轻易放过也。然则真积力久，亦在乎熟之而已。或问‘吾老’系单字，‘荣华’是双字，亦可对否？曰：在老杜则可，若我辈且当作‘衰老甘贫病’，然不如‘吾老’之语健意足也。”③作为诗歌大手笔的杜甫往往突破常格，腾挪跌宕，千变万化，表现出高超的作诗技巧。方回评杜甫《野望》诗说：“此亦老杜暮夜诗，而题中惟指郊野，各极遒健悲惨，不可不选。前诗分明道乱离；后诗结末四句，有叹时感事、勖贤恶不肖之意焉。”④杜诗中全是情深之语，全篇以情贯之。其评老杜《江亭》载：“老杜诗不可以色相声音求。……晚唐诗千锻万炼，此等句极多，但如老杜‘水流心不竞，云在意俱迟’，即如‘片云天共远，永夜月同孤’，景在情中，情在景中，

① 〔元〕方回选评，李庆甲集评校点：《瀛奎律髓汇评》，上海古籍出版社2005年版，第534页。

② 〔元〕方回选评，李庆甲集评校点：《瀛奎律髓汇评》，上海古籍出版社2005年版，第534页。

③ 〔元〕方回选评，李庆甲集评校点：《瀛奎律髓汇评》，上海古籍出版社2005年版，第425页。

④ 〔元〕方回选评，李庆甲集评校点：《瀛奎律髓汇评》，上海古籍出版社2005年版，第535页。

未易道也。……殊不知老杜诗以世乱为客，故多感慨。其初长吟野望时闲适如此，久之即又触动羁情如彼，不可以律束缚拘羁也。”①方回认为杜诗皆缘情而作，感慨颇深，故能情景合一，不以律束。

律诗中的情景关系是方回对于律诗诗法探讨的一个重要方面，同时方回也为周弼的诗论指谬。总体上看，方回对情中有景、景中有情、情景交融的诗歌均给予了高度的评价。他强调作诗要灵活，诗歌章法错综变化，不拘泥呆板，多方凸显诗歌的形式美学。方回以情景模式论诗，既肯定了前人诗作在情景模式上开创的成绩，同时也明示诗法与诗技，开启后学的门径。如此，方回通过评价点拨，进一步强化诗歌情景交融、浑然天成的发展方向，在律诗发展史乃至整个诗歌史上有着继往开来的意义。

第五节　方回唐代律诗观对后代诗学的影响

中国诗歌是一条不断演进的文化之流，方回踩着宋元易代诗学的鼓点，推动易代诗学的前进。律诗自唐而盛，佳作屡屡不绝，与史俱存，六百余年后，诗体的升沉起伏已为后人看得一清二楚。宋末已降，江湖、四灵凡学诗必晚唐，拘忌声病，诗料狭窄，诗韵不存。方回立足现世，为宋末诗坛救弊。他通观唐宋，编纂了一部律诗发展演变的“通史”——《瀛奎律髓》，汇集了唐宋律诗的诸多名篇，标以诗格，注以诗话，示以诗法，将自己的所主所尚皆融入其中。研而究之，诗格、诗话、诗法皆可有所得。方回诗论的外在显现即为方回所注的诗话。“他这《律髓》的批注，如果有些人把他提

① 〔元〕方回选评，李庆甲集评校点：《瀛奎律髓汇评》，上海古籍出版社2005年版，第938～939页。

出来编辑一下，恐怕比任何一家诗话的规模，都要大些。”①由选而评，依诗立论，方回的诗话贴切而中肯。方回大规模的诗话绘就了宋元易代之际律诗研究的靓丽风景，后世在欣赏这幅巨制的同时，也对方回的诗学进行了评点，现略作辑理。

一、品评诗歌的创见卓识

方回是一位创作甚丰的诗人，也是一位颇具创造力的诗论家。他提出了许多富有创见的诗学观，丰富了中国诗学宝库。他首倡“一祖三宗”，创“格律整峭”。方回是江西诗派的殿军，在江西诗派已然渐渐淡出的情况下，为救易代之际诗坛之弊，他重整江西诗派的大旗。“方回在文学理论上最著名的建树，是为江西派重续家谱，倡‘一祖三宗’之说。”②方回的律诗评点纵观唐宋，超越时代的隔阂而搭建起江西诗派的传承体系，远溯杜甫为江西诗派之祖，这种大胆的创见实属前所未有。“方回针对四灵诗派诗境狭窄、斗饤粉绘的毛病，对感时伤世、恢弘悲壮的诗歌较为推崇，这也正是他为何将江西诗派溯源到杜甫、确立杜甫不可动摇的宗祖地位的内在根据。”③诚如高利华所言：“古代诗家对文学宗派的理解，并非如现代论者判断文学现象时所着眼的是对诸如诗风、诗技、诗论等因素作壁垒分明的理性分析，判断是否属于圈内人物，同属一个宗派，除了诗人本人或他人留下的一些直接的或间接的零星议论材料外，一般采用的方法就是凭借对诗歌创作现象的直觉感悟和诗

---

① 方孝岳：《中国文学批评》，生活·读书·新知三联书店 1986 年版，第 141 页。

② 成复旺、黄保真、蔡锺翔：《中国文学理论史》（二），北京出版社 1987 年版，第 562 页。

③ 邓绍基主编：《元代文学史》，人民文学出版社 1991 年版，第 419 页。

人作品的微观剖析，方回走的正是这个路子。"[1]为了方便分析江西诗派的整体风格，方回还创造了新的术语，"'格律整峭'一语，确系方回首先粘出"[2]。"格律整峭"之说综括了杜甫及江西诗派诗歌的共同特点，拉近了杜甫和江西诗派的关系，这也是方回将杜甫推为江西诗派之祖的一个重要原因。

方回非常重视体例上的创新。"他这书（按：指《瀛奎律髓》）是把有宋一代的'诗话之学'和'评点之学'两种体裁，综合起来，是很有规模的书"[3]，本来在宋代诗话和评点是两种相对独立的体裁，虽有交叉，但也不多见。方回在《瀛奎律髓》中，通过选诗评点、依诗立论而将二者融合，创造了一种新的诗学批评体例。江西诗派论诗，多有句法、字眼、拗字之说，但分散零星，不成体系。"方回是由宋入元后，宣传江西诗派诗论最得力的干将。他编选《瀛奎律髓》一书，选注唐宋诗，并加评点，把江西诗派师友相传的句法、字眼、变体、拗律等，具体标志出来。"[4]江西诗派这些论诗的技巧，在方回的灵活运用下，立体式地展现在了一部著作当中。方回既继承了江西诗派诸人论诗的观点，又创造了新颖的形式。衡以江西诗派的诗学接受史，方回的《瀛奎律髓》可谓江西诗派诗论的集大成之作。"方回在文学理论批评上的新贡献主要有两点：一是论'格高'，二是论情景合一。"[5]格高与情景合一成为后世论诗常用

---

① 高利华：《方回奉陈与义为"江西"宗师的诗学依据》，载《山东师范大学学报（人文社会科学版）》2003 年第 3 期。

② 成复旺、黄保真、蔡锺翔：《中国文学理论史》（二），北京出版社 1987 年版，第 563 页。

③ 方孝岳：《中国文学批评》，生活 · 读书 · 新知三联书店 1986 年版，第 129 页。

④ 吴文治：《宋辽金元明五朝诗话概说》，黄山书社 2002 年版，第 64 页。

⑤ 张少康：《中国文学理论批评史教程》，北京大学出版社 1999 年版，第 191 页。

的品评标准，就宋元易代之际的文学生态而言，沿袭前说而张大其词，方回的贡献仍不容小觑。

二、传授真切详密的诗法

清人沈德潜在他的《李玉洲太史序》一文中指出："古来论诗家，主趣者有严沧浪，主法者有方虚谷，主气者有杨伯谦，主格者有高廷礼，而近代朱竹垞则主乎学，之五者均不可废也。"①沈德潜将方回与严羽、杨士弘、高棅、朱彝尊等人并列，称赞其为有特色的论诗大家，指出方回擅长分析作诗之法。沈德潜的这一论断准确分析了方回的透析诗法的文化特质。方回传授作诗之法的真切详密，在《瀛奎律髓》中表现得尤为突出。

方回在论诗的同时，也将提示后学的语言嵌入其中，促使他们去自觉探寻作诗的妙处法门。在论情景关系时，方回指出盛唐律诗的体制特点："盛唐人诗，多以起句十字为题目，中二联写景物咏物，结句十字撇开，却说别意。此一大机括也。"②以"机括"二字提示，学诗者读之自当会去细细品味。方回运用鲜明的对比手法，将风格迥异的诗歌摆在读者面前，提醒学诗之法彰显无遗。"盛唐诗诗体浑大，格高语壮，晚唐下细工夫作小结裹，所以异也，学者详之。"③他又指出："盛唐人诗气魄广大，晚唐人诗工夫纤细，善学者

① 〔清〕沈德潜：《李玉洲太史序》，见清乾隆刻本《沈归愚诗文全集》之《归愚文钞》卷一二。

② 〔元〕方回选评，李庆甲集评校点：《瀛奎律髓汇评》，上海古籍出版社2005年版，第1620页。

③ 〔元〕方回选评，李庆甲集评校点：《瀛奎律髓汇评》，上海古籍出版社2005年版，第529页。

能两用之,一出一人,则不可及矣。”[①]方回指出了学诗者如能盛唐、晚唐兼备,诗的成就将会人所不及。方回断论诗歌的创作之法,属意于诗歌的意、格、字等维度:“学者当先去其哑可也。亦在乎抑扬顿挫之间,以意为脉,以格为骨,以字为眼,则尽之。”[②]学诗者要在文字上锻炼,诗格上拔高,意境上营造,这几个方面都不能偏废。方回还指出了递进式的“学杜门径”、传承家学的“子美家法”等诸多学诗之法,开启后学。其用心良苦,实属不易。

凡一种选本,选诗之中必然包含着伸正黜变的情结,通过论诗而指出诗之正道。总体来看,方回意在为后学示以学诗的门径,不论标题、句眼、圈点、画线,还是倡格高律熟、尚情景合一,这些评点中都包含着作诗的方法。这诚如方孝岳所言:“除了《瀛奎律髓》而外,我国文学批评界,恐怕还找不出传授诗法有如此之真切如此之详密的第二部书。”[③]就此而论,方回的《瀛奎律髓》,也是传授诗法、学习律诗的皇皇巨著。

三、开启门径的治学传承

任何一门学问,必须要有生生不息的传承才能使其不断延续下去。后学者日多,评价者日趋广泛,显示一门学问的生机与活力。越是对后世影响大的学问,越期待后学的钩沉与发掘。方回的《瀛奎律髓》从元代产生,到清代而得到更多人的追捧,其间毁誉兼得,起伏波折。清代学者吴之振为此书作序,称赞说:“其诠释之

① 〔元〕方回选评,李庆甲集评校点:《瀛奎律髓汇评》,上海古籍出版社2005年版,第1485页。

② 〔元〕方回选评,李庆甲集评校点:《瀛奎律髓汇评》,上海古籍出版社2005年版,第1512页。

③ 方孝岳:《中国文学批评》,生活·读书·新知三联书店1986年版,第142页。

善，则不滥于饾饤，而疏沦隐僻；其论世则考其时地，逆其志意，使作者之心，千载犹见；其评诗则标点眼目，辨别体制，使风雅之轨，后学可寻，斯固诗林之指南，而艺圃之《侯鲭》也。”①方回《瀛奎律髓》中论世、评诗方面的断语，颇有识见，可谓诗歌发展演变的指南针，树立了后世治学的榜样。方回诗论惠人无穷，后学承继其一面而自成一家者亦不乏人。“方回在《瀛奎律髓》的评诗过程中，对诗歌情景关系提出了一些很有价值的见解。他以杜甫诗为例说明‘景在情中，情在景中’，两者在优秀的诗歌中是很难分的，不能说那是情语、那是景语。这对后来王夫之论情景关系有很大启发。”②作为“清初三先生”之一的王夫之，在明末清初倡经世致用之说，人人重之。其论诗能从方回之书中汲取营养，侧面传递了方回诗论的超时代价值。

后人在论及唐宋诗时，常常褒此贬彼，不能平心静气。陈士泰为《瀛奎律髓》作序，就以方回诗论为根据，抨击了这一现象：“噫！世之论诗者，宗唐则绌宋，尚宋则祧唐，不知先河后海，或委或源，其律法固无异也，所异者特一时格调及字法句法之相沿风会微判耳。观乎虚谷之选，不可以知其概乎？”③方回论诗重视文献积累，对前代诗歌本事搜集甚多，这为后世诗歌研究提供了很大方便。“宋代遗闻，所说尤多。清厉鹗作《宋诗纪事》，所以采他的话最

---

① 〔元〕方回选评，李庆甲集评校点：《瀛奎律髓汇评》，上海古籍出版社2005年版，第1813页。

② 张少康：《中国文学理论批评史教程》，北京大学出版社1999年版，第191页。

③ 〔元〕方回选评，李庆甲集评校点：《瀛奎律髓汇评》，上海古籍出版社2005年版，第1812页。

富。"[①]方回作诗万余首，评诗也不可胜数。对作诗和评诗，方回都有自己的深刻体会。"综观方氏论诗，有本原，有创获，深明此中甘苦，实不愧为元初一大批评家。他的标举句眼，影响到同时稍后的诗话家，如诗法家数，专论句眼的一段，明清以来，此事简直是诗中律令了。"[②]将方回诗学推至如此高度，或许非方回生前所能想及。赢得生前身后名，方回获得了中国诗学史上继往开来的存在价值。张葆全《诗话和词话》一书将古代诗话、词话的学术价值归结为"关于古代作家作品的研究""关于诗歌创作经验的总结""关于诗歌理论问题的探讨"[③]三个方面，毫无疑问，方回《瀛奎律髓》兼备这三个向度，影响深远。

探讨文学史的演变规律素为中国诗学研究的一个重要方面。生活在宋元易代之际的方回，以他不朽的笔力为唐代近三百年间律诗的演进轨迹做了钩沉，深入浅出，抉奥阐幽。集中体现方回诗学思想的大型唐宋律诗选本——《瀛奎律髓》，选诗丰富，共选唐代律诗1227首，"几乎涵盖从初唐至晚唐的大家、名家以及不甚知名的小家的著名律诗，可以说是唐代律诗精华的荟萃"[④]。方回不拘成法，多方梳理，立体绘制了唐代律诗在宋元易代之际接受图景，"《瀛奎律髓》从诗风、诗境、诗格、诗律、句法等方面，通过点滴的品评，给我们展示了从初唐、盛唐、中唐到晚唐的唐诗律绝的历史嬗变。这是开创

① 方孝岳：《中国文学批评　中国散文概论》，生活·读书·新知三联书店2007年版，第141页。

② 毛庆真选编：《台湾学者中国文学批评论文选》，人民文学出版社1986年版，第189页。

③ 张葆全：《诗话和词话》，上海古籍出版社1983年版，第148页。

④ 黄炳辉：《唐诗学史述论》，鹭江出版社1996年版，第137页。

性的工作"①。方回钩沉唐代律诗演进轨迹,维度广,涉及面宽。从源流论的角度,方回结合对诗歌的评点,提出了"律诗之祖""学杜门径""杜诗家法""昌黎门人"等观点,前者开之,后者继之,归纳诗歌创作发展中相因相承的规律,后之学者亦可学步前人章法。从正变论的角度,方回高扬盛唐诗歌的旗帜,对杜甫及其同时代的诗人,褒奖有加,并誉杜诗为"万古之准则",而对晚唐诗则评价不高。方回推崇格高律熟、劲健雄浑的作品,提倡拗字和变体,主张诗歌应该有"活法"而不是拘泥对偶堆砌辞藻,对诗格卑下的诗歌毫不留情地痛批。所有这一切,确立了独具特色的方回唐代律诗观。

基于品评不同时期的律诗风格,方回创造性地对唐诗进行了分期探究,他明确提出了"中唐"的概念,并界定了大历至元和年间为"中唐"的时间节点,这一观点普遍为大家所接受,对唐诗的分期研究具有重要意义。"一切人事上的变迁,本都是由阔略而趋于细密,由简明而趋于烦碎。"②方回从整体上把握了律诗风格体式从初、盛唐到晚唐的演变,从而概括出盛唐诗诗魄广大、劲健雄浑,晚唐诗工夫细密、作小结裹的规律。从诗歌内容情景关系布置的角度,方回大力推崇那些情中有景、景中有情、情景交融的诗歌,对初、盛唐诗"先言景,末以情结尾"的情景模式也予以肯定。而对晚唐诗"先锻炼景联、颔联,成首尾以足之"的方法,进行了批判。身逢宋元易代之际,社会动荡却未曾掩盖方回的时代创见。孙琴安编著的《唐诗选本六百种提要》,其附录一为"古代几种著名的唐宋诗合选本"③,孙先生仅选了《千家诗》《瀛奎律髓》《唐宋诗醇》《五

---

① 黄炳辉:《唐诗学史述论》,鹭江出版社1996年版,第143页。

② 方孝岳:《中国文学批评》,生活·读书·新知三联书店1986年版,第131页。

③ 孙琴安编著:《唐诗选本六百种提要》,陕西人民教育出版社1987年版,第548页。

七言今体诗钞》四部书。毋庸讳言,选本自有选编者的立场与识见,但《瀛奎律髓》能在数以千部计的唐诗选本中脱颖而出,其本身就颇可玩味。方回的诗评诗论集中体现了他的诗学思想,考虑到宋元易代的文化生态,其探究价值更不容忽视。方回的唐代律诗演进观是其诗学的一个重要方面,他整体统摄唐代律诗发展的历史进程,梳理唐代律诗相因相承的内在脉络,勾勒唐代律诗演变的清晰轨迹,并现身说法,总结了大量有益于诗歌创作的规律,这对于我们更好地把握唐诗学,助推中国诗学的研究步伐,均具有丰富的理论和实践的意义。

第三章　元明易代诗学的情理之辨

今人论文学,喜谈唐诗、宋词、元曲、明清小说。虽然一代有一代之文学,但不能以此思想来框定文学发展史,更不能以一代文学的典型而忽略并存的其他文学样式。今人关注明代文学多集中于小说、戏剧等通俗文学,却相对忽略了明诗的存在价值。近年来,学界此种观念有所改变。但学人论及明代诗,多关注明中后期复古运动,默认明诗盛于中后期。相关研究论及明初诗歌,也多围绕一个流派或个人展开,缺少对明初诗歌的整体观照。我们考察明诗,不应偏重某一阶段的成果。各时段的诗歌有各自存在的价值,诗歌研究不应厚此薄彼。特别在元明易代之际这一新旧变革的特殊历史时期,诗歌本身更有独特的历史意蕴与审美价值。

古典诗学素有吟咏性情的抒情传统。中国诗歌鼻祖"诗三百"比较全面地展现了作诗赋诗者的内心世界,"诗言志"与"诗缘情"强调的都是诗人主体的思想情绪。然而,诗在言情的同时,也载有理;在发泄疏导情绪的同时,也关注自然、社会、人事的荣枯规律。"诗主理"在宋诗后被正式提起并逐步兴盛,逐渐与"诗主情"的诗学观念成相辨之势。有元一代,诗歌较为凋敝。元末明初,在纲纪废弛、华夏复立的特殊历史环境中,诗歌也呈振兴之貌,诗的情理之辨由此被再次关注。纵观今人对元明易代之际诗歌的研究,或偏元末,多言此时诗歌的"纵情";或偏明初,常道入明后诗坛的理气之厚。诗歌研究缺少用整体眼光对待元末明初的诗坛,用整体思路关照此时的诗歌特质,鲜有明确结合"情""理"传统来考察此时诗歌的发展状况。元明易代之际的情理之辨虽在相关研究中有所涉及,但并没有被明确地提出与归纳,职是之故,这一诗歌命题有待今人进一步的关注与研究。

第一节　简述古典诗学中的情与理

在中国古代文学史上,诗歌取得了无与伦比的成就。几千年来,它承载了世人的喜怒哀乐,记录了社会的风云诡谲,传达了事物的荣枯规律。作为古典诗歌鼻祖的《诗经》,用"饥者歌其食,劳者歌其事"的方式,展示了作诗者丰富多彩的内心世界,奠定了传统诗歌抒情言志的基调,由此逐步形成"诗言志""诗缘情"的古典诗学传统。抒发怀抱的同时,诗还载有理。此"理"与儒家的义理、天理有一定关系,但更多的是指万事万物存在与发展的客观道理以及诗人积极用世、涵养德性的主观意识。情与理此消彼长,相争相融,对立统一于中国传统诗歌中,可谓古典诗学传统中的两大支柱。

一、古典诗学中的"情"

许多学者在比较中外诗歌时,都强调中国传统诗歌的尚情特质。中国第一部诗集《诗经》,多是抒怀言志之作;中国诗学的总纲领"诗言志",奠定了诗歌言志抒情的基调。由汉代《诗大序》的"吟咏情怀"到陆机的"诗缘情而绮靡",重抒情遂成了人们对中国传统诗学的共识。"诗言志"在先秦著作中多有出现,如"诗言志,歌永言"(《尚书》)、"诗以言志"(《左传》)、"诗言是志也"(《荀子》)、“诗以道志”(《庄子》)等。尽管在诸子那里,诗言志的“志”多偏重于群体、伦理意义上的社会情感,但联系《诗经》诸篇可看出,“志”即人的内心世界,包括多种多样的思想情感。[①] 战国时期,以屈原、宋玉的作品为代表的楚骚,明显带有浓烈的感情色彩,这正是后世大部分文人明里暗里所欣赏并模仿的。汉儒把“志”上升为“性理”,对私人情感有所规避。若说在先秦那里,情志浑然不分,那么自汉代始,情逐渐与志分离,两者逐步走向对立。尽管文坛受此影响,但文学家在实际创作中,自觉或不自觉地向“志”注入个人主观情感,促使文学中的志摆脱性理的纠缠。经学家的“志”与文学家的“志”大有不同,若说二者是一种若即若离的关系,那么“离”显然大于“即”。

魏晋被称为文学自觉的时代,这种自觉根源于个体生命意识与情感的觉醒与高扬。《世说新语》里记载了许多名士抒情任性的故事。早在先秦,道家就推崇天真、自然。在魏晋名士那里,“情”原本就是自然的存在物,理应得到肯定与尊重,而不是束缚与压抑。这种自在的日常生活情感经过审美过滤,反映到诗学中,便是“诗缘情而绮靡”。[②] 此时文艺理论家大多关注情之于文的重要

---

① 近现代学者对“诗言志”多有研究。闻一多先生在《歌与诗》中认为“志”有记忆、记录与怀抱三层意思,分属于诗歌发展的三个阶段,是各种情意的综合;朱自清先生在《诗言志辨》中从献诗陈志、赋诗言志、陈诗言志、作诗言志四个方面考察“志”,总结出“志”是与先秦政治社会密切相连的“怀抱”;黄霖等学者认为,从《尧典》到《文赋》的时代,“志”“情”二字,往往是作同义互用的,与陈良运先生在《中国诗学体系论》中所论相似;刘若愚先生则在《中国诗学》中区分出,“志”在道家那里为意愿、志向、理想,在重自我的人那里是欲、情。

② 朱自清先生在《诗言志辨》中认为,“诗缘情”与“诗言志”不能混为一谈。前者表明诗歌吟咏个人感情,后者使诗与政治、人生义理紧密相连。张少康先生在《文赋集释》中也说,据陆机本意,缘情的“情”显然是指感情,即所谓七情。

性，如刘勰的“情者，文之经也”①、沈约的“以情纬文”②。钟嵘的《诗品序》接过《诗大序》中的“吟咏情怀”而加以生发，突出了诗的抒情特质，畅谈春风春鸟、秋月秋蝉给人的情感启示。

诗歌中的个人性情在唐朝得到进一步高扬。大唐政治统一和平，经济蒸蒸日上，思想兼容包蓄，给了文人士子以极大的自信与豪气。他们兴奋于盛世繁华，热心于建功立业，情感意绪饱满自然、乐观高扬。唐人把社会方面的“志”与“道”用个人的情调唱出来，无所顾忌，天马行空，奔放豪绝，灵动飘逸，彰显了外向、活跃的主体情感，就连最重诗教的白居易也说：“感人心者莫先乎情，莫始于言，莫切乎声，莫深乎义。诗者：根情，苗言，华声，实义。”③唐代一些著名诗人，如陈子昂、李白、王维等，重视诗的兴寄风骨，传承了建安诗人气魄豪壮、气势凌空的意绪情怀。“兴象”是唐诗学中的重要理论范畴，“象”的体验、构建与呈现，离不开情感的勃发葱郁。唐人以“情”释“兴”，既继承了南北朝情、兴关联的诗学，又进一步强调了情在诗中的重要地位，突出了它的审美特质。

宋诗以“主理”相称，但其中存有大量抒发个人情感的作品，如苏轼的愤世嫉俗、豪放情怀，陆游的忠君报国、戎马情志，杨万里等人的田园村舍、悠闲情思等。而最能代表宋诗成就的，就是这样一些诗歌。到了宋末，享有宋代诗话“三鼎足”的《沧浪诗话》《岁寒堂诗话》《白石道人诗说》都表示出对江西诗派不满，批判其诗意少情，不同程度地向往唐诗的情韵深长。

---

① 郭绍虞主编：《中国历代文论选》，上海古籍出版社 1962 年版，第 23 页。

② 郭绍虞主编：《中国历代文论选》，上海古籍出版社 1962 年版，第 215 页。

③ 朱金城：《白居易集笺校》，上海古籍出版社 1988 年版，第 2790 页。

明中期以后，随着经济发展、城市繁兴、市民阶层的壮大，追求个性与自由的启蒙思潮不断涌动。泰州学派正是在此种环境中产生，并深刻地影响了此时的文学形态。泰州学派倡导“百姓日用即道”，放弃了埋头书卷、涵养德性的修养功夫，转向人生日常的感性体验。这一思想转变得到文人的响应与发扬。李贽在《读律肤说》中说：“益声色之来，发于情性，由乎自然，是可以牵合矫强而致乎？故自然发于情性，则自然止乎礼义，非情性之外，复有礼义可止也。”①肯定的就是发自内心、自然流出的个人感情。冯梦龙认为《六经》皆以情为旨，因而想用“情致”教诲众生。汤显祖在《沈氏弋说序》里也强调：“今昔异时，行于其时者三！理尔，势尔，情尔。以此乘天下之吉凶，决万物之成毁。作者以效其为，而言者立其辨，皆是物也。事固有理而势违，势合而情反，情在而理亡。故虽自古名世建立，常有精微要眇不可告语人者。”②情虽不知所起，却一往而深，致人死生。清代大儒戴震对情与理做了如下总结：“理也者，情之不爽失者也；未有情不得而理得者也……苟舍情求理，其所谓理，无非意见也，未有任其意见而不祸斯民者。”③认为情与理是相依相存的。不过此时的“情”多与“欲”相连，偏向感性享受的情欲层次。小说、戏剧里的重情意识不断高涨，在此情况下，诗歌中的情理之争也进行得如火如荼。明清两代诗歌，在宗唐或尚宋两大思潮中摇摆前行，其背后主导因素，就是取舍不定的重情、重理思想。

中国传统诗歌里的“情”，大概经历了以下几个发展阶段：先

① 〔明〕李贽：《焚书》，中华书局1961年版，第133页。

② 〔明〕汤显祖：《汤显祖集》，上海人民出版社1973年版，第1481页。

③ 〔清〕戴震：《孟子字义疏证》卷上，见《戴震全书》第6册，黄山书社1995年版，第152页。

秦时,“情”的范围广泛,几乎与“志”同义,表达丰富的内心世界;自汉代始,“情”与“志”逐步分离,并逐渐呈现相互对立之势。“志”多表示正统的有用于世的社会、群体意识,而“情”则多指私下的感性的个人情绪。到了宋代,理学家把“情”纳入“理”的大框架中。“理”体现在个人身上即“性”,而“性”的具体表现则为“情”。宋儒承认“情”的合理存在性,比汉儒一味地排斥“情”有所进步,但他们认为“情”应具有“理”的品质,应受到德性的涵养。受理学思想影响,宋诗中的“情”,多是经过“理”“道”修养、沉淀后的自省内敛、平和广厚的情;明清诗歌的“情”,则与自适任意紧密相连,多倾向于个人私情,甚至情欲。由此看出,诗人们对“情”的内涵理解并不一致。思想家、哲学家多从道德伦理、天道规律上论“情”,这或多或少、或强或弱地影响到诗之“情”的意义生成。诗学理论中论说“情”多及“性”,往往“性”“情”并称。“性”,被古人看作是人事现象背后的理,是客观、公正的。“情”,源于“性”并受其制约。那么性情中的“情”,便含有了理性的意味。然而,在具体诗歌创作中,“情”往往回归到诗人自身的情感体验与追求上。相对于小说、戏剧中等长篇文体中的“情”,诗之“情”多有一挥而就的直觉与灵感,与条条框框的伦理规范有天然的疏离。因而,我们在情理之辨的脉络上所论诗之“情”,便主要指个人感性的、直接的、隐私的情感。

二、古典诗学中的“理”

自宋始,儒家明确拈出“理”字,大谈“性理”“情理”,并以此为逻辑点,追溯世界的发生、发展与变化,证明社会盛衰、人心正邪之理。“理”作为哲学范畴,被明确、系统地提出是在宋代,但作为一种思想内涵,它一直存在于中国传统文化里,儒家经典里的“道”“性”“义理”略等于“理”。在这种思想文化中诞生并发展的中国古典诗歌,自然与“理”有着千丝万缕的关系。①

中国诗学的开山纲领“诗言志”本身就包含有理的因素,“‘志’与‘情’内涵不同,‘情’是主体心理结构中的感情因素,而‘志’是理性因素,包括志向、思想、意志等内容,是主体对外界某一目的的追求,具有一定的功利性”②。诗言的“志”本义很混沌、宽泛,指人的内心世界,包括的情感意绪具有多方面、多层次性。但在先秦时,诸家往往突出它的社会性与实用性。汉儒更是将“志”与政教功用紧紧捆在一起,如陆贾认为诗是“道”的外观,贾谊说诗中之志即志德之理等。其中最具代表性的当属董仲舒对“志”的论述。董仲舒把志与礼并举:“志敬而节具,则君子予之知礼;志和而音雅,则君子予之知乐;志哀而居约,则君子予之知丧。故曰非虚加之,重志之谓也。”③丰腴复杂的“志”一旦和有意为之的“礼”相连,其内涵便被固定、单一化,必须文质彬彬、温文尔雅。汉儒释“诗言志”,突出了“志”的理性内涵,即以诗来培养道德品行,调节人际关系,改善社会风俗,进而有意排斥个人情感。

作为我国古代第一篇诗学理论,《诗大序》第一次把“兴情”与“言志”结合起来,从审美角度肯定了创作主体的“志”“情”。情发于声、现于文而成音,这种“音”却肩负着正得失、厚人伦、移风俗等教化功能。于是,诗中吟咏的性情,要止乎礼义,要有用于世。情感兴动而出,流淌蔓延,却不能偏离伦理道德规定、指引的方向。

魏晋南北朝动荡的社会现状使得情理冲突较为明显。诗人们

① 萧华荣在《中国诗学思想史》认为,先秦之唐,诗中之理主要是“礼”,而礼是古老的人间秩序和行为规范;宋至清则为哲理、义理。许总在《理学文艺史纲》中总结出,诗之理包括启迪智慧、讽喻劝诫、哲理思辨;而黄霖等学者眼中的诗之理是客观道理。

② 黄霖等:《原人论》,复旦大学出版社2000年版,第236页。

③ 〔西汉〕董仲舒:《春秋繁露》,中华书局1975年版,第25页。

有意高扬自我情感意绪而反礼义藩篱。即使这样，“理”在诗中依旧存在。如被认为重情的陆机，在《文赋》中也不乏“情志”并举，“理扶质以立干，文垂条而结繁”①，他即反对“言寡情而鲜爱”②的作品，也不主张文学作品“遗理以有异”③。这是他对文学作品的理论综述，虽在具体论述诗时大谈抒情，但可看出他并不排斥“理”，只不过在其看来，“理”并不是诗的本质。

唐人一开始便提倡风骨兴寄，唐代诗学与大唐的时代风貌紧密相连。到了中晚唐，随着社会危机的频繁爆发，诗歌现实性、社会性尤为凸显。诗人较为理性地关注时事，欲裨补时政，以达圣听。宋初的诗风便接踵这一诗学精神，提出诗要“有为而作”，发扬基于“志”“道”的讽喻刺世精神。

宋诗之理与理学之理有着密切联系，“宋人崇文重理的时风与心态，‘理’便成为理学家与文学家共同关心的问题”④。理学，或称“道学”“新儒学”，是儒家思想发展的新阶段。在理学家那里，“理”是先天的存在，是宇宙万物的本源。理一而万殊，具体来说，它大概包括三个方面：世界存在的本源、事物发展的客观规律；社会统治的伦理规范、道德秩序；个人品质的德性涵养。宋儒谱写了儒学的新篇章，使其更加内敛化、静思化。受此影响，宋诗趋向思理化，这突出表现为诗歌对万事万物的总结及诗人冷静超脱的性情。

随着政治迫害的加强，宋人开始对讽喻诗学进行反思，重新提倡诗咏性情的一面。这其中的代表诗人便是黄庭坚。但黄庭坚

① 〔晋〕陆机著，张怀瑾译注：《文赋》，北京出版社1984年版，第25页。
② 〔晋〕陆机著，张怀瑾译注：《文赋》，北京出版社1984年版，第38页。
③ 〔晋〕陆机著，张怀瑾译注：《文赋》，北京出版社1984年版，第38页。
④ 许总：《理学文艺史纲》，江苏教育出版社2001年版，第241页。

“诗者，人之情性也”①的命题与诗缘情有本质区别。他的“情性”是以个人深厚的道德修养为基础，隐忍克己，抱道而居的“情”。人的情感，不为世俗所左右，不因得失而悲喜，兴托高远，不俗不艳。而“情”之所以能达到这种境界，正是因为有“理”的涵养。博学多识，静心养性，情在理中，理由情见，所以一己之情不能喷薄于诗中，而要不怨而怨，不喜而喜。“宋代士人思想中的道学气象，表现为性情之和、义理之正。……奔逸之情、衰飒之情、悲苦之情，都是违背性情之和，常受到宋人所排斥。”②“正”的含义即“正心”“诚意”，情感必须依附于“理”，必须得到“理”的净化与规范才能为“正”。所以在宋人那里，景物风致多是说理言道的载体，他们甚至认为唐诗水月花木的葱郁迷离是“后世好风花”而厌之。宋诗少了随物而起、应景而发的个人情绪，多了个人德性、事物义理；减弱了讽刺揭露，加强了忠诚信志。这种情况催生了部分说理诗，它们是理学家论理释道的工具，如程颢、程颐、张载等人的诗作。但理学对诗歌最大、最有成就的影响是在内容与技法上：其一，以义理之心观物观事，自会发现更多的奥妙规律，因而不涉理路、不落理词、但理自现的理趣诗硕果颇丰；其二，诗人重诗法，探究诗歌本身规律，诗风也较为内敛通达。

明清诗歌的发展不脱主情与主理两条路子，诗坛上集团纷呈，学派林立，其标榜倾轧，众声喧哗，正是明清诗人对前代诗歌的学习、总结，并企图以此达到对传统诗歌的理性梳理与认知。

纵观中国诗歌史，我们大致可以说，古典诗歌里的“理”具有以

---

① 〔北宋〕黄庭坚著，刘琳等校点：《黄庭坚全集》，四川大学出版社 2001 年版，第 666 页。

② 周兴陆：《中国分体文学学史·诗学卷》，山西教育出版社 2013 年版，第 419 页。

下几层含义：一是作用于社会政治，指伦理道德、统治秩序，与传统风雅精神一脉相连。反映此理的诗注重美刺讽喻，诗人积极入世。二是指自然与社会现象背后的客观规律，在诗中往往以“理趣”的审美意蕴与形态呈现。三是指纯哲学范畴里的义理、性理、天理，相关诗歌往往是理学家论理讲道的工具。除此之外，诗之理也体现在诗风上，换言之，我们可以通过诗歌审美风格推导出诗的重理倾向，甚至诗人个体的理性心理。此“理”正是由宋诗大力发扬起来的。在诗歌客体上，它是创作技法；在创作主体上，它是理性思维。由此，诗人往往持有冷静、超然的人生态度，追求平淡雅正之美。

理学之理与诗之理自然不同，但宋之后，后者明显受到前者的影响。在宋之前，诗之理并没有被明确提出，多包含在“诗言志”“诗主诡谲”等诗学命题里。赵宋以降的“理”，在上述层面上，多了抽象的理性意味，突出了个人德性义理与万事万物的规律、秩序，说理议论的成分明显增加。

诗中情理冲突虽一直存在，但并没有被正式提出。宋代理学大兴，关于二者的话题才日渐明朗。情与理纠缠不清，既相悖相离，又相存相依。诗歌的本质是抒情，但并不代表情中无理。言情或述理，都是在自身对立面存在的情况下，在二者碰撞的语境中，以对方为参照面来展开、显现的。因理是固定的、先天的、不变的，情却是灵动的、经验的、起伏的，当二者在诗中相遇时，自然会碰撞、摩擦，而由此产生出来的火花，形成了诗坛上的奇丽景观。情理之辨推动了中国传统诗歌的发展，它与其他因素一起铸就了辉煌的中国传统诗歌。

三、元明易代诗学情理的研究空间

古人对明初诗歌的成就与价值，议论纷纭，褒贬悬殊。褒者称其可追唐诗,为明代诗最盛,如陈田在《明诗纪事》中所说;贬者说其袭宗元之风,逞才能情,如沈德潜在《明诗别裁序》所论。无论是贬是褒,其实他们都强调了此时诗歌中的"情"因素。重情在当时的社会思潮中尤其可贵,但今人研究中,并没有明确指出这点。总体来看,明初诗歌有一个从元末"纵情"到入明后"节情"的转变,而这一转变的背后主导因素,就是明初统治者严酷的思想文化控制。明太祖定都南京,文人无论自愿与否,纷纷来附,出现群英荟萃的局面。但朱元璋大兴理学,对文人恩威并施,对各个诗派进行不同程度的打压。饶龙隼的《明初诗文的走向》[载《江西师范大学学报(哲学社会科学版)》2001 年第 2 期]与魏青的《论元末明初文坛的风云变幻与文人走向》(载《厦门教育学院学报》2005 年第 3 期)在讲述上述内容时,均指出吴中派入明后受到巨大迫害的主要原因,就是该派多有元末纤细自适之情。在这种情况下,诗派中的江右派以其淳厚谨慎的道德品行与平正典雅的诗风得到明朝统治者的青睐,并逐渐成为明初诗坛的主力军。这其实是诗坛上情理之辨的一种现象与结果,但今人研究者多从朝政政策着手,并没有着力于情理之辨的维度。

明朝初建,亟须严谨的伦理纲常来整治元末溃乱的世风,这一社会思想取向反映到文坛上,便催生了复古崇雅的文学思潮。罗宗强的《明代文学思想史》(中华书局 2013 年版)立足于明朝历史的风云变化,结合明代的政治、经济、文化等社会背景,以时间为线索梳理了明代文学思想发展。该著《洪武、建文朝的文学思想走向》一章介绍了明初的文学思想,指出文人的生存空间及文学观在很大程度上受制于朱元璋对思想领域的管辖。代表主流文学的宋濂、方孝孺等人基本是重理抑情的,但同时也存在着重情的文人,如吴中文人群等,他们的重情诗观正好与主流的重理思想相对。陈书录的《明代诗文创作与理论批评的演变》(凤凰出版社 2013 年版)把握文化心态与审美心态的内在规律,其第一章分述高启、宋濂、方孝孺、刘基等人的文学理念与创作,指出明初各派互相唱和,汇合成崇雅复雅的文学主流的文学状况。该书认为崇理的文人思想其实是复杂多样的,其中不乏道家、佛教等多重思想,因此他们的诗文创作不仅仅局限在重理范围内。陈文新的《明代诗学的逻辑进程与主要理论问题》(武汉大学出版社 2007 年版)梳理了明代诗学的发展历史及相关理论问题。其第一章《明代前期的哲学流变与诗学建构》,在"在朝儒学""因袭儒学""乡愿哲学"的思想背景下,讲到台阁体与茶陵派的诗学构建。在后面的理论问题中,作者提出了"诗贵情思而轻事实"一题,但该题被放到了明中后期的诗坛,并未被追溯到元明之交时期。

以上著作侧重明初复古崇理的诗学理想与诗歌创作。与此不同,李圣华的《初明诗歌研究》(中华书局 2012 年版)却多论述诗人的个体性情。《初明诗歌研究》参照唐诗分期的"四唐"说,明确提出明诗"四明"说,即初明诗、盛明诗、中明诗、晚明诗,钩沉了明初诗歌的发展流变。其中对诗人个性心理、文化心态和艺术传承都有深入浅出的评析。该书介绍到各个诗人时,都会说到他们的用世之意与隐逸之情,指出诗人复杂多变的情感意绪,这对今人研究明初诗歌多有启示。

除此之外,众多的文学史在讲到明代文学时,也会涉及明初的诗歌。在入明后复古重道的文学思想的影响下,大部分文学史多讲明初平和雅正的台阁体。其实,换一个角度看,台阁体也正是元末明初诗歌情理之辨发展的结果之一。台阁体生发的主导因素与情理之辨密不可分。再者,相关文学史的编撰多侧重明代的俗文学,对明代的诗歌往往作简要论述,特别是明初时期的诗歌创作,更别说深入探究此时诗歌的文化与审美价值。因而,元明易代之际诗歌的研究还有待进一步的深入与完善。

四、元明易代诗学情理之辨的研究意义

元末，天下四分五裂，群雄揭竿而起，风起云涌，道崩纪废。这为诗人较为自由地抒发情性提供了客观条件。入明，朱元璋以理学立国，大兴文治。官方主流思想信奉的是明道见性、涵养德性与经世致用。在此思想文化氛围中，文坛兴盛复古宗道之风，古文创作基本上与此文学批评相合。然而，在诗歌领域，情况较为复杂。无论是诗歌创作还是诗学批评，都存在“情”与“理”相争的情况。各诗派异口同声地宗唐学唐，大有重情的意味，无论他们对新朝的态度是顺应还是疏离。

元明易代之际孕育的文学具有独特的历史文化与文学审美特征。作为此时文学组成部分的诗歌，自然有其不可小觑的价值。元明易代之际诗歌的一个重要特征，就是贯穿其中的情理之辨。中国诗歌自古就有情与礼、情与理的摩擦，在各个历史阶段与不同历史文化中，二者此消彼长，相争相融。而在元末明初重理的社会思潮下，情与理的存在更具有复杂的内涵与独特之处。元明易代之际诗歌的情理之辨是不争的事实，但明确提出这一话题并对其进行整体、系统研究的少之又少。我们以情理为基点，以情理之辨为线索，以情理磨合的具体演绎为主要内容，尽力还原当时诗歌的具体情况，以进一步探讨有明一代诗歌的变化动因和机制。我们在前人研究明初诗歌的基础上，正视元明易代之际在重理的文化思想下不失重情的诗歌观念与作品。以文学理论范畴“情”“理”为切入点，以二者相合相离的动态发展为线索，立足于当时的社会文化生态，回归中国诗歌尚情传统，结合诗人的体验经历、性情思想、创作心态与审美取向，试图阐释元末明初诗歌中历来被人忽略的情理之辨，进而探究情理之辨在明代的生发与延续，从中可对明代诗学思想发展规律窥得一二。

第二节 元明易代诗学的情理变迁

元末的熊熊战火,不仅点燃了有志之士的忧患意识,也进一步焚烧了元朝的统治藩篱,这为诗人比较自由地抒发情感创造了一定的有利条件。入明后,理学大网骤紧,思想受到严格制约的诗人们似乎只能按照理学规定的方向抒发情志。然而,实际情况却并非如此。在元明易代的独特生存空间中,诗人们心态上的情理相争更明显、激烈。不管对官方理学持何种态度,诗人们大都倾心唐诗。唐诗承载的,无论从大唐风貌还是诗歌自身特质上讲,都有情致勃勃的显著因子。诗人们有意或无意地抓住了这一因子,在无法摆脱当朝思想桎梏的情况下,结合自身特征,以各自的不同方式演绎了诗歌情理之辨。

一、元明之交诗人心态:情理相碰相谐

历史上的易代之际都是一个玄黄翻覆、改弦易辙、价值丛生的时期。元末明初在易代文化的共性上,又有其自身独特之处,这对本时期诗人心态的形成起到了关键性的作用。由仕途经济的传统人生规划转为“九儒十丐”的现实人生境遇,由元末的纵情到明初的主理思潮,元明易代之际的诗人遇到了一个前辈们很少经历过的人生冲击与转折。此时的诗人们对情理的话题更敏感,对两者的关注也更频繁,由此形成了情理相碰、相谐的易代文人心态。

(一)由纵情转为主理——情理相碰

元末,诗坛尚纵情适意的情怀与诗风,这与元朝社会文化密切相关。蒙古贵族为了巩固政权,沿袭汉人治理国家的一套制度,甚至立理学为官学。然而实际上,元朝的统治思维与方式仍以游牧

民族的开放与粗暴为主。“元朝从骨架上看，虽然已具备了封建社会的种种外观，但内里的统治方法，有许多依然是来自草原的，野蛮、粗狂。”①在思想文化上，它没有独尊一家，而是收揽、兼容了多种思想观念。入住中原前，蒙古族信奉萨满教；建立元朝后，历代皇帝信奉藏传佛教、道教，而且对基督教、伊斯兰教也有较多接触。可以说，儒家只是他们喜好众多“教”中的一种。物质生活上，上至皇帝，下至平民，都极重个欲。元朝经济的进一步发展，客观上也促成了奢侈风气的形成。元末，云扰幅裂，沧海横流，社会秩序几被破坏殆尽。适意享乐、重利轻义的势头达到了一个高峰。如江苏昆山巨富顾瑛的玉山雅集活动，在富丽宜人的庭院中，天下文人雅士聚会于此，吟诗联句，狂饮无辍。诗人们在诗中尽情抒发个人的体验感想，自我情欲一度高涨，以致出现“艳情”一类的诗作。

入明后，思想意识控制骤然加紧。朱元璋以华夏正统的姿态建国，打出恢复汉族繁荣昌盛的旗号，以稳固人心、安邦定国。他倾心于理学，以理治国，极力清算元朝的恶习陋风。“他不仅没有兴趣与此类懒散的文人属和赋诗，而且为了稳定政治，整顿吏治，端正士风，命令这些旁观者一律需要到朝廷供职，并接受种种的惩罚和磨炼，否则将剥夺他们的生命。”②明朝建立，诗人直堕入理学的统治大网中。一系列重理抑情、崇简戒奢的政策与措施，直接束缚了诗人们纵情的心理，极大地影响了诗歌的重理主张与创作倾向。

由元入明，情与理的碰撞局势可谓电闪雷鸣。易代的特色文化环境为“情”“理”的发展各提供了一个适当的空间，使得二者不

① 么书仪：《元代文人心态》，文化艺术出版社 1993 年版，第 185 页。

② 左东岭：《元明之际的种族观念与文人心态及相关的文学问题》，载《文学评论》2008 年第 5 期。

得不进行正面、正式的交锋。元明易代之际的诗人，不仅经历了巨大的家国变动，而且颠簸于重情与重理的思想洪浪中。他们从性情张扬的元末，直跌进收心养德的明初，这种巨大心理落差反映到诗歌中，便形成情与理的相碰。

（二）理性审视而至纵情自适——情理相谐

元代，传统的伦理纲常、礼仪制度几乎失去了理应存在的威严与意义。尤其是对文人士子来说，历来“修身、齐家、治国、平天下”的理想抱负大都无伸展的空间与机会。读书人陷入了一种信仰危机：一直被奉为至圣的人生目标转眼灰飞烟灭，之前被赋予的文人优越感与自尊心荡然无存。这种巨大的心灵创伤使文人不得不进行人生再思考。“进入元朝的书生们在个人的际遇和前途失去了独一无二的封建模式后，就不得不走向多样。他们不得不开始考虑为自己的前途作出别样的抉择。包括安排自己的生存方式和乱了套的内心世界，以争取获得内心与外界的和谐。”①独特的历史环境使他们重新体验社会、审视自我、思索人生。然而有趣的是，此时文人理性思索的结果是纵情适意的人生追求。这突出表现在文人们极富时代特征的生活方式上。元代文人人极喜隐逸，但此隐不是陶潜的身心俱隐，而是朝隐，市隐，有目的、有计划的归隐，如戴表元、赵孟頫、鲜于枢、董可伯、胡天放等人注重物质与精神享受的隐居方式。他们的隐逸生活力避贫寒冷清，要有庭院楼阁、美酒佳宴、诗友歌姬，可谓半俗半雅、半隐半仕。同时，元朝大批文人融入了市民阶层，为引车卖浆者流舞文弄字，卖艺为生。这些都表明，元代文人在思想观念、生存方式上与传统文人大不相同。相对于前朝，元代文人对文人生活的再探究，显然带有更实际、更复杂的理性因素。

---

① 么书仪：《元代文人心态》，文化艺术出版社 1993 年版，第 225 页。

入明后，文人士子面临两大历史遗留问题：华夷之辨与君臣之义。对新朝合作或疏离的态度，实则是这两个问题此胜彼败的结果。尽管蒙古族以“夷”之名入住中原，但“盖元之儒者，居于异族统治七八十年淫威之下，心志不免日丧，意气不免日缩，乃以为斯文所在，即道统所在，在朝在野，虽亦学业文章有以自守，行己立身有以自定。然而民生利病，教化兴衰，或未能以斯道自负。夷夏之防，有所不知”①。儒家文人用君臣之道，很大程度上证明了蒙古族入主中原、建立元朝的合理性。但华夷毕竟有别，元末群雄便是以“驱除鞑虏，恢复中华”的口号推翻了元朝的统治。于是，文化立场与君臣忠节的抵牾问题使很大一部分文人陷入了思想斗争中。无论出仕还是归隐，其内心必然进行过一番激烈的利弊权衡。因而，此时出现了“多类”诗人，如以危素、张以宁为代表的贰臣诗人，以戴良、王逢等为代表的元遗民诗人，以杨维桢、刘基等为代表的出入新旧两朝的诗人。他们试图在古今正统与忠君爱国中找到一个平衡点，给自己的仕隐一个合情合理的解释。朱元璋给予文人士子的生存空间，是冰火两重天的境地。他对文士的态度相当复杂，既礼聘优待又严惩杀戮。赵翼在《廿二史劄记》中专列“明初文人多不仕”条，叶伯巨疏曰：“取士之始，网罗无遗。一有蹉跌，苟免诛戮，则必在屯田、筑城之科，不少顾惜。”②谈迁也说：“上虽亲儒生，于单辞只语俱臆摩而悬度之，其后功臣多诛绝，早见端于此矣。”③他任用文人治国，却始终不能在心理上彻底地接纳他们。于是偏于感情用事的诗人们免不了对明主有理性的质疑，不得不进行理

---

① 钱穆：《中国学术思想史论丛》，安徽教育出版社2004年版，第92页。

② 〔清〕赵翼著，曹光甫校正：《廿二史劄记》，凤凰出版社2008年版，第497页。

③ 〔明〕谈迁：《国榷》，中华书局1958年版，第431页。

想与现实的对比、思索。在仕与隐的问题上，明初诗人比前辈们更敏感、更矛盾。左东岭先生就指出，由元入明的文人更多地保持了两面性："一方面他们表达了对新王朝的肯定，另一方面则又不愿过多介入而宁可保持自我的独立。"①心理上的情理冲突由此明显，更为激烈。因而，元明易代之际的诗人对情与理的关注较为频繁，对两者的思考与看法也有一定的深入。

元明鼎革之际的诗人，在特殊的历史时期，心中的情理天平异常不稳固。元末他们大都纵情适意，但这是诗人对自身生存空间进行理性思索的结果；入明后他们基本束情主理，但易代之殇的感性情绪无法那么容易地逝去。尽管诗人们很少正面提出、论说思想中的情理斗争，但透过其文艺作品，情理之辨的心态昭然若揭。情与理相碰相谐，于情于理都异常敏感、重视，此种心态便是诗坛上情理之辨的心理机制。正是元明易代之际的思想文化，孕育了诗人心态中比较明显的情理因子，进而推动了本阶段诗歌中情理之辨的进行与发展。

二、元明之交理学兴盛——诗重理

理学兴起于宋代，是传统儒学的一次进化。忽必烈进兵南京，南方大儒赵复被俘获至大都（今北京），他在北方广招门徒，传授程朱理学。北方理学由此逐步兴盛，出现了诸如刘因、许衡、郝经、姚枢等著名理学学者。在此基础上，元代确立理学为官学。

元末朝纲崩溃，群雄混战，社会思想相对来说比较宽松。文人士子的自我意识有所张扬。但即使这样，理学仍保持旺盛的发展力。正是多难的社会现实激发了学人们的文化危机意识，他们更

① 左东岭：《元明之际的种族观念与文人心态及相关的文学问题》，载《文学评论》2008 年第 5 期。

加致力于理学的完善与传播,以求其能上达朝阙,匡正人心,平息战火。不用政府推行,理学却自在人心。待朱元璋平定四方、一统天下、建立新朝,理学便登上大明王朝思想界的统治宝座。朱元璋以理学治国,“我太祖高帝即位之初,首立太学,命许存仁为祭酒,一宗朱子之学。令学者非五经、孔孟之书不读,非濂、洛、关、闽之学不讲”①。他尊孔尚儒,甚至删减《孟子》,寻章摘句地解释儒家经典,以此来达到强化王权的目的。明初举士用人,也严格地以儒家经典为标本,“试士之法,专取四子书及《易》《书》《诗》《春秋》《礼记》五经命题试士。盖太祖与刘基所定。其文略仿宋《经义》。然代古人语气为之,体用排偶,谓之八股,通谓之制义”②。八股文依托经文,选贤任能的标准遂单一化、呆板化,使得文人思想受到经文义理的极大制约。在诗文的整治上,朱元璋也极喜用理学的条文。他本一介武夫,没有多少文化。但征战南北时,他不废学习,并作了大量诗文。历尽艰辛而为人主的朱元璋秉持治国、兴国的政治目标,提倡实用、简朴的文风,这对明初文坛产生了深刻影响。

明初理学的兴盛,还源于浙东婺学的大兴。宋南渡后,理学重心随之南移。文化深厚、人才辈出的浙江婺地遂成为理学发展的重镇。吕祖谦传承关洛之学而创婺学,与朱熹、张栻共讲道于东南地区。朱熹再传弟子何基及其弟子王柏,王柏弟子金履祥及其弟子许谦是公认的理学“北山四子”。因传承理学正宗一派,婺学受到历代封建君王的褒扬。朱元璋在建立明朝之初极重视浙东文人,这在建立明朝前就很明显:“遣使征青田刘基、浦江宋濂、龙泉章溢、丽水叶琛……时李文忠亦荐诸儒王祎、许元、黄天锡,太祖皆

① 〔明〕陈鼎:《东林列传》,影印文渊阁《四库全书》本,第458册,第199页。

② 〔清〕张廷玉等:《明史》,中华书局1974年版,第1693页。

征用之。”①浙东文士不断受到青睐：胡翰、汪仲山、李公常、金信、戴良、吴履、孙履、张起敬等先后应诏为官。明太祖对浙东文人的器重，推动了当地理学的发展。同时，具有较高理学修养的浙东儒士参与到明初庙堂文化的建设，又促进了明初理学的盛行。明初各种衣冠礼仪、典章制度的修复，大都得力于以宋濂为代表的浙东群儒的不懈努力，“在朝，郊社宗庙山川百神之典，朝会宴享律历衣冠之制，四裔贡赋赏劳之仪，旁及元勋巨卿碑记刻石之辞，咸以委濂，屡推为开国文臣之首”②。庙堂理学文化自然影响了当时的文学思潮，开国皇帝朱元璋极喜用理学去治理诗文。婺学学术的特征之一即文与道不相离。浙东文士宋濂、王炜等对此都有多篇论述。洪武二年(1369)，宋濂、王炜率众儒修订《元史》。《元史》中的文学观代表了当时社会上的主流文学理念：“前代史传，皆以儒学之士分而为二，以经艺颛门者为儒林，以文章名家者为文苑。然儒之为学一也，《六经》者斯道之所在，而文则所以载夫道者也。故经非文则无以发明其旨趣；而文不本于六艺，又乌足谓之文哉。由是而言，经艺文章不可分而为二也明矣。”③“道”也即“理”，文道合一，诗与文都应反映“道”“理”。

诗之理，在元末战乱时体现为诗关世运、诗主讽喻；在明初一统时则变化为诗颂太平、诗主雅正。“一般地说，元末言理与气多从诗人个体节操人格着眼，主要表现在对民生疾苦的同情与社会混乱的讽刺；入明后言理与气则多从外在礼教与朝廷气象着眼，主要表现在对民众伦理的教化与国家太平的歌颂。”④两者的共同点，

---

① 〔清〕谷应泰：《明诗纪事本末》，中华书局1977年版，第22页。

② 〔清〕张廷玉等：《明史》，中华书局1974年版，第3787页。

③ 〔明〕宋濂等：《元史》，中华书局1976年版，第4313页。

④ 左东岭等：《中国诗歌通史·明代卷》，人民文学出版社2012年版，第292页。

就是反对纤靡艳丽、雕辞刻藻的诗风。越中派王祎对此多有论述，其云："《诗》……未尝有艰深矫饰之语……后世之言诗者，不知出此，往往惟炫其才藻，而漫衍华缛、奇诡浮靡之是尚，较妍蚩工拙于辞语间，而不顾其大体之所系。"①他不满诗人雕琢搜奇，主张诗关世运。由此，诗讲究纯与正，"诗贵乎纯，纯则体正而意圆。体正故无偏驳之弊，意圆故有超诣之妙"②。吴中王彝撰有《文妖》，特斥以杨维桢为代表的放纵奇丽诗风。江右派重冲澹正雅的诗调，闽中派崛起亦倡风雅："闽当国初，诗法尚沿宋元之故，至鸿始以唐人音调倡鸣乡党，遂为一时风雅之宗。"③《四库全书总目》称赞南园五先生"其提倡风雅之功，有未可没者"④。雅正诗风承载的，正是诗歌的传统美刺之理。相对于元末，入明后的诗之理具有更普遍、更明显的美政意识，是官方理学文化的直接"派生"产物。这种诗学意识积淀下去，便成颂圣鸣盛的台阁体。

三、元明之交诗坛宗唐——诗尚情

元明易代之际，诗学的一重要特征是复古崇唐。官方理学的发达，并没有带动说理诗、哲理诗的繁荣；相反，宗唐抑宋的诗学观念贯穿有明一代的诗坛，即使诗教气息很浓的台阁体也是如此。从中可看出，明代的主流文化思想与主流诗学思想多有断层。

在明代诗人好唐音的多种原因中，元末的宗唐诗风无疑占有

---

① 〔明〕王祎：《王忠文集》，影印文渊阁《四库全书》本，第1226册，第154～155页。

② 〔明〕王祎：《王忠文集》，影印文渊阁《四库全书》本，第1226册，第356页。

③ 〔清〕郑方坤：《全闽诗话》，福建人民出版社2006年版，第301页。

④ 〔清〕永瑢等：《四库全书总目》，中华书局1965年版，第1714页。

重要的位置。宋人在唐诗的巍峨成就前，探求诗法，以古为新，以俗为雅，有意突破唐诗圆美流转、玲珑和谐、情致勃勃的美学范畴而创造瘦硬苍劲、拗扭生新、筋骨思理的美学特点，但其末流走向枯槁艰涩。宋末诗人对此种情况有所反思，其中最具代表性的当属严羽。他重新提起诗吟情性的命题，强调诗有别材、别趣而非关理，由此而作的《沧浪诗话》对宋以后的诗学产生了深远影响。金末诗人多抑宋尚唐，如元好问便兼取唐各家而学有所成。由金入主中原的元帝国，继承了这一诗风。由宋入元的戴表元、赵孟頫、白珽、仇远等人对江西派、四灵、江湖派都有所批判。元末四大家虞集、杨载、范梈、揭傒斯也都复古崇唐。元人杨士弘的《唐音》是明前期流传最广的唐诗选本。辛文房的《唐才子传》传述唐代诗人，成为明人研究唐诗的重要参考资料。

改朝换代、天翻地覆给了元明之交的诗人丰富而沧桑的情感意绪。他们选择用唐音来记录本时期的心路历程。代表元明之交诗歌最高成就的五派诗人，意气相投地倾心于唐诗。宋濂的诗学专论《答章秀才论诗书》，梳理了诗歌风雅流变史，认为唐诗较好地继承了风雅精神。与宋濂同乡的王祎，其作《练伯上诗序》基本模拟了宋濂的观点。越中代表诗人贝琼抑宋扬唐的态度更明显："诗盛于唐，尚矣！盛唐之诗，称李太白、杜少陵而止……长庆以降，已不复论。宋诗推苏、黄，去李、杜为近，逮宋季无诗矣。"[①]越中诗人多关注唐诗的风雅精神，而吴中诗人则多从审美角度追慕唐诗的自然韵味。"吴中四杰"之首高启，兼采众长，"学唐而不为唐所囿"[②]。杨基诗多有秾丽纤巧似李商隐的诗作，颇有晚唐诗的绮丽

① 〔明〕贝琼著，李鸣校点：《贝琼集》，吉林文史出版社2010年版，第6页。

② 〔清〕赵翼：《瓯北诗话》，人民文学出版社1963年版，第124页。

风味。程嘉燧评张羽诗歌:“五言古诗学杜、学韦,各有神理,非苟然者。”①许学夷评张羽:“张来仪五言古靡所不有,而学杜者为优……五言七言律悉入中、晚,其为中唐淘洗颇工,然与古诗、歌行如出二手,七言绝太逼晚唐。”②吴中四杰均师法唐诗而自成面目。江右派代表诗人刘崧,七言古体成就较高,有李杜诗歌的风骨。其诗“慕汉魏盛唐之风,而无齐梁绮纨之习”③的陈谟在理论上对唐诗史进行划分、研究。闽中派明显而强烈的宗唐意识,深刻影响了前后七子的宗唐诗风。该派先导诗人张宁、蓝智、蓝仁尤好唐音,而闽中十子在宗唐路上走得更远。高棅选编《唐诗品汇》《唐音正声》,全身心地实践着严羽的宗唐诗学理论。王褒在《朱宗琏行卷诗序》中表述为:“昔予内叔礼部员外郎林鸿子羽,与今纪善郑定孟宣,待诏高棅廷礼,首取沧浪严羽氏评诗,独师夫唐……一时闽海之作,其大者往往造乎开元、天宝李、杜、高、岑名家之阃奥,其次者亦跻夫大历诸才子藩篱间。冠佩俨雅,金石铿锵,诚有唐之音焉。”④闽中派对唐诗的痴迷与模拟,也给自身招来了诟病。岭南派的南园五子成就虽然高低不等,诗风多样,但宗唐无疑是五子共同的诗学思想。《明史·文苑传·序》有一段描述明代诗文发展变迁的文字,从中可看出,明代诗歌与唐诗批评紧密相连。无论各文学集团的争辩如何激烈,诗人们共同的诗学理想风标几乎都指向唐诗。

元明易代之际诗坛上的宗唐,隐含着诗人们“尚情”的诗学观。当然,宗唐不等于尚情,且所尚之“情”的含义有别。但重自我情感抒发,必然是宗唐思路中最重要的一环。唐诗为后世留下了许多值得

---

① 〔清〕钱谦益:《列朝诗集小传》,中华书局 1983 年版,第 77 页。

② 〔明〕许学夷:《诗源辨体》,人民文学出版社 2001 年版,第 399 页。

③ 〔明〕陈谟:《竹间集序》,见钱伯城等主编《全明文》第 2 册,上海古籍出版社 1994 年版,第 568 页。

④ 〔清〕黄宗羲:《明文海》,中华书局 1987 年版,第 2696 页。

学习的诗学精华,“情”无疑是其中最为凸显、最为基础的。唐诗的丰神情韵,应物兴情,充溢着诗人丰沛的自我情致,这正是元明之交诗人们所追求的。宗唐的潜在话语是贬宋,尽管各家对此看法不一,但元末明初的诗人们对宋诗大都有微词。他们黜宋诗,黜的是理辞过重、句雕字镂;与之相对,推崇的则是情意贯通、浑然天成。因此他们宗唐,主要着眼于唐诗的情韵深长,立足于一个“情”字。

第三节　元明易代诗歌情理之辨的具体演绎

明初五派——越中派、吴中派、江右派、闽中派、岭南派——是元明易代之际诗坛上的代表,因人文地理、契机世运等不同因素的作用,各个诗派对情理的态度以及在诗中处理二者的方式各具特色。然而,异同相间,即使诗人偏向情理二者的一方,但也并未废另一方。情理本身的交叉生存,使得诗之情理剪不断理还乱。二者的动态相辨,构成了诗歌本身发展的一股不竭动力。

一、越中派:重理节情

元末明初的越中派,指以宋濂、刘基、苏伯衡、胡翰、王袆为代表的诗派。胡应麟分析明初诗歌时首提越中派,此提法被《明诗综》《四库全书总目提要》沿用。越中故称婺地,“至黄晋卿、柳道传、吴立夫辈联翩胜国,殆十数家,而婺之才遂以一郡踞海内者十之三。至王子充、苏平仲、胡仲申辈驰骤皇朝,又十余家,而婺之才遂以一郡割海内者十之六,盖至于宋文宪景濂,而一代之才咸归吾婺矣”①。胡应麟在此列出的各家,大都是浙东一带人士。入明后,

---

① 〔明〕胡应麟:《少室山房集》,影印文渊阁《四库全书》本,第1290册,第871页。

他们积极参与国事，致力文治，标举文道合一，提倡诗文复古。

越中派的诗学观与婺学密切相关。宋南渡后，越中婺地逐步成为理学发展重镇。当地学者吕祖谦开创婺学，与朱学、陆学形成理学中三足鼎立之势。宋元时期，金华四先生传习吕学。元末，宋濂、胡翰、王祎、苏伯衡等接而续之。婺学代代相传，遂被视为朱学正传。受此影响，越中派论诗多强调理，表现出重理节情的诗学观。他们主张诗关世运，重视诗的讽喻美刺功用，淡化诗中无关乎家国天下的自我情绪。诗中多理性思考，少感性意绪的抒发。

（一）诗主讽刺美喻——载道济世之理

明朝奉理学为官学，越中婺学尤其受统治者青睐。“理”即“道”，儒学家往往二者通用。“道”或“理”既是宇宙万物变化发展的普遍规则，又是人类社会的既定规范。道无所不在，人应秉持一“道心”，遵循一“道统”，进行文学创作也不例外。理学家历来重视文与道的关系，“文道合一”“文以载道”是理学家的常调。此处“文”多指古文。实际上，理学家对诗多持不屑的态度。如朱熹等人就认为博学的人不应把时间浪费在吟咏诗歌上。可在婺学者这里，情况却发生了变化。全祖望在《宋文宪公画像记》中指出：“予尝谓婺中之学，至白云而所求于道者，疑若稍浅……婺中学统为之一变也。义乌诸公师之，遂成文章之士，则再变也。”①越中儒士往往兼有学者、文章家、诗人三重身份，“金华之学，自白云一辈而下，多流而为文人，夫文与道不相离，文章显而道薄耳。虽然，道之不亡，犹幸有斯”②。他们看待诗与理的态度及方式与宋理学家大相

① 〔清〕全祖望著，朱铸禹汇校集注：《全祖望汇校集注》，上海古籍出版社 2000 年版，第 1098 页。

② 〔清〕黄宗羲：《北山四先生学案》，见《黄宗羲全集》第 6 册，浙江古籍出版社 2005 年版，第 203 页。

径庭。若说宋儒是在文与道中重道，在文与诗中重文，那么越中儒者则提高了诗的地位，“婺中黄、柳同辈吴立夫、胡长儒、戴九灵、王子充、宋潜溪诸子，皆以文章显，而诗亦工，当时不在诸方下”①。越中派认为诗乃“文之精”，“诗文同心”。“言之精者之谓文，诗由文之精也”②，“文与诗，同生于人心，体制虽殊，而其造意出辞，规矩绳墨，因无异也”③，“诗文本出于一原……沿及后世，其道愈降，至有儒者、诗人之分。自此说一行，仁义道德之辞遂为诗家大禁，而风花烟鸟之章留连于海内矣，不亦悲夫”④。宋濂反对经学家与文章家各持一端：“造文家与传经家皆欲明夫道也，二家多不相能……於戏，是二者皆未为得也。道无往而不在，岂易明哉！造文固所以明道，传经亦将以明道，何可以歧而二之哉！”⑤文是道之所寓，诗与文一样，也可用来载道说理，教化风俗。

“道”即“理”，诗亦载道。越中派贬斥元末靡丽浮躁之音，强调诗文关乎世道。诗文的荣枯与社会的盛衰相表里，诗文在社会方面的功用被放大、凸显。这是越中派诗中理的具体体现。刘基批评后世咏花弄月、抛弃古道，宣扬诗的美刺功用，“夫诗何为而作哉？情发于中而形于言，《国风》、二《雅》列于《六经》，美刺风戒，莫不有裨于世教。是故先王以之验风俗、察治忽，以达穷而在下者之情，词章云乎哉。”⑥“余观诗人之有作也，大抵主于风喻，

① 〔明〕胡应麟：《诗薮》，中华书局1958年版，第234页。

② 〔明〕苏伯衡：《苏平仲集》，影印文渊阁《四库全书》本，第1228册，第610页。

③ 〔明〕刘基著，林家骊校点：《刘基集》，浙江古籍出版社1999年版，第88页。

④ 罗月霞主编：《宋濂全集》，浙江古籍出版社1999年版，第2086页。

⑤ 罗月霞主编：《宋濂全集》，浙江古籍出版社1999年版，第1780页。

⑥ 〔明〕刘基著，林家骊校点：《刘基集》，浙江古籍出版社1999年版，第74页。

盖欲使闻者有所感动而以兴其懿德,非徒为诵美也。”①苏伯衡指出诗自《诗》后每代愈下,故力倡风雅之篇。王祎强调诗的兴观群怨,“古今诗道之变非一也,气运有升降,而文章与之为盛衰,盖其来久矣”②。他进一步说:“予尝论之《三百篇》之诗,其作者非一人,亦非一时之所作,而其为言大抵指事立义,明而易知,引物连类,近而易见,未尝有艰深矫饰之语,而天道之显晦,人事之治否,世变之隆污,物理之盛衰,无不著焉。此诗之体所以为有系也。”③诗之所系,正是社会世事,强化的同样是诗主载道,诗重讽喻。

诗与时运世道紧密相连,越中派自然会用诗反映历史现实,针砭时弊。若说宋儒的“理”多植根于经典书籍中的精妙道义,是玄之又玄的;而越中派的“理”则多与现实的悲欢离合相联系。刘基在元末写了大量纪实忧世的诗,堪称“元末实录”。古乐府《过东昌有感》《孤儿行》《病妇行》《射虎行》《苦哉行》《筑城词》等篇,专写战乱流离骨肉、残害百姓;七言古体《夏夜台州城中作》《悲杭城》《次韵和石松七月十五夜月蚀》记叙东南战事,可视作“史诗”;大量悯农诗如《野田黄雀行》《畦桑词》《买马词》等,记录农民遭受的种种压迫与苦难。此外,他更直击社会病症之源,揭露、批评统治者的腐败,如《北风行》《有感》《感时述事十首》《赠周宗道六十韵》等。刘基这些诗充分实践了其“美刺风戒”的诗歌主张:诗应随世而变,不应墨守一音一声,“相随以变,皆出乎自然,非有能强之者,

① 〔明〕刘基著,林家骊校点:《刘基集》,浙江古籍出版社1999年版,第76页。

② 〔明〕王祎:《王忠文集》,影印文渊阁《四库全书》本,第1226册,第106页。

③ 〔明〕王祎:《王忠文集》,影印文渊阁《四库全书》本,第1226册,第154~155页。

是故春禽之音悦以豫，秋虫之音凄以切”①。在刘基心中，道即百事，而在战火纷飞的元末，百事即战事。

再看越中派其他诗人的纪实写怀之作。宋濂的《出门辞为苏鹏赋》《行路难》描写百姓流离失所；王祎的《婺州新城赋》《九诵·哀古人》写婺州被朱元璋攻占时的情况，乐府《五禽言次王季野》《筑城谣》《次韵奉答林彦文参谋》《赠别张舜俞》《钱塘赠别姚卿》等反映东南地区遭受的天灾人祸。胡翰以“诗”作“史”，“盖诗之为用，犹史也。史言一代之事，直而无隐。诗系一代之政，婉而微章。辞义不同，由世而异”②，惜所作多不传，后人不能赏其“史诗”之作。

因参与朱明新朝的文治建设，入明后的越中派多发宏大雅正之调，倾向称颂赞美，这与其他诗派入明后的变化相同。但越中派的独特之处在于，无论是积极主动，还是随流逐流，他们把入明后的应制诗作也视为“诗以载道”的一种。宋濂对此有一种极端的说法：“昔人之论文者，曰有山林之文，有台阁之文。山林之文，其气枯以槁；台阁之文，其气丽以雄。”③明确区分山林之文与台阁之文，他的扬抑意图很明显。与此相似，王祎也说：“诗贵乎纯，纯则体正而意圆。体正故无偏驳之弊，意圆故有超诣之妙。诗之可贵者，其不出于此哉。”④本于大兴文治的需要，越中派可谓开台阁体之先。越中派入明后创作的一些诗歌，颇有台阁体声貌，但终究不入台阁

① 〔明〕刘基著，林家骊校点：《刘基集》，浙江古籍出版社 1999 年版，第 84 页。

② 〔明〕胡翰：《古乐府诗类编序》，见钱伯城等主编《全明文》第 2 册，上海古籍出版社 1994 年版，第 750～751 页。

③ 罗月霞主编：《宋濂全集》，浙江古籍出版社 1999 年版，第 481 页。

④ 〔明〕王祎：《王忠文集》，影印文渊阁《四库全书》本，第 1226 册，第 356 页。

之流。这其中的缘由,恐怕还得归结到他们对“诗以载道”的具体认知上。

越中派宗经明道,在公开言论上以理学嫡传正居。但在他们那里,“道”的内涵与外延已被扩大、延伸。“理”或“道”与历史现实紧密相连,主要服务于国祚苍生。所以越中学人并没有成为道气十足的“道巾人士”,更多是以忧国忧民、感时伤怀的儒者志士形象示人。即使写朝堂的应制诗歌,也能注入忧患沉思,不至于呆板空唱。此外,越中派还有以自然万物、社会生活中的道理入诗的习惯。“理”在越中派这里,远承道统的经义,近袭的则是宋代文人发扬的事理。胡翰传习婺中之学,但他论道时,重视对天地的感悟与神会意领,有“诗为自然之文”之说。他有多首自然生趣的诗作,如《冬日何可爱》《南箕长好风》《命童》等。他的《游仙诗》以情志游仙,高翩不俗,颇类郭璞几分心思。再如刘基的《猛虎行》《野田黄雀行》《听蛙》《枯树图歌》《乌生八九子》《春蚕》《杂诗四十一首》中的大部分,都是用自然事物喻人事,揭露现实,总结人生。诗之理,在越中派这里,或放至家国天下,或融于日常生活,都有了实际的用途。

（二）诗要尚心尚气——涵养性情之理

越中诗歌并非一味地重理轻情,而是把情纳入了理的体系中,与充沛的“诗气”共涌动。越中派的理学思想更偏向于理学中的“心学”一派,更重“气”。朱熹发挥了张载的心统性情说,认为情由心而发,未发为性,已发为情。朱熹显然是重理抑情的,但在陆九渊那里,心的意义更广阔、更宽泛了。吕祖谦的哲学思想在二程的“天理”论上,倾向于程颢的“心是性”,与当时陆九渊的理论多有不谋而合之处。宋濂等诗人继承、发展了越中理学这一特点:“六经皆心学也,心中之理无不具,故六经之言无不该。六经所以笔吾心之理者也……人无二心,六经无二理,因心有是理,故经有是言……然而圣人一心皆理也,众人理虽本具,而欲则害之,盖有不得全其正者。故圣人复其因心之所有,而以六经教之……呜呼!圣人之道,唯在乎治心。心一正,则众事无不正,犹将百万之卒在于一帅。"①胡翰也说:"惟其无形,是为原原。原原之始,是生天地,天地既立,是生万物,万物生生不穷,吾莫知其所终。反而求之,吾得其要于躬,亦曰心焉而已矣。"②此处"心"为天地之心。心即太极,孕育一切,生生不息,所以我们才能感应到天地万物。相对于朱子客观的理,心是一主观的理,因而多涉及人的主观思想情感。若用诗论理,则不一定是在抒情,但以心论诗则不然。"且以吾心言之,大用繁兴之时,怒气炽然,如霆奔火烈;喜色熙然,如雾廓霞舒;兴哀则千人霣涕;鼓勇则万夫莫敌"③,喜怒哀乐之情随"心动"自然而发,情就不可能被忽略。

心与气相生相养。道学家的理不离气,大致来说,理是道,是形而上;气是器,形而下。理气相合而有万物,人当然也是这种作用的结果。理是一个抽象的规定,而气则是这一规定的现实化、具体化。气凝聚于身,便是个人的道德品行。个人的学识涵养、言行举止既是"气"的养料,又是它的表现。因此,古人重视浩然正气。越中派在前人的基础上,越发重视养气,"古之育才者,不求其多才,而惟养其气。培之以道德,而使之纯;厉之以行义,而使之高;节之以礼,而使之不乱;薰之以乐,而使之成化。及其气充而才达,惟其所用而无不能"④。气的涵养与作用贯穿人的整个生命活动,自然也体现在文学创作上。"文以理为主,而气以摅之。理不明,

---

① 罗月霞主编:《宋濂全集》,浙江古籍出版社 1999 年版,第 72～73 页。

② 〔明〕胡翰:《古乐府诗类编序》,见钱伯城等主编《全明文》第 2 册,上海古籍出版社 1994 年版,第 722 页。

③ 罗月霞主编:《宋濂全集》,浙江古籍出版社 1999 年版,第 1354 页。

④ 罗月霞主编:《宋濂全集》,浙江古籍出版社 1999 年版,第 1721 页。

为虚文;气不足,则理无所驾”①,“言生于心而发于气,气之盛衰系乎时,譬之于木,由根本而有华实”②。诗文不仅要明道,更要充满“气”,气足理才明,气盛理才顺。那么由气而来的个人性情,便随之跌宕起伏在诗文创作活动中。养气,即养性情。

越中派秉持的“气”,在纯粹理学上还是那个可见又不可见、使万物成形的东西,但落实到诗文上,却是创作主体的独特审美理想与创作风格,因而,个体性情通过诗文作品真实可现。“诗,心之声也。声因于气,皆随其人而著形焉。是故凝重之人,其诗典以则;俊逸之人,其诗藻而丽;躁易之人,其诗浮以靡;苛刻之人,其诗峭厉而不平;严庄温雅之人,其诗自然从容而超乎事物之表。”③道德主体转变为创作主体时,随气而来的多重情感意蕴便厚积薄发,各放光彩。因而,宋濂论诗的基调是发乎情止乎礼义,但他又注重情随物迁:“诗乃吟咏性情之具,而所谓风、雅、颂者,皆出于吾之一心,特因事感触而成,非智力所能增损也。”④宋濂早期诗歌多为古体诗,如《孤愤辞》《哀东海》《伤姝女》《哭王架阁辞》等,虽然这些诗歌没有刘基的澎湃激烈,但一股愤懑之情流动其中。刘基的《梁甫吟》悲士不遇,情绪急躁,意气跌宕,含有一股激越回旋的郁结之气,其中既有王粲《登楼赋》的无奈沉吟,又有李白《蜀道难》的仰天悲歌。刘基的近体诗,也往往能以气动人,如《春兴七首》《次韵和孟伯真感兴四首》等,抒发忧国忧民的波澜起伏之情。刘基这些诗

---

① 〔明〕刘基著,林家骊校点:《刘基集》,浙江古籍出版社 1999 年版,第 88 页。

② 〔明〕刘基著,林家骊校点:《刘基集》,浙江古籍出版社 1999 年版,第 94~95 页。

③ 罗月霞主编:《宋濂全集》,浙江古籍出版社 1999 年版,第 1008 页。

④ 〔明〕宋濂:《答章秀才论诗书》,见郭绍虞主编《中国历代文论选》,中华书局 1962 年版,第 254 页。

歌立足于充盈的理、气，特别凸显了诗歌“气势”。与他的写实诗相比，这些诗作更能显现作者的创作个性与自我性情。当然，此情多为理涵养后的情。他的游仙、田园之作，也不是纯粹抒发一己的逸情雅趣，或者一味地厌世、弃世，而是带有浓厚的儒者志士风范。情中含有积极用世之理——传道教化，匡扶天下。

主观上的重理尚气，却能在客观上促成情感酣畅淋漓地抒发。越中派涵养的气具体体现到诗作上，突出表现为以文为诗。越中派喜作古体、乐府、歌行等长篇，如苏伯衡的《明日诣相府控辞述怀》《越三日丞相以辞职归养闻钦蒙允志喜》《寻被留校雠〈元史〉》记叙的是诗人辞官归家又因校对《元史》被留，三首诗可补正史所缺，诗中理充气昌，议论纵横，诗风雄奇苍劲。又如宋濂的《秋夜与子充论文，退而赋诗一首，因简子充并寄胡教授仲申》近千字，洋洋洒洒，几乎全篇议论，阐发文愿、文理、文法，可当作一篇诗体文论。再如《送刘赞府之官都昌五十韵》《玄麓山八咏》等篇都多发议论。宋濂有不少诗记录人事、朝事，如《赠刘俊民先辈》与《予奉诏总裁元史，故人操公琬实与纂修，寻以病归，作诗序旧》，前篇记叙才士的际遇坎坷，后者记录修《元史》的心得，两篇都几近传记。刘基的诗中多有浩浩奇气，如长篇《二鬼》。二鬼结璘与郁仪分别喻自己与宋濂，它们游历世间，遇天地巨变，遂想辅助天帝除邪扶正，重塑天地，造化万物，不想最后反被天帝囚禁。全篇1216字，词尖象怪，意气纵横。《楚妃叹》《上云乐》等诸篇，皆嬉笑怒骂，几近短文。他的《潜溪图歌为宋景濂赋》《送陈庭学之成都卫照磨任》《题谢翱传后》俱辞采瑰丽，想象奇特，色调明亮，境界幻漫，气势凌厉，正是“拉杂成文，极烦冤瞆乱之致，此《离骚》遗音也”①。与刘基“奇气”相近的越中诗人当推张孟兼，他桀骜不驯，不屑流俗，其诗情意流

① 〔清〕沈德潜：《明诗别裁集》，上海古籍出版社2013年版，第2页。

宕，气理充溢。越中派此类诗歌言语犀利、议论纵横，是以理、气进行诗歌创作的结果。

（三）诗含忧患意识——思考人生之理

在元末明初那个四分五裂的时代，文人们都有感于天下崩析、自身遭际，总能敏感地攫取到恍兮惚兮的危机因素。分乱时的战火肆虐和统一时的人主淫威，使得诗人们的忧患意识有所生发。而最能领悟并表达此种理性意识的，当属越中派。越中派是五派中与朱明政权最为亲密的一派，也是遭到杀戮较为惨重的一派。像宋濂那样君臣遇合的情况毕竟是少数，更何况这种遇合的主动权掌握在君主手里。避祸隐退还是挺身侍主，越中派对此有过一定审视，由此，催生了他们诗歌中理性的忧患意识。

易代之际的越中派，心境很像西晋时期的文人。他们捕捉、挖掘并直面易代之际的忧患难题。刘基在《旅兴五十首》对自己一生沉浮作了总结，字里行间流淌着浓郁的感伤，叹年岁不逮，惜时光如梭，反复陈述人生忧患。刘基的一生可谓异彩纷呈，他学识渊博，兼学儒、释、道、阴阳等多家思想。在元代，刘基曾四出四归，转仕朱元璋后虽曾一度官显，但不免遭受君主控制与党派倾轧。时代背景造成了刘基沉重的忧患意识："人生无百岁，百岁复如何？谁能将两手，挽彼东逝波。古来英雄士，俱已归山阿。有酒且尽欢，听我薤露歌。"①无论仕元还是仕明，刘基都秉持积极入世的态度。但是，尽管他的诗歌多以高扬的格调示人，但其中不乏感伤成分。《九叹九首》中屈原的形象是那么孤独，《秋日惨淡》《思归引》《渔父歌》等楚辞韵调是如此苦闷幽怨。善于融会贯通如刘基者尚且忧叹人世生命，更遑论身处这一特殊历史时期的其他文人了。

---

① 〔明〕刘基著，林家骊校点：《刘基集》，浙江古籍出版社 1999 年版，第 256～257 页。

满腹经纶的元末文人们被世道混乱所耽误，入明后又被帝王压制。进亦忧，退亦忧，是那个时代文人的共同心理。但能直面这一心理，并对其有所思考的，当属越中派。“一夕复一夕，一朝非一朝。昨见春花开，忽睹秋叶飘。人非金石姿，安得长不凋”①，“冬日何可爱，夏日何可畏……但惜爱日短，不及畏日长”②，“人生苦逼侧，莫处蛮触间。杀机起不测，朝夕相构患”③。时光飞逝，岁月流转，人的一生虽短暂，却充满了苦楚忧患。时间带给文人的巨大现实压力，远远超过他们建功立业的理想承受力。

仕与隐的矛盾困扰着千古文人，但大多数文人不愿深究于此，只在其中取一舍一。越中派对文人的出处问题进行过一定的思考，“避世庞公老，思农季子贤。欲为耕凿计，出处愧茫然”④。无论是庞公还是季子贤，都不是诗人所真正羡慕的。如何自立于世，王祎对此显然很迷茫。宋濂在《忆与刘伯温、章三益、叶景渊三君子同上江表，五六年间，人事离合不齐，而景渊已作土中人矣，慨然有赋》表达了对文人出仕的积极理解；而在《寄答戴九灵古诗十九首》中，他又对自己的答案表示怀疑，试图进一步衡量仕与归的得失利弊。刘基的《感怀三十一首》《咏史二十一首》诸诗细致入微地描绘出文人在仕隐问题上的摇摆心理。诗人表达的不仅仅是或归隐或出仕的意愿取向，而是超越了个体，对文人群体的人生价值进

① 〔明〕胡翰：《拟古》(其一)，见全明诗编纂委员会编《全明诗》第1册，上海古籍出版社1990年版，第652页。

② 〔明〕胡翰：《冬日何可爱》，见全明诗编纂委员会编《全明诗》第1册，上海古籍出版社1990年版，第650页。

③ 〔明〕胡翰：《人生苦逼侧》，见全明诗编纂委员会编《全明诗》第1册，上海古籍出版社1990年版，第650页。

④ 〔明〕王祎：《王忠文集》，影印文渊阁《四库全书》本，第1226册，第40页。

行的理性关怀,尽管这种理性意识还很模糊。

越中派抒发的这种生命忧患意识,与建安诗人的所发遥相呼应,二者都有正视人生的勇气与悲壮思想。但建安诗人的忧患意识多导向建功立业,及时行乐;越中派的忧患意识则多走向避祸全身,随波逐流。相比之下,越中派的忧患少了些建安时期的铮铮骨气。也许王袆的一首《长安杂诗》最能代表越中派的这种特殊心境:

> 人生百年中,穷通无定迹。譬如风前花,荣谢亦顷刻。当时牧羊竖,尊贵今谁敌?憔悴种瓜翁,乃是封侯客。丈夫苟得时,粪土成拱璧。一朝恩宠衰,黄金失颜色。古昔谅皆然,今我何叹息。①

此种悲咽之声,是乱世之际抱独守残的无奈,是治世之时伴君如虎的怵惕。风云变幻之间,诗人对安身立命的问题更是百思不得其解。这反映了诗人对生命意义的深度关照与思考,是越中派重理思想的无意识结晶。他们的敏感不是空穴来风,越中派大都幸免于元末的战火刀剑,却殁于明初太平朝堂。他们的非正常死亡,使那些大量忧患诗一语成谶,悲剧地印证了诗人们的"理性预见"。

诗歌情理之辨的结果在重理的越中派这里是很明显的。他们一开始就宣判了"胜利"的一方,诗之情是依附在诗之理上的。然而,越中派并不是一味地轻情,而是把诗之情纳入了诗之理的大框架中。情在理的强势下并没有消失,而是以心、气的方式出现在该派的诗论与创作中,由此补充越中派重理的诗学观。崇儒宗经、诗

---

① 〔明〕王袆:《王忠文集》,影印文渊阁《四库全书》本,第1226册,第37页。

道合一是越中派坚定的诗学理念。作诗,要理至、气昌、意精、辞达。他们往往以开国文臣的身份去发扬传统诗教。一方面,越中派重理扬道,诗关世道、风俗,与国家政权紧密相关;另一方面,他们并未扼杀诗中之情,甚至多发涵养之后的情。宋濂在《文原》中曾说过,人能养气,则情深而文明,气盛而化神,当与天地同功也。也就是说,情与气最终都服务于理。相对于其他诗派,越中派对自身价值的认识更"政治化",重理思想与诗论几乎完全出于自愿,私自的、感性的情感,或者不发,或者发而有用。越中派重理,诗之理与国家兴衰、社会责任紧密相连,重在外王;同时,此理又偏向理学中的心、气,因而受涵养的个人性情也常表现在诗中。

二、吴中派:扬情轻理

明初诗歌,江浙最盛。其中吴中、越中两峰对峙。吴中派指元明易代之际,活跃在江苏一带,以高启、徐贲、杨基、张羽为代表的诗歌派别。"有吴诗派,高杨张徐。沨沨之音,鸣于国初。殷敦周匝,以变于古,卓乎醒庵,膺绍其武。"①四人同是北郭诗社社友,号称"吴中四杰"。越中派论诗尚气、理、用,吴中派却推崇诗歌的情、意、趣。不同于越中派或无意识或节制地流露个人情感,吴中派在诗中大张旗鼓地高扬自我才情,唱出了情意浓浓、高华卓绝的吴音,显示出扬情轻理的诗学观。

(一)自适的人品与重情的诗品

吴中山水清嘉秀丽,才俊云集,文事兴盛。明人莫如忠《吴淞诗委序》云:"自陆平原兄弟开其源,顾侍郎、顾著作、张步兵诸贤扬其波,迄于皇明启祚,列圣右文海内,诗道益广,时则高、杨、张、徐

---

① 〔明〕钱谷:《吴都文萃续集》,影印文渊阁《四库全书》本,第1386册,第312页。

四子崛起,后先其所撰造,几贞观、开元之遗响,诗未亡也。”①吴中文人最突出的心态是“自适”:清高潇洒,自由放情,“我意在有适,宁顾朽木嗤”②。这份“自适”,在一定程度上受惠于吴中当时的天时地利。正当元军与农民军、农民军与农民军,在中原、关陕、楚中和江西等地鏖战时,吴中张士诚却与元朝保持亲疏不定、不远不近的关系,他无远大理想,也少与群雄争锋,故吴中相对于其他地区较为安宁。张士诚在吴中礼贤下士,信用文人,吴中文学活动声势远超其他地区,俨然元末的“稷下”“邺下”。当时的吴中地区,以平江(今苏州)为中心,至江阴、无锡及松江,包括今属浙江的嘉兴、湖州等地。这一带是全国著名的粮食和桑麻产区,又兼有鱼盐行业,沿海商贸,交通便利,商业发达,城镇繁荣。吴中诗人大都衣食富足,不为功名利禄所拘,自娱自适,诗酒年华,清逸脱俗。

出于“自适”情怀,吴中派对当局统治持不温不火的态度。无论对元朝、张氏还是朱明政权。元末,“夏夷之辨”复兴,群雄多借此起兵,但是在“吴中四杰”身上,很少见到这种士人气节。他们对元朝基本是认同、接受的。杨基与张羽参加过元朝的科举考试,杨基的《闻官军南征解围有日,喜而遂咏》咏元军破红巾军之事,张羽有悼念元朝将领余阙的《余将军篆书榻本歌》,徐贲于元朝灭亡后作《秋虫三谏》(《秋萤》《秋蝶》《秋蝉》)为之叹息。但是这并不代表他们对元朝有多大的依附心理。张士诚据吴,四杰都有出仕的经历。入明后,四杰先后应诏入京。由此可以看出,四杰并没有把忠君报国奉为人生纲目,对改朝换代看得较开,坚守自适的生活情趣。不管对割据势力还是正统王朝,吴中文人都保持比较独立的

---

① 〔清〕黄宗羲编:《明文海》,中华书局 1987 年版,第 2766 页。

② 〔明〕高启著,徐澄宇等校点:《高青丘集》,上海古籍出版社 1985 年版,第 172 页。

人格精神。吴中派的这份“自适”不分时间、地点，似乎谁统治天下都无所谓，好像外界因素与他们自身的清高自由无多大关系。

当然，吴中派对元朝、张士诚、朱元璋也有过憧憬，但他们的主要心思不在于此。纵情山林，登楼览苑，诗酒年华，泼墨渲染，吴中派追求自由、雅致、高洁的文人生活。比如他们的隐逸心理，就不仅仅是避祸那么简单。杨基自号眉庵，并作《眉庵记》专论眉。高启对此也有论述：“右嘉陵杨君眉庵记，谓眉无用于人之身，故取以自号。夫女之美者，众嫉其蛾眉；士之贤者，人慕其眉宇，而不及口鼻耳目，则眉岂轻于众体哉？盖众体皆有役，眉安于其上，虽无有为之事，而实瞻望之所趋焉，其有类乎君子者矣。”①“眉”介于有用与无用之间，却安稳地高居五官之上。高启由“眉”联想、生发出君子风度，并以此来论说杨基独立清高的个性，彰显了吴中派追求高蹈自由的人生价值观。

“自适”的心理催生了吴中派重情的诗学思想。越中派心在用世，作诗可看作是其人生事业的附属品，吴中派却恰恰相反。他们中大多数人以“专业诗人”自居。高启说：“后世始有名家者，一事于此而不他，疲殚心神，搜刮物象，以求工于言语之间，有所得意，则歌吟蹈舞，举世之可乐者不足以易之，深嗜笃好，虽以之取祸，身罹困逐而不忍废，谓之惑非欤？”②指出作诗要有“专业”意识与功夫。杨基也说：“我素有诗疾，逢人即谈诗……我疾已成癖，君复求我医。”③坦言自己有吟诗不绝的嗜好。志在诗，这不仅体现了他们

① 〔明〕高启著，徐澄宇等校点：《高青丘集》，上海古籍出版社1985年版，第926页。

② 〔明〕高启著，徐澄宇等校点：《高青丘集》，上海古籍出版社1985年版，第906页。

③ 〔明〕刘基著，杨世明等校点：《眉庵集》，巴蜀书社2005年版，第43页。

超凡脱俗的人生理想，同时含有对诗的本质认识。诗与功名利禄截然分开，承载的全是诗人的自由情感。王行云："初吴城文物，北郭为最盛。诸君子相与无虚日，凡论议笑谈，登览游适，以至于琴尊之晨，芗茗之夕，无不见诸笔墨间。"①北郭集社是此时吴中诗坛上的一大盛事，其核心人物即吴中四杰。诸子赋诗谈笑，畅抒情怀。诗社与其说是文人舞风能雅的活动场所，不如说是他们自由抒情的乐园。北郭结社开明初诗坛结社之风。元末明初的大部分诗社，都成立于吴中一带，如苏州的北郭社、昆山的玉山雅集、吴县的耕渔轩山庄、无锡的清秘阁等，这侧面传递了吴中人士专注诗歌与喜好描摹才情的文人高雅情怀。

诗之情理的天平在吴中派这里发生了很大倾斜。相对于越中派，吴中派积极、热烈地在诗中描摹才情，有意无意地与理相抗。他们吟诗浅酌，泼墨勾勒，追求生活的诗情画意，具有浓郁而高雅的文人气息。

（二）诗情之显：描摹才情

吴中文人自古多情，情洒万事万物。历代评论家大都注意到了吴中诗的"多情"。王世贞评论杨基的诗："情至之语，风雅扫地。"②许学夷也说："杨五七言古，每多任情"③，"季迪之诗，缘情随事。因物赋形，横从百出，开合变化"④。吴中诗歌几乎与载道、济世、厚人伦、正风俗之类的话语绝缘，大都是作者自我才情的展现。他们毫不掩饰自己的多重情思，追求一种阳春白雪的生活情调，并

---

① 〔明〕王行：《半轩集》，影印文渊阁《四库全书》本，第 1231 册，第 393 页。

② 〔明〕王世贞：《艺苑卮言》，见丁福保辑《历代诗话续编》，中华书局 1983 年版，第 1033 页。

③ 〔明〕许学夷：《诗源辨体》，人民文学出版社 2001 年版，第 397 页。

④ 〔清〕钱谦益：《列朝诗集小传》，上海古籍出版社 1983 年版，第 75 页。

高调地在诗中描摹才情，暗地里显示了对理的轻视。

1. 以诗扬情

吴中派论诗强调格调意趣："诗之要，有曰格、曰意、曰趣而已。格以辨其体，意以达其情，趣以臻其妙也。体不辩则入于邪陋，而师古之义乖；情不达则堕于浮虚，而感人之实浅；妙不臻则流于凡近，而超俗之风微。三者既得，而后典雅、冲淡、豪俊、秾缛、幽婉、奇险之辞变化不一，随所宜而赋焉。如万物之生，洪纤各具乎天，四序之行，荣惨各适其职。又能声不违节，言必止义，如是而诗之道备矣。"①格、情、趣三者俱得，诗才变化多端。格是诗歌的外在形式，而"情"与"趣"则突出了诗的主体情感。因而，吴中派诗既多发高华卓绝之情，又常吟纤细优雅之情。

(1)高华卓绝之情

吴中诗的特点之一即高华俊逸、卓然风发。如高启的《青丘子歌》与《登金陵雨花台望大江》，前者以奇幻诙谐的笔调，塑造了一位谪仙式的主人公，词句错落，音调圆美，想象浪漫；后者历数朝代更替，神气风扬，高亢慷慨，决不同于一般阿谀奉承的应制诗，充分显示了高启卓绝超群的才情。正如赵翼所赞："李青莲诗，从未有学之者，唯青丘与之不相上下，不唯形似，而且神似。"②杨基对"铁崖体"多有借鉴，如《铁笛歌为铁崖先生赋》《元夕次韵铁崖先生》《梁园饮酒歌》等作，才情汹涌，意调高远，构篇遣词，一气呵成，令观者叹服。吴中派对自己的才华颇为自信，并乐意在诗中展现出来。如张羽在《感怀》十四首中，用阳春白雪、良马、刘备、重耳、孔明、邓禹等自况；杨基在《赠别徐季子》中描写了自己不凡的容貌与

---

① 〔明〕高启著，徐澄宇等校点：《高青丘集》，上海古籍出版社 1985 年版，第 885 页。

② 〔清〕赵翼：《瓯北诗话》，人民文学出版社 1963 年版，第 124 页。

黼藻绚烂的才华,充满了高度自信与自豪感。

吴中派怀古咏史时,能正视历史,直击前朝遗症,发千古之思。高启的怀古诗往往以高远的目光俯仰古今,《读史二十二首》《咏隐逸十六首》《吴城旧感》《咏荆轲》《石崇墓》《楚妃叹》《吊伍子胥辞》等都是这方面的代表。且看他的《吊岳王庙》:"大树无枝向北风,千年遗恨泣英雄。班师诏已来三殿,射虏书犹说两宫。每忆上方谁请剑?空嗟高庙自藏弓!栖霞岭上今回首,不见诸陵白露中。"①该诗描绘了岳墓萧瑟的景象,将岳飞含冤的史实与诗人悲愤的感情融为一体,批判矛头直指高宗赵构,揭露出帝王保龙椅、毁社稷的极端私心。他的题画诗《明皇秉烛夜游图》《题李德新中宗射鹿图》《题宋徽宗画眉百合图》分别讽刺唐玄宗、唐中宗与宋徽宗,以此来警喻当世,感情不偏不倚,说理入木三分。此外,徐贲的《读史》组诗不仅有对历史人物的瞻仰,更有借古谏君之意。张羽在《谢安、王羲之、刘伶、陶潜》中围绕每个人的特质,进行独到精当的评价。杨基的《楚范赠附》《淮阴祠》《题明皇贵妃对弈禄山旁边图》等作,谈古论今,评点江山。这些诗作,穿越古今,俯瞰世事,显示出诗人不凡的历史学识与评史胆量,具有超凡卓绝的情思与诗调。

吴中派此类诗情之所以高华不凡,除了诗中浓郁真挚的情感外,文人理性认识也是其中一个重要因素。吴中派不囿于书堆,高华的情调含有诗人对历史的考量和现实的审视,不凡的史识反映出诗人对当下多事之秋的理性思考。

(2)纤细幽雅之情

多情之人,视听所触皆是情,万物万籁皆显情。在他们的视听

---

① 〔明〕高启著,徐澄宇等校点:《高青丘集》,上海古籍出版社1985年版,第647页。

领域里，一草一木、万籁百声皆情趣充盈。情感物而发，物因情入诗。这是中国诗学中的“感物兴情”说，敏感细腻的吴中文人将此命题发挥到了极致。吴中派对大自然有种近乎痴迷的喜爱，诗集中随处可见对大江大河的赞美。但其中数量最多的、最引人注目的则是在内容与情调上都偏向纤细的咏物诗。吴中派喜爱柔美景物，擅长细致入微的观察与细腻妥帖的描写。风雪雨露，柳荷竹叶，一入耳目，即咏成诗。

咏花是吴中诗歌的一大特色主题，由此形成了吴中派特有的拈花低吟的诗人姿态。杨基《眉庵集》中咏花诗多达百首，涉及花种品类繁多。他咏隐逸淡雅的菊花、清幽高雅的梅花、纯洁素雅的梨花，吟“睡损红绡腻有痕，舞酣金殿娇无力”①的海棠，歌“素颊映红腮，西园共折来”②的桃花，咏“冰肌玉骨照江波，瑟瑟尘生袜底罗”③的水仙，等等。他的日常娱乐必有花做伴，“笑呼春酒白玉壶，且复清吟对花酌”④，“花底若教连日醉，座中犹可少年狂”⑤，“但得花间风月好，打球场上自年年”⑥，花几乎是他生命的一部分。也许世事纷争、心烦意乱时，诗人把看花当作一剂疗伤的良

① 〔明〕刘基著，杨世明等校点：《眉庵集》，巴蜀书社 2005 年版，第 77 页。

② 〔明〕刘基著，杨世明等校点：《眉庵集》，巴蜀书社 2005 年版，第 259 页。

③ 〔明〕刘基著，杨世明等校点：《眉庵集》，巴蜀书社 2005 年版，第 288 页。

④ 〔明〕刘基著，杨世明等校点：《眉庵集》，巴蜀书社 2005 年版，第 57 页。

⑤ 〔明〕刘基著，杨世明等校点：《眉庵集》，巴蜀书社 2005 年版，第 106 页。

⑥ 〔明〕刘基著，杨世明等校点：《眉庵集》，巴蜀书社 2005 年版，第 107 页。

药。“偶随流水到花边，便觉心清似昔年。春色自来皆梦里，人生何必尽樽前”①，不论何时何地，只要花开，一切都还好。高启与徐贲也有不少写花诗，较为特别的是徐贲的一首《题杨补之十梅》，该诗结合烟、雪、水、影等意象，生动传神地描摹出梅的万种风情。

雨也常常受到吴中派细腻的关照。雨洗涤万物，冲刷污垢，还大自然最初的清新魅力，以致雨后的一切宛若新生，所以万籁之中，张羽酷爱听雨，“风雨过来啼鸟静，白云更比绿荫多”②。雨往往能消除喧闹，隔断人迹，“门径素来静，雨中人更稀……南山有佳色，相对共依依”③，诗人在宁静清幽的雨中屏息养气，静听雨声，静看雨景。不用登山临水，不用饮酒抚琴，有雨，心已超然。张羽号青山静者，室名静者居。或许，听雨正是诗人对“静”的诗意领悟与诠释。

但最能触动吴中诗人心弦的，是一些悲楚之声。凄凄惨惨戚戚的雨声、啼血哀鸣的鸟声、嘈嘈杂杂的乐声，往往能轻易地勾起诗人的感伤情绪。且看杨基的感喟：“落月祁阳路，声声叫子规。万山春尽夜，孤枕梦回时。客自伤漂泊，人谁念别离？无多眼中泪，听汝不胜悲。”④“万里飞来一雁声，梁园枕上梦初醒，谁怜今夜江南月，又是空斋独自听。”⑤世事无常，羁旅劳顿，杜鹃啼血，孤雁

---

① 〔明〕刘基著，杨世明等校点：《眉庵集》，巴蜀书社 2005 年版，第 218 页。

② 〔明〕张羽：《静居集》，影印文渊阁《四库全书》本，第 1230 册，第 542 页。

③ 〔明〕张羽：《静居集》，影印文渊阁《四库全书》本，第 1230 册，第 501 页。

④ 〔明〕刘基著，杨世明等校点：《眉庵集》，巴蜀书社 2005 年版，第 175 页。

⑤ 〔明〕刘基著，杨世明等校点：《眉庵集》，巴蜀书社 2005 年版，第 327 页。

哀鸣，声声入耳，声声惊心。吴中文人多用歌乐咏兴亡之事，张羽的《听老者理琵琶》、高启的《吴别驾宅闻老妓陈氏歌》《夜饮丁二侃宅听琵琶》《客舍雨中听江卿吹箫》《听教坊旧妓郭芳卿弟子陈氏歌》、杨基的《赠京妓宜时秀》《听老京妓宜时秀歌慢曲》《忆邑翠亭听歌示徐幼文、余唐卿》、徐贲的《听歌》《听笛》《和高启闻邻家琵琶作》等都是此类诗歌。曲乐绵丽，婉转悠扬，诗人却从中听出了现世的哀伤与历史的沧桑。

理学思想教导文人士子修道养性，节制自己的多样情绪。然而，客观上与主观上都远离理学的吴中派，却不屑于用理来约束自己。生活中的他们是那么敏感、多情，一花一木、滴雨飞声都能让他们联想蹁跹、情思神游。多情以致多愁善感，吴中派抒发的情感往往带着朦朦胧胧的愁绪。此类咏物诗不似王安石、杨万里等人从景致中提炼道理的理趣诗，而多体物兴情，聊寄情思，与事理人理相去甚远。

(3)北郭心殇之情

北郭不仅是吴中俊士吟赏烟霞、风流共赏的场所，更是他们在乱世中的精神暂息处。世道离乱，身世不定，所幸有友为伴，彼此相惜相知。北郭文人重情义，多有怀友诗。如张羽作《怀友诗二十三首》《续怀友诗三首》。元至正二十五年(1365)冬，明军攻吴，水路并进，兵事日紧。平江此时不啻一座孤城，被困城中的文人们生死未卜，度日如年。四杰都有诗记叙当时的境况，如高启"时在围中"的一系列诗歌，他与张羽、徐贲都有《绿水园宴集》，记叙在围城中与友举杯赋诗的情景。"留连诗酒间，若不知有风尘之警者"①，"城难"当头，他们却呼朋唤友，饮酒买醉，这似乎很

① 〔明〕张羽：《静居集》，影印文渊阁《四库全书》本，第1230册，第505～506页。

难为外人理解。但此举并非“玩物丧志”,而是忧郁之情的另类宣泄。

北郭结社也许是吴中派人生中最快乐的一段时光。他们在战火中觅得一方安宁,交到一群诗友,看花听雨,赋诗作文。可惜好景不长,不久便天旋地转、沧海桑田。入明后,社友们四处飘散,北郭社亦随之迅速凋零。四季依旧流转,但人事已不同。回忆往事,追想似水年华,北郭友人不断咀嚼着他们共同的美好往昔。洪武元年(1368),杨基与徐贲被放置临濠,两人筑屋四楹,名曰“梦绿轩”。杨基《梦绿轩》云:“去年吴城正酣战,却倚危楼望葱蒨。今年放逐到长淮,万绿时于梦中见。”①逢人说梦,替人做梦,全因自己曾有过一段“美梦”。徐贲同有一首《纪梦》:

> 梦里绿荫幽草,画中春水人家。
> 昨夜纱窗细雨,银灯独照梨花。②

两位友人惺惺相惜,携手赴难。四杰作有大量回忆与记录吴中美好生活的诗,较为典型之作有高启的《吴中亲旧远寄新酒》《衍师见访钟山里第》《江上逢旧妓李氏见过四首》《和杨余诸君在谪中忆往年西园听歌》等,徐贲的《和张文学怀吴兴旧游》《江西途中寄吴城北郭王李诸友》《中秋夜对月有咏四首》等,杨基的《寓江宁村居病起写怀》、组诗《舟泊南湖有怀》三首等,张羽的《纳凉偶成》《雪意》《寄王止仲》等。诗人念念不忘的,是当时的身心自由;割舍

---

① 〔明〕刘基著,杨世明等校点:《眉庵集》,巴蜀书社2005年版,第92页。

② 〔明〕徐贲:《北郭集》,影印文渊阁《四库全书》本,第1230册,第607页。

不下的，是沉淀的一份情谊。而这些，均来自吴中派的重情意识。

吴中派对北郭的深长情意，含有一种理性认识的幻灭感。吴中派不可能没有用世意识，只是此种传统理性观念依附在诗人自适的情趣上。同样投身家国，越中派的用世之心深沉强烈，理教色彩重；吴中派的用世之意则比较单一脆弱，含理较轻。因张士诚据吴后提倡文治、优待文人，吴中派对张士诚安居一方的状况几乎没有异议，甚至在他身上寄予吴地中兴的愿望。明军攻城彻底击破了诗人刻意经营的用世美梦，雅致文人式的用世想法与方式终为一场空，这不得不使多情的吴中派对现实有所反思。他们往往借助对吴中美好的缅怀，抒发今昔对比的感慨和思索，用所擅长的情调来表达深层次的理性认识。

吴中派偏执于咏情，一方面是由自身性情而来，另一方面则受到理的冲击。入明后的诗人处在官方理学氛围下，多发政治清明的盛世之音。然而，吴中派入明后的诗作，并没有真正融入理文化的潮流中，而是在夹缝里继续抒写自我的所感所想。因敌视张氏集团，朱元璋迁怒于吴中地区，通过政治、经济、思想等手段对其进行严酷打击，如加重当地赋税，谪迁当地居民等。入明后出仕的吴中文人与朱元璋貌合神离，常常游离于馆阁集群之外，挣扎在党派倾轧之中。对朱明新朝，吴中派的心情是复杂的，有排斥、畏惧、接受、期望……然而，明朝建立后不久，就只剩下惊恐与痛苦了。与其他地区文人相比，在人品上，吴中派有“贰臣”之名；性情上，他们更放纵自我；文学上，该派更注重审美抒情。这些都是朱元璋所提防所厌恶的“元末陋习”，因此，吴中派在明初受到迫害的程度可想而知。北郭之殇，只是自适雅致的诗人理想败于残酷政治现实中的冰山一角。思想文化中情理的较量，极大地牵引着吴中派的心思，发而为诗，则成重情轻理之音。高雅的文人情趣，本是他们有意识的生活追求，这明里暗里，都带有与理相抗的意味。

2. 情由才出,才亦是情

宋诗多重才,强调诗人对典籍范式的积累和化用。此才受理的引导,基于卷帙浩繁的经史子集。所谓“格物致知”的学问方式,影响了诗人向学者靠拢的情况。若说重理诗歌中的“才”多是儒者的经史学识,偏向创作客体。那么轻理诗派中的“才”是文人的天逸才情,偏向创作主体。吴中派的才,便是这样一种艺术卓绝、才华横溢的文人之才。“才情之美,无过季迪;生气之雄,次及伯温。”①王世贞所称赞的,正是诗人华美充盈的诗才。一方面,多愁善感需要靠才情表现出来,付诸诗篇;另一方面,诗之才情本身也是他们轻理甚至抗理的隐性武器。

吴中人杰地灵,文人才华横溢,往往诗、书、画皆工。陈田说:“‘北郭十子’,能画者五人。幼文画迹流传最多,孟载、来仪、仲温、止仲今罕传者。”②吴中画与诗多有交叉,因此吴中派有大量的题画诗。他们泼墨山水,临摹自然,作画、赏画、题画。

徐贲擅长绘画,其画远师董源,近法倪瓒诸家,重写意,不计形式。画中山林水木,濯濯可爱。他的题画诗与画相通,清空疏宕,意涵其中。且看他在两首题画诗中所云:“隔浦秋鸿小,当江夕照空。扁舟不觉重,却载荻花风。”③“路入桃源近,门藏竹户深。孤云同隐迹,老鹤识闲心。”④以画笔入诗,意境清淡有味,《松路山岩图》《巨峰林馆图》《石帆山图》等均是此类作品。再看他的《墨

① 〔明〕王世贞:《艺苑卮言》,见丁福保辑《历代诗话续编》,中华书局1983年版,第1023页。

② 〔明〕陈田:《明诗纪事》,上海古籍出版社1993年版,第187页。

③ 〔明〕徐贲:《北郭集》,影印文渊阁《四库全书》本,第1230册,第606页。

④ 〔明〕徐贲:《北郭集》,影印文渊阁《四库全书》本,第1230册,第607页。

梅》："月落山空人静，梦断碧窗烟冷。暗香何处消沉，留得一梢寒影。"①描绘月夜、空山、香梅等意象，画即诗，诗即画。诗笔画墨同在尺卷上，珠联璧合而不着痕迹。徐贲另一类题画诗，就事论事，如《题明皇夜游图》《二乔观书图》，从画里的故事入手，感时伤怀。其他诗人也有这类题画诗，如杨基的《题明皇贵妃对弈禄山旁边图》、高启的《宫女图》《画犬》《红蕉仕女》等。

张羽亦善画，作画师小米。他往往以"专业"目光，来赏画析画，其《米南宫云山歌》《米元晖云山图》《题唐子华云山歌》《临房山小幅感而作》称赞二米及元代画家高克恭、赵孟頫的绘画成就，《题幼文为费景祥写古萧山寺图》《题徐贲画南浦亭图》亦是此类作品。《题陶渊明像》《画为步羽士题》勾勒陶渊明与陶弘景的人格形象，与各自画相映成趣。此外，张羽还好在题画诗中表达自己隐居山林、返璞求真的清高思想，《画云山歌》《云山图》《倪云镇画竹沈御史所藏》《王元章墨竹》等题画诗便明显带有诗人回避尘世的归隐情趣。

吴中诗人卓越的才情还表现在他们诗兼众体、兼习众家上。不同于越中派偏好古体、歌行、乐府，吴中派众体皆工。古体有汉魏风骨，近体有唐诗风神。吴中派的诗歌，或雄宕豪健，或秾丽俊秀，或酣畅淋漓，或含蓄深婉。缪泳谋评高启的诗云："季迪诗自'古乐府''文选''金楼'诸体，下至李、杜、王、孟、高、岑、钱、郎、刘、韦、柳、韩、张以及苏、黄、范、陆、虞、杨，靡所不合。"②沈德潜也说："侍郎诗，上自汉魏盛唐，下至宋元诸家，靡不出入其间。一时

① 〔明〕徐贲：《北郭集》，影印文渊阁《四库全书》本，第 1230 册，第 608 页。

② 〔明〕高启著，徐澄宇等校点：《高青丘集》，上海古籍出版社 1985 年版，第 993 页。

推大作手。"①杨基的诗被赞为"天机云锦，自然美丽"②。《四库全书总目》赞徐贲的诗："长篇短什，并首尾温丽，于三家别为一格。"③程嘉燧称张羽的乐府、歌行"材力驰骋，音节谐畅，不袭宋元格调"④，称其律诗"清圆浑脱，不事绸缋，全是唐音"⑤。吴中派顺应时代潮流，也提倡诗歌复古。但他们才高情茂，学法不一，能够汇通众美，自成格貌。正如高启所说："夫自汉、魏、晋、唐而降，杜甫氏之外，诸作者各以所长名家，而不能相兼也。学者誉此诋彼，各师所嗜，譬犹行者埋轮一乡，而欲观九州之大，必无至矣。盖尝论之，渊明之善旷而不可以颂朝廷之光，长吉之工奇而不足以咏丘园之致，皆未得为全也。故必兼师众长、随事摹拟，待其时至心融、浑然自成，始可以名大方而免夫偏执之弊矣。"⑥所以高启的诗"拟汉魏似汉魏，拟六朝似六朝，拟唐似唐。拟宋似宋，凡古人之所长，无不兼之"⑦。吴中派用情灌诗，风神婀娜，摇曳多姿。《诗谈》指出吴中诗过于"纤巧"，究其原因，此诗风既受当地人文传统的影响，也因吴中诗人用情过度所致。

吴中派的自适情怀与生俱来，由此形成重情轻理的诗学观。他们当然不可能无视国家的动乱纷争，四杰不断出仕便是对此最好的证明。但吴中派的用世思想，没有那么坚韧、执着。他们更愿意潇洒地过文人的高雅生活。"今天下板荡，十年之间，诸侯不能

① 〔清〕沈德潜：《明诗别裁集》，上海古籍出版社1975年版，第8页。

② 〔明〕徐泰：《诗谈》，见周维德集校《全明诗话》，齐鲁书社2005年版，第1250页。

③ 〔清〕永瑢等：《四库全书总目》，中华书局1965年版，第1472页。

④ 〔清〕钱谦益：《列朝诗集小传》，中华书局1983年版，第77页。

⑤ （清）钱谦益：《列朝诗集小传》，中华书局1983年版，第77页。

⑥ 〔明〕高启著，徐澄宇等校点：《高青丘集》，上海古籍出版社1985年版，第885页。

⑦ 〔清〕永瑢等：《四库全书总目》，中华书局1965年版，第1471～1472页。

保其国,大夫士之不能保其家,奔走离散于四方者多矣!而我与诸君蒙在上者之力,得安于田里,抚佳节之来临,登名山之眺望,举觞一醉,岂易得哉?”①这种带有“及时行乐”色彩的观点,自会受到有志之士的攻击,但正表明了吴中派对待情理的态度。“吴中文人群体在元末养成了懒散的习性与高视自我的个性,他们不愿在严受拘束的官场中过那种形同工具的吏员生活。”②传统儒者的积极用世与宋儒的涵养德性,都比不过吴中派自我的雅致性情与文人生活。

若说越中派重“理”而化用了“情”,吴中派则扬情避理,导致情理之辨的天平在该派这里倾斜得比较厉害,他们给予“情”的砝码远远大于“理”。“情”在越中派那里可以用“理”的方式抒发,而“理”却不能用吴中派的扬情思想来阐述。尽管吴中派敏感、纤细、感伤之情中含有理性思索的成分,但这一点几乎被吴中派忽略不计。吴中派有意地扬情自适,多在实际创作中抒情,这明显具有对抗“理”的意味;然而,他们几乎没有重情轻理的言论,这使得诗歌情理的斗争既进行得比较激烈,又没有被正面提出。吴中理学发展远比不上浙东、江右,重情轻理的文化环境使得吴中人士才华横溢、多愁善感。该派的诗论较少,也几乎不提“理”“道”“诗教”之类的话题。从其实际创作可看出,在他们思想里,“情”与“理”属于不同领域,而诗正是“情”的充分表现方式。也许有意与理学家划清界限,吴中派往往以纯粹文人自居,并积极在诗坛上践履这一身份设定。翻开他们的诗集,扑面而来

① 〔明〕高启著,徐澄宇等校点:《高青丘集》,上海古籍出版社 1985 年版,第 852 页。

② 左东岭等:《中国诗歌通史 · 明代卷》,人民文学出版社 2012 年版,第 108 页。

的是诗人充沛而细腻的情感意绪。诗中的描摹才情，正是该派思想中重情轻理方面的呈现。

三、情在理无——岭南派

岭南派又称“粤东派”，是元明之交，以广州南园为坛坫，南园五先生孙蕡、黄哲、赵介、王佐、李德为核心的诗派。岭南诗兴起于唐。明清时期，岭南成为诗坛重镇。开启明清岭南诗歌兴盛序幕的，正是元明之交的岭南派。“有明以来，粤诗大盛。洪武之初，高青丘雄视词场，而广南孙西庵崛起岭表，为之羽翼。尝与赵伯贞、王彦举、李仲修、黄庸之，开南园诗社，称五先生。”①相对其他地区，偏于海隅的岭南人文兴起较晚，发轫居后，理学并不成熟。他们对理没有过多认知，情理之辨在岭南派这里几乎不存在。较为封闭的岭南地区，妖娆的海边山水孕育了岭南人偏向感性的性情，反映到诗歌中，就是情在理无。

（一）地域文化的“无理”性

因受文明开化时间与程度等因素的制约，岭南理学远比不上其他地区炙热，也少有著名的理学大儒。若说明初理学思想如同一张巨网笼罩着全国各地，那么岭南地区则是这张网相对松弛的一角。“每于天下所趋者，必居人后，而其所守者，亦往往执而不移，地气使然也。”②王士禛也说：“（东粤）人才最盛，正以僻在岭海，不为中原江左习气熏染，故尚存古风耳。”③当其他地区耽于情与理的纠缠，陷入人生出处的烦忧时，岭南派却在单纯而热情地摹才抒情；当其他各派或自动或被动地进入理学构架起的思想

---

① 〔清〕温汝能编：《粤东诗海》，中山大学出版社1999年版，第17页。

② 〔清〕陈恭尹：《独漉堂集》，中山大学出版社1988年版，第891～892页。

③ 〔清〕王士禛：《池北偶谈》，中华书局1982年版，第251页。

壁垒中，岭南派却以一种超然世外、轻描淡写的态度对待二者的冲突。当然，该派同样受到理学的影响。但这里涉及一个接受程度大小的问题。岭南派著述中少见理论文字，一是由于该派资料的遗失，二是与该派诗人自身性情有关。他们似乎并不热衷于情理的概念论述，不在争论辨析上下功夫，而是自顾自地进行实际创作，“粤派诗人没有遗下什么论诗或论文主张。但他们在创作上确有共同之处，这与他们彼此唱和、相互影响有关。也就说他们的群体意识是在创作中自然形成的”①。他们的诗中充溢着一种积极乐观的情调。这一情调与严肃、内敛的理相对，偏向感性、外向的情感。

受教于传统儒家思想，诗人抒发的情感是受节制、经过筛选的。多数情况下，诗人吟咏的个人性情，或与社会责任、道德伦理挂钩，或表明自己清高遁隐心思。这里面多少有点故作姿态的成分：把自己塑造成为一位传统的典型文人形象。但若在官方文化统治松弛的情况下，诗人写的“情”就自由丰富多了。岭南派的“情”，就是浓淡皆宜、多姿多彩的，“西庵自汉魏、六朝、初盛中唐，无所不学，而炉锤独运，自铸伟词，固卓然名家。若赵、王二公，虽存诗不多，亦清超拔俗。唐之淋漓神致，时近青莲。仲修雕镂肺肝，或仿长吉”②。但他们转益多师，诗兼众家，尤好六朝、唐诗。因此岭南诗既绚烂华丽，又清朗古逸。

元末明初的官方理学，对岭南来说比较“遥远”。在理性的意识形态控制较松的环境中，诗中“理”相对淡了许多，以致诗中几乎存在“理”缺席的状况。若说诗歌情理之辨的天平在越中派、吴中

① 王学太：《以地域分野的明初诗歌派别论》，载《文化遗产》1989年第5期。

② 〔清〕温汝能编：《粤东诗海》，中山大学出版社1999年版，第17页。

派那里失衡,那么在岭南派这里,它似乎已不存在。岭南派诗人热情洋溢地描摹本土的风物风情,其诗弥漫着浓浓的地域情感。

(二)理没于浓郁的地域之情

吴中派描摹才情,有意彰显自己的才华;闽中派注重才情,明确追寻盛世的才气;而岭南派真诚而单纯地书写自己的生活情绪。他们的诗作中,既少见对社会伦理的阐述,也鲜有对客观事理的抒发,而是充满了岭南当地的风景、风情,流露着对地域生活的热爱之情。从自然景物到人文景致,专心地域风情、偏向感性的岭南派,几乎忽略了"理"的存在。

1. 情注自然景物

岭南地处热带和亚热带,全年气温较高,水热同季。谚语称:"四时皆似夏,一雨便成秋。"因此岭南节气变化不明显,一年四季都是姹紫嫣红,青绿葱郁,鸟语花香。感受着大自然欣欣向荣、勃勃生机的岭南诗人,很少创作悲秋伤春的诗歌,有的是对终岁不谢、四季常存的美景的由衷喜爱之情。"百川东注,粤海独南其波。万木秋飞,岭树不凋其叶。生其土俗,发于咏歌。粤之诗所以自抒声情,不与时为俯仰也。"①秋去冬来,花落雁飞,节气的变化,时序的转换,总能引起人们对时间流逝、人生倏忽的感慨和思考。"无可奈何花落去,似曾相识燕归来"②的惆怅,"夕阳无限好,只是近黄昏"③的遗憾,是文学中的永恒主题,其中带有作者对时间的深度关照。中国古人好抒情,善抒情,但绝不是在简单地抒情。"情""理"两路是有交集的。然而在岭南派的诗作中,这种交集相对较少。他们较多地关注大自然外在的姿、色、音,赞叹当地的天籁之

① 〔清〕陈恭尹:《独漉堂集》,中山大学出版社1988年版,第754页。

② 〔北宋〕晏殊:《珠玉词》,江西人民出版社1985年版,第10页。

③ 〔唐〕李商隐:《李商隐全集》,上海古籍出版社1999年版,第103页。

音与神工之貌。黄哲的《题蒲涧读书》《小塘山居》《分题赋浮罗山赠何景先百户》《寄萧道士止庵二首》《与伯贞、彧华二友会》等。王佐的《题留郎步山庄》、孙蕡的《雨中寄友》《光孝寺》等，都直指当下境遇，并不是处在时序变化下的景物。这使得岭南诗中有股青春浪漫的气息。

岭南山脉纵横，背依逶迤五岭，面朝浩瀚大海。四大名山罗浮、丹霞、鼎湖、西樵以不同形貌风姿陶冶着当地居民与四方游客。诗人们带着欣赏、自豪的心情去写岭南的崇山峻岭、清流浦泉。他们笔下的山林，不是隐居的象征，而代表了家乡的大好河山。因此岭南派的山林诗歌更侧重写本地域的山水风貌及动植物。在该派的诗歌中，岭南不再是处于地图边缘的南蛮之地，不再是隐藏在神秘的瘴气毒烟中，也不仅是“日啖荔枝三百颗”的亚热带异域，而是充满了勃勃生机的美丽国度。李德的《十二乐章》，用丰富的想象、夸张的手法描写岭南地区一年十二月中特有的风物。在孙蕡《广州行》的视域里，亚热带水果琳琅满目：槟榔、丹荔、枇杷……其《白云山》描写了岭南特有的物种，如木棉花、鹧鸪、荔枝、杨梅等。他们对家乡的热爱与赞美，不知不觉形成了一道思想屏障，很大程度上阻止了官方理学意识的浸透。岭南五子中的李德颇有学识，晚年更是潜心于伊洛之学，但是其诗丝毫没有理学气，或秾丽或清丽。造成李德理学思想与诗歌创作背离的原因，恐怕就是养育他的岭南地区的独特风情，因为理学条文远远抵不上诗人浓郁而真挚的地域情感。

终日与大海为伴，岭南派却鲜有关于大海的诗作。大海对岭南诗歌的影响不在题材上，而在艺术风格上，它影响了该派清旷高散、飘逸飒爽的诗风。如赵介的《南楼对月》《步虚词》《怀仙吟题玉枢经卷后》《瑶池》、李德的《闲居》《仙人》、王佐的《醉梦轩为钱公铉赋》、孙蕡的《采石太白墓》等，此类诗歌颇似李白诗作的飘逸洒脱。太白高蹈独立,才情绝世,其诗自得天地之气。岭南派或许有意学太白,但他们的潇洒之气也有本地域孕育的性情在里面。

明初各个诗派均不同程度地宗唐,但在诗歌创作主体性情上,岭南派与唐人最为接近。他们开朗率真,作诗不枝不蔓、自然灵动,与理学家陶铸的理想人格相去甚远。其诗往往含有一片暖意,充溢着浪漫、外向的情感,而"理"则被淹没在浓郁而感性的地域情感中了。

2. 情写人文景致

(1)都市情结

宋以后,岭南海上贸易发展迅速,珠江三角洲一带商品贸易节节攀升,经济的繁荣带动了当地城镇的崛起。与此相关,岭南派也多关注城市、市民,以平民视角反映城市、市井的繁华热闹。广州是当时岭南的"大都市",据钟贤培《论岭南文化与岭南文献整理》考证,在唐宋时代,广州已是世界型的东方大港。到广州贸易的国家和地区有100多个,流动客商一年达80多万人次。在20世纪30年代,屈向邦说:"广州自南越立国、南汉建都以来。以地势重要、交通便利,故名物殷繁,商贾荟集,蔚然岭南之大都会。重以物既阜饶,景尤优美,绿杨城廓,风月无边,视古扬州,未遑多让,孙西庵特为之歌,读之,昔日风光,令人神往。"①因此,繁华的广州城成为诗人们津津乐道的对象。如孙蕡的《广州歌》载:"岭南富庶天下闻,四时风气长如春……岢峨大舶映云日,贾客千家万家室,春风列屋艳神仙,夜月满江闻管弦。"②四季如春、气候舒适的广州城,民物殷富,商贾云集,热热闹闹地进行着赛龙舟、击鞠、斗鸡、斗百草

① 屈向邦:《广东诗话正续编》,香港龙门书店1968年版,第48页。

② 〔明〕孙蕡:《广州歌》,见中山大学中国古文献研究所编《全粤诗》第三册,岭南美术出版社2008年版,第79页。

等流行的娱乐活动，城市的繁华风情展露无遗。缘于城镇审美情结，岭南派诗歌中多有描摹城镇之作。如孙蕡的《南京行》“岌嶫石头如踞虎，逶迤钟岳似盘龙。龙楼凤阁天中起，万户千门霄汉里”①，写出了明初南京的雄宏气势；“烂漫三春锦绣城，空濛一片笙歌市”②，道出了南京歌舞升平的景象。他的《次归州》写归州的地理环境与当地人的生产活动，而《湖州乐》则具体体现了当地生气勃勃的市民生活场景。正如曹洁躬所评，孙蕡善言地域风物，“于广州则云：‘丹荔枇杷火齐山，素馨茉莉天香国。’于罗浮则云：‘紫极房栊倚日开，蕊珠楼阁中天起。’于云南则云：‘蛮官见客花布袄，村妇背盐青竹篮。’于武昌则云：‘武昌城头黄鹤楼，飞檐远映鹦鹉洲。’‘汉阳树白烟景湿，行人如鸥沙际立。’使未至其地者诵之，亦当神往”③。

因关注城市市民的日常，五子早期作有不少以青楼女子为题材的诗。如孙蕡的《蒋陵儿》《骊山老妓行，补天宝遗事，戏效白乐天体》《别妓》《代妓送别》、李德的《青楼曲》《房中思》《梅花曲》《出城》、黄哲的《临高台》《白苎词》、王佐的《唐仙方妓图》《没人红叶图》、赵介的《长门宫》等。实际上，岭南派的审美情趣也涉及女子闺怨等方面。岭南派诗集中不乏“艳情”的创作，诗风绮丽婉转。孙蕡就擅长写闺情芳思，《横塘曲》《春愁曲》《春开曲》《游丝曲》《白头吟》《昭君叹》《湘妃曲》《闺怨绝句一百二十四首》等均是此类作品。较为独特的是他的一首《朝云》诗，这首百韵诗摘诸家名句集为一篇，“在世谁非幻，钟情我独怜。微生同坎壈，幽思久婵

---

① 〔明〕孙蕡：《南京行》，见中山大学中国古文献研究所编《全粤诗》第三册，岭南美术出版社 2008 年版，第 82 页。

② 〔明〕孙蕡：《南京行》，见中山大学中国古文献研究所编《全粤诗》第三册，岭南美术出版社 2008 年版，第 83 页。

③ 〔清〕朱彝尊：《曝书亭全集》，吉林文史出版社 2009 年版，第 76 页。

媛”“病骨相如在,劳心宋玉传。朝凭春寂寂,杜宇月娟娟。邂逅时将晚,淹留景莫延”“锦薤空薄暝,绛节映重渊,洛浦凌波袜,西湖罨画船。仙人不可见,长诵法华篇”①,语丽情深,缠绵悱恻。李德的七言更是哀婉凄艳,兹摘录二首:

燕歌行

秀颈红唇脸花碧,秋波湛湛倾人色。
高楼雾暖四时春,蝴蝶飞来归不得。
裾回縠转香风催,引商按徵云徘徊。
鸣钟考鼓丘山颓,讵识乐极生悲哀?②

梅花曲

轩后登天时,骑龙乘紫云。
三千宫貌附龙鳞,瑶珰月珮荷丝裙。
夜入罗浮醉仙子,酒楼明月神具水,梦阑霜冷蛾眉死。③

《四库全书》说他胎息温、李,从李德所存七言律诗看来,此论诚然。岭南派的闺怨诗大胆模拟女性的特有心态,细微妥帖,而不显矫揉造作。如孙蕡《闺怨》(其七十九):

玉臂无人点守宫,戏拈花瓣贴春红。

---

① 〔明〕孙蕡:《朝云》,见中山大学中国古文献研究所编《全粤诗》第三册,岭南美术出版社2008年版,第121页。

② 〔明〕李德:《燕歌行》,见中山大学中国古文献研究所编《全粤诗》第三册,岭南美术出版社2008年版,第33页。

③ 〔明〕李德:《梅花曲》,见中山大学中国古文献研究所编《全粤诗》第三册,岭南美术出版社2008年版,第38页。

香痕忽被风吹落。仿佛逢君是梦中。[1]

以拈花瓣来替代点守宫，清除了亵意而增加了情趣，小儿女纯真浪漫的情态跃然纸上。顾起纶在《国雅品》说他们的七言“能自迥出常境，绮崭处亦类初唐语”[2]。从现存诗稿来看，南园五子确有不少绮丽明艳的诗作，其中不仅有女子情思，还有古城宫事，如《乌栖典》《过梁昭明太子墓》等，华美秾丽，颇似六朝、初唐之音。对此，沈德潜说：“过昭明墓诗，应作选体。”[3]此评甚是。

整体上来看，当时诗坛很少有艳丽之作，因此岭南派这些“艳丽”诗歌在当时上就显得格外突出。其他各派，甚至吴中派，在抒情时都不脱性情之雅这一大的前提，岭南派却在写“性情之丰”。他们笔下的西子虞姬、书房吴宫、金缕绛烛或许少了份寄托比兴，却多了份生活流转的真实，艳而不俗，繁而不缛。即使写六朝宫廷旧事，诗情也是隐隐约约的惆怅，淡化了历史的沉重与灰暗。岭南派的思想观念比不上其他各派的厚重复杂，也较少从理性方向思考社会、人生问题，诗情的涌现往往更随性、恣意。

（2）宗教情结

与官方理学相比，道教、佛教却在岭南大行其道。尊奉宗教之人，对社会现象、人生现实不易做过多的思考，而常常把精力投向玄妙虚幻的空间，企求彼岸的救赎与福地。因而，他们的思维容易脱离理性，偏向感性。岭南派尤好道教，由此可反观该派诗歌理性缺失且情感偏向感性的特点。

---

① 〔明〕孙蕡：《闺怨》，见中山大学中国古文献研究所编《全粤诗》第三册，岭南美术出版社 2008 年版，第 204 页。

② 〔明〕顾起纶：《国雅品》，见丁福保辑《历代诗话续编》，中华书局 1983 年版，第 1093 页。

③ 〔清〕沈德潜：《明诗别裁集》，上海古籍出版社 1975 年版，第 22 页。

岭南宗教史源远流长,是当时佛教与道教的发展中心。禅宗六祖惠能即岭南兴县人。他在广东的四会、怀集、广宁、曲江等地精研佛理16年,随后又广招门徒,授业解道。此外,岭南也拥有不少著名的道教名士。如青霞子苏元朗就隐居在罗浮山青霞谷,深修内丹术。葛洪在岭南专研道教理论与炼丹术先后达18年之久。罗浮山、西樵山、白云山等是著名的"仙山",其中寺庙、道观星罗棋布,有白云寺、蒲涧寺、五仙观、怀圣寺等。罗浮山被称为"第七洞天""第三十四福地",是葛洪修道炼丹之地。白云山上有赵佗避暑宫、南汉呼銮道等古迹。飞仙炼丹的神仙故事、修身养性的古刹道观以及云雾缭绕的山峰深涧,熏陶着岭南人的宗教情怀。南园五子中,李德与赵介尤其好道。《广州人物传》中说赵介颜如丹渥,风度类神仙中人。且看他在《步虚词》中所载:"采采清露英,皎洁玉不如。元和合真一,饮之极甘腴。自然生羽翼,何用登云车？迢迢天汉上,琼台旷清虚。永从众仙去,天风摇佩琚。"①饮过甘甜的清露,诗人仿佛可以缥缈仙游。他的《寓山家留壁》《怀仙咏题玉枢经卷五》对道家经典如数家珍。李德早期诗歌多含有仙风道气,如《赠虚明道人》《栖云庵》《天上谣》《宿栖云庵》《暇日游城西玄妙观》《峡山寺》等作。《天上谣》铺陈诗人神游天上的所见所想,其中的人和事大都源自神话故事,写得玄幻幽妙又煞有其事,反映了诗人对美好物质生活的向往。孙蕡的《光孝寺》讲到广州著名的古刹,寺中的菩提树是梁天监元年智药三藏自西天竺移植而来。黄哲的《寄萧道士止庵二首》《分题赋罗浮山赠何景先百户》《题蒲涧读书》等作,都表达了诗人脱离纷繁杂事、参悟道教进而丰富人生的情趣。

---

① 〔明〕赵介:《步虚词》,见中山大学中国古文献研究所编《全粤诗》第三册,岭南美术出版社2008年版,第238页。

访僧、游寺、学佛几乎是文人们的共同爱好，特别是在社会动荡不安时期。他们拜佛尚禅，企图以禅理的悲悯慈怀来放松紧张的神经，去安顿疲惫的心灵，来暂避生活的杂乱。然而，岭南人多把对佛、道的追求看作是现实生活的点缀与升华，是对自身生命长度的延续。其他各派好佛，多源于对现实人生的失望，岭南派的好道却恰恰出于对生活的希望与热情。他们追羡洞天福地，不是为了躲避现实的苦难，而是争取更上一层楼的生活。此种偏执、天真的想法，正印证了岭南派思想中理性的缺席。

佛、道两家在中国大地上相争相融。其他各派若有宗教情绪，多转向佛学，多聆听梵音禅声，澄心静思。岭南派却有些不同，他们不仅事佛，更敬道；不仅憧憬彼岸的幸福国度，也渴望当下的长生不老。佛与道和睦相处，来世轮回与此刻当下不分伯仲，拈花而笑与炼丹服药相映成趣，这或许就是岭南人的宗教观。它根植于当地的文化环境，来源于岭南人的情在理无且十分感性的思想观念。

(3)南园情结

南园结社大约在元代至正十一年(1351)。此时北方的刘福通、郭子兴率红巾军转战于河南、安徽、徐州各地；南方红巾军在徐寿辉领导下战于湖北、江西。战火并未深入到偏于南陲的岭南。岭南诗人得以在一个相对平稳的环境中结友言诗。南园是他们引觞赋诗、歌舞相娱、会友畅怀的乐园。然而入明后，诗人们相继零落，诗社盛况已成旧事。但诗人梦系南园，情怀旧友，写有不少陈述南园旧事、追忆老友的诗歌。代表作有孙贲的《南园歌赠王给事彦举》《南园》《南园夏日饮酬王、赵二公子澄、佐》《怀王彦举三首》《南园怀李仲修》、李德的《忆南园》《济南寄孙仲衍》、赵介的《寄孙典籍仲衍》、黄哲的《舟泊龙湾寄孙仲衍》等。诗人对北郭、南园的悼念都是在统治思想大网骤紧的情况中进行的，但吴中派有意拿过去与当下作比，岭南派却意欲重温以往的生活。大量追忆南园的诗中很少有沧海桑田的理性思索，多是感性的留恋与不舍之情。

岭南五子最忆南园宴饮歌舞的场景。与北郭社相比，南园活动多了一些市民的娱乐味，少了一份怡性养情的文人雅趣。且看："高淡甚爱风雨夕，世上闲愁都不知，几回共酌东轩里，正值萧萧满人耳……银觥夜酌凉葡萄，琵琶嘈嘈急如泄……横眠三日醉复醒，梦见池塘生春草"①，"忆昨交游日罄欢，清时曾议共弹冠。……惟应剩酿陶尊酒，迟尔归来共岁寒"②，"长吟间剧饮，楚舞杂齐讴"③，"置酒高堂上，宾友列长筵。绮食罗雕盘，烹鳖脍熊蹯"④。狂歌放浪，剧饮淋漓，不是为了逃避、弃世与疗伤，纯粹是诗人们生活本来面目的展现。吴中诗人忆北郭，多是通过今昔对比，发岁月蹉跎、物是人非的感慨，含有荣枯盛衰的哲理。而岭南诗人忆南园，多回忆昔日的欢娱场景，似乎要把当时的人和事保存起来，在思想上并没有吴中派走得远，这也证明了他们偏向感性、多情而少理的思想意识。

南园是岭南地域中的一个"小地域"，诗人们对南园深厚缱绻的情感，比较典型地体现出独有的地域情感。正是因为少有经营仕途的经济世心、颠沛流离的痛苦经历，诗人们才能纯粹地构筑出文人乐园。无意于抗理，甚至不是有意地描摹才情。南园结社是

---

① 〔明〕黄哲：《王彦举听雨轩》，见中山大学中国古文献研究所编《全粤诗》第三册，岭南美术出版社 2008 年版，第 254 页。

② 〔明〕王佐：《酬孙典籍仲衍见寄》，见中山大学中国古文献研究所编《全粤诗》第三册，岭南美术出版社 2008 年版，第 233 页。

③ 〔明〕孙蕡：《南园》，见中山大学中国古文献研究所编《全粤诗》第三册，岭南美术出版社 2008 年版，第 45 页。

④ 〔明〕孙蕡：《青青原上柏》，见中山大学中国古文献研究所编《全粤诗》第三册，岭南美术出版社 2008 年版，第 55 页。

一群风华正茂、相逢意气的少年系马高楼、斗酒十千的"青春结社"。它的开始,就是这么简单而单纯,充满着的欢娱感性情绪,让"理"无处插足。

南园与北郭,二者的惊人相似性不得不让人进行比较,"当是时,吴有北郭十子,粤有南园五先生,名誉实相颉颃。其后吴中之诗屡变,而闽粤独未之改"①。吴中派在明初受到朱元璋的残酷打压,北郭诗社随之一蹶不振。此后吴中诗篇虽一直风流于诗坛,但北郭社的诗学传统早已式微。与之相对,南园精神却长盛不衰。南园之于岭南诗,犹如一座高耸灯塔,引领了岭南诗绵延明清五百多年的传奇。南园传统在岭南诗史得以延续,成了历代诗人对当地文化认同的诗学标志。明中叶岭南有以梁有寓为旗号的"南园后五先生",明末出现了黎造球、陈子龙为代表的"南园十二子",晚清黄节、梁鼎芬等人开"后南园诗坛",民国时出现了余一心等人的"南园今五子"。② 他们都以南园诗人为典范,继承了他们雄直而清丽的诗风。由南园情结发酵而来的,是一种故乡情结,是一种以人、事、景沉淀下来的情感。在明初理学思想桎梏藩篱中,相比其他诗派,岭南派较多地保留了地方文化特色,甚至说是以地域情感来对抗全国的理学思潮。

当然,地域之情,人皆有之,其他诗派都有对家乡风情的描写和赞美,但岭南派对当地风情描写之丰、之细、之多,是当时任何诗派无法比拟的。在他们视听领域里,随时随地都是草木葱郁、莺啼花摇、市列珠玑、户盈罗琦,他们要做的,似乎就是去享受这些。再者,偏于海隅一角,动乱战火波及稍少,官方呆板的理学意识势力鞭长莫及。这种生活环境与方式使得岭南人的思想偏向感性。长

---

① 〔清〕朱彝尊:《曝书亭全集》,吉林文史出版社 2009 年版,第 431 页。

② 陈永正:《南园诗歌的传承》,载《学术研究》2007 年第 12 期。

期朝海而居、出风入浪也许使得岭南人心胸更宽广，不去理会事物背后的东西。相对于理性思索的抽象，他们更乐意体验感性的存在，满足于地域风情的享受。诗人们更多是在描摹过去、当下的景物和生活，很少瞻望未来，做理性的思考。这正是岭南派的独特之处：毋宁说“理”，它似乎连“情”为何物都不愿去深究。如果说“情”如同蚕蛹有多重层次，那么，岭南派的“情”属于表面那几层。情意浓浓是岭南派诗歌的主要特色，但相比于吴中派情之文雅，它更小资；相比于江右派情之敦厚，它显浮夸；相比于闽中派情涉蹈袭，它赢在自然；相比于越中派情附理性，它胜在单纯。岭南派主情，凸显为地域情感，而此情又偏向感性。

与其他诗派相比，岭南派诗中似乎不存在情理之辨，“理”在该派的诗歌创作中几乎难觅踪影。若说吴中派有意地回避、排斥诗之“理”，那么岭南派则直接忽略了诗中“理”。比较舒适、封闭的生活环境，培育了岭南派明朗、感性、外向的情感意绪，淡化了诗人们的理性意识。岭南派的崇情，并不是诗人们有意择取，而是自然而然、随性而出的思想趋向。正因为相争相辨的双方力量有些悬殊，诗歌情理之辨在岭南派这里可以说出现了一种失衡的状况。屈大均在《广东新语》卷一二说：“粤人以诗为诗，自曲江始；以道为诗，自白沙始。”①以诗为诗、以道为诗，也可以说是以情为诗、以理为诗。岭南派的情在理无，正处于这两大诗潮的中间，既衔接着两个几乎相悖的诗歌思想，又与二者相离相异。如果说吴中派有意用情对抗理，那么岭南派则无意于诗之情理的相争。岭南派的诗人们自然而然地在诗中畅发浓郁的地域深情、浪漫的感性情绪，至于诗之“理”，似乎已不知为何物。

---

① 〔清〕屈大均：《广东新语》，中华书局1985年版，第348页。

四、闽中派：以情释理

闽派之称在明末清初才开始流行，闽诗之盛却在明初。谢肇淛《小草斋诗话》卷三载："闽诗莫盛于国初，林鸿、王恭，上国武库，天府琅球，当与高启鼎足而立。"①闽中派以"闽中十子"为代表。关于十子的具体名目，历来有争论，大致包括林鸿、高棅、王恭、王偁、王褒、陈亮、赵迪、郑定、黄玄、同玄等人。该派高举崇唐大旗，肇开明七子派复古宗唐之声。

闽中诗人很少直言理，他们全部精力与热情好像都用在了宗唐上。"明初闽人林鸿始以规仿盛唐立论，而棅实左右之，是集其职志也。"②诗法盛唐，源自他们内心的盛世情结。刘崧为林鸿的诗集题名为《鸣盛集》，"鸣盛"二字，正好道出了该派的思想情怀与创作目的。宗唐，要求诗歌情绪盎然，这偏向情；但所发为盛世之情，而且诗的才情受体格、声调的影响，这又偏向理。闽中派的诗歌活动就是以情释理，此情又包含了"热情"与"冷情"。

（一）以"热情"说理

张以宁是闽中派的开山祖师，其文论思想直接影响了闽中派的发展方向。张以宁精于孔、孟、周、程之学，在元末为翰林学士，入明之后被授侍讲学士，侍朱元璋左右而颇受恩宠，因此他的文论思想有崇儒述朱、理明气昌的一面。然而，他论诗则追崇汉魏盛唐。张以宁曾梳理了宋代诗文的流变情形："儒学莫盛于前代之宋氏，大要尚道义而下词章。而始以学古倡者，则已崇理致，黜崛奇而主平易，忌艰深而贵敷畅，蕲以复古之作者，又恐沿袭而少变焉。

① 〔明〕谢肇淛：《小草斋诗话》，见周维德集校《全明诗话》，齐鲁书社2005年版，第3530页。

② 〔清〕永瑢等：《四库全书总目》，中华书局1965年版，第1713页。

是以其词纡余而曲折。及其后也,融之以训诂,发之以论说,专务明乎理,是以其词详尽而周密。其于诗也亦然。"①指出宋代诗文理过其辞的特点,有重情的诗论倾向。在实际创作上,张以宁多效仿李白、杜甫,如其《题李白问月图》《自挽》《安南集事》《丝瓜》《九江庙》《过辛稼轩神道吊以诗》等。可以看出,张以宁"宗唐"出于"复古",而"复古"则承自理学。

在此基础上,闽中十子以严羽《沧浪诗话》为理论基础,专嗜盛唐,把宗唐思想发挥到了极致。林鸿偏好盛唐诗:"汉魏骨气虽雄,而菁华不足;晋祖玄虚,宋尚条畅,齐梁以下,但务春华,殊欠秋实。唯李唐作者,可谓大成,然贞观尚习故陋,神龙渐变常调,开元、天宝间,神秀声律,粲然大备,故学者当以是楷式。"②林鸿早期创作多有唐诗中拟古诗的风采,如其《拟古》《感秋》等组诗,慷慨感叹,颇似陈子昂的感遇诗作;《送湖南归粤》《寄陈八参军》等雄浑沉健,颇有高、岑边塞的诗风。但他学唐最成功之处,还是律诗与绝句,这些创作高华俊秀,格调圆美。可是,林鸿多从审美形式而不是审美内涵上学唐,以致其诗歌多有蹈袭迹象,如其《拟李谪仙秋日登扬州西灵塔》《寄龙大潜效韦体》《拟王维登裴秀才迪小台》《谒昌黎先生生祠、兼足王潮州》等。李东阳在《麓堂诗话》曾说:"林子羽《鸣盛集》专学唐,袁凯《在野集》专学杜,盖皆极力模拟,不但字面句法,并其题目亦效之,开卷骤视,宛若旧本。然细味之,求其流出肺腑,卓尔有立者,指不能一再屈也。"③一针见血地指出林鸿学唐的得失。陈田也说:"子羽诗以盛唐为宗,诸体并工。论者谓晋安

---

① 〔明〕张以宁:《翠屏集》,影印文渊阁《四库全书》本,第1226册,第588页。

② 〔明〕高棅:《唐诗品汇》,上海古籍出版社1982年版,第14页。

③ 〔明〕李东阳:《麓堂诗话》,见丁福保辑《历代诗话续编》,中华书局1983年版,第1374页。

一派,有诗必律,有律必七言,引为口实,亦蹈袭者之过也。”[①]然而,胡应麟却十分肯定林鸿的学唐诗,他说:“子羽七言律,如‘珠林积雪明山殿,玉涧飞流带苑墙’‘诸天日月环龙衮,九域山河拱象筵’‘衲经雁宕千峰雪,定入峨眉半夜钟’‘云边夜火悬沙驿,海上寒山出郡楼’,皆气色高华,风骨遒爽。”[②]林鸿曾以《龙池春晓》《龙池》在京师一举成名,接着作了不少应制酬唱诗歌,也有一些带有诗人思理的诗作,如《拟唐太平和公主和番》《元夕观灯之作》《送日本俊归国》等。沈德潜说:“闽中诗派以子羽为首,宗法唐人,绳趋尺步,众论以唐临晋贴少之,然终是正派。”[③]所谓正派,是指林鸿崇宗唐复古的诗学,义正词严、鲜明坚定地为明代诗歌的发展树立了宗唐重情大旗,使其融入重理的文治洪流中。

高棅的诗学观点直承林鸿,同时,他也是《沧浪诗话》的忠实追慕者。高棅历时14年选唐诗,对唐诗的狂热度可见一斑。《唐诗品汇》辨体制,审音律,具体分类了盛唐诗坛上多样的诗歌形态:

> 开元、天宝间,则有李翰林之飘逸,杜工部之沉郁,孟襄阳之清雅,王右丞之精致,储光羲之真率,王昌龄之声俊,高适、岑参之悲壮,李颀、常建之超凡,此盛唐之盛者也。大历、贞元中,则有韦苏州之雅淡,刘随州之闲旷,钱、郎之清赡,皇甫之冲秀,秦公绪之山林,李从一之台阁,此中唐之再盛也。[④]

① 〔明〕陈田辑撰:《明诗纪事》,上海古籍出版社1993年版,第212页。
② 〔明〕胡应麟:《诗薮》,中华书局1958年版,第338页。
③ 〔清〕沈德潜:《明诗别裁集》,上海古籍出版社1975年版,第18页。
④ 〔明〕高棅:《唐诗品汇》,上海古籍出版社1982年版,第8~9页。

唐诗的美是多姿多彩的，但他以初唐为正始，盛唐为正宗、大家、名家为羽翼，中唐为接武与余响，偏喜雍容雅正、俊秀淡远之调。因此以盛唐为宗的，选本详于盛唐，略于晚唐，其次为初唐、中唐。《唐诗品汇》选诗的标准之一即“诗关世运”：“诚使吟咏性情之士观诗以求其人，因人以知其时，因时以辨其文章之高下，词气之盛衰，本乎始以达其终，审其变而归于正，则优游敦厚之教，未必无小补云。”①而在他看来，当时的世道，即大明新朝的太平一统，此时正宜鸣盛。高棅年过半百时应召入翰林，他出仕的目的之一就是想顺应国势、复兴文治。高棅在京城积极、热情地投入到“鸣盛”工作中，《木天清气集》便是此阶段的创作实践。他对唐诗亦步亦趋，其诗如《题千里掀篷图效常建体》效常建的超凡，《储御史光羲田园杂兴》法储光羲的直率，《醉酒行郑二广文西斋宴集分得一字》学李白的飘逸。胡应麟说：“高廷礼《拟早朝大明宫》及《送王李二少府》诗，如‘旌旗半卷天河落，阊阖平分曙色来’‘清川雨散巴山出，大泽天寒楚树微’，殊有唐风，国初袭元，此调罕睹。”②然而，他大部分诗伤于模拟不化，与唐诗风采相差很远。

闽中派宗唐，除了强调诗关世运、向往大唐盛世的时代情结的原因外，还有文人自身的才情在里面。闽中派与吴中派都以才情见长，但不同于吴中派有意拿“才情”与“理学”相对，张扬卓绝的天资才情。闽中派则凭唐诗外衣，在拟唐、学唐中凸显诗人才情。吴中才情，高蹈自在，似空无依傍；闽中才情，充盈有为，于学唐拟唐中显现。

吴中派反理逞情，闽中派则把理换成了情。正像今人学者评林鸿：“他将复臻古雅、振兴文坛的希望主要不是寄托在理明气昌

---

① 〔明〕高棅：《唐诗品汇》，上海古籍出版社 1982 年版，第 10 页。

② 〔明〕胡应麟：《诗薮》，中华书局 1958 年版，第 337 ~ 338 页。

上，而是偏向于宗法‘神秀声律，粲然大备’的盛唐诗歌上。”①林鸿的理学思想远不及张以宁的浓厚，这就明显地偏离了张以宁由理学而宗唐的思路。闽中派偷梁换柱般地用情说理，他们热情洋溢地宗唐扬情，实际上却是对国家文治之理的正面阐释。同为正世风、兴文治，闽中派用的是诗学而不是理学，是大唐情意而不是道家经义。无论在朝在野，颂圣还是私怀，该派都以唐诗为范。沉溺于唐诗中，他们似乎想从中寻得一条路径，供文人用来参政议政，来顺应朱明王朝的意识形态。

（二）以“冷情”揭理

闽中派标榜盛唐诗，但具体创作时，则大都倾向中、晚唐诗歌风格。显现出与鸣盛“热情”截然相反的“冷情”。他们可以在一定程度上复制盛唐诗歌的一二，却不可能再体验那个时代的盛世风情。理学主导的明初庙堂文化，与恢宏广博的唐代气象相差万里，更别说明初太平只是一种高压政策下的假象。现象与本质的相悖反映到诗坛上，便是诗歌理论与实际创作的矛盾。或说，诗人性情与时代的背离。闽中派兴致勃勃地颂圣鸣盛的同时，也孜孜不倦地描摹山林。鸣盛与山林，是该派的两大创作主题。一些情感自然流露、下意识创作的山林诗，大都脱离盛唐，直承中唐，颇有大历诗歌的特色。这些诗歌虽仍有模拟痕迹，但写得情真意切、冷清淡远、泠然可诵，与“鸣盛”的热情相比，别有一番风味。

善鸣盛却不善仕，这是闽中派比较特殊的地方。林鸿性脱落，不善仕，年届四十坚持请归。他曾作《初出秣陵赋得二首》记录胡惟庸案，为无辜受诛的高启抱不平。所幸林鸿可全身而退，最终得以在林下呼朋引友，吟咏风雅。林鸿一些具有高华格调的山林之

① 陈书录：《明代诗文创作与理论批评的演变》，凤凰出版社 2013 年版，第 97 页。

作，如《春日陪车驾幸蒋山应制其二》："诸天日月依龙衮，九域山河拱象筵。"[①]《镡上送僧归衡山》："衲经雁荡千峰雪，定入峨嵋半夜钟。"[②]《春日陪车驾幸蒋山应制其四》："三天日色临仙仗，八水波光接帝城。"[③]伤于呆板单调，属刻意模仿之作，不能代表其诗的主要风格。他后期诗作中的山林，已由王、孟诗派的山林转向钱、刘诗歌中的山林。"择其尤者，置之韦、柳、王、孟间，未易区别。临川王先生郁，一见而异之，曰：此大历才子复见于今矣"[④]，"林关外诸体皆工，五言律尤胜，置唐钱、刘间，不复辨别"[⑤]。例如"灯影秋云里，书声晚磬中"（《题福山寺陈铉读书堂》）[⑥]，"薤簟邀凉早，荷衣却暑轻"（《早秋有述寄林八先辈》）[⑦]，"青山官舍疏钟晚，黄鸟芜城暮雨寒"（《怀南宫赵大叔度》）[⑧]，"蒹葭水国孤鸿度，橘柚霜林匹马过"（《将归冶城留别陈八炫、林六敏》）[⑨]。清幽淡雅、俊美别致的

---

① 〔明〕袁表、马荧选辑：《闽中十子诗》，福建人民出版社 2005 年版，第 69 页。

② 〔明〕袁表、马荧选辑：《闽中十子诗》，福建人民出版社 2005 年版，第 39 页。

③ 〔明〕袁表、马荧选辑：《闽中十子诗》，福建人民出版社 2005 年版，第 70 页。

④ 〔明〕倪桓：《鸣盛集原序》，影印文渊阁《四库全书》本，第 1231 册，第 3 页。

⑤ 〔明〕胡应麟：《诗薮》，中华书局 1958 年版，第 337 页。

⑥ 〔明〕袁表、马荧选辑：《闽中十子诗》，福建人民出版社 2005 年版，第 48 页。

⑦ 〔明〕袁表、马荧选辑：《闽中十子诗》，福建人民出版社 2005 年版，第 58 页。

⑧ 〔明〕袁表、马荧选辑：《闽中十子诗》，福建人民出版社 2005 年版，第 83 页。

⑨ 〔明〕袁表、马荧选辑：《闽中十子诗》，福建人民出版社 2005 年版，第 76 页。

意象中,却点染着层层惆怅情绪。这些诗歌并没有盛唐诗的高洁明朗,倒有大历诗的清冷幽寂。林鸿的律诗缺乏盛唐蓬勃向上的内涵,徒有词秀律圆之美,其精神气质更似大历诗的萧散与清幽。

王恭有不少凄清诗作,朱彝尊说他的诗:"'如渭水寒流秦塞晚,灞陵残雨汉原秋''他乡见月长为客,别路逢霜半在船''乌外明河秋一叶,天涯凉月夜千峰'……'几处移家惊落叶,十年归梦在孤舟'……均有大历十子遗音。"[①]《四库全书总目》评王恭:"吐言清拔,不染俗尘,得大历十子之遗意。"[②]他写兴废的大部分诗歌,大都不似盛唐诗指点江山,评古论今,而在物是人非的描写中聊寄哀思。如《题郭韩臣家藏赵大年汀渚秋烟卷》《客中见新燕》等。

闽中另一位代表诗人王偁,坚持抱拙、守默、慎独、习静的品性,并以此作了组诗,如《慎独》《守默五首》等,远祸避世、恐惧不安之意溢于言表。他的七绝,诸如"楼头数尽南飞雁,不见辽阳一字书"(《闺思》)[③],"琵琶声断知何处?江水江烟自眇然"(《夜泊浔阳江驿》)[④],"芳洲烟草碧萋萋,古庙云深落日低"(《黄陵庙》),[⑤]均冷冷清清,哀伤淡淡。《国雅品》评其诗:"典雅清拔,绰有天宝俊声,如'诸天花雨遍,双树慧灯悬''夜月桓伊笛,秋风骠骑营''孤帆乘吹发,一雁渡江迟''江路猿声早,山城榕叶凉''一灯今夜雨,

---

① 〔清〕朱彝尊:《静志居诗话》,人民文学出版社1990年版,第79页。

② 〔清〕永瑢等:《四库全书总目》,中华书局1965年版,第1473页。

③ 〔明〕袁表、马荧选辑:《闽中十子诗》,福建人民出版社2005年版,第410页。

④ 〔明〕袁表、马荧选辑:《闽中十子诗》,福建人民出版社2005年版,第411页。

⑤ 〔明〕袁表、马荧选辑:《闽中十子诗》,福建人民出版社2005年版,第412页。

千里故人心'，并是司空皇甫之余。"①闽中派那些模仿盛唐之的诗作，无神来、气来、情来之韵，相比之下，这些近大历诗风的作品却自有情韵。

明初与大历时期的社会文化思想差别很大。前者的思想控制较严，后者的文化较为开放，但这两个历史时期都在时与势上存在一种断层。大历时期思想文化宽容，但国势衰退，社会动荡；明初天下统一，国运上升，但思想文化比较呆板。生活在明初的士子文人，心态不是悲愤慷慨，而是无奈低回；不是吟哦闲情，而是疏散幽怨。大历诗人喜用冷色调、冷意象来传情达意，闽中诗人也偏爱此艺术手法。这种"冷"似乎与他们鸣盛的"热"相悖相离，然而却与时代真相暗暗相合。诗人都有居山林与立庙堂两种人生理想，出则鸣盛，隐则抒怀。在闽中派这里仕与隐的反差却比较凸显：一边是他们鸣盛的极高热情，另一边却是他们抒怀的低沉情绪。若说鸣盛出于理学思想统治的要求，那么冷色调的抒情几乎完全偏离了这一要求。颂圣时他们积极用诗学阐释理学文治思想，体现出积极入世之理；低吟时却用一种诗风来消解统治意识，隐含有冷静客观之理。在一定程度上，消解意味着揭露与嘲讽。明初蒸蒸日上的太平气象，由统治者的严刑峻法与儒士们的鼓吹美赞共同作用而来。看似存在的盛世，实际是他们一厢情愿的臆想与推断。在国家长期战乱、割据后，这种努力与心态无可厚非。朱明新朝在客观上也为世人准备了一个期待盛世的局面与开端。但是过犹不及，一个看似良好的开端，并不一定有个良好的结果，何况现实依旧千疮百孔。

这里存在的中心问题，就是君臣遇合的真假与程度大小的问

---

① 〔明〕顾起纶：《国雅品》，见丁福保辑《历代诗话续编》，中华书局1983年版，第1096页。

题。君心多叵测,但若论猜疑帝王,朱元璋绝对是其中的佼佼者。无论他在文治方面做了多大的改进与努力,都不能改变自身对文人深入骨髓的疏离。相对于其他各派,闽中派对朱元璋的认识更为清醒、理智。他们明白"文人之祸"将会不断蔓延,而世人所期待的盛世也许就是一场美梦。闽中派当然意识不到所处的历史境遇,但所作大量冷僻之音,却惊人地符合了历史发展的轨迹。情理虽共存,但在各个范畴的分点上,它们是互不相融的。闽中的诗歌,一热一冷,他们用"热情"鸣盛的同时,也用"冷情"揭示出了"理"的虚假与苍白。

(三)禅理、事理——"冷情"的升华

在"冷情"的基础上,闽中派进一步表现出对人生、事物的冷观。这种冷观态度使得他们从文治之理转向了禅理、事理,"冷情"升华成了理。冷观盛世,他们意识到其中的繁杂多险、仕途多艰,不如向禅寻得静心养情的处所;冷观人生,他们对万事万物有了进一步思索。因而闽中派后期创作中,多带有禅理、事理的趣味。当然,这也与他们以情释理的思想密切相关。严羽斥宋人多言理议论,用禅宗"妙悟"讲诗。其实,理学中也有妙悟精义。理学吸取佛、道思想,在抽象理的统摄下,又把理细化、具体化了。若说闽中派用"诗学"偷换了"理学",那么进一步地,他们抽离了理学中"理"为诗所用,突出了禅庄之理、事物之理。此理已不是伦理纲常,而是超越政治层面,上升至对人事存亡、自然生机的哲理再发现。

闽中派热衷于严羽的妙悟说,由禅入诗,出禅入理。清初曹关吉称林鸿与高棅为沧浪遗派,接续妙悟说。禅与诗的关系错综复杂,在此难以言明,林鸿等人也少有关于二者关系的言论。纵观闽中诗集,禅趣之诗是其重要组成部分。辞官归隐后的林鸿,思想渐归庄禅一路:"心将明月同清净,迹比闲云能卷舒……禅心无着云无踪,一尘不染诸缘空。”(《为广上人赋归云山房》)[①]诗人访僧游寺,从佛法灯明中识慧,“所希垂灯影,为余照迷津”(《宿黄梅五祖寺》)[②],“早祈莲社就,来此息贪嗔”(《三教堂兰若》)[③],他的许多诗并不释禅讲道,也无禅学概念,只是借禅趣的空静清明,来创造高逸幽美的诗境,如《金鸡岩僧室》《秋日登石壁精舍》《九日登临》《同王六入西山寻白云僧》《游仙霞观》《游玉华洞》等,以禅思入诗,即使不去访禅房、拜寺院,也会有意象澄清、情思澄明之作。

信佛归禅比较感情用事。在虚幻洞天中,诗人可舒展性情,写脱离羁绊、享受慰藉的心灵。然而,与此不同,闽中派归禅诗所抒之情,不是偏向感性的情,而是在响应官学、热情鸣盛的同时,再观时局、客观冷静的情。这点与岭南派尚佛崇道大不同。对虚假现实的有意回避,是闽中派“冷情”的升华。

“冷情”升华的趋势,便是情向理的靠拢。当诗人们的目光不拘囿于社会政治,而转向人生百态和自然万物时,自会感悟到万物万事的理趣。归禅在明初诗坛上较为普遍,但涉及理趣在当时却属少见。且看林鸿的一首富含理趣之作,《咏草》:

闭门春雨后,芳草上阶生。
讵知严霜月,聊复一时荣。[④]

---

① 〔明〕袁表、马荧选辑:《闽中十子诗》,福建人民出版社2005年版,第37页。

② 〔明〕袁表、马荧选辑:《闽中十子诗》,福建人民出版社2005年版,第23页。

③ 〔明〕袁表、马荧选辑:《闽中十子诗》,福建人民出版社2005年版,第63页。

④ 〔明〕袁表、马荧选辑:《闽中十子诗》,福建人民出版社2005年版,第88页。

于咏物中显人生哲理，诗境秀美玲珑。闽中派理趣诗人的代表，当属王恭。王恭樵采遁隐近五十年，闲居山林，自食其力，对人生有自己独特的看法。且看他的两首诗：

野　花

引蔓离披覆绿苔，碧萝深处为谁开？
自怜冷落山林下，也向春风笑一回。①

孤　雁

钿弦声里自成行，无那分飞落楚霜。
前侣飘零何处在？青春作伴好还乡。②

野花发而幽香，自由自在于山谷；孤雁分而零落，惆怅忧愁于还乡。二者可分别看作樵居与出仕后的诗人形象。自古高洁人士多有遁世之心，似乎对人生事功无可留恋。王恭却点明隐居也是一种“求”。野花自有存在的意义，孤雁既然难寻路，那就寻伴同翔。联系两首诗可看出，诗人葛衣草履，绝不是为了招高名、附风雅，而是一种理性生活态度的实际践行——独居但不排斥同行。再如他的《咏倭扇》《题赵太祖蹴球图》等，史理相间，寓意深远。周瑛在《题王皆山白云樵唱后》说其诗“探玄索微，出入造化，联络万汇，其高妙处与性命相流通，诗所寄非浅浅也”③，道出了王恭诗作的妙悟之

① 〔明〕王恭：《白云樵唱集》，影印文渊阁《四库全书》本，第 1231 册，第 188 页。

② 〔明〕王恭：《白云樵唱集》，影印文渊阁《四库全书》本，第 1231 册，第 187 页。

③ 〔明〕周瑛：《翠渠摘稿》，影印文渊阁《四库全书》本，第 1254 册，第 790 页。

趣。这些由情升华来的理,都是用情调发出的,裹挟着情的外衣。

闽中派的“鸣盛”不是简单的一时冲动、头脑发热。表面上看,官方理学要求文人讲究伦理纲常、节制情感,而唐人却情采高昂、意气风发,宗唐与理学似乎在一定程度上相龃龉,但实际情况颇为复杂。闽中派宗唐,不仅推崇唐诗的浓郁情致,也向往唐诗表现出的盛世鸿运。他们用唐音鸣盛,即用情来参与文治,用情代替理的经世致用。一方面他们渴慕诗歌繁盛的大唐时代,另一方面他们又脱离了那段历史来论诗。这种奇特的离合境遇,使得闽中派并没有沉溺于官方理学潮流。他们时不时地站在政治意识的外围,客观地审时度势,收获了与高昂喧腾的热情相对的“冷情”。若说其他诗派较为自觉地把理学看作是社会文化思想,把情看作是诗歌领域里的概念的话,那么闽中派则偷梁换柱地混合了情、理,不是以官方姿态说理,而是以诗学言理、以情释理。

积极鸣盛与热情宗唐,可看作是重理与崇情,于是诗歌情理之辨在闽中派这里就比较突显。但闽中派所崇之情,与吴中派、岭南派的大不同。若说后两者诗中的情是与理相对的,那么前者诗中的情,则与理有着某种程度的契合。表面上看,诗歌情理碰撞中,追溯盛唐情意而来的情似乎居上风;然而深层次上,闽中派偏向理性的思考与创作。因为实际上,他们用情的方式来表达理的内涵,以情的不同特性来阐释理的喧闹与虚假。闽中派之诗少有道家理气,亦少见诗教言论。但他们的确积极响应了帝王号召,歌咏当朝国事。与此同时,该派诗中又有冷静而客观的人事之理。“热情”与“冷情”是在官方理学文化下闽中派诗歌情理之辨的产物,也是闽中诗人以文人立场来参与文治的方式。这种参与是在被动的社会环境中,诗人进行的主动、具体运作,致使闽中诗歌呈现“冷热相间”的风貌。以“理”为治,在闽中派这里,可看作以“情”来治。

五、江右派：情理合一

明初江右诗派，指以江西诗人刘崧为盟主，刘永之、陈谟、梁兰、王沂等为核心人物的诗派。入明后，曾在元末声势颇盛的各个诗派，均受到明朝政府不同程度的打压，或因诗派的创作主体凋零而衰退，如浙东派、吴中派；或因诗派的创作主题在新朝“水土不服”而式微，如岭南派、闽中派。在这种情况下，江西派却脱颖而出，日益兴盛，并最终代表了明初雅正的诗风。诚如侯雷的硕士学位论文《试论元明之际婺州地区文人的诗歌创作》所论，江西文人不仅因其自甘淡泊、纯孝仁厚的行为方式和性格特征得以成为明初文坛的主力，而且因其平和雅正的诗风成为明初文学思潮的主导。

江西在元代已是诗坛重镇，元诗四大家中，揭傒斯、范梈、虞集都是江西人，他们叱咤元末诗坛，引领一代诗风。元末明初的江右派并没有一味地蹈袭本乡邦的前辈名家，而是借鉴他们的创作经验，创作属于本历史时期的诗论与作品。这突出体现在他们对待诗之情理的态度及处理二者之辨的方法上。

（一）“情理”合一而为“实”

元末江西诗人杨士弘著有《唐音》，按音律的正变而论唐诗的丰神情韵。其《自序》曰：“嗟夫！诗之为道，非惟吟咏性情，流通神明而已。其所以奏之郊庙，歌之燕射，求之音律，知其世道，岂偶然也哉！”①但以“音律”察“世道”并非易事，有时两者恰恰处于相悖的状态。于是江右诗人在此基础上，提出了“贵实”诗论：“诗道如花果，谓其天葩纷敷，必贵乎有实也……必贵乎有实，则绮丽奢靡

---

① 〔元〕杨士弘：《唐音序》，见李修生主编《全元文》第56册卷一七〇四，江苏古籍出版社2004年版，第227页。

者举不足矜。必肆而后出之,则搜抉肝肠者皆非自然也,此诗之至也。”①诗不仅要如花朵一样多姿美丽,更得有像果实一样的厚实收益。由此可见,陈谟反对诗单单地咏写风月花草,主张诗贵有“实”。有“实”的诗兼具花与果,就会有寂寥、春容之美。那么,诗歌如何才能达到这种美呢?那就得在“实”上下功夫了。实,既指世道时运,也指个人务实的生活态度。出于贵实,江右派重诗歌的思想内容而不是技法形式,因此江右派与吴中派、岭南派大有异趣,而与浙东派多有契合,但少了些浙东派的道学理气,多了些儒者关怀。浙东派入明后多为馆阁重臣,他们救世治世的诗道中有纵横捭阖的朝堂语气;而江右文人初入明朝官场,职位一般较低,因而多持与民同甘共苦的感想来论诗。

经历战乱,诗人关注世事,强调文与时迁、气随运复。“悼时运而幽怨之感生,慨事会而悲愤之气作。则又使余鸣唈拂郁,黯然不自禁而止也”②,“时异事异,故辞气亦异”③。诗与世道紧密相连,同时也与个人性情密不可分。刘崧强烈反对理学诗,指出诗乃个人独特情感的抒写。他在《自序诗集》中说:“‘诗本诸性情,咏于物理,凡欢欣哀怨之节之发乎其中也,形气盛衰之变之接乎其外也’,吾于是而得诗之本焉。知衷诞之不如雅正也,艰僻之不如和平也,萎靡磔裂之不如雄浑而深厚也。于是而得诗之体焉。”④陈谟也持

① 〔明〕陈谟:《缙云应仲张西溪诗集序》,见钱伯城等主编《全明文》第二册,上海古籍出版社1994年版,第578页。

② 〔明〕刘崧:《槎翁文集》,见《四库全书存目丛书》集部第24册,齐鲁书社1997年版,第508页。

③ 〔明〕陈谟:《答或人》,见钱伯城等主编《全明文》第二册,上海古籍出版社1994年版,第695页。

④ 〔明〕刘崧:《槎翁文集》,见《四库全书存目丛书》集部第24册,齐鲁书社1997年版,第512~513页。

相同论调："中唐、晚唐、盛唐，所谓系一人之本者，诗之正，变则诗人性情，而辞气不同耳。"①世间万事是不可改变的历史现象，个人存在也是实实在在的现实，于是江右文人思想里的"实"，就包含了社会时事与个人性情这两个"实际"。前者写理，后者言情。由此可知，江右派对情、理的态度是并重的，合二者而成"实"的诗学观。

江右地区是理学乡邦。除了学识，江右人更注重谦和、踏实的生活方式。江右文人杨士奇说过："吾常不忘吾乡之俗，惇务诗书，父兄必导其子弟以德，子弟必率其父兄之教，而富有力者皆惇于礼，贫贱者皆能不失所守，而勤于其业，有老死足迹未尝及县门下者，其俗如此，所从来久矣。自吾出，而道数千里之地，目之所及，其为俗不逮吾乡者多也。"②若说浙东派重事功，吴中派重文学，那么江右派则重道德。也许正是这样淳朴厚实的乡邦文化，才孕育出不露声色地兼容情理的"实"诗观。

"实"既强调诗的世用，又凸显诗的抒情，主张情理合一，是二者的融合体。站在社会历史角度，"实"要求诗歌观风俗，导世情，厚人伦，由此，诗载理；从个人生存角度看，"实"要求诗歌抒自我性情，写个体心境，由此，诗写情；诗贵实而重世道，世道关乎主体个人，由此，情、理便在诗中融为一体。江右诗风兼具雅正敦厚与清丽冲淡，诗歌既热切地关注时事，记载现实；又热衷抒写个人情怀，描摹山林。前者为理在诗中的显现，后者则是情注入诗歌的结果。

（二）情理合一之现实世界的"实"

迥异于其他各派对情理明显而"不公"的偏好，江右派合二为一，生产出了贴近生活、颇有尘世俗气的"实"的精神食粮。社会本

---

① 〔明〕陈谟：《答或人》，见钱伯城等主编《全明文》第二册，上海古籍出版社1994年版，第696页。

② 〔明〕杨士奇：《东里文集》，中华书局1998年版，第60页。

就是一个实际存在，这是江右派"实"诗论的立足点。无论在战乱之际还是太平之时，江右派都全身心地、殷切而真诚地关注周遭现实。

1. 战乱之实

江右派写有大量关于元末战乱的诗歌，其数量远远超过其他诗派的同类诗。这类诗痛心于传统道德伦理的破坏，载有诗人沉重的社会责任感。元末东南战场中，江西是遭受兵乱最严重的地区。元至正十一年（1351），徐寿辉、陈友谅起事并攻占江州，至正二十五年（1365），朱元璋攻克江西，这十多年间，江西狼烟遍地，兵荒马乱，满目疮痍。陈谟的《乙巳正月，携家自永丰萧原郑大中氏复归平川，雪晴郊行，分得数字，因用述怀》、刘崧的《七噫歌》《壬辰感事六首》均记录了十多年的战火蔓延及其带来的巨大危害。元末流民是一个特殊的历史存在，它的具体情况，一直是历史学界的研究难题。刘崧的《南山谣》正可以为该历史现象提供研究线索。筑城咏是元末文学中的著名题材，刘基、高启都写有相关诗歌。刘崧的《筑城叹》《富田筑城歌二首》等在同情百姓的基调上又揭示出兵乱祸根与统治者的无能。筑城需要大量瓦石，官兵竟掘墓而取。更有甚者，贪图钱财，挖冢抛尸，导致盗墓成风。《虎逐狼》《掘冢歌》《后掘冢歌》均记叙了这一现象。生者不安，幽魂难宁，这是怎样的非人世界！战火肆虐，天灾人祸，百姓困苦，难以为生，《采野菜》《养牛叹》《剥苎词》等因此而作。《南乡怨》《夜出罗村》《东家奴》《布谷歌》《凶年有弃子于江渚者诗以寄哀》等记叙的也是百姓在水深火热中饱受煎熬的悲剧。忧时忧世已够悲痛，最痛如切肤的是亲人的离散、逝世。江西文人大都有一段痛苦不堪的经历。刘崧效仿杜甫的《自京赴奉先县咏怀五百字》，于丧子前作《病疟述怀六百字》，细写罹难，声怆调悲。其他如梁兰的《远将归》《贫妇吟》《送方知事馈运章贡》《述怀寄弟》《送人复辽东》、王佑的《壬寅纪异同刘以和赋》《九月十一日邻寇追境，仓皇南渡感赋》《寓吉安林塘，避桃林兵警，感赋文学》等，均为江右派战乱诗的代表作。这些诗记述乱离，直陈兵燹，具有史诗性质。

浙东派也写有不少战乱诗，但意在讽喻，最终以诗明道。江右派则更倾向于记叙历史，以此为鉴。前者的出发点与归宿点是“理”或“道”，而后者的立足点则是融合情理的“实”。两派战乱诗的差异不单单体现在诗歌的数量上，更表现在诗中情感的扬抑上。江右派悼念时代之殇，感叹身世遭遇，发而为诗，近于杜诗。实际上，江右派是崇杜的，“夫诗之元气萃于杜工部。其散为万象，则百家千割焉。然少陵论诗，盖曰‘于道未为尊’，其度越百家卓卓以此道者何？仁义孝弟而已矣”①。他们不仅推崇杜诗中淳厚缱绻的道德情感，更学这种情感的表达方式，因此形成了平实雅正的诗风。同是写元末战火四起、生灵涂炭，浙东派悲而激愤，在控诉；而江右派则悲而哀伤，在诉说。两诗派都重“风雅”传统，但浙东派多取“风”，而江右派则多倾向于“雅”。

与其他四派相比，江右派诗中的“雅正”特点较为明显。钱谦益云：“国初诗派，西江则刘泰和，闽中则张古田。泰和以雅正标宗，古田以雄丽树帜。”②杨士奇评价梁兰的诗：“志平而气和，识远而思巧，故见诸篇章讽讽焉，穆穆焉，简寂者不失为舒徐，疏宕者必归于雅则。优柔而确，讥切而婉。”③雅正淳朴的格调，是诗人有意识地经营的结果。刘崧有诗《示刘生》云：“林塘子故物，风物最宜

① 〔明〕陈谟：《哦松集序》，见钱伯城等主编《全明文》第二册，上海古籍出版社 1994 年版，第 603 页。

② 〔清〕钱谦益：《列朝诗集小传》甲集，上海古籍出版社 1983 年版，第 89 页。

③ 〔明〕杨士奇：《畦东诗集序》，影印文渊阁《四库全书》本，第 1232 册，第 713 页。

诗。暂去还相见，闲吟亦自奇。冰霜惊岁晏，戎马惜时危。雅道今如此，古人端可师。”①也就是说，要用“温柔敦厚”的方式来反映社会历史，即便是兵火遍野、血流成河。因此他的战乱诗多述事而少议论。无论是盛世还是衰世，在江右派这里都可以用“雅正”来表达。

这种雅正的诗歌审美风向与情感的沉郁顿挫，受理学文化的影响较大。理学道义注重修养人的品性，使个人涌动的情感内敛化、低沉化。它用自省的方式，规范个人的情丝心绪，避免其一泻千里、飞动腾跃。人生似乎无大喜大悲、大起大落，任何言说都可以用一种平和的语调。江右诗人在元末写有大量悲苦诗篇，但绝不是搜肠雕琢的苦吟，而是源自亲身经历、发自肺腑心间的感叹。更为实际地、理性地关注社会，他们有一种独特的诗论观，即诗反映苦难现实与诗的“苦吟”是两回事，二者并没有多大关系。刘永之在《刘子高诗集序》中说道：“惟不以穷达累其心，而后辞有大过人者。古之诗人，若晋陶渊明，唐李白、杜甫、孟浩然、韦应物，是皆魁垒奇杰之士，不得志于时，而其胸中超然，无穷达之累，故能发其豪迈隽伟之才，高古冲澹之趣，以成一家之言，名世而垂后……使其感愤郁积，出为羁穷愁叹之辞，譬之寒蝉、秋螾，哀吟悲唱于灌莽之中，以自鸣其不幸，虽工何足取哉！”②刘永之认为，若以“穷”累心，形神憔悴，自怨自嗟，根本不可能使诗穷而后工，达到高古冲淡、自然浑成的境界。因此他反对“诗穷而后工”的命题。刘崧在《钟祥诗集序》中也持相同的诗论观点。他们所批的是“苦吟”中的

① 〔明〕刘崧：《刘崧诗集》，影印文渊阁《四库全书》本，第1227册，第365页。

② 〔明〕刘永之：《刘仲修先生诗文集》，见《续修四库全书》第1326册，上海古籍出版社2013年版，第42页。

“吟”，即诗的作法而不是思想内容上。反对刻意雕琢词句，追求诗的自然韵味，这涉及诗歌创作主体的问题。那些具有苦难意识、名垂千古的诗作，大都不是诗人刻意苦吟所得，而是由诗人本身所经历的“苦”浇灌而成的。由此，我们可以看到理学对创作主体的教导作用。江右派不仅在诗歌思想内容中说理，诗人本身的品性气质也受理学的影响。

社会与人生的“实”孕育了情感的“实”。他们书写家国天下的灾难，抒发个人遭遇的悲苦情感。江右诗人的这些诗歌，字字属实，句句见真，大有杜诗的“史诗”特质——既重视道德理性意识，又充溢着个人的情感情绪。

2. 太平之“实”

因怀有用世报国之心，江右派入明后多出仕。在此之前他们都处在隐居的状态。这两种思想盘旋心中，熔铸了江右派独特的人生理想——做太平时代的逸民。“今复幸为圣代逸民，与康衢叟、华封老人嬉戏咏歌，以终余齿，不亦多乎。”①入明后，江右诗中多有雅正和平、清婉愉悦的创作，抒发着天下统一、人生安逸之情，与此时官方理学提倡的太平格调相契合。《四库全书总目》载：“诗文皆雍容典雅，有开国之规模。明一代台阁之体，胚胎于此。”②刘崧的《北平十二咏》《早春燕城怀古》《十月朔日，蒙御史台颂至洪武九年历日十六，喜而有赋》等，或咏物怀古，或纪事送人，皆蕴含对国家太平的赞赏之情。刘崧入明后的诗歌开“台阁体”之先，这已被世人公认。对此，《四库全书总目》的记载足可参考：“史亦称崧善为诗，豫章人宗之，为西江派。大抵以清和婉约之音，提导后进。

① 〔明〕陈谟：《书刘氏西斋倡和卷》，见钱伯城等主编《全明文》第二册，上海古籍出版社 1994 年版，第 680 页。

② 〔清〕永瑢等：《四库全书总目》，中华书局 1965 年版，第 1477 页。

迨杨士奇等嗣起,复变为台阁博大之体,久之遂浸成冗漫。……然崧诗正平典雅,实不失为正声。"①从刘崧入明后的诗作来看,此论允为确评。台阁派多与江右派有师承、血缘关系,如杨士奇从陈谟、梁兰、王沂、王佑、王泰问学,解缙为解开之子,王直为王沂之孙等。台阁体正大和平之音与江右派入明后的太平心境有很大关系。台阁诗人仕途显赫,却不废山林隐逸之趣,这也与江右派的人生理想有极深的渊源。刘仔肩选编《雅颂正音》,开明诗总集先河。他多选平雅正大、清丽和婉的诗歌,入选诗人大多是入明后出仕的名公,由此入编的诗作,多出自江右派的诗歌创作。正如《四库全书总目》载:"其时武功初定,文治方兴,仔肩拟之雅颂,固未免溢美。要其春容谐婉,雍雍乎开国之音,存之亦足以见明初之风气也。"②《雅颂正音》代表了明初诗坛主流之风,江右派入明后的太平逸民之情,发而为诗,就是明初诗坛上的雅正春容之调。

朱元璋于应天称吴王后,在韶关的陈谟不仅上表称贺,还作成一篇《通塞论》,阐述易代时期"士人不必死节"的观点。陈谟有大量以"奉""访""谒""题""和""寄"等字眼入题的次韵唱和,写宴席酬酢、游览出行,语言平易洁明,气度雍容平正。且看他的《九成台》:"万籁尽如韶九奏,五云遥见凤双飞。莲峰隔浦浮春色,武水澄波漾暖晖。"③《简二宪郎》亦载:"岭表寒梅迎使节,海隅秋草借恩光。绣衣报政乌台表,定自声名动建章。"④此类诗篇幅虽小,但诗歌意象宏达,气象万千,展示出盛世欣欣向荣的景象。梁兰虽未

---

① 〔清〕永瑢等:《四库全书总目》,中华书局1965年版,第1467页。

② 〔清〕永瑢等:《四库全书总目》,中华书局1965年版,第1713页。

③ 〔明〕陈谟:《九成台》,见全明诗编纂委员会编《全明诗》第一册,上海古籍出版社1990年版,第611~612页。

④ 〔明〕陈谟:《简二宪郎》,见全明诗编纂委员会编《全明诗》第一册,上海古籍出版社1990年版,第610页。

出仕,但他告诫两个在朝为官的儿子:“今幸遭明时,沐治平之泽,不可苟焉,自逸忘所施报。”①梁兰本人也写过诸如《江南佳丽地》之类歌颂大好山河的赞歌。无论在朝在野,江右派大都歌咏明初的一统国运,正如杨士奇眼中的江右派:“或进而阶显,融佐化理,或退而信廉,节成后进,皆卓然有益于世也。”②

相对其他诗派的应制诗、献诗,江右派此类诗含有真挚而由衷的情感,并不单纯为了应酬、应对。正是经历了过多过重的苦难,江右派对来之不易的太平异常珍惜,对明朝的称颂真诚而热忱。在江右文人看来,明朝的建立意味着苦尽甘来,这是眼前的社会现实与未来历史的发展趋势。如此,怎会不歌颂这一大好的“实”呢?一方面,他们顺应朝堂理学文化,推动伦理秩序的建立;另一方面却在真真切切地歌咏新朝。情与理的相合使得此类太平诗歌不至于浮夸肤浅。

(三)情理合一之精神世界的“实”

江右派在诗中一边纪丧乱,一边抒情怀。前者近杜笔,后者似陶音。二者看似矛盾,似乎有指导思想上的冲突,但它们只是“贵实”诗论的两个方面,是诗的情理合一的表现。诗既要体现社会历史之实,又要承载自我性情之实。因此,他们对隐逸也情有独钟。其他各派也不乏隐逸之作,相比之下,其他派别的隐逸偏向山林,而江右派则倾向田园,前者较为高蹈脱俗,后者较为低调平实。

元末,江右文人大都隐居不仕。如刘崧隐珠林,自食其力;王

---

① 〔明〕杨士奇:《东里集》,影印文渊阁《四库全书》本,第1239册,第180页。

② 〔明〕杨士奇:《王竹亭先生墓志铭》,见刘伯涵、朱海校点《东里文集》,中华书局1998年版,第258页。

佑隐南园，甘为灌园抱瓮老农；王沂隐竹亭，息影独居。隐居，一方面是为避战乱，另一方面则缘自他们的“贵实”思想。社会现实虽然如此艰难，但人生还要继续。于是，在兵戈纷乱的事实面前，江右文人选择在精神上战胜它，为祸乱人生营造一个精神家园，而这个精神家园是实实在在的。他们没有向佛、道寻求解脱，也没有用飞仙游梦充当慰藉，更没有在风花雪月中故作忘怀，而在现实生活之中觅得一处所，从而踏实生活，踏实咏怀。心灵得到慰藉，精神能够享受，斯谓之重情；但这种情又是真实、实际的，这又叫重理。诗之情理在江右派这里几乎融为一体。

白居易在《中隐》中曾说：“大隐住朝市，小隐入丘樊。丘樊太冷落，朝市太嚣喧。不如作中隐，隐在留司官。”①然而，陈谟却认为中隐容易让君子疑惑，不如“守道熟复而精察之，有立于身，有垂于后”②。这种隐，既有陶潜身心结合之隐，又有儒士蓄势待发甚至蛰居涵养之隐。一旦天下稳定，需求人才，他们便积极“出山”，为朝政尽一己之力。几乎遁迹乱世的江右派文人入明后大都出仕，便证明了他们的这种心理。而在不可挽救的乱世，江右派所追求的，正是结庐在人境却心自悠远的精神境地与晨兴理荒秽而带月咏归的生活方式。

江右文人的生活状况常有捉襟见肘之势，他们隐居时的衣食大都靠自己劳动而得。刘崧的《晨兴》就讲述了劳作的艰辛。然而他在诗中表达更多的则是躬耕田园的乐趣，如《六月晦日山下观稼归》《田园杂兴八首》《田园》等，不仅道出了诗人自食其力的满足，

---

① 〔唐〕白居易著，朱金城笺注：《白居易集笺校》，上海古籍出版社 1988 年版，第 1493 页。

② 〔明〕陈谟：《三顾书隐记》，见钱伯城等主编《全明文》第二册，上海古籍出版社 1994 年版，第 625 页。

更有观赏万物勃勃生机的喜悦。且看他的《早行雾中过田家失道》"我行烟雾中，不复辨原陆。幽幽闻鸡犬，隐隐见松竹。田家迷远近，阪路有崎曲。已觉瞻望劳，谁云往来熟"①，大有"暧暧远人村，依依墟里烟"②之趣。《朝采南园粟》《过王氏南园看竹刘以和携酒至工酌林间》写乡邻间其乐融融的日常相处，一派闲适平实的情景。梁兰是一位"资深"隐者。杨士奇说他："濠梁之间，有畦数亩。可耕可桑，可渔可酿，可濯可荫，独辟一轩，日督诸孙问学其中。"③构屋于溪旁，辟菜畦，植花木，或晴日和风或新雨初霁，策杖蹑履万丛中，感受大自然的欣欣风貌。他说："贵当如浮云，枕肱乐疏食"④，"但兹养厥性，外诱焉能移"⑤，表现出实实在在的平淡生活态度。且看他的《西畦自适》：

守拙一圃间，衡从五亩余。
艺麻在高丘，杂以果与蔬。
春至百草生，趁晴聊荷锄。
筋力岂不劳，芜秽亦已除。
家人会知我，慰以酒满壶。
偶坐斟酌之，日落西山隅。

---

① 〔明〕刘崧：《槎翁诗集》，影印文渊阁《四库全书》本，第1227册，第262页。

② 〔东晋〕陶渊明著，吴泽顺编注：《陶渊明集》，岳麓书社1996年版，第31页。

③ 〔明〕杨士奇：《畦东诗集序》，影印文渊阁《四库全书》本，第1232册，第712页。

④ 〔明〕梁兰：《畦东诗集》，影印文渊阁《四库全书》本，第1232册，第721页。

⑤ 〔明〕梁兰：《畦东诗集》，影印文渊阁《四库全书》本，第1232册，第723页。

归来北窗下，我心一事无。①

田间劳作，有家人相伴，美景相随，虽苦犹甜。此种萧散闲淡之情，悠然于诸多诗篇中，难怪杨士奇称他有陶潜的情性。

隐居一方，独居林下，日子久了自然会滋生寂寥落寞的情绪。陈谟的《病起闻蝉》较为典型地描绘出了诗人的孤寂无聊之情：

蜡树一蝉吟，北风吹客襟。
时添柏子火，坐拥木绵衾。
伏枕身如蜕，观书力不任。
清虚来渐远，于此识初心。②

然而，平和实际的江右文人不会一味地低落下去，而是把这份感受上升为一种古淡之趣，以山林为友，唤云鸟相伴。“文湍激幽涧，白云流远山。偃仰长松下，延眺一怡颜。清风拂素服，瑶花落树间”③，独赏高散、冲淡闲逸之情，溢于言表。若说田园之作源自他们抒发安顿精神之情，那么此类高古清雅之作，则显示了其翛然物表、高蹈平淡之意。此萧散平和的心境，受到内敛自省的理学熏陶，修成一种通脱冷静的生活态度。江右派以陶潜般的情怀与笔调来写此种心境，情与理共同蕴含在此类诗歌中。

无论是崇杜还是学陶，江右派的最终落脚点都是儒家“温柔敦

① 〔明〕梁兰：《畦东诗集》，影印文渊阁《四库全书》本，第 1232 册，第 717 页。

② 〔明〕陈谟：《病起闻蝉》，见全明诗编纂委员会编《全明诗》第一册，上海古籍出版社 1990 年版，第 591 页。

③ 〔明〕刘永之：《刘仲修先生诗文集》，见《续修四库全书》第 1326 册，上海古籍出版社 2013 年版，第 6 页。

厚”“正中平和”的心理品质与诗歌美学。“诗之能感人也，其词雅，其为人正而有则者欤；其音和，其为人温而不戾者欤；其趣高，其思远，其为今之逸士而有古之遗风者欤”①，“夫其钟粹禀温，故其诗雅驯而藻洁其中。宽而有制，故其诗不矜而严，纡徐而达”②。人的温正，诗的雅驯，正是“情理合一”思想观念的内涵与体现。饶龙隼概括西昌文化的特征是：耕读自守，读书传家，恭行仁义，不恃富贵，清正平和，不役与物。③ 江右诗人受浸于此文化，在堂，是一位兢兢业业、恪守本职的忠臣；在野，则是个老老实实、耕作劳累的农夫。江西多理学大儒，相对于宋儒来说，他们更像是汉儒，少了份深奥的形而上的探究，多了份埋头踏实的观念。无论身处乱世还是治世，不管是在实际中还是精神上，都要做到“实”，不逃避，不虚幻。这一人生理想其实很宽泛，因为每个人都在真实地活着，但它却有特殊的意义，因为有些人活得不真实。这些人喜欢展望、想象、回忆，在理想化国度里挥霍青春，发泄情绪，消磨时光。在元明易代群雄角逐之际，作为主要战场的江西可谓身受剧创，千疮百孔。然而，江西文人并没有倒向虚幻，也少有过激的情绪。他们既理智且清醒：现实中躬身自食，精神上平正温和。实际的人生价值观促生了实际的情感，于是才有了情理合一尚“实”的诗论与诗歌创作。

诗歌情理之辨的天平在江右派这里终于平衡了。但这并不代表情理两者处于静止状态。在情理并重的诗学观下，诗歌情理之

① 〔明〕刘崧：《槎翁文集》，见四库全书存目丛书编纂委员会编《四库全书存目丛书》集部第24册，齐鲁书社1997年版，第477页。

② 〔明〕陈谟：《竹间集序》，见钱伯城等主编《全明文》第二册，上海古籍出版社1994年版，第568页。

③ 饶龙隼：《接引地方文学的生机活力——西昌雅正文学的生长历程》，载《文学评论》2012年第1期。

辨进行得不动声色,云淡风轻。情并有压倒理,理也没有兼并情。两者在斗争中找到了一个共同点,各自吸收时代与地域特色而融入"实"诗观中——情理折中而为"实"。在某种程度上,重情与重理最终都会导向虚空缥缈。太理性或太感性都会脱离现实生活,但"实"则不然。在江右派那里,"实"既是文学理想,也是生活态度。他们巧妙地化解了二者的对立,得到了二者的统一。江右派的"理"即诗观世道,更实际,更贴近生活;"情"即诗筑心境,更平实,更易实现。若说越中派丰富了"理"与"道"的内涵,使之与社会实际紧密相连,那么江右派则直接把"实际"注入了"理"中;若说吴中派高扬情采使之具有阳春白雪的性质,那么江右派则给"情"提供了一个实际的安顿归宿。

第四节　元明易代诗歌情理之辨的承变

元明之交诗坛上的情理之辨,深刻影响了有明一代诗歌的变化发展。无论诗歌的理论主张还是实际创作,都明显地带有两者的磨合痕迹。诗歌情理之辨,由此不断明朗化,真正地成为诗坛上的一大公案。明中后期诗歌中的情与理,在永恒的相争中有了一些发展变化,带有明显的时代特色。无论诗歌情理之辨进行得如何激烈,最终结果基本是旗鼓相当的,这其中的原因之一,就是中国传统哲学之情理相合的特征。

一、情理之辨对明诗的影响

明初兴盛的台阁体,强调的是以平正之心发治世之音的诗教之理;明中后期,诗歌的情理冲突愈加明显甚至激化。总体来看,二者相争中,情更胜一筹,然而,理的生命力不容小觑。一方面,致力于经世致用的诗论与创作延绵不绝,并在特定时期呈燎原趋势;

另一方面,明中后期的诗歌运动大都具有高昂的重情意识,并不约而同地站在了理的对立面。诗歌情理之辨经过元明易代时的复苏与催发,终于在明诗中大张旗鼓地进行起来。情理之辨的天平在明诗中,不停且明显地左右交替倾斜,由此形成了或主理或重情的诗风。

(一)颂圣与济世——诗主理

纵观明代诗坛,教化类诗在两个时段比较突出,一是明初永乐至正德年间,一是明末崇祯年间。永乐至正统朝,明代社会平稳安定,经济恢复发展。"太祖皇帝既安定之,承以太宗之圣,深仁厚泽,洽于天下,五六十年之间,人物生息,所在繁滋,以至于今,盖太平极盛之时也。"①此环境促使理学进一步发展。明成祖朱棣在文化建设上大力倡导程朱理学。他亲自为汇集君道、臣道、父道、子道等诸家的格言集作序,命学士编撰《四书五经大全》《性理大全》。此时文人崇理尊圣,修德养性,大作颂美作品。正如王直指出:"国朝既定,海宇万邦协和,地平天成,阴阳顺序,纯厚清淑之气钟于人,于是英伟豪杰之士相继而出,既以其学赞经纶,兴事功,而致雍熙之治矣。复发为文章,敷阐洪猷,藻饰治具,以鸣太平之盛。"②于是,有关巡守、宸游、朝贺、宴饮等的诗歌兴盛起来,遂衍变为颂圣歌功、装点太平的台阁体。

朝堂重臣"三杨"是这种诗风的倡导者与实践者。"《诗》以理性情而约诸正而推之,可以考见王政之得失,治道之盛衰……若天下无事,生民乂安,以其和平易直之心,发而为治世之音,则未有加

① 〔明〕王直:《抑庵文集》,影印文渊阁《四库全书》本,第 1241 册,第 85 页。

② 〔明〕王直:《抑庵文集》,影印文渊阁《四库全书》本,第 1241 册,第 133 页。

于唐贞观、开元之际也”①，“君子之于诗，贵适性情之正而已……自洪武讫今，鸿儒硕彦，彬彬济济，相与咏歌太平之盛者，后先相望”②。诗歌要发治世之音，鸣国家之盛，它所抒发的情感自是理性支配下的道德情感、雅正性情所依据的思想正是宗经明道的程朱理学。

明末，北方满洲入侵中原，文化冲突日趋激烈。以陈子龙为代表的爱国有志诗人，着力于反拨明后期的纵情思潮，意欲重树理学的威信，以此来匡正人心，引导世风，从而抵御外族侵略，济世救国。

以陈子龙为首的云间派比较推崇七子派，但诗学思想与前后七子的复雅崇儒已大不同。“诗之本不在是，盖忧时托志者之所作也。苟比兴道备，而褒刺义合，虽途歌巷语，亦有取焉……夫作诗而不足以导扬盛类，刺讥当时，托物连类而见其志，则是《风》不必列十五国，而《雅》不必分大小也。虽工而余不好也。”③忧时托志是诗在此历史阶段的突出精神，具体表现为诗歌的尚今与写实。云间派的诗歌创作达到了一定的思想高度，带有群体性的传统忧国忧民思理。他们强调诗歌的实用与救世，批判公安派与竟陵派的虚心空谈，“将‘通今’‘实用’的时代新风与‘救时’‘经世’的忧患感、责任感融为一体，将传统的古典现实主义推向一个新阶段”④。陈子龙等人的诗作反映了明清易代之际的文化冲突、阶级

① 〔明〕杨士奇：《玉雪斋诗集序》，见刘伯涵、朱海校点《东里文集》，中华书局1998年版，第63页。

② 〔明〕杨荣：《文敏文集》，影印文渊阁《四库全书》本，第1240册，第168～169页。

③ 〔明〕陈子龙：《六子诗序》，见《陈子龙全集》中册，人民出版社2011年版，第786页。

④ 陈书录：《明代诗文创作与理论批评的演变》，凤凰出版社2013年版，第457页。

斗争、朝堂倾覆、农民起义等特定时期的历史现实与所感所思，显示出诗人们紧迫而沉重的时代感与责任心，传承的是济世拯世的理性批判精神。

（二）尊唐与适意——诗重情

明中后期的主要诗派有前后七子、公安派和竟陵派。他们的诗学主张虽然各有侧重，但存在一共同特征——重情。前后七子的诗学口号是古体师汉魏，近体师盛唐。他们对宋诗的理气味极为反感。李梦阳就明确地说过："诗至唐，古调亡矣，然自有唐调可歌咏，高者犹足被管弦……宋人主理作理语，于是薄风云月露，一切铲去不为，又作诗话教人，人不复知诗矣。"①他鄙视宋诗的主意与主理，认为诗生于情："夫天地不能逆寒暑以成岁，万物不能逃消息以就情。故圣以时动，物以情征，窍遇则声，情遇则吟，吟以和宣，宣以乱畅，畅而永之而诗生焉。故诗者吟之章而情之自鸣也。"②排斥宋诗的理气味，强调诗的情思是前后七子诗论的基调，如何景明的"夫诗，本性情之发者也"③，谢榛的"景乃诗之媒，情乃诗之胚，合而为诗。以数言而统万形，元气浑成，其浩无涯矣"④，康海的"夫因情命思，缘感而有生者，诗之实也；比物陈兴，不期而与会者，诗之道也"⑤，徐祯卿的"因情以发气，因气以成声。因声而

① 〔明〕李梦阳：《空同集》，影印文渊阁《四库全书》本，第 1262 册，第 477 页。

② 〔明〕李梦阳：《空同集》，影印文渊阁《四库全书》本，第 1262 册，第 473 页。

③ 〔明〕何景明：《大复集》，影印文渊阁《四库全书》本，第 1267 册，第 123 页。

④ 〔明〕谢榛：《四溟诗话》，见李庆立校笺《谢榛全集校笺》，江苏古籍出版社 2003 年版，第 1187 页。

⑤ 〔明〕康海：《对山集》，影印文渊阁《四库全书》本，第 1266 册，第 369 页。

绘词,因词而定韵,此诗之源也”①。流动在七子派诗学中的“情”不似理学中的“道情”,而是“人情”。“遇者,物也;动者,情也。情动则会心,会则契神,契则音,所谓随寓而发者。”②遇,即个人的生活经历;动,即个人的心灵感应。由遇而动才有情。

七子之后的诗人更是直接用“情”与“理”抗争。万历之后,诗坛上兴起一股纵情欢娱的诗风。以李贽、公安派为代表的诗人高扬自我本心,力倡性灵真情。此种诗风的先导诗人,可追至与后七子同时期的徐渭。徐渭个性率直奇特,平日纵情山水,放浪诗酒。他说:“人生堕地,便为情使。聚沙作戏,拈叶止啼,情昉此已。迨终身涉境触事,夷拂悲愉,发为诗文骚赋。璀璨伟丽,令人读之喜而颐解,愤而眦裂,哀而鼻酸,恍若与其人即席挥麈。嘻笑悼唁于数千百载之上者,无他,摹情弥真则动人弥易,传世亦弥远。”③以情为文,文自会动人心弦。他指出:“吾友子肃之诗则不然,其情坦以直,故语无晦,其情散以博,故语无拘,其情多喜而少忧,故语虽苦而能遣其情,好高而耻下,故语虽俭而实丰,盖所谓出于己之所自得,而不窃于人之所尝言者也。”④这不仅是对七子模拟之风的批评,更昭示了明后期诗学的主情思潮。徐渭的许多诗歌随性而出,逐情而作,毫不雕琢,形成狂怪率直的诗风。

明后期,王守仁心学崛起。王守仁的“致良知”坦言心即理,突

① 〔明〕徐祯卿:《谈艺录》,见丁福保辑《历代诗话续编》,中华书局1983年版,第956页。

② 〔明〕李梦阳:《空同集》,影印文渊阁《四库全书》本,第1262册,第471页。

③ 〔明〕徐渭:《选古今南北剧序》,见《徐渭集》,中华书局1983年版,第1296页。

④ 〔明〕徐渭:《叶子肃诗序》,见《徐渭集》,中华书局1983年版,第519~520页。

出自我的本心。李贽、公安派等人在此基础上，更强调心与理的分离与独立，突出心的重要性、主动性、灵活性，排斥天理，抨击伪道。纵情任性，对理学甚至整个儒家文化都有“反动”意义。袁宏道把学人分为四类：玩世者、出世者、谐世者与适世者。前三者分别对应道、释、儒之学，而最后一种则是他自己标榜的生活方式。他认为人生贵在适意。适者自适，自娱自乐。这一时期的情理之争不仅透明化、公开化，而且情被极度地高扬，传统诗歌呈现出前所未有的面貌。

李贽认为，情感的自然流露是诗歌的本质和生命，以此为前提，才可以讨论诗的艺术规律。“据于律则为律所制，是诗奴也，其失也卑，而五音不克谐；不受律则不成律，是诗魔也，其失也无，而五音相夺伦。不克谐则无色，相夺伦则无声。盖声色之来，发于情性，由乎自然，是可以牵合矫强而致乎？”①诗的律格、声色都是基于情性。袁宏道在《叙小修诗》中提出“独抒性灵”的诗学主张，高赞个人情感，与理学思想针锋相对。他的诗集《锦帆集》《解脱集》中大多是舒展性灵的诗歌。他们力争在诗歌理论与实际创作上与理学影响下的正雅典范划清界限。因有意挣破“理”对“情”的束缚，李贽他们不惜标榜一些“异端”思想，这种思想自然影响到诗歌的创作与批评。袁宏道说徐渭的诗：“其为诗，如嗔如笑，如水鸣峡，如种出土，如寡妇之夜哭，羁人之寒起，虽其体格时有卑者，然匠心独出，有王者气，非彼巾帼而事人者所敢望也。”②袁宏道的诗中也常有一股狂情之风。在他们思想意识里，情与理几乎截然相对，并

---

① 〔明〕李贽：《读律肤说》，见《焚书　续焚书》，岳麓书社1990年版，第132页。

② 〔明〕袁宏道：《徐文长传》，见钱伯诚笺校《袁宏道集》中册，上海古籍出版社1981年版，第716页。

且情完胜理。情理之辨的天平在这里出现了向一个极端倾斜。理此时变为一股极大的“反冲力”，与情的斗争与碰撞，产生了前所未有的能量，引起了诗坛上的“新变”龙卷风。

前后七子抒发的自我情感比较中规中矩，公安派等明后期诗人则直抒个人感性的、自娱的情感。前者重情不失情之正，后者重情以致纵情、狂情。而中和两者，欲使诗中之“情”健康发展的，是竟陵派。竟陵派接踵性灵之说。钟惺在《诗论》中批朱熹的《诗集传》将本是“活物”的《诗经》僵化了、滞化了、迂化了，“古诗人曰风人，风之为言，无意也。性情所至，作者不自知其工。诗已传于后，而姓氏或不著焉”①，“夫作诗者一情独往，万象俱开，口忽然吟，手忽然书。即手口原听我胸中之所流”②。竟陵派旨在矫正公安派的“牛鬼蛇神”“打油定铰”与前后七子的蹈袭模拟。但他们矫枉过正，把诗引向了孤峭幽深的狭境。“夫人有孤怀，有孤诣，其名必孤，行于古今之间，不肯遍满寥廓，而世有一二赏心之人，独为之咨嗟彷徨者，此诗品也”③，这种诗论被钱谦益斥为“诗妖”“鬼趣”。然而，从另一个角度看，竟陵派的单思独绪正是对情感深度的进一步开掘，是对自我内心深层次的进一步探索，“察其幽情单绪，孤行静寄于喧杂之中；而乃以其虚怀定力，独往冥游于寥廓之外”④。更何况后期竟陵派又提出了“灵”与“厚”相结合的诗论。“灵”侧重

① 〔明〕钟惺：《董崇相诗序》，见《隐秀轩集》，上海古籍出版社 1992 年版，第 263 页。

② 〔明〕谭元春：《汪子戊己诗序》，见《谭元春集》，上海古籍出版社 1998 年版，第 622 页。

③ 〔明〕谭元春：《诗归序》，见《谭元春集》，上海古籍出版社 1998 年版，第 594 页。

④ 〔明〕钟惺：《诗归序》，见《隐秀轩集》，上海古籍出版社 1992 年版，第 236 页。

自我本心的灵动,“厚”侧重诗歌中的道德涵养。前者偏重情,后者向理靠近,情与理相辅相成。

诗人的情理之辨意识,经过元明易代的种种磨炼、启发,在明诗创作主体的思想观念里愈加明显。无论是明初正平冲和的台阁体,还是明末讽刺写实的云间派诗歌,都立足于诗人理性的治世、用世之心。诗人在重理的同时,自动把情纳入了理的大系统中,使得情理之辨不是那么激烈。而明中后期的诗坛上,情理的斗争则比较明显。“抑理是贯穿于明代中后期诗文领域的一根主线”①,陈书录先生进一步指出,前后七子是以“调”对抗理,而李贽、公安派和竟陵派则是用“情”与理对抗,“集中精力对文学的情感结构作深层开掘的,是明代后期的公安派、竟陵派及其先驱者徐渭、李贽、汤显祖等人”②。七子黜宋宗唐,用“格调”追崇盛世之情。七子后的诗人一方面不遗余力地抑理,另一方面积极大胆地开掘情感世界。诗歌情理之辨由元明易代之际发力,在明诗发展中逐步清晰、兴盛,进而主导了明诗或主理或重情的思想与审美取向。

二、明中后期诗歌中情理的承变

明中后期,诗坛盛行重情轻理之风,无论在诗学理论还是诗歌创作上,情理之辨的优劣之势似乎显而易见。然而,实际情况却有待深究。明后期诗歌的情与理,在一贯的斗争中呈现这样一种状况:一方面,诗人越发强调情之真;另一方面,情虽胜于表面,理却深蕴情中。此时诗歌的重情思潮是有意识、有目的、有系统的,这本身就含有理性的指导。再者,诗歌从伦理说教中挣脱出来,回归

---

① 陈书录:《明代诗文的演变》,江苏教育出版社 1996 年版,第 504 页。

② 陈书录:《明代诗文的演变》,江苏教育出版社 1996 年版,第 504 页。

该文体特有的审美境遇中,凸显了诗歌的创作规律之理。此外,在明中后期,理的含义具有了新的成分。

(一)情之真

明后期,诗人对情理的认识有了一定发展。情在此时与道德理性、风化教育保持较远距离,而自身之真备受推崇,这点突出表现在李贽的“童心说”上。李贽的童心说与王守仁的“真己”、王畿的“初心”一脉相承。“童心”即绝假纯真之心,是不受外界障蔽束缚、修饰的原本的自然的率真之心。先于李贽的诗人对真情就颇为推崇。李梦阳曾在《诗集自序》中云:“故真者,音之发而情之原也,非雅俗之辨也。”①何景明在《明月篇序》中也持此论。七子之后的诗人亦云:“诗取性情真”②,“真诗者,精神所为也”③。

那么,“真情”如何存养与表达呢? 诗人们不约而同地把目光投向了民间——真诗在民间。杨荣说:“诗自三百篇之后,作者不少,要皆以自然醇正为佳,世之为诗者务为新巧,而风韵愈凡,务为高古而气格愈下,曾不若昔时闾巷小夫女子之为,岂非天趣之真与夫模拟掇拾以为能者,固自有高下哉!”④李东阳云:“采得民风兼国俗。”⑤李梦阳道:“今真诗乃在民间,而文人学子,顾往往为韵

---

① 〔明〕李梦阳:《诗集自序》,见郭绍虞主编《中国历代文论选》下册,中华书局1962年版,第283页。

② 〔明〕钟惺:《寄吴康虞》,见《隐秀轩集》,上海古籍出版社1992年版,第86页。

③ 〔明〕钟惺:《诗归序》,见《隐秀轩集》,上海古籍出版社1992年版,第236页。

④ 〔明〕杨荣:《文敏文集》,影印文渊阁《四库全书》本,第1240册,第169页。

⑤ 〔明〕李东阳:《伦修撰文叙颁诏安,便道省亲》,见《李东阳集》,岳麓书社1984年版,第564页。

言，谓之诗。”①袁宏道也表示：“吾谓今之诗文不传矣。其万一传者，或今闾阎妇人孺子所唱《擘破玉》《打草竿》之类，犹是无闻无识真人所作，故多真声，不效颦于汉、魏，不学步于盛唐，任性而发，尚能通于人之喜怒哀乐嗜好情欲，是可喜也。”②他们都有不少关于民俗的诗作，如钟惺的《插戴词》《江行俳体》《秣陵桃叶歌》、谭元春的近百首《竹枝词》、李梦阳的《郭公谣》《子夜四时歌》、李东阳《长沙竹枝歌十首》《茶陵竹枝歌十首》等。公安派的诗歌更是从民间汲取养料，多发“自然之趣”。

明代诗的情之真，有着深层次的文化渊源。考“情”字的本义，原指情景、实情。“综观先秦诸家所谈之‘情’，数量较多的是将‘情’看作是事物客观的实际的状况，具有‘实’与‘真’的含义。”③然而，受传统重世用的文化滋养，情往往与道德教义紧密相连，特别是宋理学大兴之后，更是突出了性情之正、敬。情的论说掺入了许多社会意识形态成分，情之真的实际存在空间较小。明后期诗歌不仅明确呼吁情，而且重情之真，这显示出向情本质的回归，无意中与情的原始文化意义遥相呼应。

（二）情罥其上，理蕴其中

1. 诗教之理

翻阅此时诗人们的诗集，传统的讽刺谏喻精神不绝于缕。这在明朝专制森严、刑法残酷、案狱恐怖的社会环境中十分可贵。它传承的正是中国诗人历来心怀天下的“志”——理性的入世用世精神。从诗人的重情诗学中，我们可窥探出这种诗学理想。七子所

---

① 〔明〕李梦阳：《诗集自序》，见郭绍虞主编《中国历代文论选》下册，中华书局1962年版，第283页。

② 〔明〕袁宏道：《序小修诗》，见钱伯诚笺校《袁宏道集》上册，上海古籍出版社1981年版，第188页。

③ 黄霖等：《原人论》，复旦大学出版社2000年版，第54页。

论之“情”，虽偏向“人情”，但绝不是晚明时期性灵派的纵情、娱情，而是一种脱离义理空虚后转向生活实际的古雅高尚之情。它同样具有道德意味，但不拘于宋儒的内省自定，也不似馆阁大臣的粉饰太平，而是直面现实、鞭挞社会弊病的责任之情。事实上，重情的诗人紧扣时代脉搏，有不少直陈剖析时政的诗作。李梦阳的《君马黄》抨击明朝的特务组织，《玄明宫行》讽刺宦官刘瑾，《去归词》为内阁大学士刘健、谢迁，户部尚书韩文的离去而作；钟惺的《辛亥元日早朝》暗讽长期怠政的明神宗朱翊钧，何景明的《元日》《五更》痛陈武宗皇帝懒散恶习，徐祯卿的《杂谣四首》记录了刘瑾谋反事败（正德五年八月之变）。再如，何景明的《武昌闻边报》《鲥鱼》、边贡的《迎銮曲二十四首和刘希平作》、王廷相的《赤者袍将军遥》、王世贞的《正德宫词》《西城宫词》、谢榛的《秋日记事五首》《北望五首》、谭元春的《伤谭讷庵野老》《江行四首》等都直刺当朝时事。这类诗歌痛斥痼疾的口气与勇气，开晚明复社、几社之先风，含有刺世讽喻的诗理。

复古派强烈而固执的崇唐倾向，源自诗人内心渴望国泰民安的盛世愿望。也就说，他们先有一个心理预设，由这预设顺藤而上，跃过宋元直抵盛唐。这一追寻，是以理性的思想观念为指导，并要达到理性的治世效果的。他们羡慕唐人饱满灵动的情感，极力排斥宋人内敛空虚的性情。诗艺上格调的强调，服务于诗人急迫甚至急躁的治世情感。

2. 诗法之理

复古运动贯穿明代诗歌的发展始终。相对于前代，明代的复古运动颇为复杂。尽管它也提出了相关口号与主张，但远不如初唐陈子昂“风骨寄兴”与中唐韩愈“文以明道”来得明确、彻底。因此，它从诞生时就是一个“复杂儿”，在发展过程中逐步进入了以古之法抒今之情的尴尬境地。

复古派高倡的“格调说”，正体现了复古重情诗学中的理性因子。格调说由茶陵派代表诗人李东阳提出，被前后七子奉为诗学圭臬。“格调说”要求诗歌遵循格古、调逸、气舒、句浑、音圆的典型范例，以求创作达到唐诗般的浑厚古雅。但在实际创作中，前后七子胶瑟格调，尺寸古法，以致创作上出现模拟、重复的弊病。实际上，前后七子的模拟体现了如何抒情的问题，这一问题不得不涉及“理”，即诗人理性的文学态度与诗歌本身之理。最终，他们摸索出用“格调”抒写情感的方法。王延相的《与郭价夫学士谈论书》主张情感与格调相和谐，徐祯卿在《谈艺录》中提出了“因情立格”，更是从诗歌本身论述了“格”对“情”的审美规范作用。此诗学观在性灵派那里也有回响：“诗文之道，昔之论气格近于套，今之论性情者近于俚……如弟二十年学道，只落得口滑，毕竟得力处尚少，以此深自悔恨，欲于此后打叠精神，归并一路，期到古人大休大歇之地乃已。”①一方面，格调说规定了思想情感的格高调远；另一方面，它落实了诗歌具体创作技巧。而这些，可看作“诗法”，“精者何也？应诸心而本诸法者也……是以古之文者，一挥而众善具也。然其翕辟顿挫，尺尺而寸寸之，未始无法也，所谓圆规而方矩者也”②。对“诗法”的自觉发掘与归纳，正是诗中理的另一种表现，是“诗”这一物本身的规律和特质。在这一点上，前后七子与重诗法的宋人，甚至“格物致知”的宋儒都有相契合之处。若说复古派在诗歌思想内容上重情，那么在诗的艺术手法上则显示出了重理的诗观。

---

① 〔明〕袁中道：《答钱受之》，见《珂雪斋集》，上海古籍出版社 1989 年版，第 1073 页。

② 〔明〕李梦阳：《空同集》，影印文渊阁《四库全书》本，第 1262 册，第 566～567 页。

3. 近代之理

理的发展突出表现在明后期以公安派为代表的重情诗学思潮中。明后期商品经济发展较快，城市繁荣，市民阶层不断壮大，重利轻义思想得到一定程度的张扬，再加上对当朝思想禁锢的反动，与传统理念、既定法则相悖的观念意识应运而生。心学发展到王艮泰州学派，凸显个体性情的放纵，逐步走向了与传统理学相对的一面。独抒自我性灵的诗歌便在这种文化风气的影响下兴盛起来。诗人的目光不聚焦于社稷大业，也不注目于哲理超脱，而是停留在当下生活，注重自我物质与精神生活的舒心舒意享受。重自我是人之常情，但唯有在此时，诗人们热烈而自豪地使这种情感世俗化、平民化，并正大光明地提出它、实践它。这种从一切禁锢藩篱中解放身心的意识，是当时社会大环境的独特产物。它跳出了传统文人达则兼济天下、穷则独善其身的思维模式，昭示了异于传统理性的新理性的到来。

明后期轰轰烈烈地鼓吹自我、顺从本心的"情"背后，有要求个性解放、思想自由的深层追求，而这一追求又带有"理性"思维的意味。此"理"并非理学的天理哲理、仁义道德、社会伦理，而是一种平民化、世俗化、实在化甚至近代化的"理性"，或许还有近代启蒙理性的影子。明后期的诗人在情理之辨中极力地扬情，殊不知，他们越鼓吹"情"，就越向另一种"理性"靠近。这一"悖论"正显示了"情理之辨"在中国封建社会末期的奇特生命力以及产生的巨大隐形力量。明中后期，诗歌中情理之辨的大致情况是"情"胜于"理"，但"情"的胜，恰恰是以"理"的观念为指导的，其中透露出诗人对传统诗歌情理的总结、反思与超越。

三、诗歌情理之辨的哲学底蕴

通过对明初五派的分析我们可以看出，情理之辨的天平无论如何倾斜，一方永远不会在另一方面前“溃不成军”。二者相争相生的存在方式，根源于中国传统独特的哲学思想。宋以后，关于诗歌情理之辨的探讨与论述逐渐明朗化。但诗歌自起步时，就含有情、理两重因子。中国古典诗歌中的情，即使偏向自我适意，也不私自利己、娱乐放纵；古典诗歌中的理，不陷入玄妙虚幻、难以捉摸的境地，而是与人生社会紧密相连，说理议论，启人心智。当然，任何民族的诗歌都不离情感抒发、理性思考。然而情与理在中国传统诗歌中，却达到了少有的水乳交融的境界。

蒙培元先生说，中国哲学是德性哲学，是关于情感的理性化思考。情感是多样的，一切心灵活动都可生发出情感。但儒家所论，多是道德情感，是普遍化的社会情感。道德情感的精华就在“理”上。“儒家承认人类有共同的情感，共同情感是人的德性具有普遍有效性的证明。但这所谓普遍有效性，不是从经验上说的，不是心理经验的集合或‘统计学’意义上的一致，而是以先天的或先验的‘性理’为其普遍有效性的保证。”①从一开始，儒学就重“情”，并把“情”上升至“理”的高度。当然，儒学中的“理”不同于西方的逻辑演绎、概念分析的“理”，而是自上而下，最终回归、指导、服务人们生活的“理”。正如牟宗三先生所说，中国哲学理性不是“理论”的理性，而是“实践”的理性。西方多作情理二分论，而中国哲学则一直追求情理两者的合一。

“内圣外王”是儒家的经典人生理想。但在不同时期，内圣与外王有轻重之别。汉、唐处在中国封建社会的上升时期，文人们心气蓬勃，意志高扬，多用力在“外王”方面。中唐以后，世道颓废，国运日下，文人士子敏感地体察出社会的转型，逐渐专注于“内圣”方面。于是宋代发展、建立起来的理学，强调修心敛性，深究义理，侧

---

① 蒙培元：《情感与理性》，中国人民大学出版社 2009 年版，第 17 页。

重个人性情的涵养。内圣与外王,自始至终都是古人对人生意义的理性追求,是古人对世界存在的一些细致思索与深度思考。作为人生活不可或缺的诗歌,恰好隐性或显性地捕捉、记载了作者一些理性思想。中国传统诗人,无论在朝立庙堂,还是在野居山林,无论有为而作,还是私怀而发,其创作大都具有强烈的目的性,而这种目的性正是诗歌中的理性因子。

儒家讨论人的存在,往往从情感着手。人是一有生命的有感情的存在,在这点上人与其他生物无异。人之所以为人者,在于这感情是理性的。"在他们看来,情感作为人的'存在'方式,本身有一种内在的'自然'的亦即'不容已'的目的性,这就是'生理'即仁,也就是'性理','性理'只能存在于情感之中并通过情感而体现出来。"①孔子哲学的本质为"仁","仁"建立在孝悌之情上。孟子说人有四端之心:恻隐之心、羞恶之心、辞让之心、是非之心。此心即情,而此情是人类所共有的、相通的,它们扩充、生长而为性,性即理。孟子由情上推到理,进而从情感上肯定人存在的价值和意义。荀子则明确提出了"以理制情",他的"理"主要还是社会伦理。理学先导李翱认为,性源于天道,情则源于性,遂正式将感情纳入了道德理性之中。宋明理学家的"性理"尽管形而上,但并不空洞。它是具体的、实践的,发而为情,由情而显。程颢的"情顺万事而无情",说明了顺沿情感可抵理性;陆九渊的"心即理"、王阳明的"良知说"均力证情感本身的理性;朱熹的"心统性情""性体情用"则论述了情感是理性的实现。理落到人心中即性,性表现出来既情。性为本、为体、为静,情为用、为显、为动。在此基调上,刘宗周与戴震进一步证明了情的理性意义。前者"指情言性",后者更是义正词严地提出情的"无过无不及"就是理。由此看来,在情理问题上,

---

① 蒙培元:《情感与理性》,中国人民大学出版社2009年版,第103页。

儒家论证的重点，不是情感与理性能否统一，而是如何统一。因为在他们看来，情与理本是一体的，也必须是一体的。仁、义、礼、智、信，从心而来，演化为以社会礼仪为主的理性情感。至于“存天理，灭人欲”中的“人欲”并不等于“情”。朱子曾说：“情本自善，其发也未有染污，何尝不善？”①从本源肯定了情的善。但情在具体流变中，受内外各种因素影响而发生蜕变，进而诱导出“人欲”“私欲”，这才是理学家所要反对的。

喜怒哀乐之情与仁义礼智之性紧密相连。因此，相对于纯粹的个人私情，传统意义上的情往往是合目的、合美善的道德感情。中国人重情，但又是理性地重情。“问题不在于情感本身是不是理性的，而在于理性（即‘性理’）只能在情感中‘存在’，由情感而得以实现，情感之所以重要，即在于此。”②情具有理性的意味，理具有情感的因子，两者在中国哲学里，从一开始就相依相存，统一性远远大于矛盾性。情在传统文化里，很大程度上含有道德、社会、群体的意义。这并不是说它始终受到限制、束缚，而是指出它不滑入浮夸、流入叫嚣的深层原因。情总在萎靡不振时得到净化、提升，回归到其人文关怀的高度上。这一循环不止、流动不息的过程，是以理为背后支撑的。古人重情尊情扬情，但所抒之情，从抒发程度上说，总不会溢出一个度；从情的性质来看，它必正、雅、真。诗作为此种思想文化的产物，本身便是情理的合作体。尽管诗的第一特征为抒情，但情在中国古典哲学中，是一种理性的情感。

诗的情理之辨，并没有比较清晰、彻底的“胜利者”。重理还是扬情，都不脱离对方的语境范围。当然，文学创作有其自由性、自律性，个人在社会上公开的思想观念，并不等于他在文学作品中所

---

① 〔南宋〕黎靖德编：《朱子语类》第四册，中华书局1986年版，第1381页。

② 蒙培元：《情感与理性》，中国人民大学出版社2009年版，第107页。

发的情感。我们强调诗中情的感性、隐私、灵动等特质,但不可否认,此特点是相对义理、伦理、天理中的情而言的。当讨论到具体诗学中的"情"时,应作不同性质的分析。因而,古典诗歌中的情,感性却不任性,自我却不纵利。载入史册的诗人,其人格必高、人品必正,在道德生活上必定是瑕不掩瑜。情之高洁,并不是圣人儒士的专利,它已深烙在生于斯长于斯的每位同胞的心里。

诗的情理之辨,从诗的起源便已存在,随着诗歌的发展而逐渐兴盛,并成为古典诗学上的一大"公案"。其生命力如此久远旺盛,地位如此重要凸显,关键原因就在于它根植的哲学文化:情理合一,情由理涵养,理由情显。

四、情理之辨的诗学传承意义

宋末,诗坛已出现诗歌情理相辨的声音,但很快就销匿于蒙古族的铁蹄下。元明易代,百废待兴,诗坛亦然。酝酿上千年的诗歌情理之辨的种子,此时开始萌芽。易代的特殊文化环境,为这一诗歌现象的发生与发展提供了契机与空间。本历史阶段的诗歌,在元诗寂寥近百年后,以筚路蓝缕之姿,进一步发展并凸显了古典诗学中的情理传统,表现出诗学自身发展的传承规律。

诗歌的特性之一是抒情,滥觞于"诗言志"的中国诗歌本就关注多样的情感意绪,直至"诗缘情",传统诗歌更是以"情"作为文本创作与理论批评的基点。但作为诗歌创作主体的中国文人,受"修身齐家治国平天下"的正统儒家思想的影响,论诗时往往又重美喻讽刺、天道事理。于是诗歌中便要求有"理",特别是在宋人"改造"儒学为理学后,"理"的内涵广泛而具体化了,包含伦理、事理、物理等。情与理,一方偏重私人的、感性的,另一方却带有公共的、理性的性质。反映到诗歌中,二者自然互相抵牾,但实际情况不仅仅如此。人是一个感性的存在,又是一个理性的主体。古典哲学认为,情与理不是相分离的，而是相统一的。诗歌作为人精神活动的产物，从一开始就是情、理合力的结果。中国首部诗集《诗经》，较为全面地展现了先民的内心世界，包括了感性与理性的思想意绪。诗之情理传统由此发源，贯穿古典诗歌长河。然而，情一直是明流，理却处于暗流。自宋后，唐诗与宋诗的对比研究渐渐兴起，且在理学文化的发展背景下，逐步演化成诗歌的情理之争。元明易代之际的诗歌，在此时特殊文学境遇中，具体演绎了诗歌情理之辨的存在状况。情、理二者终于正式地争流，诗歌情理之辨由此明朗化。

情理相争，唯有在双方各自的理论完成并成熟、各成体系时才能发生。古典诗中的情、理均有悠久的历史，甚至自诗诞生初期便带有这两重因子。它们都有各自不断发展、持续丰富的过程。情作为诗的本质精神，一直以细水长流、蜕变完善的生机绵延在诗歌中。而诗之理则略有不同。宋以前，诗学中多论“诗言志”“诗缘情”。宋诗后，“诗主理”的提法与论说才出现并发展起来。宋诗主理，这几乎是世人对宋诗的基本认知。古人对此早有定论，如严羽言：“本朝人尚理而病于意兴。”①李梦阳亦论：“宋人主理不主调，于是唐调亦亡。”②与此相对，唐诗情致丰腴的特点被有意地张扬、发挥。如屠隆说：“唐人诗虽非《三百篇》之音，其为主吟咏，抒性情，则均焉而已。宋人又好用故实，组织成诗。”③杨慎曰：“唐人诗主情，去《三百篇》近。宋人诗主理，去《三百篇》却远矣。”④对此，

① 〔南宋〕严羽著，郭绍虞校释：《沧浪诗话校释》，人民文学出版社 1962 年版，第 148 页。

② 〔明〕李梦阳：《空同集》，影印文渊阁《四库全书》本，第 1262 册，第 477 页。

③ 〔明〕屠隆：《屠隆集》第二册，浙江古籍出版社 2012 年版，第 287 页。

④ 〔明〕杨慎：《升庵诗话》，中华书局 2008 年版，第 189 页。

晚近学者也不乏相同或相近诗观,如钱锺书先生云:“唐诗多以丰神情韵擅长,宋诗多以筋骨思理见胜。”①程千帆先生亦云:“唐人之诗,主情者也,情亦莫深于唐……宋人之诗,主意者也,意亦莫高于宋。”②王水照先生说:“宋代诗歌的议论化,就不少作品而言,正是存在着以逻辑思维代替形象思维、以理代情的缺点。”③许总先生也提出:“就诗歌领域而言,哲理化倾向已成为宋诗体貌的主要特征与标志,而对理的重视与强调,也在宋诗观念中得到极为突出的表现。”④可以看出,学者们几乎异口同声地承认了这一诗学事实:唐诗重情,宋诗主理。

宋代理学崛起,并逐步统治了学术思想界。尽管诗歌之理与理学之理大不同,但前者深受后者影响已成诗史事实。理学家的“理”,指一切自然、社会现象背后的本质规律,是一个本质、抽象的存在。然而此“理”,并不空洞化、概念化。它有巨大的社会现实意义:于国,规范世风、教化大众;于人,养心修德、平怒息愤;于事物,洞识荣枯,超然其表。因而,此“理”无处不在,无时不用。在此思想文化氛围中生成的宋诗,“理味”自然会高涨。宋代诗人往往兼学者、文人为一身,如欧阳修、苏轼、王安石、黄庭坚等。他们的人生价值观比唐人更融会贯通。宋诗中,振兴世道的志气与超然物外的闲气往往相处无恙。“理”在宋诗人这里,不仅是客观的物理、事理,更是为人处世的主观智慧。因而可以说,诗言理在宋代达到了顶峰,以致宋诗中缺乏摇荡心弦的情思。

当诗之理与诗之情各自在理论与创作上都有一定成就后,关

---

① 钱锺书:《谈艺录》,中华书局1984年版,第2页。

② 程千帆:《古诗考索》,上海古籍出版社1984年版,第384~385页。

③ 王水照:《宋代诗歌的艺术特色和教训》,载《文艺论丛》1978年第5辑。

④ 许总主编:《理学文艺史纲》,江苏教育出版社2001年版,第241页。

于二者的对比自然会随之而起。唐诗与宋诗是后人无法企及的高峰,宋诗是诗主理的代表,唐诗则是诗重情的典范。诚然,诗之情理源远流长,但作为古典诗歌的两座高峰,唐诗与宋诗使诗学中的两大传统臻于完善。任何学诗、作诗、论诗之人,都会接触这两种风格迥异的经典,注意到它们的异同。诗之情理及二者的关系自会被一遍遍地注目、分析。

然而,承接宋诗的元诗并没有对诗歌情理之辨做出进一步的关注与发展。相反,诗歌在接下来近百年的时间里成就颇小,以致在宋末快要破土而出的情理之辨的种子,没有如期地发芽、生长。导致此种诗学现象的关键原因,就是元朝杂、俗文学的勃兴。有元一代,通俗文学大兴,原因大致有三。其一,来自草原的游牧民族欣赏不了古典高雅的诗歌,而专好杂耍唱说之类的演艺。其二,因元朝统治者不行重农抑商的政策,商品经济得到了很大发展,城市市民阶层有所壮大。其三,元朝文人社会地位极其低下。仕,科举已废;隐,无以为食。文人们只好转入世俗文学创作队伍中,聊以寄生。因而,元杂曲、散曲、说话、小说等通俗易懂、雅俗共赏的叙事文学盛行。与此相对,诗界颇为冷清,诗歌成果难以列举。游牧民族的野蛮与粗暴给中原文化带来的破坏不言而喻,尽管历史的车轮依旧向前滚动,但毕竟缓慢了许多。假若蒙古铁蹄未踏入中原,如果宋王朝继续延续下去,又如果接替宋朝的是汉族的某一家,那么诗歌情理之辨的正式提出与兴盛,或许会提前百年。元明易代,大动荡,大一统,新旧交替,百废待兴。在此历史契机中,诗歌亦呈复苏之势。而已较为成熟的诗之情理,自然成为诗人明里暗里关注的焦点之一。

从诗史上看,元明之交是诗坛由寂寥转向复兴的过渡期,是诗歌情理之辨由孕育到生发的特殊期。此时诗歌的情理之辨,对明代诗歌甚至清代诗歌的影响,可从唐诗宋诗优劣之分、宗唐崇宋之争的诗学公案上窥见。它承上,使古典诗歌中的情理之辨传统由此明朗化;它启下,开启后人对古典诗歌梳理、总结与反思之风。因而,元明易代之际的诗学正可谓是古典诗歌演进史上的重要一笔。古典诗学的两大理论"诗言志"与"诗缘情"殊途同归,都立足人的内心,是诗人内心世界的反映。由此,诗主性情的理论源远流长。然而,诗抒情的同时,也载有理。宋诗之前,尽管理以启迪的方式存在于诗中,但诗人并未对其提炼总结。宋诗之后,"诗主理"的诗学才逐步发展起来。然而,蒙古族的挥鞭南下极大地阻碍了诗情理之辨的生成与发展。明朝恢复汉人统治,诗坛重整旗鼓。仰望诗歌两座高峰,诗人在模拟与自得中徘徊前行,标宗立派,争鸣论法,其分歧要点不外乎宗唐还是崇宋,尺尺寸寸还是领会神情。这其中的关捩处,便是对诗之情理的态度及处理两者关系的具体方式。追溯此种诗学状况,元明易代之际的诗学诚有肇始之功。

元明易代之际的思想文化,给了诗歌情理之辨正式生发的温床。每个朝代更替,都会给诗人们造成一个独特的历史语境,比较而言,元明易代之际,诗人们生存与言说的空间更为特殊。他们从夷族统治进入华夏复兴,从较为宽松的思想氛围进入严酷紧密的思想桎梏中,从自由创作、各抒心得的日子进入身兼政事、如履薄冰的生活。这其中的酸甜苦辣,心理承受的剧变与落差,均不足以用文字表达。然而,正是这一特殊的易代文化,唤醒了诗学上沉寂近百年的情理之辨命题;正是经历了大一统、大动荡,诗人们的感情才会复杂多变,更倾向对周遭事物进行于情于理的解释。在此历史阶段,无论诗歌本身还是诗人心态,都处于情理之辨的全面爆发的"前夜"。诗歌情理之辨虽未正式提出,却暗潮涌动,在诗歌理论与创作上都有明显体现。元明易代的五派,正是此种诗学的具体演绎者。整体来看,越中派重理,吴中派和岭南派重情,闽中派与江右派则是情理并重的。各个派别对诗歌情理的不同态度，推动了诗歌情理之辨的正式形成与进一步发展。此时，情理之辨呈现出从诗坛的幕后走向幕前的趋势，并逐步从诗歌浪潮中的暗流转变为“明流”。

中国诗人多以卓越的才情与诗艺于诗中调和情与理，使得二者在相悖中并行。正是二者的此消彼长，碰撞磨合，推动了传统诗歌的创新与繁盛。在二者冲突中，“情”往往占据“胜利”地位，然而仔细品味，“理”却深蕴其中。诗歌情理之辨，始终没有出现也不会出现一方“打垮”另一方的情景。这不仅关系到诗人对情理的态度及诗歌艺术本身的“操作”，也根植于古典哲学理想中情与理的统一。由此我们可以说，在历来被强调的抒情与叙事的诗歌传统中，其实还含有一个“诗载理”的传统。此时诗歌情理之辨，不仅使理在诗学上的地位逐步明朗化，也给后人留下进一步探究诗歌载理传统的启示。

第四章　清初文字狱与诗歌取向变迁

众所周知,文学与史学关系密切。文史自古不分家,在中国上古时期,经史与文学就是一体的;中古以后,经史之学与文学开始分道而驰,但文学家往往在早年就受到经史之学的熏沐,后来又常常一身兼二任,治经史同时兼为文学,难免会把经史之学融入文学。而自司马迁誓志以"究天人之际"为著书的追求目标后,我国古代文人把文学与历史、哲学的融合视为创作追求的最高境界。因此,文学是人学,在中国古代也是"天人之学",这就使得中国古典文学不仅是全部传统文化的产儿,而且从来没有也不可能离开史学而孤往独行,文学与史学两学科之间的影响、联系随时都在发生。因此,中国史学的研究可以与文学结合。近代史学家孟森就以诗文证史,其《科场案》一文盘点吴兆骞流放宁古塔始末,例以吴伟业、顾贞观之词及徐乾学等人之诗来佐证史事。陈寅恪亦标举"诗史互证"之法,其《柳如是别传》就是这一研究方法结出的硕果。到了现当代缪钺、景蜀慧师徒治史亦循着以诗证史的研究路径走,在魏晋南北朝历史的研究方向取得了新突破。

反之,中国古典文学研究应该而且可以与史学结合,故而作为中国古典文学研究内容之一的中国古典诗学也可以如此研究。所以,孟子的"知人论世"就是主张考察诗歌创作的历史时代背景、作者生平与诗歌意义之间关系。这是古代以史来辅助诗歌解释的典型文学批评方法。到了近代，陈寅恪提出的“诗史互证”，其中就包括“以史证诗”的学术方法。而近些年来，在全球化的学术背景下，文学研究进一步走向文化研究，经典诗学理论在观照现实人生时便显得力不从心，因此“文化诗学”应运而生。这种文化诗学的价值指向，就是努力追究文学与历史文化的联系、相互作用以及文学作为一种特殊的文化形态在文化结构中的位置与特性①，并主张研究者与诗人一起去追求文学背后的文化意义和人之存在的终极价值。

基于以上这些，我们在研究中国古典诗学时是否也可从历史文化角度去考察诗学？另外，借鉴孟森的以诗文证史的方法展开对案狱的研究，反过来思考，我们是否可以以史解诗，展开对案狱与诗学关系的研究？而在案狱中我们最熟悉、最感兴趣是文字狱，文字狱作为一种历史文化现象，在中国历史上绝大多数朝代都存在，如有北魏崔浩《国书》惨案、北宋的苏东坡乌台诗案，但“文字狱”数量最多，规模最大的当属清朝。而对于文字狱的研究又往往多集中在社会政治历史层面，侧重对案狱始末、历史真相等方面的挖掘，因此，可以从研究不多的文字狱与文学关系角度进行探索，考虑选择清代文字狱与诗学研究。但清代文字狱数量多，规模大，就整个有清一代的文字狱与诗歌进行研究，范围太大。最近几年，易代之际的历史与文学关系研究日益成为学界研究的热点之一，而且明清易代之际的政治格局的变化与士人选择多元，使得文化价值的重估、文学风格的多变和审美形态的趋势更具研究价值与必要性。比如，对明清之际的历史与文学的研

① 杨森：《论文化诗学的价值向度》，载《漳州师范学院学报（哲学社会科学版）》2005 年第 3 期。

究，可以重拾以前研究中的遗珠，可以加深对明清文学思想史的认识，也可以拓展清代诗学的研究空间。因而，可以考虑选择清初时段的文字狱与诗歌研究，通过文字狱前后对比，反映易代之际诗学的演进脉络。

综合上述各项因素考虑后，我们决定从顺、康、雍时期的文字狱的历史文化角度考察文字狱前后诗歌取向的变迁，对挖掘诗学相对自足的演进脉络和规律，进行一种尝试性的探讨。虽然诗歌取向的变化，作为一种历史文化现象往往是在一定的外部社会环境和诗人创作心态等多种因素综合作用下的结果，我们选择从文字狱角度切入，以文人心态为中介来考察它，并不表示影响诗歌某种取向变化的原因只有这一个，我们的目的是希望通过文化诗学的视角进一步拓宽诗学研究的思路，加深对清代诗学演进的轨迹与规律的认识。

第一节　顺、康、雍时期文字狱概述

对于顺、康、雍之际的文字狱与诗歌取向的研究，首先要对作为研究对象之一的文字狱这一客体本身做出说明。故而我们将主要涉及文字狱概念的界定，顺、康、雍时期文字狱的主要案件及成因与消极影响。

一、文字狱概念的界定

谈起文字狱，不少人第一反应是清朝，会自然而然地联想起龚自珍的诗句："避席畏闻文字狱，著书都为稻粱谋。"①足见文字狱的惊怖，尤其是给文人士子带来的心灵威劫效应之大。那什么

① 〔清〕龚自珍：《龚自珍全集》，上海古籍出版社1975年版，第471页。

是文字狱？关于文字狱的定义，我们研究发现，大多是现代人给的定义，较具代表性的有以下几种：一是《辞海》中关于文字狱的词条："旧时统治者从文人的作品中断章取义地摘取字句、罗织罪名所造成的冤狱。"①二是杨乾坤在《中国古代文字狱》研究中提出的说法：所谓文字狱，就是因文字而贾祸，就是因文字的缘故，而被罗织罪名，锻炼成罪案。② 三是研究文字狱的王业霖在《中国文字狱》中给出的定义："文字狱，古称书案，因文字得祸之谓也。"③四是郭成康，林铁钧在《清朝文字狱》中定义与诠释："文字狱就是因文字的缘故而构成的罪案，其形式是以文字作品得罪，与一般的建言获谴不同，其实质是当事人没有危害和推翻政府的行为，当权者吹毛求疵，有意罗织，或仅仅根据其思想倾向而治罪。"④五是周谷城的《中国政治史》中给出定义说："因著书立说而引起的惩罚，厥为文字狱。"⑤众多说法各有侧重，究竟哪种更科学、更客观、更全面，我们有必要结合文字狱的历史，尤其是文字狱这一名称说法的演变史及指称内涵做出合理判断与界定。

文字狱是中国文化史上的一个特殊现象，作为一种客观现象，它几乎伴随于我国封建社会的始终，只不过各朝的称谓不同而已。两宋时称为"诗案"或"诗狱"，明初称为"表笺祸"，清前期称之为"史案"或"书案"。乾隆末年，史学家赵翼对这些与文字有关的案件进行总结和研究，归纳为"文字之狱"。到嘉庆朝，这一说法被官方所接受而慢慢固定下来，简称"文字狱"。下面我们具体对这些

---

① 辞海编辑委员会编：《辞海》，上海辞书出版社 2009 年版，第 2386 页。

② 杨乾坤：《中国古代文字狱》，陕西人民出版社 1999 年版，第 1 页。

③ 王业霖：《中国文字狱》，花城出版社 2006 年版，第 1 页。

④ 郭成康、林铁钧：《清朝文字狱》，群众出版社 1990 年版，第 9 页。

⑤ 周谷城：《中国政治史》，中华书局 1982 年版，第 248 页。

说法展开例说，以便更好地了解文字狱的内涵。

先看“诗案”或“诗祸”。北宋大文学家苏轼的“乌台诗案”牵连了 39 人，被审查的诗上百首，是一起典型的文字狱。诗案的发生乃因苏轼不赞成王安石新法，奉调湖州时，在照例给皇帝上的“谢表”中发了点牢骚。本无什么问题，却被依附王安石的“新进”御史们参奏他包藏祸心、诽谤谩骂，结果因咏桧诗中的“根到九泉无曲处，世间惟有蛰龙知”被指隐刺皇帝宋神宗，下狱四个月后，流放黄州安置。① 其实这种诗案或诗祸，还可远溯到西汉时的杨恽事件，该事件虽为史祸，却被宋人罗大经称为“诗祸之始”，其因乃在于杨恽《报孙会宗书》中曾自写怨诗一首。而在北宋后，还有刘克庄的江湖派诗人的《江湖集》案。明代也有高启诗狱、刘铎诗狱等。

次看“表笺祸”。这是明初朱元璋当皇帝时文字狱的叫法。当时凡冬至、元旦、万寿圣节等三大节日的庆典，三司卫所照例上表向皇帝祝贺，此外，遇有恩典赏赐依例须上“谢恩表”，而表文都是交给长于文字的教官们去撰写。这些表笺本是以颂圣谢恩为主要内容的官样文章，应该不会有什么祸事。无奈，朱元璋本人出身贫寒卑微，其自身常为自己不光彩的过去感到自卑，十分敏感，易生猜忌之心。其中“徐一夔贺表案”就表现出这一点。按照清人赵翼的记载：“杭州教授徐一夔，贺表有‘光天之下，天生圣人，为世态作则’等语。帝览之大怒曰：‘生者，僧也，以我尝为僧也。光则薙发也，则字音近贼也。’遂斩之。”②可见，朱元璋用谐音手法对贺表中的文字加以解说和引申，将一篇歌功颂德的贺表变成含沙射影、嘲讽讥笑的文章，并以此为由诛杀了徐一夔，

① 郭成康、林铁钧：《清朝文字狱》，群众出版社 1990 年版，第 4 页。

② 〔清〕赵翼：《廿二史劄记》，凤凰出版社 2008 年版，第 496 页。

制造出“表笺祸”。其根因乃在于朱元璋对自己过去曾经出家为和尚的经历感到自卑，担心文人士子、朝官大臣们讥笑自己的历史与自己的帝王身份不相符。而这种心理恰是朱元璋时期“表笺祸”众多的共同原因。除徐一夔案外，怀守府学训吕睿因一句“遥望帝扉”便死于非命，德安府学训吴宪因作“天下有道”句就莫名地血溅五步，来复和尚更因其《谢恩诗》中“金盘苏合来殊域”的“殊”字获罪，被指“殊”乃“歹”“朱”二字的结合，是在骂朱元璋。

再看“史案”“史狱”或“史祸”。入清以后，随着文字狱的泛滥，“史狱”“书祸”“逆书”案等指称文字狱案的词语纷纷出现，特别是由于明清易代，私修明史以报国存明的潮流盛行。而这恰是为清政府不容的。故而在清初因私修明史而获罪的尤其多，当时就称“史狱”或“史案”。其实这类事件自古有之。中国古代史学发达，讲究盛世修史、易代修史，所以几乎各个朝代均有大量史家和史书。而修史讲究秉笔直书、书法不隐的实录原则，史家们肩负着为后世传信史的大任，但统治阶级尤其是一些贪慕虚荣的统治者，希望史家修史能虚美、隐恶以树立和维护自己在后人心中的美好形象，于是双方就易产生矛盾，酿成“史祸”或“史案”。早在鲁襄公时代，就有崔杼弑其君案，当时虽无“史狱”之名，而这却实为“史祸”之滥觞。到北魏时期，又发生了一起骇人听闻的大“史狱”，即北朝崔浩《国书》惨案。然而，“史祸”多发生在史官独立修史的时代，随着唐代以后的国家垄断修史权，禁止个人私修国史，史案或史狱于是明显减少，然而到了王朝鼎革、华夷易位的清初，私家修史蔚然成风，此时，“史狱”频发，乃不难理解。至于“史狱”发生更为复杂的原因，正如郭成康等人指出的，“作为文字狱一种表现形式的史狱，绝大多数都与当时的政治矛盾、政治斗争有关。当然，统治者有时也会抓住一点似是而非的东西,牵强附会地说作者指桑骂槐,搞影射攻击,因此而罗织成狱"①。综合以上文字狱各种说法的例说解释,以及文字狱的定义,我们可以发现,文字狱的定义主要包括发起人、当事人、发起形式三个核心因素。而以这三个要素衡量,我们的前面提到的几种文字狱定义,不少存在过于笼统化或表面化的问题,或又存在以偏概全的疏漏。

首先,从发起人来看,文字狱的制造者并不一定是都是统治者,其中有的是蓄意诬告、陷害他人的地痞无赖或卑鄙小人,例如,庄氏《明史》案的发起者吴之荣就是一卑鄙小官,想借机讹诈,所以《辞海》提出的文字狱是由统治者发起的观点,有失客观和全面。

其次,纵观中国古代历朝文字狱,当事人总体上确实多以知识分子为主,但随着时代的变迁,文字狱也不断发展变化,并出现了当事者泛化的现象。虽然我们所举的例子以知识分子居多,但正如喻大华在《清代文字狱新论》中指出的:"据《清代文字狱》略作归纳,可见打击对象有官员、平民、生员、名士、学者、卜筮、僧侣、工商者、轿夫等,还有为数不少的精神病患者。"②如康熙五十三年的徐转安造逆书案的当事人徐转即为疯癫患者,还有雍正八年刘吉杰投递狂谬字帖案当事人亦是如此。所以,如若论文字狱最初是发生在知识分子身上,本无甚异议,倘若因此一概而论,则有失公允。比如《辞海》的定义虽是站在同情受害者——知识分子的立场而下的,也适合于中国古代不少有代表性的文字狱,但其当事者的单一化,以及发起原因的绝对化都值得商榷,毕竟中国的文字狱,

---

① 郭成康、林铁钧:《清朝文字狱》,群众出版社1990年版,第6页。

② 喻大华:《清代文字狱新论》,载《辽宁师范大学学报(社会科学版)》1996年第1期。

尤其是清代文字狱的实际情况十分复杂。若按照《辞海》定义去认定文字狱，中国古代文字狱的数量会大大减少。同样地，周谷城先生的看法虽然深刻，也特别适用于受文字狱戕害的文人学士。但文字狱的当事者就相对局限于著书立说者，并且容易与禁毁书案的概念混淆。

再者，相较之下有的文字狱概念则没有明确的发起者、当事者等，显得过于简单化、概括化。例如王业霖、杨乾坤先生的文字狱定义，就是如此。

最后，郭、林二人在《清朝文字狱》中对文字狱下的定义是对《辞海》定义的进一步发挥，适用范围更广了，也点出了历史上文字狱的一大特征。由书面文字（文学作品）所引发，并划清了它与建言得罪案的界限。这种说法相对更科学、更全面、更符合文字狱的实际情况，已获得文字狱研究界的普遍认同和采用。譬如李岩《清初文字狱初探》、张小兰的《清"康乾盛世"之文字狱》均沿用郭、林二人的说法。笔者也认为，在这几种文字狱的概念中，郭、林二人这个定义更客观、更科学、更符合清朝文字狱的实情。故我们对文字狱概念的运用即以郭、林二人之说为准。

二、简述顺、康、雍时期文字狱的成因

文字狱作为封建统治者加强文化专制而采取的强硬手段之一，历史上各朝各代屡见不鲜，而尤以清朝最为严重。纵观清朝十位帝王，文字狱相对尤为盛行的是顺治、康熙、雍正、乾隆四位帝王在位时期。而我们为了弄清楚易代之初与社会渐稳时期文字狱对诗歌取向的影响，特选定顺、康、雍时期的文字狱进行研究。而为了更简洁直观地描述这一时期的文字狱具体发生时间、规模及严

酷程度，我们借鉴学界研究案狱的经验①，特制表如下：

顺、康、雍时期文字狱案表

案件名	当事人	案件时间	案件结果	资料来源
《变记》案	函可	顺治四年	函可被流放沈阳	郭成康、林铁钧《清朝文字狱》
毛重倬等人仿刻《制艺序》案	毛重倬、史树骏等人	顺治五年	毛重倬、史树骏等人皆被治罪	郭成康、林铁钧《清朝文字狱》
黄毓祺复明诗词狱案	黄毓祺、钱谦益	顺治五年	黄毓祺于狱中病死，被按律戮尸；钱谦益用贿三十万两白银始得免	郭成康、林铁钧《清朝文字狱》
《怀旧集》案	冯舒	顺治五年	将冯舒杀于狱中	郭成康、林铁钧《清朝文字狱》
张缙彦诗序案	张缙彦	顺治十七年	张缙彦被革职，籍没家产，流放宁古塔	郭成康、林铁钧《清朝文字狱》
《明史》案	庄廷鑨	顺治十八年至康熙二年	庄允城、庄廷鑨父子遭戮尸，吴炎、潘柽章等被杀，查继佐、陆圻、范骧三人免罪，此案死者七十余人，波累者以千数	郭成康、林铁钧《清朝文字狱》

① 张毓洲的《〈南山集〉案与清代前期桐城文学生态研究》（西北师范大学2008年硕士学位论文）一文中对清朝前期文字狱的研究就按主犯及案名、主犯籍贯、定罪结果等条目列表的方式进行。

（续表）

案件名	当事人	案件时间	案件结果	资料来源
《甲申大难录》狱	孙奇逢	康熙三年	入狱一年后被释放	郭成康、林铁钧《清朝文字狱》
《岭云集》诗祸	闵声和、吴宗潜	康熙三年	入狱一年后被释放	郭成康、林铁钧《清朝文字狱》
《续金瓶梅》案	丁耀亢	康熙四年	入狱四个月后被释放，《续金瓶梅》被焚	张清吉《丁耀亢年谱》、孙玉明《丁耀亢其人其事》
沈天甫等撰伪诗集诬陷索贿案	沈天甫、吕中、叶大等	康熙六年	沈天甫被斩，被诬告者，悉置不问，无罪释放	郭成康、林铁钧《清朝文字狱》
黄培诗案	黄培、顾炎武等	康熙七年	黄培被处以绞刑，受株连的顾炎武被释放	郭成康、林铁钧《清朝文字狱》
邹漪刻《鹿樵纪闻》案	邹漪	康熙十三年	邹漪被拘捕入狱	郭成康、林铁钧《清朝文字狱》
《绥寇纪略》案	吴伟业	康熙十八年	吴伟业被免于追究	周宗奇《文字狱纪实》
朱方旦中说补案	朱方旦	康熙二十一年	朱方旦被斩，弟子三人被判斩监候	郭成康、林铁钧《清朝文字狱》

（续表）

案件名	当事人	案件时间	案件结果	资料来源
《南山集》案	戴名世等	康熙五十年至五十二年	此案牵连百余人，戴名世立斩，方孝标被戮尸，方登峄、方世樵等人从宽免死，并其妻、子充发黑龙江，汪灏、方苞等免治罪，着入旗，《南山集》《孑遗录》《钝斋文选》《滇黔纪闻》等戴、方二人著作，令各省督抚严查毁板禁书	张玉《戴名世〈南山集〉案史料》，郭成康、林铁钧《清朝文字狱》
“重游虎丘”诗案	陈鹏年	康熙五十一年	陈鹏年被无罪释放	郭成康、林铁钧《清朝文字狱》
山东徐转妄造逆书案	徐转	康熙五十三年	徐转被处斩	郭成康、林铁钧《清朝文字狱》
曾静、吕留良文字狱案	曾静、吕留良	雍正元年至雍正十年	曾静免死；吕留良遭戮尸，其子被斩，孙辈被流放，门人也多遭流放或被杀	郭成康、林铁钧《清朝文字狱》，《清代文字狱档》
“夕阳朝乾”案	年羹尧	雍正三年	“夕阳朝乾”被列为其九十二大罪之一	郭成康、林铁钧《清朝文字狱》
《西征随笔》案	汪景祺	雍正三年	汪景祺立斩枭示，其妻、子发遣黑龙江为奴	郭成康、林铁钧《清朝文字狱》

（续表）

案件名	当事人	案件时间	案件结果	资料来源
钱名世以诗谄附年羹尧案	钱名世	雍正三年	钱名世免死被革职发回原籍，勒令其挂“名教罪人”匾于家中	郭成康、林铁钧《清朝文字狱》
查嗣庭试题、日记案始末	查嗣庭	雍正四年至五年	查嗣庭遭戮尸枭示，其子被斩；其弟查嗣瑮免死流放；其兄查慎行被免罪释放	郭成康、林铁钧《清朝文字狱》
“河清颂”案	邹汝鲁	雍正五年	邹汝鲁被处革职，从宽免死	郭成康、林铁钧《清朝文字狱》
谢济世私注《大学》，怨望诽谤案	谢济世	雍正七年	免罪回籍	郭成康、林铁钧《清朝文字狱》
《通鉴论》案	陆生楠	雍正七年	陆生楠被军前正法	郭成康、林铁钧《清朝文字狱》
疯人刘芳杰投递狂谬字帖案	刘芳杰	雍正八年	刘芳杰被处死	郭成康、林铁钧《清朝文字狱》
徐骏诗案	徐骏	雍正八年	徐骏斩立决，文稿被烧毁	郭成康、林铁钧《清朝文字狱》
屈大均诗文案	屈大均	雍正八年	屈大均遭戮尸枭示，屈氏后人流放福建，诗文毁禁	郭成康、林铁钧《清朝文字狱》

（续表）

案件名	当事人	案件时间	案件结果	资料来源
《大樵山人诗集》案	沈伦	雍正十二年	因沈伦在案发时早已病故，其嗣孙沈自耕等被严惩	郭成康、林铁钧《清朝文字狱》

统括上表，我们可以发现，就清初这三朝的文字狱来说，顺治、康熙两朝相对较少，而雍正一朝历时不长，文字狱却越来越繁密，开始大量涌现。而清初出现如此酷烈且比以往任何朝代都繁密多发的文字狱现象，究其原因，主要有以下方面：

（一）清初社会环境的影响

清初文字狱屡兴，有着极其深刻的社会历史背景，而且不同时期呈现出各自特色，这绝非偶然。

1. 文化立场与冲突持续存在的反映

清初尤其是顺、康时期，文字狱泛滥，有其特殊的历史原因。清朝是少数民族入主中原，建立王朝，统治整个中国。从汉族传统观念来看是"乾坤反覆，中原陆沉"，不符合儒家"华夷观"。在以儒家文化为正宗的汉族文人士子中，就存着相当激烈的文化敌对情绪，其反清意识久久不能消弭。所以，当时清王朝面临的严峻形势是：军事上，以南明政权和各地反清复明团体为主的抗清武装仍然对清政权构成一定的军事威胁；经济上，原本富庶，长期作为历朝政府财税来源的江南一带，其时或被南明政权掌控，或因战乱凋敝；在文化上，不少汉族文人士子抵制"薙发易服"。这一切对新王朝的统治地位构成威胁，对巩固清廷统治相当不利，统治者于是把文字狱作为镇压反清思想、巩固统治的一种强有力的手段，矛头直指反清汉人。像康熙年间的《明史》案、《南山集》案和雍正年间的吕留良案，就都是因文化立场而导致的清初文字狱大案。

2. 皇族内部权力斗争，排除异己的需要

康、雍之际，皇族内部权力斗争激烈，尤其是夺嫡之争。而在雍正帝即位后，为巩固自己在皇权争夺战中已得的胜利果实，除杀戮夺嫡诸王外，不惜借文字狱来打击“党附诸王”的势力，以排除政治异己。雍正三年就有年羹尧案。随后的汪景祺案，也正是因汪景祺依附年羹尧，而雍正帝为力矫朋党之弊，拿他开了刀。同年的钱名世诗狱，以及之后查嗣庭试题、日记案也均发端于雍正要铲除隆科多党之际。以查嗣庭试题、日记案为例，不管是试题也好，日记也好，都不过是打压查嗣庭的借口。欲加之罪，何患无辞？其实，此案最重要的获罪原因是案件背后复杂的政治背景，即雍正帝要打击异己，剪除政敌，巩固其统治。雍正帝将本来简单明了的查嗣庭案的审案过程拖了七八个月，借此扩大事态，以打击隆科多朋党和科甲朋党。譬如，在查抄主犯查嗣庭的家时，发现了一些信札，雍正帝便命凡与查嗣庭有书信往来的人员一律进京候审。经过审查，廉州守李元伟、济宁河道杨三炯等多人被指借与查氏师生、同年关系而结党营私。雍正帝为此专门下一道谕旨训谕群臣，尤其警告科甲出生的官员勿借师生、同年关系结党徇私。其借查氏之案，打击科甲朋党之目的由此可见。查嗣庭案结束了后不久，隆科多被判终身监禁，其罪状之一就是“保奏大逆之查嗣庭”，这也再次印证了雍正帝制造查嗣庭案的真正目的就是打击朋党、铲除异己的说法。

（二）清朝统治者的文化自卑心理作祟

文字狱的一个重要特点就是由于文字的缘故而构成的罪案，其实当事人没有危害和推翻政府的行为，是当权者吹毛求疵，有意罗织，或仅仅按其思想倾向而治罪。在清初文字狱中，这类案狱是较为常见的，统治者常常十分敏感，过度猜疑，牵强附会地把人定为“大逆”，用一些办案人员的话来讲，就是“推求其意，悖逆显然”，许多文字狱案就是因"推求其意"而制造出来的。例如一些诗文因诗中"华夷""明""清"等字眼被曲解成反清复明而酿成文祸。如顺治年间张缙彦在给刘正宗的诗稿作序中写了一句"将明之才",而被指此语诡谲,有恢复明朝栋梁的反清复明之意,煽惑人心,情罪重大,终成大案。该序的作者张缙彦最后被革职,流放宁古塔。无独有偶,雍正八年(1730),"徐骏有诗云:'明月有情还顾我,清风无意不留人。'被怨家告发'思念明代,无意本朝,出语诋毁,大逆不道'"①,其后被雍正处斩立决,酿成了徐骏"明月、清风"诗案。类似的文字狱案还有不少,不再一一列举。在这类文字狱案中,不是以作者的行为本身,而是以他的思维方式作为治罪依据,望文生义,罗织锻炼。清朝统治者为什么会因为这小小的"明""清"二字而将作者下狱问斩呢?究其原因,是其文化自卑心理作祟。因为清政权是满族通过武力征服汉族而建立的。一方面满族入主中原后,知悉汉族的华夷之防,面对中原发展了几千年的精深博大的汉文化,他们自然会心中有所忌怕,唯恐汉族轻视他们,表现出对自己的文化身份的不自信。另一方面,他们因为征服了汉族而具有自豪感,不允许被征服民族反而在文化上歧视他们。这两种感情交融,就容易导致敏感猜疑,风声鹤唳,草木皆兵。这才使得"明月""清风"等字眼都被怀疑影射思明反清,从而造成文字狱。另外,满族共同的文化心理素质使得他们对自己的先烈无比钦佩崇敬。而清先世曾臣服于明,受官袭爵,闻命即从,入主中原后,清朝对此段历史讳莫如深,存在一定的自卑心理,因此,他们不仅将旧有史籍刊削、禁毁,而且对凡继续编写甚至收藏者,则以"大逆"之罪滥加诛戮,庄氏《明史》案就是如此。

---

① 郭成康、林铁钧:《清朝文字狱》,群众出版社 1990 年版,第 307 页。

三、顺、康、雍时期文字狱的消极影响

清初文字狱不仅有其复杂原因，而且，作为一种残酷的统治手段，它对社会各方面都产生了消极的影响，主要表现在以下四个方面。

一是对文士的影响。顺、康、雍三朝文网密布，案狱迭起，产生了十分恶劣的影响。首当其冲的乃是跟文字关系密切的文人士子。它常常给文人自身及其家人的生命带来极大的危害，像《明史》案，《南山集》案，吕留良案，查嗣庭试题、日记案等文字狱大案，不仅牵涉罹案者文人本身，还祸及他们的家人、家族。危害更大的是，文字狱给文人士子身心造成的恐惧和伤痛持久而深远。《明史》案的涉案文人潘柽章，在狱中发出"纵使平反能苟活，他年应废蓼莪诗"①的沉痛心声。其弟潘耒更是被顾炎武嘱以兄为鉴，勿再蹈覆辙，而应明哲保身。同样受《明史》案牵连的查慎行也在旁观《南山集》案和亲历查嗣庭试题、日记案后感叹余生是再生，并在诗中以"人间好境难多得，生怕明朝又逆风"②来表达自己文字狱后犹如惊弓之鸟的恐惧心理。清初文字狱屡兴，冤案迭起，文人士子人人自危，惊怖万分，唯恐一不小心，陷入文网，或遭株连，久而久之便出现了"避席畏闻文字狱"的生活情形，士心危劫，不敢怒更不敢言成为当时一般文人士大夫阶层的共同心态。在此心态下，无数文人惊恐万分，谈文字狱而色变，创作远离时事现实，文学生态备遭破坏。

二是对官员的影响。清初顺、康、雍三朝的不少文字狱的发生都涉及官绅名士，以康、雍两朝为例，约30起的文字狱中，至少有20起与官僚阶层有关。如：康熙时的吴梅村《绥寇纪略》案、《南山集》案

① 郭成康、林铁钧：《清朝文字狱》，群众出版社1990年版，第56页。

② 〔清〕查慎行：《桃源舟中》，见《敬业堂诗集续集》卷六，清康熙雍正间刻本。

与雍正时的年羹尧案,钱名世案,查嗣庭试题、日记案等都是与政治有关的文字狱案,首犯多是庙堂高层、翰林群体。在文字狱的打压下,这些庙堂人士物伤其类,久而久之,其他官吏往往以此为鉴,或谨小慎微,缄默不语,或唯皇命是听,不敢有自己的思想,形成了一味顺从的风气,成为无节操的奴才,正如时人孙嘉淦针对当时卑下的官场风气所指出的"趋跄谄胁,顾盼而皆然;免冠叩首,应声而即是"①,允称确评。此外,清初文字狱对官员造成的恶劣影响,还表现在一些官员泯灭良知,道德沦丧,为打击政敌或升官发财而利用文字狱谋害无辜。像《明史》案的告发者吴之荣就是为谋仕途与钱财而诬陷他人的官员之一,而张缙彦诗序案则是因左都御史魏裔为打击政敌刘正宗而致。面对文字狱影响下或走向卑下、无节操或为钱财、仕途陷害无辜的官场风气,不少科举出仕的汉族文士纷纷辞归,像以三庶吉士为代表的许多新进文人进士就是如此。文字狱的影响下的官风卑劣、吏治腐败、官场黑暗由此可见一斑。

三是对学术文化的影响。文字狱的主要对象是读书人,文人士子以文字之故竟遭杀身灭族,这个教训太惨痛了。而面对清初文字狱的屡屡兴起,文士们惧一身之祸,在如何做学问上开始有了显著变化。文士们的学风从清初开始就处于变化之中,由于文字狱锋芒首指史学,我们就先从史学谈起。明清易代之初写明史之风极盛,因为不少文人志士抱着"存史以存明,写史以报国"的心态。要为前朝留下一部信史,然而经过庄氏《明史》案和《南山集》案两大文字酷狱之后,私撰明史就极为少见了,即使有也是写起来小心翼翼,曲讳甚多。到了雍正时,文人不仅以记述明史为戒,甚至不敢记时事。所以,章太炎在《哀清史》一文中说士人"莫敢记述

① 郭成康、林铁钧:《清朝文字狱》,群众出版社1990年版,第60页。

时事以触罗网，后虽有良史，将无所征信”①。鲁迅先生在其杂文中也说：“为了文字狱，使士子不敢治史，尤不敢言近代事。”②清初文字狱对史学的影响，甚至还涉及野史笔记方面。清廷不仅对庄氏《明史》、戴名世《南山集》进行打压，而且还将笔触涉及明末清初史事的野史笔记予以查禁。所以，到了雍、乾时期写野史笔记风气衰落，真正有分量的野史屈指可数。正如谢国桢在《明末清初的学风》中指出的：“在清雍正、乾隆以来，由于文字狱的兴起，钳制了人民的思想，再也不敢谈国家大事，写野史笔记的风气日渐消沉。”③与史学相仿，学术文化的其他领域也受到了文字狱的影响。如经学、地理学，为了避开文字狱的陷害，清代文人学者们只好开辟了一个新的学术途径——考据学。学者们纷纷潜心古籍的考订和辨证，如从经学大师阎若璩等人开始，将治学目的由经世转入避世，从“明道救世”转入“为考据而考据”。长此以往，学术界脱离政治、回避现实的大气候形成。清代学者们将自己关在书房，足不出户，全神贯注于故纸堆中，而论世之人，因易触犯时禁，怕落文网，一概不敢从事。到乾、嘉时期更是考据学独盛，文人学者们做学问陷入了泥古、复古的歧途，除了从事考古活动，其他学术问题大都不敢涉及，严重阻碍了我国古代优秀学术思想文化的传承和发扬光大。

四是对社会风气的败坏。顺、康、雍时期的文字狱，还败坏了社会的风气，除却前面提到的学风、官场风，还尤为突出地体现在以文字为武器，以诬告、敲诈等手段坑害文人士子的告讦之风。这种告讦之风萌发于顺治朝，如顺治五年（1648）的黄毓祺复明诗词狱就是因被人告发而酿成的。其后，从顺治十八年（1661）开始至

---

① 章太炎：《章太炎全集》第三册，上海人民出版社 1984 年版，第586 页。

② 鲁迅：《且介亭杂文》，人民文学出版社 1993 年版，第 51 页。

③ 谢国桢：《明末清初的学风》，人民出版社 1982 年版，第 99 页。

康熙二年(1663)结束的庄氏《明史》案,更是因贪酷无行的士人吴之荣告讦而引发。而以敲诈勒索为目的告发者吴之荣因首告庄氏《明史》逆书有功,不仅获得被告朱、庄两家的丰厚财产,而且还加官晋升。一些不安本分之徒,见此情形羡慕不已,便急不可耐,纷纷效仿,因而告讦之风在康熙朝愈演愈烈,而随着这种告讦之风的盛行,文字狱接二连三地发生。"康熙三年的孙奇逢《甲申大难录》狱和闵声、吴宗潜《岭云集》诗案,四年的丁耀亢《续金瓶梅》案……七年的黄培诗案,还有发生于该时期的阎尔梅诗祸等,这些文字狱都与《明史》案发生的初衷相似,发难者均效法吴之荣的恶棍行为,欲借寻检他人诗人纰漏,牵强附会,指为逆书,进行诬陷,讹诈勒索,一时形成极为恶劣的社会风气。"①而这种不良的社会风气长期蔓延,则会导致人心惶惶,严重扰乱社会秩序,时人唐孙华《记里中事》载:"时事何容口舌争?畏途休作不平鸣!藏身复壁疑无地,密语登楼怕有声。书牍人方尊狱吏,溺冠世久厌儒生。闭门塞窦真良计,燕处超然万虑轻。"②诬告之风造成文士们如履薄冰、战战兢兢的惶恐心态。虽然后来统治者也逐渐认识到不可助长这种刁风,对这种告讦之风颁发禁令进行打压,然而虽有所收敛,但以"逆书"为名的告讦之事依然猖獗。康熙末年的陈鹏年"重游虎丘"诗案、雍正八年(1730)的徐骏"明月清风"诗案以及雍正十二年(1734)沈伦《大樵山诗集》案等,无不是因挟嫌诬告或敲诈勒索而兴起的文字狱案。由此可见,文字狱毒害了社会风气,使诬陷告讦之风盛行,助推更多新的文字狱发生,大批文人士子也因此惨遭迫害。

---

① 张兵、张毓洲:《清代文字狱研究述评》,载《西北师大学报(社会科学版)》2010 年第 3 期。

② 〔清〕唐孙华:《东江诗钞》,《四库禁毁书丛刊》集部第 187 册,北京出版社 2000 年版,第 384 页。

第二节　文字狱场域与文人心态[①]嬗变

依布尔迪厄的“场域理论”[②]而言，顺、康、雍时期的文字狱可以被视为一个具体场域，文人是这个场域中处于弱势的力量。作为这个场域内最主要的受害群体，他们在残酷的文字之祸的打压下，必然会引起心态上的变化。为了更好地凸显这种变化，我们拟从游弋于文字狱场域外的文人心态和置身于文字狱场域中的文人心态两个方面展开探讨，以期为后面的论述奠定基础。

一、游弋于文字狱场域外的文人心态

明清易代之际，是清初文字狱频发的前夕。这一时期的文人是游弋于文字狱场域外的。他们经历华夷易位的鼎革剧变，在心态上以重夷夏之防，敌视反抗新朝为主。同时，在抗清和明亡之思的时代语境下，他们还表现出注重实用的心态。

(一) 案前[③]重夷夏之防，敌视反抗新朝

明清易代，这对于汉族文人士大夫而言，是天崩地坼的巨变，

---

① 本节的文人心态是指文人在历史进程中面对时代、社会变化所表现出心理状态。它是连接文学与社会诸多要素的中介，具有现实性和动态性。

② 布尔迪厄认为社会世界是由大量具有相对自主性的社会小世界构成，这些小世界就是具有自身逻辑和必然性的客观关系的空间。这些小世界就是某种具体的场域。而从总体上而言，“场域”就是一系列可能性位置空间的动态集合。“场域理论”的主要思维方式实质就是关系主义思维。(参见〔法〕布尔迪厄著，刘晖译《艺术的法则》，中央编译出版社 2011 年版。)

③ 本节所说的案前是指从总体上看，文字狱频发前的明清易代之际即崇祯末年至顺治初年。

而它的非同寻常处在于这次鼎革是非我族类的以夷变夏。而在有着传统“夷夏大防”观念的汉族文人眼中，这种鼎革不再仅是单纯的王朝兴替，更多地带上了亡国易种的色彩，因而他们无法认同这个少数民族政权，对满族入主中原充满敌视、反抗。文人士大夫的这种心态，就具体而言，主要通过参加反清复明斗争和撰诗作文表达的反清复明情绪等两个方面体现出来。

1. 参加反清斗争

易代之际的反清复明斗争无论是众多个体直接参加斗争活动还是文人结社抗清都折射出重夷夏之防、敌视反抗清朝的群体心态。

(1)众多个体的抗清

明清鼎革，面对北方少数民族——满族的入侵，以儒家文人士子为主体的汉族人民通过各种渠道以不同的方式进行了持久而激烈的斗争。对于这些身受儒家文化熏陶的知识分子而言，清之代明不是一般意义上的改朝换代，而是夷狄乱华、以夷治夏的千年一遇的大变局。满族作为夷狄入主中原，已经违背了汉族文人士子心中根深蒂固的“夷不乱华”的传统观念。因此，他们中间除了极少数人投靠清朝外，绝大多数则为保卫明王朝奔走呼号，甚至以身殉国。而武装抗清失败后又有不少文人士子采取了消极抵抗、与清政府不合作的态度。

在整个明末清初的汉族文人士子的抗清斗争中，顾炎武、黄宗羲、王夫之这三大家是我们不可忽视的杰出代表。顾炎武是明清易代之际的一位抗清斗士，他在甲申之变后，积极为抗清复明奔走，投身于江南人民的反清斗争中。1644 年，他写下了《军制论》《形势论》《田功论》《钱法论》四论，为反清复明建言献策。而后，又参加了昆山保卫战。直至 1647 年，持续三年的江南抗清武装斗争失败，抗清斗争由显性转为隐性。他“混迹同佣贩，甘心变姓名”①,开始了十年大江南北的秘密活动。后来,他不受清政府的笼络,拒仕新朝,终身不与清廷合作。除了顾炎武,其他两位明末清初的思想家兼文学家也是积极抗清的典型。其中黄宗羲在清军攻入杭州时,积极集合了子弟数百人,建立一支抗清武装,听命于鲁王政权。而王夫之也曾在湖南衡山举兵反清。当然,明清易代,对于有着传统华夏之防观念的汉族文人士子而言,不仅仅是单纯的王朝兴替,更多地带上亡国易种的色彩。因而他们必将会纷纷起来保族卫国。所以这一时期武装抗清斗争不是偶然的个别行为,而是整个群体的自发选择。除了上面提到的三位著名大家的抗清外,还有吕留良,他在清兵南下时,投笔从戎,抗击清军,即使抗清失败后,流亡山中仍旧图谋光复;傅山在晋东、河南武安组织发动反清活动;方以智在岭南一带集结抗清力量;朱彝尊、魏耕等人也在江浙一带积极为反清复明努力。清初文人士子群体对清朝做出如此激烈的抵抗是中国古代以往任何一个朝代更替时都未曾遇到过的。究其原因,虽然与清政府一系列野蛮文化政策的推行有关,但最重要、最根本的原因是“华夷之分”的观念造成的。而这一点从武装抗清失败后文化上抗清的言论中可以窥见一斑。

顾炎武、王夫之等人在明清易代之际反复强调夷夏之分,将夷夏之防置君臣之伦之上。如顾炎武在《日知录》中指出:“君臣之分所关者在一身,夷夏之防所系者在天下。”②“夫以君臣之分,犹不

① 〔清〕顾炎武:《旅中》,见《顾亭林诗文集》,中华书局 1959 年版,第 322 页。

② 〔清〕顾炎武著,黄汝成集释:《日知录集释》,岳麓书社 1994 年版,第 245 页。

敌夷夏之防，而《春秋》之志可知矣。”①甚至在他们看来：只要不被异族侵略，皇权易姓并无太大关系。王夫之就说：“君权可禅，可继，可革而不可使夷类间之。”②天下之大防二：“中国、夷狄也，君子、小人也。”③一旦夷狄危害华夏社稷，“则多杀而不伤吾仁”④。这表明船山先生认为在异族入侵、以夷制夏的语境下，即使是传统的仁义等道德标准都应让位于夷夏之防。由此我们可以推知，明清易代之际文人士子群体，面对满族入侵，纷纷积极参加抗清斗争。这固然与他们保家卫国、忠臣不仕二主的思想观念有关，但其更重要的根本原因应该是儒家传统的夷夏之防，因为在他们看来，夷夏之分大于君臣之义的。因此，我们可以说，明清鼎革之际，由一个个汉族文士个体抗争构成的群体反清斗争反映了这一时期他们的心态：以夷夏之防为重，敌视反抗清朝。

(2)文人结社抗清

除却个人参与抗清斗争，顺、康之际文人士子们还往往以社团组织形式反清复明。众所周知，明末文人结社蔚然成风，明亡后，各地文人承续了这种风气，结社众多，并且各地的社团在性质上发生了新的转变，社团由明末的选文课艺的组织变为了以反清复明为目标的武装组织。正如何宗美在《明末清初文人结社研究》中指出的：“清顺治至康熙初各类文人会社至少有七十余家，其中，明遗民之社超过五十家。”⑤而由反清复明诉求极强的明遗民们结成的

---

① 〔清〕顾炎武著，黄汝成集释：《日知录集释》，岳麓书社1994年版，第245页。

② 〔清〕王夫之：《船山全书》第12册，岳麓书社1988年版，第503页。

③ 〔清〕王夫之：《船山全书》第10册，岳麓书社1988年版，第372页。

④ 〔清〕王夫之：《船山全书》第10册，岳麓书社1988年版，第325页。

⑤ 何宗美：《明末清初文人结社研究》，南开大学出版社2003年版，第308页。

社团其斗争性不言而喻。所以,明亡后,各地社团文人相互纷纷以士人气节为砥砺,以“夷夏之防”为鞭策,积极参与反清、抗清斗争。下面我们就以当时几个典型的文人社团为例进行解释说明。例如复社成员杨庭麟、刘同升与江西巡抚李永茂结“思诚社”抗击清军。而几社成员陈子龙、夏允彝则在松江与吴胜兆联合起义,把几社变成联络各地士子的基地,最后,他们被清兵所擒,都殉节成仁。无独有偶,由吴宗潜、吴宗汉、叶继武等人创办起来的惊隐诗社(又名逃之盟或逃社),是和顾炎武、归庄等明朝遗民相往来的文人社团,其反清复明的特征显而易见。

由以上叙述,我们可以见出:在清初之际的文人社团,的确从明末的切磋诗文的文人雅集转向成了反清复明的斗争组织,亦难怪后来顺治十七年(1660)发生了禁社盟的事情。本来文人社团主要是文人士子集合在一起,以文化类活动为主要集合内容的结社。而在明末清初的特殊时代历史语境下,清代文人社团往往以结社雅集的特有方式筹谋反清复明的斗争,增加了社团的政治性目的。而这种转变恰好折射出这一时期尖锐的文化冲突,显露出文人士子重夷夏之防的心态。

2. 撰诗作文表达反清情绪

明清易代并不是一般意义上的朝代更替,而是异族入侵、以夷易夏。清之代明,在深受儒家传统思想的汉族文人士大夫看来,是野蛮征服文明,标志着传统文明的沦丧,这对于文人士子们来说是难以释怀的,其打击的程度也远超过以往其他封建政权改朝换代时人们的感受。因而,清兵南下时,很多汉族文人士大夫纷纷参加了抗清复明的活动,除此之外,他们还通过诗歌来表现心中的夷夏之防观念,抒发对满族统治的敌视反抗。这一时期,无论是占诗坛主流的遗民诗人群体,还是贰臣诗人,抑或是后来成为新朝诗人的其时布衣们,也都表现出讲夷夏之辨、敌视反抗新朝的心态。

(1)遗民诗人

首先明遗民诗人群体的存在,本身就说明清初文人重夷夏之防,敌视反抗清朝的心态。因为按照严迪昌所说:“从华夏历史的发展而言,特别是从封建时代根深柢固地确立起‘夷狄华夏’之大防的儒家观念出发,那么真正地在民族战争中汉族王权截断,即所谓‘宗国沦之’的则只有宋、明二朝,所以‘孑遗余民之属,也只存见于元之初与清初顺、康时期。’”①这就表明明遗民是严格意义上的遗民,其潜在的深层心理已不是对某姓王朝的忠贞,而是讲究“夷夏之辨”,坚持不降,志不辱身。从这个意义上讲,清初由遗民组成的遗民诗人群本身就是重夷夏之防、抗清复明的群体。

其次,遗民诗歌中流露出重夷夏之防、敌视反抗新朝的心绪。其中最典型的反映是,清初遗民诗人喜比附宋遗民,并在诗歌中反复歌咏宋遗民以及与宋相关的人和事物。顾炎武的《井中心史歌》就对宋遗民郑思肖进行歌颂,而黄宗羲的《周公谨砚》四首也是歌咏宋末遗民周密及其作为故国文物的砚台。这些都是对某些宋遗民个体进行的咏叹,而方文的《宋遗民咏》一口气咏赞了南宋遗民唐钰、张千载、谢翱等十六人。明朝遗民诗人在对宋遗民的歌咏中砥砺自身,借他们的事迹,浇自己心中之块垒。明朝遗民为什么选朝遗民,而不选其他历史时期遗民进行赞咏,这主要是因为二者的历史相似性。明清鼎革,清军入主中原,在汉族心理上是与农民起义性质截然不同的重大事件。它是身为“夷狄”的满族取代身为“华夏”中心的汉族,是野蛮征服文明,标志着传统文明的沦陷,是广大汉族文人士子无法接受的。在中国古代历史上,与此类似的朝代更替就发生在宋元之际。宋亡于元,元之代宋也是少数民族政权消灭并取代汉族政权的历史。在宋元之际也曾出现大批遭遇

① 严迪昌:《清诗史》,人民文学出版社2011年版,第57页。

异族易代剧痛的遗民现象。历史重演，何其相似？自然也就会引起明遗民的共鸣。所以，顾炎武、黄宗羲、方文等遗民诗人的诗歌反复歌咏宋遗民，就不足为奇了。而这种相似性背后隐藏着的就是重夷夏之防的心理，所以从这个意义上讲，明朝遗民诗作对于宋朝遗民的偏好，揭示了他们重夷夏之防、敌视异族政权的心态。

（2）贰臣诗人

清初的贰臣是指已经在明朝出仕为官，又在明清鼎革后再出仕清朝，违反了儒家君臣伦理道德的士人。作为明清易代之际的一类特殊的士人群体，在他们身上也表现出重夷夏之防的心态，主要体现为仕清前诗文鄙视清廷。

明朝末年，面对关外后金政权的威胁，重申华夷之辨成为这一时期普遍的社会思潮，后来成为贰臣的文人士子也不例外。在许多贰臣仕清前的早期诗文作品中，就有不少反映重华夷之分的言辞。钱谦益就是其中一个典型，他入仕清期的早期作品中有不少表现对清廷的敌视、鄙夷的词句。比如其入清以前诗文结集《初学集》中就多以“胡”“戎”“狄”“奴”等带有污辱性色彩的词来指称清政权，像“寇灭欣弹指，奴强恐噬脐”①，就以“奴”代指清政权，并视其为明王朝的强敌，而隐居山东后依旧“野老心终恨虏骄，扶藜咄咄步中宵”②，以“虏”指清。“戎狄之蹂躏中夏也，残害生民，掳掠子女玉帛，豨突豕食，以此为常。未有攻城略邑，所至必斩艾其贤才如逆奴者也”③，对清军的暴行进行批判以“逆奴”称之。与之相

① 〔清〕钱谦益：《初学集》，见《钱牧斋全集》，上海古籍出版社 2003 年版，第 85 页。

② 〔清〕钱谦益：《初学集》，见《钱牧斋全集》，上海古籍出版社 2003 年版，第 272 页。

③ 〔清〕钱谦益：《初学集》，见《钱牧斋全集》，上海古籍出版社 2003 年版，第 1692 页。

仿,另一位贰臣诗人吴伟业也以“虏”指称清军:“夜月带刀随破虏,清秋摇笔赋从戎。”①而这些充满鄙视色彩的字词运用,正是作为汉族文人的他们对清政权心怀不满的表现。

(3)新朝诗人

严迪昌的《清诗史》以甲申(1644)作为审视的年代基点,对明清易代初期卓具影响的诗人进行分类,主要包括以下三类:一、仕两朝的贰臣诗人,二、遗民诗人,三、新朝诗人。其中朱彝尊、王士禛就是第三类,而在明清鼎革之际,这些后来的国朝诗人表现出了重夷夏之防、敌视反抗新朝的心态。像朱彝尊在顺治元年(1644)至十八年(1661)就是重华夷之分、敌视反抗清廷的。他作于顺治五年(1648)的《少年子》云:“臂上黑雕弧,腰间金仆姑。突骑五花马,射杀千金狐。”②看似古题乐府,实则却在塑造反清斗士形象。以“狐”谐音“胡”,表现对满洲异族入侵的敌视不满之意。类似的,其《立秋后一日同眭修季、俞亮、朱一是、缪永谋集屠爌斋》表达故国之思:“谁念新亭泪,飘零直至今。”③将清人入关比作五胡乱华,亦足以见出诗人其时重华夷之辨的心理。清之代明,作为少数民族的满族入主中原,触及了汉族文人士子心中的“夷夏大防”的底线,激化了文化冲突和斗争,朱彝尊也参加了反抗清廷的斗争。其诗歌中也往往表现出重夷夏之防的心态下敌视反抗清朝的内容,如其题为《野外》的诗就是写抗清组织的秘密会议,《寄家孝廉一是》书写自己与朱一是的抗清复明之志,另有《吊王义士毓耆》,则公然悼念为抗清而牺

---

① 〔清〕吴伟业:《吴梅村全集》,上海古籍出版社1990年版,第1193页。

② 〔清〕朱彝尊:《曝书亭集》,影印文渊阁《四库全书》本,第1317册,第404页。

③ 〔清〕朱彝尊:《曝书亭集》,影印文渊阁《四库全书》本,第1317册,第410页。

牲的烈士。

总之,明清之际无论是文人士子们的武装抗清还是撰诗作文,其所表达的反清复明情绪都体现了重视"夷夏之防"的心态。

(二)案前的重实用心态

明清鼎革,带给汉族文士们巨大的心灵震荡,引发了他们对曾堪称强大的明王朝何以亡于清政权的思考。在其对"明亡追究"的众多层面中,蹈虚凿空的明末学风成为众矢之的。在他们看来,学术文化决定人心,人心决定治乱,因而学术文化决定社会政治状况,故"明亡之思"的焦点和矛头首先要指向学风。鉴于晚明以来空谈心性的学风最终葬送明朝的惨痛教训,他们大声疾呼经世致用。顾炎武主张"君子之为学,以明道也,以救世也"①,倡导经世致用。不仅顾氏如此,明清易代之际许多遗民文士多尊崇此道,其时王夫之、黄宗羲、朱之瑜、傅山、颜元、李颙等人,均倡导经世致用的求实学风。如李颙也主张为天地立心,为生民请命,提倡匡时要务的经世之学说:"学贵实效,学而不足以开物成务,康济时艰,真拥衾之妇女耳,亦可羞已。"②一时间,以经世致用为重成为汉族文士们的心态主流,无怪乎蒋方震在给梁启超的《清代学术概论》写的序言中说道:"致用之学,自亭林以迄颜、李,当时几成学者风尚。"③

众所周知,经世致用是我国重要的思想传统之一,它历史悠久,早在先秦时就已出现。而纵观经世致用观悠久的发展史,可以发现:社会环境的变化,影响着经世思想浓淡隐显的程度。一般而

① 〔清〕顾炎武:《与人书二十五》,见《顾亭林诗文集》,中华书局1959年版,第98页。

② 〔清〕李颙:《二曲集》,中华书局1996年版,第54页。

③ 梁启超:《清代学术概论》,上海古籍出版社1998年版,第109页。

言,太平盛世或稳定时期,经世意识表现得较为淡隐;而在乱世或社会危机严重时期,则表现得相当浓显。明清易代之际的经世致用思想勃兴,就突出地反映了此规律。

清初文士以经世致用为重的心态起于明末,盛行于顺、康时期。下面,我们从经学、史学、文学三个方面透视文士们的经世致用心态。

1. 尊经学,以倡通经致用

明清易代,汉族文士的身心受到巨大冲击,大批学者在痛定思痛后,反思明亡教训,倡导回归经学要旨,于是在社会上兴起了一股重经学以倡通经致用的思潮。通经致用是儒学最主要的价值观念之一,简而言之,它借通晓经术以达到实用的目的。而清初的经学在通经致用的思潮下,实际上成了当时主张经世致用的汉族文士们的一种思想武器,他们希望通过经学为经世致用的主张寻找到最直接、最根本的理论依据和实践途径。以顾炎武、黄宗羲、王夫之为代表的汉族文士面对明清鼎革的社会剧变以及理学的流弊,强调经学研究要与当时社会迫切的现实问题联系起来,从对传统经学的阐释研究过程中发扬其作为政治、经济社会学说的基本品格,从中找到解决重大现实问题的方案。顾炎武在批评晚明学风时,明确提出"通经致用"主张,他说:"近世号为通经者,大都皆口耳之学,无得于心,既无心得,尚安望其致用哉?"①而顾炎武对《春秋》经学的重新阐释,提出"经学即理学"的学术纲领,则在行动上践行了自己的通经致用主张。除了顾炎武以外,王夫之的"六经责我开生面"的自我期许,也生动地体现了通经致用精神。而在重经学以倡通经致用的实践上,从王夫之的《周易外传》《张子正蒙

① 〔清〕顾炎武:《与任钧衡》,见《顾亭林诗文集》,中华书局1959年版,第169页。

注》《春秋稗疏》对儒家经学的阐发到黄宗羲的《明夷待访录》，对许多与社会现实相关的问题的关注，无不彰显着他们对经学的重视，对践行通经致用主张所做的努力。除了上述提到的三大家外，钱谦益、屈大均等汉族文人士子也大抵如此。

总之，以经邦济世为己任的汉族文士，在反思明亡的过程中，发现蹈虚凿空的学风是国破家亡的重要原因后，重经学以倡经世致用，一时间成为他们的心态主流。无论是顾、黄、王这三大思想家，还是钱谦益、屈大均，他们都重视经学，都倡导并践行了通经致用的主张。这些汉族文士，在明末清初社会剧变、天崩地解的时代环境下形成了这种重经学以求经世致用的群体心态。

2. 重史学主张以史经世

明亡清兴，不少汉族文人士子认定明亡之因在于是宋明理学的空谈误国。鉴于此，以兴邦济世为己任的他们强调学以经世的为学宗旨，而这种学以经世的学术理念，除了表现为尊经学倡导通经致用之外，还突出地表现在史学领域中的"以史经世"主张。顾炎武指出："夫史书之作，鉴往所以训今。"①"引古筹今，亦吾儒经世之用。"②而作为浙东史学派开山的黄宗羲，对于史学经世的价值尤为重视，并认为史学就是用来经世致用的，并指出"学者不知斯义，不足言史学"③。

清初，史学之所以为汉族文士所重，乃在于其无可替代的经世致用功能。一方面，不少遗民文士借修故史以报故国，或存史以存明；另一方面，史学的引古鉴今，以鉴后世的功能与汉族文士经世

---

① 〔清〕顾炎武：《答徐甥公肃书》，见《顾亭林诗文集》，中华书局 1959 年版，第 138 页。

② 〔清〕顾炎武：《与人书八》，见《顾亭林诗文集》，中华书局 1959 年版，第 93 页。

③ 〔清〕章学诚：《文史通义》，上海书店出版社 1988 年版，第 66 页。

致用的诉求相契合。于是在王、顾、黄等思想家的“以史经世”观念的倡导下,清初史学领域经世致用思想高涨,凡治史者,人人皆言经世。是故梁启超认为致力于史学的清初学者,抬举经世致用:“其于宗社之变,类含隐痛,志图匡复,故好研究古今史迹成败,地理厄塞,以及其他经世之务。”①可见,明清易代之际,以史经世是清初汉族文人学士的普遍心态。

3. 尚文学,宣扬文以致用

明清易代之际,汉族文士以重实用为主的群体心态,不仅表现在把传统的经学、史学推向致用的轨道,而且还反映在文以致用上。

我国自古便有文②以致用的传统,孔子的“兴观群怨”说就凸显文学作品应具有的社会作用,曹丕的“文章者,经国之大业”③之论,突出文章的经国之用,到了唐代,无论白居易要求文学反映社会现实的“文章合为时而著,歌诗合为事而作”④说,还是韩愈的“文以载道”观,都彰显“文以致用”的精神。在社会发生剧变的明亡清兴背景下,这一传统在汉族文人士大夫那不断强化,通过撰诗作文来实现对社会政治的干预,以达到经世致用成为他们一致的追求目标。下面我们例以诗文理论上的重经世致用来展开说明。

明清鼎革的巨大政治变动,导致了经世致用思想的勃兴,汉族文士纷纷将其作为自己立身处世的目标与准则。在反清复明斗争失败后,清之代明已成事实,他们转而在文学中实现他们的经世思

---

① 梁启超:《清代学术概论》,上海古籍出版社 1998 年版,第 27 页。

② 此“文”涵盖广义的包括诗歌、散文等。

③ 〔南朝梁〕萧统编,〔唐〕李善注:《文选》,中华书局 1977 年版,第 720 页。

④ 〔唐〕白居易:《白氏长庆集》,影印文渊阁《四库全书》本,第 1080 册,第 491 页。

想。其中重要的表现之一就是提出以经世致用为旨归的诗文理论。顾炎武在其“明道救世”的学术思想基础上提出的“文须有益于天下”的文学理论，就是其中典型代表之一。《日知录集释》“文须有益于天下”条曰：“文之不可绝于天地者，曰明道也，曰纪政事也，察民隐也，乐道人之善也。若此者，有益于天下，有益于将来，多一篇，多一篇之益矣。若夫怪力乱神之事，无稽之言，剿袭之说，谀佞之文，若此者，有损于己，无益于人，多一篇，多一篇之损矣。”①由此可见，顾炎武主张文以致用，一切文学作品必须以有益于天下，有益于反映和促进现实民生为创作动机。无独有偶，遗民文士傅山也明确地提出“文章为实用”②的文学主张。他认为读书作文不是为了虚名，而是为了实有功利。

另外，“以诗补史”“以诗为史”的诗歌理论也彰显着经世致用的色彩。明清之际，华夷矛盾尖锐，经世致用之说占据文坛主流。钱谦益在其《胡致果诗序》中阐发了他的“以诗续史”观。他说：“《春秋》未作以前之诗，皆国史也。”“三代以降，史自史，诗自诗，而诗之义不能不本于史。”③也就是诗与史在《春秋》之前是相同，三代以后，诗与史还是相为表里，因而诗歌中应该体现出历史精神，期待诗歌中表现“千古之兴亡升降感叹悲愤”④。这就要求诗歌必须真实反映时代的盛衰、家国的兴亡及诗人的升降感叹悲愤之情。诗歌若真正做到这样，是可以以诗续史的，所以他说：“考诸

---

① 〔清〕顾炎武著，黄汝成集释：《日知录集释》，岳麓书社1994年版，第674页。

② 〔清〕傅山：《霜红龛集》（上），山西人民出版社1985年版，第239页。

③ 〔清〕钱谦益：《有学集》，见《钱牧斋全集》，上海古籍出版社2003年版，第800页。

④ 〔清〕钱谦益：《有学集》，见《钱牧斋全集》，上海古籍出版社2003年版，第800页。

当日之诗,则其人犹存,其事犹在,残篇啮翰,与金匮石室之书并悬日月,谓诗之不足以续史也,不亦诬乎?”①与之相仿,黄宗羲、屈大均等人也都主张“以诗补史”。而他们之所以提出以诗续史、补史或以诗为史,从某种程度上说,在他们的心中,“诗”不过是一种载体形式,是表;而经史才是本质内容,是里。他们突破诗学与史学的界限,意在彰显诗歌的史学因子,从而发挥诗歌的史学经世功能,干预社会现实,以史诗反映时代盛衰、国家兴亡。

总之,无论是尊经学以倡通经致用,还是重史学主张以史经世,抑或是尚文学宣扬文以致用,它们都反映了广大汉族文士在明清易代之际,反思明何以亡、如何抗清的时代背景下普遍重实用的心态。

二、置身于文字狱场域中的文人心态

面对广大汉族文士的重夷夏之防,讲经世致用以反抗清廷,清朝统治者为巩固自身统治,大兴文字狱。那些置身于文字狱场域中的汉族文士群体心态也因此发生了变化。

(一)案后②走向重君臣之伦,逐渐认同

当明清鼎革已成事实,抗清斗争逐渐失败,清政权日益稳固时,汉族文人士子将抗清方式由武装斗争转为文化抵抗,通过著书立说,从理论上对“华夷之辨”作进一步的阐发,对异族政权的合法性进行否定(这些在前述重夷夏之防敌视反抗部分已论述过)。而我们知道,中国古代的皇权是一种“普遍皇权”,它集政治统治、宗教权威与文化秩序于一体。对此,韦伯也有类似观点:一个政权的

---

① 〔清〕钱谦益:《有学集》,见《钱牧斋全集》,上海古籍出版社 2003 年版,第 800 页。

② 本章的案后是指从总体上而言的一系列文字狱之后,主要指康雍时期、雍乾时期。

合法性和合理性的建构不仅是依靠统治者的魅力，宗教力量的护佑以及官僚政治的运作，还需要文化秩序的建设、认同。① 这很大程度上就需要与知识分子合作。因而，为了瓦解汉族文人士子的文化抵抗，掌握文化秩序的领导权，获得文化认同；为了既能防范汉族文人士子反清又能满足与他们合作的需要，清朝统治者们除了采取开科举、征隐逸、开设博学鸿儒科、撰修《明史》等文化政策来怀柔笼络外，还主要采用了文字狱的高压手段，并将其贯彻始终。统治者就是希冀以文字狱手段来解决盘桓在汉人心中的"华夷之辨"。

1. 以文字狱来消磨文士的重华夷之辨心绪

明清鼎革，异族入侵，家国沦丧，满族统治中国，对汉族文士来说是天崩地裂的心理刺激，引燃的是他们激烈的华夷之辨的情绪。而这些情绪心态的外在表现，就是他们的言行流露出对故国旧君的思念，对新的王朝政权合法性的否认。对于清朝统治者们而言，打压并消灭文士的敌对情绪与反清思想，维护满族统治，是这一时期的文化政策乃至所有统治策略的出发点，因而清初统治者制造了一系列文字狱来消解文士心中的华夷之辨。

早在顺治四年，发生的清朝第一桩文字狱就与此有关，广东和尚函可因其书稿《变记》中记录了自己所目睹耳闻的甲申之变，哀挽歌颂那些为抗清而牺牲的仁人志士而触犯忌讳，被流放沈阳。其后，顺治五年(1648)，毛重倬等人的坊刻制艺案，因坊刻选文不用顺治年号、只以干支纪年而被治罪。同年，冯舒的《怀旧集》案也因书中只书丁亥，不列写清朝国号、年号而致祸。而后，顺治十七年(1660)，张缙彦因诗序中"将明之才"一语而被认为有反清复明

---

① 参见〔德〕马克斯·韦伯著，康乐中译：《支配的类型》，允晨出版公司1982年版，第1~45页。

之念,有恢复明朝栋梁的诡谲叵测之心,遭革职,被流放宁古塔。以上所列这些发生在顺治朝这一易代之初的文字狱案件,无一不与满族统治者焦虑汉族文士的重华夷之分的心态,要消灭他们的敌对情绪和反清思想相关,正是出于防范汉族文人士子的反清思想的需要以及与他们合作、获得文化认同的需要,清朝统治者不惜屡兴文字狱,宁可错杀,也不让一人漏网。

这样以文字狱打压汉族文士的重华夷之辨的心态的形势发展到康熙朝,无论是案件的规模还是波及的范围、严酷程度都有增无减。其中的《明史》案和《南山集》就是两个典型代表。首先来看《明史》案,其全称是庄廷鑨《明史辑略》案,此案自顺治十八年(1661)案发,不断有人被牵扯进来,涉案人员可谓众多,如庄氏族人,以及《明史辑略》列名之人及其亲友。后来,案情几经反复,于康熙二年(1663)结案,庄氏父子遭戮尸,吴炎、潘柽章被凌迟,涉案死者70余人,刑罚遍及凌迟、戮尸、斩首、绞刑、流徙等种类,足见严酷之程度。《明史》案被定罪如此重,其中重要的原因乃是被指《明史辑略》书中多忤逆之词,诸如称清先祖和清兵为“贼”“夷”“虏”,不书写清之年号为正朔,等等。这就体现出清廷对文士们“重华夷之分”的心态的打压。

在中国古代,文士们用了哪位君主的年号,就是认可哪位君主和他的王朝,反之则异。将满族入主中原置于的异族入侵的位置,是对清王朝政权合法性地位的否认,这对于正有正统诉求的清廷而言,必然是不能接受的,也必定会对这种“重夷夏之分”的心理进行打压。对此,我们以《南山集》案为例来窥斑见豹。此案是由新任左都御史赵申乔上疏参劾编修戴名世引起,案发于康熙五十年(1711)十月十二日,经九卿、刑部等多次审议,牵连数百人下狱,历时两年,轰动朝野。为什么会引发如此轰动朝野的文祸,其中最重要的原因之一就是《南山集》一书被指“语多狂悖”，公开叫板清王朝的合法地位，撞在了统治者欲立正统，塑造天下一统、承平盛世形象的诉求的枪口上。《南山集》中触犯此方面忌讳，而被清朝官方视为眼中钉，主要表现在书中凡是写有关于南明人物的传记，都以南明各朝如弘光、隆武、永历为正朔。而此时清王朝已经建立全国性政权，戴名世、方孝标以清朝人写南明事却不用清朝正朔①，表现出对清政权合法性的质疑，也折射出在满汉文化冲突的外衣下，深藏在汉族士人内心浓重的华夷之辨情结。后来刑部审查核对《南山集》认定戴名世犯了逆天之罪，理由是：“戴名世书内欲将本朝年号削除，写入永历年号等大逆之语。”②由此可见，清初统治者们立正统的诉求非常强烈，而一切质疑、挑战清政权合法性的言行都将会被打压，同时也映照出清初文字狱意欲消灭汉族文士的反清思想，从而消灭他们狭隘的敌对情绪，改变他们重华夷之辨的企图。

清朝统治者利用文字狱实现这一企图的风气，方兴未艾，到了雍正帝这里更是如此。其中最典型的要数曾静、吕留良文字狱案。此案发于雍正六年（1728），湖南文士曾静遣徒张熙向川陕总督岳钟琪投递文书，雍正帝对此做出了奇特的处理，不但将其演变成一场巨大的文字狱，而且不惜以九五之尊亲自审问曾静，将自己对此案下的谕旨、曾静的口供等编成《大义觉迷录》刊发全国。并要求“读书士子及乡曲小民共知之，并令各贮一册于学宫之中，使将来后学新进之士，人人观览知悉”③。雍正帝之所以大张旗鼓地处理曾静、吕留良文字狱案，并不遗余力地扩大此文字狱的影响，大力

① 郭成康、林铁钧：《清朝文字狱》，群众出版社1990年版，第131页。

② 张玉：《戴名世〈南山集〉案史料》，载《历史档案》2001年第2期。

③ 中国社会科学院历史研究所清史研究室编：《清史资料》第四辑，中华书局1983年版，第9页。

推广《大义觉迷录》,是因为:一方面,通过强有力的文字狱高压,发挥政治力量优势,以期控制华夷之辨的言论在普通民众中的流散传播,同时面向全国刊发的《大义觉迷录》又能宣传清统治阶级思想;另一方面,《大义觉迷录》主要内容是雍正帝针对曾静书信中"华夷之分大于君臣之伦"以及否认其称帝的合法性等一系列罪名,提出辩驳,并提出了"君臣之伦大于华夷之分"的观点,意欲一统国家内部的君臣关系来代替华夷关系,从而起到消除汉族士人心中华夷观,瓦解他们的文化抵抗,获得自身在文化秩序中的主导权和政权合法性地位的作用。曾静在被捕后,对华夷之分大于君臣之伦的看法有了根本性的改变,他在供词中不仅反省了自己的错误立场,而且认为君臣之伦大于父子之亲,并指出无论君是否加恩于臣,臣都应当忠君。这就积极回应了雍正的君臣之义绝对性的说法。而当曾静作为一个反清汉族文士,从坚决声称华夷之分大于君臣之伦到积极配合雍正君臣之义的说法时,当他在供词中宣称"本朝来龙兴功德……得统之正,全是天与人归""较之汤武,昔尝为夏殷诸侯……更名正言顺"①时,雍正帝兴起的这场文字狱的目的就达到了。

2. 文字狱打压下的文士心态转变

经过上述一系列针对汉族文士重华夷之分、敌视新朝心态进行打压的文字狱案后,汉族文士心态正在部分的偏离"华夷之辨"的主干道,逐步向归顺与臣服之路靠拢,并在统治者的怀柔利诱、儒家学而优则仕的入世意识以及士人养家糊口、振兴家族等现实需要等综合因素的助推下,最终转变为重君臣之伦。具体而言,汉族文士们这种心态转变,首先是从文字狱打压下开

---

① 中国社会科学院历史研究所清史研究室编:《清史资料》第四辑,中华书局1983年版,第33页。

始的。

在清初文字狱打压下，无论是案狱的亲历幸存者还是见证者，他们的内心都受到了威慑，心态上表现出前后差异，从之前的重华夷之分、敌视反抗新朝的孤高愤慨变为锐气顿敛、惶恐谨慎。例如，作为《怀旧集》案主犯冯舒弟弟的冯班，亲历了《怀旧集》文字狱案后，就逐渐收敛起了其率真的本性与锐气，变得内敛。①无独有偶，亲历《南山集》案的方登峄、方式济父子也是沉痛幽怨，内敛自伤。类似的，在见证了《明史》案的顾炎武、朱彝尊那里，这种心态也约略可见，顾炎武在见证其惊隐诗社社友吴炎、潘柽章的《明史》案后，也写下了《书吴、潘二子事》《汾州祭吴炎、潘柽章二节士》《咏史》《寄潘节士之弟耒》等诗文，表达了对在《明史》案惨遭不幸的吴炎等人的沉痛哀悼，同时在诗文中规劝潘柽章之弟潘耒"男儿独重身""莫作嗣书人"②，应明哲保身。由此，我们不难看出，文字狱案给顾炎武心灵上带来了震慑，也折射出其谨慎远祸的心态，再联系他遭遇黄培诗案的经历，顾炎武在文字狱的高压下惧文祸也是情理之中的。同样作为吴炎、潘柽章的友人，旁观了《明史》案后偏离重"华夷之辨"的心态主干道的还有朱彝尊。朱彝尊早年在儒家夷夏大防的观念影响下，与魏耕等人结成反清复明团体，积极参与抗清斗争，而在《明史》案后，他自述曾将自己历尽千辛万苦搜集来的涉及明末史事的图书全部焚毁："既而客永嘉，时方起《明书》之狱，凡涉明季事者，争相焚

① 杨旭辉：《〈怀旧集〉诗案考索》，载《厦门教育学院学报》2010年第2期。

② 〔清〕顾炎武：《寄潘节士之弟耒》，见《顾亭林诗文集》，中华书局1959年版，第364页。

弃。比还,问囊所储书,则并椟亡之矣。”①这就表明,在《明史》案的震慑下,酷爱藏书的朱彝尊也是胆战心惊,惶恐难安,惧怕文祸及身,一改早年的愤慨凛然之气。

其次,帝王怀柔与士人自我实现的渴望以及解决现实困境需要合力催化进一步将士人心态推向归顺臣服。从汉族文士的角度来说,明清鼎革、以夷变夏本是一场裂天维、倾地纪的大变故。从某种程度上来说,对于深受儒家“华夷之辨”思想传统影响的他们而言,重夷夏之防、敌视反抗新朝的心态应是相当稳固的,但同时又是会发生变化的。从上述可知,清朝统治者利用政治力量优势,采用了文字狱的高压手段,使汉族士人心态产生了一定程度的改变,变得锐气顿敛、谨慎畏祸。而对平静安宁生活的向往是人的天性使然,其时清朝统治者还恩威并用,在文字狱高压下,还采取了开科举、官修《明史》、开设博学鸿词科等利诱手段,这就给在文字狱威慑下迷惘无路的士人指明了一条人生之路。再加上士人们也面临着现实困境与自我实现的渴望,于是正如从事明清士大夫研究的赵园所说,易代之际士大夫能有节义地生存未必符合“通行于遗民社会的道德律令”②。重华夷之分、敌视清朝的心态在文字狱高、科举取士等现实政治力量面前逐步踏上归顺臣服之路。朱彝尊就一个典型。如前所论,在《明史》案的震慑下,朱彝尊一改早前重华夷之分的姿态,锐气顿敛,表现出惧祸谨慎心态。而在康熙十八年诏开博学鸿儒科时,多年落拓江湖的他,以荐应试授翰林院检讨,充《明史》纂修官,从此踏上了仕途。

---

① 〔清〕朱彝尊:《曝书亭集》,影印文渊阁《四库全书》本,第 1318 册,第 55 页。

② 赵园:《明清之际士大夫研究》,北京大学出版社 1999 年版,第 272 页。

毫无疑问,出仕新朝就代表着与清政权合作,承认其合法性,至此,朱彝尊走上了归顺与臣服清廷的道路。出仕后,朱彝尊得到清朝统治者的赏识,不久,充日讲官,知起居注,后又典试江南,入值南书房,这每一步都是其重君臣之伦、对君尽忠的心态映照。

其实,就连向来被视为抗清坚决的明遗民顾炎武、黄宗羲也在心态上表现出对新朝一定程度的认同。以前者为例,虽然他坚守遗民立场,拒绝博学鸿儒科的诏请,但在《明史》案、黄培诗案等一系列文字狱的震慑下,锐气有所收敛,加上博学鸿儒科的揽心之举,便使得其心态发生某些变化:对清朝由疏离走向认同,呈现身不仕而心移的状态。比如,顾炎武对好友、门人入仕的理解、包容,一方面,他虽曾写信规劝好友李因笃不要赴试,但一旦李氏真入仕途,顾氏也未表示不满和批判。而且,与好友朱彝尊虽仕隐殊途,也未与其绝交。另一方面,他虽拒入史馆,却也都让子弟代为入馆编修《明史》,像其门人潘耒就是。甚至,当潘耒就编史来请教他时,他还会认真地提出建议,间接参与官修《明史》的编撰。此外,他甚至还在写给外甥徐元文书信中说:"所谓大臣者,以道事君,不可则止。吾甥宜三复斯言,不贻讥于后世,则衰朽与有荣施矣。"①以此来鼓励外甥在朝为官要"以道事君"。由此可见,在文字狱高压和怀柔政策的合力下,以顾炎武为代表的遗民士人的心态表现出由重华夷之分、敌视反抗清朝走向认同的嬗变,身不仕而心移,这其实也是另一种形式上的"归顺"。

当然,更明显地体现出汉族士人在文字狱打压下心态从重华夷之分、敌视反抗清朝转变为归顺臣服、重君臣之伦的乃是《南山集》案中方苞和曾静案的曾静。方苞,桐城方氏家族一员。在明末清初,桐城方氏文人多重华夷之分,坚决抗清,不少人做了遗民隐

① 〔清〕顾炎武:《顾亭林诗文集》,中华书局1959年版,第55页。

士。如方以智、方文。受家族传统影响，方苞在《南山集》案前对清廷也是敌视不合作的，他不仅给《南山集》作序，而且收存了《南山集》《孑遗录》的书板，在《南山集》案中被刑部判绞立决，后来由于李光地的维护，在最后结案之时，康熙帝钦定其被免治罪，并入值南书房，家口入旗。经历《南山集》案的方苞死里逃生，其内心受到惊恐惧怕是毫无疑问的，康熙帝重用方苞，让其入值南书房，还担任武英殿修书总裁。在这样恩威并施的双重手段下，方苞渐渐地屈服了清廷权威，并甘心为之效命。当他作《万年宝历颂》以"兼尽乎作君作师之道而建其有极，未有如我皇上者也"①称颂康熙帝时；当他在雍正时期写下《两朝圣恩恭纪》，忏悔自己及方氏家族在《南山集》案的罪责，感激康熙帝的宽大处理和雍正帝的宽赦方族；当他《圣训恭纪》中再次颂扬雍正帝的圣德时，他已彻底归顺、臣服于清廷了，成为一个以君臣之义为第一位的御用文人。类似情形，亦见于曾静，当曾静、吕留良文字狱案被雍正帝"出奇料理"后，曾静获准赦免，他就拜倒、臣服在了雍正帝的脚下。他在《大义觉迷录》和《归仁说》里进行着自我反省和忏悔，亦如我们前面说过的，他甚至配合雍正帝辩驳君臣之伦大于华夷之分需要，否定了之前自己强调华夷之分大于君臣之伦的说法，并为雍正帝服务，听其命令由京城前往全国各地宣扬清朝得统之正，赞颂清帝的圣德同天之大，现身说法劝汉民归顺、臣服。至此，曾静从重华夷之辨、敌视新朝的明遗民，转变为一个认同、臣服新政权，将君臣之伦置于首位的清廷臣子。

在清初文字狱案的高压下，除了直接受案狱影响而改变心态的汉族文士之外，还有不少汉族士人也间接地受到了影响，以夷夏

① 〔清〕方苞著，刘季高校点：《方苞集》，上海古籍出版社 1983 年版，第 440 页。

大防为重以及在此基础上构建出来的敌视新朝的狭隘文化情绪，也越来越让位于各种现实的需要，他们在旁观或听闻这些文祸大案中惶恐，寻思着与其故国恢复无望，不如在新朝中努力为自己人生价值的实现，为家族利益挣得些优势。因而，科举出仕成为当时大多数士人的选择。抗清遗民黄宗羲的儿子黄百家开始注重举业，同为遗民文士的冒襄也让其子参加了清廷的科举考试。又如，王士禛也是如此，他虽非明遗民，但出生在明朝，其少年时正逢明清易代，他目睹了家人在清兵入侵之时的忠义壮举以及遭受的苦难。据记载，1642 年清兵攻陷其家乡新城时，其家族死难者达 30 余人之多，其母孙氏更是悬梁自缢，幸绳断而未亡。其祖王象晋，也在明亡后自号“明农隐士”，拒与清廷合作，其父亦终身未仕清廷。由此可见，明清鼎革之间，王士禛的家族至亲是站在重华夷之分的立场上，有着浓厚的敌对情绪的，而祖辈父辈的忠义行为或多或少都会在少年王士禛的心灵烙上烙印。故国沦丧，家人遭受的清军入侵之苦，不可能不给他留下遗恨。所以，他早年诗歌创作就有《秋柳诗》，表现出一定程度的兴亡之感。顺、康年间文字狱频发，王氏家族的大家长们往往考虑到家族利益，也注重培养王士禄、王士禛兄弟二人参加科举应试，以重振家风。据惠栋的《渔洋山人自撰谱》记载，其祖王象晋在明亡之后，“自号明农隐士，阖门谢客，亲教诸孙，颇及声律之学。……旧藏邢太仆侗《兰亭序》《白鹦鹉赋》（王维撰）二卷，深所宝惜，尝谓诸孙有登贤书者，当以为赐。戊子长兄报捷，得《兰亭》卷，至是山人得《白鹦鹉赋》卷”①。由此可见王家对科考兴族的重视以及易代之后的折中立场。而作为封建社会文人的王士禛自幼饱读儒家诗书，儒家“入世”思想、“学而优则仕”“学好文武艺，售与帝王家”等观念不可避免会影响

① 〔清〕惠栋：《渔洋山人自撰年谱注补》卷上，清红豆斋刻本。

其思想与心态，职是之故，为了完成家族希望和实现自己的人生价值，入仕清廷似乎是顺事成章的事，无论是参加科举应试，还是后来的入仕清廷，都表明王士禛的心态从重华夷之分、敌视新朝转变为了亲附归顺、臣服清朝，重君臣之伦了。其实，在顺、康、雍时期王士禛的经历与心态是许多汉族文士的缩影，汉族文士经历三代帝王一系列文字狱打压，又面临着清朝统治者的各种怀柔政策以及现实的困境和自我实现的需要。因而，从总体上来说，由反清、抗清、不合作逐渐走向顺清、仕清、拥清。总之，在清前期顺治、康熙、雍正三代帝王百余年的努力下，尤其是以文字狱为代表高压手段的打压下，汉族文士们的心态逐渐远离了重华夷之辨、敌视反抗新朝的航向，在归顺与认同中驶向了“重君臣之伦”的彼岸。

(二)案后重学问心态

如前所述，我们知道，明清之际在广大汉族文士中间弥漫的是重经世致用的学术文化心态，然而，随着清朝统治的日趋稳固，政治文化高压日益严峻，尤其是文网森严，文字狱高涨，学术文化经世致用中的面向现实、关心国事、明道救世的部分被打压，而重博学、重考证的部分被突显，他们的文化心态也逐渐转变为重学问。

众所周知，康、雍时期是清代学术由清初“博学务实”走向后来的“专门考据”的重要过渡。而它又是如何过渡过去的呢？汉族文士们在经历顺、康、雍三朝屡兴的文字案狱打压下，逐渐从重实用的心态转移到重学问心态是其重要环节。这种心态促成博学务实、经世致用之学开始向纯学术考证方向转变。其间，统治者们软硬兼施，还采取了一些拉拢文士的手段，如编辑大型典籍等，将士人们导向考据之学。下面，我们将从顺、康、雍三朝文字狱对士人心态影响，以及统治者的拉拢政策对士人心态改变的辅助性作用等维度，一一展开分析。

顺、康、雍三朝文字狱逐渐高涨，清朝统治者利用汉族文士经史、诗文等大做文章，苛求字词，穿凿附会，捕风捉影，株连无辜，可谓残酷之极。这一时期的主要大案，由前面章节的列表可知，有顺治四年（1647）的函可案，顺治五年（1648）的黄毓祺案、冯舒《怀旧集》案，顺治十八年（1661）至康熙二年（1663）的庄廷鑨《明史》案，康熙四年（1665）的丁耀亢《续金瓶梅》案，康熙五十年（1711）戴名世《南山集》案，雍正元年（1723）至十年（1732）的曾静、吕留良文字狱案，雍正三年（1725）的年羹尧、汪景祺、钱名世案，雍正四年（1726）至五年（1727）的查嗣庭案，雍正六年（1728）的屈大均案，雍正八年（1730）的徐骏案等。由此可见，案狱数量之多。

这些案件刑罚一般都比较严重，直接涉案的士子或凌迟或斩首或杖毙，甚至连死者都要开棺戮尸。如《明史》案中的庄氏父子，《南山集》案中的方孝标，曾静、吕留良案中的吕留良都被戮尸。而子孙亲戚抄家灭族，或处以流刑，发配边疆；或点配为奴，惨痛无比。“战火频仍，民众固是水深火热，士子们亦或彷徨失依或进退维谷……于是一种前所少有的旧巢覆破、新枝难栖的惶惑、惊悸、幻灭、失落之感，伴随愤激、悲慨、哀伤、寒苦等心绪，缠绕紧裹着南北各层面的知识之士，从而更变着相对稳定于明代中叶以来的文化族群结构”①，尤其是他们的文化心理结构。在康、雍时期在文字狱不断地威慑下，士人们渐渐地噤若寒蝉，著经为史、撰诗作文都有戒心，少提甚至绝口不提国事，一改之前的经史经世、文以致用的思想，转而埋首于古籍的考订和整理，由明清之际的经世致用逐渐开始向纯学术考证方向转移。所以陈衍指出康、雍之际学术的经世致用色彩淡化，重博学、考证、埋首古籍考

---

① 严迪昌：《清诗史》，人民文学出版社2011年版，第5页。

证甚至包括后来乾、嘉年间的考据之学勃兴,“盖惩于文字之狱,不得不向此烦碎而远于政治之一途发展,其势使然也”①。与此同时,统治者注重恩威并施,一边进行文字狱高压,一边还开博学鸿词科,并拉拢一批汉族文士编修大型典籍,如《佩文韵府》《骈字类编》《康熙字典》《全唐诗》《明史》《古今图书集成》。这些大型典籍多由汉族文士主编,且耗时长。如《古今图书集成》,是汉族文士陈梦雷,历时 28 年方编纂而成;张廷玉主编的《骈字类编》,亦自康熙年间开始到雍正四年,才完成编修。统治者这样既能以此向世人表明只要安心做学问、学有所成的人,都能为清朝所重用,又能使汉族文士们长时间埋头“好古”,不谈国事。于是在文字狱打压下,在统治者这种高超的拉拢政策辅助下,小学、金石、辨伪、辑佚、方志等领域成为清代士人寻求独善其身、躲灾远祸的最佳场所。所以蒋寅说:“康熙十八年开博学鸿词网罗天下,后屡开诸馆,命编艺文类大书数十种,康熙五十二年戴名世案后,文网日峻,清学遂变为乾嘉之学。”②而重学问也因此成为汉族文士的普遍心态。这种心态转变主要从以下三个方面得到具体体现。

首先,经学上的研经致用色彩日渐淡薄,逐步走向以学问为重的纯学术考证。顺、康、雍时期,文字狱不断,残酷的株连杀戮,撞击着汉族文士的心灵,而此际的经学的研究一改明清之际致用倾向,表现出重学问、考证态势。这从其时士人治经的目的和学问考证的丰硕成果,可以得到印证。阎若璩、胡渭、毛奇龄等人是继顾炎武、黄宗羲、王夫之之后兴起的经学大师。他们的学术研究看似

① 陈衍:《近代诗学论略》,见钱仲联编校《陈衍诗论合集》(下),福建人民出版社 1999 年版,第 1086 页。

② 蒋寅:《金陵生小言》,广西师范大学出版社 2004 年版,第 28 页。

承顾、黄等晚明诸遗老而来，实则他们已没有晚明诸遗老的那种高尚志节和经世致用精神，其治学目的更多地是为了以此自显，而不是“明体”而“达用”，他们的研究成果也趋向学问、考证一路。像阎若璩的经学，其著名的《古文尚书疏证》就是辨《古文尚书》之真伪的，胡渭的《洪范正论》是考辨《尚书·洪范篇》的专著，毛奇龄的《仲氏易》也是批驳宋儒易学的，足见此际的经学侧重学问、考证而少致用之追求。

其次，在史学领域，私家著史经世风气渐弱并逐渐转向考据之学。顺、康、雍之际，文网高涨，文字狱严酷，对史学也造成了巨大影响。面对文字狱的威慑，许多史学者渐改修史以经世的心态，甚至对修史心灰意冷，转而为考据之学。集中以庄氏《明史》案最为典型。此案涉案人员众多，刑罚严苛，在当时震惊整个汉族士人阶层。大部分汉族文人学士在目睹或耳闻了庄氏诸人的凄惨结局后，纷纷惊怖、彷徨、敛起锋芒，甚至谈史色变。这强烈地冲击他们著书立说的心态，从而影响清代史学的发展进程。具体而言，主要表现在以下两个方面。

一是私家著史经世风气渐弱。明末清初私家修史繁盛，在经历《明史》案后，士人们发现私人修史存在的高风险——文字会成为夺人性命的凶器。庄氏史案的空前株连杀戮浇灭了汉族士人们修史的热情，逐渐改变了他们“修史以报国，存史以存明”的实用心态。随着这一心态的改变，私史著作，尤其私修明史学者越来越少，甚至心灰意冷，而少有的抱“立言”之志者，也是“莫敢记述时事以触罗网”①，所以在《明史》案后，汉族文人学士为明哲保身、远祸避害，往往不再从事史书编纂，这在涉案者和旁观者身上均有所体

---

① 章太炎：《哀清史》，见《章太炎全集》第三册，上海人民出版社 1984 年版，第 325 页。

现。如被列名参校《明史》的陆圻受此案株连，被逮解京，临行前告诫二子曰："汝等唯以孝母为事，谨守礼义，终身不必读书，似我今日。"①后又起誓"苟得生还，所不祝发空门者，有如大江"②，事实上他也践行了自己的誓言，在被清朝赦免后，他"叹曰：'今幸得不死，奈何不以余生学道耶！'亲殁，遂弃家远游，不知所终。"③《明史》案对士人心灵的戕害和震慑效应，远不止涉案者，旁观者也深感惶恐，自此以后，著史有所忌惮。顾炎武就是其中典型的代表，他在《明史》案后，从此不再研究明史，将精力投入到《音学五书》和《日知录》的撰写上，甚至在《明史》案的17年后，还写信给潘柽章的弟弟、他的弟子潘耒，其云："吾昔年所蓄史事之书，并为令兄取去，令兄亡后，书既无存，吾亦不谈此事……退而修经典之业，假年学《易》，庶无大过，不敢以草野之人，追论朝廷之政也。"④由此可见，《明史》案对汉族文人学士心灵造成的冲击，诸如顾炎武这样的大儒在案狱多年后也不敢再积极论政著史，转而埋头于经典的研读，这就造成史学编纂几乎成为禁区，论史著史者寥然，出现了士人多校勘训诂前人经典的学术状况。

二是考据学渐兴。《明史》案后，慑于清廷淫威，许多文人学士心存畏惧，不再进行经世致用之史学的著述，转而寻求新的研究领域，以求全身远祸。编著史书，讲究实录，一不留神便会触犯大忌，危及生命与家族安全，相比之下，学问考证的风险要低得

---

① 〔清〕陆莘行：《老父云游始末》，见《清朝野史大观》第三辑，巴蜀书社1987年版，第97页。

② 〔清〕陆莘行：《老父云游始末》，见《清朝野史大观》第三辑，巴蜀书社1987年版，第97页。

③ 〔清〕赵尔巽等：《清史稿》，中华书局1977年版，第13354页。

④ 〔清〕顾炎武：《与次耕书》，见《顾亭林诗文集》，中华书局1959年版，第79~80页。

多，如前所论，顾炎武说过："假年学《易》，庶无大过。"而对于早年见证《明史》案之酷烈，又亲涉黄培诗案的顾氏而言，他的这种感触和做法具有一定代表性。所以，在文字狱屡发、株连杀戮之盛的情况下，汉族士人们纷纷改变著史经世的学术风气，逐渐转向考据方向，主要从事考订古籍，注释、整理文献的工作。考证之风也从史学蔓延至经学、方志等诸多领域。从某种程度上说，康、雍之际，考据之学渐起，初露兴盛端倪。而这与严酷的文字狱关系密切。正如由云龙所说："迨文字狱兴，学者始钳口结舌，遁于声音考据之学。"①由此可见，在文字狱的高压下，汉族文士渐改史学经世的实用心态，私家修史风气渐弱，转为考据之学，彰显出重学问的群体心态。

再者，在文学上，文以致用的传统渐让位于重博学考证的风气。明末清初，汉族文人学士对明亡原因的追究，促成经世致用思潮，反映在文学界则是"文须有益天下"等文以致用的呼声高涨。然而，到康、雍之际，随着清廷的日益稳固，政治、文化高压政策的日趋严峻，尤其是文字狱的严厉打压，文化专制的实行，一时间造成了士人噤若寒蝉的局面，学术文化走向重博学考证，考据之学初露端倪，而这些熏沐渐染到文学上，则形成文学上的重考证的学术风气。王士禛就是其中的突出代表。经历了明清易代，也侧面了解过顺、康之际一系列文字狱，尤其是在见证了《明史》案牵扯70余人在杭州处死、数百人受株连发配充军后的王士禛，在康熙后期，他倍感新的文字狱的山雨欲来之势，加之对之前发生的文字狱仍心有余悸，于是他在重新汇刻诗文集时，谨慎小心地进行的重新删定，抽去了像《送张元履之盱眙》之类

① 由云龙：《定庵诗话》，见张寅彭编《民国诗话丛编》第三册，上海书店出版社2002年版，第563页。

带敏感字眼的诗作。① 由此可见，文字狱给王士禛带来的震慑和惶恐效应。而这种惧怕反映在文学上就是远离时事现实，以学为诗，初露乾嘉考据之风。其具体主要表现在王士禛在其后期的诗中多以学入诗，并在诗中运用考据手段，充满博物考证的气息。如他的《米海岳研山歌为朱竹垞翰林赋》就是以训诂手段和考古内容来贯穿诗歌。而最鲜明地反映其后期文学上重博学考证的是将考证之法引入诗学。王士禛不仅在诗歌创作中引金石文物考据入诗，而且将征文考典的考证之法引入诗学。他在《古夫于亭杂录》中指出："画家画古人图像，皆须考其时代，如冠舄、衣褶、车服之类。一有踳误、杜纂，后人得而指之。诗赋亦然。《宋史》绳祖《学斋占毕》，称杜牧《阿房宫赋》'烟斜雾横，焚椒兰也'二句尤不可及。谓《六经》止以椒兰为香，《楚辞》言'椒浆兰膏'亦然。若'沉、檀、龙、麝'等字，皆出于《西京》以后。近世文士作《婕妤怨》《明妃曲》而引用'梅装''莲步'，更为可笑。此皆齐、梁间事，汉时宁有之邪？故知作诗赋、作画，皆贵考据典故，乃不贻讥后人。"②在王士禛看来，诗也须重考证，尤其是对前人诗作中的典故文字，应该通过对比分析，不同典籍或前人对同一事物的记载的异同，考证辨伪，弄清具体事物的真相，他是这样主张的也是这样去做的。譬如，他对杜牧的《阿房宫赋》中的句子进行考证。指出赋中"妃嫔媵嫱，王子皇孙，辞楼下殿，辇来于秦。朝歌夜弦，为秦宫人"③的情景并不发生在阿房宫，这段被描写的史事应是"（始皇）二十六年，秦每破诸侯，写放其宫室，作之

---

① 杨晓斌：《王士禛诗文集的删定与清代文字狱》，载《学术论坛》2013第2期。

② 〔清〕王士禛：《古夫于亭杂录》，影印文渊阁《四库全书》本，第870册，第607页。

③ 〔唐〕杜牧：《杜牧全集》，上海古籍出版社1997年版，第1页。

咸阳北阪上，南临渭，自雍门以东，殿屋复道，周阁相属，所得诸侯美人钟鼓以充入之"①。王士禛注重诗文领域的考究辨证，由此可见一斑。

这一时期文学上的重学问考证，除了在诗歌、散文等传统文学体裁领域，在小说领域也出现了重博学的情况，汉族士人为了满足逃避文字迫害和展示才华的双重需求，开始尝试在小说这一通俗文体领域中加入大量的知识与学问。像康熙后期成书的吕熊的《女仙外史》，开清代才学小说的滥觞，即为一有力的注脚。

文学是对现实生活的反映，当汉族文士在文字狱高压下，被驱赶进入金石、辨伪、音韵等学问考证领域时，话语空间受到压缩，他们的文学作品内容也就日益脱离社会现实，"文须有益于天下"的经世致用功能就被严重削弱，文学的学问化倾向昭示着士人心态的无奈转变。

第三节　清初文字狱影响下的诗歌生态

诗歌是诗人内心情志的反映，诗人通过语言，以一定的表达技巧和艺术形式将这种情志表达出来，便是诗歌。诗人心态的变化自然也会引起诗歌创作在主题内容、诗体、意象选择乃至审美取向的变化。

一、诗歌主题

顺、康、雍时期近百年，是清代社会由剧烈动荡走向稳定繁荣的时期，也是文字狱兴起发展的阶段，屡兴的文字之祸或隐或显的

① 〔清〕王士禛：《池北偶谈》，影印文渊阁《四库全书》本，第870册，第169页。

改变着文士群体的心态,而心态的嬗变又影响着诗歌主题取向的变易,具体主要表现为以下两大点:

(一)从重视抒写现实走向凸显学问

清初文人在文字狱的影响下,其心态从重实用到重学问的转变,促使诗歌创作由重视抒写现实向凸显学问嬗变。为更鲜明地展现此种变化,我们从案前与案后两方面来论述诗歌主题。

1. 案前,诗歌抒写现实

明清易代之初,诗人们以实用心态为主,而在这种重视经世致用的心态下,他们从救世、经世的目的出发,重新提倡《诗经》以来的美刺、观风的现实主义传统,主张复兴儒家诗教,着意于诗歌的社会作用、历史价值的探求,从崇高的社会责任感和时代使命感出发,试图用诗歌去记录、干预、影响现实,无论诗歌理论上还是创作实践上都表现出主题内容上的着重抒写现实取向。

(1)诗学上,着重于儒家诗学的复兴,其性情观亦彰显出对现实的关注

易代之初,在经世致用心态影响下,一切学术文化都被要求为现实需要服务,作为其中的一个重要组成部分的诗歌,自然也不例外。而随着尊经复古的学术运动的开展,重新确立了儒家经典的权威地位。在此基础上,儒家诗学的政教精神开始复兴,并突显出对社会现实政治干预精神。此时的云间派就强调诗歌的“怨刺”作用,要求诗歌把社会现实带到自己的表现范围里来。以钱谦益为首的虞山诗派倡导儒家诗教的回归,强调诗歌要抒写关乎自己的身世遭遇、时代命运的性情。稍后,顾炎武也强调重性情的诗歌创作原则,主张诗歌抒发真情实感,而这“情”应是关乎国计民生、济世救民的感愤之情。与此同时,其好友黄宗羲主张性情要具有广阔深远的社会政治内涵,突出“万古之性情”,他说:“孔子删之,以合乎兴、观、群、怨、思无邪之旨,此万古之性情也。吾人诵法孔子,

苟其言诗，亦必当以孔子之性情为性情。”①

鼎革时代的风云激荡，除了使诗人们重视儒家诗教复兴，从而强调诗歌内容抒写社会现实外，也大大激起了诗人们的强烈责任感和使命感。不少批评家本身就是积极投身抗清活动的志士，他们希望发挥诗歌对现实的积极干预作用，呼唤诗歌的现实主义传统回归，如前面所论，他们在诗学上提出“以诗补史”“以诗续史”说来肯定诗歌的历史作用，要求诗歌创作在内容上以史学的“写实”可信为原则。

（2）诗作上，关注世运，感念乱离，心系民瘼

明清易代，社会激烈动荡，经历剧变的清初诗人，在身际沧桑、新历战乱、目睹生灵涂炭与乱世民生疾苦后，在文以致用的心态影响下，他们努力用诗歌去记录时代状况，干预社会现实，具体体现在以下几个方面：

一是真实记录明清之间的战事，尤其是对清廷暴行进行深刻的揭露和批判，这在遗民诗人群体身上尤为突出。阎尔梅的《惜扬州》以诗为史，记录了清兵屠城的惨状；而顾炎武的《上吴侍郎旸》“杀戮神人哭，腥污郡邑愁”②的诗句真实再现了清兵南下所制造的“扬州十日”“嘉定三屠”诸血案的悲惨情景。

二是感念乱离、心系天下苍生。明清鼎革，战火纷飞，老百姓在战乱环境中艰难地生存。清初诗人们时时以一颗悲悯之心关注着社会现实，关注着易代之际百姓的生存状况，以他们手中的笔记录着这一切，表现出强烈的社会干预意识。丁耀亢就是这样的一

① 〔清〕黄宗羲：《马雪航诗序》，见《黄宗羲全集》第10册，浙江古籍出版社2005年版，第96页。

② 〔清〕顾炎武：《上吴侍郎旸》，见《顾亭林诗文集》，中华书局1959年版，第268页。

位诗人,他关注战乱下的农民命运,写于顺治四年的《田家携壶》一诗,其中“休笑盆酒薄,穷家无瓮盎”“老牛带犊卖,倾产赊年帐”①描绘出了农民濒临破产的生活苦状;而《良农苦》一诗更是把乱世中的百姓描摹得真实生动,其诗云:

良农记岁功,终岁无暇日。半夜起饭牛,呼儿种早麦。雨旱识天时,菑畬尽地力。妇饷子荷锄,日午汗浃背。冰雹与蝗蝻,三年不逢岁。忽然值大有,米谷恣狼戾。县尹催春粮,正月逼完税。斗粟钱数文,揭债利十倍。贫农经岁劳,只为富者益。岁荒食不足,岁丰粮亦匮。安得缓征徭,饘粥可常继!②

面临县官催粮逼税、缴役加倍以及高利贷的盘剥,辛苦劳作一年的农民“只为富者益”,“岁荒食不足,岁丰粮亦匮”,真实地再现了乱世中的百姓的苦难生活。对战乱时代环境下农民生活的关注,恰好反映了丁耀亢强烈的社会干预意识。若按顾炎武所说“陈诗以观民风”是“诗之用”的话,那么丁耀亢关注易代之际农民的命运,正好深刻地体现了诗歌对现实发生的积极作用,彰显了诗教精神。

其实,在明清鼎革的战乱时代,像丁耀亢这样针砭时弊、关注民生疾苦诗人还有很多,遗民诗群就是典型代表,以吴嘉纪、阎尔梅、屈大均为代表的遗民诗人们,在其诗歌中注重反映清初社会现实,书写人民的生活疾苦。如吴嘉纪的《凄风行,伤饥灶也》写百姓遭受

① 〔清〕丁耀亢:《丁耀亢全集》(上),中州古籍出版社 1999 年版,第 682 页。

② 〔清〕丁耀亢:《丁耀亢全集》(上),中州古籍出版社 1999 年版,第 546 页。

饥荒;阎尔梅的《苦蝗行》《苦旱行》《南迁》《采桑曲》等反映天灾人祸导致人民生活悲惨;屈大均的《猛虎行》《高州大水作》等现实主义诗篇也是在以诗为史的理念下,真实刻画了百姓的苦难。不仅这些忧国忧民、心系苍生的遗民诗人,甚至连遁入空门的遗民诗僧也是如此,如大汕和尚的《河决行》抨击清政府腐败无能,斥责各级官吏假公济私、愚弄百姓、虚耗民膏,给人民生活带来痛苦。除了遗民诗人的诗歌外,朱彝尊早期诗歌有着深厚的现实主义色彩,甚至还有的是直接揭露官吏的残暴,反映民生疾苦的,如《捉人行》:

> 步出西郭门,遥望北郭路。里胥来捉人,县官一何怒!县官去,边兵来,中流箫鼓官船开。牛羊橐驼蔽原野,天风蓬勃飞尘埃。大船峨峨驻江步,小船捉人更无数。颓垣古巷无处逃,生死从他向前路。沿江风急舟行难,身牵百丈腰环环。腰环环,过杭州,千人举棹万人讴。老拳毒手争殴逐,慎勿前头看后头。①

此诗写于顺治四年(1647),诗歌真实地叙写了清军拉丁抓夫的情形,通过实录纤夫们为避免凶恶残暴的清兵随意毒打而相互告诫不要前头看后头的情景,反映处于战乱中人民的惨痛生活现实。

此外,其诗《旱》从写实的角度表现旱灾背后的人祸加剧了灾民生活的悲惨,《马草行》则书写百姓遭受官兵横征暴敛的生活现状。这些诗歌从不同层面、不同角度反映了清初的乱世时局以及满族统治的残酷,充满现实主义精神。

由上述可知,在动乱的鼎革之初,诗人们在经世致用的心态

---

① 〔清〕朱彝尊:《曝书亭集》,影印文渊阁《四库全书》本,第1317册,第403页。

下,纷纷积极地用手中的笔记录、影响现实,表现出强烈的社会责任感和时代使命感,然而他们这种忧国忧民、抒写现实的情怀在清初一系列文字狱的打压下,开始起了变化。

2. 案后,诗歌走向学问化

如前所论,在顺、康、雍三朝屡兴的文字狱的打压下,文人士子大多转向了学问研究,体现出重学问心态,而这种心态影响着诗歌创作的思维取向,从而改变了诗歌的主题内容取向。

诗人们往往又是学人或从事其他学问知识的研究,在重学问心态下,他们钻研故纸堆,考证古籍。这样日复一日,长期以来,日积月累的学术钻研就会从深层次上改变他们的知识结构和审美趣味,重博学考证几乎内化为一种思维模式。这种思维模式,在诗歌创作领域集中表现就是诗歌内容上的学问化取向日益明显,主要表现在从诗学理论上重视学问与诗的关系探索、以学术文化内容入诗两个方面。

(1)诗学理论上探讨学问与诗的关系

明清易代之际,也有不少诗人开始探讨学问与诗的关系,但是他们主要是为了反拨明末空疏学风、诗风,是在以性情为主的前提下提及的,如钱谦益的灵心、世运、学问说,他认为三者都是诗歌创作的必要条件。而历经文字狱的诗人们,在重博学考证的心态下,滋育出来的探讨学问与诗之关系的诗学,凸显了学问的价值与地位。经历了《明史》案后焚书避祸的朱彝尊在晚年更重视诗歌中的学问因素,他 76 岁时所作的《斋中读书十二首》指出:"诗篇虽小技,其源本经史。必也万卷储,始足供驱使。别材非关学,严叟不晓事。顾令空疏人,著录多弟子。"①并结合自己的一生诗作体会说

① 〔清〕朱彝尊:《曝书亭集》,影印文渊阁《四库全书》本,第 1317 册,第 630 页。

明学问对诗歌的重要性："予少而学诗，非汉魏六朝三唐人语勿道，选材也良以精，稍不中绳墨，则屏而远之。中年好钞书……归田以后，钞书愈力，暇辄浏览，恒资以为诗材。于是缘情体物，不复若少时之隘。"①可见，晚年的朱氏主张诗歌取材以博为尚，而诗歌题材内容的广博须以学问渊博为基础。

此外，即使强调"神韵"的王士禛在重学问的心态牵引下也认为作诗须博览群书，不仅要熟读经史，而且对稗乘小说也要泛览。他说道："为诗须博极群书，如《十三经》《廿一史》，次及唐宋小说，皆不可不看。所谓取材于《选》，取法于唐者，未尽善也。"②还说："问作诗，学力与性情，必兼具而后愉快。愚意以为学力深，始能见性情。若不多读书，多贯穿，而遽言性情，则开后学油腔滑调、信口成章之恶习矣。"③在他看来，学问与性情在诗歌中同样重要、不可偏废，并且学力深厚还有助于性情的提升。

（2）诗歌创作上以学术文化内容入诗

清初文字狱高压下，文人们噤若寒蝉，在惶恐与畏祸的心态下，不再积极论政著史、关心国事，转而埋头经典的研读与古籍的考订，表现出重学问心态（这点在前面本章第二节已详论，此处不重复）。这种以学问为重的心态，影响到诗人们的创作内容，集中表现在以经史之学、佛学、音韵、考据、地志学、医学等各种学术文化入诗，这一点从经历了文字狱的顾炎武身上就能窥见一二。他在经历《明史》案和黄培诗案后，不再研究明史，退而修经典之业，

---

① 〔清〕朱彝尊：《曝书亭集》，影印文渊阁《四库全书》本，第1318册，第97页。

② 〔清〕何世瑾：《然灯记闻》，见丁福保辑《清诗话》，上海古籍出版社1963年版，第120页。

③ 〔清〕王士禛：《师友诗传录》，影印文渊阁《四库全书》本，第1483册，第881页。

将精力投入《音学五书》和《日知录》的撰写上,表现出重学问心态。而这种心态影响到其诗歌创作,则将是音韵、金石考据、地志学、医学各种学术文化融入诗歌。限于篇幅,此处以其最具特色地志学、医学入诗援例说明。

他写于《明史》案结束后的《华山行》《骊山行》等诗,就把地志学与历史景观有机结合起来。他的《劳山歌》一诗也结合地志学来叙述劳山的地理方位:"劳山拔地九千丈,崔嵬势压齐之东;下视大海出日月,上接元气包鸿濛。"①并以"幽岩秘洞难具状,烟雾合沓来千峰"②来描绘地貌景观。除了地志学,其诗歌还显露出医学的思想。如他的《钱生肃润之父出亦所辑方书》,暗合其《日知录·论医》中的今之时,庸医不杀人,亦不活人的医学思想,披露医术不明,实际上乃方药之书招致的祸害。无独有偶,《明史》案震慑效应影响下的朱彝尊,在《明史》案起时,并椟焚烧昔日所藏之书,一改早年抗清的文以致用的追求,在诗歌创作上显示出以学为主,以金石考据入诗的特点。《曝书亭书画跋》《曝书亭金石文字跋尾》《甘泉汉瓦歌为侯官林侗赋》《梦砚歌为汪舍人懋麟作》《君平遗镜歌为家上舍思赞赋》等几首诗便均是如此。像《甘泉汉瓦歌为侯官林侗赋》就将考据甘泉汉瓦的内容引入诗歌,从此瓦所出地甘泉开始考究,然后论及此瓦上文字为隶书等,学问考据气息浓厚。

王士禛在文字狱屡兴的时代背景下,不仅应朝廷之需提出了神韵诗论,而且为远离文祸亦表现重学问的心态(这点在前面心态部分已详论),并在此心态下直接以学入诗。例如佛学造诣深厚的他,驱佛学入诗。如他的三十二首《论诗绝句》就以佛学谈妙悟。除了以佛学入诗,他还以史学、地舆方志学入诗,像他的《台城怀

① 〔清〕顾炎武:《顾亭林诗文集》,中华书局1959年版,第326页。
② 〔清〕顾炎武:《顾亭林诗文集》,中华书局1959年版,第326页。

古》《骊山怀古》就以史学知识入诗，并以诗来言史。而《送同年袁秋水佥事觐事毕归甘州》一诗则将河西的地舆方志融入其中，展现了河西一带的地形地貌、风俗人情、历史文化。

（二）从思念故国、志在恢复走向点缀盛世、歌咏太平

顺、康、雍时期，是中国社会由风雷激荡走向稳定统一的时期，也是诗歌文化转型和繁盛的时期，从易代之际的思念故国，志在复明，到康、雍时期的点缀升平，诗歌主题取向的变化，折射着时代的变迁，而这种变化也肯定是多种复杂因素综合作用的结果，但从文字狱改变了诗人的创作心态，从而影响了作品的主题内容取向角度，我们能对清代诗歌演进规律获得某些新的认识。

1. 案前，诗歌思念故国、志在恢复

明清易代，对于广大汉族文士而言，是以夷治夏的中原陆沉。满族入主中原，是野蛮对文明的征服。在他们看来，明政权是代表着华夏的正统政权，恢复故明是汉民族复兴的象征，因而他们不少人表现出重夷夏之防、敌视反抗新朝的心态。而这种心态作用于诗歌创作，则促使诗歌的主题上表现出思念故国、志在复国的取向，其中最为典型的当属遗民诗群。

以顾炎武、傅山、归庄、阎尔梅、屈大均等人为代表的遗民诗人群体，他们沉痛悲悼明亡，往往将故国旧君、宗社丘墟作为追怀的对象寄托故国之思。与此同时，他们也将复国之志融入诗中，呈现出昂扬向上的基调。此际的顾炎武就曾在《金陵杂诗》中遥祭明十三陵，寄托故国之思，也曾“谒孝陵”痛伤故国覆亡，在《申包胥乞师》中亦流露出“秦车今已出，誓死必存荆”①的复明宏志，甚至后来抗清复国斗争遭遇失败，他依然以“函关犹未出，千里路漫漫”②

① 王冀民：《顾亭林诗笺释》，中华书局 1998 年版，第 134 页。

② 王冀民：《顾亭林诗笺释》，中华书局 1998 年版，第 134 页。

来砥砺前行,道出自己依然坚定执着的复国之志。

遗民冯班亦是如此,他在明清鼎革之际所作的《临桂伯墓下》《江南曲》《兵后经郡齐门故人废园有感》,均是凭吊故国,抒发对亡明的思念之情。其《余生》一诗则体现了对复明始终存着鲁阳之望,他要以鲁阳挥戈的坚强意志来完成恢复故明的大业。

除了遗民诗人外,其时尚未入仕清朝的诗人朱彝尊、王士禛也都或隐或显地表现出故国之思或复国志向。清廷入主中原,明亡清兴,作为明朝宰辅后裔的朱彝尊,其亡国之痛尤为深刻。他的诗歌创作不时流露故国之思,其《固陵怀古》就是如此,其诗云:

> 越王此地受重围,置酒江亭感式微。
> 想像诸臣纷涕泪,凄凉故国久睽违。
> 天寒竹箭参差见,日暮乌鸢下上飞。
> 犹羡当年沼吴日,六千君子锦衣归。①

此诗作于顺治十二年(1655)诗人游历固陵之时,诗作借古伤今,以越国君臣亡国受辱映照明亡,并在感叹故国山河沦丧的同时,隐现出复国之志。诗中最末两句,说羡慕勾践复国后衣锦还乡,实则寄寓诗人意欲复明之情。朱氏心中这种匡复明朝的愿望,甚至到了顺治末年还依旧强烈。在作于顺治十七年(1660)的《梅市逢魏璧》中,就暗借对魏耕的劝解将自己志在复国的抱负融入其

① 〔清〕朱彝尊:《曝书亭集》,影印文渊阁《四库全书》本,第1317册,第417页。

中，"天生汝才岂牖下，何为抱膝徒悲歌"①之句勉励朋友魏耕重整旗鼓与自己一道致力于反清复明。

此外，其时年少、后来成为庙堂诗人，主盟康熙诗坛的王士禛也有类似遗民寄寓家国兴亡感叹的诗作，其《秋柳》四章借咏柳以托故国之思，王氏在此诗《自序》中夫子自道："仆本恨人，性多感慨。寄情杨柳，同《小雅》之仆夫，致托悲秋，望湘皋之远者。"②诗中所咏之柳并非大明湖畔之柳，而是象征故国的白门之柳，而诗歌的后三章依托柳树所写的"若过洛阳风景地，含情重问永丰坊""往日风流问枚叔，梁园回首素心违""新愁帝子悲今日，旧事公孙忆往年"③等诗句也再次印证诗歌的哀悼明亡意旨。其《秦淮杂诗》更是以十四首的篇幅抒发兴亡之感，寄寓家国之思。

总之，明清鼎革之初，无论是遗民诗人群，还是布衣诗人朱彝尊，抑或是其时尚未入仕的王士禛，他们在重夷夏之防的心态下，在自身没有受到文字狱打压和震慑前，诗歌创作或隐或显地都表现出思念亡明、志在复国的主题取向。

2. 案后，诗歌点缀盛世、歌咏太平

面对文人志士的思念故国、志在恢复以及清廷刚入关加强思想文化统治的需要，清朝统治者采用了文字狱高压政策。如前所论，在以文字狱打压为主，怀柔笼络为辅的恩威并施的政治手段下，广大汉族文士群体的心态转向了重君臣之伦，逐渐认同新朝。而在这种心态下的诗歌创作在主题内容上显露出点缀太平的取向。

---

① 〔清〕朱彝尊：《曝书亭集》，影印文渊阁《四库全书》本，第 1317 册，第 439 页。

② 〔清〕王士禛：《王士禛全集》，齐鲁书社 2007 版，第 188 页。

③ 〔清〕王士禛：《王士禛全集》，齐鲁书社 2007 年版，第 1881 ~ 89 页。

(1)诗歌理论上的“神韵”诗说将诗歌内容导向太平之音

前面我们提过,清初文字狱对王士禛也产生了重大的影响,在文字狱的震慑下,加上康熙帝为缓和满汉文化对立情绪、巩固清政权而推出的恢复科考、设博学鸿词科等怀柔政策,使得王士禛之类的不少汉族文士逐渐认同了新朝,“神韵说”的出炉是这种心态在诗学领域的重要体现。

王士禛之所以提出神韵说,学术界一致认为其中重要原因之一就是为了规避现实、冲淡对前朝的眷恋①,按照他自己对神韵说的叙述:“释氏言羚羊挂角,无迹可求。古言云羚羊无些子气味,虎豹再寻他不着,九渊潜龙,千仞翔凤乎?此是前言注脚,不独喻诗,亦可为士君子居身涉世之法。”②可以见出政治形势变动对文人士大夫处世态度的影响及与其诗歌思想变化之间的关联,这也就暗含文字狱打压以及清政权渐稳、改朝换代成为既然事实的政治形势下,认同新朝、重君臣之伦的处世心态,催生与之相适应“神韵”说。

神韵诗论讲究蕴藉空灵、冲淡清远。“天然不可凑泊”的神韵,其意境大抵是有景无人,闻声无形,拉开视线,拓远空间的寂寥空逸。王士禛以“清远”二字标举神韵的两个特点,他曾引孔天胤的话说:“诗以达性,然须清远为尚。薛西原论诗,独取谢康乐、王摩诘、孟浩然、韦应物,言‘白云抱幽石,绿篠媚清涟’,清也;‘表灵物莫赏,蕴真谁为传’,远也;‘何必丝与竹,山水有清音’‘景昃鸣禽集,水木湛清华’,清远兼之也。总其妙在神韵矣。”③这就由景物的距离拉开情感的距离,使诗歌向内心世界拓展,转移对现实世界

① 李凡:《王士祯“神韵”诗境研究》,广西师范大学2007年中国古代文学专业硕士学位论文,第1页。

② 〔清〕王士禛:《王士禛全集》,齐鲁书社2007年版,第4481页。

③ 〔清〕王士禛:《池北偶谈》,影印文渊阁《四库全书》本,第870册,第258页。

的关注，稀释了明遗民们睹物思国的悲凄之声，将诗歌内容导向治世的太平之音。

(2)诗歌创作实践上显露点缀太平的内容取向

认同、归附清廷的王士禛不仅在诗歌理论上提出神韵说，而且将之付诸歌创作的实践，他在任职扬州推官司期间，写下了不少神韵诗，其诗往往以“清远”的笔触拉开景物与现实的距离，创造“远人无目”的意境。他的《真州绝句》(之四)云：“江干多是钓人居，柳陌菱塘一带疏。好是日斜风定后，半江红树卖鲈鱼。”①诗歌以明丽墨彩描绘江枫映碧水、红枫树下叫卖鲈鱼的恬淡太平的水乡生活图景，淡去了昔日《秋柳》诗的晦涩缠绵的兴亡之叹，以一种轻快欢愉之感点缀着日益欣欣向荣的盛世太平。同样歌咏太平丰裕生活，描绘赏心悦目的新世界的，还有他的《冶春绝句》二十首，更鲜明而集中地体现了诗人在认同新朝心态下真心歌咏和平闲适的生活，其中第十三首写道：“当年铁炮压城开，折戟沉沙长野苔。梅花岭畔青青草，闲送游人骑马回。”②昔日经历战火屠城洗礼的扬州，今日已萌发出新的生机，升平之世的人们富贵安逸，乐享春日骑马郊游，诗人点缀太平的创作取向显露无遗。

作为康熙诗坛宗主的王士禛，其诗所显现的点缀升平的创作取向，必然会引起广大诗人尤其庙堂诗人群如“金台十子”成员的附和，正如《四库总目提要》之“《精华录》”条所载：“士祯等以清新俊逸之才，范水模山，批风抹月，倡天下以不著一字尽得风流之说。天下遂翕然应之。”③这就大致指出了康熙年间诗坛神韵说的盛行状况，文士们以王士禛为中心往来酬答、声气相通、流连山水、吟诗

---

① 〔清〕王士禛：《王士禛全集》，齐鲁书社2007年版，第353页。

② 〔清〕王士禛：《王士禛全集》，齐鲁书社2007年版，第387页。

③ 〔清〕永瑢等：《四库全书总目》，中华书局1965年版，第1522页。

作对，留下大量对康熙升平盛世的歌颂、对出行所见山水之胜赞美的诗篇。“金台十子”之一的颜光敏就是代表之一。他以高华丽则之诗点缀着盛世之音，如《渡江》《清流关》等诗就是对出行所见山水之美的胜赞，妆饰了太平景象，诗笔高华丽则，秀逸绝尘，折射出治世元音的光芒。

此外，在文字狱高压推动下走向重君臣伦、认同新朝的朱彝尊，其诗歌内容也表现出为统治阶级歌功颂德、点缀升平的取向。例如其诗作《御试省耕诗二十韵》《嘉禾篇颂张先生》就直接颂圣，诸如此类，不胜枚举。

二、诗歌体式

顺、康、雍时期文字狱不仅与其时诗歌主要内容取向变化有着千丝万缕的联系，而且对其时诗歌在艺术表达选择上也产生了一定的作用，尤其是历经文字案狱后，诗歌创作在体式上呈现出了重大变化。诗体是诗的具体承载形式，这一概念脱胎于文体概念。由于诗歌这种文体内部又发展出很多更细、更具体的类别，因此，借鉴、顺承文体的概念就出现了诗体的概念。

不同的诗体往往同时也规定了与之相对应的诗歌内容、用途、风格、技巧，诗体的变革也往往反映了诗学思想的新变。这点我们既可以从文体说的发展得到类推，也可从具体诗体形式的内容、功用等方面的差别得到佐证。首先来看文体说方面，曹丕的《典论·论文》作为中国古代文论史上第一部综合性的文学理论专著，就曾专门讨论文体，其“四科八体”之说指出不同的文体对应不同的语言风格，如“奏议宜雅，诗赋欲丽”①之类，其后的陆机在其《文赋》

① 〔南朝梁〕萧统编，〔唐〕李善注：《文选》，中华书局1977年版，第720页。

进一步分析文学体裁的差异："诗缘情而绮靡，赋体物而浏亮。"①不同的文学体裁相应规定不同的功用，如诗歌是用来表达人的情感的，而赋诗是用来描绘事物的面貌的。

其次，我们来看具体诗体。如乐府诗，在内容上往往要求反映社会现实生活，体现诗用传统，如承担言志、观风等功能。而律诗、绝句等近体诗形式又往往在格律、对仗、平仄等方面有严格要求。结合这些诗体理论，做进一步的延伸探索，我们发现，诗体的变化往往还受到时代变迁和诗人群体心态变化的影响。如当明清易代之际，诗人们内心求用，希望诗歌能抒写、干预和影响现实。此时，诗歌创作的体式就会发生一些相对明显的变化，像表现力更强更丰富的长篇乐府歌行体裁会出现得较多。而一旦新王朝巩固下来，出现升平繁荣景象时，在经历了文字狱打压、怀柔政策笼络后诗人内心逐渐认同新朝，因而不少诗人成为庙堂诗人，更悠闲自由，有更多时间和精力转向艺术技巧探讨，此时诗歌体裁多以五言、七言为主的律绝短章。所以顺、康、雍时期文字狱前后诗体选择呈现出长篇乐府歌行体走向律绝短章的变化，下面我们围绕诗人们的具体创作情况展开分析论证。

（一）案前，诗体以长篇乐府歌行为主

顺、康、雍时期的文字狱案前，即为明清鼎革之际，此时社会动荡不安，诗人们身经国破家亡，在经世致用心态影响下，希望以手中的笔抒写战乱现实、表达亡国之痛，因而在诗体选择上形成注重选择乐府歌辞体的取向。通过它来反映黑暗现实，批判满族入主中原给广大汉族百姓带来的苦难。例如吴伟业、钱澄之、杜濬、吴嘉纪、施闰章等诗人，在此际，创作了大量反映民生疾苦和揭露社

① 〔南朝梁〕萧统编，〔唐〕李善注：《文选》，中华书局 1977 年版，第 241 页。

会黑暗的乐府歌行体诗歌。像吴伟业的《琵琶行》《雁门尚书行》《松山哀》等都是现实性极强的乐府歌词。类似的,杜濬作于易代之初的《初闻灯船鼓吹歌》也是一首长达170行的七言歌行,全诗勾勒明朝由盛转衰的历史,字里行间充斥着对清朝统治中原的不满和亡国之痛。而施闰章的《棕毛行》则是以24句的篇幅叙写官方因造船而向农民征缴棕毛,导致"妇无完裤儿无粮"①的悲惨景象。而他作于顺治八年的《浮萍兔丝篇》诗云:

> 浮萍寄洪波,飘飘东复西。兔丝罥乔柯,袅袅复离披。兔丝断有日,浮萍合有时。浮萍语兔丝:离合安可知?健儿东南征,马上倾城姿,轻罗作障面,顾盼生光仪。故夫从旁窥,拭目惊且疑,长跪问健儿:"毋乃贱子妻?贱子分已断,买妇商山陲。但愿一相见,永诀从此辞。"相见肝肠绝,健儿心乍悲。自言"亦有妇,商山生别离;我戍十余载,不知从阿谁?尔妇既我乡,便可会路歧。"宁知商山妇,复向健儿啼:"本执君箕帚,弃我忽如遗!"黄雀从乌飞,比翼长参差;雄飞占新巢,雌伏思旧枝。两雄相顾诧,各自还其雌;雌雄一时合,双泪沾裳衣。②

可见,此诗也是以长篇乐府歌行的形式,用浮萍、兔丝作比,叙述夫妻离合遭遇,反映战争给人民带来的苦难。

除了这些当时的诗坛巨擘之外,在当时,甚至隐居山林的诗僧们也继承汉乐府的"感于哀乐,缘事而发"的现实主义精神,以乐府歌辞的旧瓶装明清易代、华夷易处时代背景下抒写兴亡之叹与民生疾苦的这杯新酒。函可作为易代之际诗僧的翘楚,以及与文字

---

① 〔清〕施闰章:《施愚山集》第二册,黄山书社1992年版,第423页。
② 〔清〕施闰章:《施愚山集》第二册,黄山书社1992年版,第13页。

狱有密切关系的诗人，他的《秋思》以长篇乐府的形式抚今追昔，以昔日兄弟悠闲愉快的生活反衬今朝战乱后的悲凉痛苦。此外，他的《久别离》也以长篇乐府体书写对故国旧君的忠心，以表达亡国之痛、故国之思。

诗僧们不仅采用乐府歌辞形式抒写兴衰之感、故国之思，而且还以此诗体揭露清朝统治的蛮横残暴，表达对民生疾苦的深切关注与同情，如函昰和尚（天然和尚）的《平陵东》一诗即是如此：

> 平陵东道傍，松柏不可久。狗自入中庭，断齿群雁首。群雁亦孔伤，狗向门外走。祸福岂足问，空名其何有。火照未央宫，十万伊谁负。人或哀其心，安知皆夙取。觑嗟卖黄犊，不为薄为厚。①

诗中以狗比喻清朝贪官污吏，以雁比喻贫苦百姓，通过叙写"狗自入中庭，断齿群雁首"，揭露官吏的残暴，表达对百姓的同情。

通过以上论述，我们可以看出，由于明清之际战乱，诗人们在文以致用的心态下，以抒写现实为诗歌创作的出发点，而与之相适应的，在诗体上往往是选择能承担这种叙事功能的长篇乐府歌行。因为乐府歌行在诗歌内容上的规定就是"感于哀乐，缘事而发"的现实主义，而在形式上的规定有相对自由，没有严格的格式、节奏要求，也不讲究平仄，句式可长短不一，也可变韵。而一般的五、七言律诗绝句，讲究对仗、押韵，体制短小，本身对叙事构成限制，无法胜任诗歌叙写现实、承载厚重内容的工作。

（二）案后，诗体以律绝短章为主

随着战乱的结束，清政权逐渐稳固并统一全国，文字狱的屡兴

---

① 〔清〕天然和尚：《瞎堂诗集》，中山大学出版社 2006 年版，第 5 页。

以及科举考试、博学鸿词科等笼络文士的怀柔手段,恩威并举,诗人们的心态纷纷转向了认同,甚至入朝为官,成为庙堂诗人。康、雍之际,把持诗坛确是以这些诗人所构成的中坚力量,如国初六家、金台十子等。他们在日渐升平繁荣的时代,诗歌创作的环境多是游宴赋诗、君臣唱和,或是纪行山水。在文字狱的震慑下,他们的诗歌多以歌颂为主,内容上乏善可陈,形式上自然会多用心,于是此时诗体呈现出以五、七言的律绝短章为主,其中最突出的代表当属享有“工律绝”之评的查慎行与王士禛。

首先来看查慎行,作为浙江海宁查氏文学家族的重要成员,他少年时受教于族伯查继佐,惨不忍闻的《明史》案或多或少会对他产生某些影响,正如张仲谋的断论:“此事(笔者注:《明史》案)对慎行人格、心理及行为方式的形成产生了相当的影响。慎行晚年在朝为官时,一直战战兢兢,惟恐‘重获罪戾’‘亏体辱亲’,如果不是基于《明史》案的影响,他不会有那么强烈而具体的不祥预感。”①后来还亲历《长生殿》事件,并见证了编修好友汪灏的《南山集》案。在汪灏被赦免后,其赠诗汪灏说:“忽传恩赦下萧晨,病枕初疑听果真。……莫怪两家忧喜共,十年同事分相亲。”②可见,《南山集》案给诗人自己心灵带来的震撼,严迪昌先生指出,此诗“尽写其时身同感受,人皆震慑。查氏诗还有《半月以来坊局史馆前后辈削籍者凡二十一人,偶阅邸抄慨然而赋》一题,足见当时余震颇多,波及之广……查慎行之辞官归里固属惊悸而及时抽身”③。可见,文字狱案给查氏一生心态带来的影响。从某种程度上讲,正因为文字狱的打压,查慎行的诗歌很少描写社会黑暗现实,多以点

① 张仲谋:《清代文化与浙派诗》,东方出版社1997年版,第152页。

② 〔清〕查慎行:《敬业堂诗集》,上海古籍出版社1986年版,第1096页。

③ 严迪昌:《从〈南山集〉到〈虬蜂集〉》,载《文学遗产》2001年第5期。

缀升平的纪行山水诗和酬唱诗为主，相应其诗体主要是五、七言律绝的形式。正如王英志所说，查氏最擅长近体诗，由南京至贵州沿途写下许多近体山水诗，佳作有《京口和韬荒兄》《春晴登朗州城楼》《武陵送春》《漾头司》《自沅州抵麻阳二首》《黎峨道中二首》等等，都是律诗或绝句形式的短章诗歌。① 我们以其中的《漾头司》为例，其诗云：

云山狮口寨，风俗短裙苗。
两郡封疆错，孤城控制遥。
遗民收野芋，狭路入山椒。
怕见征南骑，临江叱驭骄。②

诗歌采取的是以五律的形式来描写山水风俗。

同样地，他的酬唱诗也是以律绝短章为主要诗体，兹列如下几例：《赋得绿树荫浓夏日长》《恭和御制立秋喜霁》《雨中发自怡园再呈院长》《和竹垞雨泊桐庐限腹字》《天津别姜西溟次韵》《上巳后五日再过同园看花赋赠胡翔庵四首》《十六夜复与德尹小饮，弟有诗，次其韵》等诗篇，或为五、七言律诗或为五、七言绝句，篇短制小。

其次来看康熙诗坛宗主王士禛。作为清朝的御用诗人，为远离文字之祸，他以神韵诗论和诗作拉开了与现实的距离，而在诗体上更是以工律绝著称，尤其表现出偏好五言的特征。据我们初步统计，他的五言诗占到其诗歌总量的一半以上，而且在五律与

① 王英志：《查慎行山水诗》，载《杭州师范学院学报》1996 年第 5 期。

② 〔清〕查慎行：《敬业堂诗集》，上海古籍出版社 1986 年版，第 38 ~ 39 页。

五绝中又以绝句为多。例如《舍北林塘为门人狄立人庶常作》《丰水》《石帆亭落叶》《送王石谷南归》《即目》《青山》《江上寄程昆仑二首》等诗篇都是五言绝句。兹以最后两者为例,其《青山》云:

晨雨过青山,漠漠寒烟织。
不见秣陵城,坐爱秋江色。①

用五言绝句的诗体、简洁清丽的语言描山绘水,词约意丰,意境幽远。

与其类似,《江上寄程昆仑二首》载:“白浪金山寺,青山铁瓮城。故人今不见,杨柳作秋声。”“江北望江南,只隔江津水。日暮寒潮生,秋烬满扬子。”②亦为五言诗体。难怪陈文新先生进一步指出“他偏爱五言其实是他偏爱山水题材和‘古淡’‘清’‘远’风格的审美趣味在体裁领域的延伸。”③可见,其诗体形式的选择与其神韵诗学的密切相关,从而也折射出文字狱威慑下的避祸与认同新朝心态对诗体选择的影响。

三、诗歌意象

意象是构成诗歌的重要部分,它在诗歌创作中具有十分重要的作用,不仅可以增加诗作的生动形象性、具体可感性,而且还可丰富诗作的艺术形象和意境,增加诗作的内涵和意蕴,有效地表达

① 〔清〕王士禛:《王士禛全集》,齐鲁书社 2007 年版,第 257 页。
② 〔清〕王士禛:《王士禛全集》,齐鲁书社 2007 年版,第 250 页。
③ 陈文新:《中国文学流派意识的发生和发展》,武汉大学出版社 2003 年版,第 107 页。

诗人的主观情思。[①] 诗歌意象还往往折射出人们不同的文化心态及审美取向。反之，诗人的心态和审美取向就会影响甚至左右诗歌意象的选择。这些从前人论述中我们可窥见一二。齐梁时期的文论家刘勰在《文心雕龙·神思》中指出："使玄解之宰，寻声律而定墨；独照之匠，窥意象而运斤。此盖驭文之首术，谋篇之大端。"[②]可见，意象的对文学创作作用重大，而黄霖先生在《意象系统论》中分析"言→象→意"的关系后说："象只是一种中介而已。"[③]敏泽也认为："诗中的意象应该是借助具体外物，运用比兴手法所表达的一种作者的情思，而非那类物象本身。那些物象如果离开了作者的艺术想象和构思，就只能是单纯的象，而非诗歌的意象。"[④]袁行霈先生也曾这样总结"古人所谓意象，尽管有种种不同的用法，但有一点是共同的，就是必须呈现为象""物象是客观的，它不依赖人的存在而存在，也不因人的喜怒哀乐而发生变化。但是物象一旦进入诗人的构思，就带上的诗人的主观色彩"。[⑤]

从以上的论述中，我们可以看出，意象的生成必须满足两个条件：一是客观物象，二是作者的主观选择。而诗人对物象的选择往往是依自己的审美标准和表达情感的需要进行的，因此，从诗人对意象的选择使用上，我们可以窥见他们其时的心态或情感指向。而诗人创作心态和情感的变化也会影响诗歌意象的选择上变化。

---

① 刘保安：《诗歌意象：文化心态及其审美取向》，载《山东师大外国语学院学报》2000 年第 4 期。

② 〔南朝梁〕刘勰：《文心雕龙》，安徽教育出版社 1999 年版，第 520 页。

③ 黄霖：《意象系统论》，载《学术月刊》1995 年第 7 期。

④ 敏泽：《中国古典意象论》，载《文艺研究》1983 第 3 期。

⑤ 袁行霈：《中国诗歌艺术研究》（增订本），北京大学出版社 1996 年版，第 65 ~ 66 页。

顺、康、雍时期诗人们在文字狱前后的不同心态，自然也会或多或少影响他们诗歌创作意象的选择，折射出诗歌取向的变化。这就集中表现在诗歌意象形象的变化和意象色调的变化两方面。

（一）诗歌意象形象的变化

顺、康、雍时期的诗人们在经历文字狱威慑前，在鼎革易代的背景下，以重夷夏之防、敌视反抗清朝、思念故国的心态为主。在这种心态影响下，诗人们的诗歌意象之选择上呈现出喜用月亮意象、“胡”意象与“汉”意象的特点。易代之初，清朝统治者不再允许人们在诗歌中直称已灭亡的明政权为明朝，更禁止用“天明”“皇明”的字眼，而诗人们在以华夷之辨为重的心态下，思念故明，需要以诗歌为载体借以抒发自己的故国之思、亡国之痛，以及表达对清王朝的不满情绪和反抗思想。于是，诗人们巧妙选用以月亮为中心的特殊意象喻指明王朝，正如朱则杰在其《清代诗歌中的一组特殊意象》中所指出的，遗民诗人顾炎武《流转》一诗中“饥鸟晚来栖，弦月阴犹吐”中“弦月”即指明朝政权。① 与其类似，王夫之在其《又雪，同欧子直》中也有“连天朔雪悲明月，昨日西清忆落晖”的诗句，其中的明月，按朱则杰所说：“显然是喻指已故的明王朝。”②使用以月为中心的意象代指明王朝，几乎是清初诗人尤其是遗民诗人的共同艺术取向。除了顾、王二人外，遗民诗人阎尔梅的诗歌也不例外。它的《次夕又题》一诗中也用“明月”意象代指明王朝，以抒发故国沦丧之痛和兴衰之感。

① 朱则杰：《清代诗歌中的一组特殊意象》，载《学术研究》1994 年第 6 期。

② 朱则杰：《清代诗歌中的一组特殊意象》，载《学术研究》1994 年第 6 期。

其实，除了以月意象直接指代明王朝，易代之际的诗人们在表达与明亡相关的国家沦陷、山河破碎的伤感愁苦也常用此意象。例如朱彝尊、丁耀亢在当时也有不少以月为意象的诗歌。据我们初步统计，丁耀亢写于其经历《续金瓶梅》案前的《陆舫诗草》和《椒丘诗》两本诗集，月意象就分别出现了161次和83次，其中不乏以月亮意象来表达明亡清兴的兴亡之叹，或用“月”代指明王朝。

丁氏作于1650年《月下二首》以月为意象来渲染明清战乱带来的哀痛愁苦。同样，朱彝尊在《明史》案狱前，也写有不少咏月诗或以月为意象的诗歌，如《晓入郡城》：

轻舟乘间入，系缆坏篱根。
古道横边马，孤城闭水门。
星含兵气动，月傍晓烟昏。
辛苦乡关路，重来断客魂。①

此诗作于顺治三年（1646），叙写他在乱后乘舟返郡城，见到兵火洗劫后荒凉残败的嘉兴城，昏暗的月光下，战烟犹存。以月意象突出山河破碎的伤痛愁苦之情。

除了月意象外，清初诗人在未经一系列文字狱之前，受重夷夏之防、敌视反抗新朝的心态驱使，在意象的选择上还表现出多用“胡”意象与“汉”意象，以“汉”指明王朝，“胡”指清王朝；甚至有时“胡”“汉”对举。在这方面，遗民诗人表现得尤为突出。阎尔梅、归庄等在易代之初就有不少以“胡”意象来指“清”的诗歌，如阎尔梅

---

① 〔清〕朱彝尊：《曝书亭集》，影印文渊阁《四库全书》本，第1317册，第402页。

的《惜扬州》:“伤哉胡骑渡河南,杀人惟独扬州多。”①以胡骑指清兵,言说清军屠城罪行。归庄的《断发两首》(其一)云:“亲朋姑息爱,逼我从胡俗。”②以胡指清,叙写对清廷强迫汉人剪满人式的头的不满。除了以“胡”意象指清外,他们还以汉代明,甚至胡、汉同时出现分指明、清。例如顾炎武的《海上》中的“南营乍浦北南沙,终古提封属汉家”③之句,就是以汉代明;其《又酬傅处士次韵》亦云“待得汉庭明诏近,五湖同觅钓鱼槎”④,借汉指明,寄予复明愿望。同为遗民诗人的屈大均也在其诗中以“七尺今犹壮,堪为大汉捐”⑤之句表达为抗清复明而不怕牺牲的精神,其中的“汉”即是指代明王朝。甚至还有“胡”“汉”同举的现象,以“胡”指清,以“汉”指明,指代鲜明。像阎尔梅的《题霍将军墓》“汉兴四百余年内,可有胡儿敢乱华”⑥,就是如此。朱则杰也就“汉”意象与“胡”意象对举,代指明与清的问题,认为抗清名士夏完淳的“一身存汉腊,满目尽胡沙”和钱谦益的“望断关河非汉帜,吹残日月是胡笳”等诗句中的胡、汉,无一例外都是具体分指清王朝和明王朝。⑦

清初诗歌中的“月”意象、“胡”意象与“汉”意象,不但有其特殊的含义,而且与家国兴亡之感相关,尤其是后两者更具有浓厚的文化情绪意味,因而在当时使用这些意象具有较大的风险,甚至直

---

① 〔清〕阎尔梅:《惜扬州》,见张相文编《阎古古全集》卷二,1922年铅印本。

② 〔明〕归庄:《归庄集》,中华书局1962年版,第44页。

③ 〔清〕顾炎武:《顾亭林诗文集》,中华书局1959年版,第269页。

④ 〔清〕顾炎武:《顾亭林诗文集》,中华书局1959年版,第360页。

⑤ 〔清〕屈大均:《屈大均全集》,人民文学出版社1996年版,第566页。

⑥ 〔清〕阎尔梅:《题霍将军墓》,见张相文编《阎古古全集》卷五,1922年铅印本。

⑦ 朱则杰:《清代诗歌中的一组特殊意象——“汉”与“胡”》,载《学术研究》2003年第2期。

接针对此事的文字狱亦不在少数。冯舒曾《怀旧集》案就是如此，他之所以被杀害，其中罪由之一乃是该诗集作品中有使用“胡”意象与“汉”意象分指清朝和明朝，借以抒发故国之思和兴亡之叹的内容。

随着清初文字狱的屡兴与时间的推移，广大汉族诗人心态转变，他们诗歌中常用的意象也在发生变化。为避文祸，以月意象指明朝以及胡、汉意象分指清与明等，越来越少，甚至逐渐淡出人们的视野。取而代之的是在重君臣之伦、认同新朝心态下，意象选择普通化、日常化，其意象的意义指向也带有点缀升平、纪恩颂圣的色彩。文字案狱后的朱彝尊、王士禛、查慎行等人就是如此。案狱前还以月意象揭露清军战火给郡城带来残败萧条、抒发家国兴亡之叹的朱彝尊，在见证《怀旧集》案、黄毓祺诗词狱，张缙彦诗序案及《明史》案等一系列文字狱后，久历江湖载酒的漂泊后的他，入仕了清廷。其后诗歌由于多应酬联句，凡物即咏，如花品、菜肴，甚至果瓜蔬菜、禽鸟类亦随处可见，正如《清史稿》之朱彝尊本传中的记载：“数与内廷宴，被文绮，时果之赉，皆纪以诗。”①故而，诗歌意象也都与此相关，走向普泛化、日常生活化。例如他的《食采玉山药联句》《苦热联句》，以及《联句十首》题咏棕鞋、凉篷、竹帘之类，意象都趋向日常生活化，没有特殊内涵，而除了应酬纪恩诗外，反映其时的生活纪行的诗歌如《岭外归舟杂诗十六首》《醽舫即事二首》，其诗中所用的意象都是生活中的平常事物。如豆蔻、牡蛎墙、蛛丝、牵牛花等意象，反映诗人平淡闲适的生活。

无独有偶，查慎行在文字狱的震慑下，在认同新朝的心态下，成为文学侍从的他，诗歌意象多是日常所见的实景实物，要么是

---

① 〔清〕赵尔巽等：《清史稿》，中华书局1977年版，第13340页。

鱼、鸟、白鸥、鹅、鸭等生活常见的动物意象，抑或树、花等植物意象。我们兹列一诗为例：

晓过赵北口

十里风埃过鄚州，忽开双眼见清流。
绿杨影里平桥路，数尽渔船数白鸥。①

诗中绿杨垂柳、小桥流水、渔船白鸥的意象构成一幅太平之世的祥和安宁之景。又如《四月十五夜，郑家口对月以江清月近人分韵五首》（其五）中写道：

扁舟落五手，日与鱼鸟亲。
始知天壤间，清辉属闲人。②

诗中的鱼、鸟、扁舟等日常意象，勾勒出和谐太平的生活图像，点缀着盛世元音。

由以上论述我们可以看出，文字狱前后诗人心态不同，在诗歌中所要抒发与宣泄的情感也就有所差异，而这些因素就会在一定程度上促使诗歌意象选择上的变化，从易代之初到康、雍之际，在一系列文字狱打压下，文人心态由重夷夏之防、敌视反抗新朝走向重君之伦、认同新朝，从而他们诗歌意象也呈现出由月、胡、汉等具有特定内涵甚至带有文化冲突意味的意象到绿树、菜肴、花鸟鱼虫等日常生活化、意义普通化的意象的变化。

---

① 〔清〕查慎行：《敬业堂诗集》，上海古籍出版社1986年版，第488页。
② 〔清〕查慎行：《敬业堂诗集》，上海古籍出版社1986年版，第451页。

（二）诗歌意象色调的变化

诗人心态变化对诗歌意象的选择不仅表现在形象上，而且还表现在色调上。品读诗人们在文字狱前的诗歌，我们常能发现在鼎革之际的他们，讲华夷之辨，敌视反抗清朝，思念故国，其诗歌意象的悲壮苍凉，多呈现出冷色调。我们在意象形象变化时谈到的月意象，往往有此意象的清初诗歌，多呈现凄冷悲壮意境，如朱彝尊的《晓入郡城》中的黄昏冷月，足见其冷色调。同样地，此际的诗歌中常易见秋天的事物意象，表现出冷色调色彩。如顾炎武的诗歌《秋山》《秋雨》《秋风行》《赋得秋柳》，这些诗中的意象大都与秋天有关，打上了萧瑟凄冷的烙印，而且诗中的秋雨、秋风、秋柳等意象，营造出悲凄的情感氛围，给人以寒冷苍凉之感。

无独有偶，即使是日后，“绝世风流润太平”的王士禛在未经一系列文字狱的易代之初，也有不少诗歌选用冷色调意象来表达国破家亡的伤感、失落之情以及故国之思的惆怅。其《秋柳》四章（其一）诗云：

秋来何处最销魂？残照西风白下门。
他日差池春燕影，只今憔悴晚烟痕。
愁生陌上黄骢曲，梦远江南乌夜村。
莫听临风三弄笛，玉关哀怨总难论。①

其中的秋柳、残照、西风、笛声等都是冷色调意象。诗人借此渲染故国沦陷的肠断萧瑟之悲。类似的，其《秦淮杂诗》十四首诗多采冷月残秋、颓院烟雨、雨丝凉风等意象入诗，充满凄凉冷清之感。

① 〔清〕王士禛：《王士禛全集》，齐鲁书社2007年版，第188页。

另外,跟王士禛并列,有“南朱北王”之称的朱彝尊,此际的诗歌意象也多以冷色调为主,营造出悲凄苍凉的氛围。他写于顺治九年(1652)的《南湖夜闻歌者》:“轻舟暗度古城东,惆怅霜天落塞鸿。谁向夜深歌水调,伤心不待管弦终。”①诗中的霜天、塞鸿、管弦富于冷色调,充满哀伤愁绪。

然而随着文士们心态的变化,这些冷色调意象在他们的诗歌中愈发少见,取而代之的是暖色调意象,映照着他们对升平之世的点缀。风流润太平的王士禛,作为文字狱后尤其是顺、康之际的诗坛宗主,其诗歌意象的色彩在很大程度上引领着一个时期诗歌风范。他在重君臣之伦认同新朝的心态下,入朝为官。其后,他诗歌中的意象多以暖色调为主,尤以其神韵山水诗为突出。如他的《即事》一诗云:

> 十里田田荷芰风,渔舫如叶出花中。
> 鹅儿湖北烟初暝,背指明霞几缕红。②

诗歌景象明朗,色彩鲜艳,荷花、明霞都是暖色调意象。而他的《大风渡江四首》中的凿翠、流丹,亦尽显暖艳之调。此外,还有《虎山擅胜阁眺光福以雨阻不得往》《真州绝句》等诗篇也都多用青松、红枫、碧水等暖色调意象,诸如此类,不胜枚举。

其实,在广大汉族文士认同新朝的心态下,他们诗歌中少了一些凄凉,其意象选择自然就纷纷露出喜用暖色调意象的特点了。不仅王士禛,其时作为“金台十子”之一的田雯,在诗歌意象的选用

---

① 〔清〕朱彝尊:《曝书亭集》,影印文渊阁《四库全书》本,第1317册,第409页。

② 〔清〕王士禛:《王士禛全集》,齐鲁书社2007年版,第254页。

上也有类似的表现。如其《赠别》中的黄花与红叶，一黄一红均为暖色调，以暖色衬温情，表现出难舍难分、情比景浓的诗意。同样，其《南阳武侯草庐》也以红花与绿水为意象，色彩对比鲜明，给人以夏日的暖热之感。

四、诗歌审美格调

顺、康、雍时期文字狱不仅促成了清诗的体式、主题以及意象等方面的变化，还进一步推动审美格调的变化，这主要表现为审美格调从易代之初的慷慨悲壮转向了案后的温厚平和。为了更好地突显这种转变，我们拟从案前慷慨悲壮的审美格调和案后转向温厚平和的审美格调两个方面展开探讨。

（一）案前，慷慨悲壮的审美格调

明清鼎革之际是一系列文字案狱发生的前夕，此际诗人们的诗歌创作在重夷夏之防，敌视、反抗清朝以及重经世致用的心态下呈现出以慷慨悲壮为美的审美格调。

遗民诗人申涵光就在其《贾黄公诗引》中说："吾观古今为诗者，大抵愤世嫉俗，多慷慨不平之音。"①表现出对慷慨风格的赞赏。而黄宗羲也在《姜友棠诗序》中指出："盖三百篇大抵出于放臣、怨女、怀沙、恤纬之口，直达其悲壮怨谲之气。"②表明诗歌本是发愤抒情、体现悲壮之气的。明清之际，诗人们慷慨悲壮的审美格调，由此可略知一二。其实，它与前面诗歌内容与形式取向部分是一脉相承的。正因为重夷夏之防、敌视反抗清朝的心态下诗歌主题内

---

① 〔清〕申涵光：《聪山集》，《丛书集成初编》本，商务印书馆1936年版，第19页。

② 〔清〕黄宗羲：《黄宗羲全集》第10册，浙江古籍出版社2005年版，第93页。

容呈现出兼有故国之思与志在恢复的双重色彩，这就一定程度促成此际诗歌慷慨多于哀怨、悲壮而不颓废的风格。而表达形式上的乐府诗体，本就以直陈现实、感于哀乐、缘事而发为主，这在一定程度上促成诗歌的慷慨言志。

具体到诗歌创作实践上，慷慨悲壮的审美格调呈现，主要可从以下两个方面考察：

一是诗慷慨言志，直抒胸臆。易代之际，国破家亡的剧变使得不少汉族诗人"以天下兴亡"为己任，呈现出重夷夏之防、敌视反抗清政权以及经世致用的心态。在这种心态下，广大汉族诗人希望诗歌可以发愤抒情，言志致用，纷纷发出慷慨激昂之音。他们或抒发家国之悲，誓志抗清复明；或谴责清兵暴行，同情民生疾苦；或表白自己的气节，颂扬抗清英烈，诗歌往往慷慨苍凉，激昂悲壮。顾炎武在其《京口即事》中就有"河上三军合，神京一战收。祖生多意气，击楫正中流"①的慷慨豪气之音。其作于顺治四年（1647）的《精卫》一诗也是以"我愿平东海，身沉心不改，大海无平期，我心无绝时"②之句，直抒胸中抗清复国之决心，充盈着慷慨激烈之气。其时，顾炎武、阎尔梅、屈大均、吴嘉纪、王夫之等遗民诗人的诗歌亦大抵具有慷慨直露之风。像吴嘉纪的《李家娘》《难妇行》《过兵行》就谴责清军屠杀抢掠，直抒胸中不满之情。面对风雷激荡、中原陆沉的社会剧变，广大汉族诗人忧心天下，愤激于家国之亡，矢志复国建邦，这是形成慷慨悲壮审美风格的坚实基础。其时，不仅以顾炎武为代表的遗民诗人多慷慨之音，就连后来入仕清廷的朱彝尊也立志抗清复明，诗歌创作也趋向慷慨激昂。他写于此际的《雁门关》先描写雁门关的雄伟气势，后称颂抵御外族的汉晋名将，

---

① 〔清〕顾炎武：《顾亭林诗文集》，中华书局1959年版，第261页。

② 〔清〕顾炎武：《顾亭林诗文集》，中华书局1959年版，第279页。

慷慨昂扬，即使是末尾部分"英雄不再"的感慨也并无哀伤沮丧之感。

二是诗悲壮而不消沉。明清易代之际，广大汉族诗人不仅有慷慨之音，即使在国破家亡、恢复无望、抗清复明斗争失败的情况下，也绝不萎靡消沉，其诗歌呈现出一种慷慨悲壮、积极向上的风貌。这一点，其实从前面文士们在重夷夏之防、敌视反抗清朝的心态下，即使武装抗清失败，仍不消极，坚持气节，退而著书立说，以文化抗清，为后王立法诸事件中可窥见一二，同时亦可见于具体的诗歌创作。此际诗人无论是以朱彝尊为代表的后来入仕清廷的诗人，还是以顾炎武、阎尔梅等为代表的遗民诗人，他们在一系列抗清复明斗争失败后，仍能表现出悲壮而不消沉的诗歌审美格调。

明清之际的顾炎武，即使面对抗清失败的痛楚，仍不颓废消沉，矢志砥砺气节，誓不与清廷合作，其诗歌悲壮而不消沉。如其《酬王处士九日见怀之作》抒写经历江山的兴衰变化，不觉两鬓已经花白，即使如此，仍"天地存肝胆，江山阅鬓华"①，在天地间还存有肝胆相照、拒绝出仕清廷的友人，呈现出坚持气节，悲而不哀的审美风格。除此之外，其《秋山》《海上》《秋雨》等诗亦慷慨苍凉，激昂悲壮。兹以《秋山》（其一）为例，诗曰：

秋山复秋山，秋雨连山殷。
昨日战江口，今日战山边。
已闻右甄溃，复见左拒残。
旌旗埋地中，梯冲舞城端。
一朝长平败，伏尸遍冈峦。
北去三百舸，舸舸好红颜。

① 〔清〕顾炎武：《顾亭林诗文集》，中华书局1959年版，第323页。

吴口拥橐驼，鸣笳入燕关。
昔时鄢郢人，犹在城南间。①

诗歌前半部分极言战况激烈，战士流血之多，随着秋月染红了江南一带山林，何其悲壮！然而诗末却言“昔时鄢郢人，犹在城南间”，以郑楚亡于秦以后的遗臣比喻明遗臣，表示抗清失败仍不消沉沮丧的心态，呈现出慷慨悲壮的审美格调。

无独有偶，其好友黄羲之在抗清失败后，诗歌亦悲凉而不消沉。诸如他的《哭沈昆铜》《哭外舅叶六桐先生》对殉难亲友的怀念，虽悲痛却不颓丧，屡屡表露出身处逆境不低头的积极昂扬精神。其拒绝出仕，避世山中时写的《山中杂咏》，其中“锋镝牢囚取决过，依然不废我弦歌。死犹未肯输心去，贫亦岂能奈我何”②之句，表白气节更是言语铿锵，慷慨悲壮。类似的，同为遗民诗人的阎尔梅也表现慷慨悲壮的审美取向。其借咏项羽而抒己怀的《乌江浦》，格调悲壮激昂。即使抗清失败也不与清廷合作，以“死将为厉鬼，生且做顽民”③的悲壮之调，抒发坚持气节之志。此外，朱彝尊创作于文字狱之前的诗歌，在遭遇抗清失败的挫折的情况下也呈现出悲壮而不沮丧的风貌。例如他写于郑成功、张煌言联军抗清失败后的《杂诗三首》（其二）：

鹈鹕本大鸟，海处扬波涛。
何意天风来，吹之入鲁郊。

---

① 〔清〕顾炎武：《顾亭林诗文集》，中华书局1959年版，第265～266页。

② 〔清〕黄宗羲：《黄宗羲全集》第10册，浙江古籍出版社2005年版，第234页。

③ 〔清〕阎尔梅：《沈文奎以文丞相见拟盖罪余也笑作》，见张相文编《阎古古全集》卷三，1922年铅印本。

锵锵钟鼓鸣，昂首思扶摇。
青云铩其翮，烈风焚其巢。
先时方笑言，后至斯号咷。①

诗歌以鶢鶋代指郑成功、张煌言联军，写他们起初一鼓作气收复江南失地的昂扬气势，然而在胜利在望之时却遭清军反击，失败而归。诗歌充满悲痛惋惜之情，且格调高昂悲壮，毫无哀怨沮丧之气。

(二)案后，转向温厚平和的审美格调

随着清廷的文网高张、文字狱屡兴以及战后社会的逐渐稳定和日益复兴，广大汉族文士的心态由重夷夏之防、敌视反抗清朝逐渐走向了认同与依附，尤其是持续的文字狱的高压与科举招仕、博学鸿儒的恩威并施，清初统治者崇儒尚文、尊重并认同汉族先进文化，这使得士人心态为之一变，诗歌创作的审美风格自然也随之发生了改变。正如严迪昌所说："诗风的演进，基因乃心灵的嬗变，正是心境的变易，诗审美意识始会蜕旧更新。"②文士们心态上对新朝认同，就意味着满汉文化冲突的缓和，之前由于天崩地裂的明清鼎革而产生的慷慨悲壮的审美风格就会显得不合时宜，于是诗人呼唤诗歌创作回到温柔敦厚的传统审美标准上来。亲历过黄毓祺诗词狱并归顺清廷的钱谦益，在《施愚山诗集序》中就主张诗歌应回归温厚平和之本："诗人之志在救世，归本于温柔敦厚，一也。""《诗》云：'神之听之，终和且平。'和平而神

① 〔清〕朱彝尊：《曝书亭集》，影印文渊阁《四库全书》本，第1317册，第435页。

② 严迪昌：《清诗史》，人民文学出版社2011年版，第303页。

听,天地人之和气所由接也。"①早年抗清的朱彝尊也在一系列文字狱尤其是《明史》案后,渐渐归顺清廷,并在其《高舍人诗序》中指出:"诗之为教,其义风赋比兴雅颂;其旨兴观群怨;其辞嘉美、规诲、戒刺;其事经夫妇,成孝敬,厚人伦,美教化,移风俗……类皆温柔敦厚不愚者也。"②以倡导诗歌应重新回到温柔敦厚的标准上来。其实,诗歌重回温厚平和的标准几乎是当时诗人在新的时局、新的心态下的共识。此际诗人不仅在诗歌创作的理论倡导温厚平和,而且在创作实践上也体现出以此格调为美的趋向。具体而言,这种温厚平和的审美取向主要从内容和表现形式两个大的方面来体现。

首先,来看诗歌内容上的温厚平和审美取向。无论是遗民诗人还是新朝诗人都表现出这一创作倾向。从遗民诗人角度来说,文字狱的残酷打压,使得他们不能慷慨直言,而满族已入主中原并统一中国,复明希望渐成泡影,但士人气节又使得他们不愿与清廷合作,于是他们或隐居山林或遁入空门,而他们的温厚平和的审美取向则表现为一种有意疏远时世的无可奈何。顾炎武就是其中最典型的一位,他就由之前慷慨言志,到在《明史》案、黄培诗案等一系列文字之狱的高压后,远离时世,唱出一种另类的温厚平和之音。其《王官谷》就借咏司空图,表现虽不忘世事,但无可奈何,为明哲保身,不再发愤抒情,而是以温厚平和之调得过且过,了此残生。诗中咏道:"唐至昭宗时,干戈满天阙。贤人虽发愤,无计匡杌陧。邈矣司空君,保身类明哲。坠笏雒阳墀,归来卧积雪。视彼六臣流,耻与冠裳列。遗像在山崖,清风动岩穴。堂茅一亩深,壁树

① 〔清〕施闰章:《施愚山集》第四册,黄山书社1993年版,第247页。

② 〔清〕朱彝尊:《曝书亭集》,影印文渊阁《四库全书》本,第1318册,第84页。

千寻绝。不复见斯人，有怀徒郁切。”①这就一改之前“祖生多意气，击楫正中流”的慷慨美学追求，流露出温厚平和之气了。

从新朝诗人角度来说，一方面文字狱的震慑效应，使之诗歌创作倾向温厚平和，另一方面，新朝诗人基本是通过清初科举而入仕的文士，这又促使他们认同日益复兴升平的社会，以温厚平和之美来对接朝廷的需要和期待。因而充满平和从容之美的“神韵诗”开始蔚然成风。以王士禛为代表的神韵诗派，在诗作内容上主要以描绘山水景物为主，在吟咏山水、点缀和平的诗歌中，淡化了之前国破家亡的悲痛，抚平了因明清易代而造成的心灵创伤，呈现出温厚平和的诗歌风尚。至于此方面的诗例，在前面内容取向变化上，已举了不少神韵山水诗的例子，在此不复赘述，兹列一首《惠山下邹流绮过访》以概其要：“雨后明月来，照见下山路。人语隔溪烟，借问停舟处。”②雨后明月、暮霭、水雾笼罩下，人借问停船之地，诗人描写了一幅平静安详的水乡生活图画，没有硝烟，没有战争，有的是明净清纯的和平天地，他的温厚平和之审美风尚就在这模山范水的山水景物诗中充分体现了出来。

其次，来看表现形式上折射的温厚平和审美风格取向。温厚平和，从表现上来说，就是要含蓄蕴藉而不坦白直露。在文字狱高压下，由于慷慨直陈之作易致文祸，很多诗人便采用含蓄隐曲的手法来记事抒情，主要表现在清初后期诗歌多咏史咏物，在修辞手法上多用典白描，而这些都与这种背景有一定关系。正如卞孝萱在研究《清诗纪事初编》中所云：“邓氏更注意到在清初大兴文字狱的

① 〔清〕顾炎武著，王冀民笺释：《顾亭林诗笺释》，中华书局 1998 年版，第 624 页。

② 〔清〕王士禛：《王士禛全集》，齐鲁书社 2007 年版，第 294 页。

背景下,有心纪事的诗人,不得不采用拟古、咏物等手法。”①具体来说,首先从咏史方面而言,顾炎武就是典型,他在《明史》案、黄培诗案前曾写有大量慷慨言志,反映故国之思,志在恢复,歌颂抗清斗争,直接表现不满清朝统治的诗作,而在经历这些文字狱后,“这方面的题材和内容相对减少,除写作一些沉痛悼念逝者,抒发凄苦哀怨心态的诗作外,还出现了不少以咏史为题材的篇什”②。如《义士行》“一心立赵事竟成,存亡死生非所顾”③,借咏赵氏孤儿之事聊托己志。《汉三君诗》分别咏叹汉高祖刘邦、光武帝刘秀、昭烈帝刘备,以寄寓其不屈之志节,正如王蘧常的评点:“咏高祖、光武、昭烈,盖犹冀明之中兴,上则能不失旧物,下亦可得偏安,非苟为怀古也。”④借古人之酒杯,浇自己心中之块垒。由此可见,文字狱后的顾炎武为避文祸,诗歌多咏史以隐曲方式表达己意,流露出含蓄蕴藉之美。我们初步检点清初诗集,发现此际咏史之作的数量的确较之其他时期多出不少,这与文字狱的打压有一定的关联。其次,从咏物方向来看,文字狱后的方登峄父子与丁耀亢,都明显表现出以咏物来含蓄表情达意的创作取向。在《南山集》案中受牵连的方氏家族,尤其是对方登峄、方式济父子在案狱后被流放卜魁,仍心有余悸,不敢公开诉说文字狱给他们带来的苦难和心灵上的戕害,而是以托物抒情的表现方式内敛含蓄地表达心中的悲苦怨怒。如他的咏物诗八首:《烧后草》《接活树》《分丝竹》《初插柳》《病愈

---

① 卞孝萱:《现代国学大师学记》,中华书局 2006 年版,第 169 页。

② 张兵、张毓洲:《庄廷鑨〈明史〉案与清初江浙文学生态》,载《文学遗产》2011 年第 5 期。

③ 〔清〕顾炎武著,王蘧常汇注:《顾亭林诗集汇注》,上海古籍出版社 2006 年版,第 146 页。

④ 〔清〕顾炎武著,王蘧常汇注:《顾亭林诗集汇注》,上海古籍出版社 2006 年版,第 1116 页。

鹤》《寻巢燕》《脱钩鱼》《放生麂》，或描述根基未牢固的草、树、竹、柳生长环境之恶劣，或写经历风浪摧打的鹤、燕、鱼、麂生存状态的孤苦凄凉，以隐曲吞吐内心凄苦与悲伤。严迪昌关注到方登峄父子案后诗歌创作的变化，说道："迨第三代方登峄及子侄方贞观等则深味法网严酷，文网紧密，才情既富，也就只能抒述戍边之哀或记写边地风物风情，诗心已是自相紧裹，岂敢放胆而吟。"①明言文字狱使方氏父子在创作上趋向含蓄隐曲的表达。无独有偶，在《续金瓶梅》案后，丁耀亢的诗歌题材和表达方式上也更加突显出咏物和借物抒情。其诗作《木鸡口号》《咏鹦鹉六首》都是借咏物以抒己情，表达文字狱对广大文士心灵的戕害，其中"从今号作木鸡翁，与尔同飞并同宿"②既道出了他之所以号"木鸡道人"，也体现了文字狱对他的巨大打击，唯以咏物方式含蓄表达才可保全自己性命。从咏物方面论述来看，在文字狱的高压下，诗人们"顾有幽忧隐痛不能自明，漫托风云月露、美人芳草"③，可见，为远祸而被迫选用含蓄的借物言情方式，但不可否认，这样一来，诗歌就被导向一种远离慷慨直露、走向温厚平和的审美风尚。

再者，从修辞手法上看，案狱后温厚平和的审美取向还表现为典故运用的经常化，使诗歌彰显含蓄蕴藉之美。文字狱屡兴后，诗人们"避席畏闻文字狱"，之前以经世致用为重的心态逐渐转为以学问为重。于是在这种心态影响下，诗歌审美观念也蜕旧更新，变为崇尚温厚平和，表现在修辞上即为喜用典故。朱彝尊就是其中的典型。在一系列文字狱发生前的易代之初，他多抗清之作且格

① 严迪昌：《清诗史》（上），人民文学出版社 2011 年版，第 171 页。

② 〔清〕丁耀亢：《丁耀亢全集》（上），中州古籍出版社 1999 年版，第 468 页。

③ 〔清〕朱彝尊：《曝书亭集》，影印文渊阁《四库全书》本，第 1318 册，第 68 页。

调慷慨激越，然而经以《明史》案等为代表的一系列文字狱后，其后期诗歌则较之之前常用典用事。因为这样不仅可以使诗歌显得富丽精赡、含蓄深邃，而且可避免直露惹祸上身。他的《咏古二首》（其一）就借用典故，暗讽学问浅薄却被待博学鸿儒之遇的文士们，诸如翰林院侍讲高士奇之类。该诗云："汉皇将将屈群雄，心许淮阴国士风。不分后来输绛灌，名高一十八元功。"①诗中以汉高祖刘邦和大将军韩信关系的典故，代指学问不足却被优待同博学鸿儒的文学侍从。不仅如此，朱氏在案后的典故运用经常化，还表现在为安全起见甚至是创作日常的生活类的小诗。如他晚年而作的《夏日杂兴二首》（之一）载："五月新苗绿上衣，农人占雨候荆扉。"②就化用王维《书事》诗中的"坐看苍苔色，欲上人衣来"③的语典。再有就是其喜用典之极致化则表现在用典偏僻化，以致博学之士见着也一时难解出处。王士禛就曾说："昔见朱竹垞简讨诗云'捉卧瓮人选新格'，初不解，及观《通志》，有赵昌言捉卧瓮人格；及采珠局格、旋棋格、金龙戏水格等名，始悟所谓。"④以王士禛这样一位能主盟康熙诗坛的博学之士尚且"不解"，足见其用典之僻。除了朱氏之外，文字狱后多用典故，诗歌呈现含蓄的温厚平和之美的，还有顾炎武、丁耀亢、吴伟业、钱谦益等人，他们或援古证今，或使典用事，明理抒情，辞约意丰，耐人寻味。总之，在清初一系列文

① 〔清〕朱彝尊：《曝书亭集》，影印文渊阁《四库全书》本，第1317册，第550页。

② 〔清〕朱彝尊：《曝书亭集》，影印文渊阁《四库全书》本，第1317册，第638页。

③ 〔唐〕王维：《书事》，见彭定求等编《全唐诗》第二册，中华书局1960年版，第1305页。

④ 〔清〕王士禛：《池北偶谈》，影印文渊阁《四库全书》本，第870册，第333页。

字狱后，受文字狱威慑的文士们，在重学问的典型心态影响下，乐于在诗歌中使典用事，这已成为他们共同的选择，也折射他们审美取向的变化。

最后来看白描手法，案狱后，诗歌走向温厚平和审美风格，也突出反映在诗人们多用白描之法勾勒山水景物，远离坦白言志、据实记事的易惹祸之作。查慎行就是这方面的典型，他的《敬业堂诗集》中最突显的艺术特征就是白描手法的运用，尤其在写于《明史》案后与《南山集》案后的诗作多用此手法。如《次实君溪边步月韵》云：

> 雨过园林暑气偏，繁星多上晚来天。
> 渐沉远翠峰峰淡，初长繁阴树树圆。
> 萤火一星沿岸草，蛙声十里出山泉。
> 新诗未必能谐俗，解事人稀莫浪传。①

诗人以白描之笔勾写雨后的夜晚，其中繁星、山峰、树木、萤火融入其温厚平和的审美风尚，无浓墨重彩的描绘，也无豪宕慷慨之情，而是一派清新冲和之感。除此之外，他的《次韵答恺功二首》《初夏坐烟水亭望庐山二首》《雨中下黯淡滩》《月下渡扬子江次西溟韵》等诗均是以白描手法见长。无怪乎袁枚《随园诗话》评道："查他山先生诗，以白描擅长，将诗比画，其宋之李伯时乎？"②而他更在其《仿元遗山论诗》中又誉其"他山书史腹便便，每到吟诗尽弃捐。一味白描神活现，画中谁似李龙眠"③。无独有偶，因

① 〔清〕查慎行：《敬业堂诗集》，上海古籍出版社 1986 年版，第 464 页。
② 〔清〕袁枚：《随园诗话》，人民文学出版社 1982 年版，第 258 页。
③ 〔清〕袁枚：《袁枚全集》，江苏古籍出版社 1993 年版，第 594 页。

惧文祸而删诗的王士禛在认同新朝心态下，主推神韵诗风，追求含蓄蕴藉之美，其作也呈现出温厚平和的审美风尚，并且这种审美风格也存在以白描勾勒山水景物来呈现的现象。如他的《雪中梅花》《待月》等亦是以白描为主，勾画一片景色，意在言外，含蓄平和。

第四节　文字狱视野下的诗歌取向流变

清初文字狱影响下的诗歌创作取向的这些变化自然会对当时和后世诗歌产生巨大而深远的影响。众所周知，诗歌的唐宋之争是中国古典诗学史上尤为重要的现象之一。它自南宋江西诗派肇始之后，虽经元、明两代发展，但还是较为单一的倒向尊唐黜宋，只有到了清代，唐宋诗之争才得以全面深入的展开。而正因为如此，清诗才能独具面目成为与唐诗与宋诗并立的高峰。我们选取文字狱影响下的诗歌创作取向对清代唐宋诗之争的推进这一角度展开讨论，以期能窥斑见豹。

一、清代诗歌的宗宋思潮

宗宋是清代诗坛一个突出的亮点，因为自元、明以来，诗坛的主流倾向是以尊唐为尚的，宋调诗歌则处于相对被黜的边缘化地位，而清代诗坛宋诗的突然崛起，并被提升到与唐诗并立的地位则更显得引人注目了。其实这种变化是从清初宋诗热开始的，在黄宗羲、吴之振、王士禛等人的推动下，于康熙中期形成了全国性的宗宋风气。[①] 正如顾景星作于康熙十八年（1679）的《青门簏稿诗

① 张健：《清代诗学研究》，北京大学出版社 1999 年版，第 362 ~ 372 页。

序》云:"今海内称诗家,数年以前,争趋温、李、致光,近又争称宋诗。"①宋荦也在宋诗热持续多年后的康熙三十七年(1698)所作的《漫堂说诗》中指出:"明自嘉、隆以后,称诗家皆讳言宋,至举以相訾謷;故宋人诗集庋阁不行。近二十年来,乃专尚宋诗。"②可见,康熙十八年左右,全国宗宋风气已形成并在此之后持续多年,热度不减。

(一)清初康熙年间宋诗热

缘何清初会一反数百年来尊唐黜宋的风气转而宗宋,掀起宋诗热?我们以为清初宋诗热现象的出现,应是多种因素综合作用的结果,其中文字狱影响下的诗歌某些取向对其起了重要推动作用,诸如诗歌重学问的取向对宗宋风气的推动,含蓄隐曲的表现方式对宋诗的崛起等。下面我们主要围绕这两点展开文字狱影响下的诗歌取向对清初宋诗热的推动的探讨。

首先来看诗歌学问化取向对宗宋风气的推动。由于文字狱影响,顺、康之际文士纷纷转向尊崇学问、热衷学问,诗歌日渐学问化。无论是诗人之诗,还是学人之诗,均不同程度地表现出重学问、喜欢以学术文化入诗、喜欢用典的特点,这就与以学为诗、注重诗歌知识含量、讲究典雅的宋诗不谋而合,因而,他们就会特别推崇宋诗,客观上助推了宗宋诗潮的兴盛。

开清代宗宋先河的钱谦益,就是诗人之诗中重学问并将其导向宗宋的典型代表。历经黄毓祺诗词狱、冯舒《怀旧集》案的钱谦益,作诗重学问,常以佛学入诗,以易学等各种学术文化入诗,并在

① 〔清〕邵长蘅:《邵子湘全集》卷首,见《四库全书存目丛书》集部第247册,齐鲁书社1995年版,第678页。

② 〔清〕宋荦:《西陂类稿》,影印文渊阁《四库全书》本,第1323册,第303页。

诗论上提出“灵心、世运、学问”之说。他才大学博，喜爱宋诗，遥接宋诗的“以才学为诗”之法。他唐宋兼宗，打破长期以来尊唐黜宋氛围。事实上，其宗宋趋向明显，正如王英志所说：“钱谦益熟读《苏东坡集》，《牧斋初学集》《牧斋有学集》处处可见苏诗的痕迹。”①计东《吴梅村先生诗钞题词》也云：“虞山暮年之诗，心慕手追于眉山、剑南之间。”②其实，最能表明文字狱影响下其重学问诗歌取向与宗宋关联的，当属他在黄毓祺诗词狱后所作的《和东坡西台诗韵六首》。这一组诗多用典，彰显出学问化色彩，而所用典故词语又大多与苏轼相关。该组诗（其一）云：“朔气阴森夏亦凄，穹庐四盖觉天低。青春望断催归鸟，黑狱声沉报晓鸡。恸哭临江无壮子，徒行赴难有贤妻。重围不禁还乡梦，却过淮东又浙西。”③诗歌不仅真实地叙写了入狱的情况，而且还与苏轼乌台诗案后的诗歌相通。

至于学人之诗方面，朱彝尊就是典型代表，经《明史》案等狱后，其诗歌表现出学问化的倾向，以经史考据入诗，用典使事广博，开浙派资书为诗之风。其诗歌作品以学问为诗处，多近于宋调。虽然朱彝尊在诗学上标举学唐，其中年以后的创作实绩表现出明显的宗宋事实。如前面我们提到过其《甘泉汉瓦歌为侯官林侗赋》《君平镜为家上舍思赞歌》，学问取向浓厚，并在艺术表达上呈现以文为诗的特点。其《斋中读书十二首》亦根柢经史，以议论为主，通过议论来探讨学术问题。同样，其《春日读〈春秋左氏传〉》《耳疾

① 王英志主编：《清代唐宋诗之争流变史》，人民文学出版社2012年版，第65页。

② 〔清〕计东：《吴梅村先生诗钞题词》，见《吴梅村全集》，上海古籍出版社1990年版，第1492页。

③ 〔清〕钱谦益：《有学集》，见《钱牧斋全集》第四册，上海古籍出版社2003年版，第9页。

示王官舍》等诗也均基于以议论为诗，探讨学问。可见，以才学为诗、以议论为诗、以文为诗是朱氏中后期诗歌的基本取向，而这些特色恰是宋诗的诗风表现。无怪乎洪亮吉在《北江诗话》中说："朱检讨彝尊《曝书亭集》，始学初唐，晚寄北宋。"①此外，受钱谦益影响的王士禛在扬州任官阶段就重学问并推崇宋诗，如《戏仿元遗山论诗绝句四十首》其中就对"被复古派不屑一顾的宋元诗人欧阳修、苏轼、黄庭坚、杨维桢等作了肯定的评价，称'耳食纷纷说开宝，几人眼见宋元诗'，对贬低宋、元诗者不满"②。甚至自己在晚年回忆其诗学历程时，也指出："中岁越三唐而事两宋，良由物情厌故，笔意喜生，耳目为之顿新，心思于焉避熟……当其燕市逢人，征途揖客，争相提倡，远近翕然宗之。"③亦即王士禛夫子自道中年时在创作上宗宋，并提倡宋诗，推动宋诗热的形成。的确如此，号称"金石十子"的曹贞吉、汪懋麟、田雯等就追随王氏多学宋人，一时间崇尚宋诗蔚然成风。通过上述分析，我们可以看出，文字狱影响下诗人的诗歌的学问化与宋诗的重学特点颇有契合之处，从而对清初宋诗热起到重要推动作用。

其次来看文字狱影响下诗歌含蓄隐曲表达取向，也客观导致了宋诗在清初的崛兴。我们说过，由于清初文网紧密，诗人们往往不能直抒胸臆，慷慨言志，面对明清鼎革的家国沦丧之悲，清初诗人的悲愤哀伤必须找到一个宣泄方式，于是，诗人采用咏史、咏物等相对含蓄温和的方式于隐微之中阐发心志。而这种诗歌表达取向恰恰与使事用典见长，注重以古喻今、咏物托志的南宋诗风相

---

① 〔清〕洪亮吉：《北江诗话》，见《洪亮吉集》，中华书局 2001 年版，第 2256 页。

② 张健：《清代诗学研究》，北京大学出版社 1999 年版，第 365 页。

③ 〔清〕俞兆晟：《渔洋诗话序》，见丁福保辑《清诗话》，上海古籍出版社 1963 年版，第 163 页。

近。朱彝尊在《乐府补题序》中重点介绍了周密、张炎、王沂孙、唐珏等五人,并说他们“大率皆宋末隐君子也。诵其词,可以观志意所存。虽有山林友朋之娱,而身世之感,别有凄然言外者。其骚人《橘颂》之遗音乎?”①《乐府补题》的作者主要是以王沂孙、王易简、周密等南宋词人为主,而他们的这些词都是就杨琏真伽发掘宋帝六陵史事而作,多托莲、蝉等物而寄情,以抒其对南宋沦亡之痛。别有凄然言外的宋诗风格契合了文字狱影响下的隐曲含蓄表达取向。借此,我们亦可见出清初推崇宋诗的另一层原因,即隐曲含蓄表达己情的需要。

此外,在文字狱影响下,含蓄隐曲的表达取向,具象为修辞手法中的用典与白描,这也推进了清初诗人的宗宋风尚。查慎行就是其中的典型。由于查氏所处时期,庄氏《明史》案、查嗣庭案等接踵而至,文字狱高压造成士人谨言慎行,士心变异,诗风也变得稳妥。在表达上,其山水诗多以白描为主。白描勾勒山水而非直陈言志,而是借此来逃避文网的淫威。宋代山水诗常以白描取胜,查慎行向苏轼等宋人学习,学习他们的白描勾勒山水,故钱锺书在《谈艺录》中称其诗“出入苏、陆,沿蹊折径,已非南雷家法”②,由此亦可见其含蓄取向对他宗宋的促进。

(二)清中期宗宋热潮

如果说文字狱影响下诗歌的学问化倾向对清代首轮宗宋热还只起了一定程度的推动作用的话,那么它对清中叶的宗宋热潮则有着至关重要的影响。因为无论是雍、乾之际,以厉鹗为代表的浙派兴起的宋诗热,还是乾、嘉年间以翁方纲为代表的肌理派的宗宋

① 〔清〕朱彝尊:《曝书亭集》,影印文渊阁《四库全书》本,第1318册,第61页。

② 钱锺书:《谈艺录》,中华书局1984年版,第147~148页。

热，都是以“诗须有学问”为宗旨来理解和首肯宋诗。整个清中叶的宋诗派最大特点就是重视学问，强调用典。下面，我们从清中叶这两大宗宋派的诗论与诗歌创作实绩来具体分析、探讨诗歌学问化对于宗宋热潮的影响。

1. 以厉鹗为代表的浙派兴起的宋诗热

雍、乾之际，由于顺、康、雍时期的文字狱高压，本已出现的诗歌学问化倾向在此际进一步被推进。长期以来，浙江几乎都是文字狱的重灾区，文化高压下的浙江文士对清王朝表现出一种疏离心态，对现实冷漠，以厉鹗等人为代表的浙派诗人不求仕进，向往野逸，故而诗中少有反映社会现实、批评朝政之类的内容，而在黄宗羲、朱彝尊、查慎行因文字狱影响诗歌转向重学问的垂范作用下，他们也纷纷走向重学问。其中，杭世骏就尤以诗歌应崇尚学问著称，他在诗歌理论上提出了“学人之诗”一说，指出要以学济诗。其《沈沃田诗序》云：“《三百篇》之中，有诗人之诗，有学人之诗……后人渐昧斯义，勇于为诗，而惮于为学，思义单狭，辞语陈因，不得不出于稗贩剽窃之一途。前者方积，后随朽落，盖即其甫脱口而即寓不可终日之势，散为飘风鬼火者众矣。余特以‘学’之一字，立诗之干，而正天下言诗者之趋，而世莫宗也。”①这就明确指出了“学人之诗”与“诗人之诗”的差别，并主张以学问作为诗的骨干。

当然，此际浙派中诗歌重学问的最突出代表是厉鹗。他论诗重学问倾向甚为明显，其《绿杉野屋集序》称：“故有读书而不能诗，未有能诗而不读书……夫煔，屋材也；书，诗材也。屋材富，而杗廇桴桷，施之无所不宜；诗材富，而意以为匠，神以为斤，则大篇短章

① 〔清〕杭世骏：《道古堂文集》，《续修四库全书》集部第 1426 册，上海古籍出版社 2002 年版，第 296 页。

均擅其胜。"①他认为书乃诗材,诗人如果学问深厚,然后以"意""神"运之,那么其诗作就会舒卷自如,长短均胜。由此处关于"诗材"的论述,我们可以窥见其前辈朱彝尊的"取材以博者为尚"的诗歌理论的影子。

我们知道,诗歌的学问化倾向不仅见于诗材上的学问化,也落实于重学问的创作实践,往往形成使典用事、以典故为诗的取向。厉鹗诗作的最突出的艺术特色,就是好用典故且用典多生僻。其资取渊薮不在《六经》《四史》,多在野史笔记,间或涉及佛道典籍。譬如,其诗中不少典故出于《墨庄漫录》《曲洧旧闻》《咸淳临安志》等宋人笔记、方志等,有的则取材于《戒庵老人漫笔》《万历野获编》等元明杂记著述。另外,其诗中还常用"清净水""心灯""寂灭""诸相""上乘"等佛典。难怪全祖望说他"诗多有异闻轶事,为人所不及知"②。而朱庭珍亦称他"好用说部丛书中琐屑生僻典故,尤好使宋以后事。不惟采冷峭字面及掇拾小有风趣谐语入诗,即一切别名、小名、替代字、方音、土谚之类,无不倚为词料"③。除了用典生僻外,厉鹗诗歌还表现出多用宋人轶闻僻典,甚至其诗集中典故出于宋人者竟占一半以上。例如他的《早春上游圣因寺》《南归夜行赵北口同范希声作》《二月三日同少穆,竹田诸君集湖上题酒楼壁》等诗中分别用张春水、苏堤春晓、五角六张、宋嫂等宋朝典故,折射出宗宋之风。

由以上论述可以看出,与以前的强调重学问的诗人相比,厉鹗诗作无疑更突出地体现了学问化倾向。而我们知道,"重

① 〔清〕厉鹗:《樊榭山房集·文集》,上海古籍出版社1992年版,第742页。

② 〔清〕全祖望:《厉樊榭墓碣铭》,见《鲒埼亭集》,《续修四库全书》集部第1429册,上海古籍出版社2002年版,第132页。

③ 〔清〕朱庭珍:《筱园诗话》,见郭绍虞编选,富家荪校点《清诗话续编》,上海古籍出版社1983年版,第2367页。

学问与以学问为诗，是以黄庭坚诗为代表的典型宋诗的主要特征之一。因此重视学问并以典为诗，便成为后世师法宋诗者的重要表征之一”①。换而言之，学问是宋诗的重要因子，文字狱影响下诗歌的学问化取向必然推动宗宋之风的发展。厉鹗的重学问、“书乃诗材”论，以及多用生新奇僻典故，这就易形成诗歌生涩瘦硬、清逸绝尘之风，彰显宋调色彩。当然，厉鹗的用典将宗宋推向极致，也促使之后的诗歌学问化影响下的学人之诗在宗宋的路上循着内容方向开拓，走向借诗以资考据、以金石考据入诗的发展方向。乾、嘉年间的翁方纲为首的肌理诗派就是如此。

2. 以翁方纲为代表的肌理派的宗宋热

康熙时期在文字狱打压与怀柔的文化政策并举的形势下，广大文士把埋首于学问作为逃避现实的重要途径，由此也进一步推进了学问在诗歌领域的地位。这种重学之风到乾、嘉时期发展为考据学派的勃兴，并沿着诗歌学问化的方向，将考据学融入诗歌，翁方纲的肌理说就是考据学在诗歌方面兴盛的明显表现。这一诗学理论沿着浙派诗学的路径，打破了诗与考据学等学问的界限，跨越诗与性理间的障碍，推动宗宋运动的新发展。

文字狱影响下的诗歌重学问对翁氏为代表的肌理派宗宋的作用，主要表现在他站在朱彝尊、查慎行等前人基础上，更加高扬以学问为诗的创作趋向。正如张健指出的：“朱彝尊的这种重学力诗学，直开了主宋诗的浙派以及肌理派的理论先河。”②而翁方纲在这些前人的基础上又进一步把考据引入他的诗学创作之中，他指出：

---

① 王英志：《清代唐宋诗之争流变史》，人民文学出版社 2012 年版，第 305 页。

② 张健：《清代诗学研究》，北京大学出版社 1999 年版，第 480 页。

“为学必以考证为准，为诗必以肌理为准。”①一个“准”字，用语坚决，肯定学问对于诗的重要作用，而“为诗以肌理为准”就要求诗歌把考据得来的学问道理阐发出来。由此可见，诗尚学问是肌理派的重要特征。

我们说过，重学是宋诗的突出表征。以学问为重是宋诗异于唐诗的重要特质。宋代诗人苏轼、黄庭坚均以学力富赡著称，而“以学为诗”更是以黄庭坚为代表的江西诗派的典型创作手法，“后世诗人对以学为诗在诗歌运用中之多寡，一定程度上体现了宋诗的被接纳程度”②。而翁方纲的诗学是以学问为根底的，主张以学为诗，这就无疑会表现出宗宋的倾向。其实，翁氏崇尚宋诗，不仅在于其肌理说学问化的宗宋因子，更在于他对苏、黄的推崇与对宋诗的借鉴。他为诗以苏、黄为宗，曾经多方搜罗考辨，著成《苏诗补注》，并自命其书斋为“苏斋”，还在诗歌中表达甘为苏门弟子的愿望：“我忝苏门称弟子，如此诗境谁能争？”③足见其对苏轼的推崇。另外，他对黄庭坚也尤为膜拜，并努力追效先人，他不仅作《黄诗逆笔说》，还学习山谷的质厚为诗。翁方纲针对“神韵”的空虚，就倡导质厚，并欲以“肌理”矫其弊。

翁方纲推崇宋诗，强调以考据为诗，他盛赞“宋诗妙境在实处”④，并指出：“宋人之学，全在研理日精，观书日富，因而论事日

① 〔清〕翁方纲：《志言集序》，见《续修四库全书》集部第1455册，上海古籍出版社2002年版，第391页。

② 王英志主编：《清代唐宋诗之争流变史》，人民文学出版社2012年版，第412页。

③ 〔清〕翁方纲：《诗境东轩歌》，见《复初斋诗集》，《续修四库全书》集部第1454册，上海古籍出版社2002年版，第667页。

④ 〔清〕翁方纲：《石洲诗话》，见郭绍虞编选，富家苏校点《清诗话续编》，上海古籍出版社1983年版，第1428页。

密……”“南渡而后,如武林之遗事,汴土之旧闻,故老名臣之言行、学术,师承之绪论渊源,莫不借诗以资考据。”①可见,在翁氏看来,宋诗本有可资考据之长。由此,我们亦可看出以考据入诗,本来就是宗宋的表现,文字狱影响下的诗歌学问化助推并促成了肌理说,其本身也推动了有清一代的宗宋热潮。翁方纲不仅在诗学理论上提倡“以学为诗”,而且还将其落实到自己的具体创作实践上来,将大量的金石考据内容引入到诗歌创作,形成了一种“学术诗”②。例如,他的《玉枕兰亭和象星作》《安南钟鼓》《唐泰山摩崖铭》等都是关于金石碑刻、古玩的诗作,诸如此类的考据诗,在其《复初斋诗集》中不胜枚举。如果说雍、乾之际厉鹗等人以学问入诗还只是一种饾饤偏僻的状态,那么翁方纲等人则是大量以专门之学入诗,肇始学术全面介入诗歌的创作时代,将文字狱影响下的诗歌的学问化推向极致。而正是这种极端的学人之诗引起诗坛的警醒与反拨,纷纷力图将学究之诗已忽略或忘却的诗缘情或言志的传统找回来,这从另一个方向上推动了宗宋转入晚清。道、咸之际宋诗派

---

① 〔清〕翁方纲:《石洲诗话》,见郭绍虞编选,富家荪校点《清诗话续编》,上海古籍出版社 1983 年版,第 1428 ~ 1429 页。

② 学术诗是指诗歌发展到翁方纲那里,在清初以学问入诗的基础上,突破了用典用事等琐碎以学问入诗的路径,学术全面介入诗歌创作之中,出现的一种大量以专门之学入诗的新体裁。如翁氏以金石考据、小学、书画碑版题跋之学入诗,阐述学理。对此,琴知雅在其《翁方纲的诗学及“学术诗”》一文指出翁方纲主张自己专业领域的金石考证学和诗文学要一致,用诗来创作表现考证学的内容,他开创了“学问诗”这种新的体裁。宁夏江则更进一步指出翁氏这种学术诗的主要特征为:一是以专门的金石考据之学入诗,改变了以往诗歌言志抒情的审美传统;二是诗歌常常大量用典用事和使用夹注,以诗论学;三是把考据学的思理方法引入诗歌创作,排斥诗歌固有的形象思维。参看宁夏江《清诗学问化研究》,暨南大学 2009 年中国古代文学专业博士学位论文。

的试图调合性情与学问的统一，清末同光体将理与学问趋向性情化，将唐、宋传统融合，主张学人之诗与诗人之诗的合一。

二、清代诗歌的宗唐趋向

严迪昌曾在其《清诗史》的绪论中指出，由于“汉人素持的‘夷夏之防’观念从负面投向新朝集权统治者心理上的阴影”①，推促他们“在中国诗史上从未有像清王朝那样，以皇权之力全面介入对诗歌领域的热衷和制控的”②局面，文字狱震慑士心，影响诗歌创作取向就是其中的表现之一。不仅如此，文字狱影响下的创作取向，进一步对祖唐宗宋之争产生影响。由于清王朝中枢直接以皇权之力干预诗歌创作，“清代诗史嬗变流程的特点是：不断消长继替过程中的‘朝’‘野’离立……渗透过‘祖唐宗宋’、崇‘才’主‘学’等等的论争现象”③。因此，我们可以说，前一节论及的文字狱影响下的诗歌重学问的取向，对唐宋之争的影响主要侧向在野诗人对宗宋的推动（诸如雍、乾之际浙地宗宋）；而文字狱影响下诗歌在内容上的点缀升平取向，表达上的讲究含蓄，审美上的温厚平和取向，则对在朝诗人祖唐产生重要的作用。

（一）清初诗坛的宗唐之风

顺、康之际，文字狱影响下的诗歌取向对宗唐发挥作用，最典型当属虞山二冯等人在《怀旧集》案影响下，诗歌表达转向宗法中晚唐。由于顺治年间冯舒的《怀旧集》案，其弟冯班在此案影响下，诗作转向隐晦含蓄。对此，邓之诚曾明确指出：“其诗才富功深，不为讽刺，亦不为苍凉激楚之音。盖易代之际，且鉴于其兄已苍之

① 严迪昌：《清诗史》，人民文学出版社 2011 年版，第 16 页。
② 严迪昌：《清诗史》，人民文学出版社 2011 年版，第 16 页。
③ 严迪昌：《清诗史》，人民文学出版社 2011 年版，第 15 页。

祸，务为韬晦，苟全而已。"①在邓氏看来，冯班之诗才情卓绝，然而其案后诗歌温柔敦厚并未追随其兄诗歌之激楚，之所以如此，乃是在于受兄罹文祸之教训而自我规避。正是在文字狱影响下，诗歌创作取向的隐曲表达需要，促成的冯班学晚唐李商隐，托男女之词来表现自己的国破家亡之痛，形成温柔敦厚、"乐而不淫，哀而不伤"的诗歌风貌。冯班之例，可以看成是顺、康之际文字狱影响下诗歌创作趋向宗唐的缩微景观。

到了康熙中后期，随着文字狱的打压，社会的日益复兴、升平，诗歌取向逐渐变为点缀太平、温厚平和，而这些又或直接或间接地助推宗唐之风的发展。以王士禛为首的神韵诗派最集中地体现了这一点。如前所论，在文字狱的震慑效应下，诗人们的诗歌创作纷纷转向温和含蓄以自全。王士禛之所以在此际标举讲蕴藉空灵、冲淡清远的神韵诗论，也与文字狱也脱不了关系。裴世俊指出王氏的神韵诗："意境的选择大抵是'不可闻''不可见'的寂寥空逸，有景无人，闻声无形，拉远视线，拓宽空间，将笔墨之外的'意'，隐入朦胧，淡化到无，获取'其标旨也微远，其托物也思而多讽'的诗味。实际上是'莫谈国是'心态的反映，不要触及社会现实，让诗歌向心灵世界拓展……借以摆脱因文字交往而带来的诸多困扰，这在清代日趋严密的思想控制下，也不啻为逃避文字狱营造一个避风港。"②在他看来，缘于文字狱的威慑，王士禛神韵诗论提出的重要原因就是远离文祸。这也再次印证了我们前面论及的文字狱影响下，王士禛的神韵诗歌理论的提出以及诗歌创作实践。我们知道神韵诗论讲言外之旨、味外之味，这与

① 邓之诚：《桑园读书记》，辽宁教育出版社1998年版，第19页。

② 裴世俊：《王士禛主盟清初诗坛探因》，载《西北师大学报（社会科学版）》2003年第2期。

盛唐诗的空灵、韵味的特征是一致的，王士禛等人对神韵说的提倡，无疑促进了清代诗歌的主唐风气的发展。不仅如此，由于文字狱打压，诗人赋诗纷纷与现实保持距离，而王士禛的神韵说也切合了他们的需要，即使是在朝为官的庙堂诗群，诸如“金台十子”，大都追随王士禛走向点缀升平、温和含蓄的诗歌创作，这就必然会增加宗唐势力的力量。

此外，文字狱影响下的神韵诗歌创作取向，淡化了由明清易代而引起的心灵震动与诗歌的变徵之音，并且还进一步转化为点缀盛世雍容平和的大雅之音，适合官方意志的需要，因而得到清朝统治者的赏识。康熙帝在康熙十八年(1679)至三十八年(1699)的二十年间对王士禛连连擢升，将其由翰林侍读直升到刑部尚书。在皇权之力的干预下，在诗歌以及仕途双轨并进的大力推扬下，王士禛的神韵说大行其道，促成了康熙中后期诗坛的宗唐热潮。

(二)雍、乾年间，宗唐之风占据诗坛

文字狱影响下的诗歌创作含蓄温和的取向需求，不仅推进了神韵说的提出及实践，从而促成康熙中后期的宗唐之风，而且对之后雍、乾年间的宗唐热也有推波助澜之功。雍、乾之际宗唐之风占据诗坛主流，这与沈德潜等人的宗唐学说的努力是分不开的，而他们又或多或少、或直接或间接地受到神韵说的影响或启发。下面我们就以沈德潜、田同之、刘大櫆等宗唐诗人的诗论或创作为例，具体探析神韵说对雍、乾年间宗唐热的促进意义。

首先来看神韵说对沈德潜宗唐的推助作用。作为雍、乾时期举足轻重的宗唐诗人以及有清一代推重盛唐的最后一位诗歌理论大家，我们认真探讨神韵说对他宗唐诗学观念的促进作用，有助于我们更好地把握文字狱影响下诗歌创作取向对唐宋诗之争以及清诗演进的历史脉络。沈氏的“格调说”标举盛唐诗的格高调响，王昶在《湖海诗传》卷二中也说：“苏州沈德潜独持格调说，崇奉盛唐而排斥宋诗，以汉魏盛唐倡于天下。”①由此可见，格调说是沈氏宗唐的重要标志之一。刘世南在其《清诗流派史》论及沈德潜提倡格调说的主客观条件时，指出其谨言慎行、贵和平中正等心态正是清廷文字狱威胁所致②，可见文字狱影响下诗歌取向对其宗唐的促进更是有其合理性的。至于神韵说推进宗唐思潮则主要表现在格调说是在继承王士禛神韵说的基础上提出的。沈氏格调说不仅继承了明七子的格调说，而且还结合了王士禛的神韵说的补充，以用来反对和矫正宗宋末流——浙派的缺点，从而将诗坛主流风气导向宗唐。其格调说的内涵之一是主讲“神韵”，以其代指诗歌艺术魅力，借鉴了王士禛神韵说。沈氏格调说还反对诗歌创作以意为上，认为艺术性比意图更重要，指出作诗不可太“切”，也就是要“远”，在物我对应里，让诗高出现实，保持距离，讲究以意运法而不是以意从法，这就折射出神韵说对其宗唐格调的影响了。此外，王士禛神韵诗对沈德潜宗唐的推动还表现在其编选《清诗别裁集》之上，他将主“神韵说”的王士禛推为清代诗坛第一大家，选其诗作数量居首，达 47 首之多，且多为神韵诗，涉及“清”“远”的就有 40 多处。

其次，我们来讨论神韵说对山左田同之、宋弼等人宗唐的推动意义。雍、乾年间以田同之、宋弼等为代表的山东诗人，因受其前辈乡人王士禛的影响而纷纷宗唐。我们兹以田同之为例，山左诗人田同之是“金台十子”之一田雯之孙，他不同于祖父的尚宋，视同乡前辈王士禛为“同调”知音，在其论诗主神韵的影响下而走向宗唐。对此，沈德潜在《清诗别裁集》中就明确指出：“彦威为山薑之孙，而笃信谨守，乃在新城王公。有攻新城学术者，几欲拼命与争，

① 〔清〕王昶：《湖海诗传》，清光绪年间刊本。

② 刘世南：《清诗流派史》，人民文学出版社 2004 年版，第 284 页。

《论诗》一篇其宗旨也，不直赵秋谷宫赞，故大声疾呼论之。”①可见，田同之是追步王士禛神韵而宗唐的。王氏神韵说对田同之宗唐之影响更具体鲜明地表现在田氏《西圃诗说》的论述中。他说：“古人诗意在言外，故冲和不迫，蕴藉有味，所谓温厚和平也。”②“前人论诗所主不一，有主格者、主气者、主声调者，唯王阮亭独主神韵。‘神韵’二字，可谓放出三昧，直足千古。”③田氏追仿王士禛神韵论而强调诗歌的含蓄蕴藉、冲和淡远，呈现出宗唐之风。此外，桐城刘大櫆继承吸收王氏神韵说讲究韵味、重含蓄等要素，发展成为自己的“神气说”④，倾向于宗唐。

神韵诗推进了后世诗歌的宗唐之风，折射文字狱影响下诗歌创作取向的变迁，顺、康、雍文字狱作用下的诗歌点缀升平、温厚和平的取向对宗唐的重要意义还反映在《南山集》案等文字狱后，桐城方氏家族后人的诗论或诗歌创作纷纷远离社会现实，标举温和雅正的唐诗之风。像早年诗歌崇尚苍凉悲壮的方观承，在《南山集》案后多应制歌颂太平之诗，而方贞观论诗更是“独以唐人为

① 〔清〕沈德潜：《清诗别裁集》，上海古籍出版社 1984 年版，第 980 页。

② 〔清〕田同之：《声诗微旨》，见郭绍虞编选，富家荪校点《清诗话续编》，上海古籍出版社 1983 年版，第 752 页。

③ 〔清〕田同之：《西圃诗说》，见郭绍虞编选，富家荪校点《清诗话续编》，上海古籍出版社 1983 年版，第 765 页。

④ 神气说是刘大櫆在其《论文偶记》中提出的重要文论观。他认为，神气者，文之最精处也。王镇远在其《桐城派》一书指出刘氏的神气是指诗文作品中的神采风貌、气势韵味。张少康的《中国文学批评史教程》则对刘大櫆的“神气说”做了进一步阐释：刘大櫆所说的“神”是指文章中自然天成、不落痕迹，又能充分展示作者精神面貌特征的化工境界，“气”是指文章中具体体现这种化工境界并带有作者个性、气质的行文气势。可见，刘氏神气说之“神”讲究抽象空灵的韵味之致、味外之旨，与王士禛的神韵说是一脉相承的，都带有宗唐倾向。

归”。同样,还有因戴名世《南山集》案受牵连而隶旗籍,并在雍正年间放归后而标举宗唐的方世举。

通过以上论述,我们可以看出,无论是在文字狱影响下,以神韵诗论为代表的温厚和平的取向对后世宗唐的重大作用,还是温柔敦厚取向直接导向方氏家族后的宗唐,都表明了文字狱影响下的诗歌取向对雍、乾年间宗唐热潮的重大意义。结合前面的重学问与隐曲表达方式对宗宋的推进,我们可以说,文字狱影响下的诗歌取向攸关清代祖唐宗宋的唐宋诗之争,由此,我们也在以文字狱为切入点,以文人心态为中介的文化诗学视角窥探到了清代诗学演进的某些脉络。

三、文字狱视野的存在意义

文字狱,作为我国古代的一种历史文化现象,是文化专制的一部分,在清代尤为盛行,曾令无数人惊怖万分。由于文人是文字狱最主要、最直接的受害主体,酷烈的文化高压势必会戕害文士们的心灵,引起他们心态的丕变。在顺、康、雍时期一系列的文字狱打压下,文人心态由重夷夏之防、敌视反抗新朝转向重君臣之伦、认同归顺清廷,从重实用转向重学问。

我们知道,诗歌是诗人内心情志的反映。不同心态下的诗歌创作显现出不同的趋向和风貌,在文字狱高压影响下,文士群体心态的嬗变自然会引起诗歌取向的变化。经我们探究发现:在顺、康、雍时期一系列文字狱影响下,心境的变易引起了诗歌在体式、主题、意象、审美等方面的取向变化。具体体现为:在内容上,案狱前重实用心态下的诗歌讲求文以致用,倡导复兴儒家诗学,注重抒写现实,而一旦诗人心态从重实用转为重学问,诗歌内容则显现学问化取向。与此同时,案狱前,重夷夏之防,在敌视、反抗清朝心态下,诗人思念故国,志在恢复;案狱后,在重君臣之伦、逐渐认同的心态下,诗人多点缀盛世、歌咏太平。相应的,在表达方面,由于案狱前重实用,受敌视、反抗新朝心态下诗歌抒写现实的需求推动,诗体形式以长篇乐府歌行为主。而随着心态的变化,案狱后,在认同清朝的心态下,诗歌几乎千篇一律地以歌颂为主,于是诗人们将心思着重放在形式的创新上,而此际在重学问心态下诗歌典故运用经常化,这一切又都促成诗体呈现以五、七言的律绝短章为主。同时,在案狱前的诗歌,在重夷夏之防、敌视反抗清朝、思念故国心态下,诗人们的意象选择显现出在形象上喜用月亮意象和“胡”意象、“汉”意象的特点,在色调上以冷色调为主。而案狱后,在重君臣之伦、认同归顺心态下的诗歌意象则趋向普遍化、日常化,在色调上以暖色调为主。

统而言之,无论是敌视反抗清朝、经世致用心态的直接促使,还是在这些心态下思念故国、志在恢复的内容与直陈现实的乐府诗体的间接推动,均助推着案狱前诗歌呈现慷慨悲壮的审美风格。我们也看到,随着文字狱的打压与文人心态的嬗变,诗歌的审美取向也蜕变更新,认同、归顺新朝心境下的诗歌以温厚平和为美。不管是此际诗歌内容上的点缀太平,还是体式上的律绝短章,都将诗歌导向温厚平和的审美风格。而这种风格于内容上的呈现,在遗民诗人那里表现为远离时世,在新朝诗人那里则是“神韵诗”大行其道;于表现形式上而言,则主要是为咏史、咏物、白描等含蓄手法。

文字狱影响下的诗歌取向的这些变化对当时乃至清代中后期诗歌产生了巨大而深远的影响。譬如,它攸关清代的唐宋之争,学问化和隐曲表达的取向对清代宗宋的发生与发展起着重要作用,温厚平和取向也促进了清代宗唐。我们以为,顺、康、雍时期文字狱影响下心态的嬗变,导致了诗歌取向的变化,而诗歌取向的某些变化又促成清初和清中期甚至整个有清一代的唐宋诗之争。而正因为清代唐、宋诗的长期论争，使清人能更全面、深入地认识、继承与发展唐宋诗，形成自己的独特面貌，从而使清诗成为中国古代诗歌史上继唐诗、宋诗之后的第三个高峰。

综上所述，我们在文化诗学的视角下，以文字狱为切入点，以文人心态为中介，对顺、康、雍时期文字狱与诗歌取向关系进行研究探讨。从这一时期文字狱出发，去探讨了案狱前后文人心态的变化；进而在诗歌文本分析的基础上考察了前后不同心态下的诗歌在主题、诗体、意象、审美等方面呈现出的不同取向，并进一步分析了这些取向变化对唐宋诗之争的影响，从中挖掘出了清初诗学某些相对自足的演进脉络与规律，以期能为中国古典诗学研究新领域、新方法的开拓添砖加瓦。

第五章 清初杭州词学思想与文化空间

词至清代,地域性尤为突出。对清词的研讨,固然可以有不同的角度和方法。我们从研究对象的特性出发,采用文学地理学的方法,更有利于展开对本论题的探讨。在展开论述之前,有必要对文学地理学作一简要的回顾。众所周知,远在先秦便已有《诗经》和《楚辞》两种文学经典著作诞生,其地域特色十分明显。这无论是有意而为还是无意自成,都可说明文学与地理存有先天的不解之缘。一路而下,文学与地理的"姻缘"始终历历可辨。

历史的车轮碾入20世纪80年代,伴随"文化热"和"方法论热",文学地理学的相关研究也再度复兴。在林林总总的观点"百花齐放"之时,我们认为有两种"文学地理学"观点尤为值得关注。其一是梅新林《中国文学地理形态与演变》明确提出学科建设的目标:"文学地理学是一门有机融合文学与地理学研究的新兴交叉学科,是一种以文学为本位、以文学空间研究为重心的跨学科研究理论与方法。本文以《中国古代文学地理形态与演变》为论题,目的在于通过中国古代文学与地理的跨学科研究,力求达到以下研究目标:(1)揭示中国古代文学地理的表现形态;(2)探索中国古代文学地理的演变规律;(3)推进中国古代文学地理研究的理论创新;

(4)建构中国古代文学地理研究的学术体系。"①在《世纪之交文学地理研究的进展与趋势》一文中,梅新林再度提出:"使之从跨学科研究理论与方法逐步发展成长为相对独立的新兴交叉学科,以推进中国文学研究的学科交融与学术创新"。② 其二是邹建军立足于"文学批评"的文学地理批评一说,其《文学地理学研究的主要领域》载:"文学地理学,是我近年来在思考文学问题时比较感兴趣的一个话题,是我为中国比较文学研究的新方向而提出来的一种批评与研究文学的方法。"③在总结从前学者关注文学地理的四个方面的基础上,提出了自己认为应当关注的八个问题。第一,作家受到自然地理、山水环境的深刻影响;第二,文学作品中对某一地理空间的建构;第三,文学作品中的自然山水描写及其意义;第四,文学流派产生和自然地理环境的关系;第五,文学史的演变和地理环境变迁的关系;第六,"地理大发现"对文学作品内容所发生的影响;第七,人类对宇宙空间的新观察对作家观念所产生的影响。第八,东西方作家对地理空间的不同表达。不难看出,梅作的文学地理学观点重在系统的学科建构,邹建军的观点重在"文学批评"的方法,在操作层面上倾向于具体作家作品和自然地理的内在关系。2010年,邹建军、周亚芬发表《文学地理学批评的十个关键词》,再次彰显其观点的鲜明个性。概而言之,邹文区分了"地域文化研究"与"地域文学研究"、文学的"地域性"与"地理性"、"地理批评"与"空间批评"、"生态批评、环境批评"与"地理批评"。一言以蔽

① 梅新林:《中国古代文学地理形态与演变》,复旦大学出版社2006年版,第1页。

② 梅新林:《世纪之交文学地理研究的进展与趋势》,载《浙江师范大学学报(社会科学版)》2010年第3期。

③ 邹建军:《文学地理学研究的主要领域》,载《世界文学评论》2009年第1期。

之,邹氏强调从作品出发对自然地理与作家、作品的关联进行阐幽显微。不过,也以“限定域”与“扩展域”调和了个人观点与学界观点的“势不两立”。① 对于邹氏文学地理学观点的价值和局限性,学界亦有回音。颜红菲《当代中国的文学地理学批评》就提出:“邹建军的文学地理学批评在近两年的建构中已逐渐形成了自身特色。……他对文学地理批评中文学性的强调再次地捍卫了文学的疆域……将地理空间限定在自然地理空间之中的尝试客观上又导致了该批评理论实践的封闭性和有限性。”②对其局限性的看法,周圣弘《文学地理学批评的贡献与局限》亦尖锐地指出:“反之,如果我们因此而忽略对文学作品中空间的文化属性的研究,这样的文学地理学批评也一定是不完整的。”③其实,梅新林力图建构的文学地理学学科体系所提出的“价值内化”和“精神磁场”等说法,与邹建军教授强调的作家作品与自然地理的内在深刻联系亦有一致性。依照韦勒克和沃伦的《文学理论》理论体系所体现的思维模式来看,文学研究的大致范围总不会逸出“外部研究”和“内部研究”这两大板块。以此为度,邹建军的文学地理学观点侧重“内部研究”,而传统的文学地理研究则重在“外部研究”。对于相对完整、合理的文学研究来说,将两者有机统一恐怕是更好的选择。李超的硕士毕业论文《一个词语的历史——“80后”文学论》,④分为上

① 邹建军、周亚芬:《文学地理学批评的十个关键词》,《安徽大学学报(哲学社会科学版)》2010年第2期。

② 颜红菲:《当代中国的文学地理学批评》,载《世界文学评论》2011年第1期。

③ 周圣弘:《文学地理学批评的贡献与局限》,载《世界文学评论》2011年第1期。

④ 李超:《一个词语的历史——“80后”文学论》,载苏州大学2008年中国现当代文学专业硕士学位论文。

下两篇，即从文学的外部研究和内部研究相结合的路径对新世纪文学中的“80后”文学进行了研究，取得了一定的实效。

其实，无论作品的产生和存在空间（外部），抑或作品本身的空间意象、空间内涵，都是一种客观存在。因此有机结合内外观照的路子成为一种必要。文学地理学是一种新兴的文学研究的方法和理论，它正朝着学科建设的方向逐步迈进。观点争鸣和学者理论创新的勇气恰恰证明了这一理论的活力和潜力。我们将根据研究的需要，综合运用合适的方法和理论对问题进行辨析和论述。

清词以其数量之众多、流派之纷呈、作者之广泛、理论之繁荣，显示出其“振兴”的时代特色。而涉足、研究之不足已成学界共识，越来越多的学者将目光投向此一领域。经年累月，成果迭出固不可忽视。然清词卷帙浩繁，名目良多，实难朝夕尽之。

清初词学，在资料整理方面，已有《全清词》（顺康卷）整理出版，见之于世，该段词史的研究似更有坚实的文献基础。而词学思想的爬梳与辨析当不失为词学研究的一大重点。“文学史一般只涉及创作实际，而文学思想史除此之外还将涉及文学批评与文学理论。”①其价值和意义自不待言。

对于清初杭州词学思想的研究，首先须对“清初”（时间）和“杭州”（空间）进行界定。文学与历史、政治固然有着千丝万缕的联系，但文学自有其发生发展的规律和演进轨迹，因此文学发展阶段的标界及其划分应充分考虑自身因素。严迪昌《清词史》载：“清顺治十年（1653）前后到康熙十八年（1679）‘博学鸿儒’科诏试这之间约30年左右，是清初词风胚变，词学振兴的极其重

① 李康化：《明清之际江南词学思想研究》，巴蜀书社2001年版，第3页。

要阶段。”①李康化《明清之际江南词学思想研究》指出：“自明崇祯至清康熙十八年，这个阶段的词学思想既沿袭了明代词学思想的余绪，又对有清一代的词学思想产生了深远的影响，在中国词学思想史上具有举足轻重的地位。”②有鉴于此，我们所指的“清初”即顺治四年（1647，云间词派的流向发生关键变化）至康熙十八年（1679）。此间，康熙四年“江村唱和”发生，康熙十四年《西陵词选》刊行。空间的界定可谓相对复杂。从行政区划的角度看，据《清史稿·地理志》可知杭州府“领州一，县八”③，分别为海宁州、钱塘、仁和、富阳、临安、於潜、昌化。其中，杭州及附郭钱塘和仁和词人词作较其他地区繁富。从文化地理的角度来考量，杭州属于“杭嘉湖宁绍文化区”，且“入元后……杭州仍是东南地区的政治、文化中心……到了清代，杭州的进士数目高居全省第一，杭州作为一个文化发达城市的地位已基本确立”④。由此，区域内部的文化交流与互动不容忽视。除以上两点，最紧要的是从文学地理的角度进行绳衡。梅新林《中国古代文学地理形态与演变》概述文学家与地理的关系：“其中文学家是主体，是灵魂；地理是客体，是舞台。文学家群体处在哪里，流向哪里，哪里就是文学地理的中心。”⑤因词学研析的需要，杭籍且有词学活动在杭州的清初词人和非杭籍但有词学活动发生于杭州的清初词人，都可

---

① 严迪昌：《清词史》，江苏古籍出版社 1999 年版，第 33 页。

② 李康化：《明清之际江南词学思想研究》，巴蜀书社 2001 年版，第 4 页。

③ 〔清〕赵尔巽等：《清史稿》，中华书局 1977 年版，第 13317 页。

④ 朱海滨：《近世浙江文化地理研究》，复旦大学出版社 2011 年版，第 52 页

⑤ 梅新林：《中国古代文学地理形态与演变》，复旦大学出版社 2006 年版，第 13 页。

考虑纳入我们的考察视野。

关于清初杭州词学思想至今未见专论。谷辉之《西陵词派研究》对西陵十子的创作进行了系统的文献分析和梳理，其有涉及词学思想的内容，如“人擅苏、辛，家工周柳，正是西陵词人重要的学词门径”①。但谷先生的论著重在文献资料的辑佚和整理。严迪昌《清词史》论及“江村唱和”，亦涉及曹尔堪、宋琬、王士禄等人的创作心态，“‘江村’唱酬是当时具相当普遍性的迁谪之客的感受的一次大抒发，有着时代印记，绝非出于闲情逸致。”②措辞精当，具有指导性意义，不过很难说是对他们词学思想的总结。方智范、邓乔彬、周圣伟、高健中的《中国词学批评史》之“清代前期词论”一章，总括了这一时期词学思想追求“尊体”的趋向。李丹《顺康之际广陵词坛研究》认为：“这次唱和的意义，不仅仅是在词风上的变化，还给杭州一带词人带来巨大影响，一时和此韵者甚多。”③限于篇幅，并未专门论及此时一地区的词学思想。周焕卿《清初遗民词人群体研究》总括西陵（杭州）词人风格上的总体特点：“西陵遗民词人风格上的不一致，正好说明了西陵词人群体风格上的多元化，而这亦正是西陵词人群未能称其为‘西陵词派’的原因之一。”④在一定程度上触及了明清易代时期词学思想呈现的潜在规律。杨雨《悲情之“雅”与欢娱之“俗”——试论明末清初词学思想向悲情之雅的复归》一文对明末清初的词学思想进行了小结：“值得注意的是，无论是南宋、还是明末清初，各词学流派不仅从音乐韵律、内容主题、语言风格等层面全面阐释其雅化思想，而且还从抒情风格上

---

①　谷辉之：《西陵词派研究》，杭州大学1997年古代文学专业博士学位论文，第15页。

②　严迪昌：《清词史》，江苏古籍出版社1999年版，第53页。

③　李丹：《顺康之际广陵词坛研究》，上海古籍出版社2009年版，第225页。

④　周焕卿：《清初遗民词人群体研究》，上海古籍出版社2008年版，第9页。

对词的雅化内涵进行了界定——抒发悲情意识的词因其能够同时激发接受者艺术上的审美同情和伦理上的道德同情,往往被认为是崇高的、典雅的;反之,欢娱之词则常常被认为具有'俗趣'。"①在词抒发情感的特质上予以思考是切中要害的。综上所述,无论专著抑或单篇论文,对清初的词学思想有所涉及和探讨,但尚未从某一地域或城市角度进行专门梳理。由此可见,对于清初杭州词学思想的研析与探讨具有一定开拓性意义。

目前,着眼于城市与文学的关系研究,并不鲜见。杨扬《城市空间与文学类型》一文指出海派文学与其赖以产生的特定城市的内在联系。2009 年苏州大学陈燕妮的博士论文《城市与文学》,从城市景观的角度切入,旨在探讨洛阳城与唐诗的关系。梅新林《世纪之交文学地理研究的进展与趋势》一文梳理专题性研究成果:"城市文学地理研究,既是特定的区域性文学地理研究,又可归属于区别文学地理的专题研究。"②该文还胪列了杨义《京派与海派比较研究》(1994)、许道明《海派文学论》(1999)、蒋述卓等《城市的想象与呈现——城市文学的文化审视》(2003)、葛永海《古代小说与城市文化研究》(2004)、王均《现象与意象:近现代时期北京城市的文学感知》(2002)、梅新林与王晓钧《陪都文学精神的形成与演变》(2007)等专著和论文几十篇,进而阐明:"城市既是一个区域单位,又与一般区域不同,因而城市文学地理有其独特的内涵,世纪之交,借助大规模城市化运动的强力推动,城市文学无论在创作上还是研究上,都出现了前所未有的繁荣局面。"既然有城市文学

① 杨雨:《悲情之"雅"与欢娱之"俗"——试论明末清初词学思想向悲情之雅的复归》,载《兰州大学学报(社会科学版)》2010 年第 4 期。

② 梅新林:《世纪之交文学地理研究的进展与趋势》,载《浙江师范大学学报(社会科学版)》2010 年第 3 期。

的研究,理当有城市文学思想的研究。虽然文学思想的辨析涵盖了文学理论和文学批评,但其本源皆在于文学创作实践,故有一城市的文学实践活动即有一城市的文学思想。

我们以清初杭州词学思想为对象,亦是基于此一城市客观的词学活动。从词人数量来看,"蒋景祁所辑《瑶华集》为清初大型词总集,刊于康熙二十七年,收词人 507 人。内浙江词人 158 人,其中杭州词人 52 人,嘉善 36 人,均超过嗣后作为浙词大宗的嘉兴(22 人)。"这与清代浙江(尤其是杭州府)文学地理的地位上升大背景相一致,据梅新林《中国文学地理形态与演变》的统计,清代出现著名文学家的府州达 164 个,杭州府 173 人,仅次于位列第一的苏州府。从相关作品来看,清初刊行的郡邑词选集,除《柳州词选》《荆溪词初集》《梁溪词选》《浙西六家词》外,《西陵词选》当占有重要的一席之地。《西陵词选》八卷,收词人 175 家,选词 664 首。虽有部分词人、词集逸出其所选,但仍不失为研究清初地域性词学的重要文献。从词人的结集、唱和活动来看,起于明末的西陵词人群体,绵延于顺治、康熙两朝,以"西陵十子"中的张纲孙、毛先舒、沈谦、丁澎等为中坚,活跃于词坛。而康熙四年(1665)的"江村唱和"、康熙五年(1666)的"广陵唱和"和康熙十年(1671)的"秋水轩唱和"共同组成了清初几次重要的词学唱和活动。发生于杭州一地的"江村唱和"不仅对江浙一带的词风产生重要影响,更对清初的词风嬗变、流转起了推动作用。

第一节　"江村唱和"的空间观照

"江村唱和"发生于康熙四年的杭州。"西陵十子"之一毛先舒《潠书》卷二《题三先生词》云:"始莱阳宋夫子为浙臬,持宪平浙,以治未一岁,而无妄之狱起,既而新城王西樵、吴乡曹子顾亦先后以事或谪或削，久之得雪。今年夏月，适相聚于西湖，子顾先倡《满江红》词一韵八章，二先生和之，俱极工思，高脱沉壮，至其悲天悯人、忧谗畏讥之意，尤三致怀焉而不能已。呜呼，何其厚也。”①对唱和者的籍贯地理、唱和缘起乃至风格、意蕴均有涉及，成为发掘这段词史极为重要的基础性资料。今人已经清晰可辨其论词的地域意识。

一、“江村唱和”词人籍贯地理分布

依《全清词》（顺康卷）的辑录，兹将“江村唱和”词人列表如下：

词人	籍贯		和作数量	备注
	旧称	现称（或现属）		
徐士俊	仁和	杭州	1	
吴绡	长洲	常熟	4	
郑侠如	江都	扬州	2	
宋琬	莱阳	山东	8	
陈大成	无锡	无锡	1	
曹尔堪	嘉善	浙江	8	
吴绮	江都	扬州	1	
黄永	武进	常州	8	
许虬	长洲	常熟	1	时在仁和王晫斋
朱中楣	南昌	江西	1	

① 转引自李康化《明清之际江南词学思想研究》，巴蜀书社2001年版，第174页。

（续表）

词　人	籍　贯		和作数量	备　注
	旧　称	现称（或现属）		
陈维崧	阳羡	江苏	8	
王士禄	新城	山东	8	
唐梦赉	淄川	山东	4	
方　炳	会稽	浙江	7	
宋　荦	商丘	河南	2	
刘　榛	商丘	河南	2	
王　晫	仁和	浙江	10	
徐　轨	吴江	江苏	3	
周之道	萧山	浙江	2	
周　纶	华亭	上海	1	
汪懋麟	江都	江苏	1	
陈玉璂	武进	江苏	1	
周　铭	吴江	江苏	1	
孙致弥	嘉定	上海	1	
杨通佺	济宁	山东	1	
谢超宗	瓯宁	福建	1	
周稚廉	松江	上海	1	
郑熙绩	江都	江苏	2	
周在健	祥符	河南	5	
周廷谔	吴江	江苏	1	
郁承烈	吴县	江苏	1	
曹士勋	桐乡	桐乡	4	

由上表可知，江苏籍共计 14 人，浙江籍共计 6 人，山东籍共计 4 人，上海籍共计 3 人，河南籍共计 3 人，江西籍共计 1 人，福建籍共计 1 人。从和作数量看，浙江籍词人唱和共计 32 首，江苏籍词人唱和共计 34 首，山东籍词人唱和共计 21 首，河南籍词人唱和共计 9 首，上海籍词人唱和共计 3 首，福建籍词人唱和共计 1 首，江西籍词人唱和共计 1 首（以现称为准进行统计）。

其一，此次唱和范围涉及 7 个省市的词人，但江南一带占据绝对优势，其中籍贯属山东的宋琬和王士禄也是宦游南方的词人。其二，无论是词人数量还是词作数量均以江浙为主体。其三，唱和发起地为杭州西湖，但在江苏的唱和之繁盛超过了杭州。从中可窥见以下几点：首先，随着江南经济的发展跃进，江浙一带在有清一代确已成为文化发达之地。“文化是文学的根基，也是文学发展的动力。”①朱海滨《近世浙江文化地理研究》通过对清代儒学者的地理分布考察，指出：“杭嘉湖三府与苏南的苏州一带、松江府、太仓州、常州府共同组成了全国文化最发达的地区。”②以经济为基石，以文化为动力，文学的发展和某一地域文学地位的提升才有了保障。“江村唱和”作为清初几次重大的词学唱和活动之一，从一个侧面向世人证实了江浙一带尤其是苏杭两地文学地位的快速上升。其次，“江村唱和”词人籍贯的地理分布，以一个较新的角度揭橥了清初朝廷打击文士的重点确在江南一带。严迪昌《清词史》载：“顺治十四年（1657）南北两闱的‘科场案’重点打击在江南。顺治十八年（1661）的‘奏销案’（又

① 梅新林：《中国古代文学地理形态与演变》，复旦大学出版社 2006 年版，第 216 页。

② 朱海滨：《近世浙江文化地理研究》，复旦大学出版社 2011 年版，第 49 页。

称逋粮案）集中惩治的则更是江东苏、松、常、镇这四个府郡的士子，此外还有金坛等地的所谓‘通海案’大狱等。”①“（江村唱和）从一个特殊的层面上反映了当时汉族文人从显宦名流到草野遗逸，无论在哪个层次上都无可避免地卷进了急流深涡中去，心灵在不同的频率上激烈悸动。”②这可谓史地互证。对于我们重新审视文学历史不无裨益。最后，唱酬活动发生于浙江杭州，词人、词作数量均不如江苏词坛，个中原因耐人寻思。从重要词人的流向来看，“曹尔堪、王士禄、宋琬康熙五年（1666）重聚广陵，倡导了延续‘江村唱和’词风的‘广陵唱和’”③。可见，文学家的流动，直接导致文学空间的变化。据此而言，“广陵唱和”亦确是“江村唱和”的延续与深化。相隔七八年，曹尔堪等人又在京都倡导“秋水轩唱和”，在心迹、思想上前后承续。如此，由词作显露的词学观点和意识随之悄然发生变化。

立足于有清一代词学振兴的整个历史进程的高度来看，“江村唱和”导引了清初两次更大的唱和活动，清词振兴之路上相继登场的多种“角色”已初露端倪。首先，对词体观念的实践性探索功不可没。对词体的认识是随着词学创作的不断发展而逐步推进的。当词尚作为歌儿舞女们在歌筵酒席上用以“娱宾遣兴”之时，诞生“词为艳科”的观念便不足为奇了。正由于词在产生之初存有一个在古人看来不登大雅之堂的境遇，于是词欲取得与诗并驾齐驱的地位，何其难矣。而“诗”是“言志”的。这就意味着，词一旦可以“言志”，便有可能抬高身价。“江村唱和”因其“子顾先倡《满江红》词一韵八章，二先生和之，俱极工思，高脱沉壮，至其悲天悯人、

① 严迪昌：《清词史》，江苏古籍出版社1999年版，第8页。
② 严迪昌：《清词史》，江苏古籍出版社1999年版，第55页。
③ 朱秋娟：《“江村唱和”考述》，载《中国韵文学刊》2009年第3期。

忧谗畏讥之意，尤三致怀焉而不能已。呜呼，何其厚也”所抒写的“高脱沉壮”之意无疑在内涵上与“言志”相去不远。我们认为，词学活动客观上的尊体趋向，较之主观上的“有意而为”的推尊词体更有说服力。其次，从词体风格之论承传的角度看，此次唱和活动成为清代主张婉约与豪放不可偏废之论的前奏。以主倡者之一曹尔堪为例，曹氏本人曾云：“词之为体如美人，而诗则壮士也；如春华，而诗则秋实也；如夭桃繁杏，而诗则劲松贞柏也。”①曹氏在文学体性论的层面认同词的婉约之美。在“江村唱和”中，曹氏词作“雄风”渐浓。在这看似矛盾的背后，隐藏了一个极为重要的命题——词体本身艺术表现容量的扩大，并没有因为所谓的“明词中衰”而失去其顽强的生命力。

综上所论，我们考察“江村唱和”词人籍贯地理分布的意义，即在于阐明此次唱活动的重要价值和意义的产生均离不开特定的文学空间。亦为此后从更深层次上探讨二者关系做一铺垫。

二、“江村唱和”在文学地理上的延续

文人是文学变化风向标的重要体现，重要词人的流动造成了词学地理空间的变化。倡导、参与“江村唱和”的曹尔堪、王士禄、宋琬等风云人物又先后发起“广陵唱和”和“秋水轩唱和”。从某种意义上说，清初两次重大的词学唱酬活动（还有一次是发生于康熙元年的扬州“红桥唱和”）正是几位词坛大将文学地理空间转动的一个结果。

1.“离心”与“向心”

梅新林《中国古代文学地理形态与演变》将古代文人普遍的人生道路概括为求学、应举、仕进、流贬、授业、隐逸、游历、迁居等八

---

① 转引自唐圭璋《词话丛编》，中华书局1986年版，第1450页。

个关键环节,“由此决定了文人群体的角色转换与地域流向”。在此基础上,他又厘定出“向心型、离心型、交互型”等流向模式。①若将曹尔堪、王士禄等词人在杭州的“江村唱和”与相隔多年的“秋水轩唱和”(北京)统而视之,二者则典型地反映了“离心型”和“向心型”两种类型。“江村唱和”正是曹尔堪、王士禄等词人流寓江南之时,内心的抑郁可想而知。京都,对于文人士子们而言,是实现人生理想、施展才华的一大舞台。尤其是曹尔堪历官翰林院编修,升侍讲学士,本应是光耀门楣、成就功名,却遭入狱,心理受到沉重打击。京都似乎也成为其“理想”的幻灭之地。而与之对应的流寓之所——“杭州”却成了可以疗伤抚痛的佳境。因此,对“京都”的离心,实则是对“外邑”的向心。在这个意义上看,“江村唱和”既是对“京都”生活理想的一种逃逸,又是对“外邑”山水田园生活的一种追寻。曹尔堪的《满江红》词作中出现不少“柳浪”“桃花”“渔舟”“山雨”“绿蕉”“蓴菜”一类的意象,正是他醉心田园的显现。试看其《满江红·江村》:

> 柳浪方高,桃花雨、一村都涨。应自慰,春风未老,故国无恙。篱笋新抽江燕出,芦芽半卷河豚上。豆畦边,荠美采盈筐,东邻饷。　　柴门外,微波漾。芳树杪,时禽唱。好邀来春社,细斟家酿。欢喜儿童鸭脚果,逍遥父老蛇条杖。恕余顽,醉后越痴狂,真无状。

整首词散发着清新、明丽的田园之风。篱笋、芦芽、美荠、柴门、芳树、时禽等物象组合成了迥然有别于车马、金瓦、殿宇、酺宴

① 梅新林:《中国古代文学地理形态与演变》,复旦大学出版社 2006 年版,第 429 页。

等京都气象的恬淡境况。“西陵十子”之一徐士俊评:“唐人田家诸咏,爱其真朴,更加韵折,尤为醉心。”①曹尔堪尚“清雅”的词学创作观念,无疑对以徐士俊为首的西陵词人产生了一定影响。沈谦弟子俞士彪叙述《西陵词选》的缘起:

> 今海内词风蔚起,在有名人。……吾杭秀毓湖山,向多作者……近且得宋荔裳、梁冶湄诸先生来宦是土,表率人文,鼓吹风雅,盖复家吟户咏,卷帙成林,直可掩千秋而夸四方矣。

又如陆进《西陵词选序》:

> 西陵山川秀美,人文卓荦。宋元以来,以词名家者,众矣。……因取时贤名词,裒辑论定,共得八卷,而以宦游诸公之词,冠于卷首。……

无论是俞士彪,还是陆进,均不约而同点到宦游诸公,编选时又置诸卷首,流露出对其词学观点的认同。

二、京都与乡野

随着身体在地理空间上的变迁,带来了心灵空间的转换。曹尔堪等人从“京都”为官而流寓江南,而返回“京都”,最后离京回乡。“江村唱和”和“秋水轩唱和”有力地见证了他们心灵空间的位移与更换。如前所论,京都是历代文人士子心向往之的人生舞台。“学而优则仕”的思想绵延而下,成为代代封建学子们苦心攻读、孜

① 〔清〕曹尔堪:《南溪词》,见《清词珍本丛刊》第二册,凤凰出版社2007年版,第568页。

孜以求的人生动力。梅新林将之命名为“京都情结”①。由此种“京都情结”延展而来的，当是文人们内心之中由种种京都气象所构成的一个心灵空间。这个心灵空间迥异于乡野气息所投射在平民百姓心中的空间。“江村唱和”是曹尔堪等人推挤“京都”空间的开始，其心灵空间逐渐为“乡野”所替代。而“秋水轩唱和”则宣示了对“京都”的彻底排除，心灵空间实现了从“京都”到“乡野”的转换。试看曹尔堪“秋水轩”唱和的一首词：

贺新郎

雪客秋水轩晚坐，柬檗子、青藜、湘草、古直。六月二十日。

淡墨云舒卷，旅怀孤、郁蒸三伏，剧难消遣。秋水轩前看暴涨，晚露着花犹泫。贪美睡、红蚕藏茧。道是分明湖上景，苇烟青、又似耶溪浅。留度暑，簟纹展。　萧闲不羡人通显。笑名根、膏肓深病，术穷淳扁。衮衮庙牺识破，回忆东门黄犬。沧海阔、吾其知免。埋照刘伶扬酒德，倒松醪、好把春衣典。词赋客，烛频剪。

其“萧闲不羡人通显。笑名根、膏肓深病，术穷淳扁”，词句异常鲜明表白了自己从此远离功名利禄的态度。实则是心灵空间已经转而向平淡清静的乡野了。如此个性化强烈的自我表述，也意味着清词审美倾向的悄然嬗变。严迪昌《清词史》对此独具慧眼：“从曹尔堪词的衍变，可以感觉到，清词已不可逆转地要发生新的腾跃，因为有个性有艺术使命感而又遭致种种压抑的作家，都将自觉不

① 梅新林：《中国古代文学地理形态与演变》，复旦大学出版社2006年版，第431页。

自觉地在沿着一条足以表现自己‘这一个’的道路走向前去，追踪着某种与一己心灵频率相适应的审美倾向。”①由此可见，“江村唱和”与“秋水轩唱和”前后承续，曹尔堪等词家的词学观念逐渐得以鲜明起来，并随着作品的流播与和作的兴起产生一定的影响。朱秋娟《“江村唱和”考述》认为：“‘江村唱和’以西湖唱和、苏州唱和为主体、其后续和者人数众多、地域分布广，是一次大规模的唱和活动，为清以前所罕见。它以清刚雄健的词风，迅速推动‘稼轩风’成为词坛一时之风尚，为清词进一步的发展提供了条件。”②从这个意义上来看，“秋水轩唱和”无疑是在更大的地理空间内延续了“江村唱和”对清初词风、词学思想的影响作用。

第二节　“江村唱和”与西湖景观

毓秀西湖与“江村唱和”的内在关联，主要体现为其得天独厚的自然环境和源远流长的地域文化，在一定条件下，西湖内化为词人的精神养分和心灵印迹，进而潜移默化地影响其诗词创作。本节我们主要从“时空变迁与词体意识”“自然意象与抒情倾向”两个维度加以论述，考察词人在杭州“西湖“这一独特的空间中，词体意识的悄然变化历程以及抒情写志的词体功能得以实现和强化的经过；在意象营构上，呈现“西湖意象”和“之江意象”两大类别，与之对应形成“曲径通幽”和“长歌当哭”两种抒情倾向。两者均为词之为词的抒情特质之体现。无论是词体功能抑或抒情特质，都为后继的词人和词论家门进一步明晰了推尊词体、阐发词学思想的必要路径。

---

① 严迪昌：《清词史》，江苏古籍出版社1999年版，第129页。

② 朱秋娟：《“江村唱和”考述》，载《中国韵文学刊》2009年第3期。

一、时空变迁与词体观

“词为小道”的观念自词产生之日始就根深蒂固，词体向来难与“言志”的诗歌并驾齐驱。然而正如严迪昌《清词史》所言：“言为心声，不平则鸣，这是必然的，也是有历史传统的。伴随着这样一个特定的历史时期，抒情达意的诗文之作的发生剧变是可以预料的。”①风起云聚、波涌潮涨的动荡时代冲击着词人的人生轨迹，同样也冲击着他们内心的种种既定意识。参与清初三次重大唱和的主要人物之一曹尔堪的人生遭际及其生存时空的变迁，牵动其内心词体意识的微妙变化。三次唱和，“词风一次雄健于一次”。历来的学者们多从“史”的角度对其变化原因进行发掘。田瑞敏《曹尔堪与明清之际词风转型》论及“奏销案”对曹氏词风转变的巨大作用：“‘奏销案’被难对曹尔堪影响甚大，可谓是其人生的重大转折……将由仕途经济之彻底破灭、身份地位之巨大落差、风云变幻之政治环境所引发的苍凉、哀怨、郁愤的心态一一寄予词作……其词风也出现了由前期清新、俗艳、婉雅并立到中后期清雅苍雄的明显转型。”②无可否认，历史风云的确是曹尔堪等清初词人词风转变的重要因素。但我们更希冀通过对空间角度的关注和解析，从另一个视角重新审视曹尔堪等清初词人词体意识的微妙变动。所谓词体意识，李康化《明清之际江南词学思想研究》认为：“即是对于词体传统和词体惯例的意识。”③在与诗的比对中，曹尔堪流露了自己的词体意识：“词之为体如美人，而诗则壮士也；如春华，而诗

① 严迪昌：《清词史》，江苏古籍出版社1999年版，第9页。

② 田瑞敏：《曹尔堪与明清之际词风转型》，广西师范大学2009年古代文学专业硕士学位论文，第16页。

③ 李康化：《明清之际江南词学思想研究》，巴蜀书社2001年版，第71页。

则秋实也;如夭桃繁杏,而诗则劲松贞柏也。”①此段论述突出了词之为词柔婉艳丽的一面。而随着时事变迁、空间更换、人生体验的深刻变化,曹尔堪等人的词体意识亦在悄然改变。

1. 流寓江南——“不平则鸣”

江南,从自然地理环境而言,水乡泽国,山明水清,可谓钟灵毓秀。历来就有不少文人骚客吟咏此间,由自然景观滋养而来的人文气象更是靡荡相生,历久弥新。秀美的自然风光和深厚的人文底蕴又对后来者产生精神浸润、心性陶冶的作用。杭州西湖更是以其灵动之神韵、开放之襟怀吸纳、泽被来者。宋人苏轼曾感喟:“杭州之有西湖,如人之有耳目”“使杭州而无西湖,如人去其耳目,岂复为人乎?”此番言论虽出于奏请朝廷疏浚西湖之需要,但从一侧面见出西湖在文人心中不容忽视的分量。难怪乎白居易《忆江南》云:“江南忆,最忆是杭州。”宋人柳永的《望海潮》亦为人所称道:

> 东南形胜,三吴都会,钱塘自古繁华。烟柳画桥,风帘翠幕,参差十万人家。云树绕堤沙,怒涛卷霜雪,天堑无涯。市列珠玑,户盈罗绮,竞豪奢。　　重湖叠巘清嘉,有三秋桂子,十里荷花。羌管弄晴,菱歌泛夜,嬉嬉钓叟莲娃。千骑拥高牙,乘醉听箫鼓,吟赏烟霞。异日图将好景,归去凤池夸。

柳词不仅点出其自然地理之形胜,亦描绘出如诗如画的市井生相。文坛大家白居易、苏轼、王安石、林逋、徐渭、厉鹗等都曾以自己的诗文创作丰富了西湖文化。“和整个江南文化一样,西湖诗

① 〔清〕曹尔堪:《南溪词》,见《清词珍本丛刊》第二册,凤凰出版社2007年版,第632页。

多阴柔、唯美、感伤、空灵格调，却也不乏热烈、悲壮、艳丽的色彩。”①从文学作品观之，柔美清丽是西湖文化的一个基本格调。这一点与此处的自然地理特色亦是深深契合。曹尔堪生于浙江嘉善，自小也是受着“鱼米之乡”的滋养，这对其创作心理和审美情趣不无影响。其《南溪词》的尤侗序载：“记二十年前与顾庵相乐也，每当湖山宴集，毫墨淋漓，酒旗歌扇，逢迎不暇，此真少时之极致矣。”曹氏青少年时代当在江南为主。其《捣练子·乙亥冬暮晓行》云：

风欲静，冻交加，冰啮霜痕阁岸斜。流水无声波不起，冷烟微月写轻霞。

该词作于早年（曹尔堪19岁②），严迪昌《清词史》举其为“清逸清旷”之作。又如其《望江南·戊寅初夏》：

初夏好，门外嫩凉吹。笋点斑痕抽玳瑁，水添绿晕涨玻璃。新结竹边篱。

清新晓畅，不沾尘埃。邹程村云：“顾庵诸词，有务观之萧散，无后村之粗豪，南宋当家之技。”③可见，曹尔堪早期词作却有“清”的一面，不过亦有承续“花间”遗风之作。其《减字木兰花·春暮》：

---

① 吴晶：《西湖诗词》，杭州出版社2005年版，第1～2页。

② 田瑞敏：《曹尔堪与明清之际词风转型》，广西师范大学2009年古代文学专业硕士学位论文，第63页。

③ 〔清〕邹祗谟、王士禛：《倚声初集》卷一，清顺治十七年大冶堂刻本。

晚飘红雨,吹乱蔷薇啼杜宇。绿树新阴,中有青楼惜别心。　湘帘半落,细听呢喃催绣箔。心事谁传,传语鹦哥当锦笺。

如钱仲芳所云:“此顾庵二十年前旧作,想见其少年时之风流跌宕也。”①由这些词作确可见出曹尔堪早期状物绘景与词为艳科兼而认同的词体意识。

流寓江南,尤其是酬唱于西湖之上,则显然是渐渐弱化了“词为艳科”的认同,愈来愈偏向抒写心绪感慨。究其原因,“奏销案”所累,夺级南归,这一历史风波固为最重要的,然从地域文化的角度来考察亦未尝不可。如前所述,西湖文化空间既积淀了婉约秀美的一面,又兼容了刚烈、奔放的一面。流寓于此的曹尔堪,面对湖光山色,面对历代文人墨客赋予西湖的丰富情韵,怎能不“情动于中”呢?内心的惊悸、幻灭、感慨、庆幸等情感波澜与西湖的形、神均产生交汇、碰撞,发而为词,“清雅”日盛。兹举其唱和中情感最为激烈的一首:

漂泊东南,空回首、凤池春涨。家已破、逢人羞语,菊松无恙。余齿偕归江海畔,浮生幸脱刀砧上。君还有,请室断葱来,高堂饷。　天怒解,精魂漾。且啸傲、闲赓唱。为周郎而醉,不须倾酿。从此休焉蜗作舍,吾其衰矣鸠为杖。见卯君,备说老夫穷,无佳状。(予与荔裳、西樵皆被奇祸,得免。)

---

① 〔清〕曹尔堪:《南溪词》,见《清词珍本丛刊》第二册,凤凰出版社2007年版,第496页。

全然没有了青少年时的“风流跌宕”，直写“浮生幸脱刀砧上”的庆幸与悲怀，确证了词抒写“心志”的词体意识。正如曹尔堪本人所言：“余性不喜艳词，亦惟笔性之所近而已。”①“江村唱和”之“不平则鸣”恰好给了他一个体认内心词体意识的极好机会。

曹尔堪等人的词作，首先从题材内容的选择上，彰显了词体观念，即词同样可以表现人生遭际、哀鸣感慨，同样可以“不平则鸣”。韩愈《送孟东野序》言：“大凡物不得其平则鸣。……凡出乎口而为声者，其皆有弗平者乎！”②韩愈由外界事物推及诗人（作家）的创作，本于内在“和谐”的破坏导致“不平”。而《礼记·乐记》“人心之动，物使之然也。感于物而动，故形于声”之论更具有形而上的意味，《毛诗序》则加以发挥：“情动于中而形于言。”显而易见，“不平则鸣”本意是作为古代诗歌批评话语之一，往往带有“刺上”或“化下”的政教论的色彩。从创作论的层面而言，“不平则鸣”揭示了一种创作规律，即外界（主要指作家生平遭际）触动作家的心灵，使其感情、意绪发生波动，进而产生创作的动力（欲望），化为笔端的感慨吁叹。而这些，本都是针对诗歌而言。毋庸赘言，曹氏等人将本该由文学正统的诗歌来表现的内容，转移到“词”这种体裁来表达，致使传统的词体观念发生内在的变化。从某种意义上说，这是历史的必然选择。清初朝廷对江南文士的肃杀态度，直接造成“诗”这种经典抒情言志的载体无法在大庭广众之上“明目张胆”地来承载文士们的心中郁愤不平。“词”就是在这样的文化生态下获得了自我发展的权利和空间。有清一代的词学思想逐渐走向成熟。况周颐《蕙风词话》云：“诗余之‘余’作‘赢余’之‘余’解。唐

① 孙克强、岳淑珍：《金元明人词话》，南开大学2012年版，第454页。
② 〔唐〕韩愈：《韩愈全诗》，上海古籍出版社1997年版，第201页。

人朝成一诗，夕付管弦，往往声希节促，则加入和声。凡和声皆以实字填之，遂成为词。词之情文节奏，并皆有余于诗，故曰‘诗余’。世俗之说，若以词为诗之胜义，则误解此‘余’字矣。”①况氏从诗与词均具有音乐性着眼，论定词由诗发展演变而来，因此两者不存在本质的区别；又据比较的视点，指出诗与词的区别在于“情文节奏”，由此批评了世俗之说对诗余之“余”的误解。况氏认为诗余之“余”当解为“盈余”，是为了更好地表达情感而自然而然地向前迈进了一步。可见，清代词学家论词观念大不同于前了。

“江村唱和”正是以胜于雄辩的词学创作事实，向世人宣示了“不平则鸣”的词学选材观念。同时，也为之后的词论家推尊词体、阐扬词学思想夯实基础。

2. 京都“事白”——“雄”之强化

“秋水轩唱和”发生在京都。曹尔堪此次到京，是为了了结案情。“事白”之后并无欢欣鼓舞之情。有的只是看破功名、参透世事的感慨和淡然。时间上虽与“江村唱和”相隔多年，但在文学地理空间上却紧相勾连。汪懋麟《百尺梧桐阁集》卷三《秋水轩诗集序》曾记：

退谷先生有轩三楹，在都城西南隅。下临城濠，疏柳行列；开轩而眺，西山郁苍直入窗户，其下清流潆洄，可鉴眉须。入其中者，恍在江湖旷朗之境，而忘其为京师尘土之乡也。先生爰以“秋水”名其轩。周子雪客假馆于斯，一时名公贤士无日不来，相与饮酒啸咏为乐。……雪客为栎园先生令子，爱山水，喜文字；今舍白门江山清润之地，来游京师，又当市廛牙侩

① 〔清〕况周颐等：《蕙风词话　人间词话》，人民文学出版社2001年版，第3页。

车马杂沓，乃能闭门踞床，开轩面水，终日与诗书贤达相接……夫人处静则思一，处动则思扰，苟动而不失其静，尚能一其心思，发为歌咏，则其志可知矣。①

依此文字记述，我们可知：其一，“秋水轩”确为京师一繁华之地的清幽之处，颇为难能可贵。这与其主人“爱山水，喜文字”的品位协调和一。正所谓“人以类聚，物以群分”，聚集于此的名公贤士当有志趣相投之处。其二，此次唱和活动很大程度上有“言志”的成分。历来“言志”的文学功能都被视为“正统”的诗所独揽。广义而言，“志”当涵盖思想抱负和情感两大方面。“至今一般的论者认为志指意志，是包括思想感情在内的，所以‘诗言志’就是说，诗歌是表达人的思想感情的。”②但由于“政教”观念占主导地位，“志”多偏重于“思想抱负”。汪懋麟在此提出“发为歌咏”而知其“志”，显然亦有对词人们酬唱抒志的认同之感，吟诗与作词在空间上也已无轩轾。严迪昌将“秋水轩唱和”视为心的“逆反”，可谓深具眼力。曹尔堪首开唱题，“雄”风扑面而来：

客次咏怀，柬快庵、绎堂、亦庵、眉山诸同馆。

愁况蕉心卷。羡英雄、高怀盛德，云鬟散遣。试到玉钩斜上看，野草烟迷两泫。飞不尽、银蚕金茧。猛可回头堪一笑，寂如僧、休说钟情浅。耽贝叶，自开展。　　禅灯遍地微而显。是何殊、神农岐伯，降而陀扁。短发数茎余老病，难觅月砂白犬。求棒喝、也教饶免。万事都抛沉醉耳，解腰渔、忙向

① 转引自严迪昌《清词史》，江苏古籍出版社1999年版，第125页。

② 郁沅：《心物感应与情境交融》，百花洲文艺出版社2006年版，第29页。

沂曹典。鸾翮铩，不须剪。①

词辞情激烈，直抒胸臆。“万事都抛沉醉耳，解腰渔、忙向新丰典”，颇有一种万事抛却、沽酒自醉的遁世情怀。正如曹尔堪本人《纪略》所言：“轩在正阳门之西，背城临河，葭芦秀其阴。当夏雨暴涨，水痕啮岸，卷帘凭几而观之，不啻秋水一壑，心骨俱清，此亦都市中之濠梁也……可谓濯绮笔于锦江，吐绣肠于沙籀者矣。”秋水轩于都市闹中取静，环境清幽，令人“心骨俱清”。这样的环境有力地激发了词人们内心的情绪。他们一方面对于蒙冤下狱更感愤慨，另一方面更为冷静地洞悉官场与世事，对“京都”的离心和对“乡野”的向心与之俱增。见之于词，清雄苍凉之感愈来愈浓。因此，我们可以说曹氏等人从风格上推尊了词体。

二、自然意象与词情论

周晓林、刘玉平《空间与审美——文化地理视域中的中国古代文学》认为：“作为诗歌构成的基本元件，意象是物与心、象与意、现实存在与心灵世界和谐交融的有机统一体，它的形成有赖于人对自我与外物间相互关系的深刻认识以及审美性把握。”②属意“心物交感”之论，阐发了意象所关联的主客观两极的深层联系。观之于词，亦是如此。曹尔堪、宋琬、王士禄湖上唱和之作，大致体现出两种抒情倾向：其一，“曲径通幽”；其二，“悲歌当哭”。无论是前者，抑或后者，都与词作中的自然意象密不可分。

---

① 南京大学中国语言文学系《全清词》编纂研究室：《全清词》(顺康卷)第三册，中华书局2002年版，第1345页。

② 周晓林、刘玉平：《空间与审美——文化地理视域中的中国古代文学》，人民出版社2009年版，第114页。

“柳浪”“芳树”“藕叶”“碧溪”“桃花”一类，往往是词人借以掩盖心底波澜，或抚慰心灵创伤，或委婉吐露心声的载体；“潮涨”“怒涛”“江海”“狂澜”“渔舠”一类则关涉痛楚、郁愤之情的喷吐。前一类意象，多从西湖秀丽风物中撷取，与西湖柔美个性熨帖，将其命名为“西湖意象”；后一类意象，多与钱塘江（之江）壮观景象关联，故命名为“之江意象”。兹将曹、宋、王三人唱和词中的意象归类胪列如下：

词　人	意象分类	
	西湖意象	之江意象
曹尔堪	柳浪、桃花雨、春风、篱笋、美荠、芳树、微波、溪流、栗留、飞絮、乱萍、石泉、镜奁、山雨、蘋浪、绿蕉、藕叶、小桥、孤山、猿鹤、杨柳、蓴菜、蔷薇、晓雾、两峰、渔舟	湖海、瞿塘、涛涨、茱萸湾、海市、江海
王士禄	碧溪、鹤猿、河鱼、五柳、春鸠、花丛、柳浪、清溪、樵唱、积雨湖、春水、青雀舫、烟霞、花鸟、云山、三竺、烟岚、烟雨、遥山、堤柳、湖雾、渔舠、断桥、柳眉、晴云、湖舫、烟云、白苏堤、浮堤、新莺	
宋琬	蓴菜、春波、疏柳、归樵、青油画舫、灵隐磬、弓样月、繁花、堤上、吴山、六桥、清溪	钱塘、江流、布帆、波涛、怒涛、东流、银涛、鼋鼍、桐江、狂澜、百川、海边

由上表可知：第一，“西湖意象”“之江意象”的出现，印证了自然地理对词人心灵和创作的影响。《文心雕龙·神思》云：故思理为妙，神与物游。魏晋时期，文人们“向外发现了自然，向内发现了自己的深情。”①从此，自然物象逐渐进入骚人墨客的审美视野，成为他们吟咏性情之表现之物。“西湖意象”“之江意象”隶属于“江南意象”。而“江南意象”在文学史上由来已久，“东晋南朝诗人通过观照江南山水，一定程度上摆脱了现实关系的桎梏，获得了情感的满足感和精神的自由感。于是，他们描绘山水景物时能够从不同角度揭示出人与大自然生命律动的共振”②。一方面，曹、王、宋等词人有着类似于此前诗人的状况，即借住湖光山色暂时摆脱了朝廷对江南文士残酷打击的悲惨现实，使悸动的心灵得以栖息；另一方面，种种人生的“悲欢梦”又会不时“却上心头”，发而为词，或隐或显地呈现了心底波澜，在一定程度上表现了“人与自然生命律动的共振”。第二，王士禄、曹尔堪、宋琬三人唱和词作中出现的“西湖意象”和“之江意象”并不均衡。曹尔堪词作多“西湖意象”，而少“之江意象”；王士禄词作倒向“西湖意象”；宋琬词作的“西湖意象”和“之江意象”各占半壁江山，其“之江意象”在三人中占绝对优势。严迪昌《清词史》：“曹顾庵较多地从幸能脱砧刀而返顾‘踏险’情景，语势以绵丝裹针芒，不多锋锐意。宋琬所历更艰险，词情显得激烈多。……三家词中王士禄最见温和，八章和词大抵均以湖光山色和笑傲烟霞的语调掩盖心底的波澜。”③从意象的选择和建构来看，严迪昌先生的判断洵可成立。“西湖意象”的总体

① 宗白华：《美学散步》，上海人民出版社2006年版，第183页。

② 周晓林、刘玉平：《空间与审美——文化地理视域中的中国古代文学》，人民出版社2009年版，第119页。

③ 严迪昌：《清词史》，江苏古籍出版社1999年版，第54~55页。

特征偏于“阴柔”,“之江意象”则偏于“阳刚”。曹顾庵词作兼顾“西湖意象”和“之江意象”。“柳浪”“桃花雨”“芳树”“春波”“绿蕉”等意象,从情感符号的角度来看,其能指和所指具有同构性。以西湖纤弱柔美的事物表达内敛、平和、退隐的心境。而“瞿塘”“涛涨”“海市”等意象则是以惊险、刚烈的事物传达惊悸、郁愤、不平的情感。宋琬词作中的“江流”“布帆”“波涛”“怒涛”“东流”“银涛”等意象与“西湖意象”平分秋色,淋漓尽致地表达了自己愤懑抑郁的强烈情感。第三,王士禄词作中的“春水”“青雀舫”“烟霞”“花鸟”“云山”“烟岚”“烟雨”一类意象为主体,显得情感内蕴、含而不露。尤其值得我们注意的是,王士禄出生山东新城,为官时间多半在北方。如果说“之江”意象所体现的豪宕之气让我们见到了宋琬身上的北人气质,那么王士禄的“西湖意象”则令我们不得不惊叹于江南山水和西湖神韵对非本土文士的同化作用。尽管影响文人气质的因素固然颇多,然自然环境亦不可忽视。我们可以想见,当王士禄“流寓吴越”之际,沉浸在江南秀水青山之中,内心世界多多少少会被“烟柳画桥”“十里荷花”的美景所软化,精神受之陶冶。从之后的和作来看,亦大抵沿着曹尔堪、宋琬、王士禄的意象建构的路子行进。

综上所述,曹尔堪、王士禄、宋琬等人倡导的“江村唱和”,在意象营构上,呈现“西湖意象”和“之江意象”两大类别,与之对应形成“曲径通幽”和“长歌当哭”两种抒情倾向。两者均为词之为词的抒情特质之体现。具体而言,曹尔堪等人的词学实践在如下几个方面对词情做了探讨。

其一,“情真”之论。

抒情的自然真实,不但从古至今探讨已多,而且域外同样将之作为一个重要的艺术论题。“真”作为一个哲学概念,庄子首先论及:“真者,精诚之至也。不精不诚,不能动人。故强哭者,虽悲不哀;强怒者,虽威不严;强亲者,虽笑不和。……真在内者,神动于外,是所以贵真也。……真者,所以受于天也。自然不可易也。故圣人法天贵真,不拘于俗。"①庄子之论,先着眼于人的情感,认为"真"是一种精诚之至的情感,它可以打动人;上升到哲学的高度,论定"真"是天道、自然的派生物,可以作为圣人的一种法则。反映在诗歌批评之中,常常与"自然"紧密相连。《中国诗学》总结"自然"一说:"大旨以创作上的即兴而作、语言的真率自然以及风格上的亲切随和为主要内涵,这或许可称之为自然观中的变种不变。"②其所谓"即兴而作"可理解为有感而发,不做作,不矫情,自然而然,即创作当发于真情实感;而"语言的真率自然以及风格的亲切随和"是与情感内容上的真实相契合的。词学发展史,亦不可回避地会涉及此问题。况周颐《蕙风词话》言:"真字是词骨。情真、景真,所作必佳,且易脱稿。"③况氏将"真"提高到关乎词作生命的高度来看待,进而将"情真"和"景真"作为衡量一篇词作优劣与否的标尺。之后的王国维,基于前人的思想,拈出"境界"二字,作为自己词学思想的核心。他对"境界"的界定,同样是以"真感情"为绳衡之准的:"境非独谓景物也。喜怒哀乐,亦人心中之一境界。故能写真景物、真感情者,谓之有境界。否则谓之无境界。"④属意主客观交融,王氏明确指出"境界"绝非仅指外界景物而言,其凸显内心感情的意图明显,并强调情感与景物之"真"。限于其古典文论评点方式,我

---

① 曹础基:《庄子浅注》,中华书局2007年版,第371页。

② 汪涌豪、骆玉明:《中国诗学》,东方出版中心1999年版,第325页。

③ 〔清〕况周颐等:《蕙风词话　人间词话》,人民文学出版社2001年版,第6页。

④ 〔清〕况周颐等:《蕙风词话　人间词话》,人民文学出版社2001年版,第192页。

们很难直接找到王氏所谓“真”究竟为何。但从其下文“词人者，不失其赤子之心者也。……阅世愈浅，则性情愈真，李后主是也”①可见，“真”应当包含性情之真。这就意味着，只有真性情的人才能写真感情。由上述所论可知，情真之论不但自有其哲学层面的渊源，更有诗学、词学发展脉络可辨。曹尔堪等人倡导的“江村唱和”洵为真情实感的自然流露。其对词学“情真论”内涵的充实大致体现在这样几个层面：第一，从词作生发上而言，词与诗一样，同样是由人的性情所催生，是对人的情感的形象化传达。这就为词从“艳科”的藩篱中走出来找到了根本的理由。无论是首倡者，还是和者，均为词由心发，将郁愤之情、不平之气、感慨之音自然、洒脱地抒发出来，致使词走上“有所寄托”甚至讽喻教化的道路成为可能。丁澎在《叶司训〈浮玉词〉序》中论定：“词虽小道，固接迹于《三百篇》者也。司训为此，将有裨于一国之风，其兴致所托，岂仅与浣花、玉樵辈争高下哉？”上接《诗经》，认为词亦可同样有所寄托讽喻，有补于世。第二，情与意相辅相成，互相辉映。感情的真实自然很大程度上依赖于对外界事物的准确认识，以及由此而来的观念和意志。“悲叶落于劲秋，喜柔条于芳春。”其中的“喜”与“悲”之情，都是建立在对芳春和劲秋的一定认识的基础之上。如前所论，“真”在哲学层面的含义指向自然天道法则。若要“情真”，情需有“意”的牵制与导引。唱和词作流露出“情不离意，意随情到”的创作观念。宋琬词情最为激烈，其《小序》却显露其对时势的清醒认知。“予与顾庵、西樵皆被奇祸，得免”“刀俎余生，欲断荤数矣”等语句表明内心对“险境”的体认。词作之中，愤慨、惊悸、庆幸之情与对

① 〔清〕况周颐等：《蕙风词话　人间词话》，人民文学出版社 2001 年版，第 197～198 页。

世事的勘破、醒悟之意相生相随。“试向花前移玉案，休思阁里燃藜杖。念平生、一枕梦悲欢”“自课织帘还有手，便从荷蓧非无杖。算吾生、约略可描摹，山居状”“阿堵考君材最下，孔方阻尔书难上。算人间、只有芰荷裳，堪相饷”等词句感情无论显或隐，总会与人生感慨之意紧密相连。

其二，“含蓄蕴藉”与“沉著痛快”双重取向之观。

两者皆指向词情感表现的特征与要求。从曹尔堪等人词作情感表现来看，我们认为体现了“含蓄蕴藉”与“沉著痛快”双重取向的思想观念。“含蓄蕴藉”作为中国传统诗文情感表现观，与儒家“温柔敦厚”的诗教思想存有内在联系。温柔敦厚指向汉儒对人格塑造的要求，含蓄蕴藉则是前者在诗文创作上的体现。《毛诗序》所谓“主文而谲谏”，即要求诗歌在创作上运用比兴的手法，形成委婉含蓄的艺术风格。就词而言，张炎《词源》云：“簸弄风月，陶写性情，词婉于诗。盖声出莺吭燕舌间，稍近乎情可也。若邻乎郑、卫，与缠令何异也！”①用比较的方法，张炎论定词在表现情感时更为婉转含蓄，不可与郑卫之声一般直露。“沉著痛快”语出严羽《沧浪诗话》：“其大概有二：曰优游不迫，曰沉著痛快。”②严氏用以概指两种不同的风格类型，前者如陶渊明诗，后者如杜少陵诗。“江村唱和”“含蓄蕴藉”与“沉著痛快”的情感表达双重取向体现在以下几个方面：第一，如前所论，借助“西湖意象”掩盖心底波澜。“西湖意象”具有柔美含蓄的特点，将其劫后余生的惊悸、幻灭、郁闷之情掩而藏之。往往在词作的结尾才透露其内心情意，造成了含蓄蕴藉的表达效果，个中以王士禄的

① 〔南宋〕张炎等：《词源注　乐府指迷笺释》，人民文学出版社 1998 年版，第 23 页。

② 郭绍虞：《沧浪诗话校释》，人民文学出版社 2000 年版，第 8 页。

词作最典型。第二，运用“之江意象”，吐露心中不快。“之江意象”具刚健、雄浑的特点，外在形式尖锐、不和谐，遂成为承载曹尔堪等词人在遭遇人生大风浪之后宣泄愤懑、委屈、激愤之情的重要载体。这一方面以宋琬词作最为典型。造成情感表达双重取向的原因，除了词人们个性、人生遭际等之外，如下几点亦不可忽视。其一，清初江南文士面临的复杂文化生存环境。明清一代，风云突变，文士们何去何从？传统价值观念是否需要重新审视？都成为他们需要面对和摸索的问题。其内心的动荡不安，难以定于一尊。其二，杭州特定的地理空间，提供了“西湖”和“之江”两种柔刚互济的审美对象，客观上有利于词人们在抒情写意之时选择不同路径。

第三节　西湖文化与杭州词审美取向

诚如“西陵十子”之一陆进《西陵词选》之《序》所论，西陵“山川秀美，人文卓荦”。21世纪初杭州出版社出版了以《西湖全书》为主体的《西湖丛书》，内容涉及西湖文献、西湖通史、西湖诗词等，洋洋大观。悠久的历史，众多文士的开拓和积累，使得西湖文化和西湖一样光彩耀眼、璀璨夺目。

至清代，西湖文化确已蓄积成势，足以颐养人性，滋润精神。曹尔堪、王士禄、宋琬等人流寓江南，唱和于西湖之上，其身心不可不受到内蕴丰厚的西湖文化之影响，从而在一定限度内左右了他们的审美取向。

特定的文化地理和精神存在构成某一文化体系，“西湖文化就是以杭州和西湖特有的地域概念和历史文化为土壤和背景……以西湖山水等自然景观和人文景观为载体，以精致、优雅的多种艺术表现手法为表现形式，对杭州社会和城市发展、地方文化和人文精神产生重要影响的，以‘西湖’命名的地方特色文化”①。这一概念虽来自于今人的概括，但清代李卫等人早已编撰《西湖志》确是不争的事实，其文献整理意识和西湖文化的文本雏形均已产生。照此概念，可知西湖文化可大略分为“山水自然景观”这一物质形态部分和“诗文画曲等历史文化”这一精神形态部分。下文将从这两方面着手，论述西湖文化对“江村唱和”的影响，在此基础上窥视对审美取向的潜在牵动作用。

西湖山水以其特有的柔美和灵秀影响了“三子唱和词”优美为主的审美取向。“上有天堂，下有苏杭”。杭州历来就不乏人们对她的盛赞。而个中原因十有八九是不开西湖的。关于西湖的形成，就有一个美丽而神奇的传说：天上的玉龙和金凤雕琢了一颗璀璨明珠，后来为了从王母娘娘手中夺回，不慎跌落人间变作西湖，自己便化作秀丽的山峦朝夕守护。② 虽为故事，却也说明西湖在人们心目中的确美不胜收。无论从整体观照，还是从细节考察，无论从外在的“形貌”来看，还是从内在的“神髓”来品，西湖都是美的。它的一山一水、一堤一柳、一草一木无不显示着秀美的风致与神韵。“海内名胜之地，或以山称奇，或以水见赏，山水相得的，并不多见。西湖则不然，山水之美，兼而有之，众多山泉、溪涧汇流而下，依峰势流转，随季节变换，时而涓涓细流，时而奔泻而下，令人流连往返。”③山水的相依相偎、相辅相成，令人叫绝。苏堤、白堤、孤山将西湖分割成相互连通的大小湖面，比例和谐匀称。三面环山，层峦叠嶂，碧水蓄其间，湖光山色，交相辉映，相得益彰。“西湖的特点是山与水的关系在空

① 孙跃、宋涛：《西湖文化》，西泠印社 2005 年版，第 12 页。

② 梅重：《杭州》，杭州出版社 2008 年版，第 2 页。

③ 马时雍：《杭州的水》，杭州出版社 2012 年版，第 237 页。

间比例上比较匀称，在契合上比较密闭，总体上形成山环水抱之势。”①历史上就已形成“西湖十景”——平湖秋月、苏堤春晓、断桥残雪、雷峰落照、南屏晚钟、曲院风荷、花港观鱼、柳浪闻莺、两峰插云、三潭印月等。十景之名，足以说明西湖风景之美在于得天独厚的整体和谐之美。在细节上，西湖之美同样耐人寻味。以堤上的柳树为例，“自宋时起，沿湖便遍植柳树。在湖畔众多花草树木中，最能体现西湖那万种风情的便是依依垂柳了。当湖上轻风徐来，柳丝随风飘逸，婀娜妩媚，撩人情思，如若早春三月，柳荫深处，莺啼婉转，更引人遐想无限，情思悠悠，故宋人题为‘柳浪闻莺’”②。可见，西湖的山水景物之美，既可远观游赏，亦可近处细细品味，难怪乎文人墨客到了此处，都会不由自主地陶醉其间，乐而忘返。再以湖中的游船为例，“明清之际，是西湖游船发展极盛时期，有记载可查的西湖画舫名称就达300余种。大者如屋，小者如瓜皮”③。天人合一的理想就直观而形象地呈现在湖中多姿多彩的游船之中了。“三子唱和词”中就出现了“渔舟”“布帆”“青油画舫”“青雀舫”“渔舠”“湖舫”等意象，多数属于西湖游船。大大小小的景物都有可能进入骚人墨客的审美视野，成为他们笔下传情达意的审美意象。在陈文锦看来，西湖本身就是一种文化，而非文化的载体。“前人的历史遗迹，就是后人眼中从自然景观现象流露出来的审美情感。自然景观的具象和历史人文的意象融为一体，使意境、想象充分得到发挥。这种欣赏，显然不是停留在感官愉悦的阶段，而是精神上的感应

---

①　陈文锦：《发现西湖——论西湖的世界遗产价值》，浙江古籍出版社2007年版，第21页。

②　马时雍：《杭州的水》，杭州出版社2003年版，第170页。

③　马时雍：《杭州的水》，杭州出版社2003年版，第202页。

和共鸣、交流。"①此论颇有见地,"人化"的景观的确已不再是纯粹的"自然景象",它更多地体现为心物交感的审美形态。

郁沅借鉴王国维《人间词话》中提出的"境界说",将"心"与"物"的感应模式分为"物本感应""心本感应""平衡感应"三种。与之对应,形成"以物观物""以我观物""物我两忘"等审美观照方式;表现在情感表现方式上,则有"寓情于景""缘情写景""情景合一"之别。②"江村唱和"之三子词作主要体现为"缘情写景",与之相应,审美观照方式主要为"以我观物",感应模式主要为"心本感应"。由于情感主要体现为余悸、庆幸和乐于退隐,所观之景物多取自秀水湖山,故其作品多呈现"优美"为主的取向。

"一切景语皆情语",景为心生,"缘情写景,就是从情感出发、根据抒情的需要来写景,这是心本感应的情感表达方式。心本感应要求主体'同化'客体,化'物'为'我',使所写之'物'皆著'我'之色彩,十分强调自我情感的宣泄"③。曹尔堪、王士禄、宋琬在康熙四年(1664)相聚于湖上,正是心中郁闷不平之时,内心深处既有大狱之后的余悸、劫后余生的庆幸,亦有"退隐江湖"安度余生的冲动。如此种种情绪和心思交织在一起,恰好借了一湖山水宣泄而出。试举曹尔堪一首:

前调　王西樵考功见和江村词,用前韵示孙无言

新绿江村,阴阴与、溪流争涨。烦寄讯、竹平安否,至今无

---

① 陈文锦:《发现西湖——论西湖的世界遗产价值》,浙江古籍出版社2007年版,第72~73页。

② 郁沅:《心物感应与情景交融》,百花洲文艺出版社2006年版,第73页。

③ 郁沅:《心物感应与情景交融》,百花洲文艺出版社2006年版,第226页。

恙。初见栗留穿柳去，忽惊松鼠缘藤上。正春深、谷雨焙枪旗，山僧饷。　　难消遣，情摇漾。蛮姬舞，秦青唱。正葡萄浓泼，春波如酿。试向花前移玉案，休思阁里燃藜杖。念平生、一枕梦悲欢，他年状。

进入曹氏审美视野的是争涨的“溪流”、穿柳而去的“栗留”（黄莺）、受惊的“松鼠”、谷雨滋润中的“枪旗”（茶叶）等景物。这些景物出现在诗词作家的笔下多数情况应是和美而富有生机的，如“几处早莺争暖树”和“九曲清溪境不重”；而在曹氏的笔下，争涨的溪流给人不安之感，穿柳而去的黄莺和受惊的松鼠亦是惊悸之感，似与“恨别鸟惊心”有异曲同工之妙。让人觉得欣慰和满足的是“谷雨焙枪旗”。如此种种，词人在结句点出了“一枕梦悲欢”。正是词人以这样一种主观之眼，观照溪流、黄莺和松鼠等事物，使其著上了自己强烈的感情色彩。又如王士禄的《满江红》：

满江红　再用前韵

栗里春深，羡柳浪、层层如涨。更喜得、敝庐容膝，南窗无恙。独酌好谋形影共，高眠也自羲皇上。顾床头，藤笠与椰瓢，幽人饷。　　清溪侧，看鱼漾。远村外，听樵唱。况桃花堪饭，松花堪酿。自课织帘还有手，便从荷蓧非无杖。算吾生、约略可描摹，山居状。

词人所关注的景物为“清溪鱼漾”“远村樵唱”以及“藤笠与椰瓢”，一幅清新、质朴的“山居”景象。正是“以我之眼”观物的结果。王士禄在“江村唱和”三子之中情感最为冲淡平和，这与

“其文去雕饰，诗尤闲澹幽肆”①的风格并无二致。这应是词人的个性使然。在遭遇流放之后，王士禄心境逐渐趋向归属山居野宿。其唱和词中出现“谋耕饷”“田家”“山居状”“耘田杖”“风蓑”等充满山村农家气息的字眼，是其决意远离红尘俗世的情绪流露。正如严迪昌《清词史》所言，王士禄借湖光山色以掩心底波澜，在其掩饰心中不平，显露追求清山淡水之时，进入其审美视野的景物自然又多了一层心绪濡染的色彩。相较而言，宋琬的感情最为激烈，以其眼观照周遭景物时，体现了与前两者显著的不同。其一，同为湖上唱和，宋琬喜从“钱塘江物象”取景借以抒发不平之情。如其：

满江红　王西樵客游武陵，曹顾庵赋词志喜，属予和之

花落钱塘，江流阔、潮痕初涨。问足下、何由至此，布帆无恙。倏尔波涛如梦里，跫然屐齿来天上。恰湘湖、莼菜十分肥、为君饷。　西湖畔，春波漾。疏柳外，归樵唱。有青油画舫，乌程佳酿。风暖遥传灵隐磬，天晴急策韬光杖。倚危栏、百尺看银塘，龙蛇状。

江流滚滚、波涛腾跃，均已带上词人惊悸、愤懑、不平之情意，末句“倚危栏、百尺看银塘，龙蛇状。”更是词人眼中情感化的意象了。明人谢榛云：“景乃诗之媒，情乃诗之胚，合而为诗，以数言而统万形，元气浑成，其浩无涯矣。”②虽为论诗，但其理可通。其二，宋琬唱和词作中的景物（意象）多由“悲愤、苦闷”之情所统帅，少有王士

① 〔清〕赵尔巽等：《清史稿》，中华书局1977年版，第13329页。

② 郭绍虞编选，富家荪校点：《清诗话续编》，上海古籍出版社1983年版，第479页。

禄和曹尔堪那般的清新婉丽之感。如“春色阑珊，繁花谢、红销绿涨。山一似、西施瘦损、捧心微恙”“伏枕吴山、羁愁共、桐江春涨”。宋氏眼中西湖的春景似乎更多地带有一层忧郁之色。同为写春景，曹尔堪云：“柳浪方高，桃花雨，一村都涨。……篱笋新抽江燕出，芦芽半卷河豚上。”王士禄则如此荡开笔墨：“五柳畔，晴丝漾。老屋上，春鸠唱。”更多地描摹出西湖之春的生机和绿意。其根本原因则在于三人以我观物之时，主观情感的偏向不同，景物自然也就带上了不同的情感色调。概而言之，三子“江村唱和”多以己之情、以己之心观照西湖景物，见之于词，意象的特点亦略有差异。整体而言，体现出以“优美”为主的特色。

第二，悠远、丰厚的历史文化深深浸润了词人的心灵世界。历代文人志士留下的文字墨迹和氤氲于湖山之间的人文精神，无疑是对文学创作影响最直接、最能动的文化基因。东晋士人郭璞留下的两句诗“天目山前两乳长，龙飞凤舞到钱塘”可视作最早的山水诗，道出其风水之绝胜的同时，也为西湖文化抹上一层神秘而灵动的色彩。与其同时代的葛洪曾在西湖边择地炼丹，“西湖山水清幽，自此添了一份玄虚空灵的氛围”①。曹尔堪《满江红·酬西樵再和》有“丹灶前生应炼药，青山今日同携杖”之句，当用此事。魏晋南北朝，世局动乱，一种忧时伤世的悲情，弥漫成“六朝烟水气”。明末钱谦益《西湖杂感》便有“建业余杭古帝丘，六朝南渡尽风流”之句借古讽今。时至唐代，诗歌蔚为大观。“中晚唐是西湖诗的正式发轫期”②，白居易、姚合、元稹、刘长卿、张籍、李绅、贾岛都有西湖诗。此一时期的诗风构成了西湖诗华美乐章的第一个高潮。无论在朝在野，诗人均借西湖山水的慰藉平息心灵。白居易《钱塘湖

① 吴晶：《西湖诗词》，杭州出版社2005年版，第5页。
② 吴晶：《西湖诗词》，杭州出版社2005年版，第9页。

春行》为人熟知：

孤山寺北贾亭西，水面初平云脚低。
几处早莺争暖树，谁家新燕啄春泥。
乱花渐欲迷人眼，浅草才能没马蹄。
最爱湖东行不足，绿杨阴里白沙堤。

其“最爱湖东行不足”当最能体现其置身西湖，游离政治、乐而忘返的心态。元稹《代杭民答乐天》有诗句“春坊幸无事，何惜借三年”，亦道出了杭城百姓的心声，可谓情暖人心。白居易《忆江南》至今为人传诵。本地诗人罗隐《钱塘江潮》通过对气势磅礴的江潮描写，表达历史变迁、朝代更替的感慨：

怒声汹汹势悠悠，罗刹江边地欲浮。
漫道往来存大信，也知反覆向平流。
任抛巨浸疑无底，猛过西陵只有头。
至竟朝昏谁主掌？好骑赪鲤问阳侯。①

在自然地理上，钱塘江恰好以其雄壮刚猛之势补了西湖的不足。美丽西子湖和壮观钱塘江可谓刚柔互济、相得益彰。“江村唱和”三子的词作中有关“之江意象”的词句都可从这里隐约看到意绪的勾连。“广陵涛涨”“花落钱塘，江流阔、潮痕初涨”“怒涛飞涨”“银涛奔涨”等词句共同构筑了“三子唱和词”中的雄壮气象，丰富了情感内涵。跨入北宋，西湖也迎来了被人盛赞为“西湖长”的文学巨擘——苏东坡。苏轼曾言：“天下西湖三十六，就中

① 王荣初：《西湖诗词选注》，浙江人民出版社1979年版，第26页。

最好是杭州。”风景优美怡人的西湖令苏东坡心旷神怡、流连其间，因此他给西湖留下了不少妙文佳作，极大提升了西湖文化的魅力。最为人称道的莫过于“水光潋滟晴方好，山色空蒙雨亦奇。欲把西湖比西子，淡妆浓抹总相宜”之句，此可谓深得西湖之妙。苏东坡《次韵曹子方运判雪中同游西湖》开首云“词源滟滟波头展”①，道出了诗笔于山水中受益的心得。其诗《六月二十七日忘湖楼醉书》载：“黑云翻墨未遮山，白雨跳珠乱入船。卷地风来忽吹散，望湖楼下水如天。”“放生鱼鳖逐人来，无主荷花到处开。水枕能令山俯仰，风船解与月徘徊。”两首诗写得潇洒自如、意趣兼得。西湖景物的动态特点和神韵都展现得纤毫毕现。其词《虞美人·有美堂赠述古》亦载：

> 湖山信是东南美，一望弥千里。使君能得几回来？便使樽前醉倒更徘徊。　　沙河塘里灯初上，水调谁家唱？夜阑风静欲归时，唯有一江明月碧琉璃。②

虽为赠别，但在苏东坡笔下仍不失洒脱与超然。在词史上，苏东坡别开“豪放”一派，提升了词的品格与境界。西湖文化，同样因苏东坡的贡献，有了潇洒豪放的因子和飘逸超群的美学品格，影响了一代又一代的文人墨客。

宋代两派词人中，朱敦儒、张元干、张孝祥、陆游、辛弃疾、陈亮、刘过、戴复古、刘辰翁、周邦彦、姜夔、史达祖、吴文英、周密、王沂孙、张炎都留下不少西湖词章。③《西湖文化》一书概括西湖文

① 吴晶：《西湖诗词》，杭州出版社 2005 年版，第 13 页。

② 王荣初：《西湖诗词选注》，浙江人民出版社 1979 年版，第 366 页。

③ 吴晶：《西湖诗词》，杭州出版社 2005 年版，第 50 ~ 51 页。

化特点之一便是“开放兼容”。豪放派和婉约派的词作均可见于西湖诗词之中。试各举一例。婉约者如周密《探芳讯·西泠春感》:

步晴昼,向水院维舟,津亭唤酒。叹刘郎重到,依依漫怀旧。东风空结丁香怨,花与人俱瘦。甚凄凉,暗草沿池,冷苔侵甃。　　桥外晚风骤。正香雪随波,浅烟迷岫。废苑尘梁,如今燕来否?翠云零落空堤冷,往事休回首。最消魂,一片斜阳恋柳。①

“花与人俱瘦”似从李清照“人比黄花瘦”化出,但要逊色。由“尘梁”联想燕子,暗含时过境迁的兴叹。“往事休回首”正有“往事不堪回首月明中”的同感,结句“一片斜阳恋柳”感情缠绵悱恻。全词读来,凄清哀怨,动人心魄。豪放者如刘过《沁园春》:

斗酒彘肩,风雨渡江,岂不快哉!被香山居士,约林和靖,与坡仙老,驾勒吾回。坡谓‘西湖,正如西子,浓抹淡妆临镜台’。二公者,皆掉头不顾,只管衔杯。　　白言“天竺去来。图画里、峥嵘楼观开。爱东西双涧,纵横水绕;两峰南北,高下云堆”。逋曰:“不然,暗香浮动,争似孤山先探梅?须晴去,访稼轩未晚,且此徘徊。”②

刘过一生有恢复中原的雄心壮志,也曾得到陆游、辛弃疾的赏识。该词开句便有一股英雄豪迈之气,令人想起历史人物樊哙。词中

① 王荣初:《西湖诗词选注》,浙江人民出版社1979年版,第408页。
② 〔南宋〕刘过:《龙洲集》,上海古籍出版社1978年版,第88~89页。

将白居易、林逋、苏轼等诸公请出来对话，神采飞扬，盛赞西湖诸景，同时也凸显了名流高雅飘逸的性情。西湖文化婉约、豪放并立，雅俗共赏的开放胸襟，影响深远。康熙十四年成书的《西陵词选》鲜明地体现了兼收并蓄、不拘一格的特点。论及宋后，岳飞亦是迈不过的坎。所谓“古来多少英雄骨，埋遍西湖南北山”，“历代诗人对岳飞、于谦、张苍水，还有秋瑾等这些在西湖上留下殷殷碧血、铮铮铁骨的英雄豪杰，是从不啻赞美之辞的”①。英烈们的浩气长存，与湖光山色交相辉映，激励着世世代代的居民百姓不忘忠义节气，也给不少文人士子们的精神世界注入了别样的力量。余秋雨在《文化苦旅》中曾说“西湖的盛大，归拢来说，在于它是极复杂的中国文化人格的集合体”，应是看到了西湖文化开放兼容的品格。清初曹尔堪、王士禄、宋琬等人的湖上唱和正是在这样的“文化之邦”完成的。可以想见，其词作或多或少要受到西湖文化的影响。此处，我们着重论述“三子唱和词”之壮美与西湖文化的紧密关系。

表现之一：悲慨之音。

曹尔堪《满江红》（王西樵考功建和江村调，用前韵示孙无言）上片描摹谷雨季节“江村”新景，下片“情摇漾”，以春色正浓映衬内心的抑郁。结句“念平生，一枕梦悲欢”实则是道出了人生大起大落之后的悲慨之情。宋琬唱和词中有“庄舄悲歌燕市外，灵均憔悴江潭上”之句，用历史人物庄舄和灵均（屈原）的典故，来隐喻自身遭受的不公待遇，发泄内心的悲愤之情。王士禄的词作虽最为温和，却亦同样流露出悲慨心情：“漆后断纹仍可鼓，削余方竹还堪杖。问吾曹、补劓息黥心，谁能状。”读之令人顿生哀怜。弥漫在词作字里行间的悲慨之音，在西湖文化之中的文学流里可寻到渊源。

---

① 吴晶：《西湖诗词》，杭州出版社 2005 年版，第 137 页。

林升的《题临安邸》妇孺皆知："山外青山楼外楼，西湖歌舞几时休？暖风熏得游人醉，直把杭州作汴州。"其忧世慨叹流传千古。在诗人眼中，当时的"西湖歌舞"是可悲的，更是可愤的。张炎《高阳台·西湖春感》云：

> 接叶巢莺，平波卷絮、断桥斜日归船。能几番游，看花又是明年。东风且伴蔷薇住，到蔷薇、春已堪怜。更凄然。万绿西泠，一抹荒烟。　当年燕子知何处，但苔深韦曲，草暗斜川。见说新愁，如今也到鸥边。无心再续笙歌梦，掩重门、浅醉闲眠。莫开帘。怕见飞花，怕听啼鹃。①

其悲凉之意几乎到了心灰意冷的境地。可见，西湖诗词之中不乏悲凉慷慨之作，而诗人词人的情绪意志又往往和家国人生紧密牵连，因此常常能以一己之作道出普遍的时代之音，具有了垂范青史、影响后人的功用。叶嘉莹教授曾援引西方符号学来阐释中国古典诗词，其奥义即在于指出了文化信息通过文学作品中的语言文字得以传承和延续。因之，从词创作层面论，西湖文化（尤其是裹挟悲凉慷慨意绪的作品）成为一股"意识之流"潜入诗人、词人的血脉和心灵；从读者欣赏和批评的角度而言，我们可以"披文入情"，透过词作的语词和意象，把捉其绵延而下的意志和情感。曹尔堪等词人的作品体现了悲慨之音正是如此。可见，处于一定文化场域的在场者，或多或少要被身处其中的场域塑形，反过来又客观地建构了这一场域，从而对后来者产生传递性的影响。

表现之二：雄放之气。

最能表现这一点的自然是宋琬的唱和词作。严迪昌《清词史》

---

① 吴晶：《西湖诗词》，杭州出版社2005年版，第122页。

曾言其“词情激烈”。试看陈维崧的和作：

满江红　舟次润城访程昆仑别驾　仍用前韵

此地孙刘，想万马、川腾谷涨。公到日、雄关铁锁，东流无恙。上党地为天下脊，使君文在先秦上。更纵横、羽檄气偏豪，筹兵饷。　天上月，波心漾。隔江笛，楼头唱。叹江山如此，可消官酿。侧帽高张临水宴，掀髯勇策登山杖。踞寒崖、拂藓剔残碑，猿猱状。

全词一气贯穿，豪气腾冲，颇有“稼轩风”。词句开首便有历史画面的开阔壮烈之感，“雄关铁锁，东流无恙”，字字铿锵有力。下片“天上月，波心漾”，柔中带刚，“侧帽高张临水宴，掀髯勇策登山杖”，更是令读者折服。“江村唱和”体现出来的雄放之气不得不令人想起岳飞的《满江红》：

怒发冲冠，凭栏处、潇潇雨歇。抬望眼，仰天长啸，壮怀激烈。三十功名尘与土，八千里路云和月。莫等闲，白了少年头，空悲切。　靖康耻，犹未雪；臣子恨，何时灭？驾长车，踏破贺兰山缺。壮志饥餐胡虏肉，笑谈渴饮匈奴血。待从头，收拾旧山河，朝天阙。

关于此作的作者，有学者提出质疑。但这丝毫不影响其艺术感染力。人们为纪念岳飞在西湖边建了岳庙，这位英雄的精忠之气与日月长存，西湖文化也因岳飞这样的英烈而陡增了阳刚的一面。清初曹溶亦有《满江红·钱塘观潮》同样写得“壮怀激烈”。

综上所论，西湖文化以其虚怀若谷的怀抱，兼具了“阴柔与阳刚”，在一定程度上影响了“江村唱和”。参与唱和的主要词人在一些作品中体现出“壮美”的取向。总体来看,其词作体现了鲜明的地域文化特质。滥觞于《周易》阴阳观,本是中国特有的朴素的矛盾对立哲学观的体现。基于古代文论的“杂”文化生态,它被借用到文学批评的领域中来。《中国诗学》曾对此进行了梳理:刘勰《文心雕龙》的《体性》《熔裁》《定势》等篇,已较多运用刚柔来分别文章不同的风格特点,宋代严羽《沧浪诗话》又把诗分为“悠游不迫”和“沉著痛快”两类。晚明张綖区别词的体性风格为婉约和豪放两种,其义都与阳刚阴柔之说近似。迄清代姚鼐,承《易传》及刘勰、严羽、张綖之绪,明确将阳刚阴柔用于区别不同的诗文风格,使绵延已久但一直隐而不彰的阳刚阴柔之说得以系统化。① 可见,阳刚阴柔之说渊源有自,很早即已进入文艺批评家的话语体系;在历史的长河中,经过淘洗与沉淀,最终定型为两种不同的美学风格。“江村唱和”相关词作标举了对兼具阳刚阴柔的中和之美的追求。如前所述,无论是意象的建构,还是抒情方式的呈现,均具有这样的特点。第一个层次,作品内部刚柔并济。以词作意象偏于阴柔(西湖意象)的王士禄为例,其《满江红》(检校归思),景物之间形成刚与柔的张力——“碧溪”与“山”、“田犊”与“河鱼”、“晓日”与“晚风”构成一阴一阳、一刚一柔的对峙。第二个层次,作品之间亦构成阳刚与阴柔的并立之势。如前所述,宋琬与曹尔堪的词作中“西湖意象”“之江意象”分别对应于阴柔与阳刚,是两种不同的美的显现;单就某一位词人的作品而言,亦是如此。不可否认,曹尔堪等人对中和之美的追求,从思想根源上而言,并没有脱离(事实上也很难脱离)儒家正统观念和诗学传统的笼罩。单从词学本身发展之路来看,这又不得不说是对李清照“别是一家”以及苏轼、辛弃疾开拓词境的一种历史性回应。阴柔与阳刚,大致上可与“优

① 汪涌豪、骆玉明:《中国诗学》,东方出版中心1999年版,第375页。

美”“壮美”一一对应。优美主要指向感性形式的和谐，其形式因素偏于小巧、纤细、平缓、圆润；壮美体现的审美意蕴、情感力度强盛，具有宏大、挺利、奔放、雄浑等特性。曹氏等人的词作对“西湖意象”的营建，形式因素体现小巧、纤细的特征，而“之江意象”则显得雄浑、奔放；王士禄等人的情感吐露较为平缓而内敛；宋琬等人则较为激越。

三子唱和词所体现的审美趣尚，同样亦影响了西陵词人群的词学观念。《西陵词选》的编选原则是兼容并包、不拘一格。俞士彪序云：“其间学为周秦者，则极工幽秀；学为黄、柳者，则独标本色；或为苏、辛之雄健，或为谢、陆之萧疏；或年逾耄耋，而兴会飚举；或人甫垂髫，而藻采炳发；闺中之作，夺清照之丽才；方外之篇，鄙皎如之亵句。连章累牍，唯恐其穷；片玉寸珠，不嫌其寡。可谓各擅所长，俱臻其极者矣。”①谷辉之先生认为“人擅苏、辛，家工周、柳”正是西陵词人重要的学词门径，也是他们不为偏至的一个论词、选词标准。可见，西陵词人群的词学审美趣味亦大致可归为“优美”与“壮美”二类。江村唱和发生于康熙四年（1665），而西陵词人群的《西陵词选》始于康熙十二年（1673），成书于康熙十四年（1675）。徐士俊等西陵词人群的“当家词人”又与三子有往来（徐士俊有唱和词，并点评曹尔堪《南溪词》），故受其影响亦是自然之事了。

第四节　清初杭州词学思想的文化意义

一代有一代之文学，易代之后的文学现象蕴含新的文学变革趋向，“江村唱和”在选材上显露出“不平则鸣”的观念；透露

① 〔清〕王晫：《霞举堂集》卷五，清康熙三十年刻本。

了词格即人格的思想倾向;在词调的选择上,彰显了"缘情选调"的创作观念,充分展现了他们个性鲜明的词体观,强有力地推进了清代词学尊体潮流。在"词情观"上,流露出"情不离意,意随情到"的创作观,在情感表现特征与要求上显示"含蓄蕴藉"与"沉著痛快"双重取向。无论是作品内部,还是作品之间,均呈现出阴柔与阳刚互济的审美观念,其对中和之美的追求表明儒家正统观念和诗学传统的思想烙印难以褪去。作为清初三大颇具影响的唱和活动之一,其影响不言而喻。我们拟从清词振兴的历史角度和地域视角,探讨清初杭州词学思想对于清词振兴的文化意义。

一、清词振兴的历时性和空间性考察

有清一代,历时260余年。在这两个半世纪多的时间里,词这一滥觞于晚唐五代的抒情文学样式,终于完成自己"复兴"的历史,走过了一段堪称异彩纷呈、名流辈出的路程。严迪昌《清词史》以时间为序,分为五编:清初词坛与词风的多元嬗变,"阳羡""浙西"二派先后崛起和清词"中兴"期诸大家,清代中叶词风的流变,常州词派和晚近词坛,清代妇女词史略。显而易见,清词之复兴经历了"多元嬗变"到"中兴",再到"流变",最终"淡出"历史舞台的发展主线。姚蓉《明清词派史论》抓住词坛上有影响力的主要词派连缀出清代词学的发展脉络:云间词派→旁支西陵词派、柳州词派、广陵词派→阳羡词派→浙西词派→常州词派→临桂词派。[1] 兹列表如下:

① 姚蓉:《明清词派史论》,广西师范大学出版社2007年版,第9页。

词派名称	属地(主要词人或活动地)	备　注
云间	上海	
西陵	杭州	
柳州	浙江嘉善	
广陵	江苏扬州	
阳羡	江苏常州	
浙西	杭嘉湖地区	以浙西六大家为准
常州	江苏	
临桂	桂林	

从文学地理空间的角度来看,显而易见,除了临桂词派的出现是在西南边陲,有清一代的词学中心始终偏向江浙一带。其中偶尔在其他地方出现词学盛况,也多与重要词人的活动空间转移有关。究其原因,大略有以下几端:其一,随着江南(尤其是江浙一带)社会经济的迅猛发展,文学中心亦向这里转移。有了物质基础的保证,文学艺术才能有孕育和成长的肥沃土壤。以杭州为例,“宋代,杭州已是全国第一等城市,当时词人《酒泉子》‘长忆钱塘,不是人寰是天上。万家掩映翠微间,处处水潺潺’”①。如此,词学创作才有了取得长足进展的可能性。其二,清廷在清初对江南士子残酷打击,一系列的案狱如严冬冰霜,令士子们不寒而栗。这在客观上激发了文人士子“不平则鸣”的创作欲望,于是“悲歌当哭”,词作迭出。这实质上有助于再一次激活词体本身的抒情特质。其三,江浙一带文化教育事业蓬勃发

① 王国平:《湖滨》,杭州出版社2008年版,第33页。

展,学术上亦在全国走在前列。根据梅新林统计,明清两代的进士分布,江浙两地占绝对优势。“前四名皆在南方长江流域,其中浙江、江苏、江西、福建、安徽合占进士总数一半以上,可见南方明显地拥有绝对的优势。”①单就进士数之巨,略可窥见江南一带教育文化的发达程度了。而文学作为文化的必然构成,有了发达的文化这片肥沃的土壤孕育滋养,词学这朵文苑奇葩才能开出绚丽多姿的诱人花朵。由此可见,空间格局的重新排定,必然带来文学之重点与非重点、中心与边缘的位移。空间要素中的自然、经济、文化、教育、艺术等与文学尤其是人这一活跃因素存在千丝万缕的联系。前者有时候不仅仅是外部因素,在一定条件下渗透到文学和文人的内部,转化为一种精神和意蕴,通过作品传达出来。

二、清初杭州词学思想对于清词振兴的意义

我们以“江村唱和”为观照和论述中心,联系西陵词人群的基本词学活动,参考《西陵词选》的编选这一“物化”基础,清初杭州词学的思想大致轮廓可表述如下:在词体意识上,词人们的词学创作体现出抒写情志的尊体努力;在抒情倾向上表现为“曲径通幽”和“悲歌当哭”两种主要方式;在审美取向上,词人们的词学实践活动呈现了“优美”和“壮美”兼具的特点。

清初杭州词学思想虽未经过理论化的表述和呈现,却自有其价值和意义。其一,词人们的尊体意识(尤其是抒情写志),那是有清一代所有词人都要面对的一个问题。词学的中兴从很大程度上来说,即为词如何在“体性”层面上取得与“诗”一致的地位。其二,

① 梅新林:《中国古代文学地理形态与演变》,复旦大学出版社 2006 年版,第 470 页。

唱和词作的体现两种抒情倾向，既延续了前贤在词学抒情功能上的努力，又在一定程度上启示了后人开拓的方向。沈去矜曰："词不在大小浅深，贵于移情，'晓风残月''大江东去'，体制虽殊，读之皆若身临其境，惝恍迷离，不能自主，文之至也。"①其所谓"移情"者，从读者感受着眼，即词之使人"兴发感动"。相较词产生之初"如厕则读小词"之论，判若云泥。从文学接受的层面而言，作品从隐性存在到显性存在的跨越，有赖于读者的主观参与。情感的共鸣则是主体进入作品的一个标志。沈去矜从一个特殊的角度回应了清初词人们对情感要素的重拾与强化。其后李渔《窥词管见》第二则云："词之关键，首在于有别于诗固已。但有名则为词，而考其体段，按其声律，则又俨然一诗，觅相去之垠而又不得者。"②李渔以戏剧家的特殊身份，关注词学尤为引人注目。显然，他已见出词之为词须有别于诗，这是词体获得独立地位的表现。而李渔同时又觉得诗词界限不明，但这恰巧又证明词不再"位卑言微"。又如其第九则，李渔指出："词虽不出情景二字，然二字亦分主客。情为主，景是客，说景即是说情，非借物遣怀，即将人喻物。"③亦是看到词的情感特质。这是因为在词之本体论上的努力是历来词人和历代词论家们必须面对和亟待解决的问题。迨至王国维，正因为其勤劬实践，才真正在他的"境界说"的推出下得以完结。从这个意义上而言，"江村唱和"一类的词学活动对抒情写志的实践与锤炼，构成了词本体论艰难演进历程中不可或缺的一环。正是以这些词创作活动为坚实基础，才一步步走向清代词学中兴并引发后期词学思想的勃兴与繁荣。其三，"优美"与"壮美"兼具的审美取向，具

① 唐圭璋：《词话丛编》，中华书局 1986 年版，第 629 页。
② 唐圭璋：《词话丛编》，中华书局 1986 年版，第 549 页。
③ 唐圭璋：《词话丛编》，中华书局 1986 年版，第 554 页。

备开放的美学品格，为后人的词学创作树立了多种典范。王晫《与友论选词书》言："故操选者，如奏乐，然必八音竞奏，然后足以悦耳；如调羹，然必五味咸调，然后足以适口。如执一音以为乐，执一味以为羹，而谓足以适口悦耳者，断断无是理也。"①此论以十分形象的比喻表明自己对选词的看法——兼收并蓄以达到满足不同审美需求的目的。严迪昌《清词史》概括阳羡派之理论建树时，指出其理论主张之一："只要能出真情深意，应容许不主一格，兼收并蓄。"②可见，词坛不再囿于"婉约""豪放"的流派之争，选词、论词的路子更为宽广。清词在相对宽松的环境下呈现出百派回流、异彩纷呈的可喜景象。其四，在一定程度上丰富了有清一代词学批评话语，从而推动了词学理论逐步走向成熟。诚如陈水云所言："清代词学理论的深入是进入近代社会的晚清时期，而清代词学话语的建设却是在清代词学步入中兴阶段的清初顺治康熙年间，尤其是康熙中叶对词学话语的积极建设，为清代词学理论的走向成熟奠定了坚实的思想基础。"③"不平则鸣"的创作实践对扫清花间余绪的影响起到了不可低估的作用。西陵词人俞士彪即云："近且得宋荔裳、梁冶媚诸先生来宦是土，表率人文，鼓吹风雅，盖复家吟户咏，卷帙成林，直可掩千秋而夸四方矣。"④俞氏之言虽不无溢美之词，但可窥见对于宋琬等人"鼓吹风雅"的认可和肯定，有力地重申了一扫明末承袭花间余续之风的立场和态度。"家吟户咏，卷帙成林"的景象亦可从《西陵词选》窥斑见豹。"不平则鸣"的选材创作观念孕育着"寄托"说和"意内言外"说的相关因子。"所谓寄托

① 〔清〕王晫：《霞举堂集》卷五，清康熙三十年刻本。
② 严迪：《清词史》，江苏古籍出版社 1999 年版，第 197 页。
③ 陈水云：《清代词学发展史论》，学苑出版社 2005 年版，第 72～73 页。
④ 〔清〕陆进、俞士彪：《西陵词选》，清康熙十四年刻本。

者，盖借物言志，以抒其忠爱绸缪之旨。”①曹尔堪等人或借西湖山水以掩其心底波澜，或寓悲愤、抑郁之情于钱江景象之中，远离官场、颐养天年之心志不言而喻。随着作品的流传扩散，其积极影响亦随之播扬。“清初繁荣的创作局面，也为人们提供了话语建设的有利资源，因此，探讨时贤的创作风格是清初词学的一项重要内容。”②对于词体风格批评而言，唱和词作的清雄苍凉之风旗帜鲜明。曹尔堪、王士禄、宋琬三人主导“江村唱和”，而其个性不尽相同，因而在大致相同的风格之下又有细微差别。清中期田同之《西圃词说》云：“填词亦各见其性情，性情豪放者，强作婉约语，毕竟豪气未除；性情婉约者，强作豪放语，不觉媚态自露。故婉约自是本色，豪放亦未尝非本色也。”③可见，“江村唱和”因其在清初影响之大，客观上成为词风探讨的重要资源，并且丰富了“婉约”“豪放”之争的内涵。“格”作为词作审美论的重要范畴，成熟于清，而王国维以“境界”做了提升。有清一代对“格”的探讨亦可谓充分而深入。“江村唱和”在情感表达上持“含蓄蕴藉”与“沉著痛快”两种取向，形成“阴柔”与“阳刚”互济的风格。不但对同地域的西陵一隅的选词产生重要影响，而且成为后来者探讨与研学词作“格调”的不可或缺的资料来源。总而言之，“江村唱和”对于清初的词学话语建设功不可没。

当然，影响并不是单方面的被动接受。也应考虑接受者如何主动的选择、吸纳传播者发送的信息。“接受美学最根本的特征是把读者提到文学理论、美学研究的中心地位。”④

---

① 吴梅：《词学通论》，中国书籍出版社 2006 年版，第 8 页。

② 陈水云：《清代词学发展史论》，学苑出版社 2005 年版，第 72～73 页。

③ 〔清〕田同之：《西圃词说》，见唐圭璋编《词话丛编》，中华书局 1986 年版，第 1455 页。

④ 朱立元：《接受美学导论》，安徽教育出版社 2004 年版，第 3 页。

读者的身份无论历史上抑或今日,都有着多种可能性。上至万人之上的皇帝,下至平头布衣;历经沧桑的垂垂老者,牙牙学语的蒙学初开者都会在一定的时空中成为一位读者。更为复杂的是,作者与读者还可能出现重叠、交叉的情况。将上述论及的"江村唱和"与"广陵唱和"涉及的词人作一分析,可知:参与唱和的词人既是作者,又是读者;后一次唱和的作者又是前一次唱和的读者。因为要参与唱和,必须首先做一个读者,阅读他人的作品。由此看来,"唱和"本身就是一种特殊形式的接受。唱和者以自己的创作体现出对他人的阅读与接受。曾大兴《文学地理学研究》云:"遗憾的是,过去的文学研究很少有人注意到接受主体这个层面,近年来有人注意到了这个问题,还出版了几本文学接受史方面的著作,但是这些接受史都是从时间这个维度来考察文学接受的,没有人注意到地理这个维度。"①自然,文学接受的研究同样不能忽视文学地理视角。我们认为,清初,对以"江村唱和"为中心的杭州词学思想的接受,可分为杭州本地和外邑两个部分来考察。如前所述,西陵词人群中参与唱和的有两人,唱和词作只有十一首。显而易见,清初杭州一地区的词人当时对"江村唱和"的接受较为冷淡。

从外邑来看,"广陵唱和"与"秋水轩唱和"的接受显得更有热度。在审美风格上的趋同是其显著特征。造成此状况的原因大略有二。第一,两次唱和的参与者由于相类似的人生经历,造成特有的接受心态。他们大都有着"同病相怜"的心理,因而更容易"同声相应"。第二,词学的接受是一个历史过程,同一地域的读者在不同时期的接受状态会发生改变。杭州本地的词人(西陵词人群)对"江村唱和"的充分接受更多地体现在时隔多年之

① 曾大兴:《文学地理学研究》,商务印书馆 2012 年版,第 20 页。

后的《西陵词选》上。在词学审美风格上，对“江村唱和”体现的不唯一家的观念多所吸纳。俞士彪《西陵词选序》云：“其间学为周、秦者，则极工幽秀；学为黄、柳者，则独标本色……可谓各擅所长，俱臻其极者矣。”①所选词作风格多样，兼收并蓄。在词体的认识上，同样体现了“尊体”观念。陆进《西陵词选序》认为：“故词之格，犹有古诗之遗焉。”②丁澎等人均上溯《诗经》以推尊词体，体现了更为自觉的词体体认意识。总体来说，杭州词学思想处在整个清代词学思想发展史的起点处，地域范围亦不甚宽广，不少地方还显得稚嫩朴拙。但毕竟也在词史上留下了自己的声音，意义深远。

清词之中兴为学界所公认，清初词学处在明清易代的特殊历史时期，有其特定的个性和价值。学界对这段词史的发掘多从时间维度着手。有清一代的词学地域性尤为突出，故采用文学地理学的视角和方法不失为一种新颖而可行的手段。以清初三大唱和之一“江村唱和”为中心对清初杭州词学进行考察，着意挖掘其词学思想，是尝试从更深层次上观照词学活动的一种努力。从“外部”考察，分析词人的籍贯地理分布，完成了一次史地互证；联系多年后的“秋水轩唱和”来看，我们发现这几次唱和活动在文学地理上前后关联、密不可分。正是通过这样的词学唱和活动，曹尔堪等人的词学观念才得以流播、迁延。从时空变迁与词体意识的关系来看，曹尔堪等词家的“尊体”意识随着时空的迁移逐渐强化；从词作自然意象的选择和建构来看，“江村唱和”体现了“曲径通幽”和“悲歌当哭”两种抒情倾向；从“江村唱和”与《西陵词选》产生的文化背景来看，西湖文化起着不容忽视的重

---

① 〔清〕陆进、俞士彪：《西陵词选》，清康熙十四年刻本。

② 〔清〕陆进、俞士彪：《西陵词选》，清康熙十四年刻本。

要作用,很大程度上影响了词人们的审美取向,形成了"优美"和"壮美"两种主要取向。清初杭州词学思想,虽未见诸文本的系统论述,多有稚嫩朴野之处。但其价值和意义仍不容忽视。"问渠那得清如许,为有源头活水来。"有清一代的一些词论和词学观点均可在追本溯源。

随着文学地理学研究的推进,城市文学研究逐渐为学者们所关注,成为古代文学和现当代文学研究都比较时新的一种趋势。而以"城市"为着眼点的文学思想研究则并不多见。在古代文学的研究领域,李康化《明清之际江南词学思想研究》亦是以文化区域为重心的文学思想的提炼。在现当代文学研究中,"海派"与"京派"文学研究是比较典型的城市文学研究,但着重流派风格的阐发。城市文学研究毕竟面临不少困难和问题,诸如古代文学家籍贯地理与活动地理的考证与判定,城市空间地理的沿革与划分,等等。但是,城市又是文学家活动最为密集的空间,城市的文化和环境也是文学家赖以生存和发展的重要基础。从文化生态的角度而言,城市以其独特的文化要素构成了一个相对完整的系统。"总的说,城市文化门类有日常文化、岁时习俗文化、宗教文化、艺术文化等。它们在城市会有共同的风格特征。"①不同文化门类之间的互动影响、互相牵连。他们之间的此种互动关系促使城市文化生态处于发展变动的同时又保持一定的平衡。而城市文学不仅参与了整个城市文化的历时性发展和共时性建构,而且以其独特的审美方式反映着城市文化其他诸要素的变化与波动。城市文学思想则相应地在一个相对抽象的层面对其做出反应。对此所做的诸种研究就显得十分必要了。因此可以预见,城

① 沈福煦:《城市论》,中国建筑工业出版社2009年版,第36页。

市文学和城市文学思想的研究将会愈来愈受到学界的关注,引起他们的探究热情。就此而论,我们的探究若能起到抛砖引玉之效,助推学界的相关研究,或许这就是从文化空间探究诗学观念的意义之所在。

主要参考文献

〔西晋〕陆机著，张怀瑾译注：《文赋译注》，北京出版社 1984 年版。

〔北宋〕晏殊：《珠玉词》，江西人民出版社 1985 年版。

〔南宋〕黎靖德编：《朱子语类》，中华书局 1986 年版。

〔元〕郝经：《郝文忠公陵川文集》，上海古籍出版社 1982 年版。

〔元〕揭傒斯：《揭傒斯全集》，上海古籍出版社 1985 年版。

〔元〕戴表元：《戴表元集》，吉林文史出版社 2008 年版。

〔明〕宋濂：《宋濂全集》，浙江古籍出版社 1999 年版。

〔明〕刘基：《刘基集》，浙江古籍出版社 1999 年版。

〔明〕高启：《高青丘集》，上海古籍出版社 1985 年版。

〔明〕杨基：《眉庵集》，巴蜀书社 2005 年版。

〔明〕贝琼：《贝琼集》，吉林文史出版社 2010 年版。

〔明〕李东阳：《李东阳集》，岳麓书社 1984 年版。

〔明〕李贽：《焚书》，中华书局 1961 年版。

〔明〕汤显祖：《汤显祖集》，上海人民出版社 1973 年版。

〔明〕杨士奇：《东里文集》，中华书局 1998 年版。

〔明〕谢榛：《谢榛全集校笺》，江苏古籍出版社 2003 年版。

〔明〕徐渭：《徐渭集》，中华书局 1983 年版。

〔明〕袁宏道著，钱伯诚点校：《袁宏道集笺校》，上海古籍出版社 1981 年版。

〔明〕袁中道:《珂雪斋集》,上海古籍出版社 1989 年版。

〔明〕钟惺:《隐秀轩集》,上海古籍出版社 1992 年版。

〔明〕谭元春:《谭元春集》,上海古籍出版社 1998 年版。

〔明〕陈子龙:《陈子龙全集》,人民出版社 2011 年版。

〔明〕屠隆:《屠隆集》,浙江古籍出版社 2012 年版。

〔明〕宋濂等:《元史》,中华书局 1976 年版。

〔明〕谈迁:《国榷》,中华书局 1958 年版。

〔清〕张廷玉等:《明史》,中华书局 1974 年版。

〔清〕谷应泰:《明史纪事本末》,中华书局 1977 年版。

〔清〕赵尔巽等:《清史稿》,中华书局 1977 年版。

〔清〕赵翼著,王树民校正:《廿二史札记校正》,中华书局 2013 年版。

〔清〕章学诚:《文史通义》,上海书店 1988 年版。

〔清〕永瑢等:《四库全书总目》,中华书局 1965 年版。

〔清〕顾炎武著,黄汝成集释:《日知录集释》,岳麓书社 1994 年版。

梁启超:《清代学术概论》,上海古籍出版社 1998 年版。

徐远和:《理学与元代社会》,人民出版社 1992 年版。

郭成康、林铁钧:《清朝文字狱》,群众出版社 1990 年版。

杨乾坤:《中国古代文字狱》,陕西人民出版社 1999 年版。

王业霖:《中国文字狱》,花城出版社 2006 年版。

谢国桢:《明末清初的学风》,人民出版社 1982 年版。

赵园:《明清之际士大夫研究》,北京大学出版社 1999 年版。

何宗美:《明末清初文人结社研究》,南开大学出版社 2004 年版。

卞孝萱:《现代国学大师学记》,中华书局 2006 年版。

李修生主编:《全元文》,江苏古籍出版社1998年版。
钱伯城等编:《全明文》,上海古籍出版社1994年版。
全明诗编纂委员会编:《全明诗》,上海古籍出版社1991年版。
〔清〕钱谦益:《钱牧斋全集》,上海古籍出版社2003年版。
〔清〕吴伟业:《吴梅村全集》,上海古籍出版社1990年版。
〔清〕黄宗羲:《黄宗羲全集》,浙江古籍出版社2005年版。
〔清〕方苞:《方苞集》,上海古籍出版社1983年版。
〔清〕屈大均:《屈大均全集》,人民文学出版社1996年版。
〔清〕施闰章:《施愚山集》,黄山书社1992年版。
〔清〕朱彝尊:《曝书亭全集》,吉林文史出版社2009年版。
〔清〕陈恭尹:《独漉堂集》,中山大学出版社1988年版。
〔清〕龚自珍:《龚自珍全集》,上海古籍出版社1975年版。
〔元〕方回选注,李庆甲集评校点:《瀛奎律髓》,上海古籍出版社2005年版。
〔明〕杨慎:《升庵诗话新笺证》,中华书局2008年版。
〔明〕高棅:《唐诗品汇》,上海古籍出版社1982年版。
〔明〕许学夷:《诗源辨体》,人民文学出版社2001年版。
〔明〕胡应麟:《诗薮》,中华书局1958年版。
〔明〕陈田:《明诗纪事》,上海古籍出版社1993年版。
钱仲联:《清诗纪事》,江苏古籍出版社1989年版。
〔清〕赵翼:《瓯北诗话》,人民文学出版社1963年版。
〔清〕沈德潜编:《清诗别裁集》,上海古籍出版社1984年版。
〔清〕温汝能:《粤东诗海》,中山大学出版社1999年版。
〔清〕王士禛:《池北偶谈》,中华书局1982年版。
〔清〕朱彝尊:《静志居诗话》,人民文学出版社1990年版。
丁福保辑:《历代诗话续编》,中华书局1983年版。
〔清〕顾炎武著,王冀民笺释:《顾亭林诗笺释》,中华书局1998

年版。

钱锺书:《谈艺录》,中华书局 1984 年版。

程千帆:《古诗考索》,上海古籍出版社 1984 年版。

齐治平:《唐宋诗之争概述》,岳麓书社 1984 年版。

周裕锴:《宋代诗学通论》,巴蜀书社 1997 年版。

方勇:《南宋遗民诗人群体研究》,人民出版社 2000 年版。

张晶:《辽金元诗歌史论》,吉林教育出版社 1995 年版。

刘世南:《清诗流派史》,人民文学出版社 2004 年版。

杨镰:《元诗史》,人民文学出版社 2002 年版。

查清华:《明代唐诗接受史》,上海古籍出版社 2006 年版。

张葆全:《诗话和词话》,上海古籍出版社 1983 年版。

罗时进:《唐诗演进论》,江苏古籍出版社 2001 年版。

詹杭伦:《方回的唐宋律诗学》,中华书局 2002 年版。

张红:《元代唐诗学研究》,岳麓书社 2006 年版。

陈静:《唐宋律诗流变研究》,齐鲁书社 2009 年版。

陈伯海:《唐诗学引论》,东方出版中心 1988 年版。

孙琴安:《唐代律诗探索》,西南交通大学出版社 1998 年版。

马茂元:《马茂元说唐诗》,上海古籍出版社 1999 年版。

卞东波:《南宋诗选与宋代诗学考论》,中华书局 2009 年版。

左东岭等:《中国诗歌通史·明代卷》,人民文学出版社 2012 年版。

陈书录:《明代诗文的演变》,凤凰出版社 2013 年版。

严迪昌:《清诗史》,人民文学出版社 2011 年版。

袁行霈:《中国诗歌艺术研究》(增订本),北京大学出版社 1996 年版。

张健:《清代诗学研究》,北京大学出版社 1999 年版。

王英志主编:《清代唐宋诗之争流变史》,人民文学出版社 2012

年版。

张方:《中国诗学的基本观念》,东方出版社 1999 年版。

陈伯海:《中国诗学之现代观》,上海古籍出版社 2006 年版。

周兴陆:《中国分体文学学史·诗学卷》,山西教育出版社 2013 年版。

查洪德:《理学背景下的元代文论与诗文》,中华书局 2005 年版。

么书仪:《元代文人心态》,文化艺术出版社 1993 年版。

徐子方:《挑战与抉择——元代文人心态史》,河北教育出版社 2001 年版。

邓绍基主编:《元代文学史》,人民文学出版社 1991 年版。

王水照:《宋代文学通论》,河南大学出版社 1997 年版。

杨镰:《元代文学编年史》,山西教育出版社 2005 年版。

许总:《理学文艺史纲》,江苏教育出版社 2001 年版。

尚学锋、过常宝、郭英德:《中国古典文学接受史》,山东教育出版社 2001 年版。

方孝岳:《中国文学批评》,生活·读书·新知三联书店 1986 年版。

王运熙、顾易生主编:《中国文学批评通史》,上海古籍出版社 1996 年版。

童庆炳:《中国古代文论的现代意义》,北京师范大学出版社 2003 年版。

莫砺锋:《朱熹文学研究》,南京大学出版社 2000 年版。

徐永明:《元代至明初婺州作家群研究》,中国社会科学出版社 2005 年版。

郭英德:《中国古代文体学论稿》,北京大学出版社 2005 年版。

黄霖等:《原人论》,复旦大学出版社 2000 年版。

吴承学:《中国古代文体形态研究》,中山大学出版社2000年版。

张伯伟:《中国古代文学批评方法研究》,中华书局2002年版。

陈文新:《中国文学流派意识的发生和发展》,武汉大学出版社,2003年版。

南京大学中国语言文学系《全清词》编纂研究室编:《全清词》(顺康卷),中华书局2002年版。

严迪昌:《清词史》,江苏古籍出版社1999年版。

李康化:《明清之际江南词学思想研究》,巴蜀书社2001年版。

杨柏岭:《晚清民初词学思想建构》,安徽大学出版社2004年版。

梅新林:《中国古代文学地理形态与演变》,复旦大学出版社2006年版。

徐安琪:《唐五代北宋词学思想史论》,人民文学出版社2007年版。

周焕卿:《清初遗民词人群体研究》,上海古籍出版社2008年版。

后 记

“一切历史都是当代史”,任何事物的发生都有一个有形或无形的孕育过程。梳理文学理论脉络旨在能够为以往的文学活动提供一个恰切的意义阐释框架,贴近文化生态,尊重文本活性,将隐而未彰的情志艺术化密码还原出来,将缘于归纳文学理论体系而遮蔽的文本个性给凸显出来,这都需要突破思维惯性。

一代有一代之文学,文学史的断代叙述策略突出了某一(类)作家或批评家的历史贡献,绘制出一个朝代、一个特定时代文学或诗学的演变图像,却因其线性叙述忽略易代之际文学的有机关联,掩盖了中国文学或诗学固有的丰富和多样。正如罗马不是一天建成的,主情韵深的唐诗亦不会在唐王朝灭亡的一夜之间改旗易帜,变成尚理重意的宋诗。过于单调的文学史话语阐释,遮蔽了中国文学因为王朝更替而未曾断裂的传统,它促使我们去寻觅易代之际诗学空白地带的文化生态。刘士林言:“中国文化本体是诗,其精神方式是诗学。”富有民族文化底蕴的诗性文化,作为一种精神存在方式,渗透于传统文化的政治、经济、艺术诸方面。作为历史时空演变的显影,朝代更替往往带来剧烈的文化阵痛和严重的社会危机,朝代鼎革之际的诗学演进具有迥异于断代的文学特质。

人是一根会思想的芦苇,其实,法人帕斯卡尔的认定何尝不是国人刘士林的另类存在:人是有情感的芦苇。贴近中华诗性文化生态,带着寻觅真知的问题意识去穿越近世诗学的千年历程,各种文学史的话语系统或许会获得别样的姿态,作为检讨前朝和导引后代的近世易代之际的诗学,盘活了诗学相对自足的文化生机。“时间是一把剪刀”,那段在南宁白天看云晚上仰望星空的日子里,我们师徒六人青梅煮酒、品文论艺,一如昨日。满足是快乐的密码,我们似乎可以静享云卷云舒的美好时光,而不乱脚步、不荒流年,但金圣叹早有告诫在先:“从吾所好,则不著书,其又何以为活也。”2015 年年初的工作调动,改变了按部就班的研究节奏,一地鸡毛的生活状态不仅消融了我浓密的黑发,也弄丢了我那曾经壮怀激烈的梦想,日复一日地在激情与物欲之间不停周旋,常常是一觉醒来竟然忘记许多重要的记忆,各种外在律令促使我们去回望和检讨那段岁月,职是之故,本书自然成了我们了却心愿和过滤记忆的产物。自 2009 年起,我们一直在古代文论特别是近世诗学研究领域摸爬滚打,磕磕碰碰,一直到今天,终算有个纸质文本来“立此存照”。尽管当初由于资料和视野的限制,我们进展一度缓慢,但研究的欣悦足可令人忘却查找资料的辛苦,这部书稿具象了我们一路走来、精诚合作的踪迹。

不忘初心,方得始终。七年的光阴,足以改变人世间许多东西,我们一直坚持自己的体认研判,未曾质疑近世易代诗学的研究的学术价值,也许以后会有人踏着我们的肩膀去攀登高峰,或许我们的努力也会增加学术研究的高度。克罗齐言:“要了解但丁,我们必须把自己提升到但丁的水准。”我们不敢奢求归纳和预测中国诗学发展的普遍规律,但孜孜于去钩沉近世诗学发生的文化生态、嬗变机制,亦可达到孟子所言“求放心”的境地。本书是集体智慧的结晶,亦可谓自己探索研究生培养模式的大胆尝试,在大致相近的范围内跑马圈地,形成一个系列的学位论文,传达出研究团队的集体声响。有意练功、无意成功的境界一直是我们追求的目标,尽管这尚未达到理想之境,但我们毕竟努力过,或许这种辛劳可避免同行少走弯路,亦侧面递送了系统培养的有效性。一卷在手,童子四五人,“疑义相与析”,其乐融融,我们愿将这种探索转化为砥砺前行的动力。

全书有统一的构想,体例、风格基本一致,但由于撰稿人各有特点,思考的深度和广度亦有差别。全书的写作分工如下:贺根民撰写绪论,屈国琴撰写第一章,陈亚飞撰写第二章,张菁菁撰写第三章,鲁梅娟撰写第四章,余永腾撰写第五章,贺根民负责全书的体例编排、修改润色及最后统稿。每一章的论述,文本取样各有不同,选择时限亦有差别,研究视域各具其致,但大家尽心竭力,演绎精彩的学术生命。本书是一个开放性的结构,大至易代诗学风貌的整体统摄,小到易代诗学范畴的穷形尽相。我们的探索仅仅只是一个开始,挖掘易代之际的文学思想,彰显中国诗学绵延不绝的文脉,这确为一个新的学术生长点。它的存在之门,仍需我们去不停地叩击。

小书行将付梓之际,仍有诸多感念。小书获得广东省哲学社会科学“十三五”规划2016年度后期资助,是它的荣幸。广西师范学院文学院文艺学学位点提供了相对舒适的学术平台,感谢历届陪伴我们一起探究的文艺学诸位同学,正因为你们的积极配合,我们方有检测研究生培养有效性的第一手资料。感谢广东技术师范学院文学与传媒学院的周卫忠院长,正是他的古道热肠,免除了小书出版上的后顾之忧。感谢齐鲁书社的刘玉林先生,他的鼎力帮助促成了本书尽快出版。所有这一切,均得铭怀致谢!

“你若盛开,清风自来”。静观花开花落,倍惜岁月之赐。执着一念，功不唐捐，即使遍地"卑鄙是卑鄙者的通行证"，我们仍得矢志不渝，仰望崇高，因为学术研究的最美姿态"都在路上"，路上无边风月，还得慢慢欣赏！

贺根民

2017年3月于广州天健上城

图书在版编目(CIP)数据

近世易代之际的诗学观念与文化变迁 / 贺根民等著.
-- 济南 :齐鲁书社, 2017. 12
ISBN 978-7-5333-3427-7

Ⅰ. ①近… Ⅱ. ①贺… Ⅲ. ①古典诗歌—诗歌研究
—中国—宋代—清代 Ⅳ. ①I207. 22

中国版本图书馆 CIP 数据核字(2017)第 277439 号

近世易代之际的诗学观念与文化变迁
贺根民 等 著

主管单位 山东出版传媒股份有限公司
出版发行 齊魯書社
社　　址 济南市英雄山路 189 号
邮　　编 250002
网　　址 www. qlss. com. cn
电子邮箱 qilupress@ 126. com
营销中心 (0531)82098521　82098519
印　　刷 山东德州新华印务有限责任公司
开　　本 880mm × 1230mm　1/32
印　　张 14. 5
插　　页 3
字　　数 351 千
版　　次 2017 年 12 月第 1 版
印　　次 2017 年 12 月第 1 次印刷
印　　数 1—1000
标准书号 ISBN 978 - 7 - 5333 - 3427 - 7
定　　价 **49. 00 元**